Geest-Verlag
Verlag für engagierte Literatur

Bernhard M. Schulz

Frieden nicht in Sicht

Ein Lern- und Lesebuch
Kurzgeschichten, Erzählungen
und ausgewählte Feldpostbriefe

mit Karikaturen von Fritz Wolf

Herausgegeben
von Reinhard Ansgar Schulz-Mittenzwei

Impressum

Bernhard M. Schulz
Frieden nicht in Sicht
Ein Lern- und Lesebuch
Kurzgeschichten, Erzählungen
und ausgewählte Feldpostbriefe
mit Karikaturen von Fritz Wolf
Herausgegeben
von Reinhard Ansgar Schulz-Mittenzwei
Geest-Verlag, Visbek 2025

ISBN 978-3-69064-510-2

Verlag: Geest-Verlag
Marienburger Straße 10
49429 Visbek
Tel. 04445-3895913
info@geest-verlag.de
www.Geest-Verlag.de

Druck: Geest-Verlag

Printed in Germany

Inhalt

Begleitwörter

Maria Regina Kaiser
Pulvergeruch in den Gardinen, Kanonendonner am Horizont 7
Marcus Wolf
Vorwort zu den Karikaturen von Fritz Wolf 9
Reinhard Ansgar Schulz-Mittenzwei
Unerreichbar – mein Vater 11

Bernd M. Schulz – Kurzgeschichten und Erzählungen
Vor dem Krieg 13
Und weiterhin alles Gute (1965) 15
Latein beim alten Dresbach (1981) 17
Das Fenster zum Garten (1974) 19
Ereignis mit Donnerschlag (1976) 21
Holz für Kaffeemühlen und dergleichen (1976) 23
Unser Tanzlehrer (1973) 25
Mildernde Umstände für Störtebeker (1968) 27
Mister Fleming (1966) 29
Rotbraunes Kammgarn (1976) 31

Im Krieg 35
Es war das Wort für Brot (1960) 37
Mein erster Franzose oder so stand es nicht im Lesebuch (1964) 39
Feldpostbrief am Abend des 19. Dez. 1941 42
... vier ... ... fünf ... ... sechs. ... ... sieben ...
Preisgekrönt durch die Welt am Sonntag (1948) 45
Die Krähen von Maklaki (1967) 47
Serafims guter Tod (2000) 72
Stiefel für Maruschka (1986) 93
Nach Auschwitz ins Wochenende (2000) 129
Er sang so gern Mamatschi (1958) 162

Nach dem Krieg 165
Bleistiftumriss eines Auferstandenen (1946) 167
Des Vaters Hände (1944) 170
Besetzung einer Stadt durch englische Truppen
Historischer Exkurs *Heiko Schulze* 172
Schicksal in großen Buchstaben (1965) 175
Der Tote aus Murdasowo (1950) 179
Feld Qu Einzelgrab 398 (1946) 181
Haben wir das vergessen? (1946) 183
„Mein lieber Schulz ...“ (1946) 185
Luft der Freiheit (2002) 187

Bernhard Schulz – Journalist, Feuilletonist und vielgeschätzter Buchautor
Osnabrücker Rundschau vom 2.7.2021
von *Heiko Schulze* 190
My Dear Old Uncle Bill (1948) 197
Der Weg zu Elske (1952) 199
Sie haben den Jungen einiges voraus (1959) 201
Schiffe versenken (1958) 203
Das gute Leben (1965) 205
Das Maskottchen (1964) 207
Das Tacktacktack (1961) 209
Der kleine Mann (1966) 210
Und dann war ich allein (1970) 212
Die Kapelle im Berg (1988) 214
Ein Fremder am Tisch (1962) 216
Ein vergnügter Gast (1963) 218
Sieger mit 345 Holz (1957) 220
Wo die Lerche singt (1954) 222

Anhang 225
Bernhard Metternich Schulz über sich 227
Bernhard Schulz und der Karikaturist Fritz Wolf waren seit 1949 über 50 Jahre lang enge und vertraute Freunde
von Marcus Wolf 228
Fritz Wolf – Arbeitsdienst und Krieg 229
Bernhard Schulz – Der Krieg in Rußland
Taschenkalender Eintragungen 1941/42 231
Kriegszeittabelle Bernhard Metternich Schulz 232
Ausgewählte Feldpostbriefe
Dokumentbeschreibung 233
Ausgewählte Feldpostbriefe einschließlich Originalmuster in Sütterlin 234

Maria Regina Kaiser

Pulvergeruch in den Gardinen, Kanonendonner am Horizont

Der Krieg war das große Thema des Osnabrücker Autors Bernhard M. Schulz. Die vorliegende Sammlung der auch literarisch interessanten Briefe an seine Verlobte und spätere Ehefrau von den Kriegsschauplätzen und Erzählungen über den Krieg, der sich früh ankündigte und dessen Spuren ihn über Jahrzehnte verfolgten, würde er selbst vermutlich als sein wichtigstes Werk bezeichnen. Im Laufe seines langen Lebens entstanden neben sieben Romanen etwa 2400 Kurzgeschichten, die in Zeitungen und Anthologien erschienen. Seine Schriftstellerzeit überschnitt sich mit der großen Phase eifrigen Lesens im ganzen Land. Nicht nur der bildungsbürgerliche Haushalt hielt eine Tageszeitung, hatte die ein oder andere Illustrierte abonniert und war stolz auf ein gut gefülltes Bücherregal im Wohnzimmer.

Am Ostersonntag des Jahres 1913 im bergischen Lindlar geboren, wuchs Bernhard M. Schulz in einem ländlichen „Apfeldorf" auf. Doch in den Narzissen-Duft am Tag seiner Geburt mischte sich der schwere Pulvergeruch in den Gardinen, und von der Wahner Heide her donnerten Kruppsche Kanonen. Der Erste Weltkrieg warf seine Schatten voraus.

Schon als Schüler wollte der lesebegeisterte Junge Journalist werden, die Mutter sah einen zukünftigen Geistlichen in ihm. Nicht ganz abwegig in kriegsschwangeren Zeiten, hier wäre der Sohn sicherer aufgehoben gewesen. Doch der junge Schulz war nicht aufzuhalten und begann bei der Rheinisch-Bergischen Zeitung in Bergisch Gladbach.

1936 wurde er zum Militärdienst einberufen und diente als Infanterist in Neumünster. Es folgte eine Zeit als Redakteur in Hannover – *„aber in der Gardine hing schon wieder Pulvergeruch und am Himmel der Donner Kruppscher Kanonen"*, diesmal vom Truppenübungsplatz Bergen-Belsen zu hören.

Am 1. August 1939 zog ihn dann die Wehrmacht als Gewehrschützen ein. Und bald darauf marschierte der Gefreite Schulz nach Westen. Der Zweite Weltkrieg hatte begonnen mit dem Überfall Polens durch deutsche Truppen, Großbritannien, Frankreich und Belgien stellten sich auf die Seite der Angegriffenen. Der Literat Bernhard Schulz war, ohne es zu wollen, zum Krieger geworden.

Den Zweiten Weltkrieg durchstand er an fast allen Fronten. Belgien und Frankreich waren die ersten Stationen. Geradezu idyllisch verlief für ihn und seine Mitsoldaten der Aufenthalt auf der Kanalinsel Alderney. Dass Bernhard Schulz eine mitfühlende Seele war, zeigt sein Bericht vom Kochen der Hummer. Nachdem er ihre Todesqualen im Kochtopf angesehen hatte, konnte er nicht davon essen. Die Einrichtung eines KZs und dreier Arbeitslager durch die SS, die Ankunft von zunächst 1000 KZ-Häftlingen im März 1943 auf Alderney bekam Schulz nicht mehr mit.

Die Frage, warum eigentlich es nach Frankreich, Belgien, Flandern und Alderney ging – Schulz hat sie nicht gestellt. Jeden Abend putzte er die Stiefel, in denen er anderntags weitermarschierte, ausgeliefert an die Maschinerie des Krieges und ohnmächtig in einer Situation, die zu verstehen ihn überforderte. Trost gaben ihm die spärlichen Stunden, in denen er sich zurückziehen und schreiben konnte. Hoffnung spendeten ihm die Briefe seiner Gerda. Mehrfach schrieb er im Jahr 1941 der Verlobten, er hoffe auf ein baldiges Ende des Krieges im Herbst des Jahres – *„und dass ich dann unter den Gesunden bin."*

Doch der Krieg nahm nicht nur kein Ende, er eskalierte von Tag zu Tag. Den 180 Männern des Trupps wurde 1941 der ersehnte Weihnachtsurlaub gestrichen. In offenen Viehwagen ging es in zehn Tagen an die Ostfront vorbei an Osnabrück ins eisig kalte Russland.

Inmitten von täglichem Sterben, Kälte, Ungeziefer und Hunger hatte Schulz wenig Hoffnung: *„Die Ernte eines Tages hier im Osten sind immer bloß Tote."*

Täglich spürte er den Tod im Genick und tat sein Möglichstes, ihm aus dem Weg zu gehen. Er war kein kriegsbesessener Jungspund, der es zum Offizier bringen wollte – es gab solche und sie waren schnell unter einem Birkenkreuz begraben. Er sah die leidenden Menschen im angeblichen Feindesland. Kein Zweifel, dass er gelegentlich russischen Kindern Schokolade aus seiner Ration schenkte. Bernhard Schulz blieb Bernhard Schulz.

„Den Krieg zu beginnen ist nicht schwer, ihn aber zu verhindern, das erst wäre eine Leistung gewesen, derentwegen man einen Menschen hochheben dürfte."

Und doch regt sich beim Lesen gelegentlich ein Widerspruch. Sein berühmtestes Werk, die Erzählung „Die Krähen von Maklaki", auch in Russland verbreitet und zur Zeit Gorbatschows dort gelesen, wirft Fragen auf. Es ist die Geschichte einer Utopie, und wir wünschen uns, es wäre wahr, dass sie sich inmitten eines unbarmherzigen, verbrecherischen Angriffskrieges in deutschem Namen im eisigen Winter so ereignet hätte. Dass die geradezu absurd erscheinende Rettung des russischen Babys mit Kondensmilch und Rundumbetreuung durch deutsche Landser tatsächlich stattgefunden hat, dafür verbürgte sich Bernhard M. Schulz. Ein kaum nachvollziehbares einmaliges Ereignis, Stoff für die unvergessliche Erzählung. Auch die Novelle „Nach Auschwitz ins Wochenende" beruht auf einem tatsächlichen Ereignis, das Schulz beobachtete. Sie macht den Holocaust nicht ungeschehen und entschuldigt nichts. Und ist dennoch ein winziger Trost.

1945 kam Bernhard M. Schulz aus amerikanischer Kriegsgefangenschaft nach Osnabrück zurück. Ganze Straßenzüge der Stadt waren zerstört, Angehörige, Nachbarn und Freunde tot oder geflohen. Die Eltern und Ehefrau Gerda mit der kleinen Sabine hatten zum Glück überlebt.

Nach der Heimkehr aus der Kriegsgefangenschaft ist der Krieg für Schulz nicht vorbei. War er traumatisiert? Sein Sohn Ansgar berichtet vom liebevollen, zugewandten Redakteursvater, der in seinen freien Stunden Hunderte von Erzählungen in die Schreibmaschine hackte. Bernhard Schulz schrieb sich den Pulverstaub vom Leib, alles musste erzählt werden. Doch wie seinerzeit in den Briefen an Gerda, die er nicht ängstigen wollte, so konnte er auch sein Lesepublikum nicht mit der vollständigen Realität konfrontieren. Er griff zur Dose mit dem Goldstaub, die wohl alle Schreibenden neben sich auf dem Schreibtisch stehen haben, und stäubte etwas versöhnlichen Glanz über das Grauen, das er niemals ganz, dafür aber immer wieder darstellen musste.

„Und das spielen wir jetzt", schreibt Schulz in der Geschichte „Schiffe versenken". Er beobachtet Kinder, die ein Gesellschaftsspiel neu entdeckt haben: *„Hans Ulrich, der das Spiel gewonnen hat, hat nicht einmal eine Ahnung, wie ein Schlachtschiff beschaffen ist und was es gekostet hat. Es hat vor allem Menschenleben gekostet."*

Der Autor weiß nur zu gut Bescheid. Ihm fallen die Kriegstoten aus seinem Nahbereich ein und ihre Angehörigen, die Mütter, die Ehefrauen, die Kinder.

Im Donnern der Kanonen steigen die Aktien der Waffenproduzenten und entstehen sichere Arbeitsplätze für junge Menschen, die keine Fragen stellen.

Je mehr, je tiefer wir anhand von Schulz' Aufzeichnungen, Erzählungen und Briefen in das Kriegsgeschehen Einblick nehmen, desto stärker wird unser Wunsch nach dem so Unmöglichen, dem Frieden, der doch zugleich so real ist wie das alljährliche Aufsteigen der Lerchenschwärme und der Pulverstaub in den Gardinen. Mehr als ein Traum, sondern etwas durch Menschen Machbares, schrieb Schulz an Gerda: *„Dieser unselige Krieg! Wer dafür bloß die Verantwortung auf sich nehmen mag?! Ich begreife nicht, dass die Völker sich von einigen wenigen Männern in den Tod treiben lassen, und dass alle diese Probleme nicht diplomatisch zu lösen sind. Der Weltkrieg ist noch nicht halb vernarbt, da geht es schon wieder los! Warum bloß?"*

Schulz' Briefe und Erzählungen führen uns in den Krieg und wieder aus ihm hinaus. Keine leichte Lektüre und doch eine notwendige kathartische.

„Mein vom Militarismus zerrissenes Herz", klagte Schulz an anderer Stelle. Bis ans Ende seines Lebens witterte er noch den Pulvergeruch in den Gardinen, hörte er entfernten Kanonendonner.

Marcus Wolf

Vorwort zu den Karikaturen von Fritz Wolf

Der Zweite Weltkrieg war eine Zeit von unvorstellbarem Leid, Zerstörung und menschlicher Tragödie. Doch selbst in diesen düsteren Jahren gab es Stimmen, die sich nicht zum Schweigen bringen ließen – Stimmen, die durch das Medium der Karikatur und der Kurzprosa scharf, mutig und manchmal mit bitterem Humor auf die Ereignisse ihrer Zeit reagierten. Karikaturen und gesellschaftskritische Texte waren nicht nur Ausdruck des Widerstands oder der politischen Kritik, sondern auch ein Instrument der Propaganda und der Meinungsbildung.

Dieses Buch vereinigt erstmalig eine Auswahl der eindrucksvollsten Karikaturen von Fritz Wolf und der bewegendsten Kurzgeschichten von Bernhard Schulz aus jener Zeit – von zwei Freunden, zwei Menschen, die den Krieg mit ihren Zeichenstiften und Füllfederhaltern begleiteten und nacherlebten, ihn kommentierten und interpretierten. Diese Zeichnungen und Texte sind mehr als bloße Satire; sie sind Zeitdokumente, die die Ängste, Hoffnungen, Propaganda und Widersprüche der Kriegsjahre einfangen.

Schon zu seinen Lebzeiten habe ich mit großem Interesse die, wenngleich wenigen, Erzählungen meines Onkels aus seiner Zeit in Norwegen und Russland (1942-1944) aufgenommen und ihn stets dafür bewundert, dass er das in seinen Karikaturen zum Ausdruck bringen konnte. Als ältestes von sieben Kindern hat er mit drei Geschwistern den Krieg überlebt: drei seiner Brüder sind gefallen oder vermisst. In seinen Karikaturen sehen wir nicht nur die verzerrten Gesichter der Diktatoren und Kriegstreiber, sondern auch die Leiden und Herausforderungen der einfachen Menschen. Fritz Wolf bediente sich des Humors, der Übertreibung und der Symbolik, um komplexe politische und soziale Realitäten zugänglich zu machen. So bieten uns diese Werke einen einzigartigen Einblick in die öffentliche Meinung, die politischen Kämpfe und den alltäglichen Überlebenskampf während des Zweiten Weltkriegs.

Was diese Karikaturen besonders kraftvoll macht, ist ihre Fähigkeit, uns auch heute noch zu berühren. Sie erinnern uns daran, wie wichtig es ist, politische Geschehnisse zu hinterfragen, Machtstrukturen zu entlarven und den Mut zu finden, gegen Unrecht die Stimme zu erheben – auch wenn diese Stimme „nur“ ein gezeichneter Strich auf Papier ist.

Beim Durchblättern dieses Buches werden Sie feststellen, dass Humor und Satire auch in den dunkelsten Zeiten existieren können und oft ein mächtiges Werkzeug der Aufklärung und des Widerstands sind. Diese Zeichnungen geben uns nicht nur einen einzigartigen Zugang zu den Ereignissen des Zweiten Weltkriegs, sondern zeigen auch, wie die Kunst der Karikatur als scharfsinniger Spiegel der Geschichte fungiert. Fritz Wolf zeigt uns die Welt durch seine Augen – und manchmal sehen wir dabei mehr, als uns vielleicht lieb ist. Doch genau das ist eben die Kunst der Karikatur: uns nicht nur zum Schmunzeln zu bringen, sondern auch zum Nachdenken anzuregen.

Es ist mir eine große Freude, dass dieses Buchprojekt realisiert werden konnte, und danke Ansgar für seinen unermüdlichen Einsatz. Als Sohn und Neffe versuchen wir, das Andenken an Vater und Onkel aufrechtzuerhalten und ihnen ein ehrendes Andenken zu bewahren.

Möge dieses Buch den Lesern neue Perspektiven eröffnen und sie zum Nachdenken über die Vergangenheit – und die Gegenwart – anregen.

Marcus Wolf und Reinhard Ansgar Schulz-Mittenzwei

Reinhard Ansgar-Schulz-Mittenzwei

Unerreichbar – mein Vater

Er war selten zu Hause. Zum Mittagessen aber kam er, hielt dann allerdings immer Mittagsschlaf und musste anschließend sofort wieder los, „in die Redaktion". Ungewöhnlich in den 50er- und 60er-Jahren des vergangenen Jahrhunderts, dass ein Mann Vegetarier war und kein Fleisch aß. Schon als Kind biss er dem Metzger in seinem Dorf Lindlar ins Bein und wollte so das Schwein retten. Einzige Ausnahme hierbei sein Lieblingsessen: Boulette mit Bratkartoffeln.

Spät nachts kam er erst zurück, wenn wir, die Kinder, schon schliefen. Er war noch in der Setzerei gewesen und hatte Korrektur gelesen, bevor die Platten mit den Texten in Druck gingen.

Er war derjenige, der morgens das Frühstück für uns Kinder machte mit dem Ruf „De Koffie staat klaar" oder „Tee vom Doofen Egbert".

Die Entschuldigungen für Krankheiten oder Zu-spät-kommen schrieb er mit großem Vergnügen. Unser Klassenlehrer las sie regelmäßig vor und alle Mitschüler bogen sich vor Lachen, so humorvoll, gelogen und komisch waren diese kleinen Feuilletons.

Meine Lehrer riefen mich nicht bei meinen Vornamen „Reinhard Ansgar", sondern „bezet", weil dies das Kürzel unter den täglichen Beiträgen meines Vaters in der Lokalzeitung NT, Neue Tagespost, war. Und ich musste mir ihre Kommentare dazu anhören. Aber alle bewunderten ihn, den Feuilletonchef, dessen Erzählungen jeden Tag in der NT standen.

War er dann einmal zu Hause und hatte ein paar Stunden Zeit für sich, zog er sich in seinen Lesesessel zurück, griff nach der hölzernen Schreibunterlage und schrieb mit der Hand eine der über zweitausend Geschichten, neben ihm auf dem Plattenspieler lief dabei Chopin, dessen Klavierstücke er über alles liebte. Dann durfte ihn niemand stören, auch meine Mutter nicht, die aus der Küche vergeblich nach ihm rief. Die Pfannen müsse einer oben auf den Schrank stellen und warum er nie beim Abtrocknen helfe.

Sie genoss es, wenn es an seiner Seite ins Theater ging, ins Kino oder ins Schauspiel. Für die ganze Familie waren Freikarten in den vordersten Reihen selbstverständlich. Kamen wir Kinder im Kino zur Sperre am Kassenhäuschen, wurden wir freundlich lächelnd durchgewinkt: Die Kinder vom Schulz. Denn er war der Gewaltige, der die Rezensionen der neuen Filme und der Theaterpremieren verfasste.

„Provinz", schnaubte er manchmal nach einer Vorstellung und wir verstanden nicht, was er damit meinte.

Anderntags standen dann die jungen Darsteller und Schauspielerinnen bei Mutter in der Küche und spielten ihr einzelne Szenen vor. Unser Vater hatte wieder einmal eine Premiere mit beißendem Spott verrissen.

„Er hat das nicht verstanden!", höre ich eine bildschöne blasse Ophelia ausrufen.

„Ja, so ist er", erwiderte meine Mutter und reichte ihr ein Küchentuch zum Trocknen der Gläser.

„Er versteht meine Rolle nicht", klagte Ophelia und hielt ein Weinglas gegen das Licht.

Meine Mutter nickte. „Was wir Frauen leisten, das sieht dieser Mann nicht." Sie seufzte.

Ophelia ließ das Glas fallen und küsste meine Mutter auf die Wange.

„Ansgar, kehr die Scherben zusammen", befahl meine Mutter. „Und koch einen Kaffee für uns alle." Dann ging es ins Wohnzimmer. Bei Kaffee und Stachelbeertorte erklärte unsere Mutter der staunenden jungen Dame, dass mein Vater seinerzeit zu den Gründern des SPIEGEL gehört hatte. Die ersten Ausgaben des Blattes seien in Osnabrück erschienen. DIESE WOCHE hieß es damals noch. Osnabrück schien zu klein, man ging nach Hannover. Dann aber kam Augstein dazu und wollte mit der Publikation nach Hamburg. Unser Vater habe sogar zugestimmt. Aber er folgte dann doch einem Ruf zurück nach Osnabrück zur Gründung der Zeitung „Neues Tageblatt".

Und außerdem, erklärte meine Mutter, hat er das Manuskript „Hunde, wollt ihr ewig leben" verfasst, er gab es so treu wie er war an untreue Hände, es erschien dann unter einem Pseudonym, wurde verfilmt und Bernhard M. Schulz wurde bei den Dreharbeiten in den Göttinger Filmstudios zu Rate gezogen.

„Dabei ist er reich geworden?", staunte Ophelia.

Keine müde Mark habe er bekommen, versicherte meine Mutter. „Mein Mann kann mit Geld nicht umgehen. Er läuft ihm nicht hinterher und was er verdient, wird ausgegeben."

„Sie sind ziemlich stolz auf Ihren bezet", bemerkte an diesem Punkt die schöne Schauspielerin, worauf meine Mutter nur still lächelte.

Ophelia war unglaublich schön und sie duftete nach einem Pariser Parfüm.

Chanel, erklärte mir meine Mutter hinterher.

„Sag Papa doch, er soll etwas Nettes über ihre Rolle in der Zeitung schreiben", bat ich mit bebender Stimme, als sie gegangen war.

Meine Mutter und meine Schwestern Martina und Sabine lachten mich aus.

„Papa ist unbestechlich", sagte Martina.

Das war er in der Tat. Ophelia kam noch einige Male zu uns in die Wohnung. Ab und zu bei besonderen Anlässen gab es auch Festivitäten, dann kamen sie alle, die Freunde unserer Eltern, immer dabei natürlich Fritz Wolf, der Karikaturist der Zeitung, mit dem Vater so etwas wie ein kreatives Duo bildete, die Honoratioren der Stadt, Künstler und Künstlerinnen. Es gab Bowle und dazu einen Käseigel und Salzstangen. Im Wohnzimmer vor der Bücherwand tanzte mein Vater Walzer mit seiner Gerda, unserer Mutter, und ich mit Ophelia.

So viel hatte ich ihm, meinem unerreichbaren Vater, zu verdanken. Als wir im Gymnasium einen Schulaufsatz „Mein Vorbild" schreiben sollten, war es für mich gar keine Frage. Natürlich war er das Vorbild, dem ich nacheifern wollte. Unser Schuldirektor, der den Aufsatz las, war so beeindruckt davon, dass ein Knabe meines Alters in seinem Vater sein Leitbild sah, dass er den Zeitungsredakteur in seine Sprechstunde bat. Darüber hat dieser dann natürlich wieder eine Geschichte geschrieben.

Seltsamerweise trat keines von uns Kindern eine literarische Karriere an. Außer den Werken meines Vaters habe ich kaum einen Roman gelesen, glaube aber doch, dass mein berufliches Interesse an Menschen und meine Bemühungen, ihre Lebenssituationen in Entwicklungsländern zu verbessern, vom Vorbild meines menschlich so interessierten Vaters inspiriert sind.

Bernd M. Schulz
Kurzgeschichten und Erzählungen

Vor dem Krieg

Und weiterhin alles Gute

Der Tag, an dem ich geboren wurde, war ein Ostersonntag. Es war ein Morgen voller Glockengeläut, Amselruf und Narzissenduft. Ich hatte mir die Nabelschnur dreimal um den Hals geschlungen. Ich wollte nicht raus, ich wollte die Zukunft erst gar nicht anfangen, ich wollte zurück ins Nichts. Aber die Hebamme, die Melanie Meyerbeer hieß, prügelte mich mit fester Hand ins Dasein. Und da lag ich nun im Geläut der Osterglocken, siebeneinhalb Pfund schwer und quittegelb, ausgesetzt den Strapazen gymnasialer Bildung, militärischer Erziehung und trickreichen Broterwerbs.

An jenem Morgen, an dem mein Geburtstag beginnt, geschieht zunächst gar nichts. Keine Glocke läutet – jedenfalls nicht mir zu Ehren, kein Kanonenschuss hallt, kein Gesangverein tritt an, kein Trompeterchor marschiert auf, kein Telegrammbote klingelt, kein Blumenfräulein gibt Rosen ab, niemand sagt ein Gedicht auf.

Auch der Rundfunk rührt sich nicht, obwohl das Glückwunschkonzert für unsereinen die einzige Chance darstellt, einmal öffentlich erwähnt zu werden. Ich höre mir die Namen zahlreicher Geburtstagskinder an, denen das Rundfunkfräulein zu ihrem großen Tag Glück und Gesundheit und weiterhin alles Gute wünscht. Heimlich hoffe ich jedes Mal, das Rundfunkfräulein möge auch meinen Namen aussprechen, aber es ist von Jahr zu Jahr eine Enttäuschung.

Erst der Postbote trägt die Nachricht von meinem Geburtstag in die Wohnung. Meine Mutter hat geschrieben. In ihrem Herzen bin ich immer noch ihr „liebes Kind", obwohl ich gar nicht erwachsener sein könnte, als ich es zurzeit bin. Gerade heute wird mir dieser Umstand wieder bewusst. Niemand hat an mich gedacht, nur die Mutter.

Sie wird den Tag der Geburt ihres Kindes nie vergessen. Sie kann sich an jede Einzelheit erinnern, die mit dem Zur-Welt-Kommen ihres Kindes zusammenhing. Ihr Glückwunsch kommt immer pünktlich an.

„Mein liebes Kind", schreibt sie, „ich gratuliere dir, bleibe gesund, und weiterhin alles Gute." Jedes Mal fügt sie hinzu: „Ich bete für dich."

Als ich noch daheim war, erzählte mir die Mutter an jedem meiner Geburtstage, dass sie an jenem Tag glücklich gewesen sei wie später nie wieder in ihrem Leben. Es war, als ich geboren wurde, ein herrlicher Frühlingsmorgen. Der Tag war gerade erwacht, durch das geöffnete Fenster duftete es nach Linden und Klee, eine Amsel sang im Birnbaum, und der Himmel über dem kleinen Dorf, in dem meine Eltern wohnten, hing voller Lerchen.

Ja, sie zählte so geringfügige Beobachtungen auf wie diese, dass der Apotheker nebenan früh aufgestanden sei, um den Kies auf dem Weg in seinem Garten zu harken. Dann kamen mit dem wachsenden Tag das Gurren der Tauben hinzu, das Geläut der Glocken, die zur Frühmesse riefen, der Klang von Pferdehufen auf dem Pflaster, Gezwitscher der Schwalben im Giebel der alten Scheune und das einfältige Gebrabbel der Hebamme, die der jungen Mutter versicherte, ein schöneres und klügeres Kind sei nie geboren worden.

Heute erinnere ich mich mit Vergnügen dieser Schilderung. Ich wohne in einer Großstadt, und ich kenne niemanden, den ich fragen kann, ob es auf dem Lande noch Linden gibt und ob dort Apotheker leben, die frühmorgens den Kies in ihrem Garten harken.

Wenn ich mir überlege, wie es weitergegangen ist in meinem Leben, dann bin ich mir sicher, dass es an dem Morgen meiner Geburt geregnet hat, der Himmel war grau wie Schiefer, und der Apotheker hatte Rheuma, sodass er überhaupt nicht aufstehen konnte, um zu harken.

Aber in der Erzählung meiner Mutter klang alles viel großartiger, und dafür danke ich ihr.

Latein beim alten Dresbach

Eines Tages kam meine Mutter auf den Einfall, dass ich die lateinische Sprache erlernen sollte, damit ich eine Chance hätte, Kardinal oder doch wenigstens Pfarrer zu werden. Sie träumte davon, in einem Pfarrhaus zu wohnen und ihrem geistlichen Sohn den Haushalt führen zu dürfen. In einem Pfarrhaus leben, das bedeutete Brot und Wärme und Geborgenheit im Himmel.

Im Dorf gab es keine Höhere Schule. Außer dem Pfarrer und dem Arzt war niemals jemand mit der lateinischen Sprache in Berührung gekommen. Und für die Unterbringung in einem Internat fehlte das Geld. Wir besaßen nicht einmal einen reichen Onkel in Amerika, dem daran gelegen gewesen wäre, Gutes zu tun.

Du lieber Himmel, wer bringt meinem Sohn die lateinische Sprache bei? Meine Mutter meinte es gut, und so wurde sie nach einem umständlichen Gespräch mit dem im Ruhestand lebenden Lehrer Johann Dresbach einig, dass er mir für Gotteslohn, das heißt umsonst, Unterricht in der lateinischen Sprache erteile.

Herr Dresbach lebte in einem Nachbardorf. Er war ein würdevoller, schöner, alter Mann, der in der Gemeinde legendäre Achtung genoss. Neben seinem Amt als Organist der kleinen Kirche stand er dem gemischten Chor Harmonie als Dirigent vor. Er war Mitglied des Gemeinderats, Vertrauensmann der Ortskrankenkasse, Vorstandsmitglied der Spar- und Darlehnskasse und Beisitzer des Vormundschaftsgerichts. Er war es gewesen, der die Sterbekasse und den Heimatverein gegründet hatte. Für seine Verdienste war er mit dem kirchlichen Orden „Pro ecclesia" und dem weltlichen Orden „Pro patria" ausgezeichnet worden.

Ich habe den alten Herrn mit seinem schlohweißen Kopf nie anders als in einem schwarzen Cutaway gesehen, den seine Töchter geringschätzig den „Kött" nannten. Zum Kött trug er einen schwarzen Querbinder und ein riesenhaftes buntes Bauerntaschentuch, das er aus irgendeinem Grund stets in der Hand hielt.

Drei Jahre lang bin ich nachmittags – außer in den Ferien – sechs Kilometer hin und sechs Kilometer her durch Wald und Acker und Wiese, über eine löcherige Landstraße, die mit Apfelbäumen gesäumt war, zur Lateinstunde getrabt. Aqua das Wasser, vinum der Wein, scher dich zum Teufel, verfluchtes Latein.

Wenn ich ankam, erhob sich der Rektor i. R. vom Mittagsschlaf, nahm in einem Biedermeiersofa Platz, indem er die Rockschöße sorgfältig glättete, und fing damit an, mir und vorübergehend einigen anderen Knaben, die ebenfalls Kardinal werden sollten, Latein beizubringen.

Er schwang zur Betonung seiner Aufgabe und vielleicht auch deshalb, weil er es als Dirigent gewöhnt war, ein hölzernes Lineal. Beim Abfragen der Vokabeln klopfte er damit auf den Tisch, und bisweilen geschah es, dass er einem der zukünftigen Kardinäle das Lineal auf den Schädel schlug: „Sickert denn da wirklich gar nichts hinein?" Aber sofort erinnerte er sich, dass er ein guter Mensch war. Er stand auf und schenkte jedem von uns ein Malzbonbon, und der Unterricht war zu Ende. Wir nutzten diese Schwäche aus und fanden, dass ein Malzbonbon besser schmecke als Weisheit.

Eine Zeit lang war ich sein einziger Schüler. Die anderen hatten es aufgegeben, an ihre geistliche Zukunft zu glauben. Herr Dresbach muss überzeugt gewesen sein, dass auch in mir kein Kirchenlicht zu erwecken war. Mitten im lateinischen Text entglitt das Lineal seiner Hand. Der würdevolle, schöne, alte Mann schlief ein.

Ich saß ihm gegenüber und betrachtete voller Ehrfurcht seinen schlohweißen Kopf und sein zufriedenes Gesicht, das vom Atmen bewegt wurde. Leise erhob ich mich vom Stuhl und meldete den Töchtern in der Küche, dass der Herr Rektor eingeschlafen sei.

In meiner Erinnerung ist das Bild dieses Mannes mit den Ereignissen um Ostern verknüpft: Orgelklang tönt aus der kleinen Kirche, der gemischte Chor hat Probe, auf der Fensterbank im Wohnzimmer stehen Narzissen, und über den Flur duftet es nach Braten, der von den Rektors Töchtern unermüdlich begossen wird. Vielleicht hängt es auch damit zusammen, dass Johann Dresbach an einem Ostermorgen, als die Frühmesse soeben zu Ende war, von der Orgelbank hinabsank und tot war.

Es lag nicht an ihm, dass ich kein geistlicher Herr geworden bin. Ich glaube, dass mir von Anfang an nicht zustand, mehr zu sein als jemand, der schreibt.

Das Fenster zum Garten

Das Haus, in dem ich geboren wurde und aufgewachsen bin, war ein Fachwerkhaus. Das Haus wurde außer von meinen Eltern und ihren sechs Kindern von Schwalben, Mäusen und insbesondere von Ameisen bewohnt. Die Ameisen saßen im Holz der Wände, und sie waren auf keine Weise wegzukriegen. Nicht einmal der Kammerjäger war dazu imstande. „Ich kenne nur ein einziges Mittel, Ameisen loszuwerden“, sagte er, „und das heißt ‚abbrennen‘. Verstehen Sie, was ich meine?“

Meine Eltern verstanden, sie waren ja nicht dumm, aber sie fürchteten, dass es mit der Feuerversicherung Schwierigkeiten geben würde, wenn es herauskäme, und nur der Feuerversicherung wegen lebten wir weiter mit den Insekten.

Die Ameisen drangen in alles ein, was reizbar war, am liebsten in Marmelade, die meine Mutter in riesigen Mengen selbst einkochte. Als Kind nahm ich es selbstverständlich hin, dass in der Stachelbeermarmelade und im Apfelkraut, von dem wir immer besonders viel besaßen, Ameisen enthalten waren. „Gott hat auch die Ameisen erschaffen“, sagte mein Vater einmal, als es mit dieser Plage am ärgsten war, „er wird schon wissen warum.“

Schwalben, Mäuse, Ameisen und im Winter in Schornsteinnähe unter dem Dach ein Käuzchenpaar hielten unsere Beziehung zur Natur wach. Die Jahreszeiten in ihrem langsam sich vollziehenden Wechsel von Schnee, Regen, Kälte, Hagel, Sturm, Hitze und Gewitter gaben Anlass zu Gesprächen, die sich endlos ausdehnen konnten; denn vom Wetter hing die Arbeit ab, von der Arbeit der Lohn, vom Lohn die Nahrung und von der Nahrung das Wohlergehen. Der Ablauf dieser natürlichen Angelegenheiten wurde gelegentlich durch ein Gläschen Schnaps und ein bisschen Musik auf der Ziehharmonika gefeiert. So einfach war alles.

Am schönsten war das Leben in diesem Hause in den Wochen um Pfingsten. Mir war eine Dachkammer als „eigenes Zimmer“ zugeteilt, und aus dem Fenster dieser Kammer blickte ich auf einen Obstgarten, unter dessen Bäumen um diese Zeit krass geschnitten wurde. Der Garten gehörte dem alten Hasberg, der eine Kuh im Stall fütterte und der tagsüber in einer Mühle beschäftigt war.

Nach Pfingsten, wenn das Gras hoch unter den Bäumen stand und die Luft süß war vom Duft blühender Jasminbüsche, fing der alte Hasberg um vier Uhr in der Frühe unter meinem Fenster an, seine Sense zu schärfen. Er zog den Wetzstein, der in einem Kuhhorn an seinem Gürtel hing, an die 30-mal am Stahl der Sense entlang, schschscht, schschscht, schschscht. Es war ein Laut, den man nicht beschreiben kann und den kein Orchester hervorzubringen vermag.

In diesem Geräusch ist heute noch der ganze Sommer meiner Knabenjahre enthalten: der Ruf der Amsel im Birnbaum an der Scheune, das Gurren der Tauben auf dem Dach des Nachbarhauses, das Kikeriki der Hähne dorfauf dorfab, das Grunzen der Schweine vor dem Trog, das Gezirp der Grillen unter den Dielenbrettern, das Gefiep der Schwalbenbrut im Dachgiebel, der Pfiff der Lokomotive in der Ferne, das Geläut einer Eisenbahnschranke, der Schrei einer Kuh auf den Weiden draußen, das Knarren eines Leiterwagens.

Die Nacht war kaum zu Ende, und schon regte sich das Leben im Dorf. Der alte Hasberg trug das Gras, das er geschnitten hatte und das schwer war vom Tau, in einem Sack nach Hause, ein alter Mann mit krummem Rücken, der von dreizehn Kindern fünf verloren hatte. Er würde die Kuh füttern und melken und die Milch durch ein Sieb in Schalen füllen, und in die Milch würden sie abends schwarzes Brot brocken, er und die Frau und die Kinder, die übrig geblieben waren, und das Brot erhielt er als Lohn für seine Arbeit in der Mühle.

Die Morgensonne, die Junisonne, die Pfingstsonne zauberte goldene Kringel auf gekälkten Wänden meiner Dachkammer, und die windbewegten Zweige eines Holunderstrauches warfen zarte Schatten dazwischen. Ich schaute in den Garten hinab. Es kam mir vor, als hätte ich dies alles schon einmal erlebt, es lag im Blut von Generationen von Dörflern her, und damals war ich noch nicht von jener Angst erfüllt, die mir eingab, dass es bald zu Ende sein würde.

Ereignis mit Donnerschlag

Einmal, es war vor Pfingsten, musste ich in dem kleinen Ort, in dem ich die Volksschule besuchte, über Nacht bleiben. Der Sturm hatte Bäume entwurzelt und über die Straße geworfen. Aber das Entscheidende war, dass der Fluss über seine Ufer getreten war, eine Brücke eingerissen und alles überschwemmt hatte.

Wenn ich während dieses Ereignisses zu Hause gewesen wäre, hätte ich ein paar Tage schulfrei gehabt. Aber nun saß ich mit meinen Heften und Büchern im Klassenzimmer, durch lehmiges Wasser vom Elternhaus getrennt, ein Pechvogel, ein Obdachloser, das Opfer einer Naturkatastrophe, und der Lehrer bemühte sich, meinen Vater telefonisch zu erreichen, um ihm mitzuteilen, dass für mich eine Unterkunft beschafft werden müsste. Aber das Telefon gab keinen Piepe von sich, und der Lehrer entschied, dass ich in Müllers Gasthof übernachten sollte.

Müllers Gasthof bestand aus einer Schankwirtschaft, einem Kolonialwarenladen und einem landwirtschaftlichen Betrieb. Außerdem war in einem kleinen Raum mit der Schalterklappe zum Gästezimmer hin die Postzweigstelle untergebracht. Die Postzweigstelle unterstand Herrn Brummelhaupt, der Soldat gewesen war und am Krieg teilgenommen hatte. Ein riesiger Mensch, aber mit seinen Füßen schien etwas nicht in Ordnung zu sein; sie knirschten und klapperten beim Gehen, und er musste Stöcke zu Hilfe nehmen.

Herr Brummelhaupt war ein fröhlicher Mann, der nie ein Malheur – er sagte tatsächlich Malheur – ernst nahm und sich über Schwierigkeiten im Alltag lustig machte. So bereitete ihm auch das Unwetter mehr Vergnügen als Verdruss, und er äußerte dies mit folgenden Worten: „So ein Gewitter ist doch ein herrliches Schauspiel. Diese Donnerschläge. Ich höre darin die Stimme Gottes. Von der Umwelt abgeschnitten zu sein, hat auch sein Gutes. Jedenfalls ist das meine Ansicht."

Wir waren also abgeschnitten. Bahn, Post, Telefon, Elektrizität, Rundfunk und weiß der Himmel was sonst noch waren nicht mehr funktionsfähig, heute nicht, morgen nicht und vielleicht auch übermorgen noch nicht. „Was den hiesigen Postzweigstellenleiter angeht", verkündete Herr Brummelhaupt gut gelaunt, „so wird derselbe jetzt einen heben gehen", und das tat er auch.

Ich sollte im Zimmer von Herrn Brummelhaupt schlafen, in dem ein zweites Bett stand. Es war das erste Mal in meinem Leben, dass ich außerhalb des Elternhauses die Nacht verbrachte, fürwahr ein Abenteuer, um das mich andere Kinder beneiden würden, und es hatte damit begonnen, dass der Sturm Bäume geknickt und Dächer abgehoben und die Feuerwehrmänner auf die Beine gebracht hatte.

Ich saß mit Herrn Brummelhaupt bei Tisch, es gab Rinderbraten mit Röstkartoffeln und Eingemachtes, und der Postzweigstellenleiter erzählte Geschichten aus seinem Leben, und er hatte dabei großartige Einfälle. Er glühte geradezu vor Lust am Dasein. Es hatte etwas stattgefunden. Es war etwas geschehen. „Ein Gewitter hat den Leuten gezeigt", sagte er, „dass nicht alles selbstverständlich ist, und dass der Mensch gefälligst dankbar zu sein hat für Tage, an denen keine Telefondrähte reißen und Brücken einstürzen und dergleichen mehr."

Indes Herr Brummelhaupt seine Späße zum Besten gab, stand draußen wieder Sturm auf und rüttelte an den Fensterläden. „Ha, das ist eine Gewalt", rief der Postzweigstellenleiter begeistert aus, „hör dir das an! Welch eine urige Kraft, diese Donnerschläge!"

Es war spät, als ich mit Herrn Brummelhaupt die Treppe hinaufstieg, um zu Bett zu gehen. Da ja auch das elektrische Licht ausgefallen war, musste ich ein Windlicht halten, und im Zimmer sah ich beim flackernden Schein der Kerze, wie der riesige Mann sich entkleidete, und ich sah, dass er keine richtigen Füße hatte. Ich meine, keine Füße wie ich und die anderen Menschen in meiner Umgebung. Herr Brummelhaupt stand auf künstlichen Füßen. Er schnallte von seinem Körper künstliche

Glieder ab, die aus Holz, Metall und Leder angefertigt waren, und er lehnte diese entsetzlichen Gegenstände an sein Bett, wo ich sie im Flackerschein des Windlichts erkennen konnte.

Herr Brummelhaupt blätterte noch in der Zeitung, und dann muss er wohl gespürt haben, dass Prothesen für mich etwas erschreckend Unbekanntes waren. Er sah über seine Brille zu mir herüber und sagte: „Ach ja, mein Junge, das habe ich dir noch nicht erzählt – ich bin im Krieg auf eine Mine gelaufen."

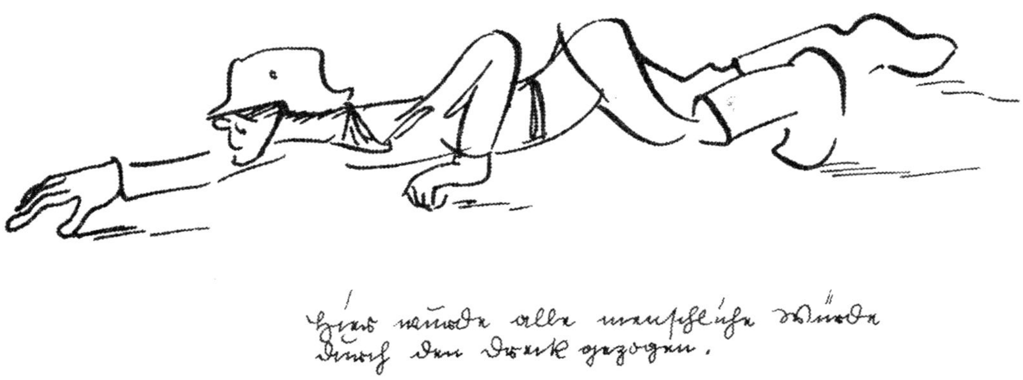

Hier wurde alle menschliche Würde durch den Dreck gezogen.

Holz für Kaffeemühlen und dergleichen

Das Schulhaus in Lindlar bestand aus zwei Klassenzimmern und der Dienstwohnung für den Lehrer. In jedem Raum wurden Knaben und Mädchen unterrichtet, die jeweils zusammen vier Klassen ausmachten. Der Lehrer hieß Johann Dresbach, und auf dem Emailschildchen unter seiner Türklingel stand „Hauptlehrer".

Die Lehrerin trug immer schwarzes Zeug, sie erlaubte sich nichts Farbiges, aber sie legte sich manchmal ein silbernes Kettchen um den Hals. An dem Kettchen war ein Medaillon befestigt, in dem die Fotografien ihrer Eltern steckten, die längst verstorben waren. Wenn Fräulein Habernickel guter Laune war, knipste sie mit dem Fingernagel das Medaillon auf und zeigte es den Mädchen der achten Klasse, die darauf aus waren, sich bei der Lehrerin einzuschmeicheln.

„Es waren gute Christen", sagte Fräulein Habernickel dann jedes Mal. Sie pflückte ein batistenes Tüchlein aus dem linken Blusenärmel und führte es, obwohl sie eigentlich doch heiter gestimmt war, an die Augen.

Aber da war noch jemand, dessen Geist in diesem Schulhaus lebendig war. Er war hier vor langer Zeit, als die Schule erbaut worden war, Lehrer gewesen. Sein Name war Heinrich Bungard, und seine Fotografie sah dem Dichter Friedrich Gottlieb Klopstock ähnlich, vorausgesetzt, dass sich jemand erinnerte, wer Klopstock gewesen war und zu welcher Sorte von Dichtern er gerechnet werden musste. Klopstock schrieb Oden, an Fanny zum Beispiel.

Heinrich Bungard schrieb keine Oden, er dachte gar nicht daran, aber er pflanzte Bäume. Die Dorfbewohner erzählten sich, dass er versessen darauf gewesen sei, das Schulhaus in einen Wald von Nussbäumen zu stellen. Es ist anzunehmen, dass Bungard zur Sparkasse, wenn es damals überhaupt eine gegeben hat, nicht das rechte Vertrauen besaß, jedenfalls legte er sein Erspartes in Walnuss-Pflänzlingen an, und diese Nuss-Bäumchen, Kuss-Bäumchen, Heck-mir-Geld-Bäumchen waren in jenen Jahren, als ich die Schule besuchte, gewaltige Bäume, die das kleine Haus überragten.

Da standen also diese Nussbäume, Holz für das Leben nach dem Tag der In-Ruhestellung des Lehrers, Holz für die Zukunft des Dorfes, Holz für dieses und jenes. Aus den Bäumen sollten, so hatte der Lehrer es gewünscht, Hochzeitstruhen, Betten, Wiegen, Esstische, Schaukelstühle, Kaffeemühlen, Bilderrahmen, Uhrgehäuse und selbstverständlich auch Särge gemacht werden.

„Bungard selbst hat eine Kiste aus Fichtenholz bekommen", erinnerte sich mein Vater, als von dem alten Lehrer die Rede war, „einen Fichtenholzsarg, obwohl er doch für einen Nussbaumsarg gespart hatte. Die Erben scheuten sich, einen dieser schönen Bäume zu fällen. Hätten sie es tun müssen – das haben wir uns damals gefragt."

Im Novembersturm prasselten nachts die reifen Früchte auf den Schulhof und auf das Kopfsteinpflaster der Straße. Nüsse waren Nahrung. Nüsse, sage ich, Walnüsse, edles Erzeugnis, beste Qualität, üppige Zinsen des Finanzgebarens eines klug denkenden und gescheit handelnden Schulmeisters.

Ich hörte die Nüsse fallen; sie prasselten, krachten, trommelten in meinen Schlaf. Ich spürte ihre stachelige Schale an meiner Haut. Knaben wissen so was. Sie ahnen ja auch, wo Eichhörnchen geboren werden, Eulenkinder schlüpfen und junge Hunde zur Welt kommen.

Mitten in der Nacht stand ich auf, hinein in die wadenlange Manchesterhose, hinein in Sturm und Regen und Eulenschrei. Mondlicht lag auf der nassen Erde. Ich lief zum Schulhof, um an die Nüsse zu kommen, bevor die alten Frauen zur Messe gingen und die Früchte in ihre Handbeutel sammelten.

Ich stopfte die Taschen voll, trug Nüsse in der Mütze heim, versteckte Nüsse hinter Büchern und Dachpfannen. Klau Nüsse, sagte ich mir, wer weiß, wie es dir eines Tages ergehen wird. Heute sehe ich, dank Heinrich Bungard, dessen Klopstock-Porträt mir vor Augen schwebt, auf eine Walnuss-Kindheit zurück, um die mich jeder beneiden wird, der etwas vom Klauen und vom Abenteuer hält.

Ich bin mit Nüssen groß geworden. Damals war Krieg und Nachkrieg und wer weiß was alles. Nüsse waren besser als Brot aus Baumrinde oder Suppe aus Sauerampfer, den ich in den Wiesen am Bach suchen musste, das bitte ich zu verstehen.

Ich halte etwas von Nüssen. Meine Worte hier sind ein Lobgesang auf Nüsse. Nüsse sind ein Teil meiner Erinnerung an früher.

Heute habe ich den Herbst und den Winter hindurch bis zu den Ostereiern hin, die um Pfingsten herum nach Schwefel schmecken, Walnüsse in einem Korb liegen, einige sogar mit Schale, mit dieser grünen igeligen Haut, und dann denke ich an das Schulhaus im Nussbaum-Wald zurück und an den Lehrer Heinrich Bungard, dessen Fotografie über dem Lehrerpult hing. Und jetzt folgt die Pointe, haltet euch fest, ihr Geschichtenleser und Nachrichtenverzehrer, jetzt kommt erst die wahre Nussbaum-Freude, das reine Holzvergnügen, der Witz an der Altersversorgung, den Bungard aber nicht geplant hatte: Im Weltkrieg, der mit der römischen Nummer II belegt wird, sind die Bäume auf Befehl der Reichsregierung geschlagen worden, nicht etwa, um Kaffeemühlen daraus herzustellen. Was sie daraus machen wollten, waren Gewehrkolben. Ich erinnere mich des Unterrichts, der mir damals erteilt wurde, als ich Rekrut war.

„Kolben aus Nussbaumholz", belehrte uns der Unteroffizier, „haben sich im Nahkampf bewährt. Nussbaumholz splittert nicht. Nur ein Gewehrkolben aus Nussbaumholz ist fest genug, um damit dem Feind den Schädel einzuschlagen. Haben Sie das verstanden, Sie da, mit der Brille?"

Sie da, mit der Brille, das war ich. Ich hätte antworten müssen: Ich will aber niemandem den Schädel einschlagen.

Statt dessen sagte ich: „Jawohl, Herr Unteroffizier", und das war die Vorschrift.

Unser Tanzlehrer

Der alte Sievers war Schuster, aber er hatte als junger Mensch beim Militär Boxen und Ringen gelernt. In der Hauptsache, sagten die Leute, wäre er allerdings Tanzlehrer gewesen, vorausgesetzt, dass an der ganzen Sache überhaupt etwas Wahres dran war.

Jedenfalls gab der alte Sievers sich damit ab, den jungen Männern im Dorf ein paar Grundstellungen beim Boxen und gewisse Griffe beim Ringkampf beizubringen und die jungen Burschen sich unter seiner Aufsicht „fachmännisch" prügeln zu lassen.

Der alte Sievers konnte sich noch an Wilddiebe und Hundefänger erinnern und an den Tag, an dem sie in Spichers Hotel Kaisers Geburtstag gefeiert und das Klavier, auf dem die Hymne geklimpert worden war, durchs Fenster auf die Straße geworfen hatten, und es war ein Sozialist gewesen, der das gewagt hatte.

Am liebsten sprach er über einen Mann, der den Friseurberuf ausgeübt und ihnen gelegentlich auch Zähne gezogen hatte, ohne Betäubung, versteht ihr, was in dem Rasiersalon jedes Mal ein großartiger Spaß gewesen war für diejenigen, die keine Zähne mehr besaßen. „Verdammt, verdammt", sagte Sievers, „das waren noch Zeiten!"

Es muss so gewesen sein, dass sie beim Militär gewisse Fähigkeiten des Kanoniers Sievers Josef erkannt und ihn als Ordonanz zum Tanzunterricht abkommandiert hatten; denn neben seinem Diplom als Schuhmachermeister, unterzeichnet vom Präsidenten der Handwerkskammer, hing ein Zertifikat, das ihm die zeitweilige Tätigkeit als Tanzlehrergehilfe beim Regiment bescheinigte. Diese Urkunde war, um bei der Wahrheit zu bleiben, nicht von Kaiser Wilhelm persönlich, sondern von einem Zahlmeister unterschrieben, was ja auch schon bemerkenswert war.

Der Meister nahm immer nur wenige Burschen in die Lehre, um ihnen zu zeigen, wie man sich zur Wehr setzt und wie man sich auf dem Tanzboden bewegt. Damen waren bei diesem Unterricht, der meist in einer Scheune oder auf der Diele im Viehstall stattfand, nicht zugelassen. Damen müssen auch wohl beim Kursus in der Kaserne nicht erforderlich gewesen sein. Ich fragte mich damals schon, was ein Walzer ohne Dame eigentlich für ein Genuss sein sollte. Aber unser Schuster und Tanzlehrer hatte seine Erfahrungen mit Damen hinter sich. Er war unter allen Umständen gegen weibliche Beteiligung an unserem Lehrgang.

Wir legten selbstverständlich auch Pausen ein, ja, die Pausen waren geradezu das Wichtigste. In den Pausen gab es für jeden von uns ein Gläschen Schnaps, für den Meister allerdings mehrere „doppelstöckige", die er ohne abzusetzen hinabspülte. Er gab dann Geschichten aus dem Krieg in Russland zum Besten.

Der Meister hatte bei der Kavallerie gedient und es in der Hauptsache mit Kosaken zu tun gehabt. Kosaken waren verwegene Reiter aus der asiatischen Steppe, die das Fleisch unter dem Sattel garritten und am Lagerfeuer Lieder zur Balalaika sangen, und Wodka soffen sie die Menge. Aber obwohl Kosaken gutmütige und liebenswerte Burschen waren, sollten sie aus irgendeinem Grund niedergemacht werden. Und vergessen durften wir auf keinen Fall, dass sie einem Mann aus unserem Dorf, dem Gemeindeboten Komecker, den rechten Arm abgesäbelt hatten.

„Attacke hurra!" kommandierte der Meister, und übermütig stürmten wir Tanzschüler mit Mistgabeln und Stangen und allem, was nach Lanze aussah, gegen eine Woge herandonnernder Kosaken, um irgendwas zu retten. Aber es war niemals ganz klar, was gerettet werden sollte, das gemeinsame Vaterland oder einfach nur der verlorene Arm des Gemeindeboten.

Das Honorar für Sievers bestand aus Schnaps, für den wir Schüler das Geld zusammengelegt hatten. Geld lehnte er ab. „Kunst", sprach der Meister, „ist unbezahlbar."

Wenn der Unterricht beendet war, sagte er, dass er uns jetzt zeigen werde, was ein Mann seiner Art vermag, der beim Kaiser Tanzlehrer gewesen ist und gegen Kosaken gekämpft hat. Er bestieg einen Schemel, den er eigens zu diesem Zweck mitgebracht hatte, und fing an, sich zu drehen und aus den Drehungen einen Walzer zu machen.

Ich sehe ihn dastehen, die Arme über der Brust verschränkt, den Bauch voll Fusel, das Herz voll Feuer, den Kopf voll Erinnerung. Wir klatschten den Walzerrhythmus mit den Händen, wir johlten und schrien, und nach dieser Teufelsmusik drehte sich der Meister auf der handtuchkleinen Fläche, schnell und schneller, jetzt kein Schuster mehr, sondern ein Kosak durch und durch. Drehte sich in einem rasenden Wirbel, bis er nach einer Weile mit einem Schrei vom Schemel herabsprang.

„Na", sagte er stolz, „das macht mir einmal nach, ihr Heinis."

Mildernde Umstände für Störtebeker

Wir nannten ihn Störtebekers Junge, und das kam so: Studienrat Griesand hatte uns erklärt, dass alle Menschen Brüder seien. „Du und du und du", sagte er, indem er mit dem Zeigestock auf uns deutete, „ihr seid alle miteinander verwandt. Euch allen ist die Abstammung von Adam, dem Urvater des Menschengeschlechts, gemeinsam."

Aber da kannte der Studienrat die Knaben schlecht, die er mit dem Zeigestock zu Verwandten geschlagen hatte. Sie wollten nicht mit Krethi und Plethi verwandt sein – und wozu auch? Allen voran wehrte sich Klaus Stolpe gegen diese Zumutung. „Ich", sagte Klaus, „ich stamme von Störtebeker ab." Das verschlug dem Studienrat die Sprache. Er schloss den Unterricht mit der Miene eines Gerechten, der gottlob die Verantwortung für Störtebekers Piraterie nicht zu tragen braucht.

Irgendwann kehrte Griesand zum Thema zurück. Er hatte daheim bei einem Glas Rotwein ein schlaues Buch aufgeschlagen. „Klaus", sagte er, „du weißt, dass Störtebeker ein Seeräuber ist, nicht wahr? Er wurde im Jahr 1402 auf dem Grasbrook in Hamburg mit seinen Kumpanen gehenkt."

Ja, Klaus wusste es, und er fand es großartig – nicht geradezu das Gehenkt-Werden, jedoch den Kampf der Vitalienbrüder und Likedeeler gegen die Armut.

Das Thema forderte uns heraus, und am Ende des Schuljahrs wussten wir über die Geschichte der Freibeuterei besser Bescheid als über Cäsars Krieg in Gallien. Ob Klaus Stolpe wirklich ein Ururenkel des Seeräubers war, blieb offen. In Stolpes Familie hielt sich hartnäckig dieser Tick, mit Störtebeker verwandt zu sein.

Was bedeutete es schon, dass Störtebeker gehenkt worden war? Er hatte seine Beute mit den Besitzlosen geteilt. Er hatte der Kirche, in der er getauft wurde, bunte Fenster gestiftet. Die Fenster zeigten Stationen aus dem Leben der Hl. Amalia, der Patronin der Seeleute, in deren Schutz sich auch die Räuber duckten.

„Reden Sie ihm das Thema aus", befahl der Rektor dem Studienrat. Aber da war nichts auszureden. Störtebekers Junge hielt an seinem Stammbaum fest. Wir Mitschüler stammten von Bauern, Handwerkern und Beamten ab, lauter braven Spießern, die sich vor der Freibeuterei eher gefürchtet hätten als sie zu betreiben. Nur einer hatte den Mut, sich zu einem Bösewicht in der Sippe zu bekennen. Er, Klaus Stolpe, bat um mildernde Umstände für seinen Seeräuber.

Wenn die Schule gedacht hatte, dass aus diesem Klaus Stolpe, der hinter der falschen Flagge kämpfte, nichts Gescheites würde, dann hatte sie sich geirrt. Stolpe promovierte mit einer Arbeit über die Geschichte der Freibeuterei im 15. und 16. Jahrhundert. Er machte sich als Autor und Wissenschaftler einen Namen. Professor Dr. Klaus Stolpe, Germanist und Historiker.

Sein Lehrstuhl brachte ihm nichts. Er wurde eingezogen und an der Ostfront eingesetzt. Dort weigerte er sich, auf den Feind zu schießen. Er wurde in ein Strafbataillon versetzt und fiel vor Stalingrad beim Räumen eines Minenfeldes.

Als ich damals die Nachricht erhielt, dass Klaus Stolpe gefallen sei, lebte auch Studienrat Griesand nicht mehr. Er war ein guter Lehrer. Wenn er erreichbar gewesen wäre, hätte ich ihm einen Brief geschrieben. Ich hätte ihm gesagt, dass kein Vorbild zu gering sei, als dass es nicht auch Störtebeker heißen könnte.

Mister Fleming

Das Dorf, in dem ich geboren wurde und aufwuchs, lag in jenem Teil des Rheinlandes, der nach dem Ersten Weltkrieg von britischen Truppen besetzt wurde. Ich erlebte den Rückzug des geschlagenen deutschen Heeres. Tagelang, nächtelang marschierten feldgraue Soldaten am Haus meiner Eltern vorbei. Der Krieg war aus.

Eines Morgens im Winter – es graupelte vor den Scheiben – zogen fremde berittene Soldaten ein. Es waren Engländer. Sie wurden in der Schule einquartiert, die ohnehin geschlossen war, weil es keine Lehrkräfte gab und der alte Rektor vor Kummer einen Herzschlag erlitten hatte.

Die englischen Soldaten lagen in den Klassenzimmern auf Stroh, indes für die Offiziere und Unteroffiziere Privatquartiere bereitgestellt wurden. Meine Eltern gaben die Wohnstube an einen Soldaten ab, der Sergeant-Major war und Mister Fleming hieß. Er war ein großer, stattlicher Herr mit einem feuerroten Schnauzbart, der mir ungeheuren Respekt einflößte. Wenn Mister Fleming seine Stimme erhob, rieselte der Kalk von den Wänden und die Fensterscheiben klirrten. Diese Stimme war nur an weite Räume gewöhnt.

Wir Knaben fingen an, mit den Engländern, die wir zu Hause hatten, voreinander zu prahlen. Es wurde ein beliebtes Spiel, damit anzugeben, wer den stärksten, dicksten, gefährlichsten, besten, nettesten, wildesten, gutmütigsten oder bösartigsten Tommy hatte.

Wer schneidig reiten, wer beim Exerzieren gewaltig brüllen, wer feste saufen, wer Trompete blasen, wer beim Fußball Tore schießen, wer beim Boxen andere niederschlagen konnte, das waren unsere Helden, und niemand hinderte uns daran, sie zu verehren.

Gut. Die Engländer waren unsere Feinde gewesen. Unsere Väter hatten mit ihnen gekämpft. Aber jetzt war der Kampf beendet. Finish. Mister Fleming saß abends mit uns zu Tisch. Es wurde gelacht und gesungen, und wir alle miteinander lebten von Corned Beef, Weißbrot, Orangenmarmelade und Tee. Wir lebten verteufelt gut, und es war eine großartige Sache, dass sie uns den Sergeant-Major ins Haus gelegt hatten.

Ich, ausgerechnet ich, hatte den dicksten, lautesten, gefräßigsten und schnauzbärtigsten Tommy der gesamten Besatzungsarmee, den Sergeant-Major, den Spieß der Kompanie, einen der höchsten Soldaten im Dorf.

Und dieser Spieß, den der englische König aus Indien herbeigeholt hatte, machte mich zu seinem Spießgesellen. Er ließ mir eine Uniform schneidern, behing mich mit einer Adjutanten-Schnur, die allerdings aus deutscher Gardinenkordel angefertigt war, schnallte mir eine leere Pistolentasche um, und dann durfte ich den gewaltigsten aller britischen Soldaten auf den Exerzierplatz begleiten. Ich durfte das dicke Buch tragen, das der Sergeant-Major benötigte, um Termine einzutragen und „Anschisse“

zu vermerken. Nie ist ein vierjähriger Junge in irgendeinem Dorf der Welt von seinen Spielkameraden heißer beneidet worden.

Ich durfte reiten. Ich durfte die Maulesel mit Johannisbrot füttern. Ich durfte den Fußball tragen. Ich durfte in der Kantine Schokolade kaufen für den Spieß. Ich durfte die Trommel schlagen. Ich durfte eine Menge Dinge tun, die andere Kinder nicht tun durften. Dieser Mann mit seinem Schnauzbart und seiner Brüllstimme besaß Herz. Er hatte in Indien gedient, in einem Land, das so unvorstellbar weit entrückt war, dass er allein aus diesem Grunde schon ein Held war.

Mister Fleming hatte einen Fehler. Es lag ihm nichts daran, Deutsch zu lernen. Er sprach nach wie vor englisch. Einmal ließ er den Dolmetscher fragen, wie ein Deutscher sagt, wenn er morgens grüßt, und da brachte ihm mein Vater das Wort „Birnenstilzchen" bei. Nur der Himmel weiß, wie mein Vater darauf kam, aber er kam darauf, und der Sergeant-Major antwortete auf jeden Morgengruß stolz und laut: „Birrrr...nen...stilz ...chen".

Ich bin lange nicht mehr in meinem Heimatdorf gewesen, aber ich vermute, dass sie dort heute noch „Birnenstilzchen" sagen, wenn sie einander grüßen. So viel Vergnügen haben wir damals an dieser Narretei gehabt.

Mister Fleming war ein humoriger Mann, ein Gebirge von einem Krieger, ein Haudegen mit Herz, und alles in allem ein Mensch, mit dem man Pferde stehlen konnte.

Als Mister Fleming zehn Jahre später mit seiner Frau eine Dampferfahrt auf dem Rhein machte, kehrte er in das Dorf zurück. Dort soll er seine indische Brüllstimme noch einmal zu einem donnernden „Birrrr...nen...stilz ...chen!" erhoben und unbändig gelacht haben.

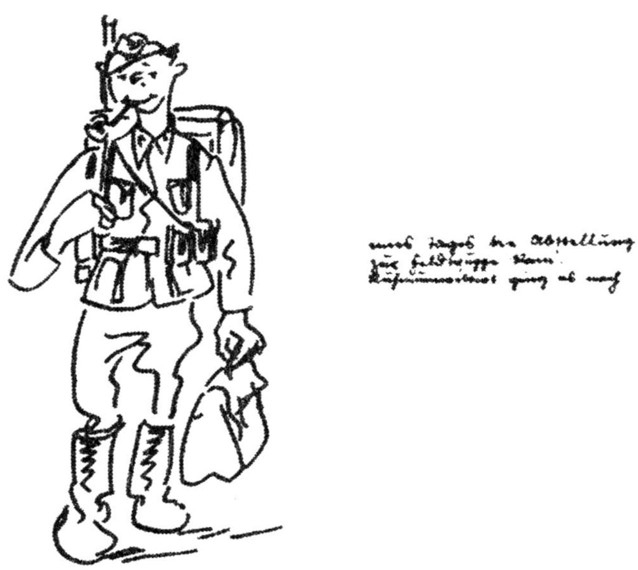

Eines Tages die Abstellung zur Feldtruppe kam. Ruhmumwittert ging es noch.

Rotbraunes Kammgarn

Als Onkel Joseph, ein Bruder meiner Mutter, zur Schule ging, das war vor dem Ersten Weltkrieg, trugen die Jungens Kleidchen, und wenn es nicht bestimmte Merkmale gegeben hätte, dies zum Beispiel, dass die Jungens kahl geschoren waren, indes die Mädchen Zöpfe trugen, wäre es schwer gewesen, Jungens und Mädchen voneinander zu unterscheiden.

„Stellt euch vor", sagte Onkel Joseph, „ein Junge in einem Röckchen, welch eine Entwürdigung des männlichen Charakters!"

Er konnte über dieses Thema stundenlang reden, und der Grund seiner Entrüstung war der, dass es nicht einmal neue Kleidchen gewesen waren, die man ihm gab, sondern dass sie aus den abgelegten Kleidern der älteren Schwester geschneidert wurden, und diese ältere Schwester war meine Mutter.

„Wenn du mich nicht in Kleidchen gesteckt hättest", sagte Onkel Joseph, „wäre ich vielleicht ein berühmter Jagdflieger geworden, und was bin ich heute? Uhrmacher und Devotionalienhändler."

Und daran trug meine Mutter nun gewissermaßen die Schuld.

Gelegentlich zog er eine speckige Fotografie aus der Brieftasche, ein Klassenfoto, auf dem Jungens in Kleidchen zu sehen waren, drei Reihen Kleidchenjungens hintereinander, jene jungen Männer, die zehn Jahre später auf den Schlachtfeldern im Westen den Tod fanden.

„Das Schlimmste war", fing der Onkel von Neuem an, „dass ich deine alten Klamotten auftragen musste und dass du nichts unternommen hast, um es zu verhindern." Er zeigte mit dem Finger auf meine Mutter, als wollte er sie durchbohren. „Ich sehnte mich nach nichts so sehr wie nach einer Hose. Aber die Hose gab es erst am Tag der Schulentlassung."

„Es waren eben andere Zeiten", sagte meine Mutter und goss dem kleinen Bruder einen Schnaps ein.

Was mich selbst betrifft, so kann ich mich an Folgendes erinnern. Ich trug Hosen, die Kleidchenzeit war vorbei, aber meine Hosen wurden aus alten Anzügen meines Vaters angefertigt. Abgesehen vom „Gesang- und Gebetbuch für den gläubigen Christen" ist für mich nie etwas wirklich Neues angeschafft worden.

Wenn ich einen Anzug haben sollte, kam eine Näherin ins Haus, die mit Fräulein Anna angesprochen wurde und Stundenlohn erhielt. Es war ein großer Tag, auf den sich meine Mutter umständlich vorbereitete; denn wenn Fräulein Anna kam, musste immer „etwas Gutes auf den Tisch kommen", und die schlichte Voraussetzung für den reibungslosen Ablauf der Näharbeiten war Bohnenkaffee mit Sahne und Zucker, der stündlich serviert werden musste.

In der guten Stube, in der das Sofa stand und der Schrank mit dem Sonntagsporzellan, wurde die Nähmaschine ans Fenster gerückt. Weil Fräulein Anna eine zierliche kleine Person war, die „ihre Eigenheiten hat", wie meine Mutter behauptete, wurde ihr ein Kissen auf den Stuhl gelegt, und dieses Kissen tauschte sie manchmal gegen ein anderes Kissen aus. Es war eben alles doch nicht so einfach, wie es aussah.

Nach dem Frühstück setzte sie sich dann auf ihr Kissen und fing an. Vaters verwetzter grauer Anzug, den er fünfzehn Jahre getragen hatte, wurde aufgetrennt. Anhand von Schnittmustern, die Fräulein Anna selbst entworfen hatte, entstand jetzt ein neuer Anzug.

Ich war als artiges Kind bekannt und hatte bei Fräulein Anna einen Stein im Bügelbrett. Ich brachte ihr bei, dass der neue Anzug möglichst viele Taschen und sogar Geheimfächer haben müsse. Fräulein Anna ging willig auf meine Wünsche ein. Einmal brachte sie es auf siebzehn Taschen in einem einzigen Anzug, und die Kunde davon machte im Dorf die Runde, sodass es später mit anderen Müttern Schwierigkeiten gab, deren Söhne ebenfalls Anzüge mit siebzehn Taschen haben wollten.

Die Näharbeiten nahmen gewöhnlich zwei Tage in Anspruch. Da ich den Anzug ja auch anprobieren musste, blieb ich an diesen Tagen der Schule fern.

„Mein Sohn konnte gestern und vorgestern nicht am Unterricht teilnehmen“, schrieb mein Vater an die Schule, „da derselbe an Durchfall erkrankt ist, und bitte ich, dieses zu entschuldigen.“

Da ich an Durchfall erkrankt war, blieb ich zwei Tage neben der Nähmaschine sitzen, las in einem Abenteuerbuch und beobachtete mit Interesse jeden Fortschritt an Fräulein Annas Meisterwerk.

Kein schöner Anzug, wahrhaftig nicht; er sah altherrenhaft und speckig aus, und aus irgendeinem Grund reichten die Hosen bis zur halben Wade.

„Lasse man“, sagte Fräulein Anna mit einem Seitenblick auf meine Mutter, „in deinem Alter wächst man schnell. Du wirst schon sehen, im nächsten Jahr passen sie dir.“

Ich war ein Bild modischen Jammers. Als ich den Anzug eine Zeit lang getragen hatte, begann ich meine Mutter zu bitten, sie möge mir doch einen ungetragenen Anzugstoff kaufen, ich hätte keine Lust mehr, Vaters alte Sachen aufzutragen.

Und tatsächlich, auf meinem Geburtstagstisch lag in Geschenkpapier gehüllt ein Stoffballen. Es war rotbraunes Kammgarn, das ihr ein Hausierer angedreht hatte, wie sich später herausstellte.

Meine Freude dauerte jedoch nicht lange. Der Stoffballen verschwand auf geheimnisvolle Weise, er kam abhanden, und wenn meine Mutter die Näherin fragte, wann sie denn mal Zeit hätte, um etwas Neues für mich zu schneidern, dann hatte Fräulein Anna Rheuma und dergleichen und kam einfach nicht mehr dazu, tätig zu sein, zumal sie jetzt auch schon Rente bezog. Es blieb beim alten Anzug.

Meine Mutter machte mir klar, dass das Leben hart sei und Geldverdienen noch viel härter und dass ich keine Ansprüche zu stellen hätte.

„Du bist der am besten angezogene Junge in der ganzen Gegend“, sagte sie, „schau dir doch die Jungs in deiner Klasse an! Geht Schneppers Klemens etwa in Samt und Seide?“

Den rotbraunen Kammgarnstoff, der Ballen eins zwanzig breit und drei Meter in der Länge, sah der am besten angezogene Junge in der ganzen Gegend unter dem Weihnachtsbaum wieder; er war eine Überraschung vom Christkind. Aber auch diesmal verschwand der Stoffballen kurz nach dem Dreikönigsfest, und wieder einmal war ich derjenige, der überhaupt keine Ansprüche zu stellen hatte.

„Junge, was verlangst du nur“, sagte meine Mutter, „so tadellos wie du ist kein Junge in deiner Klasse angezogen.“

Ich sah an mir hinab und stellte dabei fest, dass ich in die Hosen wenigstens einigermaßen hineingewachsen war.

Ich gebe zu, dass ich kein Musterschüler war und dass es keinen vernünftigen Grund gab, aus mir einen Modegecken zu machen. Tuch, das mein Vater, der stillduldende Ernährer einer großen Familie, getragen hatte, war wohl auch für mich gut genug.

Dem Ballen rotbraunen Tuchs begegnete ich noch oft, an zahlreichen Geburtstagsfeiern und an mehreren Heiligen Abenden, und immer dann, wenn meine Eltern beschlossen hatten, mir eine Überraschung zu bereiten.

„Es wäre zu schade, den schönen Stoff zu verschneiden“, sagte meine Schwester Irmgard, und ich erfuhr später auch, warum sie es gesagt hatte.

Als ich Soldat wurde und das Kleid der Ehre verpasst bekam, hätte ich gerne verzichtet, und ich wäre auch bereit gewesen, weiterhin mit Löchern in der Hose umherzulaufen, aber da halfen keine Nadelstiche und kein Klappern mit der Schere. Die Zeit fügte es, dass meine Schwester mich eines Sonntagnachmittags in der Kaserne besuchte. Es war Besuchszeit, aber da ich dem Spieß aufgefallen war wegen irgendeines Stäubchens, das in meinem Gewehrlauf zu erkennen gewesen war, reihte ich mich gerade in ein Kommando ein, das den Sonntagnachmittag mit Kartoffelschälen verbringen sollte.

Meine Schwester durfte mich bäuchlings über den Kasernenhof robben sehen, wobei ich ein fröhliches Lied zum Besten gab. Meine Schwester hatte so etwas noch nie gesehen, und ich hatte es mir auch nicht träumen lassen. Und da stand sie nun, empört und schön, und sie trug ein Kostüm aus rotbraunem Kammgarn.

Allerdings habe ich da noch
so einige teuflische Ideen
für meinen imaginären Urlaub.

„Zicke-Zacke, juppheidi schneidig, ist die Infanterie!“
So beginnt ein jeder Marsch.

Das war in Heidelberg auf dem Kasernenhof.

Im Krieg

Es war das Wort für Brot

Die Kleine, mit der ich ausging, hieß Morgen, Anny Morgen, Anny mit Ypsilon. Aber sie war nicht die Tochter des amerikanischen Millionärs. Wir waren damals versessen darauf zu heiraten, nur um eine Adresse zu haben für den Urlaub oder um Briefe zu bekommen. Ein Soldat, der keine Post empfing, war einsam.

Es war Krieg, aber noch nicht richtig Krieg, sondern Krieg mit Wacheschieben, Sockenstopfen, Gewehrreinigen, Appell in Kragenbinden, Unterricht über Verhalten bei Bauchschuss, Belehrung über Spionageabwehr, Diebstahl von Kartoffeln auf Bauernhöfen und Liebschaften mit Verkäuferinnen in Fleischerläden. Abends gingen wir mit den Mädchen in die Tanzlokale, in denen es kein richtiges Bier und keinen richtigen Kaffee gab. Es war gut, dass die Mädchen mitgehen wollten, obwohl sie nichts anzuziehen hatten.

Anny habe ich nie anders als in einem Kleid aus schwarzem Samt gesehen, das am Hals mit einem Kragen aus weißer Spitze abschloss. Immer kam sie zum Tanzen in diesem Kleid, das sie älter machte, als sie in Wirklichkeit war. Siebzehn? Achtzehn? Vielleicht. Sie sah in diesem Kleid feierlich aus, so wie jemand feierlich aussieht, der mehr weiß als andere.

Wir hatten Urlaub nur bis zwölf Uhr, und um elf mussten wir das Lokal verlassen, um die Mädchen nach Hause zu bringen und rechtzeitig im Quartier zu sein. Hatten wir uns amüsiert? Oh, wir hatten getanzt und Dünnbier getrunken.

Wir wussten nichts Lustiges. Uns fiel nicht einmal ein Witz ein. Jeder Abend, jeder Tanz, jeder Kuss konnte der letzte sein in unserem jungen Leben.

Einmal sagte Anny, und sie sagte es ohne Zusammenhang: „Woina heißt Krieg. Willst du wissen, was Brot heißt und Ei und Milch?“

„Was ist das für eine Sprache,“ fragte ich.

„Russisch.“

„Aber du bist doch Verkäuferin im Krefelder Seidenhaus“, wandte ich ein, „wozu brauchst du da Russisch?“

„Ich weiß warum", sagte sie.

Niemand an unserem Tisch lachte. Aber es glitt uns eiskalt über den Rücken. Dieses Mädchen lernte Russisch. Diese Anny mit Ypsilon. Diese Verkäuferin mit ihren Krawatten. Während wir unsere Stiefel wienerten und Gewehrschlösser ölten und von Kartoffeln lebten, lernte Anny russische Vokabeln auswendig. Woina, der Krieg.

Sie ging zweimal in der Woche zum Unterricht, nach Geschäftsschluss, nach dem Krefelder Seidenhaus, nach dem Handel mit Krawatten und Taschentüchern, und sie erfuhr, was Ei und Haus und Kind und Brot heißt.

Manchmal legte sie ihr Übungsheft auf den Tisch, auf dem das Dünnbier stand, das Heft mit den kyrillischen Buchstaben und mit dem Satz: Die Russen sind unsere Freunde.

Als der Tag kam, an dem es losging im Westen, sagte Anny: „Hast du je daran gedacht, mich zu heiraten? Jetzt ist es zu spät. Ich werde dir schreiben. Hast du dir ein paar Worte eingeprägt? Weißt du noch, was Brot heißt? Chleba."

„Es geht nach Frankreich", sagte ich.

Anny schüttelte den Kopf: „Ich habe dir gesagt, wo es hingeht. Dort sagen sie Chleba. Es heißt Brot. Vergiss es nicht."

Ich habe Anny Morgen nicht wiedergesehen und es kam auch niemals ein Brief an. Aber in der Gefangenschaft in Russland habe ich an sie gedacht und ich habe kein Wort so oft gehört wie dies: Chleba.

Es war das Wort für Brot.

„Ich habe Glück gehabt, dass ich mit dem halben Tode davongekommen bin", schrieb Schulz (2. von links) über seine traumatischen Erfahrungen in Russland. Das Foto entstand 1942 in der hart umkämpften zentralrussischen Stadt Suchinitschi. Im Herbst 1941 wurde die von der deutschen Wehrmacht besetzt, Ende Januar 1942 von der Roten Armee zurückerobert.

Mein erster Franzose oder so stand es nicht im Lesebuch (1964)

Als ich das erste Mal etwas von Franzosen hörte, ging ich noch zur Schule. Es muss in der zweiten Klasse gewesen sein, wo man „Haus“ und „Oma“ und „Igel“ schreiben lernt und für den Kampf gegen Versuchungen aller Art ausgerüstet wird. Wir hatten einen Rektor, der am Tage irgendeiner Schlacht, in der Franzosen besiegt worden waren, eine Ansprache hielt. Er sprach vom „Erbfeind“. Wenn wir erwachsen wären, sagte er, müssten wir wie unsere Väter gegen den Erbfeind antreten und gegebenenfalls unser Leben opfern.

Damals kam es mir so vor, als seien Franzosen Leute, die im Nachbardorf wohnten und dem Rektor Ärger verursacht hatten. Nach der Rede war schulfrei. Aber am Abend veranstaltete der Rektor einen Fackelzug, wobei er vor dem Kriegerdenkmal das Lied „Siegreich woll'n wir Frankreich schlagen“ anstimmte. Immerhin hatten wir den Franzosen einen schulfreien Tag und einen Fackelzug zu verdanken, ich habe vergessen, um welche Schlacht es sich handelte. Schlachten gehen sowieso immer anders aus, als sie angefangen haben.

Leider behielt der Rektor die Oberhand. Es gab zu viele Redner von seiner Art, und eines Tages stand ich tatsächlich mitten in Frankreich, auf dem Kopf einen harten Hut und in der Hand ein Gegenstand, der Karabiner 98 hieß. Und nun sollte ich gemeinsam mit den anderen den Erbfeind siegreich schlagen. Ich hatte nie einen Franzosen gesehen. Sie hatten mir nichts – und ich hatte ihnen nichts getan. Aber ich hatte Balzac, Flaubert, Maupassant und Proust gelesen und auf dem Gymnasium Französisch gelernt. Es bestand ein Widerspruch zwischen Bildung und Auftrag, der nicht allein mir zu schaffen machte ...

Aber jetzt will ich endlich meinen ersten Franzosen vorstellen. Genau betrachtet, war es eine Französin. Sie besaß nur eine Stimme wie ein Mann und handelte auch so entschlossen wie ein Mann. Sie war so etwas wie eine Eiche unter Frauen, besser gesagt, ein Walnussbaum unter Frauen; denn dort, wo wir nach dem Feldzug zur Ruhe kamen und einquartiert wurden, standen überall riesige Walnussbäume.

Es war ein kleines Dorf mit Kirche, Schule, Schloss und Bürgermeisteramt. Die Häuser waren mit Stroh gedeckt, und in den Küchen wurde am offenen Feuer gekocht. Ich kam mit einem Soldaten, der von Beruf Gärtner war, zu einer gewissen Madame Picart ins Haus. Oh, du lieber Himmel, nie werde ich diese Dame, diese fleischgewordene Tyrannin, diese Seele von Urgroßmutter, vergessen. Ich verstand zunächst kein Wort, aber es ist sicher, dass sie uns gemein beschimpft hat und nach Hause jagen wollte. Vermutlich hat sie uns Landräuber, Mörder und Hungerleider genannt. Aber dann muss der Anblick zweier Burschen, die eigentlich ganz harmlos aussahen, sie gerührt haben. Mit einem „Alors!“ wischte sie den Schwall ihrer zornigen Worte beiseite und gab den Weg ins Haus frei. Wir waren da.

Madame Picart hatte den Tisch bereits gedeckt und zwei Betten frisch bezogen. Es roch aufregend nach Lavendel. Sie hatte von Anfang an nicht vor, uns als Feinde, sondern als Dummköpfe hinzunehmen. Sehr bald stellte sich heraus, dass sie eine Art Stammmutter des Dorfes war, eine „Patronne“, deren Wort in einer Gemeinde gilt. Zahlreiche Personen erschienen, um sich nach dem Befinden von Madame Picart zu erkundigen und herauszubringen, auf welche Weise sie die beiden deutschen Soldaten umgebracht hätte ...

Aber Madame hatte nicht vor, uns umzubringen. Allmählich dämpfte sie ihren Ton, und nach dem Essen, das vorzüglich war, wurde sie geradezu mütterlich. Sie sprach jetzt betulich und langsam. Ich konnte Madame gut verstehen.

Ob wir heute noch Dienst hätten?

Nein, Madame.

Ob wir müde seien?

Nein, Madame.

„Sehr gut“, sprach Madame, „dann gehen wir jetzt ins Heu!“

Ins Heu? Von dieser Minute an standen wir bei Madame als landwirtschaftliche Gehilfen im Dienst. Wir wendeten Heu und fuhren es ein. Wir spalteten Holz und zerlegten Obstbäume. Wir kälkten den Stall und sammelten Äpfel. Madame ignorierte ganz einfach den Besatzungszustand. Krieg ist dummes Zeug, sagte sie, nützlich ist nur die Arbeit. Alors ...

Es waren vergnügliche Wochen bei Madame, und nie in meinem Leben habe ich etwas Wilderes und Großartigeres gehört als die Rede, die sie unserem Spieß hielt, als er uns eines Tages zur Wache einteilen wollte. Ich werde auch nie etwas hören, was noch wilder und großartiger ist. Ihrer Rede Sinn gipfelte in einem grollenden „Hau ab!" in reinem Landserdeutsch.

Da stand dieses Weib, verwurzelt in Frankreichs Erde, den Kopf stolz erhoben, die Arme in die Hüften gestemmt, und schleuderte den Mann des Tausendjährigen Reichs Beleidigungen an den Kopf, die er bis heute nicht begriffen hat – wenn er am Leben geblieben ist.

Ihr geschah nichts. Niemand hätte sie anzutasten gewagt. Sie war eine gewaltige Frau, die Patronin des Dorfes, die große Mutter einer wimmelnden Schar von Enkelkindern, denen sie in ihrem Garten Religionsunterricht gab. Uns hat die Lehre erteilt, dass Franzosen auch Menschen sind, dass sie Vater und Mutter haben, und dass sie die Deutschen ebenso wenig kannten, wie wir die Franzosen kannten. Der Erbfeind aus dem Lesebuch war eine Lüge.

Der Himmel rechne es mir an: Der Gärtner und ich, wir haben französische Kirchenlieder mitgesungen und mehrmals zugegeben, dass wir uns nicht hinreißen lassen würden, das Dorf in Brand zu stecken. Wir haben Madame Picart versprochen, in ihr Haus zurückzukehren, sobald der Krieg ausgestanden sei. Sie segnete uns, als es in Russland losging, wobei sie es wie in der Bibel hielt: Wir mussten uns hinknien.

Zurückkehren? Ich weiß, dass Madame Picarts Dorf mitten im Feuerbereich der Alliierten lag.

B. Schulz, 4ter von rechts, sitzend

Feldpostbrief am Abend des 19. Dez. 1941

Mein liebes, liebes Mädchen!

Der letzte Abend, den wir in Frankreich verleben. Wir haben unsre Koppel fertig am Bett hängen, den Stahlhelm, das Sturmgepäck und das alte Gewehr. Nach Mitternacht geht es los, erst müssen wir fünfzehn Kilometer laufen, dann wird verladen, und im Morgengrauen dampft der Zug ab. Die Fahrt soll zwölf Tage dauern. Zwölf Tage in einem engen, dunklen, kalten Viehwagen, und das über Weihnachten!

Wie sehr hatte ich mir diese Tage anders vorgestellt! Ich war in Gedanken schon in Osnabrück und bei Dir! Aber beim Kommis darf man nie fest mit etwas rechnen. Es kommt immer anders als man denkt ... nirgends so totsicher wie bei den Preußen. Hast Du umsonst beim Bahnhof gestanden und gewartet, oder hattest Du meinen Brief schon? Ich hoffe sehr, dass Dir diese Enttäuschung, vergebens an einer Bahnhofssperre zu warten, erspart geblieben ist. Es war für mich auch ein böser Abend, dieser 17. Dezember. Ich habe immer daran gedacht, dass ich jetzt in Osnabrück ankommen würde, und dann wäre ich bei Dir gewesen, vierzehn Tage lang ... Ich spürte, daß Du Dich sehr darüber freutest, und ich es war es bitterleid, daß ich immer noch in dieser trostlosen Baracke saß und weder zürnen noch weinen durfte. Es ist mir auch gar nicht mal so sehr schwer geworden; es war wie eine naturstarke, ausweglose Betäubung, ein Hammerschlag, eine Holzhammer-Narkose. Erst der Arbeitsurlaub abgelehnt, und dann auch noch der Erholungsurlaub futsch, das war so unmenschlich, so über alles Begreifen blödsinnig und unerwartet, dass ich mich einfach mit nichts dagegen erheben konnte. Wir haben alle zusammen furchtbar viel Sekt und Cognac getrunken, gegrölt, gebrüllt, Tische und Stühle zerschlagen. Öfen umgeworfen, Fußböden eingetreten, Lampen zerstört, Teller und Tassen geschmettert, gesungen und getrunken und alles wieder ausgekotzt ... und dann war es vorbei. Und am Morgen war es so gut wie ein alter Divisionsbefehl von jener Art, die einem Landser immer geläufig ist: Auf nach Russland! Wir sind ja auch wohl am dransten. Ich glaube, dass unsere Division die älteste in dem „Paradies" Frankreich war; denn dass die Normandie, an Russland gemessen, das Paradies war, ist ja wohl klar. Was haben wir hier bloß für Reichtümer gehabt: die Landschaft, das Klima, die zauberischen Farben, das Meer, die Butter, der Wein, der Cognac, eine unendliche und sich immer aufs Neue wieder darbietende Kette von guten Dingen. Was wird uns Russland geben? Läuse, Fleckfieber, Trostlosigkeit, Weite, Schlamm, Kälte, Gewehrfeuer. Nichts Gutes.

Vielleicht aber etwas zum Schreiben. Diesem Frankreich war ich nicht gewachsen, es ist zu groß, zu erhaben, zu farbenfroh. Die Schönheit macht mich stumm. Das weniger Paradiesische, das „dramatische" Elend liegt mir eher. Diese eine Hoffnung habe ich also. Wenn es dann im Unterstand und in den russischen Holzhäu-

sern anfängt langweilig zu werden, schreibt der Schulz wieder Geschichten. Übrigens ist mein Bändchen Kurzgeschichten jetzt erschienen. Die äußere Form gefällt mir gut, es ist so geworden, wie ich es mir vorgestellt habe. Das Papier ist auch noch einigermaßen weiß, der Druck sauber. Nur der Inhalt missfällt mir. Daran haben der Reihe nach so viele Dienststellen und Propagandastellen herumgestrichen und verbessert, umgedreht, und wieder zurechtgebogen, dass es mir vor Augen schwindelt und ich meine eigenen Kinder nicht wiedererkenne. Meine Pointen sind getötet, die Feinheiten vergröbert, es wimmelt auf jeder Seite von Allgemeinplätzen. Vokabeln wie Kampf, Pflicht, Treue, Ehre, Unsterblichkeit, Ruhm usw. gibt es bei mir nicht, „Walhall" schon gar nicht, aber in meinem Büchlein steht alles einträchtig war mir wahrhaftig zu schade dazu. Ich habe eine Anzahl „Autorenexemplare" an meine Mutter schicken lassen, sie wird Dir dann eins geben. Der Roman bei Scherl ist jetzt auch in Vorbereitung, im Frühjahr wird er wohl soweit sein. Was die Herren Zensoren daraus wohl gemacht haben?! Ich sehe schwarz ... Na, immerhin ist es doch ein Geschäft und bringt Geld ein, das ist vorläufig die Hauptsache. Ich muss doch sorgen, dass wir uns nach dem Kriege unser Heim so einrichten können, wie es uns gefällt, nicht wahr? Wäre es doch erst soweit! Ich möchte so gerne arbeiten, schaffen, etwas zuwege bringen, und wenn es auch bloß Bücher sind, stattdessen marschiert dieser Krieg immer noch und wird es auch noch unabsehbar lange tun, und ich bin mit dabei, unter Millionen einer.
Aber wieviel Hoffnung verzehrt sich in diesem einzigen Menschen, wieviel Kraft verströmt, wie viel Feuer verlodert, wieviel Sehnsucht macht sich tot, und dies so viel Millionen mal, wie es Soldaten gibt, und es ist keiner, der es ändert.
Wie wirst Du Weihnachten feiern? Hoffentlich ohne Alarm! Oder kommen die Tommys nicht mehr so oft? Besuche meine Mutter Weihnachten mal! Sechs Kinder, und dann doch allein! Das Mädchen tut mir leid. Diesmal wollte ich ihr eine gute Weihnacht bringen, und nun ist es doch anders gekommen. „Das alles danken wir dem Führer" sagen die Landser hier.
So, gleich geht der Treck los! Mal sehen, wo ich diesen Brief loswerde!?
Liebe Gerda, viele, viele herzliche Grüße und Küsse
von Deinem Berndt

21/12.
Liebe Gerda!
Haben soeben bei Dalheim die Grenze passiert. Um Mitternacht kommen wir durch Osnabrück. Es geht Richtung Königsberg.

Gruß und Kuss!
Dein Berndt

In Stettin begann die Fahrt ins Ungewisse

… vier …… fünf …… sechs …… sieben …
Preisgekrönt durch die Welt am Sonntag

„Ich will die Menschheit vertilgen von der Erden, denn es reuet mich, dass ich sie gemacht habe."
1. Buch Mose, 6. Kapitel

„Müller, hören Sie zu: Wenn drüben sieben Leuchtkugeln kurz hintereinander in Richtung Stadtmitte abgeschossen werden, beginnt russischer Großangriff. Haben Sie Angst? Unsinn. Haben natürlich keine Angst, weiß schon."
„Doch, Herr Leutnant."
„Sind wenigstens ehrlich, Müller. Wir haben alle Angst. Wollen es bloß nicht wahrhaben. Post bekommen gestern?"
„Nein. Aber Steffen hat ein Telegramm aus Hamburg bekommen. Frau und drei Kinder tot."
„So? Geht alles zum Teufel jetzt. Wir auch."
„Wie meinen Herr Leutnant?"
„Na ja. Lage fatal. Rundum eingeschlossen. Kein Ausweg mehr. Führerquartier funkt, Kampf bis zur letzten Patrone. Begriffen, Müller?"
„Tschawoll. Verdammtes Gefühl, so allmählich absaufen zu müssen."
„Vorne reinlegen, Müller. Leben auf diese Weise drei Tage länger als die anderen. Seit wann nichts mehr gegessen?"
„Weiß nicht. Vorgestern Abend zwei faule Kartoffeln. Ganz süß, brrrr … kann auch nachts gewesen sein."
„Kampfgruppenkommandeur hat erfrorenes Pferd aus vorderer Gefechtslinie holen lassen."
„Wie viel Tote?"
„Acht. Riesige Grabkammer hier. Überall Leichen. Kommt mir vor, als bräche Tod wie polypenartiges Gespenst aus Kältehimmel."
„Sprachen vorhin von absaufen, Müller. Seh'n Sie: drei … vier … fünf … ha? Wird bald so weit sein. Übrigens, wollte fragen: Haben Sie früher Bibel gelesen? Altes Testament? Steht was drin von absaufen lassen. Gottvater bereut, dass er uns erschaffen hat. Hab ich früher nicht verstanden. Hätten wir damals auswendig lernen müssen."
„Herr Leutnant meinen die Geschichte von der Sintflut? Alle kaputt bis auf einen? Machen wir hier auch. Bis auf einen, Herr Leutnant."
„Still, Menschenskind, nicht so laut. Mir war eben doch … pst … Haben Sie das gehört, Müller? Bin wahrscheinlich nervös. Entschuldigen 'se. Sechs Leuchtkugeln eben, was? Fehlt noch eine … Beobachten Sie noch, Müller?"
„Letzte Patrone gehört mir."
„Ist verboten, Sie. Machen Sie keine Dummheiten. Sind verpflichtet, letzte Patrone für Vaterland zu verknallen. Disziplin tief gesunken. Bedauerlich, bedauerlich. Mitzählen, Müller! Fünf … sechs … sieben … Toller Feuerzauber, was? Ver … stehe … kein … Wort … mehr, … hören … noch … zu … Müller … an Gottvater … denken … jetzt … verstanden …"

Russland

Schulz links. Die Aufnahme macht der Gefreite Hoffmann, er wurde dabei mit Kopfschuss getötet.

Die Krähen von Maklaki

Unterwegs hatte jemand gesagt, dass sie in Maklaki Stellung beziehen würden. Der Ort hätte ebenso gut Seminitschaskoje oder Kotobitschi sein können. Aus der Ferne sahen sich alle diese Dörfer ähnlich.

Maklaki, weiß der Himmel, wie viele Kilometer es von daheim entfernt lag.

Zeiske setzte sich an den Tisch und beschloss, sich eine Weile um nichts zu kümmern. Er war müde vom Marschieren und vom Hungern, und er dachte, dass Läuse das Schlimmste seien, das er je in seinem Leben auf der Haut gespürt hatte. Die anderen fingen an, sich auszuziehen und auf die Läuse Jagd zu machen. Es war mühsam, das winzige Ungeziefer in den dunklen Maschen des Hemdes aufzuspüren.

Als sie diesen Krieg mit den Russen anfingen, war niemand darauf gekommen, dass sie es außer mit Bolschewiken auch mit Läusen zu tun haben würden. Sie hatten nicht einmal an die Kälte gedacht. Jedenfalls hätten sie für den Feldzug in Russland lieber an warme Unterhosen und Insektenpulver als an Tornister-Schriften denken sollen.

Der Obergefreite Zeiske, Gerhard, Jahrgang 98, verheiratet, sechs Kinder, erlernter Beruf: Landwirt, kriegsverwendungsfähig, in Marsch gesetzt laut Verfügung Stellvertretendes Generalkommando XI.A.K.Abt.II/b/2 – Ablösung felddienstverwendungsfähiger Soldaten – vom 27.3.1940, war der Älteste hier. Er wusste, dass er sich bei allen Dingen, die angeordnet wurden, Zeit lassen konnte.

„Immer mit der Ruhe", mit dieser Erkenntnis hatte er bisher gut abgeschnitten. Jedenfalls hatte er genügend Männer kennengelernt, die so eifrig und so aufgeregt waren, dass es sie sofort erwischt hat, als sie eingesetzt wurden.

Vermutlich hatten sie in der Garnison Zeitungen gelesen, in denen mitgeteilt wurde, dass es sich bei den Feinden im Osten nur noch um räubernde Banditen handelte, die mit Knütteln bewaffnet wären und nur deshalb in die Dörfer einfielen, weil sie es vor Hunger in den Wäldern nicht mehr aushalten konnten.

Der Zugführer fing an, die Wachen einzuteilen. Länger als eine Stunde sollte niemand auf Posten stehen. Um Doppelposten aufzustellen, waren sie längst nicht mehr stark genug, und an Ersatz war nicht zu denken.

Viele, die vom Ersatztruppenteil abgestellt wurden, erreichten die Front überhaupt nicht. Wenn sie wachsam waren, dann ließen sie sich unterwegs die Füße erfrieren und sickerten in die Lazarette ein, bevor sie einen einzigen Schuss abgegeben hatten.

In den Garnisonen hatte es sich herumgesprochen, was im Osten auf sie wartete. Kälte wartete und Läuse und Ruhr und Gelbsucht und Malaria und Partisanen und nichts zu fressen und keine Post und keine Flieger und keine Munition und abgelöste Generale und idiotische Befehle und Zivilistentod und Judenmord und Gefangenenerschießungen und … und … und …

Das alles wartete auf sie.

Männer wie Zeiske besaßen zwar auch keine Füße, die sich bei vierzig Grad unter null wohlfühlten, aber auf eine merkwürdige Weise kamen sie mit den Mauken, wie sie ihre Füße bezeichneten, immer wieder in Gang. Zeiske zum Beispiel rieb seine Füße mit Petroleum ein. Er nannte es sein Hausmittel.

Der Zugführer kritzelte mit steifen Fingern eine Meldung an die Kompanie. Niemand war heute getötet worden. Der Zug bestand aus einem Oberfeldwebel, drei Unteroffizieren und 32 Mannschaften. 5000 Schuss Gewehrmunition waren da, 21 Handgranaten, 1 Leuchtpistole mit 7 Schuss, 3 Korbschlitten, 3 Panjepferde und der Hilfsfreiwillige Dimitrij Petrowitsch.

„Wie ist Ihre Stimmung, Zeiske?", fragte der Zugführer.

Die 8-Mann-Zelte boten für 16 Mann reichlich Platz

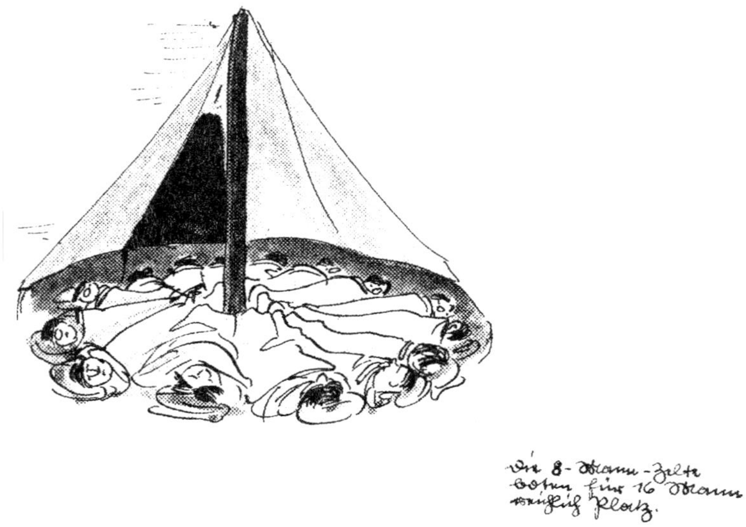

„Vortrefflich, Herr Oberfeldwebel", versicherte Zeiske, indem er den Hintern lupfte und sich an den Helm tippte.

„Vortref . . . lig . . .", malte der Zugführer mit dem Bleistift auf den Meldeblock. Stimmung der Truppe vortrefflig.

Oberfeldwebel Flemming war aktiv gewesen. Wenn Zeiske sich recht erinnerte, dann hatte er Flemming erzählen hören, dass er im Kriegerwaisenhaus aufgewachsen war. Er empfing niemals Post. Sein Vater war der Staat und seine Mutter die Kompanie. Er trug schon fast zwanzig Jahre lang Kragenbinden und Schaftstiefel.

Als Flemming den Bleistift in die Kartentasche geschoben und das Blatt abgerissen hatte, sagte Zeiske mit unverhohlenem Behagen: „Unsere Stimmung ist zum Kotzen, wenn Sie es ganz genau wissen wollen."

„Wehrkraftzersetzung", sagte Flemming.

„Erraten, Herr Oberfeldwebel."

Flemming war nahe daran zu flennen. Er wusste, dass alles zum Kotzen war. Jede Meldung, die er an die Kompanie schickte, war falsch, und weil unten schon alles falsch aufgesetzt wurde, konnte es oben niemals richtig ankommen.

Die Tätigkeit des Funkens bin ich nie leid geworden. Sie war meistens mit Funkstellen verbunden, auf denen man seine Tage nach dem schönen Liede verbrachte: „Ein freies Leben führen wir!"

Der Leutnant hätte den Obergefreiten Zeiske erschossen, wenn er diese Bemerkung gehört hätte. Oder vielleicht doch nicht erschossen, sondern Tatbericht eingereicht. Tatbericht gegen die Wahrheit. Die Wahrheit war unbequemer als der Feind.

Als der Krieg ausbrach, hatte Flemming gerade seine Zeit abgedient gehabt und sollte als Postassistent eingestellt werden. (Er hatte sich so auf einen Lodenhut mit Gamsbart gefreut.) Wenn sie gelegentlich miteinander Schnaps getrunken haben, gab er zu, dass er vom Krieg und vom Heldentod wesentlich schönere Vorstellungen gehabt hatte, als sie ihm hier in Russland vorexerziert wurden.

Er war ein gutmütiger Kerl, der gerne aß, am liebsten Eisbein mit Sauerkraut. Er hatte Sinn für die Kleingärtnerei, und er wusste, dass Goethe ein Dichter war. Um Politik kümmerte er sich einen Dreck.

Flemming war vom aktiven Dienstbetrieb so verbraucht, dass er für die Strapaze des Heldentums keine Begeisterung mehr aufbringen konnte. Er hatte bisher nicht ein einziges Mal versucht, einen Panzer zu knacken, was mit einer geballten Ladung doch ganz einfach sein sollte, wie der Leutnant munter versichert hatte.

Der Leutnant war vor wenigen Wochen erst von der Kriegsschule zur Front abgestellt worden. Er war der vierzehnte Kompaniechef, den Flemming in Russland erlebte. Ihm, Flemming, wäre es lieber gewesen, wenn sie statt dieses Jungen eine panzerbrechende Waffe zur Kompanie versetzt hätten. Der Heldentrick mit der geballten Ladung hatte bisher stets ins Massengrab geführt.

Der Zugführer zog den Kopfschützer zurecht, einen olivfarbenen Baumwollstrumpf, und ging in den Schnee hinaus, um die Gruppen einzuweisen. Zeiske übernahm als ältester Melder den Zuggefechtsstand. Er saß immer noch am Tisch und dachte darüber nach, dass er gleich die Läuse spüren würde. Es gab nichts Widerwärtigeres als Läuse.

Die Melder und der Sanitäter lagen auf dem Fußboden und schliefen, den Mantel unter dem Kopf zusammengerollt und das Gewehr zwischen den Knien. Nur die Stiefel hatten sie ausgezogen, stinkende Gurken mit unvorstellbar schmutzigen Fußlappen.

Es war unwahrscheinlich, dass die Russen in dieser Nacht die Kompanie einholen würden. Die Deutschen hatten in den Dörfern, die sie verlassen mussten, jeden Lehmofen mit Handgranaten gesprengt, und ohne Ofen war jeder verloren in diesem bitterkalten Winter. Aber vielleicht würden die Partisanen einen Angriff machen. Die Partisanen waren lästiger als die Truppe.

Zeiske begann die Frau zu beobachten, die vor dem Ofen saß und einen Säugling im Schoß hielt. Auf dem Tisch brannte eine Kerze, deren Schein nicht ausreichte, das Gesicht der Frau zu erkennen.

Der Raum bot das übliche Bild. Kein Schrank, kein Bett, kein Stuhl. Ein roh gezimmerter Tisch mit Bänken ohne Rückenlehne. Die Wände waren gekalkt, in der Ecke hingen Ikonen und ein Büschel Strohblumen.

Er hatte, solange er in Russland marschiert war, nie etwas Besseres gefunden. Alle Panjehütten sahen sich ähnlich wie ein Stück Holz dem anderen. Sie rochen auch ähnlich, nach Kartoffeln und Schweiß. Es gab Unterschiede in der Sauberkeit, das wollte er zugeben. Manche Hütten starrten vor Schmutz. Einige waren mit Zeitungen tapeziert wie das Haus der Lehrerin in Petschinkino, die ihm sowjetische Schulbücher vorgelegt hatte, in denen alle Lektionen über Deutschland lächerlich verlogen waren.

Über die Sowjets hatten sie sich in Deutschland ja auch eine Menge zusammengelogen. Diese Lügen roch sogar ein Mann wie Zeiske, der in seiner Heimat nicht weiter umhergekommen war, als eine Fahrkarte dritter Klasse auf der Kleinbahn reichte.

„Madka", redete Zeiske die Frau an, „wo ist Pan?"

Die Frau antwortete nicht. Sie hockte da in ihrer rostroten Rindslederjacke, ein Tuch fest um den Kopf geknotet, Filzstiefel an den Füßen, und blickte auf das Bündel hinab, darin sie das Kind hatte. Sie rechnete wohl damit, dass die Soldaten sie aus dem Hause weisen würden, wie andere Soldaten das auch getan hatten.

Immer, wenn Soldaten kamen, mussten die Frauen mit ihren Kindern verschwinden. Sie verkrochen sich in die Kartoffelmieten oder in die Schuppen auf der Kolchose oder Gott weiß wohin. Es war ein Wunder, dass sie überhaupt am Leben blieben draußen in der Kälte.

Und womit ernährten sie ihre Kinder? Was aßen sie selbst? Zeiske wusste es nicht. Er wusste aber, dass der Kompaniechef nichts darüber gesagt hatte, dass die Zivilisten das Dorf verlassen sollten. Vielleicht blieben sie nur eine Nacht in diesem Nest.

Mak...la...ki.

Er wollte sich den Namen merken. Es könnte sein, dass er später nicht ungern an diese Nacht zurückdenken würde. Es war so still draußen.

Zeiske griff nach seinem Brotbeutel und suchte Krusten. Wenn er Brot finden würde, dann wäre es gefroren, aber er wollte der Frau zeigen, wie man gefrorenes Brot im Munde auftauen lassen konnte, damit es genießbar wurde. Mehr besaßen sie alle miteinander nicht als gefrorenes Brot.

„Chleba", sagte er und hielt der Frau ein Stück Brot hin. Sie schaute auf und nahm an. Sie war jung, das sah Zeiske sofort, vielleicht zwanzig oder einundzwanzig Jahre, älter nicht. Ein angenehmes Gesicht. Er tat jetzt das, was er sich vorgenommen hatte. Er kniete nieder und machte der Frau vor, wie sie das Brot in der Mundhöhle aufweichen könne.

„Du sagen, wo ist Pan?", wiederholte er seine Frage.

„Pan Sibirsk", sagte die Frau mit einer Handbewegung, die Tausende von Kilometern umfasste.

Sibirsk, dachte Zeiske, da landen wir alle einmal.

In Sibirien oder im Massengrab. Massengrab ist besser.

Gegen Morgen, als er auf Wache zog, hörte er die Krähen. Seine Taschenuhr zeigte genau fünf Uhr. Die Posten hatten von der Hütte aus einen Gang durch den Schnee geschaufelt, der hier fast meterhoch lag. Der Mann, der Zeiske ablöste, übergab nicht mit der üblichen Meldung „Auf Posten nichts Neues", er sagte „Schiet" und machte sich zähneklappernd davon.

Vor Zeiskes Blick dehnte sich das hügellose Schneefeld, das am Horizont nur von einem Streifen Wald begrenzt wurde. Es war noch nicht so hell, dass er Einzelheiten erkennen konnte. Vielleicht sind sie schon da, dachte er, und bauen ihre Geschütze ein. Lange wird es nicht mehr dauern, bis der erste Schuss die Stille zerreißt.

Zeiske dachte an den dicken Mief in der Panje-Hütte, an den Lehmofen mit seinen heißen Wänden und an den Geruch von Kartoffeln. Er dachte auch an die Frau, die vor dem Ofen saß und darauf wartete, dass sie hinausgeschickt würde.

Er stellte das Gewehr an die Schneemauer und fing an, sich Nase und Ohren zu reiben, woran ihn der tiefgezogene Stahlhelm hinderte. Er würde jetzt eine Stunde lang nichts Vernünftigeres tun, als mit den Füßen auf und ab stampfen und darauf achten, dass die zweiundfünfzig Grad unter null ihn nicht ermordeten.

Er hatte Männer erlebt, die tot in ihrem Loch gestanden hatten, zu Eissäulen erstarrt. Die Kälte hatte ihren Herzschlag ausgelöscht.

Was das anbelangte, wusste er, dass er keine Minute lang aufhören durfte, sich zu bewegen und zu hoffen, dass irgendein Umstand, von dem er sich noch nichts erträumen ließ, diesen verdammten Krieg beenden würde.

Zehen krümmen, Nase reiben, Ohren frimmeln, Lippen klopfen, Hände schlenkern, Augenbrauen streicheln, das waren Tätigkeiten, die ihn auf Posten beschäftigten. Er hatte nicht vor, bei lebendigem Leibe zu erstarren.

Er kam darauf, etwas Neues auszuprobieren, und zwar versuchte er, die Nüstern zu bewegen, um die Eiskrusten aus der Nase zu entfernen. Er besaß Phantasie genug, sich einen Mann ohne Nase vorzustellen. Ein Mann ohne Nase sah wie ein Totenkopf aus.

Manchmal schaute er auf seine Hände hinab, über die er zwei Paar gestopfte Socken gezogen hatte, graue Socken mit weißen Ringen, Socken mit einem Schlupfloch für den Abzugfinger der rechten Hand. Er rechnete mit der Notwendigkeit, gelegentlich jemanden töten zu müssen.

Im Großen und Ganzen stierte er vor sich hin. Es war seine Aufgabe, das Vorfeld zu beobachten und jede Wahrnehmung, die den Feind ankündete, sofort zu melden.

Er wusste, dass links und rechts von ihm, in fünfzig Metern Abstand, andere Soldaten in anderen Löchern standen, Männer wie er mit geweißtem Stahlhelm und einem Bettlaken über dem grüngrauen Mantel, und alle dachten sie mehr an ihre Zehen als an ihr Vaterland oder an die Aufgabe, den Bolschewismus auszurotten.

Im Osten begann es hell zu werden. Ein graues, kalkig unheimliches Licht kroch über den Schnee, und fast gleichzeitig begann ihm ein messerscharfer Wind winzige Eiskörner ins Gesicht zu treiben.

Zeiske duckte sich. Er fürchtete den Wind, der sich um diese Zeit aufmachte. Stets hatte er ihn im Gesicht, und er durfte sich doch nicht abwenden, weil mit diesem Wind damals in Suchinitschi weiß vermummte Schiläufer herangeweht kamen, sibirische Scharfschützen, die ihren Auftrag schneidig ausgeführt hatten, das musste man ihnen lassen. Sie hatten die Posten getötet und geballte Ladungen in die Hüttenfenster geschleudert.

Er war müde, unsinnig müde. Seit wie vielen Monaten schon hatte er keine Nacht mehr geschlafen? Oder waren es Jahre? Manchmal kam es ihm vor, als sei er Jahrzehnte von zu Hause fort. Er konnte sich kaum noch vorstellen, wie es war, hinter einem Pflug zu stapfen oder sonntags zur Kirche zu gehen.

Er hatte Nacht für Nacht auf Posten gestanden, war geweckt worden und hatte andere geweckt, hatte den Stahlhelm aufgesetzt und das Gewehr ergriffen, dessen Bestandteile er bis zum Überdruss auswendig kannte, und war zu seinem Postenbereich getorkelt. Nacht für Nacht, in denen er nichts Gescheiteres vollbracht hatte, als sich gegen diese lähmende Müdigkeit aufzulehnen. Der Krieg bestand für Fußsoldaten nur aus der Mühsal, sich wach zu halten. Wer sich vom Schlaf überwältigen ließ, konnte sicher sein, dass die Ortsgruppe daheim seinen Heldentod stolz besingen würde. Frau Anna Zeiske, geborene Möllmann, wohnhaft in T., An der Kante 7, würde eine Nachricht erhalten, aus der sie entnehmen könnte, dass der Obergefreite Zeiske von der 9. Kompanie des 348. Infanterie-Regiments einer der Besten gewesen sei: „Sein heldenhafter Tod und sein vorbildlich tapferer Einsatz für das Großdeutsche Reich werden dem Andenken der Kompanie stets teuer sein." Stempel und Unterschrift.

Plötzlich hörte Zeiske das Gekrächze wieder. Krähen, dachte er, da sind Krähen. Er hatte in Russland ganze Wolken von Krähen gesehen, auf den riesigen Äckern, in der schneeigen Luft, in den undurchsichtigen Wäldern. Im Osten gehörten Krähen zur Landschaft wie Birken, Panjehütten, Zwiebeltürme, Sonnenblumenfelder, Froschtümpel und Schlammwege.

Das Gekrächze erscholl hinter ihm. Zeiske wandte sich um und sah über die Strohdächer der Panjehütten das schwarze Geäst von Bäumen emporragen. Er erinnerte sich jetzt, beim Einmarsch ins Dorf diese ungewöhnlich mächtigen Bäume bemerkt zu haben. Sie standen in einer Senke zwischen den Häuserzeilen. In ihren breit ausladenden Kronen war die Herberge der Krähen von Maklaki. Die Bäume waren lebendig, es wimmelte in ihnen von Leben. Das schrie und schrie und schrie.

Von heute an würden ihm immer, wenn er an Maklaki zurückdenken wird müssen, die Krähen einfallen. (Vorausgesetzt, dass es ihm weiterhin vergönnt war, sich überhaupt an etwas zu erinnern.)

Solange er dort stand in seinem Schneeloch, wuchs das Geschrei der Krähen hinter ihm. Die Luft war erfüllt vom begehrlichen Krahkrah und vom Flügelschlag dieser finsteren Gesellen des Winters.

Der Obergefreite brachte auf merkwürdige Weise die Krähen in Verbindung mit seinem Schicksal. Es war ihm, als hätten die Vogel Gewalt über das Dorf Maklaki, über das weite schneeverkrustete Land, über die Sonne, die jetzt purpurfarbig aufquoll, und über die Menschen, deren dünnen Herdrauch er aufsteigen sah in der Frühe.

Bäume voller Krähen. Hunderte von krächzenden, flügelschlagenden, her und hin flatternden schwarzen Knäueln, die bei Sonnenaufgang aus dem Schlaf erwachten.

Als er abgelöst wurde, war es sechs Uhr. Es war beinahe hell. Der Schnee hatte eine bläuliche Farbe angenommen. Im Dorf wieherte ein Hengst, eines dieser zottigen, treuen Panjepferdchen, die mit morschem Holz und muffigem Stroh gefüttert wurden und die dennoch ihr Leben nicht aushauchten. Sie waren die Einzigen, die der Kälte standhalten konnten.

Die Frau hatte ihren Lederrock abgelegt und machte sich am Ofen zu schaffen. Flemming lag auf der Erde und schlief. Auch die beiden Melder und der Sanitäter schliefen. Zeiske nahm die Blenden von den Fenstern und löschte die Kerze. In einer Stunde wollte er den Zugführer wecken und sich selbst hinlegen. Schlafen und wachen, daraus bestand ihr Leben, und manchmal marschierten sie.

Marschieren war gut, besonders dann, wenn es ohne Gefecht weiterging. Zu Anfang des Krieges waren sie nur marschiert. Damals hatten sie sogar gesungen. Heute wusste er nicht mehr, wie es geklungen hatte.

„Kartoschki?", fragte Zeiske.

Die Frau nickte. Sie hatte verstanden. Der Soldat wollte Kartoffeln essen. Kartoffeln waren das Einzige, was sie noch besaßen.

Der Soldat half der Frau, ein Brett aus dem Fußboden zu lösen. Dort unten lagen die Kartoffeln, Nahrung der armen Leute, Wegzehrung der Marschierer, Futter des Viehs.

„Karosch", sagte er. Verhungern würden sie hier also vorläufig nicht. Von Kartoffeln konnte man leben. Mehr als Kartoffeln und Pferdefleisch hatten sie den ganzen Winter über nicht zu kauen gehabt.

Die Frau füllte einen zwiebelförmigen, eisernen Topf mit Wasser und Kartoffeln. Mit einer Stange, die vorne einen zangenartigen Griff besaß, schob sie den Topf ins Feuer.

„Du heißen?", fragte Zeiske.

„Alexandra", entgegnete die Frau.

„Und Kind?"

„Pjotr."

Das Kind war ein Knabe, ein neugeborener Russe, einer von denen, die später sagen würden, dass sie unter dem Donner der Kanonen zur Welt gekommen seien.

Der kleine Russe hing in einer viereckigen Kiste an der Decke. Zeiske kannte diese Art von Wiegen. Er ließ die Kiste herab und schaute sich den Knaben an. Die Frau trat neugierig und zugleich erschreckt näher. Zeiske schnalzte mit der Zunge und hielt seinen Zeigefinger hin.

„Dudududu", machte Zeiske, „willst du wohl schlafen, du Bengel."

Zu Hause hatte er mit seinen Kindern ähnliche Gespräche geführt, „dudududu" und „wo ist er denn, der kleine Mann".

Er war sich mit solchem Gerede immer ein bisschen albern vorgekommen, aber hier verstanden sie es nicht.

Die Frau schien sich zu freuen. Dudududu war besser, als vor die Tür gesetzt zu werden.

Nachher aßen sie zusammen die Kartoffeln auf, wozu Zeiske das Salz stiftete, und dann zeigte er der Russin Bilder seiner Frau und seiner sechs Kinder, seines Hofes und seiner preisgekrönten Zuchtkuh Selma.

„Gehört alles mir", sagte er stolz.

„Germanski prima", lächelte die Frau.

Tag um Tag standen sie auf Posten. Es war das alte eintönige Leben, das aus Schlafen, Essen, Waffen reinigen, Rasieren, Läuse knacken und aus endlosen Gesprächen bestand. Die Melder brachten von ihren Gängen zum Kompanie-Gefechtsstand jene Parolen mit, die von Gruppe zu Gruppe durchgehechelt wurden.

Postempfang. Verpflegung. Luftkrieg in der Heimat. Urlaub. Ablösung. Weiber. Tabak. Partisanen.

Es waren immer dieselben Worte, die sich im Kreise drehten wie der Wunsch, aus dem Dreck herauszukommen. Aber an Ablösung war nicht zu denken, so groß ihre Verluste an Menschen und Material auch sein mochten. Statt des versprochenen Urlaubs wurden Auszeichnungen verteilt; eine einzige Stunde daheim wäre ihnen lieber gewesen als ein Stückchen Blech.

Die Front blieb ruhig. Es hieß, dass Verstärkung und Waffen unterwegs seien und dass sie Maklaki bis zur Frühjahrsoffensive halten müssten.

Die Kälte war bitter. Aber der Schneesturm hatte nachgelassen, und es gab Stunden, in denen der Himmel blau sein konnte und die Sonne spüren ließ.

Flemming hatte die vorgeschobenen Stellungen in seinem Abschnitt mit Brettern, Balken, Steinen und was sie in den Hütten auftreiben konnten, verstärken lassen. Von Posten zu Posten wurden Laufgräben geschaufelt. Eine Alarmvorrichtung sollte angelegt werden.

Der Feind hatte sich, abgesehen von einzelnen nächtlichen Bombenabwürfen, die keinen Schaden anrichteten, noch nicht blicken lassen. Jedoch zeigte Gewehrfeuer hinter der Front an, dass die Partisanen den Nachschubkolonnen den Weg nach vorne zur Höllenfahrt machten. Die Rollbahn war für jeden Fuß und jeden Schlitten mit Lebensgefahr verbunden. In den dunklen, langen Nächten bauten die Partisanen ihre Holzminen ein, gegen die es keine Abwehr gab.

Alexandra, deren Mann die Sowjets nach Sibirien verbannt hatten, war den Germanskis, besonders dem Obergefreiten Zeiske, der so väterlich Dudududu sagen konnte, mit Handreichungen dankbar. Sie wusch die Kochgeschirre und Trinkbecher aus, nahm das Ofenfeuer in ihre Obhut und sorgte für heißes Wasser.

Solange die Front sich geduldig verhielt, wollten sie die Gelegenheit nutzen, um sich gründlich zu waschen und die Füße zu pflegen. Die Anwesenheit einer Frau gab dem Quartier, das sich stündlich in einen Frontbunker verwandeln konnte, etwas Sonntägliches.

Die Landser sahen nicht ungern zu, wenn Alexandra den Säugling aus der Wiege hob und an die Brust nahm. Sie wurden nicht ungehalten, wenn das Kind zu greinen anfing und die Frau den Kasten an der Decke in schaukelnde Bewegung brachte und dazu sang.

Alexandra schlief auf dem Ofen; mit der Wiege war sie durch eine Schnur verbunden, die sie sich um den Zeh geknotet hatte. So konnte sie die Wiege in pendelnder Bewegung halten. Die Lieder, die sie sang, waren traurig.

In Deutschland sangen die Mütter lustigere Lieder. Aber wer wusste denn, ob die daheim überhaupt noch sangen? Vielleicht kannten die Mütter für den Krieg eine andere Art von Wiegenliedern. Lieder, in denen der Vater tot und das Haus abgebrannt war.

Wenn Zeiske den Zugführer vertrat und allein in der Hütte wach saß, die Ohren angestrengt jedem fremden Geräusch nachtastend, genoss er die traurig-familiäre Stimmung, die Alexandras Liedchen hervorzauberten. Er erinnerte sich an Nächte, in denen seine eigenen Kinder krank gewesen waren. Singend war er mit dem weinenden Kind auf dem Arm in der Schlafstube auf und ab gewandert. Er hatte gesungen, was ihm aus der Schulzeit her eingefallen war, nicht schön, das versteht sich, aber es hatte doch geholfen, das Kind gesund zu machen. Zeiske war der geborene Vater.

Überhaupt hatten diese Nachtstunden in der Hütte in Maklaki für den Obergefreiten etwas wohltuend Einfaches an sich, geradezu Biblisches, das seiner bäuerlichen Herkunft und dem daraus herrührenden Pulsschlag seines Lebens entsprach.

Der erste Eindruck von Russland war niederschmetternd.

Er hörte so gern den Samowar singen.

Er saß da und trank glühheißen Tee und knetete mit den Fingern Wachs, das von der Kerze herabgeflossen war. Auf der Tischplatte mit ihren Rissen wimmelte es von Insekten, die das Licht hervorgelockt hatte. Da waren glotzäugige Käfer mit schillernden Rückenpanzern, langbeinige Spinnen, vielfüßelnde Raupen, hässliche Wanzen und Schaben von vielerlei Art und Aufdringlichkeit. Dazu sirrten in der stickigen Luft Mücken und Motten.

Ein eigenartiger Tiergarten, der sich da auftat. Unmöglich, auf der Tischplatte auch nur Platz für einen Bleistiftstummel zu finden. Zeiske versuchte es. Sofort zog das Ungeziefer prozessionsartig am Bleistift hoch und begann, die Hand zu erobern. Angeekelt schüttelte er das Geschmeiß ab.

Ihm war diese Ansammlung von lautlos krabbelnden und ziellos umherwimmelnden Insekten nichts Neues, aber er hatte noch nie so viel Muße gehabt, sie zu betrachten wie jetzt. Er ließ sie gewähren.

Flemming hatte sich für die Nachtwache (er schrieb dann seine Meldungen) eine Latte angeschafft, mit der er das Ungeziefer vom Tisch herunterschabte, was freilich nicht viel nützte; denn sofort war es wieder da. Merkwürdig blieb nur, dass sich das Geschmeiß verkroch, sobald das Tageslicht hereinbrach.

Dann hörte Zeiske wieder die Krähen, die in ihren Schlafbäumen wach wurden und die Luft mit Gekrächze erfüllten.

In der folgenden Nacht meldeten die Posten, dass sie im Vorfeld Motorengeräusche wahrgenommen hätten. Der Feind brachte seine Geschütze in Stellung.

Jetzt hatten sie Angst. Sie wussten, was bevorstand.

Der Artilleriebeobachter im Zwiebelturm der Kirche bestätigte die Meldung. Der Feind bewegte sich ohne Vorsicht; er kannte die Verluste des Gegners.

Nun hatten die Männer in Maklaki nicht mehr lange zu warten, bis der Schnee sich schwarz färben würde beim Einschlag der Granaten. Zeiske wusste, wie das aussah. Er hatte oft genug erlebt, wie die weiße Erde sich mit kreisförmigen schwarzen Flecken anschmutzte und kohliges Holz, Pferdekadaver und Menschenleichen hinzukamen. Er kannte das Winterschlachtfeld, dessen Anblick schrecklicher ist als irgendetwas anderes im Kriege.

Die erste Granate, die in Maklaki einschlug, es war genau zwölf Uhr fünfzehn und sie hatten gerade eine frische Urlaubsparole durchgenommen und es war die Zeit, in der sie die Essenholer mit den Kanistern und Munitionskisten zurück erwarteten – diese erste verdammte Granate krepierte vor dem Gefechtsstand des Oberfeldwebels Flemming.

Die Sprengstücke zerschlugen die Fensterscheiben, den Rest an Glas, der noch in den Löchern steckte, und verwundeten die Russin Alexandra Smirnikoff, die vor der Tür deutsche Soldatenhemden zum Trocknen aufgehängt hatte.

Von dieser Sekunde an schlug in Maklaki in regelmäßigem Abstand von fünf Minuten eine schwere Wurfgranate ein.

Die deutsche Artillerie antwortete nicht, weil es keine deutsche Artillerie gab. Die Geschütze waren beim Rückzug im Schnee stecken geblieben und gesprengt worden. Die Panzer waren zerstört worden, weil es kein Benzin gab, und die Stahlwagen ebenfalls, weil die deutschen Ackergäule, für die sie eingerichtet waren, einfach stehen geblieben und verreckt waren. Die Kälte hatte zuerst die Pferde umgebracht.

Zeiske fragte sich, ob sie eines Tages nicht auch die Landser einfach im Stich lassen würden, weil sie keine Geschosse und keine Lügen und kein Brot und keinen Zuspruch mehr hatten.

Aber die Landser konnten immer.

Ohne Munition.

Ohne Lüge.

Ohne Brot.

Ohne Zuspruch.

Die Landser duckten sich in ihre Schneelöcher, als ob ihnen die eisverkrusteten Wände hätten Schutz bieten können vor den Granaten.

Die Tage der Ruhe waren vorbei. Der Stellungskrieg hatte begonnen. Zeiske hätte gern gewusst, auf welche Weise man den Russen die Ratschbumm wegnehmen konnte.

Vorerst begnügten sie sich damit, die Fenster mit Holz und Stroh zu verschlagen. Sie lebten in der Hütte bei Kerzenlicht, oft sogar in völliger Dunkelheit, weil sie Wachs sparen mussten für den Notfall. Es war ja noch lange nicht Not.

Um die Hütten färbte sich der Schnee schwarz mit schwefelgelben Tupfen.

Eine Granate tötete auf der Straße einen russischen Hilfswilligen und zwei Schlittenpferde. Tagsüber durfte in den Lehmöfen kein Feuer mehr unterhalten werden; denn die Russen schossen sich auf die Rauchsäulen ein.

Die Kälte fraß sich durch das Holz. Flemming sagte nichts. Zeiske sagte nichts. Niemand sagte etwas.

Sie hatten die Lust verloren, über irgendetwas miteinander zu reden.

Alexandra war verwundet worden. Sie hatte Hemden zum Trocknen aufgehängt. Landserhemden, und dabei war ihr ein Granatsplitter in die Hüfte gedrungen. Sie glaubten jedenfalls, dass es die Hüfte sei.

Alexandra war hingesunken wie ein Stück Holz, das jemand fallen ließ. Vielleicht hatte sie sogar damit gerechnet, dass es ihr geschehen würde. Kein Schrei kam über ihre Lippen. Sie lag da und rührte sich nicht mehr.

Zeiske und ein Melder trugen die junge Frau in die Hütte und legten sie auf eine Decke. Indes die anderen die Fenster notdürftig mit Stroh verstopften, um die Kälte abzuwehren, untersuchte der Sanitäter die Wunde.

„Im Bauch hat sie das", sagte er.

Sie zogen ihr die Röcke aus und nahmen ihr das blutige Zeug weg. Der Splitter hatte ihr die Bauchdecke aufgerissen. Der Sanitäter bedeckte die Wunde mit Mull. Es war ihm nie eingefallen, dass er im Krieg je mit einer Frau zu tun haben würde.

„Sie muss eine Spritze haben", sagte er, „wir müssen sie zum Verbandsplatz bringen."

„Die behandeln keine Russen", sagte Flemming.

Draußen krepierte eine Granate. Der Druck presste das Stroh heraus. Grauer Staub rieselte von der Decke. Eiskalte Luft stach in die Hütte.

„Verdammt! Was machen wir?", stammelte der Sanitäter, „sie stirbt uns unter den Händen weg."

Es war verrückt, dass eine junge Frau dalag und an der Hüfte verwundet war und keinen Laut von sich gab. Einmal schien es ihnen fast, als ob sie lächeln wollte, weil so viele hilflose Männer sie umringten. Sie nahm Zeiskes Hand und hauchte: „Pan ... dobre Pan ... dobre Pan ..."

Guter Mann, hieß das. Aber was sollte der gute Mann jetzt anfangen? Wer konnte ihm sagen, wie man Granatsplitter entfernt, die einer jungen Mutter den Leib aufgerissen haben?

Oben in der Wiege lag das Kind, der kleine Pjotr, der Sohn eines nach Sibirien verbannten Russen. Aber vielleicht war er inzwischen begnadigt und zur Armee eingezogen worden, Pjotrs Vater und Alexandra Smirnikoffs Ehemann.

Alexandra, die dalag und deren Leib aufgerissen war.

Immer wieder krachten Granaten in die weiße Stille und in die Ratlosigkeit der Männer in Flemmings Gefechtsstand, der einmal das Haus von Fedor Smirnikoff gewesen war.

Jemand riss die Tür auf: „Panzer!"

Jetzt mussten sie mit ihren Waffen in die Gräben hinaus, um abzuwarten, was geschehen würde. Leben oder Tod. Und sie wussten, dass immer etwas geschah, in Suchinitschi und in Tartarinez und in Schirokowka. Immer hatte sich das ereignet, das Sterben hieß und Amputation und Wundstarrkrampf und Verbluten. Der Soldat, sagten sie, muss jederzeit auf alles gefasst sein.

Alexandra lag in der Hütte mit der Wunde im Leib. In der Wiege über ihr schrie das Kind, das die Frucht ihrer Liebe war.

Die Panzer brachen in den benachbarten Abschnitt ein. Der Leutnant, der Primus einer Kriegsschule gewesen war, hatte mit einer geballten Ladung einen T 34 gesprengt. Und ein zweiter T 34 hatte dem Leutnant, dem Besten des Jahrgangs 1940 einer Kriegsschule, den Kopf heruntergeschossen, und er lag da und war tot.

Ein Unteroffizier griff den zweiten Panzer mit einem Benzinkanister an: Er sprang auf den Panzer und goss Benzin aus. Der Panzer brannte lichterloh mit den Männern darin. So war das, und die Granaten wanderten und fetzten die Hütten kaputt und schwärzten den Schnee, den schönen weißen Schnee. Sie töteten Soldaten und Pferde, und auch den tapferen Unteroffizier töteten sie.

Und es war immer noch so, dass Alexandra allein in der Hütte lag und dass Krieg war in Maklaki und dass sie sterben musste. Über ihr schrie der Säugling in einer Wiege, die sie in Russland mit Stricken an die Decke ziehen. Ein Säugling namens Pjotr, dessen Vater in Sibirien war oder im Schnee hinter einem Maschinengewehr lag. Wer weiß das alles?

In Flemmings Abschnitt war der Obergefreite Brandes gefallen, den der Leutnant für die Beförderung zum Unteroffizier und zum Eisernen Kreuz Erster Klasse eingereicht hatte, so tapfer war er immer gewesen, und jetzt lag er mit zerschmettertem Kopf unter einer Zeltplane.

Die Krähen mischten sich hinein, zappelten und ereiferten sich über den Krach, den die Soldaten veranstalteten.

Zeiske vernahm das Gekrächze, das Höllengeschrei, diesen luziferischen Beifall. Er dachte an Alexandra, die seine Hemden gewaschen und dafür den Tod eingehandelt hatte.

Dann fiel ihm das Kind ein, das keine Mutter besaß, die es nähren konnte, und keinen Vater, der es in den Schlaf singen würde. Niemals würde Pjotr die Lieder seiner Mutter hören. Es war niemand da, der seine große Zehe mit der Schnur an der Wiege verknoten konnte ... niemand.

Als die Nacht über Maklaki hereinbrach, setzte das Feuer aus. Der Angriff war vorbei.

„Wohin?“, fragte Zeiske den Zugführer und deutete auf den Toten unter der Zeltplane.

„Zum Verbandsplatz“, antwortete Flemming, „dort machen sie ihm die Papiere fertig.“

„Papiere fertig ist gut“, sagte Zeiske. „Ich nehme die Frau mit.“

„Der Stabsarzt schmeißt dich raus.“

„Kann er machen. Ich hab dann getan, was möglich war. Zivilisten sind keine Feinde – oder doch?“

„Hau ab. Lass dir Verbandszeug geben.“

„In Ordnung.“

Zeiske befahl Dimitri, mit dem Schlitten zu kommen. In den muschelförmigen Korb betteten sie Alexandra und den gefallenen Soldaten.

Leuchtraketen fackelten in den nächtlichen Himmel, als Zeiske abfuhr. Mündungsfeuer zuckte auf und dumpfes Grollen waberte in der Feme. Die Front war unruhig geworden.

Zeiske lenkte den Schlitten an den Hütten vorbei der Kirche zu. Dort in der Nähe lag beim Bataillonsgefechtsstand der Verbandsplatz. Unterwegs kühlte er mit der Hand das fieberheiße Gesicht der Russin und versuchte, sie zu trösten.

„Doktor“, sagte er, „dann alles gut.“

Alexandra antwortete nicht. Was hätte sie erwidern sollen? Sie war geduldig.

Die Straße war besät mit Holzsplittern und dem zerfetzten Geflecht von Korbschlitten. Pferde mit aufgeblähten Bäuchen. Zerrissene Suppenkanister.

Erbsbrühe neckte den Schnee.

Die Brücke war vereist. Schade, dachte Zeiske, Erbsen sind so wichtig. Wichtiger als Patronen. Mit Erbsen kann man Leben erhalten.

Die Russen hatten ihnen das Essen vor dem Mund weggeschossen.

Neben dem Bataillonsgefechtsstand fand er das Gebäude, das ein Versammlungshaus der Sowjets gewesen war und jetzt als Verbandsplatz diente. Im Schein einer Petroleumlampe arbeitete der Arzt an einem Bauerntisch, umringt von seinen Sanitätern. Rings an den Wänden lagen die Verwundeten auf Stroh, ächzende, stöhnende, schreiende, ihr Leben auszuckende Soldaten.

Soldaten mit blutdurchtränkten Verbänden um den Kopf, mit rotem Mull an Händen, Bäuchen und Füßen. Alle trugen sie auf einem Pappschild auf der Brust ihren Namen, den Dienstgrad, den Truppenteil und die Art der Verwundung. Sie sahen aus wie mit Paketkarten amtlich zurechtgemachte Gepäckstücke, die dringend verladen werden sollen.

Zeiske gelang es, einen Sanitäter am Ärmel zu fassen. „Komm mal raus", sagte er, „ich habe draußen eine Frau liegen."

„Frau?", fragte der Sanitätssoldat, „wieso Frau? Ich höre immer Frau. Hier ist ein Verbandsplatz und kein Entbindungsheim."

„Entbindung meine ich auch gar nicht", begütigte ihn Zeiske, „sie hat für die Landser Hemden gewaschen, und dabei ist sie verwundet worden."

Zeiske wurde übel in diesem Geruch aus Chloroform, Schweiß, Blut, Jod und Eiter.

Der Soldat ging mit nach draußen, wo der Schlitten stand. Hoffentlich stehlen sie mir das Gespann nicht, dachte Zeiske. Er glaubte sich zu erinnern, dass sie selbst das Pferd und den Schlitten auch nicht gerade zugeteilt bekommen hatten. Sie hatten es irgendwann einmal „mitgenommen".

Der Sanitätssoldat zog die Zeltplane vom Gesicht des Toten und sagte: „Den kannst du hinter der Bude abladen, da hat er Gesellschafter."

Dann trugen sie die Frau durch den Flur an den wartenden Soldaten vorbei in den Raum mit der Petroleumlampe. Die Lampe hing dort wie ein Mond.

„Zivilist weiblich", meldete der Sanitäter.

Der Arzt winkte, dass sie warten sollten, bis sie an die Reihe kämen. Es bedeutete immerhin, dass sie nicht abgewiesen waren.

Zeiske kniete neben der Bahre nieder und streichelte die Hände der Frau. Er wagte nicht, sie anzuschauen. Sie macht nicht mehr lange, dachte er, sie hält es einfach nicht mehr lange durch. Als sie an die Reihe kamen, mochte mehr als eine Stunde vergangen sein. Die anderen hier waren nicht weniger schwer verwundet als Alexandra. Es geschah alles wortlos. Die Sanitäter hoben die Frau auf den Tisch und entkleideten sie.

Der Arzt musterte Zeiske.

„Verhältnis gehabt?"

„Nein", antwortete Zeiske, „sie hat Hemden gewaschen für uns."

„Verstehe."

Zeiske sah noch einmal den blutigen tiefen Spalt, den der Granatsplitter durch den Leib der Frau gerissen hatte.

Der Arzt beugte sich über die Wunde und untersuchte sie. Er horchte das Herz ab und betastete die Augen. Er ordnete irgendetwas an, was Zeiske nicht verstand. Dann brachten sie Alexandra in einen Nebenraum, darin es still war, still von den Toten, die dort lagen.

Zeiske führte den Schlitten um die Bude herum, wie der Sanitätssoldat das lang gestreckte Gebäude genannt hatte, und lud den Toten ab. Hier brauchst du dich nicht über Einsamkeit zu beklagen, dachte er.

Die Toten lagen wie Holz aufeinandergeschichtet. Sie bildeten eine Mauer aus feldgrauen Gestalten, die sich so sperrig verhielten, wie sie im Schnee bei fünfzig Grad unter null verdorben waren, mit hilflos ausgestreckten Armen und Beinen, verkrampft zusammengerollt oder in jähem Schmerz erstarrt, mit aufgerissenen Mündern und mit Augen, die glasig waren, umwickelt mit blutgesättigten Mullbinden und immer noch behangen mit Handgranaten, Brotbeuteln und Feldflaschen.

Solange die Kälte anhielt, konnte niemand diesen Erfrorenen die Augen schließen und ihnen die Hände zum Gebet falten. Es war die schauerlichste Versammlung von Toten, von der Zeiske je gehört hatte.

Er ging noch einmal in das Gebäude zurück und fragte einen Feldwebel nach Verbandszeug. „Wir besitzen selber nichts“, sagte der Feldwebel. „Die Partisanen haben heute Morgen unseren Nachschub kassiert. Wenn ihr Tote habt, müsst ihr ihnen die Verbandspäckchen abnehmen.“

„Ich habe eine Frau gebracht“, sagte Zeikse, „sie hatte einen Granatsplitter im Bauch. Bitte Herrn Feldwebel fragen zu dürfen, wie es der Kranken geht?“

„Glauben Sie komischer Vogel etwa, dass ich hier jeden Befund auswendig kenne? Wo kommen Sie überhaupt her? Hau‘ ab!“

Da war es für Zeiske gescheiter, zu verschwinden. Er wollte keine Schwierigkeiten haben mit irgendjemandem hier. Er wusste, dass Alexandra sterben würde oder bereits gestorben war. Er wusste auch, dass der Stabsarzt ihr geholfen hätte, wenn Aussicht auf Rettung gewesen wäre. Ein Granatsplitter im Leib war keine Kleinigkeit, bei einem Landser nicht, der doch etwas aushalten konnte, und erst recht nicht bei einer Frau.

Aber was machen wir mit Pjotr?, dachte er. Bin ich jetzt Vormund? Da liegt doch dieser Russenjunge in seiner „Wiege“, fünf oder sechs Monate alt, ein Waisenkind, ein armseliger Menschenwurm, der Lohn für ein paar gute Worte und der Dank für eine Hand, die trösten wollte.

Mit einem Male wurde ihm klar, dass er es war, dem die Kameraden das Schicksal des Säuglings anvertrauen würden. Durchfüttern oder töten, das war es wohl, was sie von ihm verlangen würden.

Hatte er, Zeiske, nicht den Vater herausgespielt und so getan, als wäre ihm an Kindern mehr gelegen als an einer Pfeife Tabak oder an einem Becher Schnaps? Ihm würden sie morgen zurufen: „He, Zeiske, los, stopf dem Burschen das Maul! Dieses Plärren kann kein Mensch aushalten!“

Er hatte oft genug erzählen hören, dass sie auf beiden Seiten Gefangene und Überläufer nur deshalb erschossen hatten, weil sie keinen Mann entbehren wollten, der die Herrschaften nach hinten bringen konnte, ins Lager, wo sie Gesangvereine gründeten und Däumchen drehten. Die Russen zum Beispiel rechneten damit, dass sie auf dem Transport von Partisanen überfallen wurden und dass sie dann mit den Männern in der Finsternis gemeinsame Sache machen konnten.

Der Mensch war in diesem Krieg im Osten billiger, als er es zu irgendeiner Zeit gewesen war. Die fünfzig Grad unter null, die Läuse, die Mücken, die Mäuse und die Amöben brachten mehr Soldaten um, als durch gezieltes Feuer erledigt werden konnte.

Zeiske hatte eine Mauer gesehen, einen Wall aus Toten, menschliches Grubenholz, und da sollte er jetzt ein Russenkind beschützen?

Er konnte sich nicht vorstellen, dass jemand aus Flemmings Zug oder in der Kompanie imstande sein würde, einen Säugling zu töten. Sie konnten Männer töten, aber keinen Säugling.

Die Kälte biss jetzt in der Nacht unerbittlich zu. Wie warm war es vorhin neben dem Operationstisch gewesen! Der Mief war eine erfreuliche Sache verglichen mit der Kälte hier draußen.

Über den Himmel zuckte das Mündungsfeuer der Granatwerfer.

Pratschschsch, machte es hinter ihm. Pratschsch schlug eine Granate zwischen den Hütten ein. Pratschschsch und immer wieder pratschschsch, mit tödlicher Regelmäßigkeit. Jeder Einschlag brachte die Luft in klirrende Erregung. Es klang, als würden riesige Metallplatten gegeneinander geschmettert

Es waren Geräusche aus einer Schmiede, die unvorstellbare Ausmaße besaß.

Dabei fiel ihm ein, dass er schon einmal den Eindruck gehabt hatte, der Himmel bestünde nicht aus Wolken und blauer Unermesslichkeit, sondern aus metallischen Resonanzböden, die jeden Erdenlaut mit einem dröhnenden Echo ausstatteten. Jeder Gewehrschuss löste ein donnerartiges Getöse aus. Die Kälte verzehnfachte jeden Laut, den Hufschlag der Pferde auf der vereisten Rollbahn und das Klappern des Kochgeschirrs gegen die Gasmaskenbüchse, das Knirschen der Stiefel im Schnee und das Klack beim Umlegen des Sicherungsflügels.

Kein Mensch begegnete ihm.

Er hatte das Gefühl, als sollten sie hier von den Russen nach und nach zusammengeschossen werden.

Pratschschsch.

Auf deutscher Seite fiel kein Schuss, und jetzt hätte die Artillerie antworten müssen. Aber in diesem Abschnitt besaßen sie, wie Flemming gesagt hatte, weder Geschütze noch Munition. Die Russen würden bald den Durchbruch versuchen.

Er, Zeiske, Landwirt und Familienvater, verstand nichts von Strategie, und er hatte weder eine Kriegserklärung abgegeben noch hatte er je behauptet, den Sieg erringen zu können. Die Herren, die diesen Feldzug ausgeheckt hatten und für seine Durchführung verantwortlich waren, verstanden nicht die Bohne mehr von Kriegsführung als irgendein Grenadier, der doch wenigstens vernünftig genug gewesen wäre, den Feldzug zu beenden, wenn er keine Chance mehr bot.

Überhaupt hätten Männer wie Zeiske einen Krieg erst gar nicht angefangen. Er hielt nichts von Eroberungen. Er, der gewöhnt war zu pflügen und zu säen und zu ernten, verstand nicht den Zweck dieses Kampfes. Er marschierte mit, weil er musste und weil auch die anderen marschierten, und er schoss, weil er sich seiner Haut wehren musste.

Als er in die Hütte eintrat, saß Flemming am Tisch und reinigte seine Pistole. Zeiske baute sich an der Tür auf: „Obergefreiter Zeiske meldet sich vom Verbandsplatz zurück."

Flemming nickte. „Setz dich", sagte er. Wenn sie unter sich waren, duzten sie einander. Zeiske war älter als der Zugführer, aber sie stammten aus derselben Gegend und sie hatten vereinbart, dass Flemming nach Kriegsende auf Zeiskes Hof kommen sollte, um sich satt zu essen und wieder zu Kräften zu kommen.

Bevor Zeiske Stahlhelm und Kopfschützer ablegte, sah er nach der Kiste, in der Alexandras Junge lag. Der Sanitäter hatte sich diesmal auf den Ofen gelegt und hielt die Schnur, die zur Wiege führte, in der Hand. Beide schliefen.

„Tot?", fragte Flemming.

„Tot", sagte Zeiske, „sie wollten ihr helfen, aber es war zu spät oder was. Gesagt haben sie nichts. Sie brachten sie in einen Raum, in dem es ganz still war."

„Das Sterbezimmer", sagte Flemming. „Verbandszeug mitgebracht?"

„Sie haben selber nichts. Wir sollen den Gefallenen die Päckchen wegnehmen. Tote gibt es genug."

„Den Zengerling hat's erwischt. Kopfschuss. Hier liegen seine Sachen. Hat einen Rosenkranz gehabt, der Junge. War ein guter Kerl. Bisschen zappelig. Wie alt war er eigentlich?"

Zeiske hob das Soldbuch von der Bank auf. „Neunzehn Jahre", sagte er, „geboren in Bunzlau, Schüler, ausgebildet als Gewehrschütze."

„Passt da noch einer hin, wo Brandes liegt?"

„Menge", antwortete Zeiske. „Sie haben den Krieg hinter sich, das ist auch was wert."

„Was Neues? Leg' schon los. Die Sanitäter wissen mehr. Ist Post angekommen? Wann gibt es Verpflegung? Und Schnaps? Wann rollen die Urlaubszüge ins Reich? Hat der Alte gute Laune?"

Zeiske schwieg. Draußen rummsten wieder die Metallplatten gegeneinander.

„Was machen wir mit Pjotr?", fragte er.

„Das frage ich mich schon seit drei Stunden. Die anderen sagen, wir sollten versuchen, irgendwo ein paar Zivilisten aufzutreiben und ihnen das Kind geben. Aber seit gestern Nacht ist hier keine Madka mehr zu finden. Die wissen, dass es losgeht."

„War nicht schwer zu erraten. Die haben das Motorengeräusch so gut gehört wie wir. Sie kennen ihre Russen. Und dass die Germanskis sie nicht schützen können, haben sie begriffen. Da sind ihnen die Partisanen immer noch lieber."

„Und Alexandra? Warum war sie nicht mitgegangen?"

„Keine Ahnung. Vielleicht hatte sie Angst. Vielleicht hatte sie von den Partisanen nichts Gutes zu erwarten. Wer weiß, warum die Bolschewiken ihren Pan nach Sibirien geschickt haben?"

„Ja", sagte Zeiske.

In der Nacht meldeten sich auf dem Gefechtsstand des Zugführers Flemming ein Unteroffizier und zwei Mann mit einer Panzerabwehrkanone. Sie sollten Stellung beziehen für den Fall, dass die Russen an diesem Abschnitt versuchen würden, mit Panzern durchzubrechen.

Der Unteroffizier war erst vor wenigen Tagen befördert worden und trug das Panzervernichtungsabzeichen. Er hatte den Feldzug vom ersten Tag an mitgemacht und gab zu, dass er die Schnauze voll hatte. Er sagte geradeheraus, dass es kein Vergnügen sei, auf einen T 34 zu schießen. Seine beiden Soldaten waren Grünlinge, die bisher nur auf dem Exerzierplatz auf Attrappen gezielt hatten.

Die Landser freuten sich, dass sie Verstärkung erhalten hatten. Ein neues Gesicht brachte immer auch neue Kraft mit.

Flemming schickte die beiden jungen Soldaten mit einem erfahrenen Mann auf Posten. Sie sollten erst das Vorfeld kennenlernen, bevor sie sich in der Hütte häuslich einrichten durften. Der Zugführer wusste aus Erfahrung, dass man in dieser Hinsicht nicht hart genug sein konnte. Übrigens waren die Männer mit guter Winterkleidung ausgerüstet.

Der Unteroffizier erzählte, dass sie in Kaminka gelegen hätten, etwa zehn bis zwölf Kilometer von hier entfernt, hinter der Front, und sie hätten eine ruhige Kugel geschoben. Es hätte dort von Beamten und Stabsoffizieren gewimmelt. Etappe eben, und jeder Zahlmeister hätte seine eigene Kuh im Stall stehen gehabt.

„Kuh?", wiederholte Zeiske ungläubig. „Sagten Herr Unteroffizier ‚Kuh'? In Kaminka gibt es Kühe?"

Der Unteroffizier lachte. „Warum nicht? Warum keine Kuh? Jeder Russe hat doch seine Kuh im Stall. Was glaubt ihr, wie fett dort die Obergefreiten sind? Sie leben wie im Frieden. Erst jetzt, wo die Front näher kommt, wird es den Stäben ungemütlich. Sie verlegen in Richtung Heimat. Außerdem sind die Partisanen aktiv geworden. Vor denen haben sie Angst."

Der Unteroffizier wusste eine Menge Geschichten zu erzählen von Partisanen, die den Zahlmeistern und Planstelleninhabern den Rinderbraten mit Arsenik vergiftet hätten. „In Kaminka sind die tollsten Sachen passiert", sagte er.

Zeiskes Gedanken kreisten um die Kuh. Er brauchte eine Kuh, eine einzige brave Kuh, fast nur eine Euterzitze, um den Säugling in seinem Schaukelkasten durchzubringen.

Die Vorstellung, dass es in Kaminka, dem Paradies der Stäbe, etwa zehn Kilometer von hier entfernt, Kühe gab, ließ ihn nicht wieder los. Er hatte plötzlich den Geruch von Kühen in der Nase. Er roch Milch, die an heißen Sommertagen auf Steinfliesen verschüttet wird. Er hörte die Zentrifuge rauschen. Er vernahm das Scheppern der schweren Milchkannen, die frühmorgens für den Transport zur Molkerei bereitgestellt werden. Er spürte die Zitzen in der Hand und lauschte dem Singestrahl der weißen Milch in den Eimer.

Schäumende weiße Nahrung: Butter, Quark, Trinkmilch, Sahne. Er wurde halb verrückt bei dem Gedanken, dass es dies alles in seinem Leben gegeben hatte. Sonntags hatten sie zum Kaffee immer Schlagsahne gehabt. Aber das war schon viele Jahre her, damals, als er Bauer war auf einem Hof in Westfalen.

In Maklaki gab es keine Kühe. Das lag wahrscheinlich daran, dass die Zahlmeister und Intendanturräte oder wie die Herren hießen, die sich im Krieg mit nichts als mit Kühen beschäftigen durften, das Vieh aus Maklaki nach Kaminka getrieben hatten. Sie hatten die Kühe vor den Russen in Sicherheit bringen müssen. Armeebefehl.

Zeiske hatte sich bisher nie um Beamte gekümmert, sie waren ihm gleichgültig gewesen. Jetzt redete er plötzlich jeden, den er tadeln wollte, mit „Beamter" an.

„Du bist auch so ein schräger Beamter", sagte er.

Was Pjotr anbetraf, so hatte selbstverständlich Zeiske seine Pflege übernommen. Stillschweigend waren sie damit einverstanden, dass der Obergefreite sich gewisse Vorrechte herausnahm. Er konnte zum Beispiel sagen: „Macht den Tisch frei. Ich will den Sauzahn trocken legen."

Sauzahn, das war der Name, den er dem Kleinen gegeben hatte. Er wollte als Obergefreiter hier nicht ganz und gar in den Geruch einer Hebamme kommen. Es war schon merkwürdig, dass ein ausgewachsener Mann, der Patronengurten und ein Maschinengewehr bedienen konnte, den rosigen Hintern eines Säuglings pudern wollte.

Aber er tat es. Wenn der Sauzahn am Leben bleiben sollte, und in dieser Sache waren sie sich einig, dann sollte er auch einen trockenen Hintern haben, sagte er.

Er fing an, bei den Gruppen um Fußlappen zu betteln, die er als Windeln gebrauchen wollte. Er gab eine Portion Tabak für eine alte Unterhose hin, aus der er ein Kinderhemdchen schnitt. Es stellte sich heraus, dass er seinen Weibern daheim scharf auf die Finger gesehen hatte. Er war nicht derjenige, der von Säuglingspflege keine Ahnung hatte.

Im Dorf schlugen Granaten ein. Die Russen setzten im Erdbeschuss Flak ein. Ratschbumm nannten die Landser dieses Geschütz, dessen besonderer Trick es war, mit Leuchtspurmunition nachts die Strohdächer in Brand zu setzen. So erfinderisch wurden die Russen mit der Zeit.

Die Leichen von Soldaten und Pferden häuften sich, die weißen Felder wurden schwarz, die letzten Fensterscheiben zerbrachen, die Kälte wurde mörderisch und die gute Suppe floss neben den toten Essenträgern in den schmutzigen Schnee.

Das Brot kam vereist zu ihnen und die Kartoffeln waren faul und die Klöße in der Suppe waren aus Pferdefleisch gemacht und in den Bäumen schrien die Krähen, diese Vögel, die sich vor nichts fürchteten.

Der Obergefreite Zeiske wusch dem kleinen Pjotr den Hintern und wickelte ihn in flanellene Fußlappen, für die er Schnaps und Tabak gegeben hatte. Er nähte ihm aus Unterhosenstoff mit grauem Stopfgarn Säuglingswäsche.

Er sang Lieder und fütterte den Kleinen mit einem Brei aus Kartoffeln und Brot, den er in seinem Munde zubereitet hatte, und er dachte an nichts anderes als daran, wie er einem Beamten die Kuh wegnehmen könne. Er träumte von Kühen.

Zeiske unterhielt sich oft mit dem Unteroffizier, der aus Kaminka gekommen war, und ließ sich den Weg dorthin beschreiben. Er fertigte sogar eine Skizze an.

„Ich weiß genau, was du vorhast", sagte Flemming, „du willst Milch für den Sauzahn holen. Du willst eine Kuh stehlen. Ohne mich, mein Lieber. Wenn das herauskommt, ist der Teufel los. Der Alte wird dich vors Kriegsgericht stellen."

„Und das Kind? Soll das Kind sterben?"

„Das ist mir egal. Du gehst nicht nach Kaminka."

„Darf ich einen Vorschlag machen?", lenkte Zeiske ein. „Herr Oberfeldwebel geben mir den Befehl, beim Bataillon Munition zu empfangen, und ich irre mich dann und lande in Kaminka, um bei den Leuten dort eine Flasche voll Milch zu holen. Ich verspreche, dass ich weder einen Beamten erschlage noch eine Kuh mitnehme. Einverstanden?"

„Nein. Ich bin nicht einverstanden. Sie ziehen auf Posten, Zeiske, und wenn Sie Ihren Postenbereich verlassen, dann heißt das ‚Wachvergehen vor dem Feinde', und darauf steht Festung oder Schlimmeres. Ich habe schon von Soldaten gehört, die an die Wand gestellt worden sind wegen dieses Vergehens."

Die Landser hörten schweigend zu. Was hier zwischen dem Zugführer und dem Obergefreiten ausgehandelt wurde, war Ernst. Sie kannten Flemming lange genug, um zu wissen, dass er stur seinen Vorschriften folgen würde.

Zeiske schien entschlossen, das Kind zu retten. Wenn die Geschichte mit Pjotr einmal Spaß gewesen war, dann war das jetzt vorbei. Zeiske musste verrückt sein, dass er annehmen konnte, sein Vorhaben würde glücken. Bis zu dieser Stunde hatten sie alle miteinander angenommen, sie seien Zuschauer bei einem Spiel, das einem ihrer Kameraden Abwechslung bereitete, solange es nicht mit Gefahr verbunden war. Aber das Spiel wurde gefährlich. Flemming und Zeiske siezten sich, das war neu und aufregend.

„Zeiske", sagten die Kameraden, „lass den Sauzahn verrecken. Der geht eines Tages doch vor die Hunde. So oder so."

Zeiske schüttelte den Kopf. Er lächelte sogar.

Gut, er hatte sich etwas vorgenommen, das irrsinnig schien, aber es war nicht so irrsinnig wie das, was sich die ganze Armee vorgenommen hatte, nämlich die Bolschewiken zu besiegen. Er, der Obergefreite Zeiske, Gerhard, Jahrgang 98, wollte weiter nichts als das Leben eines Säuglings retten.

„Ist das ein Verbrechen?", fragte er.

„Nein", antworteten sie. „Wenn du aber deinen Posten verlässt und nach Kaminka fährst, dann weißt du ja, was sie mit dir machen werden. Sie erschießen dich, und es steht als abschreckendes Beispiel im Regimentsbefehl. Wegen eines Russenbalgs? Mensch, überleg' dir das!"

Zeiske überlegte, und er war sehr einsilbig dabei. Er pflegte das Kind mit derselben Sorgfalt, die er bisher gezeigt hatte, aber er kam eines Tages damit heraus, dass Pjotr krank sei, weil er keine Milch bekäme.

„Von Kartoffeln und Brot kann er nicht leben", sagte er, „ich kriege den Durchfall einfach nicht weg."

Am nächsten Tage kam vom Bataillon der Befehl, einen erfahrenen Mann mit Schlitten abzustellen für eine Fahrt nach Kaminka; das Regiment gab Winterkleidung aus für die Fronttruppe.

„Zeiske", befahl Flemming, „fertig machen. Um 22 Uhr melden Sie sich beim Bataillon."

„Jawohl, Herr Oberfeldwebel." Zeiske wiederholte den Befehl betont zackig. Er hatte verstanden.

„Gut, der Obergefreite", sagte Flemming, und er musste jetzt doch lachen. „Hier, nimm meine Feldflasche mit. Du weißt Bescheid."

Wie auf Kommando händigten alle Soldaten in der Hütte dem Obergefreiten ihre Feldflaschen aus. Zeiske heulte beinahe vor Freude. Jetzt würde ihn niemand mehr daran hindern können, sich eine Kuh anzuschauen.

Vor der Kirche sammelten sich die Schlitten, die von den Kompanien abgestellt wurden, um in Kaminka Winterkleidung zu empfangen. In der Frontzeitung hatte ein Bericht darüber gestanden, dass die Heimat Wollzeug und Pelzwaren geopfert hätte, um den Soldaten im Osten den Einsatz zu erleichtern, und die Sportler hatten sogar ihre Skier zu den Sammelstellen getragen. Auf einem Foto waren Schülerinnen abgebildet, die soeben ihre Winterausrüstung abgegeben hatten.

Zeiske wunderte sich, dass es in Maklaki so viele Soldaten und Schlittengespanne gab. Wenn er auf Posten stand, mutterseeleneinsam in seinem Schneeloch, dann hatte er das Gefühl, weit und breit der Einzige zu sein, der eine militärische Aufgabe zu bewältigen hatte. Ihm war, als verließen sich alle miteinander auf den alten Zeiske, bei dem nichts schiefgehen konnte.

Die Front war ruhig. Auch schien es Zeiske, die Kälte hätte nachgelassen. Es war Mitte März, und er hatte erzählen hören, dass selbst in Russland der Winter einmal zu Ende sei.

Der Anblick der Pferde und Schlitten und der dick vermummten Landser, die noch auf eine bärbeißige Art humorig waren, und das Bewusstsein, endlich aus der Stellung herauszukommen und etwas unternehmen zu dürfen, lösten ein Gefühl der Zufriedenheit in ihm aus.

Ein Stabsfeldwebel nahm im Flüsterton die Meldung ab. „Rauchen verboten", sagte er, „Maul halten und zehn Schritt Abstand zwischen den Schlitten. Gewehre laden und sichern. Partisanengefahr. Durchsagen!"

Die Kolonne setzte sich in Marsch. Der Schnee knirschte unter den Kufen, und das Korbgeflecht krachte. Am Verbandsplatz wurden die Schlitten mit Verwundeten beladen. Im Mantelknopfloch trugen sie ihren Transportschein. Zeiske hoffte, dass sie Glück haben würden. Er gönnte es ihnen, dass sie heimfahren und vom Krieg in Russland in der Zeitung lesen durften.

Plötzlich fing ein Mann zu schreien an: „Nehmt mir die Füße ab ... nehmt mir die Füße ab ... macht mich tot ..." Ein Sanitäter hielt ihm den Mund zu, die Schreie erstickten unter dem Fausthandschuh. Dann trugen sie ihn in das Haus zurück.

„Der hat noch nicht gemerkt, dass er keine Füße mehr hat", schimpfte der Stabsfeldwebel.

Hinter dem Dorf glitten sie mit ihren Schlitten eine Anhöhe hinauf. Zeiske achtete genau auf den richtigen Abstand zu seinem Vordermann. Er hatte nicht vor, unangenehm aufzufallen. Es war seltsam, dass die Pferde, diese zottigen und gehorsamen Panjepferdchen, die von nichts als von Stroh lebten, nicht die leiseste Unruhe zeigten und keinen Schnaufer von sich gaben.

Unterwegs ließ der Stabsfeldwebel die Schlitten an sich vorbeigleiten und zischte den Fahrern zu: „Haut den Kerlen die Fresse kaputt, wenn sie schreien."

Zeiske tippte an seinen Stahlhelm, um anzudeuten, dass er verstanden hatte. Gut, er würde dem Kerl die Fresse kaputt schlagen, wenn er anfangen wollte zu brüllen. „Du hast das verstanden?", flüsterte er dem Verwundeten zu. Der war ein junger Bursche und hatte große ängstliche Augen im Kopf.

„Jawohl, ich bin ganz still."

„Schmerzen?", fragte Zeiske.

„Lungensteckschuss."

„Wie lange bist du hier?"

„Acht Tage."

Nach acht Tagen hatte es ihn also schon erwischt. „Daheim haben sie euch durch die Heißmangel gedreht", flüsterte Zeiske. „Stahlhelm auf, Stiefel an die Füße, Gewehr über und ab zur Front? Und jetzt sollen wir euch die Fresse kaputt schlagen, wenn ihr sterben müsst und schreien wollt."

Schreien ist ihr gutes Recht, dachte Zeiske, aber das sagte er nicht. Wenn sie schreien, fangen die Partisanen an zu schießen, und dann könnten sie mit ihrem Transportzettel irgendwo anders ankommen als im Lazarett.

Über ihnen dunkelte der mit glitzernden Sternen besetzte Himmel, überzuckt vom Mündungsfeuer der Front und erhellt von Leuchtraketen, die in regelmäßigem Abstand emporzogen und in matter Kurve erlöschend zurückfielen. Dumpf rumpelte Geschützdonner hinter ihnen. Maschinengewehre bellten in Maklaki.

Zeiske kam auf den Einfall, dem Verwundeten mit seinen bestrumpften Händen Nase und Ohren zu reiben. Sicher konnte der seiner Verwundung wegen die Arme nicht rühren, und dann konnte ihm leicht das Gesicht erfrieren.

Eine Zeit lang fuhren sie über ein Schneefeld, das platt war wie ein Servierbrett. Die Bahn war fest verharscht. Erst als sie sich den Wäldern näherten, sahen sie Minentrichter. Der Schnee zeigte seine hässlichen schwarzen Plakate, die vom Einschlag der Granaten herrührten. Zu beiden Seiten der Rollbahn mehrten sich Pferdekadaver, zerbeulte Stahlwagen, ausgebrannte Panzer, Munitionskisten, Benzinkanister und Kriegsgerät aller Art. Dazwischen lagen vom Schnee halb zugedeckte Leichen, ohne Stiefel, Strümpfe und Handschuhe. Diese gelben nackten Füße im Schnee waren das Schlimmste, das einem begegnen konnte.

Hier führten die Partisanen ihren Krieg. Sie brachten ihre Granatwerfer und Maschinengewehre am Waldrand in Stellung und nahmen die Kolonnen auf der Rollbahn unter Beschuss. Das ging dann zu wie auf einem Scheibenstand, wo man Pappkameraden und aufgemalte Wildschweine an dem liegenden Schützen vorbeiziehen lässt. Nur geschah dieses Schießvergnügen hier mit lebenden Zielen.

Zeiske hatte Glück. Den Partisanen war die Munition ausgegangen, oder sie hatten um diese Zeit Instruktionsstunde. Einmal bellte eine Maschinenpistole auf. Die Geschossgarbe zersägte einen Kübelwagen, der sich mit einem metallischen Schluchzer auf seinen eisverkrusteten Reifen drehte.

Stille.

Nach einer guten Stunde erreichten sie den Ortsrand von Kaminka. Sie passierten Postenstellungen mit Flak. Die Geschützrohre waren gegen den Waldrand gerichtet. Verkehrsschilder zeigten an, dass die Armee sich hier breitgemacht hatte. „Feldkommandantur" las Zeiske, „Reserve-Lazarett III", „Offiziersheim", „Feldgendarmerie" und „Feldpost."

Es wimmelte an Bäumen und Telefonstangen von taktischen Zeichen, deren Lektüre im Gemüt des Landsers immer Unbehagen hervorruft, jedoch auf Sicherheit schließen lässt. Aus Richtung Front war hier nur schwaches Grollen zu vernehmen.

„So, mein Junge", ermunterte Zeiske seinen Verwundeten, „du hast es geschafft. Grüß mir deine Mama, und sieh zu, dass sie dir nicht noch einmal einen Stahlhelm aufsetzen, und schreib mal an den Obergefreiten Zeiske in Maklaki."

Vor der Ausgabestelle mussten sie in endlos langer Schlittenreihe warten. Es sah nicht so aus, als ob sie hier vor Morgengrauen abgefertigt würden. Zeiske verständigte sich mit einem Gefreiten, den er aus der Rekrutenzeit her kannte. „Pass auf meinen Zossen auf", sagte er, „ich muss mal eine Besorgung machen. Zigarette?"

Der Gefreite nahm an: „Geht in Ordnung."

Zeiske hängte sich die Feldflaschen ans Koppel und marschierte los. Er erweckte den harmlosen Eindruck eines Soldaten, der den Auftrag erhalten hat, an der Feldküche Kaffee zu empfangen für seine Gruppe. Das wollte er auch antworten, wenn ihn jemand nach seinem Weg fragen würde. Außerdem gab es in dieser Stunde in Kaminka keinen Mann, der entschlossener gewesen wäre, sich nicht verblüffen zu lassen als Zeiske. Er war mit Kühen aufgewachsen, er hatte mit ihnen unter einem Dach gelebt.

Er roch die Kühe förmlich.

Zeiske schritt durch den Schnee von Kaminka, mitten in der Nacht, unter den glitzernden Sternen, bei fünfzig Grad unter null und einer verzweifelten Kriegslage. Er legte sein Ohr an die Stallwände und horchte. Er ging mit der Nase auf Jagd, und er fand eine Kuh. Aber er wollte nicht wie ein Dieb einbrechen, deshalb klopfte er an die Tür und weckte die Leute drinnen.

Ein Mann mit Nikolausbart öffnete, und Zeiske sagte ganz einfach, dass er Milch haben müsse, Melka, weiter nichts, Melka für Pjotr. Milch für das Russenkind Pjotr, dessen Mutter gestorben war.

„Maminka kaputt", sagte Zeiske. Er setzte alle russischen Brocken ein, die er kannte.

Der Mann mit dem Nikolausbart verstand. „Dadadadada", murmelte er. Wenn Männer alt genug sind, verstehen sie alles. Zeiske bekam seine Milch, alle Flaschen voll, und er durfte sogar davon trinken.

Dann leuchtete ihm Sankt Nikolaus in den Stall, und der Obergefreite legte sein Haupt an den mächtigen, gehörnten Kopf einer Kuh. Die Tränen waren ihm nahe. Er vergaß sich so gänzlich, dass er dem Alten die Hand gab und ihn bat, das Kreuzzeichen auf seine Stirn zu machen. Vor dem warmen Ofen aßen sie zusammen Brot mit Salz, und der Alte gab ihm aus einem bemalten Holzlöffel Wodka zu trinken.

Zeiske wusste, dass er zurückkehren durfte zu dem Nikolaus von Kaminka.

Zeiske traf bei seinem Zug um die Stunde ein, da die Krähen in ihren Schlafbäumen erwachten und die Luft mit heidnischem Lärm erfüllten. Immer die Krähen.

Die Russen hatten in der Nacht mit Stoßtrupps angegriffen, waren aber von den Maschinengewehren der Deutschen zurückgeschlagen worden. Kein Russe hatte lebend den Dorfrand erreicht. Der Zug Flemming hatte keine Verluste erlitten. Sie hatten Glück gehabt, und nach der heißen Nacht lagen die Landser jetzt in röchelndem Schlaf auf der Erde.

Der Sanitäter hielt Wache im Gefechtsstand. Flemming schlief auf dem Ofen, neben der Kiste mit dem Säugling.

Zeiske war wieder da. Er machte sich sofort an die Arbeit; denn noch durfte er es wagen, Rauch aufsteigen zu lassen. Die Russen hatten ohnehin die Nase voll, wenn er den Reden des Sanitäters glauben durfte, der sich seiner Taten brüstete.

Er schob ein Kochgeschirr voll Milch in die glühende Holzasche. Dann holte er Pjotr aus seiner Kiste und säuberte ihn. Er besaß jetzt schon Übung darin, den Tisch in eine Art Wickelkommode zu verwandeln.

„Warte, mein Kleiner", sagte er, „jetzt gibt's was zu trinken. Jetzt haben wir eine Kuh gefunden für dich, mein Sohn, beim heiligen Nikolaus von Kaminka. Der hat einen Bart von der schönsten und seidigsten Art, die es auf der Welt gibt. Den solltest du später besuchen, Pjotr. In Kaminka ist alles viel schöner als in Maklaki. Weißt du, dort haben sie richtigen weißen Schnee und Telegrafenmasten und ein Lichtspielhaus und eine Kirche mit drei Zwiebeltürmen. Und einen Park besitzen sie dort mit Gipsfiguren. Aber du weißt noch gar nicht, was Gipsfiguren sind, was? Na, hat ja auch noch Zeit. Bis dahin machst du noch manchen Fußlappen nass, mein Lieber."

Auf diese Weise erfuhr auch der Sanitäter, was sich in Kaminka zugetragen hatte, dass Kaminka eine kleine Stadt war mit einem Park für Genossen, und dass sich Zeiske dort sozusagen ein Milchgeschäft aufgetan hatte.

Der Obergefreite fütterte den Säugling mit seinem Essbesteck, dem aus Löffel und Gabel scherenförmig vernieteten Aluminiumgerät, das jeder Landser im Brotbeutel stecken hat. Er hatte in Alexandras Haushalt, der aus drei eisernen Töpfen und zwei hölzernen Löffeln bestand und aus sonst gar nichts, keinen Gummischnuller und keine Babyflasche entdecken können. Der Sanitäter war der Ansicht, dass es in Russland keine Lutscher gäbe. Russenkinder wurden anscheinend auf andere Weise groß.

Aber dafür waren Russenkinder auch anstelliger und anspruchsloser. Pjotr zum Beispiel begriff sofort, um was es sich handelte. Er schluckte, schluckte und schluckte.

„Der ist ja total verhungert", wunderte sich der Sanitäter, „der säuft ja wie ein Loch."

„Du darfst dich ruhig vornehmer ausdrücken", tadelte Zeiske.

Da hatten sie jetzt wahrhaftig eine Sache, über die sie lachen konnten, einen Nimmersatt von einem Pjotr, einen hartnäckig süffelnden Russensohn, der sich vorgenommen hatte, am Leben zu bleiben.

Draußen vor den Gräben lagen im schwarzen Schnee Dutzende von Iwans, Dimitris, Kolchas und Igors, die in der Nacht von den Kameraden dieses Mannes, der hier ein Russenkind großzog und für eine Feldflasche voll Milch sein Leben aufs Spiel setzte, getötet worden waren.

Zeiske hätte jetzt gern ausgesprochen, dass der Krieg eine unvernünftige Angelegenheit sei, aber er schwieg lieber. Der Krieg war so widersinnig, dass ein einfacher Mann die Worte nicht finden konnte, um seine Gedanken auszudrücken. „Scheiße", das war immer das Einzige, was ihm dazu einfiel.

Die Russen beschränkten sich am folgenden Tag auf das übliche Störungsfeuer. Eine Hütte in Flemmings Abschnitt wurde durch einen Volltreffer in Brand gesetzt. Zwei Soldaten, die Wache gehabt und auf dem Ofen geschlafen hatten, kamen mit dem Schrecken davon. Die anderen hatten draußen Schnee geschaufelt. Die Hütte brannte prasselnd nieder, der Schnee floss in schmutzigen Bächen vom Strohdach herab in die bleckenden Flammen.

So reihte sich in Maklaki eine Brandstatt an die andere. Immer dichter krochen die Landser zusammen. Immer ärmer wurden sie. Die abgebrannte Gruppe hatte ihre sämtlichen Wolldecken und Wäschebeutel und zum Teil sogar ihre Ausrüstung verloren. Die Hütten, die aus harzigem Fichtenholz und Stroh bestanden und von trockener Kälte und heißen Sommern ausgedörrt waren, verpufften wie Zunder.

Nach drei Tagen hatte Pjotr die Milch des heiligen Nikolaus von Kaminka, wie die Landser den geheimnisvollen Spender jenseits der Partisanenwälder nannten, ausgetrunken. Pjotr schrie nach Milch. Es war, als sei das Leben jetzt erst in ihm erwacht. Er ballte die Fäustchen vor seinem Gesicht und schrie.

Wenn Zeiske auf Posten stand, musste Flemming sich auf den Ofen legen und die Wiege an der Decke schaukeln. Es schien für sie alle miteinander selbstverständlich zu sein, dass sie den Säugling durchbringen wollten. Wenn es ihre Absicht gewesen wäre, ihn zu töten, hätten sie es früher ausführen müssen. Jetzt war es zu spät, und sie freuten sich, dass es zu spät war.

Als Zeiske die Feldflaschen wieder einsammelte und das Pferd an den Schlitten schirrte, sprach niemand ein Wort, nicht einmal Flemming, der doch verantwortlich für alle war. Sie hatten erwartet, dass Zeiske fahren würde.

Untereinander vereinbarten sie, dass jeder von ihnen in der Nacht eine halbe Stunde länger auf Posten stehen sollte, um den fehlenden Mann zu ersetzen. Der Sanitäter, der ohnehin für Puder und

Vaseline zuständig war, sollte die Pflege des Säuglings übernehmen, wenn der Obergefreite unterwegs war.

Pjotr war die Geheime Kommandosache des Zugs Flemming geworden. Niemand wagte auszusprechen, was geschehen würde, wenn der Kompaniechef von Zeiskes Ausflügen erführe. Sie durften nicht erwarten, dass alle Kompanieangehörigen eine weiche Stelle besaßen für die Söhne von Männern, deren Feinde sie waren. Wenn es herauskam, dann war allein Zeiske der Mann, der sich verantworten musste, und das wusste er.

Flemming hatte ihm den Befehl gegeben, beim Bataillon Munition anzufordern. Auf diesem Wege mochte der Obergefreite sich dann irren, wenn es ihm gelang, so viel Dummheit aufzubringen.

Es klappte besser, als sie gehofft hatten. Zeiske brachte Gewehrmunition, Milch und sogar Post mit. Es war das erste Mal, dass sie in Maklaki Post empfingen. Dem Zeiske war alles zuzutrauen, selbst eine so merkwürdige Sache wie die, ein Feldpostamt zu plündern. Zeiske brachte einen Papiersack voll Liebesgaben mit, Zigaretten, Würfelzucker, Zahnpasta, Einlegesohlen, Hautcreme, Dreigroschenhefte, Bonbons, Schokolade, Salmiakpastillen und alles, was sie sich so heftig gewünscht hatten.

Zeiske wurde für sie der Mann, der in der Welt herumreiste und gute Dinge mitbrachte.

Einmal teilte er sogar vier Brote, zwei Büchsen Schmalz und eine Flasche Wodka auf die Hüttenbewohner auf.

„Alles vom heiligen Nikolaus von Kaminka?", fragten sie.

Die Kerle freuten sich wie Kinder. Es war eine Ewigkeit her, dass sie Salmiakpastillen gesehen hatten.

„Fragt mich nicht", wehrte Zeiske ihre Neugier ab. Er sagte nichts darüber, dass bei jenem weißbärtigen Russen in Kaminka die trüben Tassen einer Feldpostdienststelle in Quartier lagen, die das Postgut gefallener Soldaten unter sich aufteilten und vom guten Essen dicke Köpfe bekommen hatten.

Zeiske kannte sich jetzt schon aus in Kaminka. Mit seiner Bauernschläue kam er an jedem Posten und an jedem General vorbei. Er spielte den Melder vom Bataillon zum Regiment, der stur irgendeiner Sache nachläuft.

Niemand hatte Veranlassung zu glauben, dass Zeiske diesen Weg von Maklaki durch den Partisanenwald nach Kaminka freiwillig zurücklegte. Es war ein Himmelfahrtskommando, auf dessen löblichen Ausgang man jede Wette abschließen konnte.

Wer auf Zeiskes Tod eine Zigarettenkippe setzte, musste gewinnen.

Tauwetter kündigte sich an. Sie spürten jetzt deutlich, dass die Kälte nachließ, besonders in den Mittagsstunden. Es zeigte sich auch daran, dass das Ungeziefer in den Hütten überhandnahm. Viele standen mit hohem Fieber auf Posten: Malaria hatte sie gepackt. Anderen taten die Schienbeine weh, und sie knickten vor Schmerzen zusammen. Das nannte der Sanitäter das wolhynische Fieber, und er gab Chinin-Tabletten aus. Er hatte auf dem Verbandsplatz über diese neue Krankheit einen Vortrag gehört.

Schlimmer als alle Krankheiten waren die Läuse. Gegen sie gab es keine Tabletten. Man musste sie einfach knacken, so widerlich es auch war.

Im Übrigen wussten sie jetzt, dass sie bis zur Frühjahrsoffensive in Maklaki ausharren sollten. Eine der Parolen besagte, dass funkelnagelneue Divisionen bis tief nach Polen hinein gestaffelt stünden. Es war von Waffen die Rede, die ebenso geheimnisvoll wie schrecklich waren und alles übertreffen sollten. Das sei auch der Grund, weshalb ihnen die Armee keinen Ersatz nach Maklaki schicke. Die Kampftruppe in Maklaki hätte nur die Aufgabe, bis zum Stichtag auszuharren. Das sei doch wirklich nicht zu viel verlangt. Spätestens im Mai, wenn der Flieder blüht, seien die Kämpfer von Maklaki in der Heimat, und im Juni sei der Krieg im Osten längst beendet.

„Das haben sie sich auf der Latrine ausgedacht", meinte Flemming. In Wirklichkeit hatte ein General diesen Unsinn vor den Offizieren der Kampftruppe in Maklaki verzapft. Für die Wahrheit seiner Behauptungen hätte kein Landser einen Pfeifenkopf voll Machorka gegeben. Nicht einmal der Hilfswillige Dimitri Petrowitsch, der Grund genug hatte, an den deutschen Sieg zu glauben.

Dimitri kannte die Sowjets besser als der deutsche General. Schnee und Kälte hatten den Krieg für die Russen entschieden. Bald würde noch der Schlamm hinzukommen.

Der Ukrainer trug das Bild und eine Rubelnote des letzten Zaren in einem Lederbeutelchen auf der Brust. Er hasste die Sowjets, aber er glaubte nicht mehr an die deutschen Faschisten. Wenn Dimitri Petrowitsch „Germanski kaputt" sagte, dann flossen ihm die Tränen. Er war ein treuer Bursche, einer von der Art jenes bärtigen Patriarchen, mit dem Zeiske sich angefreundet hatte und den sie in Flemmings Gefechtsstand den Nikolaus von Kaminka nannten.

Immerhin brachte das Bataillon jetzt auch schwere Granatwerfer in Stellung, was die Russen umso fleißiger im Schießen machte, und eines Morgens erlebten die Landser sogar einen richtigen Feuerüberfall auf die feindlichen Stellungen.

Die Antwort blieb den Russen nicht im Rohre stecken. An diesem Tage schossen sie den Ort zusammen. Es standen nur noch wenige Häuser in Maklaki, die unbeschädigt waren. Einige Gruppen fingen schon an, die Kartoffelkeller auszuschachten und sich in der Erde einzurichten. Der Stellungskrieg begann. Sie lagen jetzt häufiger auf der Nase, als sie aufrecht standen.

Eines Tages kam der Befehl, alle Kadaver – „die von Zivilisten und die von Tieren" – zu sammeln und in eine Schlucht am Westrand des Dorfes zu schleppen. Das Regiment befürchtete die Ausbreitung von Seuchen, sobald Tauwetter einsetzen würde. Dieser Befehl bewies, dass sie Maklaki bis zur Offensive halten sollten.

Zeiske machte sich Sorge wegen des Säuglings. Eines Tages würde auch ihr Quartier in Flammen aufgehen, und dann wohin mit Pjotr, wenn sie sich einbuddeln mussten? Er konnte das Kind nicht mit in den Graben nehmen. Er beschloss, den Alten in Kaminka zu fragen, ob er ihm das Kind bringen dürfe. Der Alte würde sicher Rat wissen, denn unter seinem Dach lebten auch Frauen.

„Ich nehme Pjotr mit", sagte er zu Flemming, „dann sieht der Alte, dass ich die Wahrheit gesprochen habe, und lieber soll das Kind in den Armen einer Madka sterben als neben einem deutschen Maschinengewehr."

„Das ist die einzige Lösung", erwiderte Flemming, „ein Säugling im Schützengraben ist ein Ding, das nicht geht."

Pjotr würde also verschwinden. Ein wenig tat es ihnen leid; denn sie vergaßen nicht, dass die ersten Tage in Alexandras Hütte nahezu friedlich gewesen waren gemessen an dem, was sie jetzt erlebten. Die Mutter des Säuglings hatte sie an zu Hause erinnert.

Wenn sie gedacht hatten, dass der Krieg haltmachen würde an der Schwelle eines Hauses, darin eine Mutter ihr Kind stillt und es wäscht und mit ihm betet, dann hatten sie sich jedenfalls geirrt.

Alexandra war fromm gewesen. In ihrer Ikonenecke hatte immer ein Ollidit gebrannt, das jetzt erloschen war. Zeiske hatte sie nachts manchmal mit den Händen vor dem Gesicht dort knien gesehen.

Milch war noch für einen Tag vorhanden. Zeiske war in den letzten Tagen dazu übergegangen, die Kekse der eisernen Portion, die sie Kommissbrot 1 : 100 000 nannten, in Milch aufzuweichen, um Pjotr mit diesem Brei zu füttern.

Der Knabe war ihnen gar nicht so schlecht gediehen, Zeiske und dem Sanitäter, und sie dachten schon daran, dem Jungen Spielzeug anzufertigen, mit dem er sich beschäftigen konnte. Der Sanitäter scherzte, dass sie nach dem Krieg als perfekte Säuglingsschwestern ihr Brot verdienen könnten. Sie hätten hier immerhin eine wesentliche Tat vollbracht. Wesentliche Tat hatte er in einer Frontzeitung gelesen.

Zeiske sagte: „Du solltest lieber im Revier Vaseline klauen als hier von Tat quatschen. Der arme Kerl ist ganz wund."

Er ging umher und zeigte ihnen, wie rot der Popo von Pjotr war. „Das ist ein Jammer", schimpfte er, „an alles denken sie, nur nicht an Vaseline. Pulver gibt's hier in elenden Mengen, aber keinen Tropfen Kinderöl. Ich kann den Burschen doch nicht mit Gewehrfett einreiben."

Zeiske hatte seine Sorgen, indes ringsum die Granaten einschlugen und Männer verstümmelten und töteten, die alle miteinander einmal Babys von irgendwelchen Müttern gewesen waren.

Flemming hatte so viele Leute verloren, dass seine Soldaten zwei Stunden auf Posten stehen mussten, und die meiste Zeit überstanden sie unter Alarm, was bedeutete, dass sie sich gefechtsbereit halten mussten neben ihren Waffen und Munitionsgurten.

Die Pferdekadaver und Zivilistenleichen wurden aus ihrer Vereisung losgerissen und weggeschafft. Zeiske hatte in der Kirche, die dem Kolchos als Traktorenwerkstatt gedient hatte, Ketten gefunden. Die legten sie den holzigen Pferdekadavern um den Hals und ließen sie von den lebenden Panjepferdchen losreißen und über den Schnee schleifen bis zur Schlucht, darin sie im Frühjahr mit Chlor und Erde überdeckt werden sollten.

Es war eine gespenstische Prozession, die den Tag über aus allen Gefechtsbereichen Maklakis der Schlucht tote Pferde, Rinder, Schafe, Hunde und auch Menschen lieferte.

Die Zivilisten betteten sie nebeneinander in den Schnee, Frauen, Greise, Kinder, und ein Oberschütze war so fromm, ein Kreuz aus Birkengeäst zwischen sie zu pflanzen. Pölking, der drei Semester Theologie studiert hatte, betete sogar.

Aus dem Dorf hinter ihnen klirrten die Einschläge wie schreckliche Metallplatten, mit denen ein zorniger Dämon seinen Donner macht.

Die Tierkadaver ließen sie über den Rand der Schlucht hinabrutschen. Da manchen der Tiere wegen des geblähten Bauchs die Stelzen gespreizt waren, kamen sie unten auf allen vieren an und blieben aufrecht im Schnee stehen.

Ein braunes Pferdchen hob mit kraus gestellter Mähne keck den Kopf, als ob es ein Karussellpferd sei, das sich verlaufen hat.

Die einzigen Lebewesen, die der Krieg in Maklaki unangetastet ließ, waren die Krähen. Zeiske fragte sich, wovon sie lebten, diese plustrig schwarzen Vögel, die sich von keiner Granate aus ihren Bäumen vertreiben ließen. Am Tage schrien sie unaufhörlich. Es war ein Gekrächze, das durchdringender tönte als der Lärm der Krähen, die er auf den Äckern daheim gekannt hatte.

Mit den Krähen auf seinem Hofe war er fast vertraut gewesen, doch waren es nie so viele, dass er sie hätte fürchten müssen.

Die Krähen in den Bäumen von Maklaki hasste er, obgleich er zugeben wollte, dass sie in der Stunde des Sonnenuntergangs, wenn sie von einem ihrer wilden Flüge zurückkehrend in die Schlafbäume einfielen, ein Bild urhafter Schönheit boten.

Die mächtigen Bäume, der blutrot glühende Himmel, der tintig blaue Schnee, die schwarze Wolke aus krächzenden Vogelleibern, das würde er nie vergessen. Jede Krähe würde ihn später an Maklaki erinnern, an die Russenfrau Alexandra, an den Säugling Pjotr, an die Pferdekadaver im Schnee und an den Verwundeten, der geschrien hatte: Macht mich tot.

Zeiske schirrte das Pferdchen an, das er Kathrinchen genannt hatte. Er hatte auf seinem Hof einmal eine Magd gehabt, die Kathrinchen hieß und aus der Gegend von Kleve zugezogen war. Es war eine brave, tüchtige Magd gewesen. Auch das Panjepferdchen war brav und tüchtig.

Dann meldete er sich bei seinem Zugführer ab mit den Worten: „Obergefreiter Zeiske holt Munition." Es geschah diesmal nicht feierlicher als sonst. Er stand da und meldete sich ab und sammelte die Feldflaschen ein.

„Spassibo", sagte er, weil es ihm Spaß machte, etwas Russisches zu sagen.

In Wahrheit wusste Zeiske so gut wie jeder im Zug, dass er jedes Mal sein Leben riskierte. Genau genommen war das, was Zeiske sich vorgenommen hatte, unsinnig. Da hatten sie an die hundert Kadaver und Leichen mit Viehketten über die Rollbahn geschleift, wie man Holz zur Verladerampe zieht, und wie Holz so sperrig hatten sich die Toten bewegen lassen. Und jetzt setzte dieser Mann das eigene Fleisch aufs Spiel, um ein winziges Stück Leben zu retten.

Der Sanitäter hatte den Säugling dick eingemummt in Fußlappen und alte Decken. Er hatte Pjotr kunstgerecht mit Stopfgarn eingenäht, wie man einen Gegenstand für die Postbeförderung fertig macht. Nur Nase und Augen schauten aus dem Bündel heraus, und das Gesichtchen war dick mit Vaseline eingefettet. Der Sanitäter hatte getan, was er für gut und nützlich hielt. Niemand sollte ihm später nachsagen dürfen, dass er es an irgendetwas hätte fehlen lassen.

Sie legten das Bündel behutsam in den muschelförmigen Schlittenkorb und bedeckten es mit einem Gitter aus Stroh. Da konnte er nicht auffallen. Wenn der Kleine nur nicht schreien würde. Aber selbstverständlich schrie er sofort los, sobald er ins Freie kam. Sie hatten es nicht anders erwartet.

„Das muss so sein", sagte Zeiske. Ihn kam plötzlich die Lust an, die Fahrt aufzugeben. Wenn das Kind schrie, würden ihn die Posten anhalten. Ein schreiender Säugling an der Front war zu merkwürdig, als dass irgendein Dummkopf ihn unbeachtet gelassen hätte.

Und die Wahrheit sagen? Dann wäre Pjotr verloren gewesen. Außerdem würde ihm niemand eine Silbe glauben. Sie würden glauben, dass er sich davonmachen wolle.

Zeiske schob die Hand unter das Strohgitter, bekam das kleine Gesicht zu fassen und drückte den Mund zu. Pjotr verstummte sofort. Vielleicht war es der Schrecken, den die eiskalte große Hand erregte.

„Hau ab!", ermunterte ihn der Sanitäter.

Zeiske schnalzte dem Pferdchen zu, und sanft glitt der Schlitten dahin. Die kleinen flinken Hufe trommelten auf den vereisten Weg. Er machte einen Bogen um den Bataillonsgefechtsstand, denn er hatte nicht vor, irgendjemandem Rechenschaft über seine Schlittenpartie zu geben.

Die Russen streuten das Dorf mit Granaten ab. Pratschschsch machte es hinter ihm, pratschschsch neben ihm, pratschschsch vor ihm, und immer wieder pratschschsch ...

Der Schlitten zog knirschend seine Bahn. Zeiske streckte sich lang auf dem Boden aus, sodass er eben über den Rand des Korbs hinausschauen konnte. Eisstückchen schlugen ihm schmerzhaft ins Gesicht, und einmal klirrte ein Metallsplitter an seinen Helm. Dann hatte er die letzten Hürden erreicht.

Der Schlitten kurvte ins freie Feld. Dort hinten lag die Schlucht, in der das Karussellpferdchen im Schnee stand und darauf wartete, dass es umkippen durfte.

Die Gefahr, dass ihn jemand anhalten und kontrollieren würde, war vorbei. Er hatte Glück gehabt. Ich bestehe überhaupt aus nichts als Glück, dachte er. Jetzt können mir nur die Partisanen etwas tun.

Er kniete sich hin und deckte vorsichtig das Bündel auf, das kleine weiße Gesicht, das Pjotr gehörte, dem Kind einer Mutter, die tot war, und dem Sohn eines Vaters, der in Sibirien Holz schlug.

Er blickte über das weite dunkle Schneefeld, über dem die Sterne eiskalt glitzerten. Hinter ihm hämmerte die Front mit Maschinengewehrfeuer und wummernden Einschlägen. Leuchtspurketten tasteten nach Strohdächern. Raketen erhellten minutenlang den Horizont. Weiße, rote und grüne Sterne, und alle hatten sie Bedeutung.

Tief im Westen rötete sich der Himmel von den brennenden Dörfern. Dort setzten sich die Deutschen vom Feinde ab. Strategie der verbrannten Erde nannten sie es. Mit Flammenzeichen schrieb der Krieg seine Unheilsbotschaft in jenen Himmel, der auch der Himmel des kleinen Pjotr war.

Zeiske ließ sich Zeit. Er wollte die Kraft des Pferdes aufsparen für den Weg durch den Wald. Bisher hatte er immer Glück gehabt. Sie hatten sich nichts aus ihm gemacht, wenn er vorbeifuhr. Vielleicht lohnte es sich nicht für sie, einen einzelnen Mann abzuschießen. Damit tröstete er sich. Er war ein

Melder, weiter nichts. Mit einer Kartentasche konnten die Partisanen nicht viel anfangen. Er nahm an, dass die Herren dort in den Wäldern über die Kriegslage besser unterrichtet waren als er selbst.

Aber er hielt es für möglich, dass er auch Pech haben könnte.

Jedenfalls wollte er vorsichtig sein. Er legte den Sicherungsflügel zurück, knüpfte die Lederriemchen der Patronentasche auf und klemmte sich einen Geschossrahmen griffbereit hinters Koppel. So gewiss war er, dass sie ihn angreifen würden.

Er spürte nicht zum ersten Mal diese Angst. Er wusste, wie es war, wenn sie auf den Mann anlegten. Er bückte sich tief hinab in den Schlitten, verkroch sich ganz hinter das Pferdchen.

Da hinten kam der Wald. Er kam auf ihn zu. Und hier lagen jetzt die Schlitten, Pferde, Soldaten, Geschütze, Stahlwagen, Kraftfahrzeuge, Munitionskisten, Offizierskoffer, Gewehre, Extramützen, Bücher und all das Zeug, das ein Heer auf der Flucht zurücklässt. Zerschossen, vereist, vom Schnee verweht, blutbefleckt und unbrauchbar.

Vor ihm im Wald schrien die Krähen.

Krähen?, dachte er.

Er hörte den Schrei, noch bevor der erste Schuss über ihn hinwegzischte. Er kannte diesen kurzen, harten Abschuss der russischen Maschinenpistole. Sie sind ganz nahe, wusste er. Trrrrr bellte es los, trrrrr und trrrrr.

Kathrinchen brach zusammen. Der Schlitten drehte sich auf der Rollbahn einmal im Kreise und krachte gegen einen mit Kalk bestrichenen Kübelwagen, der als taktisches Zeichen gekreuzte Pferdeköpfe trug. Er war so wach, dass es ihm auffiel. Gekreuzte Pferdeköpfe waren etwas, das er verstand.

Er blieb liegen. Er legte das Gewehr in den Schnee, einfach in den Schnee, und ließ auch den Geschossrahmen ins Stroh gleiten.

„Jetzt haben sie uns", flüsterte er. „Pjotr, jetzt haben sie uns beide, dich und mich."

Nach einer Weile hörte er Filzstiefel im Schnee knirschen.

Als sie kamen, stand er auf und faltete die Hände über dem Kopf. Er stand aufrecht im Schlitten und zeigte mit dem Fuß auf das Bündel unter dem Stroh, das Pjotr hieß und leise zu wimmern anfing.

Die Partisanen schossen ihm eine Kugel in den Kopf. Das Bündel betrachteten sie und nahmen es mit in den Wald.

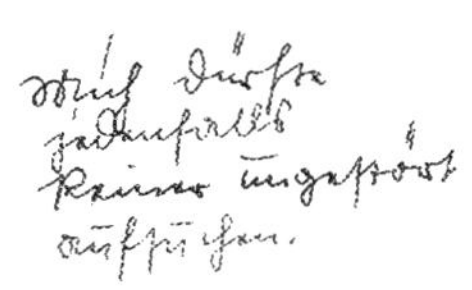

Mich dürfte jedenfalls keiner ungestört aufsuchen.

Serafims guter Tod

Der Ersatzmann war wirklich ein Knabe. Er hieß Helmut Blaich und stammte aus Breslau.

„Wie alt?“, fragte der Zugführer.

„Achtzehn, Herr Feldwebel. Ich habe mich freiwillig gemeldet zum Fronteinsatz. Ich dachte ...“

„Was Sie sich dabei gedacht haben, ist mir egal. Jetzt sitzen Sie jedenfalls in der Patsche, und die Mama ist weit weg. Was gefällt Ihnen eigentlich nicht?“

„Ich habe es mir anders vorgestellt, Herr Feldwebel.“

„Was haben Sie sich anders vorgestellt?“

„Die Front ... und die Kameradschaft und alles.“

„Hier kommt es darauf an, dass Sie die Augen offen halten und schießen können. Das mit der Kameradschaft kommt später. In einer halben Stunde ziehen Sie auf Posten, verstanden?“

Der Knabe schwieg. Er zitterte am ganzen Körper. Tränen rollten über seine blau gefrorenen Wangen.

„Ob Sie mich verstanden haben, habe ich gefragt.“

„Jawohl, Herr Feldwebel.“

„Dann wiederholen Sie meinen Befehl.“

„Ich soll in einer halben Stunde auf Posten ziehen, Herr Feldwebel.“

Köhler beobachtete den Neuen. Da hatte er sich ja einen schönen Vogel eingefangen.

Kuhlmann, der soeben von Möller abgelöst worden war und sich hingelegt hatte, rückte zur Seite. Blaich stellte sein Gepäck ab und setzte sich ins Stroh, das mit Zeltplanen bedeckt war. Er schluckte an seinen Tränen, schluckte vor Angst, Enttäuschung und Heimweh.

Köhler wusste sofort: Der macht uns Ärger. Der macht uns einen Haufen Schwierigkeiten. Knaben können wir hier nicht gebrauchen. Den haben sie daheim so lange verrückt gemacht, bis er sich freiwillig gemeldet hat. Rosinen im Kopf. Ritterkreuz und so was. Will aufs Titelblatt. Das hat uns hier gerade noch gefehlt...

„Hören Sie mir gut zu, Blaich“, sagte der Feldwebel, „wir haben alle nichts zu lachen. Heulen und Angst haben hilft uns am allerwenigsten. Sie wissen, was Sie zu erwarten haben, wenn Sie vor dem Feinde feige sind. Darüber sind Sie im Unterricht belehrt worden. Reißen Sie sich zusammen, sage ich Ihnen.“

Nie werde ich diesen Mann vergessen, der als Bekleidungsunteroffizier über unser Aussehen entschied.

Obergefreiter Kuhlmann hatte sich aufgerichtet und starrte den Neuen fassungslos an. „Herrjeh, der weint ja. Freiwillig melden und dann heulen, das gefällt mir. Ich will dir mal was anvertrauen. Kuhlmann will schlafen. Kuhlmann hat eine Stunde draußen gestanden. Kuhlmann will jetzt seine Augen auf null schalten. Wenn du mich dabei störst, hau ich dir den Arsch voll. In zwei Stunden bin ich wieder dran mit Wacheschieben, und vielleicht geht dann die große Christenverfolgung los."

Blaich kroch in sich zusammen. Köhler sah, dass er zitterte.

Draußen war es dunkel geworden. Die Russen schossen mit Granaten. Es war der übliche Abendsegen, wie die Landser es nannten, der Gutenachtgruß der Kameraden von der anderen Seite.

Um diese Stunde starben Soldaten und Zivilisten, sechs oder zehn oder achtzehn, je nach dem Glück der Kanoniere drüben, und immer gingen dabei mehrere Hütten in Flammen auf.

Serafim, der Hausherr, stieg vom Ofen herab und grüßte den Feldwebel, indem er die Hände vor der Brust verschränkte. Serafim lächelte. Er nahm den Krieg und alles, was die Sowjetzkis taten und was die Germanskis taten, nicht ernst. Er war zu alt, um noch Angst zu spüren. Er hatte das Entsetzen hinter sich. Ein alter Mann. Ein bärtiger Hausvater mit dem gutmütigen Gesicht von Greisen, die dem Himmel näher als der Erde sind. Als sie in diesem Abschnitt von Murdasowo Quartier bezogen, hatten sie den Alten in der Hütte angetroffen. Es war so gewesen, dass Serafim vor der Tür gestanden und den Deutschen Salz und Brot angeboten hatte. Er hatte sich verneigt und eine Ansprache gehalten, von der niemand ein Wort verstanden hatte.

Solange die Deutschen in der Hütte lagen, hat er es sich tagsüber auf dem Ofen bequem gemacht und sich aus dem Krieg herausgehalten. Er stand immer erst bei Einbruch der Dunkelheit auf, dichtete die Fenster ab, füllte die Petroleumlampe nach, putzte den Glaszylinder und trug aus dem Schuppen Birkenholz herbei für den Ofen. Holz für die Nacht.

Er verrichtete diese Arbeiten mit der Würde eines Patriarchen. Er antwortete nur, indem er verneinend die Hand hob oder bejahend mit dem Kopf nickte. Reden mit den Deutschen hat keinen Sinn, mochte Serafim denken. Außer ‚chleba, jaika' und ‚kapusta' verstehen sie nichts Russisches.

Und alle diese Dinge, die Brot, Ei und Kohl hießen, gab es in Murdasowo schon lange nicht mehr.

„Gut geschlafen?", fragte der Feldwebel.

Serafim grunzte und zog die Finger filzend durch seinen weißen Bart. Dadadada ... Jajajaja ...

Serafims Nahrung bestand aus Kartoffeln, die unter den Fußbodenbrettern lagerten, und aus dem Fleisch der Pferdekadaver, die am Straßenrand vereisten. Morgens, mittags und abends gab es für alle, die in der Hütte waren, Pellkartoffeln. „Solange der Vorrat reicht", sagte der Feldwebel.

Manchmal erhielten sie von der Kompanie Knochen zugeteilt, aus denen sie Suppe kochten, aber das Ergebnis sah eher nach trübem Wasser als nach Speise aus. Allmählich fing bei allen das Zahnfleisch zu bluten an, und der Durchfall war eine Plage. Am meisten hassten sie die Läuse. Gegen dieses heimtückisch sich mehrende Ungeziefer half kein Offizierspatent und kein Doktortitel. Die Läuse verschmähten niemanden. Serafim war der Einzige, der keine Läuse hatte und der sich um seine Haut nicht kümmerte.

Alles in allem genommen war Serafim ein verehrungswürdiger Greis. Unteroffizier Cloth behauptete, so wie Serafim hätten die Apostel ausgesehen. „Da Apostel aber nicht in die Partei aufgenommen werden", meinte der Unteroffizier, „sind sie für den Endsieg bedeutungslos."

Cloth versuchte, Russisch zu lernen. Jedenfalls entwickelte er eine Methode, sich mit den Leuten zu unterhalten. Er hatte herausbekommen, dass Serafim Schuster war. Serafim hatte den Genossen in Murdasowo die Stiefel geflickt.

Serafim besaß Söhne. Eins, zwei, drei, vier, fünf Söhne. Jeder Finger seiner rechten Hand war ein Sohn. Eine ganze Hand voll Söhne. Väterchen Stalin hatte sie alle miteinander abgeholt und in die Kasernen gesteckt.

Dadadada.

Vielleicht war einer der Söhne Serafims gerade dabei, die Maschinenpistole zu laden für den Angriff gegen Murdasowo. Kann sein, dass einer sogar Kommandeur oder Kommissar war und dass er eines Tages auftreten und sagen würde: Väterchen Serafim, warum hast du die Germanskis nicht getötet? Du hast ihnen sogar geholfen. Mit Kartoffeln und Stroh und Holz und Freundlichkeiten. Und dann würde er Pan Serafim Semnowitsch im Auftrage Stalins liquidieren. Kann sein.

War Serafim fromm? Wenn er die Hütte verließ, verbeugte er sich vor den Ikonen, in deren Ecke immer ein Öllämpchen glühte. Seine Lippen stammelten Worte, die vielleicht ein Gebet waren. Gott würde ihn schon verstehen, den alten Serafim in Murdasowo. Dieses Murdasowo, das die Richtstätte eines verlorenen Haufens feldgrauer Soldaten war.

Nachts hockte Serafim neben dem Ofen auf der Erde. Er versuchte sich nützlich zu machen, indem er den Germanskis kleine Handreichungen leistete. Er hielt das Ofenfeuer in Gang. Oder er stellte Kartoffeln auf, versorgte den Samowar mit Holzkohle, damit sie Tee trinken konnten, wenn sie aus der Kälte kamen, und fettete dem Zugführer die Stiefel ein. Serafim wusste, dass die Sowjetzkis nur in der Dunkelheit angreifen würden, in dieser Nacht, in der folgenden Nacht, in irgendeiner Nacht, und er wusste auch, dass die Germanskis verloren waren.

Manchmal des Nachts, wenn der Zugführer am Tisch saß und wachte, beim trüben Schein der Petroleumlampe und dem huschenden Widerschein des Feuers im Lehmofen, dann konnte Geborgenheit aufkommen: Die Wärme kroch ganz in sie hinein und füllte sie aus mit Wohlbehagen.

Draußen, bei vierzig Grad unter null, trampelten die Posten von einem Bein aufs andere. Der Schnee knisterte unter den Stiefeln wie gemahlenes Glas, und die Feuchtigkeit ihres Atems hinterließ in der Nase kristallene Fäden.

In der Hütte verdickten sich Lehmofenhitze und menschliche Ausdünstung zu einem wunderbaren Mief, in den sich der Geruch von verschüttetem Petroleum, Stearin und Kartoffeln mischte. Es gab im Augenblick nichts, was dem Landser so inbrünstig lieb war wie dieser Mief in den Panjehütten.

Die Hütte war das Ziel aller Sehnsüchte in diesem verdammten Krieg. In der Stellung vorne, auf dem Marsch und im Gefecht, immer dachten sie an die Hütte. An irgendeine Hütte, vor deren Ofen sie sich zum Schlafen hinhauen konnten.

Wärme wichtiger als Brot.

Mief begehrenswerter als Geld.

Stroh verlockender als Orden.

Wärme spüren bedeutete: am Leben sein. Wer keine Wärme spürte, war dem Tode nahe.

Die Posten wechselten stündlich ab. Länger hielt es niemand in der Kälte aus. Noch schwieg die Front. Kein Laut drang von draußen in die Hütte. Sogar der Krieg hatte Stunden, in denen er sich an den Ofen lehnte und schlief. Aber es war eine trügerische Stille. Sie wussten, dass die Hölle ausbrechen würde. Eines Nachts würde sie das Trommelfeuer der russischen Geschütze wecken, das Urrrääh der stürmenden Rotarmisten.

Eines Nachts.

Ähnlich wie in Serafims Hütte gab sich um diese Stunde in allen Hütten der Ostfront das keuchende, schnarchende, hechelnde, bangende, hoffende, verzagende und zynisch sich gebärdende Leben. Man schlief, fraß, fluchte, knipste Läuse und zerdrückte Wanzen. Aus den Kaminen kräuselte gelblicher Rauch, der die Winternacht mit dem guten Geruch von Holzfeuer würzte.

In Murdasowo röchelten die Landser auf dem Fußboden ihre zwei Stunden Schlaf herunter. In jeder Hütte saß jemand, der Wache hielt und bereit war, Alarm zu brüllen.

Nach 4 Tagen musste ich die erschreckende Feststellung machen, dass die russischen Verhältnisse soweit auf mich abgefärbt hatten, dass ich ganz meine Rasuren und täglichen Waschungen vergaß.

Jede Leuchtkugel, die auf der Feindseite in den glitzernden Sternenhimmel stieg, konnte das Signal zur Schlacht sein.

Kurz nach sieben Uhr kehrte Unteroffizier Cloth ins Quartier zurück. Militärisch gesehen erfüllte Serafims Hütte den Zweck eines Zuggefechtsstandes. Cloth hatte die Gruppen besucht und für einen fieberkranken Gefreiten die Wache übernommen.

„Keine besonderen Vorkommnisse", meldete er dem Feldwebel, der dabei war, seine Maschinenpistole zu reinigen.

„Der Iwan lärmt mit Traktoren", sagte Cloth, „er baut seine Geschütze ein. Visier wie gestern. Alte Leute wissen schon. Jubel, Trubel, Heiterkeit auf sämtlichen Kriegsschauplätzen. Wie wär's mit einer Handvoll Kartoffeln, Serafim?"

Unteroffizier Cloth klopfte dem Russen auf die Schulter. Zwischen ihm und Serafim gab es keine Feindschaft. Was ihre beiden großen Staatsmänner anbetraf, so waren sie überein gekommen, dass es am gescheitesten sei, sie abzuschaffen. Dabei machten sie das Zeichen des Halsabschneidens. Stalin kaputt. Hitler kaputt. Kssss …

Serafim schlug dann jedes Mal das Kreuzzeichen und verneigte sich vor den Ikonen: „Woina nix gutt. Nix gutt für Sowjetzki. Nix gutt für Germanski."

Drecklumpen waren auch nicht selten die deutschen Lagerführer, die am Hintern mehr Auszeichnungen als auf der Brust trugen und vor jedem alliierten Oberschützen ihre krummen Hacken zusammenschlagen.

Cloth genoss es, sich mit dem Apostel Serafim über den Feldwebel hinweg zu unterhalten. Das versetzte Köhler in stille Wut. Er hatte gestern gedroht, den Alten hinauszuwerfen. „Er kann sich ja zu den Weibern verkriechen", sagte er.

Cloth wusste geschickt zu dämpfen: „Bitte Herrn Feldwebel, den armen Serafim in Ruhe lassen zu wollen. Der erhält ohnehin bald ein Staatsbegräbnis erster Klasse. Die Sowjetzkis haben raue Sitten. Es sind so gut seine wie unsere letzten Tage. Warum sollen wir jetzt noch ein Blatt vor den Mund nehmen? Es ist vernünftiger, wenn wir uns miteinander vertragen. Ist doch alles egal. Was haben Herr Feldwebel davon, wenn Herr Feldwebel den Russen in den Wald jagen und mich vors Kriegsgericht stellen? Wir kommen als Gespenster zurück und setzen Herrn Feldwebel massenweise Läuse ins Hemd."

Köhler knurrte. Ihm fiel ein, dass der Hauptmann gefordert hatte, die Disziplin straff zu halten. Bei Cloth und den Meldern, die für den Unteroffizier eingenommen waren, hatte er es schwer, sich Autorität zu verschaffen. Gewiss war Cloth ein ausgezeichneter Soldat. Die Landser mochten ihn wegen seiner witzigen und respektlosen Reden. Cloth wusste immer einen guten Rat, und er tat in jeder Situation das Richtige; er hatte es während des Feldzugs oft genug bewiesen.

Leider, und das war es wohl, was Köhler erregte, Cloth hielt den Obersten Heerführer für einen Scharlatan und seinen Krieg für ein Verbrechen. Als Zugführer hätte er einschreiten müssen. Ein Tatbericht war schon lange fällig gegen diesen Mann, der sich an der Lys das Eiserne Kreuz Erster Klasse verdient hatte und seiner Tapferkeit wegen zum Unteroffizier befördert worden war. Tatbericht in dieser ausweglosen Lage?

Cloth hockte sich an den Tisch und fing an, die Kartoffeln zu pellen, die Serafim in der Asche für ihn heiß gehalten hatte. Der Samowar summte. Serafim goss dem Unteroffizier grünen, heißen, duftenden Tee ein. Der Tee erinnerte sie daran, dass es außer der Welt im Kriege auch die Welt im Frieden gab. Tee war Luxus.

„Der Spieß erzählt", berichtete Cloth, „dass die Armee vorstoßen wird, um uns aus dem Kessel herauszuhauen. Aber das ist wohl eher ein Wunsch als eine Parole. Er macht die Landser ganz wild mit diesem Gerede."

Köhler spitzte die Ohren. Hatte der Kompaniechef nicht auch davon gesprochen, dass die Armee herbeieilen würde, um sie zu befreien? Herausgehauen werden aus dem Kessel von Murdasowo, das bedeutete Heimkehr. Das bedeutete Lazarett. Das bedeutete Brot und Schnaps und Post und Rotekreuzschwestern und Frühling in Deutschland.

Ach, du lieber Gott. Tu ein Wunder. Tu nur ein einziges Mal ein Wunder. Ein ganz kleines Wunder, das keine Umstände macht.

Der Feldwebel ließ das Magazin einschnappen. Klack. Die Maschinenpistole war gereinigt und schussbereit. Er sagte: „Cloth, wir haben einen Ersatzmann für Barteis bekommen. Liegt da hinten und schläft. Sehen Sie sich den Jungen mal an. Hat geheult. Soll Angst haben.“

„Nanu? Wie alt ist er denn?“

„Achtzehn.“

„Hilfe, auf den haben wir gewartet. Da brauchen wir wohl ein Kindermädchen, was?“

„Kindermädchen? Das ist ‘ne Aufgabe für Sie, Cloth. Menschlichkeit liegt Ihnen. Davon reden Sie doch immer.“

Cloth feixte diebisch. Vorwürfe von dieser Art hörte er gern. Menschlichkeit, hatte Köhler gesagt. Sieh‘ mal einer an. Wenn gewisse andere Burschen auch ein wenig menschlicher wären, dann bräuchten sie jetzt nicht die Pimpfe an die Front zu schicken, um den verfahrenen Karren aus dem Schnee zu ziehen.

„Schon eingeteilt für die Wache?“, fragte Cloth.

„Ja, für neunzehn Uhr.“

„Ich gehe mit.“

„Sie sind verrückt, Cloth. Sie müssen schlafen. Der Pimpf soll wissen, dass er an der Front ist. Zu Hause hat er eine große Fresse gehabt.“

„Und wenn er Mist macht? Was dann? Wenn er aus lauter Angst auf die eigenen Kameraden schießt? Alles schon dagewesen.“

„Sie müssen wissen, was Sie tun, Cloth.“ Köhler beendete das Gespräch. „Ich übernehme um zwölf Ihre Runde. Einverstanden?“

„Nicht nötig, Herr Feldwebel. Schlafen dürfen wir bald gründlicher als uns lieb ist. Aber vielleicht haben wir noch eine Chance, um davonzukommen. Auf dem Umweg über Sibirien nämlich. Man kann nie wissen. Andere haben auch in der Klemme gesessen und leben noch.“

Die 9. Sinfonie, im Radio gehört von einem Choleriker......gehört von einem Melancholiker...

So redete er immer, dieser Unteroffizier, und manchmal sang er Verse aus der Dreigroschenoper. Aber die Dreigroschenoper kannte der Feldwebel nicht.

Kurz vor sieben Uhr weckte Cloth den Neuen. „Aufstehen, Kleiner, setz‘ deine Hurratüte auf. Es geht los. Wir beide schauen uns jetzt mal das Leben und Treiben draußen an.“

Der Neue richtete sich auf und blickte mit ängstlichen Augen umher. Der Zugführer rührte sich nicht. Die anderen lagen auf der Erde und schliefen. Von den Stiefeln, die mit Tuchfetzen umwickelt waren, schmolz Eis. Die Gewehre und Handgranaten lagen neben ihnen im Stroh. Koppelzeug, Gasmasken und Gurte hingen griffbereit an der Wand. Es war das Handwerkszeug von Männern, die ausgezogen waren, um Lebensraum für ihre Kinder zu erobern. Jedenfalls hatte man ihnen das gesagt.

Die beiden Soldaten streiften ihre Kopfschützer über und stülpten den gekalkten Helm auf. Für die auf Wache stehenden Männer hatten sie aus Bettlaken und Gardinen Tarnhemden angefertigt. Sie sahen in dieser Verkleidung ein wenig aus wie Schneemänner, denen jemand einen Mechanismus zum Schießen eingebaut hat.

Sie hatten die Hütte kaum verlassen, da krallte sich schon die Kälte in ihren Gesichtern fest. Der Atem wehte ihnen wie Dampf vom Munde. Die Ohren fingen zu glühen an. Über ihnen glitzerten die Sterne wie Brillanten. Die Hütten mit ihren pelzig verschneiten Dächern lagen da wie schlafende Tiere.

Die Front war ruhig. Nur hinter ihnen, weit drüben im Westen, kämpften Geschütze, deren Echo gewaltig durch den Himmel klirrte.

Schwerfüßig stapften sie durch den Laufgraben, der zur Stellung führte. Leuchtkugeln stiegen empor, mal hier, mal drüben, weißes, kometenhaftes Feuer, das sich in den unendlichen Schnee vertropfte. Jedes Mal, wenn das Licht kam, blieb Unteroffizier Cloth wie erstarrt stehen. „Keine Bewegung“, flüsterte er. Seine Augen suchten blitzschnell den Gefechtsstreifen des Zuges ab.

Er sah den Panzer daliegen, den sie vor drei Tagen in Brand geschossen hatten. Er sah die vom Schnee höckerig vermummten Leichen russischer Soldaten, die bei einem Spähtruppuntemehmen ums Leben gekommen waren. Bei einem dieser Männer, der bis auf dreißig Meter an die Stellung herangekrochen war, standen die Schneebretter steil nach oben, ein bisschen über Kreuz, sodass sie wie ein Andreasmal aussahen.

„Parole?“

„Gneisenau.“

„Im Nachbarabschnitt schießen sie zum Heuschober hinüber“, meldete der Posten, „die müssen dort etwas beobachtet haben.“

„Ich wundere mich schon lange“, sagte Cloth, „dass der Iwan dort keinen Granatwerfer einbaut. Von dort aus können sie uns prima zusammenschießen.“

Der Posten schlurfte zurück, seine Beine waren ganz steif. Obergefreiter Kuhlmann war in Hannover Inhaber eines Feinkostgeschäftes gewesen, bevor er zur Verteidigung des Vaterlandes eingezogen wurde. Er hatte seinen Kunden täglich frische Helgoländer Hummer und Lüneburger Heideputer und Peiner Leberwurst und Landschinken aus dem Deister angeboten. Hier in Murdasowo ernährte er sich jetzt von erfrorenen Kartoffeln und vom Fleisch krepierter Gäule. Woina nix gutt, pflegte Serafim zu sagen, und das war nicht gelogen.

Cloth erklärte dem Neuen den Postenbereich. Linke Grenze der Brunnen, rechte Grenze ein Pferdestall. „Verstehen Sie mich?“

„Jawohl, Herr Unteroffizier“, antwortete Blaich. Die Kinnladen klapperten ihm vor Kälte und vor Angst. Er stand so hilflos da mit seinem Gewehr und dem Koppel voller Handgranaten.

Ihre Augen tasteten die Dunkelheit ab. Im Nachbarabschnitt schoss sich ein Maschinengewehr mit kurzen Feuerstößen auf den Heuschober ein. Die Leuchtspurmunition zockelte ins Dach. Die

Abschüsse klangen schrill und blechern. Jeder Laut hatte in dieser erbarmungslosen Kälte etwas Metallisches. Es war, als bestünde der Himmel aus klirrendem Blech statt aus Wolken.

Dann wurde es still, und der Unteroffizier sagte: „Leg den Sicherungsflügel herum."

Der Neue nahm das Gewehr von der Schulter und betastete das Schloss. Er wusste nicht mehr, ob er das Gewehr gesichert oder entsichert hatte. Er fürchtete sich vor der Waffe.

„Können Herr Unteroffizier die Russen sehen?", fragte er.

„Nein. Die stehen genauso in ihren Gräben und starren und lauschen über die Schneefläche hinüber wie wir", antwortete Cloth, „und Angst haben sie auch. Die vorderen Posten sind etwa fünfhundert Meter von uns entfernt. Wenn es windstill ist, kann man hören, wie sie sich gegenseitig anrufen und verständigen. Wir wissen, dass es Sibiriaken sind. Söhne von Bauern und Schafhirten, und der Krieg macht ihnen so wenig Vergnügen wie uns. Die würden am liebsten nach Hause laufen und sich um ihre Pferde kümmern. Wenn sie angreifen, werden sie von einem Kommissar mit der Pistole angetrieben."

„Haben Herr Unteroffizier viele Angriffe mitgemacht?"

„Danke, mir reicht's. Mein Bedarf ist gedeckt. Von mir aus dürfen sie jetzt Feierabend blasen und den Sieg verteilen. Und dann huschhusch nach Hause."

„Nach Hause", wiederholte der Neue wie jemand, der etwas völlig Unfassbares ausspricht. Und dann fragte er: „Gibt es keine Hoffnung für uns, aus dem Kessel herauszukommen?"

„Der Kompaniechef sagt ja. In Briansk stellen sie eine Kampfgruppe zusammen, die uns heraushauen soll. Aber es kann auch eine Latrinenparole sein."

„In der Zeitung haben sie geschrieben, dass die sowjetische Armee vernichtet sei und es gäbe keinen Gegner mehr. Wir Jungens sollten uns freiwillig melden, haben sie gesagt, damit wir bei der Siegesparade dabei sein könnten."

„Und die willst du nicht versäumen, was?"

Kleinlaut sagte der Neue: „Wenn die einen verrückt machen."

„Was bist du von Beruf?"

„Kaufmann."

„Hast du Geschwister?"

„Ja, eine Schwester, sie ist zwei Jahre älter als ich."

„Verheiratet?"

„Nein."

„Verlobt?"

„Nein. Sie kann keinen Mann finden, der zu ihr passt. Daheim sind ja keine Männer mehr, und meine Schwester ist wählerisch. Sie sagt, dass es ihr nur auf Liebe ankommt und nicht auf Geld und so was."

„Die ist richtig, deine Schwester. Schreibt sie dir?"

„Sie hat mir Socken und Einlegesohlen geschickt. Aber hier gibt es doch keine Post mehr."

„Mann, das stimmt. Die Russen befördern unsere Post nicht. Kann man ja auch nicht verlangen. Aber eines Tages werden sie es tun, wenn wir bei ihnen in Gefangenschaft sind, und dann schreiben wir deiner Schwester gemeinsam einen Brief. Was meinst du dazu?"

„Das ist gut ..."
„Wir bitten sie, dass sie so lange warten soll, bis wir vorbeikommen."
„Prima, Herr Unteroffizier. Die freut sich ganz toll. Sie wollte immer am liebsten einen Unteroffizier kennenlernen. Sie spricht immer nur vom Heiraten."
„Heiraten ist gar nicht so übel. Schlafzimmer und Küche mit Sofa drin. Hinter dem Haus muss ein Gärtchen sein mit Hühnern und Kaninchen. Kann deine Schwester kochen? Kochen ist wichtig."
„Sie kocht gut. Ihr Lieblingsgericht sind ‚Schwalbennester'."
„Was für Nester?"
„Schwalbennester. Das ist Gehacktes mit Spiegelei. Kennen Herr Unteroffizier das nicht?"
„Nie gegessen. Aber ich kann es ja mal probieren. Sag' mal – wie heißt deine Schwester eigentlich? Das muss ich doch wissen, bevor ich sie heirate."
„Gertrud."
„Gertrud? Wie man sich irren kann! Ich hatte mir eingebildet, dass sie Liane heißt."
„Wir können sie ja so nennen. In der Schule hatte ich eine Flamme, die Emma hieß. Der Name gefiel mir nicht. Deshalb nannte ich sie Doris, weil es hübscher klingt. Sie selbst wollte auch, dass ich Doris sagen sollte. Mädchen sind komisch."
„Das ist wahr. Man muss immer nachgeben, wenn man Spaß mit ihnen haben will. Hast du ein Foto von deiner Schwester?"
„Im Wäschebeutel. Ich zeige Herrn Unteroffizier das Bild nachher. Meine Schwester sieht knorke aus, das hat sogar ihr Chef zugegeben. Als Bruder kann man es schlecht beurteilen."
„Wer ist denn dieser verdammte Chef?"
„Er heißt Thiele, hat eine Glatze und trinkt viel. Meine Schwester ist in seinem Geschäft als Kontoristin angestellt. Herr Thiele handelt mit Wein."
„Wein gibt's doch überhaupt nicht mehr. Diesen Heini sollen sie an die Front schicken."
„Er ist sechzig Jahre alt und krank."
„Das hättest du auch gleich sagen können. Da wäre ich doch beinahe eifersüchtig geworden. So was Dummes."
Eine Weile schwiegen sie. Der Unteroffizier lockerte die Handgranaten, die im Schnee festgefroren waren. Dann sagte er: „Verdammt kalt, was?"
„Wie meinen, Herr Unteroffizier?"
„Dass es verdammt kalt ist. Aber unsere Wache ist gleich abgelaufen. Zu zweit kriegt man die Zeit schneller herum, was?"
Die Ablösung kam, und Cloth und der Neue stakten mit ihren steifen Beinen zur Hütte zurück. Vor der Türe verharrte der Unteroffizier noch eine Minute, um einen Blick auf die lange Zeile der Panjehütten zu werfen, die einander so ähnlich waren, als hätte eine Maschine sie entworfen und angefertigt. Wenn er Serafim verstanden hatte, dann hieß die Straße Tschemawonskaja. Er hätte gerne gewusst, was das Wort bedeutete. Die Menschen, die hier wohnten und die er kennengelernt hatte, waren alt und fromm und gutmütig.
Er leistete sich das Vergnügen sich vorzustellen, dass kein Krieg wäre und dass alle Fenster in der Tschemawonskaja erleuchtet wären. Die Fenster bestanden aus Doppelscheiben, deren Zwischenräume mit kunstvoll beschmitzeltem Zeitungspapier, mit silbrig bemalten Nüssen und winzigen Zierkürbissen ausgefüllt waren wie Vitrinen – und hinter jedem Fenster funzelte ein Petroleumlicht, das den Schnee auf der Straße zärtlich vergoldete. Er sah Korbschlitten vorübergleiten. Dampf wölkte aus dem Fell der struppigen Panjepferdchen. Patriarchalische Bauern mit braunen Bärten und bestickten Lederröcken kutschierten ihre Damen zu einem Fest mit Balalaikaspiel und Wodkaflaschen.
Er ertappte sich dabei, dass er bereit war, dieses „Winteridyll" zu lieben. Es war tausend Jahre alt. Oder älter als tausend Jahre? Tolstoi würde es wissen, Puschkin, Gogol, Tschechow und die anderen

Russen, deren Bücher er gelesen hatte. Das Idyll bestand aus Lehmofen, Samowar, Petroleumlampe, Ikonenwinkel, Balalaika und ein wenig wohl auch aus dem Geheul der Wölfe in den Wäldern hinter dem Dorf.

Er stellte sich ein Mädchen vor, das Nina oder Natascha oder Katja hieß. Er wusste, dass sie gerne lachten und dass sie gesund und schön waren. In ihren Gesichtern lag etwas, das vom Leben wandernder Hirtenvölker herrührte. Sie trugen rote Kopftücher, ganz wie in den Büchern, die er über sie gelesen hatte, und er hätte sie gerne vor dem Schicksal bewahrt, das ihnen bevorstand. Er, ein Unteroffizier, vermochte nichts. Hier in Murdasowo las niemand mehr ein Buch. Hier zählten sie jetzt die Patronen, mit denen sie ihr Leben verteidigen würden.

Das ist der sogenannte finnische Spähtrupp, ein Unternehmen, welches uns immer große Freude bereitete. Man behängte sich mit dem Laub der Bäume und durfte in der Stunde nicht mehr als einen Kilometer zurücklegen. Das was das Tempo für uns.

An diesem Abend in Serafims Hütte erlebten sie geradezu ein Fest. Der Feldwebel, dessen Aufgabe es war, den Nachlass der Gefallenen zu ordnen, hatte im Wäschebeutel des Schützen Barteis, des Briefträgers aus dem Harz, die Eiserne Portion gefunden. Die Eiserne, das war fettes Schweinefleisch für den Fall äußerster Hungersnot, die Mahlzeit unter dem Galgen, der Schnellimbiss im Beisein des Henkers. Und Barteis lag draußen und war tot.

Der Feldwebel schlug vor, zur Feier dieses außerordentlich ruhigen Frontabends, so sagte er, Bratkartoffeln herzustellen und das Schweinefleisch hineinzuschneiden. Alle in der Hütte sollten ihren Anteil bekommen. „Ich stifte eine Zwiebel", sagte er.

Dann saßen sie miteinander am Tisch, in dessen Mitte die große Pfanne stand. Der Feldwebel zog mit dem Messer Furchen durch den kostbaren Fraß. „Dies ist für Blaich", sagte er, „dies für Kuhlmann, dies für Unteroffizier Cloth, dies ist meine Portion, dies wird für Möller aufgehoben, der auf Posten steht, und hier isst Serafim."

Sie aßen schweigend ihren Anteil auf. Neben Cloth saß der Russe, dem die Kartoffeln gehörten und der als Einziger die Hände faltete und ein Gebet sprach.

Feldwebel Köhler hatte sich hingelegt und schlief. Die Maschinenpistole lag zwischen seinen Schenkeln, und die Hand war um den Kinnriemen des Stahlhelms verkrampft. Er war derjenige, der bei Alarm als Erster aufspringen und in die Stellung stürzen musste. Die Verantwortung für diesen Gefechtsabschnitt trug er, und Pflichtbewusstsein konnte ihm niemand absprechen.

Unteroffizier Cloth hatte die Wache im Zuggefechtsstand übernommen. Jedes Mal, wenn eine Stunde vergangen war, musste er einen Mann wecken und auf Posten schicken. An den Fuß der Petroleumlampe gelehnt tickte die Taschenuhr des Feldwebels die Sekunden ab. Es war eine altmodische Uhr in einem vernickelten Schutzgehäuse, wie sie von Leuten benutzt werden, die ihre Siebensachen schonen müssen. Auf dem Tisch wabbelte und krabbelte Ungeziefer, das der Lichtschein aus den Ritzen hervorgelockt hatte.

Zehn Uhr dreißig, stellte Cloth fest, um diese Zeit habe ich mich daheim zum Schlafen niedergelegt, in ein weiß bezogenes Bett aus Daunen, und an Wintertagen schob Mutter einen heißen Backstein zwischen Matratze und Oberbett. Und manchmal, dachte Cloth, bin ich auch um zehn Uhr dreißig in die Bar gegangen oder ins Kino zur Spätvorstellung.

Zehn Uhr dreißig.

Zehn Uhr fünfunddreißig.

Zehn Uhr vierzig.

Um elf Uhr würde er den Neuen wecken müssen, den Pimpf, den Freiwilligen, dem zuliebe er auf eine Stunde Schlaf verzichtet hatte. Er hatte dem Schützen durch seine Gegenwart und durch unverbindliches Geschwätz, unter Kameraden gewissermaßen, Mut einflößen wollen. Er hatte es gut gemacht, das hoffte er jedenfalls. Immerhin hatte er dafür in weiter Ferne ein Mädchen eingehandelt.

Zehn Uhr fünfundvierzig.

Er fand den Jungen nicht unsympathisch. Niemand hatte das Recht, von einem Achtzehnjährigen Tapferkeit zu fordern. Daheim hatten sie diese Jungens verrückt gemacht und mit ihren Zeitungsartikeln und Durchhaltesprüchen in die Kasernen gejagt. Feld der Ehre? Das konnten sie sich hier draußen ja mal anschauen.

Da gibt es Kerle, dachte Cloth, die sitzen jetzt an ihren Schreibtischen und denken sich Leitartikel aus, die den Tod der Pimpfe rechtfertigen sollen. Rechts auf dem Schreibtisch haben sie den Kaffee stehen und links den Cognac, und weil sie kriegsfördernd tätig sind, erhalten sie niemals einen Gestellungsbefehl.

Er fing an, die Schaben und Asseln und Wanzen und Spinnen mit einer leeren Patronenhülse zu zerquetschen. Der Mensch ist eine Assel, dachte er. Der Mensch ist hier als Weberknecht zu sehen, der mit seinen spinnigen Beinen davonzukommen trachtet und doch ins Verderben rennt, weil Cloth, dieser allmächtige Unteroffizier, ihn mit der Patronenhülse verfolgt, in die Enge treibt und tötet.

Elf Uhr.

Durch das vergilbte Zelluloidfensterchen des Schutzgehäuses sah Cloth den Zeiger auf „II“ rücken.

„Komm, Schwager“, sagte er, „du musst aufstehen und auf Posten ziehen. Eine Stunde allein.“ Er rüttelte den schlafenden Schützen.

Als er komm sagte, wusste er nicht, dass er Schwager sagen würde, aber er hatte Schwager gesagt, hatte es gesagt zu einem Mann, den er erst seit drei Stunden kannte.

„He, Schwager“, rief Cloth, „draußen friert jemand, der will auch mal wieder einen warmen Hintern haben. Nun komm schon!“

Der Schwager, Blaich war sein Name, Helmut Blaich aus Breslau, richtete sich auf. Er machte sich fertig für die Stunde der Wache, die er allein im Vorfeld überstehen musste. Cloth half ihm, das Tarnhemd überzustreifen und die Handgranaten am Koppel zu befestigen. „Vergiss die Parole nicht“, sagte er.

„Gneisenau“, antwortete Blaich.

Serafim, der am Ofen gehockt hatte, wie es nachts seine Gewohnheit war, bot den beiden Soldaten je eine heiße abgepellte Kartoffel an. „Kartoschki dobre“, lächelte er. Seine Altmännerstimme klang versöhnend.

Cloth begleitete den Schützen vor die Haustüre und klopfte ihm die Schulter. „Pass auf, Schwager, dass dir die Russen kein Loch durch den Hut schießen. Bei der geringsten Bewegung im Vorfeld – Alarm! Verstanden?“

„Jawohl, Herr Unteroffizier“, antwortete Blaich. Er stapfte davon.

Es geschah nichts. Blaich hatte Glück. Die Wache verlief ohne Vorkommnis. Es war mondhell, und die Schneefläche lag da wie blaues Porzellan, auf das bisweilen der grelle Schein einer Leuchtkugel herabflockte. Blaich hatte mit dem Posten links und rechts Blickverbindung halten können, deshalb hatte er weniger Angst auszustehen.

Er spürte die Kälte an Ohren und Zehen nagen. Die Kälte tat weh. Er hatte nicht gewusst, dass Kälte schlimmer war als Feuer, gefräßiger als Läuse, verzehrender als Angst. Mit steifen Beinen und klappernden Zähnen stakelte er auf die Hütte zu, nachdem er den Posten übergeben hatte. Auch er kam darauf, dass diese Hütte mit ihrem Lehmofen besser und begehrenswerter war als alles andere auf der Welt. Unter einem Strohdach geborgen sein, zwischen Wänden aus Holz, und die Nähe von Männern spüren, die sich mit der Angst eingerichtet hatten, das machte ihn in dieser Minute fast schon tapfer.

Ihn überkam ein wenig das Gefühl, als könne er mit der Zeit die Furcht verlieren, hier, wo der Unteroffizier und der Feldwebel hausten und die anderen röchelnd auf der Erde lagen und schliefen, schweigsame und verdrossene Burschen, verehrungswürdige Leckmichamarschsoldaten, die sich um nichts als um Essen, Schlafen und Rauchen kümmerten.

Was den Dienst anbelangte, so verstanden sich diese Männer ohne weitschweifige Erklärungen. Sie kannten weder Begeisterung für einen Auftrag noch Widerstand gegen einen Befehl. Sie handelten völlig lustlos, und sie taten keinen Schritt und keinen Zungenschlag zu viel, es sei denn zu ihrer Rettung.

Aber nach der Rettung sah es nicht aus. Was sie günstigstenfalls erwartete, waren Jahre der Gefangenschaft in Sibirien, die man vielleicht überstehen würde. Ihr Lebenswille war schwach geworden, ihre Hoffnung abgestumpft. Wer unter ihren Vorgesetzten jetzt darauf verfallen wäre, Appell in Kragenbinden oder in Kochgeschirren anzusetzen, den hätten sie kurzerhand zum Teufel geschickt. Hier war für den Kommiss kein Geschäft zu machen.

Es handelte sich nicht mehr darum, das Vaterland zu retten, sondern diese Hütte hier, den Ofen, das Dach, den Fußboden mit seinem Geruch nach Kartoffeln und Schweinedung. Wenn Serafim je ein Schwein besessen hatte, dann hatten es Landser abgestochen und verzehrt, die vor ihnen dagewesen waren. Oder die Partisanen hatten es mitgenommen, als die Germanskis kamen.

In den Monaten, die sie an der Front verbracht hatten, waren sie dem Untergang näher gerückt als dem Endsieg. Sie hatten sich nicht an Armeebefehle gehalten, sondern an die ergiebigste Methode, Läuse zu vernichten. An die bequemste Art, mit sechzig Schuss Munition vor dem Bauch zu schlafen. An den sichersten Dreh, sechzig Minuten Postenstehen bei fünfzig oder fünfundfünfzig Grad unter null zu überleben.

Da lagen sie neben ihren gekalkten Helmen und Munitionskästen, neben ihren Handgranaten und Gasmaskenbüchsen, neben ihren Feldflaschen und Kochgeschirren. Lebendige von heute. Tote von morgen. Söhne von gestern, Helden von übermorgen. Säuglinge der Vergangenheit, Skelette der Zukunft. Familienväter in Deutschland, Leichen in Russland.

Als Blaich in die Hütte trat, überwältigte ihn etwas wie Glück. Er hatte ausgehalten. Er war nicht davongelaufen. Er hatte gewacht. Er hatte das Leben seiner Kameraden beschützt. Er war nicht schlechter als sie. Er stand da und lächelte und atmete tief den Geruch der Hütte ein.

Serafim bot ihm heißen Tee an, und Unteroffizier Cloth schob ihm einen Keks zu, einen jener Kekse, die aus dem Wäschebeutel von Barteis stammten und die sie Kommissbrot 1 : 100.000 nannten. Diese winzigen Brote weichten im Magen zu wahren Mehlschwämmen auf und machten herrlich satt.

Wie die Heringe lagen wir nachts auf dem Stroh. Der Kampf um die besten Plätze entbrannte jeden Abend aufs Neue.

Cloth nickte. Auf Posten nichts Neues? Gut. Er fragte nicht, ob er ängstlich gewesen sei. Er reihte ihn in die Schar der alten Krieger ein. Er hielt ihn selbstverständlich für tapfer. Er machte kein Aufhebens davon, dass hier jemand in Ordnung gewesen war.

Blaich hatte den ersten Schritt getan, um alt zu werden. Hier in Murdasowo wurde man schneller alt als irgendwo sonst auf der Welt. Die Angst machte alt, der Hunger, die Kälte, das Postenstehen, die Teilnahme an einem Spähtrupp. Ein Tag machte alt wie eine Woche. Und eine Woche machte alt wie ein Monat. Und ein Monat machte alt wie ein Jahr.

Es gab Zwanzigjährige, die sahen aus wie Greise. Sie hatten struppige Bärte und eiternde Lippen. Sie rupften sich Zähne aus und spuckten Blut. Aber sie konnten Läuse schneller knipsen als eine Taschenuhr Sekunden heruntertickt.

Die Uhrzeit wussten sie nie, und noch viel weniger kannten sie das Datum. In welchem Jahr post Christum natum lebten sie eigentlich? In dieser Frage verließen sie sich auf den Feldwebel, der sich von Nacht zu Nacht auf dem Kompaniegefechtsstand orientierte: Vergleichen Sie bitte die Zeit, meine Herren, es ist null Uhr vierundzwanzig.

Die Taschenuhr des Feldwebels lehnte immer am Messingfuß der Petroleumlampe. Der Feldwebel war ein ordentlicher Mann, das mussten sie ihm lassen. Es war sein persönliches Pech, dass er aktiv gewesen war und dass er jetzt die Verantwortung tragen sollte für dreiundvierzig Männer.

Blaich wühlte in seinem Wäschebeutel. Der Augenblick war gekommen, um dem Unteroffizier das Foto von Liane zu zeigen. Unterhose, Strumpf, Hemd, Kragenbinde, Rasierzeug, Zahnbürste, Fußlappen, Schreibzeug, die Bilder von daheim. Eine rührende Sammlung von Nichtigkeiten, eingehüllt in den Geruch von Schuhcreme, Verstreichfett und Fußsalbe. Und doch des Soldaten einziges Hab und Gut, sein höchstpersönlicher Trödelkram, der den Hinterbliebenen zugestellt wird, wenn der Tod auf dem Felde der Ehre eingetreten ist.

„Bitte Herrn Unteroffizier das Foto zeigen zu dürfen."

„Zeig' her, Schwager."

Cloth nahm das Foto und hielt es in den Lichtschein der Lampe auf dem Tisch. Aber bevor er sich zu dem Bildnis eines durchschnittlich gut aussehenden Mädchens äußern konnte, wurde seine Aufmerksamkeit durch Geräusche erregt, die von draußen in die Hütte drangen. Gewehrschüsse?

Artillerieeinschläge regten niemanden auf. Mit Granaten wurden sie unentwegt bepflastert, so nannten sie es. Aber Gewehrschüsse bedeuteten Berührung mit dem Feind.

Stille. Es war, als hielten auch die Schnarchenden auf dem Fußboden den Atem an. Mit der Zeit hatten sie alle einen sechsten Sinn entwickelt, den Sinn für die Gefahr. Sie hörten die Walze heranrollen. Die Todeswalze.

Serafim stand am Ofen, auch er starr wie ein Baumstumpf. Sein Gehirn hatte sich winterlang am Schritt vorbeiziehender Truppen geübt. Er wusste, was Räderknarren und Pferdegewieher und Schüsse und Schreie und Kolbenstöße gegen die Tür wahrmachen konnten. Er, Serafim, hatte mit Sowjetzkis, mit Partisanen und mit Deutschen zu tun gehabt. Er fragte sich, wer von diesen dreien eines Tages mit ihm abrechnen würde.

Die Sowjetzkis würden ihm vorwerfen, dass er den Feind beherbergt und mit Nahrung versorgt habe, und ihn kurzerhand erschießen. Die Partisanen waren gehässiger; sie würden ihn an die Tür nageln, mit dem Kopf nach unten, weil er nicht mit in den Wald gezogen war, um aus dem Hinterhalt zu kämpfen.

Und die Deutschen? Wie würden die Deutschen sich verhalten, wenn sie ihre Stellungen in Murdasowo aufgeben müssten? Diese Männer hier, die er in seiner Hütte geduldet und bedient hatte? Dieser Unteroffizier zum Beispiel, dem er zulächelte und der nicht wie ein Feind aussah. Was würde er tun?

Würden sie seine Hütte anzünden und in Verbrannte Erde verwandeln? Was lag an einem Russen? Was lag an einem Greis wie Serafim?

Betten in der Sowjetunion sind selten, und gewöhnlich schläft der Herr des Hauses mit seiner Gattin auf dem Ofen. Bettvorleger sind Postsäcke der Wehrmacht.

Serafim hielt sein Bündel geschnürt. Er würde eine Strecke neben den Deutschen herlaufen, umdröhnt von Einschlägen, umzischt von Geschossen und Granatsplittern, und darin war der Tod. Niemand fragte danach, wer, wie und warum getötet wurde. Hier töteten alle. Die Kälte tötete. Die Stille tötete. Die Russen töteten. Die Deutschen töteten. Die Partisanen töteten. Das war eben woina, der Krieg, und Krieg war nix gutt.

Um Serafims Hütte lagen Leichen. Sie waren im Schnee kaum noch zu erkennen. Hier ragte ein Fuß und dort eine Hand aus der rußigen Decke. Vielleicht würde auch er, Serafim, im Schnee neben seiner verkohlten Hütte liegen bleiben, dort, wo er im Sommer die Gurken gezogen hatte.

Serafim und der Unteroffizier sahen sich an. Es geschah nichts. Die Gewehrschüsse hatten diesmal keinen Alarm ausgelöst. Jemand hatte die Nerven verloren. Manchmal huschte vor den Stellungen ein Fuchs vorbei, ein Wolf oder eine Krähe. Anfangs hatten sie vorgehabt, auf die Füchse zu schießen und irgendeiner Frau, die Anna oder Marie oder Lore hieß, den Pelz als Frontgabe mitzubringen. Aber darüber sprachen sie schon lange nicht mehr.

Serafim setzte sich wieder, die Landser schnarchten weiter, und Cloth schob die Fotografie langsam in den Lichtkegel: Liane.

„Das ist sie also", sagte er. Eben noch hatte er an den Tod gedacht, und jetzt hoffte er auf das Leben. Er war ein wenig verlegen jetzt, wo es sich darum handelte, ein Urteil abzugeben. War es denn ernst, was sie da miteinander besprochen hatten? Hatte er wirklich vor, einen Brief zu schreiben und mitzuteilen, dass er nach dem Krieg vorbeikommen würde? Wenn er sich recht erinnern konnte, und das konnte er ja wohl, dann hatte er sogar daran gedacht, Liane zu heiraten. Warum nicht? Er war ja doch verloren. Gut. Er würde Liane heiraten. Demnächst in dieser Welt des erfrorenen Fleisches und der vergipsten Knochen.

Nach dem Kriege werde ich dem Annaberg ein Schauspiel bereiten.

Hatte er dies alles nur gesagt, weil er dem Jungen helfen wollte, tapfer zu sein?

„Sieht gut aus, deine Schwester", sagte er endlich. „Weißt du was? Wir müssen gut aufpassen auf die Kleine. Mensch, da gibt es eine Menge Burschen, die denken nur an ihr Vergnügen. Von Treue und Anstand haben die nie 'ne Silbe gehört. Ich habe einmal jemanden gekannt, der hatte ein Mädchen, und als er sie so weit gebracht hatte, ließ er sie einfach sitzen. Solchen Kerlen muss man in die Fresse hauen."

Blaich nickte. Er wusste nicht, was gemeint war, aber auch er war dafür, dass man solchen Kerlen in die Fresse hauen musste. Sie gerieten jetzt geradezu in Eifer wegen des Mädchens. An der Front, wo sie nur selten eine Madka zu sehen bekamen, und die war ganz in Rindsleder eingeknöpft, war schon das Betrachten der Fotografie eines Mädchens eine großartige Angelegenheit. Sie wussten ja, dass dieses Mädchen hier lebendig war und Deutsch sprach.

„Wird sie mir denn überhaupt antworten?", fragte Cloth.

„Sie wird sich sofort hinsetzen und schreiben", meinte Blaich, „sie ist Abend für Abend allein zu Hause und strickt Socken für die Front, und dabei stellt sie sich den Soldaten vor, der diese Socken tragen wird. Alle Mädchen in der Heimat glauben daran, dass der Soldat antworten wird, dem sie Liebesgaben ins Feld geschickt haben."

„Liebesgaben sind eine feine Erfindung. Schade, dass sich die Feldpost nicht mehr um uns kümmert. Vielleicht wirft uns ein Flugzeug gelegentlich mal die Post ab. Das könnten sie doch eigentlich für uns tun. Liebesgaben statt Bomben."

Der Unteroffizier zerdrückte eine Assel und ließ sie durch den Zylinder auf die Flamme tropfen, was einen winzigen Zischlaut verursachte. „Lass man", sagte er, „wenn die Armee uns herausgehauen hat, kommen die Päckchen waggonweise, und wenn wir alles aufgegessen haben, gibt es Urlaub. Dann sind wir die ‚Helden von Murdasowo'. Dann gibt's Freibier und jede Menge Orden."

„Bekommen alle einen Orden, die dabei waren?"

„Na klar. Du warst ja auch dabei."

„Wollen Herr Unteroffizier die Fotografie behalten?"

„Wenn du sie mir geben willst, gerne."

Cloth kramte das Soldbuch aus der oberen linken Tasche des Waffenrocks und legte das Bild hinein. Er legte es zwischen jene Seiten, auf denen eingetragen war, was er bei seiner Inmarschsetzung an Ausrüstungsgegenständen empfangen hatte.

1 Pistole 08
1 Fernglas
1 Kartentasche
1 Seitengewehr
1 Spaten
1 Marschkompass
Verbandszeug
Losanthintabletten.

Die neuartige Winterbekleidung
Unterwäsche: 3 Garnituren
Socken: 4 Paar
Pullover: 2-3 Stck.
darüber eine gesteppte Garnitur
und jetzt die eigentliche Wintergarnitur

Cloth steckte das Soldbuch ein, er knöpfte die Tasche zu, und in dieser Sekunde fiel ein Gewehrschuss. Noch ein Schuss. Noch einer. Jetzt waren es schon vier. Der Posten schoss sein Magazin leer.

Der Posten versuchte mit steifen Fingern, ein neues Magazin in die Kammer einzuführen, aber bevor er das Gewehr heben konnte, um zu schießen, war er tot. Eine Handgranate riss ihm den Arm ab.

Die Russen waren da.

Auf diese Stunde hatten sie gewartet. Tag für Tag, Nacht für Nacht hatten sie auf Posten gestanden und das Dunkel über dem rußigen Schnee mit ihren Augen zu durchdringen versucht. Nacht für Nacht hatten sie gewartet. Stunde um Stunde umsonst. Frieren und Starren.

Und jetzt waren die Russen im Schneesturm bis an die vordersten Posten herangekommen und in die Stellung eingebrochen.

Die Maschinengewehre tackten wütend drauflos. Leuchtkugeln stiegen auf und erhellten die Gräben, die mit Balken und Birkenreisig notdürftig gegen Granatsplitter gesichert waren. Die Wachhabenden in den Hütten brüllten Alarm. Die Landser taumelten fluchend hoch und griffen nach Stahlhelmen und Waffen.

Mit einem einzigen Gewehrschuss war der Krieg entfesselt und die Ruhe dahin. Jetzt raubte ihnen der Krieg auch noch den Mief, den warmen, guten dicken Mief, der ihr Leben so sehr geschützt hatte. Er nahm ihnen den blakenden Schein der Petroleumlampe, die heißen Pellkartoffeln und den grünen Tee. „Verdammte Scheiße!" Das war alles, was sie hervorbringen konnten.

Schlaftrunken stolperten sie in die Nacht hinaus, in den Lärm der röhrenden Geschosse und in die fünfzig Grad unter null, die sich schmerzhaft in Ohren, Lippen und Fingerspitzen bohrten. Die Kälte biss sich an ihrem Fleisch fest. Ganz deutlich wussten sie jetzt, dass sie bisher nichts Besseres besessen hatten als diese Hütte aus Holz und Werg, dieses Haus der Wanzen, Schaben und Mäuse, diesen knuffig warmen Platz am Lehmofen, diese verlauste Strohmulde unter den Ikonen.

Ikonen? Sie hatten sich nie die Mühe gemacht herauszukriegen, wer diese bärtigen Heiligen waren und welche Verdienste sie erworben hatten. Es waren Männer, die wie Serafim aussahen, alt, weise, gütig und zuverlässig.

Jetzt war es zu spät, um noch an Heilige zu glauben. Jetzt war die Hölle ausgebrochen in Murdasowo. Handgranaten detonierten und Maschinenpistolen bellten. Darein mischte sich der peitschende Knall der Pistolen und der harte Schlag der Karabiner. Über die Kämpfenden hinweg orgelten die schweren Koffer sowjetischer Eisenbahngeschütze in den Ort. Artillerie hämmerte in die Straßen. Wurfgranaten platzten aus dem klirrenden Himmel.

Bald standen Hütten und Scheunen in Brand und schleuderten Fackeln in die Nacht. Pferde hatten sich losgerissen und hetzten mit klappernden Hufen über die vereiste Fahrbahn: struppige Panjepferdchen mit Eis im Fell und Stroh in der Mähne. Ihren Tod rechnete niemand nach: Überall lagen sie im Schnee mit ihren glasigen Augen und den gurkenhaft herausquellenden Zungen.

Aus Murdasowo rückten Reserven an die gefährdete Frontstelle, hechelnde, dick vermummte Soldaten mit Maschinengewehren und Granatwerfern. Manche trugen Munitionsgurte um den Hals. Andere zogen Panzerabwehrkanonen. Jene schleppten Tellerminen, Fliegerdreibeine und Geschosskörbe. Die feindlichen Granaten wühlten flache Trichter in den Schnee, aus denen Erdbrocken wie Eisenspäne umherspritzten.

Befehle wurden durchgerufen und Namen von Offizieren gebrüllt. Gruppenführer verlangten nach Meldern, die längst in den Schnee gestürzt waren, tot. Irgendjemand, der vielleicht ein Leutnant oder ein Hauptmann war, schrie: „Seitengewehre aufpflanzen ... Seitengewehre raus ... gebt es ihnen ... gebt es ihnen in den Bauch!" Er fiel hin und stand nicht wieder auf.

Mit Fingern, die vereitert waren, fummelten die Landser ihre Seitengewehre aus der Scheide und versuchten sie auf das Gewehr zu setzen. Gebt es ihnen, Männer, gebt es ihnen in den Bauch.

Mit Fingern, die vereitert waren, gaben sie es den Sibiriaken in den Bauch, wie der Hauptmann befohlen hatte. Mit Füßen, die in den Stiefeln faulten, humpelten sie in den Kampf. Mit Muskeln, die geschrumpft waren vor Hunger, versuchten sie Granaten zu werfen. Mit Augen, die blind waren vor Müdigkeit, spähten sie nach dem Feind. Mit Herzen, die zermürbt waren vom Hass, folgten sie dem Befehl ihrer Vorgesetzten.

Sie kämpften mit Läusekot im Blut und Ruhr im Gedärm. Sie starben mit Kartoffeln im Magen und Schneewasser in der Blase. Sie fluchten dem Generalstab mit Geschwüren auf der Lippe und Blut auf der Zunge. Sie traten an mit alten Narben am Oberschenkel und frischen Erfrierungen am Kinn. Sie gingen den Russen entgegen mit dem Hakenkreuz auf dem Soldbuch und dem Hoheitszeichen auf der Feldbluse. Sie töteten mit der Sehnsucht nach Schlaf und der Gier nach Tabak.

So gaben sie es ihnen in den Bauch.

Jawohl, Herr Hauptmann.

Sie schafften es immer wieder, diese großartigen Obergefreiten, die so stur waren, dass man mit ihnen jeden Krieg hätte gewinnen können. Nur nicht diesen Krieg.

Blaich war dem Unteroffizier nicht gefolgt, der als Zugtruppführer im Gefecht neben dem Zugführer seinen Platz hatte. Blaich war als Melder eingeteilt, anstelle des toten Barteis. Er sollte Meldungen überbringen, aber er hatte nicht die leiseste Vorstellung, wie diese Aufgabe zu erledigen war. Er zitterte vor Angst, jetzt, da er das Schreckliche, den Nahkampf, den Mord von Mann zu Mann, erleben sollte.

Er duckte sich unter der rollenden Wucht der Granaten, die über ihn hinweg den Ort Murdasowo zerstörten. Jeder Abschuss warf ihn zu Boden, und jeder Einschlag hielt ihn am Boden fest. Er legte sein Gesicht in den Schnee, den Urin und Pulvergas verdorben hatten.

Er fiel über Leichen und erkannte entsetzt, dass es Russen waren; sie trugen den Sowjetstern an der Pelzmütze. Es gab sie also, die Russen. Der Feind war Wirklichkeit. Es waren Männer mit blank rasierten Gesichtern, die nicht den Eindruck erweckten, als hätten sie sich den Winter hindurch von Baumrinde ernährt, wie die Zeitungen daheim berichtet hatten. An der Front im Osten, hatten sie geschrieben, kämpfen mit veralteten Gewehren und Holzknütteln halb verhungerte Partisanen, die hie und da Unruhe hervorbringen.

Die Russen hatten in Kompaniestärke angegriffen: ein Spähtruppunternehmen mit Artillerieunterstützung. Die Landser hatten Schlimmeres erlebt. Bald war der Angriff abgeschlagen und die Einbruchstelle verriegelt. Vereinzelt schossen noch MG'S hinter den Fliehenden her. Dann legte sich das Frontfieber. Die Geschütze schwiegen.

„Blaich", hörte er den Feldwebel rufen, „wo steckt dieses Arschloch?"

Blaich erhob sich aus seinem Versteck und schloff auf die Stimme zu. Er fürchtete sich. Er wusste, dass er feige gewesen war, dass er sich gedrückt hatte, dass er versagt hatte, und er erbrach sich vor Erregung in den Schnee. Er spürte die Kälte, diese grausame messerscharfe Kälte, und er begriff nicht, weil die anderen es vermocht hatten, ihre Gewehre zu laden und Patronengurte einzuführen und Handgranaten abzuziehen und mit dem Bajonett auf diese weiß getarnten Kerle loszugehen.

Aber sie hatten dies alles getan, während er sich hinter dem Pferdeschuppen versteckt gehalten hatte, ohnmächtig und verrückt vor Angst. Sie hatten Menschen getötet und ein Gefecht gewonnen. Er, Blaich, hatte den Unteroffizier, der doch sein Freund war und der Lianes Bild im Soldbuch trug, im Stich gelassen. Er war ihm nicht gefolgt.

Er dachte: Jetzt erschießen sie dich. Jetzt bringen sie dich um. Jetzt kommt das Kriegsgericht. Jetzt urteilen sie: Feigheit vor dem Feinde. Auf Feigheit vor dem Feind steht der Tod.

„Los, fassen Sie an", zischte der Feldwebel, „wir beide sprechen uns noch!" Der Feldwebel hatte die Maschinenpistole vor der Brust hängen; sie schlug beim Bücken hin und her.

Sie wälzten die Russen auf den Rücken, um zu sehen, ob sie tot waren, denn sie hatten oft genug erlebt, dass sie sich tot stellten, um bei guter Gelegenheit davonzurobben. Und einige waren so heimtückisch gewesen, im Sterben sozusagen noch das Magazin ihrer Schnellfeuerwaffe auf den Gegner zu entleeren.

Dann zogen sie ihnen die Tarnhemden aus und zerrten ihnen die Filzstiefel von den Füßen. Die Gefallenen wurden aus den Gräben herbeigetragen und hinter der Scheune zu den anderen Toten gelegt. Es war eine Mauer aus Leichen, die Nacht für Nacht um viele Leiber wuchs.

Unter den Toten war auch Unteroffizier Cloth, dem eine Granate den Kopf vom Rumpf getrennt hatte.

Blaich weigerte sich, auf Posten zu ziehen. Cloth tot ... Cloth tot ... Cloth tot ... war der Unteroffizier wirklich gefallen? Blaich war noch nicht lange Soldat, aber in diesen Monaten der Ausbildung und des ersten Fronteinsatzes war Cloth der Einzige gewesen, der sich freundschaftlich um ihn gekümmert hatte. Er war als Mensch und nicht in erster Linie als Vorgesetzter aufgetreten. Für den Unteroffizier war Blaich kein Pimpf, kein Heini, keine Rotznase gewesen.

Der Schütze hockte auf seinem Strohlager und stierte vor sich hin. Er hatte ganz einfach Angst. Heiße, unüberwindliche, lähmende Angst. Er wollte nicht allein auf Posten stehen, bei den Toten, die ihre nackten Füße zeigten. Er wollte ihre erloschenen Augen nicht sehen. Er wollte den Unteroffizier nicht sehen, der ohne Kopf war.

Blaich hatte gesagt: Nein, nein, nein. Er würde die Hütte nie mehr verlassen. Er würde hier hocken bleiben. Er wollte keinen Toten sehen.

„Stehen Sie auf!", brüllte der Feldwebel.

Blaich rührte sich nicht.

„Sie sollen aufstehen! Ich erschieße Sie wie einen tollen Hund. Haben Sie das begriffen? Sie waren feige, als der Iwan kam. Sie haben sich gedrückt. Und jetzt weigern Sie sich, einen Befehl auszuführen. Ich habe Ihnen befohlen, auf Posten zu ziehen. Sie haben Wache, Blaich. Sie sind dran, Herr Blaich. Sie sollen Ihren Kameraden vorne ablösen. Verstehen Sie denn nicht, dass der in spätestens einer halben Stunde erfroren ist? Blaich, nehmen Sie Vernunft an. Los, erheben Sie sich! Oder ... Mann, sind Sie verrückt geworden? He!"

Der Feldwebel tastete nach der Pistole an seinem Koppel. Es war nicht das erste Mal, dass er erlebte, wie einer den Verstand verlor. Mit den Jungens vom Ersatz hatte man immer Ärger, wenn es ernst wurde. Entweder setzten sie sich in die Ecke und bewegten sich nicht mehr oder sie liefen schnurstracks ins Feuer hinein, hoben die Hände hoch und ließen sich von einer Geschossgarbe zerfetzen.

„Ich zähle bis drei", befahl der Feldwebel, „wenn Sie bei ‚drei' Ihren Arsch nicht hoch haben, holt Sie der Teufel. Eins ... zwei ... dr..."

Blaich erhob sich nicht. Er kroch ganz an die Wand zurück, als wollte er sich durch die Baumstämme ins Freie zwängen. Der Atem dampfte ihm keuchend aus der Brust. Die Zähne schlugen aufeinander. Blutfäden speichelten ihm aus dem Mundwinkel. Er biss sich auf die Zunge vor Angst.

„Wie Sie wollen, Blaich. Jetzt ist ein Tatbericht fällig. Sie wissen, was Sie zu erwarten haben. Im Unterricht sind Sie über die Folgen belehrt worden. Feigheit vor dem Feinde, erinnern Sie sich an das Thema? Befehlsverweigerung? Das reicht, mein Junge. Das Standgericht fackelt nicht lange. Ich an Ihrer Stelle ..."

Der Feldwebel sagte nicht mehr, was er an Blaichs Stelle getan hätte. Er kehrte zum Tisch und zur Taschenuhr zurück. Wahrhaftig, er hatte nicht drei gesagt, er hatte nicht geschossen, er hatte nicht gehandelt, er hatte sich nicht zum Richter aufgeworfen. Überlassen wir es dem Kompaniechef, überlegte er. Eine Meldung zu formulieren ist leichter, als jemanden zu töten. Tatbericht? Na, denn meinetwegen Tatbericht.

Da lag die Pistole, neben der Uhr in ihrem Blechgehäuse und unter der Petroleumlampe, eine saubere deutsche Pistole 0/8, zum Erschießen wie geschaffen, lag da zwischen Wanzen, Kakerlaken und Spinnen.

In Blaich brach jetzt tatsächlich der Irrsinn oder die Verzweiflung oder die letzte große Angst aus. Cloth tot, Cloth gefallen, seine nackten Füße, seine kalten Füße, seine nackten toten kalten Füße, und er hat keinen Kopf mehr, aber Lianes Fotografie im Soldbuch, Lianes Liebesgaben für die Front, Pulswärmer und Socken für einen Toten, ganz gelb und kalt sind seine Füße.

Niemand achtete auf Blaich. Sie dachten: Der rührt sich nicht. Der ist verrückt. Der ist fertig. Der hockt da und denkt an den lieben Gott. Das tun sie immer, wenn sie Angst haben. Sie denken an den lieben Gott.

Aber Blaich dachte nicht an den lieben Gott, und er war auch nicht fertig. Er zog sein Gewehr an sich und zielte auf den Feldwebel, der sich in den Lichtschein der Lampe beugte, um die Uhrzeit zu kontrollieren.

Vielleicht dachte er daran, dass er im Tatbericht gegen den Schützen Blaich die genaue Uhrzeit angeben musste. Die Uhrzeit gehörte dazu. Drei Uhr fünfundzwanzig, stellte er fest.

Da fiel der Schuss.

Hinterher wussten sie, dass es Serafim gewesen war, der den Schrei ausgestoßen hatte. Aber niemand hatte den Schrei verstanden. Es war ein russisches Wort, eine Warnung, eine Bitte oder irgendwas. Serafim hatte mehr auf den Soldaten im Stroh unter den Ikonen als auf den Feldwebel bei seinem Tatbericht geachtet.

Als Blaich die Waffe hob, um den Feldwebel zu töten, stürzte ihm der Russe in die Schussrichtung. Das Geschoss traf ihn ins Herz. Serafim war sofort tot. Er brach vor dem Lehmofen in die Knie, sank vorneüber, und der Widerschein des Feuers aus der guten tiefen warmen Ofenhöhle fleckte sein runzliges Greisenantlitz.

Die Männer waren starr. Es dauerte Minuten, bis sie begriffen hatten. Sie waren so entsetzlich müde, dass sie den Vorgang nur mühsam einholten. Was ... war ... das ...

Möller ging vor und schlug Blaich den Gewehrkolben auf den Schädel. „Da", sagte er, „du verdammter Hund. Du Scheißkerl." Weiter nichts.

Eine Zeit lang wussten sie nicht, wie es weitergehen würde. Blaich war auf dem Stroh zusammengesackt. Der Feldwebel stierte auf die Pistole. Er sagte kein Wort. Es war nichts mehr zu sagen. Es gab nichts mehr, das noch zu besprechen war.

Scheißkerl.

Dann sagte Möller: „Feigheit. Befehlsverweigerung. Meuterei. Mord. Diebstahl von heereseigener Munition. Missbrauch der Waffe. Besten Dank. Danach kann er gut aufstoßen."

Köhler steckte die Uhr in die Brusttasche. Es war Zeit, zum Befehlsempfang auf dem Kompaniegefechtsstand anzutreten. Beinahe hätte ihn dieser Hund also erschossen? Stattdessen hatte es Serafim erwischt. Und was war mit Cloth geschehen? Tot?

Sieben Tote und vier Verwundete musste er melden. Sein Zug war nicht mehr in der Lage, den Wachdienst ordnungsgemäß zu verrichten. Zwölf Männer fielen aus. Damit wurde das Postenstehen für die Lebenden immer schwieriger. An Ersatz war nicht zu denken. Nein, wo sollte der Kompaniechef Ersatz hernehmen? Der Kessel war geschlossen, und die Armee, der sie angehörten, mehr als einhundert Kilometer entfernt. Für ihn und seinen ausgebluteten Zug schwand damit die Hoffnung auf Ruhe, Ausschlafen, Hindösen.

Er hätte sich gern gewaschen. Einmal das Hemd ausziehen und kochen. Die Läuse machten ihn unruhig. Der Juckreiz, den sie auf seiner schmutzigen Haut verursachten, war nicht zu ertragen.

Er hörte den Schnee knirschen unter den Schritten des Postens, der eben abgelöst worden war und auf die Hütte zustampfte. Er hörte, wie der Mann am Türpfosten den Schnee abschabte und dabei mit dem Gewehrkolben an Holz stieß. Die Tür gab beim Öffnen einen prallen, mampfigen Laut von sich, der ihn an das Geräusch von Luftdruckbremsen erinnerte, und sofort dampfte Kälte bis an den Tisch und an das Strohlager auf der Erde.

„Keine besonderen Vorkommnisse", meldete der Posten.

„Du Spaßvogel", antwortete der Feldwebel.

Es war Kuhlmann, der Feinkosthändler aus Hannover. Der Obergefreite blieb eine Weile an der Tür stehen, bis sich seine Augen an das Licht gewöhnt hatten. Dann sah er den Russen vor dem Ofen liegen, kerzengerade auf dem Rücken, und der weiße Bart stand ein wenig nach oben, wie eine erstarrte Flamme. Sein Rock war auf der Brust dunkel gefleckt von Blut.

„Habt ihr ihn umgebracht?"

Der Feldwebel antwortete nicht sofort. Er stand auf und kniete neben Serafim nieder. Er strich den Bart glatt und zog mit dem Daumen die Lider über die Augen des Toten. Das war sein Amt. Als Zugführer hatte er, soweit es die Gefechtslage zuließ, dafür zu sorgen, dass den Toten die Augen geschlossen und die untere Hälfte der Erkennungsmarke abgenommen wurden.

„Blaich hat ihn erschossen", sagte er, „er wollte mich umlegen, aber Serafim hat den Schuss abgefangen."

„Das is 'n Ding", sagte Kuhlmann, „dieses Arschloch. Hat Angst und schießt auf Vorgesetzte. Was habt ihr mit ihm vor?"

„Möller hat ihm eins mit dem Kolben gegeben."

„Tot?"

„Hab' mich nicht drum gekümmert. Wär' vielleicht gut, wenn er's wäre. Dann bleibt mir der Ärger mit dem Tatbericht erspart. Ich hab' andere Sorgen."

Kuhlmann beugte sich zu Blaich hinab, der leblos auf dem Stroh lag. „Prächtige Beule, daran hat er lange was zu kühlen. Reicht aber nicht ganz. Der kommt gleich wieder. Dann dürfen Sie Ihren Aufsatz schreiben, Herr Feldwebel. Murdasowo den soundsovielten ... Sehr geehrter Herr Kampfgruppenkommandeur ... Oder werden Sie's dienstlich machen? Dann heißt es Bezug und Betrifft. Bezug: Schicksalskampf des deutschen Volkes in den Sümpfen von Shisdra. Betrifft: Mordanschlag des Schützen Blaich auf Feldwebel Köhler, ausgeführt in der Nacht vom ... was für eine verdammte Nacht ist dies eigentlich?"

„Hör' auf", sagte der Feldwebel, „Sie reden wie Cloth."

„Was haben Sie gegen Cloth?", meinte Kuhlmann, „sein Humor fehlt mir jetzt. Darf ich Sie mal was fragen, Herr Feldwebel. Wissen Sie überhaupt, was hier passiert ist? Haben Sie schon mal erlebt, dass ein deutscher Feldwebel einem russischen Bauern das Leben gerettet hat? Ich meine, dass es sich umgekehrt ereignete, als es sich hier ereignet hat?"

„Ich? Nein."

„Wissen Sie auch, dass Sie für Serafim gar kein Feind waren? Vielleicht machte der Alte keinen Unterschied zwischen Freund und Feind. Sie, Herr Feldwebel, und wir alle hier waren für ihn Menschen, wie auch die russischen Soldaten für ihn Menschen waren. Erinnern Sie sich noch an Dimitrij, bei dem wir in Kotobitschi einquartiert waren? Der hat mir einmal sogar mit seinem Atem die Füße gewärmt, als ich vor Schmerzen beinahe heulte. Würde das ein deutscher Zivilist für einen russischen Soldaten tun?"

„Quatschen Sie nicht. Kuhlmann. Hauen Sie sich hin!"

„Worauf Sie sich verlassen können."

„Bevor Sie sich hinlegen, Kuhlmann", bat der Feldwebel, „helfen Sie mir!" Er deutete auf den Toten. Der Feldwebel und der Obergefreite trugen den Russen hinaus in den Schnee, zu den anderen Toten, zu Barteis und Cloth und Hübner und Brandes und Merschmann. Dabei verrichteten sie keine Gebete und sie höhnten auch nicht. Sie schufen Ordnung. Sie führten einen Befehl aus.

Die Leichen lagen hinter der Scheune aufeinandergestapelt wie Grubenholz, angeschwärzt vom Ruß der Granaten und bestäubt mit Schnee.

Sie legten unter dem russischen Himmel einen Kameraden auf die steinharte Erde. Ein Mensch legte sich zu den anderen Menschen, ein Soldat zu den anderen Soldaten, ein Toter zu den anderen Toten. Und der letzte am Stapel hieß Serafim Semnowitsch, Schuster in Murdasowo, einige Tausend Jahre alt, von niemandem vermisst, von niemandem betrauert, von niemandem gerühmt.

Er starb einen guten Tod. Er starb nicht für das russische und nicht für das deutsche Vaterland. Er starb nicht für die Nationale und nicht für die Internationale. Er starb für einen Menschen, den er für einen Bruder ansah.

Blaich wurde standrechtlich erschossen. Der Mann am Maschinengewehr hatte Mitleid. Er machte es gut. „Ich habe ihm einen halben Gurt ins Kreuz geballert", sagte er.

Der Feldwebel geriet in Gefangenschaft. In einem Lager in den sibirischen Wäldern starb er an der Ruhr.

Stiefel für Maruschka

Gegen Mittag fing es an zu schneien. Der Schnee legte sich grau auf die Äcker und auf die Zweige der Apfelbäume an den Landstraßen.

Als Kind freute ich mich über den Schnee, der rechtzeitig im Dezember fiel, wenn im Dorf die Vorbereitungen für das Weihnachtsfest getroffen wurden. Fichtenbäumchen wurden abgeladen und auf dem Platz vor der Kirche verkauft. Die Bauern hatten kleine Öfen aufgestellt, an denen sie sich von Zeit zu Zeit die klammen Hände wärmten.

Zu den Vorbereitungen gehörte, dass wir Ministranten die Krippenfiguren vom Kirchenboden herunterholen und abstauben mussten. Die abgestoßenen Kanten wurden mit Aquarellfarben behandelt.

Einmal hatte sich im wallenden Barthaar des heiligen Josef eine Fledermaus festgeklammert. Der Küster musste ihr gut zureden, bevor sie bereit war, mit einem Balken im Dachstuhl vorliebzunehmen.

Im Kirchturm, über den Seufzern der Gläubigen und über den Chorälen des Kirchenchors Santa Cäcilia, hausten Fledermäuse, Dohlen und Käuzchen.

Weihnachten ohne Schnee, das war gegen das Versprechen, das wir Kinder vom Himmel oder von wem auch immer erhalten hatten.

Jetzt im Krieg, im Advent des Jahres 1944, war es töricht zu hoffen, es könne trotz der Verdrossenheit, die uns bis in die Stiefelspitzen beherrschte, ein wenig Stimmung aufkommen. O du fröhliche, o du selige, gnadenbringende Weihnachtszeit – das war vorbei.

Ich saß im dunklen Abteil eines Eisenbahnwaggons Zweiter Klasse. Ich war ein zur Genesung abgestellter Angehöriger der Wehrmacht, ein Obergefreiter mit Soldbuch und Urlaubsschein in der linken Tasche der Feldbluse.

Ich fuhr in den Weihnachtsurlaub. Ich fuhr zu den Eltern. Ich fuhr zur Mutter. Meine Mutter war eine fromme Seele, für die Weihnachten immer schon im Oktober anfing. Wenn es abends früh dunkel wurde und der Regen an die Fensterscheiben trommelte, ging es los mit Stricken. Sie strickte Strümpfe, Schals und Pudelmützen für ihre Kinder, und wenn sie Pullover draufhatte, waren sie entweder eine Nummer zu klein oder zwei Nummern zu groß, aber das machte nichts.

Ich saß da und starrte in die Landschaft, in der sich nichts bewegte. Ich hatte den Eindruck, dass die Eisenbahn versuchte, geräuschlos für den Sieg zu rollen. Im Abteil saßen nur ältere Frauen, deren Gesichter in der Dunkelheit kaum zu erkennen waren. Grau und verhuscht hockten sie da und hielten auf den Knien ihre Hamstertaschen fest. Es duftete nach Kartoffeln und Äpfeln, und muffig roch es nach dem Keller, aus dem sie hervorgekrochen waren, um zu Verwandten aufs Land zu fahren und zu schnorren.

Es war der Geruch der Armut, der Geruch der Angst, der Geruch der Hoffnungslosigkeit, der im Abteil hing, dick wie Bunkermief, und das vor Weihnachten. Statt nach Zimtsternen und Christstollen roch es nach Gurke und Sauerkohl.

Am Horizont fingerten Scheinwerfer den schwarzen Himmel nach feindlichen Flugzeugen ab. Bei Alarm würde ich im Abteil sitzen bleiben müssen, dem Schicksal ausgeliefert; denn mit meiner Behinderung konnte ich nicht über die Äcker oder durch den Wald laufen. Sie hatten mir den rechten Fuß abgenommen. In der Liste, in der die für den Waffendienst als untauglich befundenen Soldaten geführt wurden, stand hinter meinem Namen vermerkt: Geht am Stock.

Allein im Abteil, was würde ich tun? Würde ich tausendmal das Vaterunser aufsagen: Herr, erlöse uns von dem Übel? Das Übel hieß Krieg.

„Ab nach Hause", hatte der Oberstabsarzt befohlen, „was wollen Sie hier? Mit dem Stock sind Sie gehfähig. Wenn Sie Schwierigkeiten haben mit dem Stumpf, dann lassen Sie sich zu Hause behandeln, dort gibt es ja auch ein Lazarett. Der Krieg ist für Sie ohnehin zu Ende."

Mit Musik ham'se uns abgeholt

Der Oberstabsarzt grinste. „Haben Sie überhaupt noch ... na ja, was man so ein Zuhause nennt?"

Ich dachte an den Brief, den ich von meiner Mutter bekommen hatte, und antwortete: „Vor sechs Tagen lebten die Eltern noch, Herr Oberstabsarzt."

„Ich hörte von einem Angriff auf Osnabrück. Es hat viele Tote gegeben. Steht Ihr Elternhaus noch?"

„Nein. Totalschaden durch Sprengbomben. Die Eltern haben sich notdürftig in den Kellerräumen eingerichtet. Sie vertrauen darauf, dass nicht auch noch die Trümmer bombardiert werden."

„Na, dann wünsche ich besinnliche Feiertage." Der Oberstabsarzt stopfte das Stethoskop in die Brusttasche seines weißen Kittels. „Halt, mein Sohn. Beinahe hätte ich es vergessen. Lassen Sie sich von der Oberschwester Medikamente und Verbandszeug mitgeben. Etelka weiß Bescheid. Und grüßen Sie mir den Weihnachtsmann, wenn Sie ihn sehen."

„Zu Befehl, Herr Oberstabsarzt."

Der Mann war berühmt für seinen Humor.

Schwester Etelka, die eine geborene von Nesselrode war, hatte ein Päckchen für mich geschnürt. Es enthielt ein schmerzstillendes Mittel, Verbandszeug, drei Schachteln Zigaretten der Marke Eckstein, eine Zervelatwurst, eine Dose Ölsardinen und eine Glückwunschkarte.

Auf der Karte war ein altmodisches Idyll abgebildet: Zwei Rothirsche ziehen einen Korbschlitten, der mit Paketen beladen ist, und ein bärtiger Nikolaus mit purpurrotem Mantel und pelzbesetzter Kapuze hält die Zügel des himmlischen Gespanns. Oben links auf der Karte steht in Goldbuchstaben „Frohe Weihnacht", in einer Schrift, die aus den heiteren Tagen des Jugendstils stammt.

Das Bild erinnerte mich an meine Kindheit, als ich noch fest an den Frieden auf Erden glaubte. Friede auf Erden den Menschen, die guten Willens sind.

Hier in der ruckelnden Eisenbahn mit all den Schicksalen, die darin befördert wurden, dachte ich voller Dankbarkeit an das Lazarett in Bad Pyrmont.

Ich dachte an die Oberschwester Etelka und ihre stillen Helfer. Die Oberschwester hatte sich für den Hinkemann, so nannte sie mich, eine Zervelatwurst und eine Dose Ölsardinen von der eigenen Verpflegung abgespart.

Hinkemann, sagte ich zu mir, die Schwester mag dich, sei nett zu ihr. Da ich nicht der einzige Hinkemann war im Lazarett – es gab weitere elf beinamputierte Träger des Gefrierfleischordens –, fing ich an, mir etwas darauf einzubilden, dass Etelka mich beschenkt hatte.

Die Zigaretten würde ich meinem Vater unter den Christbaum legen. Mutter hatte geschrieben, dass Vater sich nach jeder Kippe bückt. Wenn er nichts zu rauchen hat, ist er verdrießlich, teilte sie mir mit.

Die Namen der Stationen, an denen der Zug hielt, konnte ich nicht erkennen. Vielleicht waren wir in Lohne, vielleicht in Bünde oder in Melle. Die Uhrzeit war ebenfalls nicht auszumachen.

Krieg hatte mit Dunkelheit zu tun.

Menschen stiegen ein und aus. Sie waren beladen mit Körben, Säcken und sogar mit Brennholz. An den Stimmen erkannte ich, dass es Frauen waren. Ein alter Mann wurde von einem Bahnpolizisten ins Abteil geschoben. Er fing sofort damit an, den Frauen zu erzählen, dass er bei Verdun verschüttet gewesen sei, in einem Graben voller Wasser, und davon hatte er Gelenkrheuma bekommen.

Verdun, das war ein Kapitel aus dem Ersten Weltkrieg. Jetzt hatten wir den Zweiten Weltkrieg. Der Dritte Weltkrieg wurde vorbereitet.

Beim nächsten Halt wurde die Abteiltür geöffnet. Kampfverbände im Anflug auf Hannover, rief eine Stimme auf dem Bahnsteig. Der Zug fuhr weiter, und es wurde still im Abteil. Zu hören waren nur die Seufzer, die aus gequälten Herzen flohen. In Hannover hätte ich umsteigen müssen in den Zug nach Osnabrück. In Hannover fielen jetzt die Bomben.

Ich tastete nach dem Brief, den Mutter mir geschickt hatte. Auch dieser Brief war ein Seufzer, einem Feldpostbrief anvertraut. Das Leben in Deutschlands großer Zeit bestand in der Hauptsache aus Seufzern.

Mutters liebevolle Versicherung, dass sie mich und ihre Kinder in ihr tägliches Gebet einschließe, stellte zusammen mit der Zervelatwurst, den Ölsardinen und den Zigaretten mein einziges Eigentum dar. Was ich am Leibe trug, gehörte der Wehrmacht.

Ich hatte es in sechsundzwanzig Jahren zu nichts gebracht. Ich hatte gelernt, den Karabiner 98, die Pistole 08 und das Maschinengewehr 34 zu bedienen, und außerdem war ich belehrt worden über Verhalten bei Bauchschuss. Für alle diese Kenntnisse konnte ich keinen Tag meines in Uniform vergeudeten Lebens zurückkaufen.

Neben mir fing eine Frau zu reden an. Ihre Stimme klang wie die einer Erzieherin oder einer Person, die einem geistlichen Herrn den Haushalt führt.

„Hören Sie zu", sagte die Person, „haben wir Christen um diese Zeit nicht Anspruch auf den Wohlklang himmlischer Harfen und auf das feine Geknister goldlockigen Engelhaars? Und was bietet man uns stattdessen? Sirenengeheul, Geschützdonner, Bombenteppiche und Trümmer, wohin man schaut."

Niemand antwortete der Frau.

Mutters Brief enthielt einen Satz, ein Postskriptum gewissermaßen, mit dem ich mich jetzt in Gedanken beschäftigte. Ich verstand den Inhalt nicht. „Wenn du Weihnachten kommst", schrieb sie, „dann bring bitte Stiefel mit. Es können alte Stiefel sein, aber sie müssen einigermaßen zusammenhalten. Ich ermächtige dich, Schuhe zu stehlen, verstehe das recht. Die Braunen stehlen uns Eigentum und Leben, da dürfen wir ihnen mit reinem Gewissen die Schuhe wegnehmen. Gott sieht es mit Wohlgefallen, das versichere ich dir."

Wer die Braunen waren, brauchte ich nicht zu fragen. Der Name des größten Feldherrn aller Zeiten kam nicht über ihre Lippen. Sie scheute sich sogar, jene Kürzel, die für die Partei und ihre Organisationen standen, auszusprechen. Sie ignorierte das herrschende Regime. Sie tat nicht einmal einem dekorierten General oder einem mit Brillanten geschmückten Kampfflieger die Ehre an, ihn wahrzunehmen. Das Regime, das waren die Braunen, die sie für jeden Menschen, der getötet, und für jedes Haus, das zerstört wurde, verantwortlich machte.

Mit meinem Vater hatte ich einmal telefoniert, und er hatte gesagt: „Mutter ist leichtsinnig, sie nimmt sich mit ihren Äußerungen kein bisschen in Acht. Sie spricht alles aus, was ihr in den Sinn kommt. Ich glaube, sie hat es darauf abgesehen, aufzufallen und bestraft zu werden. Man hat sie bereits verwarnt. ‚Hüten Sie Ihren Mund', haben sie ihr gesagt, ‚sonst werden Sie eines Tages für die Folgen einstehen müssen'."

„Was sind das für Folgen?", hatte ich gefragt.

„Ich fürchte, dass man sie in ein Lager stecken wird. Dort muss sie auf Brettern schlafen und einen gestreiften Kittel tragen, aber allen Drohungen setzt sie ihr Gebetbuch und ein unbegrenztes Vertrauen in Gott entgegen."

Mir fiel ein, dass Mutter im vergangenen Jahr eine Art Mutprobe bestanden hatte. Sie hatte ihre Freundin Sarah Lewin zum Bahnhof begleitet. Frau Lewin war aufgefordert worden, mit „Zahnbürste und Leibwäsche für acht Tage" auf einer Verladerampe des Güterbahnhofs anzutreten, pünktlich um 15 Uhr.

Mutter war mit Frau Lewin gegangen und hatte sich mit den Polizisten angelegt, was das alles zu bedeuten hätte. Sie wäre beinahe mitverladen worden, wenn dem diensthabenden Polizeioffizier nicht aufgefallen wäre, dass Mutter keinen Stern trug, jenen gelben Stern, den die Juden tragen mussten. Er ließ Mutter in einen Geräteschuppen sperren, bis der Transportzug abgefahren war. Abgefahren wohin?

Gegen Abend ließ er die alte Dame laufen. Sie hatte sich ihren Rosenkranz wie etwas um den Hals gelegt, das ihre Gesinnung zur Schau tragen sollte. Der Rosenkranz war ihre Waffe, und sie glaubte fest daran, dass das Kreuz der Christen mächtiger sein würde als das Hakenkreuz der Faschisten.

Meine Mutter hatte ein gestörtes Verhältnis zur Regierung, das konnte ich verstehen. Ich war auch nicht gerade begeistert über die Chance, die mir die Regierung geboten hatte, indem sie mich nach Russland schickte, um 50 Grad Kälte, Hunger, Läuse und die Stalinorgel kennenzulernen.

Aber was hatte Mutter mit den Stiefeln vor?

Was steckte hinter dieser Bitte? Und wieso setzte sie voraus, dass ich bereit sein würde, für Gott oder für wen auch immer einen Diebstahl zu begehen und vor ein Militärgericht gestellt zu werden – wegen einer Gurke?

Gurke war in der Landsersprache ein Ausdruck für abgelatschte Stiefel. Schuhzeug war Mangelware. Die Soldaten empfingen ihre Schuhe „auf Kammer", aber für die Zivilisten gab es schon seit Langem keine Schuhe mehr. Fielen meiner Mutter die Schuhe von den Füßen? Wollte sie die Stiefel für sich selbst haben – oder für andere?

Ich wusste, dass sie jeden Morgen zur Kirche ging, zur Frühmesse um sechs Uhr. Hätte ihr jemand die Schuhe weggenommen, um sie daran zu hindern, in die Kirche zu gehen, vielleicht ihrer Gesundheit wegen, dann wäre sie gewiss barfuß dorthin gegangen.

Oma Lienchen, Caroline Heithaus / undatiert

Ich wusste auch, dass sie nach der Messe beim Bäcker Meyer vorbeiging, um frische Brötchen einzukaufen. Es war eine stillschweigende Vereinbarung, dass mein Vater den Tisch deckte und mit der Kaffeekanne auf die Kirchgängerin wartete. Aber Brötchen und Kaffee gab es wohl inzwischen nicht mehr.

Was hatte sie mit den ‚Gurken' vor? Ich wusste es nicht, aber ich überlegte bereits, auf welche Weise ich das Problem lösen könnte. Schließlich hatte ich schon schlimmeren Raubzügen beigewohnt als dem Diebstahl von Schuhen.

Wir lagen zu zweien auf dieser Stube in Bad Pyrmont, in der in Friedenszeiten die Mitglieder der Allgemeinen Ortskrankenkasse ihre Wehwehchen zu kurieren pflegten. Mein Stubengenosse hieß Schmitz und war in Köln beheimatet.

„Severin, hör mal gut zu", fing ich an, „ich brauche ein Paar alte Stiefel. Weißt du zufällig, in welcher Ecke Stiefel rumstehen, in die niemand mehr seine Füße hineinsteckt?"

„Wieso? Du hast doch Stiefel."

„Na ja. Sagen wir mal, ich will jemandem eine Freude machen. Schon mal was von Bescherung gehört?"

„Süßer die Glocken nie klingen?", fragte der Stabsgefreite Schmitz Severin aus Köln.

Und ich antwortete: „Als in der Heiligen Nacht."

Ich wusste, dass der Stabsgefreite ein mit allen Wassern gewaschener Landsknecht war. Für ihn, ein Kind vom Griechenmarkt in Köln, gab es keine Hemmungen. Er hielt die Augen offen und wusste immer, wo etwas zu holen war, und das waren in Notzeiten Nahrungsmittel und Zigaretten. Hauptsache satt, das war seine Parole.

„Wat zahlste mich?", fragte Severin.

„Zigaretten."

„Wie viel?"

„Meine Wochenration."

Severin schwieg und beschäftigte sich mit meinem Angebot. Er war ein leidenschaftlicher Raucher und hob jede Kippe auf, die er in Bad Pyrmont finden konnte. Seine Augen liefen den Rinnstein auf und ab. Geld war keine Währung mehr, die Währung hieß Tabak. Für Zigaretten konnte man sogar einen Feldwebel tanzen lassen.

Ich sah ihm an, dass er genau wusste, wo er Stiefel finden würde, und schon am nächsten Tag rückte ich zwei Päckchen Eckstein Grün für ein paar Schnürstiefel heraus. Ich verpfändete ihm bis in das Ende unserer gemeinsamen Lazarettzeit meine Ration, die immer freitags mit dem Sold ausgehändigt wurde.

Als ich ihm einen Löffel Vierfruchtmarmelade anbot, sagte er verächtlich: „Die kannste dir in die Haare schmieren", und das war typisch Severin.

Wir machten also Geschäfte miteinander. Alte Türken gegen aktive Stäbchen. Bald hatte ich drei Paar Schnürschuhe im Spind stehen. Ich fing an, mich nach einem Versteck umzusehen. Im Lazarett wurden die Spinde zwar nicht kontrolliert, aber wer weiß, wo der Teufel seinen Pferdefuß hinsetzt, und ich wusste immer noch nicht, was meine Mutter vorhatte. Ich vertraute ihr, wie man einer Mutter ja immer vertraut. Ich war sicher, dass es bei diesem Handel um ein Werk der christlichen Nächstenliebe ging. Severin hatte im Keller des Lazaretts in einem verschlossenen Raum ein Lager entdeckt. Hier sammelte der Zahlmeister das Schuhzeug von Soldaten, die im Lazarett gestorben waren, aber er wusste anscheinend nicht wohin mit den vielen Schaftstiefeln und Schnürschuhen. Der Zahlmeister war ein rechtschaffener Beamter, er hatte alle Paare mit Lederriemchen zusammengebunden, sodass sie zueinander passten.

Severin hatte das Schloss mit einem Dietrich geöffnet, eine Kleinigkeit für einen Mann wie er einer war, und was sahen seine Augen? Schuhe, überkrustet mit Schimmel, Pilz und Fäulnis. „Eine Schande", sagte er, „aber ich hab' dich die leckersten Stiefelchen rausjesucht. Biste zufrieden?"

Ich war es.

Über mir im Gepäcknetz lagen zwei Wäschebeutel. Statt schmutziger Wäsche reisten in jedem Beutel drei Paar Schnürstiefel einem Einsatz entgegen, der mir unklar war. Ich hielt es für unwahrscheinlich, dass meine Mutter mit diesem Schuhzeug Widerstandskämpfer ausrüsten wollte. Von revolutionären Ideen war sie nicht besessen, eher von karitativen. Ihre Pläne hatten mit dem Führer nichts, aber mit Gott alles zu tun.

Sechs Paar Stiefel, von Soldaten getragen, die tot waren. Die Regierung hatte sie aus dem Studium und aus dem Beruf herausgerissen. Sie waren von ihrer Familie und der Umgebung, in der sie gelebt hatten und glücklich oder unglücklich gewesen waren, getrennt worden. An welchen Feldzügen hatten sie teilgenommen, und in welchen Ländern hatten sie gestanden, mit just diesen Stiefeln an den Füßen? An welcher Verwundung und an welcher Krankheit waren sie gestorben?

Das Schuhwerk über mir im Gepäcknetz strahlte Leben aus. Schuhe waren eben nicht nur Schuhe, die man hingeworfen bekam und die einem beim Ableben von den Füßen gezogen wurden – wie auch die Uniform und die Kragenbinde und die Socken mit den weißen Ringen. Auch die Schuhe hatten Anteil an diesem mörderischen Krieg, der nicht zu stoppen war.

Ich kannte den Bahnhof der Stadt, in der meine Eltern wohnten. Ich wusste, hinter welchen Säulen und in welchen Ecken die Feldgendarmen auf Opfer lauerten. Ihre Opfer waren Deserteure, Soldaten mit abgelaufenen Urlaubsscheinen und Kerle mit verdächtigem Gepäck.

Ich zum Beispiel, ich war ein Kerl mit verdächtigem Gepäck. Ich trug zwei Wäschebeutel über der linken Schulter. Inhalt: Sechs Paar Schnürstiefel, die Eigentum der Wehrmacht waren. Da mochte ich ihnen noch so dreist meinen Stumpf zeigen und auf den Gefrierfleischorden deuten, ich war sicher, dass die Herren sich nicht darum kümmern würden. Man würde mich abführen und in Gewahrsam nehmen. Und in der Zelle würde ich dann alleine vor mich hin „O du fröhliche, o du selige" singen und mich als Versager betrachten. Als Versager war ich immer schon groß gewesen.

Deshalb zog ich den Umweg vor. Ich hinkte wie jemand, der hier immer schon umhergehinkt war und sich zugehörig fühlte, durch die geheiligten Räume der Postbehörde. Über der Tür stand „Unbefugten ist der Eintritt streng verboten". Da ich mich mit Gott verbunden wusste, betrachtete ich mich als befugt.

Niemand hielt mich an. Niemand wurde misstrauisch. Ich war jemand, den sie kannten. Ein Kollege, der vor Weihnachten mal hereinschaut. Und außerdem hinkte ich ja, ich ging am Stock, und das würde sie davon abbringen, mich strammstehen zu lassen.

Frauen mit Kopftüchern standen an langen Tischen und sortierten Briefe. Eine junge Frau schaute mir nach und warf mir eine Kusshand zu. Ein Landser gleicht dem anderen, dachte ich, aber ich danke dir für das Küsschen!

Aus dem Volksempfänger auf einem Bord an der Wand rieselte der Badenweiler Marsch über die Damen hin, die bei der Post ihren Kriegsdienst ableisteten. Der Badenweiler sollte ihnen beim Sortieren Beine machen, und das hatte der Badenweiler immer schon vermocht.

Bis zur Wohnung meiner Eltern, die zurzeit eine Notunterkunft war, hatte ich höchstens zehn Minuten zu gehen. Es war kurz nach 22 Uhr. Der Schnee auf der asphaltierten Straße hatte sich in Matsch verwandelt. Der Mond sichelte für Augenblicke durch wabernde Wolkenfelder. Ruinen schälten sich gespenstisch aus der Dunkelheit.

Ich war auf den Anblick vorbereitet. Die Stadt hatte zahlreiche Luftangriffe erlitten. Sie war ihrer Industrie wegen, die für den Endsieg schuften musste, immer wieder bombardiert worden. Produziert wurden Kübelwagen, Stacheldraht, Uniformen und Mützen. Vor dem Krieg hatten sie Cabrios, Tennisbälle, Telefonkabel und Bettwäsche hergestellt, lauter nützliche Waren, die man sich leisten konnte. Den Krieg konnte sich niemand leisten.

Vom Haus meiner Eltern standen nur noch die Fassade und eine Zwischendecke. Verbogene T-Träger hingen umher wie Wurzeln, die Halt suchen. Das Haus war eine Ruine mit leeren Fensterhöhlen und einem Schornstein, der nicht mehr rauchte. Die Tür zur Straße hin, da, wo die Schlitze der Briefkästen noch zu erkennen waren, war mit Brettern zugenagelt. Um die Ruine herum führte ein Trampelpfad in den Hinterhof, in dem ein Apfelbaum und ein Stachelbeerstrauch überlebt hatten. Ich erinnerte mich an Tage im Sommer, an denen wir unter dem Apfelbaum Kaffee getrunken hatten.

Meine Eltern wohnten im Keller. Früher hatte hier im Souterrain ein Junggeselle gewohnt, der ein stiller, in sich gekehrter Mensch war. Herr Kelterborn war vereidigter Fleischbeschauer. Er besuchte Schlachthöfe und Metzgereien. Seine Aufgabe war es, Trichinen zu entdecken, und wenn er sie entdeckt hatte, ließ er das Fleisch von der Polizei beschlagnahmen. Als der Krieg ausbrach, wurde er krank und starb. „Ihm ist vieles erspart geblieben", sagte Mutter.

Ich war angekommen. Ich war daheim. Jeder Mensch hat das Recht auf Heimat, das war verbrieft. Vater öffnete die Tür. Er war alt geworden und blickte mich aus wässrigen Augen an. Wir umarmten uns und konnten vor Rührung kaum sprechen. Wir hatten uns immer gut verstanden, Vater und ich.

„Ich freue mich, dass du da bist", sagte er und fügte hinzu: „Mein Junge. Mein lieber Junge."

Für ihn war ich immer noch der Junge, der ins Gymnasium ging und Bücher las und Gedichte schrieb. Ich war sein Junge, sein Sohn, obgleich ich inzwischen in Russland gewesen war, im Krieg bei 40 Grad unter null und Läuse im Fell hatte und zehntausend Jahre alt geworden war.

„Komm herein", sagte Vater, „ich hab's ein bisschen warm da drinnen."

Ich lehnte meine Krücke an den Schrank, in dem Mutter ihr Porzellan aufbewahrte, die Kaffeetassen mit den lila Blümchen und das friesische Teegeschirr mit der Rose. Ich schob mich auf einen Stuhl und schaute umher. Ja, das waren die alten Möbel und einige Dinge, die wir geliebt hatten, die Kuckucksuhr zum Beispiel und der gerahmte Farbdruck mit dem Bild der Heiligen Familie, Maria und Josef und das Jesuskind.

„Der Strom ist ausgefallen", sagte Vater.

Dass der Strom ausgefallen war, hatte damit zu tun, dass die Engländer im Sauerland die Staumauer einer Talsperre torpediert hatten. Viele Menschen waren ertrunken, und zahlreiche Dörfer wurden von den Fluten weggerissen.

„Scheißkrieg", meinte Vater.

„Das kann man wohl behaupten."

Auf dem Tisch runzelte ein Hindenburglicht, wie in den Quartieren und Unterständen an der Front. In einem Einmachglas grünte ein Tannenreislein mit einer vagen Erinnerung an Advent. Ich nahm den feinen Duft von Äpfeln wahr. Es waren die Grauen Renetten von unserem Apfelbaum im Hinterhof, unter dem wir im Sommer aus den Tassen mit den lila Blümchen Kaffee getrunken hatten.

Damals hatten wir hier in diesem Haus zusammen gelebt, einträchtig wie die Heilige Familie auf dem Farbdruck in der Guten Stube. Jetzt hing das Bild in der Küche.

„Hast du … Schmerzen?", fragte Vater und deutete auf den Stumpf, den ich mir in Russland eingehandelt hatte. Ich hatte in Suchinitschi auf Posten gestanden, in einer Nacht, in der 48 Grad unter null gemessen wurden.

„Man gibt mir Tabletten", sagte ich.

„Wirst du eine Prothese bekommen?"

„Erst muss der Stumpf vernarbt sein."

„Wie ist es mit der Rente?"

„Keine Ahnung. Entschädigung ist für die ein Fremdwort."

„Ja, ich weiß. Es ist süß und ehrenvoll …"

„… für das Vaterland den Fuß zu verlieren. Das haben sie uns schon in der Sexta beigebracht."

„Wie lange dauert der Krieg noch?"

„Bis zur letzten Patrone. Das ist ein Führerwort."

„Und was kommt dann?"

„Die Sieger wollen aus Deutschland einen Kartoffelacker machen."

„Nun ja", sagte Vater, „von Kartoffeln kann man leben", und er fing tatsächlich an, mir zu erklären, was in der Kartoffel alles enthalten ist.

„In der Kartoffel sind Vitamine, Spurenelemente, Stärke, Zucker, Protein und Fett enthalten."

„Mahlzeit", sagte ich.

„Ich mache uns einen Tee", sagte Vater. Er stand auf und setzte den Wasserkessel auf den Herd. Es war der gute alte Flötkessel, der uns durch all die Jahre begleitet hatte. Wenn ich den Kessel in der Küche flöten hörte, wusste ich, dass ich aufstehen musste.

Ich spürte, dass irgendetwas nicht in Ordnung war. An der Front hätte ich gesagt „Es stinkt", und ich hätte etwas unternommen.

„Vater", sagte ich, „Mutter schläft wohl schon? Warum steht sie nicht auf und erzählt mir, wie viele Vaterunser sie für mich gebetet hat?"

Eine Weile war es still. Vater stocherte in seinem Herd herum, zerbröselte Torf mit den Händen, schob Papier nach und hob ein Brikett aus dem Eimer.

„Mutter?", fragte er, „du willst wissen, wo deine Mutter ist? Nicht in unserer Wohnung. Sie ist im Gefängnis."

„Im Gefängnis? Das darf doch nicht wahr sein."

„Ich habe sie gewarnt", sagte Vater, „aber sie wollte nicht hören. Sie wurde verhaftet, weil sie Kontakt aufgenommen hatte zu Polinnen."

„Ist das verboten?"

„Ja. Wir dürfen zu Kriegsgefangenen und zu Fremdarbeitern keine Beziehung aufnehmen. Darauf steht Freiheitsstrafe bis zu fünf Jahren."

„Wann ist es passiert?"

„Gestern Morgen gegen sechs Uhr, als Mutter wie gewohnt zur Messe ging. Sie hatte vor dem Portal von St. Johann ein Paket abgelegt."

„Und was ist daran ... staatsgefährdend?"

„Das Paket enthielt Schuhe."

„Schuhe? Sagtest du Schuhe?" In mir wurde es plötzlich hell. Daher also ...

„Für wen waren die Schuhe bestimmt?"

„Für polnische Frauen und Mädchen. Jeden Morgen marschieren dreißig bis vierzig Polinnen an der Kirche vorbei in eine Fabrik an der Iburger Straße. Dort müssen sie Uniformen nähen. Und diese armen Geschöpfe lässt man barfuß laufen, jetzt im Winter bei Schnee und Glatteis."

„Barfuß?"

„Nun, sie haben sich Lumpen um die Füße gewickelt. Polen sind Untermenschen, und Untermenschen brauchen keine Schuhe. Leder ist Mangelware."

„Aber die Parteibonzen tragen Schaftstiefel."

„Na klar. Für diese Herren ist alles vorhanden, und nicht nur Leder."

Jetzt verstand ich Mutters Bitte um Militärstiefel. Jetzt wusste ich, zu welch höherem Zweck ich den Stabsgefreiten Schmitz Severin zum Diebstahl angestiftet hatte. Jetzt überkam es mich wohlig, dass ich in zwei Wäschebeuteln, links über meiner Schulter, sechs Paar Schnürschuhe an den Feldgendarmen vorbeigeschmuggelt hatte. Endlich hatte ich in diesem Krieg etwas Vernünftiges tun können.

Die Stiefel von Soldaten, die polnisches Gebiet besetzt hatten und in Russland einmarschiert waren, würden nun polnischen Frauen und Mädchen zugutekommen und sie vor Erkältung oder Lungenentzündung oder Schlimmerem bewahren.

„Und wenn die Polizei die Mädchen filzt und die Militärstiefel entdeckt, was geschieht dann?"

„Daran habe ich auch schon gedacht", beantwortete Vater meine Frage. „Die Polinnen sind nicht auf den Kopf gefallen. Sie tragen die Schuhe unter den Lumpen, das macht ihren Gang so schwerfällig."

„Mutter wird sagen, dass der liebe Gott uns beistehen wird – hab' ich recht?"
„Ja. Ihr Vertrauen in Gott ist grenzenlos."
„Und die Polinnen beschützt die Gottesmutter", sagte ich, „die Schwarze Madonna von Tschenstochau."
„Hoffentlich", sagte Vater.
„Könnte es sein, dass Mutter angezeigt worden ist?"
Vater schüttelte den Kopf. „Es gibt eine Menge Leute, die den Krieg gewinnen wollen. Es sind Fanatiker, die jeden anzeigen, der sich defätistisch verhält. Onkel Josef haben sie eines Nachts abgeholt und nach Esterwegen gebracht. Dort muss er im Moor Gräben ziehen. Er hatte in einer Gastwirtschaft geäußert, dass Hitler den Krieg verlieren würde. Es war der Ortsbauernführer, der ihn angezeigt hat."
„Heute weiß doch jeder, dass Hitler den Krieg verlieren wird", sagte ich.
„Das sag' bloß nicht zu laut. Feind hört mit."
„Du meinst die Nazis?"
„Ja, die sind unsere Feinde."
Es war also eingetreten, was wir immer schon befürchtet hatten. Mutter war verhaftet worden.
„Sitzt sie am Neumarkt?"
„Ja, im Untersuchungsgefängnis."
„Woher weißt du das so genau?"
„Gestern Nachmittag war eine junge Frau bei mir. Sie gab sich als Aufseherin aus, als Wachtmeisterin. Ich sollte eine Tasche fertig machen mit dem Notwendigsten für einige Übernachtungen. Nachthemd, Zahnbürste, Kamm und so weiter. Keine Säge, keine Feile, kein Sprengstoff. Mehr war aus ihr nicht herauszuholen. Die Frau machte einen guten Eindruck. Ich fasste sofort Vertrauen zu ihr. Den ganzen Tag über habe ich hier am Tisch gesessen und gewartet. Ich dachte, sie würde zurückkommen."
„Aber sie kam nicht?"
„Nein. Sie kam nicht."
Vater stocherte im Herd. Er stopfte Pappe und Torfbrocken ins Feuerloch. Er kam einfach nicht klar mit dem Tee, den er anbieten wollte. Fiel es ihm so schwer, über den Vorfall zu berichten? Er wusste offenbar nicht, wie er sich verhalten sollte, und konnte er überhaupt etwas tun? Gegen die Geheime Staatspolizei war er ohnmächtig wie eine Fliege auf dem Leim.
Ich starrte auf das Einmachglas mit dem Tannenreislein, das uns daran erinnern sollte, dass wir im Advent lebten. Da hat Mutter sich ja schön was eingebrockt, dachte ich. Sitzt im Gefängnis, und das zwei Tage vor Weihnachten.
Wer hat denn schon im September angefangen, Pullover zu stricken und Christstollen zu backen und Nüsse zu vergolden für den Christbaum? Das warst du, Mutter. Weihnachten war für dich und für uns alle der Höhepunkt des Jahres. Ohne das Weihnachtsfest hätte das Leben für uns keinen Sinn gehabt.
Ich fing an, Gott um Beistand zu bitten. „Lieber Gott", bat ich, „jetzt ist ein Wunder fällig, eine Offensive, ein Donnerschlag vom Himmel herab. Ich darf doch wohl annehmen, dass DU, lieber Gott, der Geheimen Staatspolizei gewachsen bist. DU bist größer als Hitler und Himmler und Göring und alle anderen. Lasse Deine Engel antreten, die großen Engel mit dem Flammenschwert. Lasse sie Trompete blasen, bis die Mauern des Gefängnisses bersten. Zehn Engel genügen, lieber Gott. Mit zehn Engeln kommen wir aus. Sie sollen es diesen Burschen zeigen. Haben die nichts Besseres zu tun, als einer alten Frau aufzulauern? Und diese alte Frau, sie ist meine Mutter, hat doch nur ein Werk der Barmherzigkeit vollbracht. Das verstehst DU doch."
Vater goss Tee auf, das Wasser zischte und dampfte, es war ein vertrautes Geräusch.

„Hagebutten", sagte er, „schwarzen Tee gibt es schon lange nicht mehr. Aber ich habe noch Kandis und Rum. Den Rum hat Peter mitgebracht."

Peter war mein Bruder, er war zwei Jahre jünger als ich und fuhr als Maschinist auf einem Unterseeboot. Die Maschinisten auf den Unterseebooten hatten den gesamten Vorrat an Rum im Bereich des Kommandierenden Admirals der Nordsee an sich gebracht.

„Weißt du ...", sagte Vater. Er fing noch einmal von vorne an, aber er kam mit seiner Geschichte nur umständlich in Gang.

„Die Polinnen werden in der übelsten Weise ausgebeutet. Sie müssen zwölf Stunden am Tag arbeiten, ohne ausreichende Verpflegung und warme Kleidung. Die meisten sind noch keine zwanzig Jahre alt. Sie sehen krank und traurig aus. Es ist empörend, aber man kann ihnen nicht helfen, weil es verboten ist, mit Fremdarbeitern Kontakt aufzunehmen. Mutter hat bei Verwandten und Freunden Schuhe gesammelt und sie den Mädchen zugesteckt. Als man sie daran hinderte, kam sie auf den Einfall, das Paket mit den Schuhen in die rechte Ecke des Kirchenportals zu legen, in Gottes Hand gewissermaßen, und fast immer gelang es einem der Mädchen, das Paket aufzunehmen. Die Wachmannschaft, es sind Landesschützen, rissen zwar die Karabiner von der Schulter, aber sie beruhigten sich wieder."

„Kann ich mir vorstellen", sagte ich, „die Landesschützen gehören zum letzten Aufgebot. Diese alten Herren haben sich vielleicht sogar geschämt, dass sie Frauen bewachen müssen."

Ich deutete auf die beiden Wäschebeutel, die ich unter den Tisch geschoben hatte. „Mutter hat mir geschrieben, ob ich Militärschuhe auftreiben könnte. Ich habe sechs Paar Schuhe organisiert. Es sind derbe und gut eingefettete Schnürstiefel. In einem Kellerraum des Lazaretts liegen Hunderte von Schaftstiefeln und Schnürschuhen. Es ist das Schuhzeug von Soldaten, die im Lazarett gestorben sind. Jetzt liegen die Schuhe da und vergammeln. Ein Kamerad, der mit mir auf der Stube liegt, hat den Keller entdeckt. Er heißt Severin Schmitz. Wir haben beide das Gefühl, ein gottwohlgefälliges Werk verrichtet zu haben."

„Das habt ihr auch", sagte Vater, „und Mutter wird sich freuen. Aber wer weiß, ob sie es noch einmal wagen wird. Vorerst sitzt sie im Gefängnis und wartet auf ihren Prozess, und wie der ausgeht – wissen wir das?"

„Es kommt auf den Richter an", sagte ich.

„Ich habe gesehen, dass Passanten den Polinnen Päckchen überreichten. Wahrscheinlich waren es Lebensmittel oder Kleidungsstücke. Die Wachmannschaften schauten weg, sie gaben sich den Anschein, als hätten sie nichts bemerkt. Es sind Männer, die zu Hause Frau und Kinder haben. Gefährlich sind nur die Beamten der Gestapo. Die machen sich wichtig, weil sie Angst haben, an die Front geschickt zu werden."

Wir tranken den Hagebuttentee mit einem Schuss Rum, der uns wohlig ins Blut ging. Ich nahm die Flasche in die Hand und las das Etikett. Jamaika Rum-Verschnitt.

„Wie das klingt", sagte ich, „allein das Wort Jamaika macht einen schon selig. Das Wort klingt nach Frieden und nach Kaminfeuer."

Vielleicht lag es am Rum, dass ich anfing, auf meine Mutter stolz zu sein. Sie hatte etwas gegen die Nazis unternommen. Sie hatte Christentum in Aktion umgesetzt. Sie hatte die nackten Füße polnischer Zwangsarbeiterinnen in Leder gehüllt.

„Auf dein Wohl, Mutter!"

Jamaika brachte mich in Fahrt. Ich zählte meinem Vater auf, was Mutter riskiert hatte. Er sollte wissen, mit wem er verheiratet war. Hatte sie nicht den Verlust der Freiheit gewagt? Hatte sie nicht ihre Lebensmittelkarte aufs Spiel gesetzt? Sie war sogar bereit gewesen, auf den Heiligen Abend zu verzichten, auf die Christmette mit Chorgesang und Orgelklang. Sie würde an den Feiertagen in der Zelle sitzen und den Rosenkranz beten.

DER DU FÜR UNS GEKREUZIGT WORDEN BIST.

„Und wenn sie ihr den Rosenkranz weggenommen haben?", wandte Vater ein. „Den Gefangenen nehmen sie sogar den Ehering weg."

Ich erinnerte mich an die Glückwunschkarte mit dem altmodischen Motiv, die Schwester Etelka mir geschenkt hatte. Ich fand die Karte und stellte sie an das Einmachglas mit dem Tannenreis. Zwei Hirsche ziehen einen Schlitten, der mit Geschenken beladen ist, und St. Nikolaus freut sich auf den Spaß, den er mit den Kindern haben wird.

Diese Karte und das Tannenreis und die Flasche Jamaika-Verschnitt waren unsere Bescherung zum Fest. Sicher gab es Menschen, die noch weniger besaßen als dies. Die Soldaten an der Front, die Kriegsgefangenen in den Lagern, die Widerstandskämpfer in den Gefängnissen. An deren Schicksal gemessen ging es uns beiden gut an diesem Abend, an dem uns Fliegeralarm nicht störte.

Wir sprachen über Mutters Privatkrieg gegen die Braunen. Sie hatte gegen ein Gesetz verstoßen, aber es gab auch ein Gesetz, das verlangte, die Hungernden zu speisen und die Nackten zu bekleiden. Was konnten sie ihr schon tun? Sie würden sie eine Zeit lang festhalten und arbeiten lassen. Ich konnte mir einen Richter nicht vorstellen, der bereit war, eine alte Frau zu bestrafen, weil sie ein Werk christlicher Nächstenliebe vollbracht hatte – oder gab es diesen Richter doch?

„Nicht wegen der Nächstenliebe", sagte Vater, „sie wird bestraft, weil sie mit den Polinnen Kontakt aufgenommen hat. Die Gestapo glaubt, sie hätte den Mädchen Waffen oder aufrührerische Schriften oder Pläne zum Umsturz der Regierung zugesteckt. Tut mir leid, mein Junge, wir werden den Heiligen Abend ohne Mutter feiern müssen. Ich kann dir nur Kartoffeln und Brot anbieten. Außerdem besitze ich drei Christbaumkerzen, und vielleicht bringt der Rundfunk doch ein paar Weihnachtslieder."

Vater machte es sich nicht leicht mit Mutters Verhaftung, mit meiner Bewirtung, mit den Gedanken an Peter in seinem eisernen Sarg, und mit der Frage, wie alles weitergehen würde. Er hatte den Ersten Weltkrieg mitgemacht, als Infanterist an der Front in Galizien, das halb in Polen und halb in Russland lag. Und war Galizien nicht die Heimat dieser Zwangsarbeiterinnen, die Mutter mit Schuhzeug versorgt hatte?

In Galizien hatte ein Bauchschuss meinen Vater zum Invaliden gemacht. Für den Bauchschuss wurde ihm eine Rente gezahlt. Seine Jahre im Beruf, in der Ehe und im vorzeitigen Ruhestand lagen zwischen zwei Weltkriegen. An was er auch dachte, woran er sich erinnerte und von welcher Sache er sprach, er sprach immer über den Krieg. Alles hatte damit zu tun, dass sie ihm ein Gewehr in die Hand gedrückt und ihm befohlen hatten, auf Menschen zu schießen, die er nicht kannte und die ihm nichts zuleide getan hatten.

„Ich habe als Soldat weder unversöhnlichen Hass noch patriotische Begeisterung gespürt", sagte er, „ich habe einfach nur versucht, am Leben zu bleiben."

Ich kramte aus dem Wäschebeutel die Zigaretten hervor, die Etelka mir geschenkt hatte, Eckstein Grün, und legte die Schachtel neben Vaters Tasse. Er fing sofort an, die Stäbchen aufzupiddeln, um an den Tabak zu kommen. Er rauchte am liebsten Pfeife.

Für meinen Vater gab es nur zwei Gegenstände, die er innig liebte und die er immer in Reichweite seiner Hände hielt. Der eine Gegenstand war die Tabakspfeife und der andere ein Roman von Theodor Fontane, der „Vor dem Sturm" hieß.

Ich erinnerte mich, dass er uns aus diesem Buch vorgelesen hatte, früher, als mein Bruder und ich noch zu Hause waren. Wir saßen in der Küche auf einer Eckbank und hörten zu, und Mutter stopfte die Socken ihrer Männer.

Der Held des Romans hieß Vitzewitz, und deshalb nannte Mutter das Buch DEN VITZEWITZ. Sie sagte zum Beispiel: „Ich stopfe Socken, und ihr habt ja den Vitzewitz."

Das Buch erzählte Ereignisse aus dem Winter 1812 auf 13, als Napoleon gegen Russland zog.

Draußen hatte es angefangen zu frieren. Ich war in den Hof gegangen, um mich umzuschauen. Die Stille kam mir verdächtig vor. Kein Laut war zu hören, nur der Schnee knirschte unter meinem

Fuß. Am Himmel zogen Wolken dahin, die Sterne blitzten, und der Mond warf milchiges Licht auf die Ruinen in der Nachbarschaft.

Ich empfand trotz der Angst, die in mir saß, doch ein wenig Weihnachtsstimmung. Vielleicht lag es daran, dass ich daheim war und nicht in einem Bunker am Atlantik oder in einer Panjehütte vor Moskau oder in einem Ziegenstall hinter Belgrad. Ich erlebte wie als Kind, dass Vater seinen Krüllschnitt schmauchte und dass neben seiner Tasse der Vitzewitz lag. Das Buch war aufgeschlagen auf Seite 301. Hier begann das Kapitel „Sylvester in Guse".

Es war das Bild, das ich in mir getragen hatte: Mutters Hände, die niemals ruhen, und das Stillleben, das Vater mit Pfeife, Buch und einer Tasse bot, in der er den Tee kalt werden ließ.

„Hier im Keller", sagte er, „lebt es sich notgedrungen dahin. Wenn ich von der Bedrohung absehe, die der Luftkrieg mit sich bringt, die Meldungen im Radio, die Alarmsirenen auf den Dächern, das Röhren der Motoren über der Wolkendecke, die Entwarnung endlich – dann darf ich immerhin von einem Dach über dem Kopf reden. Noch liege ich nicht auf der Straße. Noch bin ich nicht verschüttet. Noch haben mich die Bomben nicht zerrissen. Das Leben geht weiter, von einer Stunde zur anderen, und das Flämmchen der Hoffnung hält mich wach."

Vaters Kellerwohnung bestand aus zwei Räumen und dem Bad. Der größere Raum war das Schlafzimmer, mit Betten, Kommoden und Schränken vollgestopft bis unter die Decke. Der kleinere Raum diente als Küche. Auf einem emaillierten Herd aus Großmutters Tagen, der im Keller aufbewahrt worden war für Gott weiß welche Not, wurde gekocht. Der Herd fraß alles, was in ihn hineingestopft wurde. Er setzte Pappe, Holz, Lumpen, Torf, Hühnerknochen und die Zeitung der Partei in angenehme Wärme um.

„Ich bilde mir ein", sagte Vater, „dass sie kein Haus ein zweites Mal bombardieren – oder?"

Mir fiel auf, dass er niemals Die Engländer oder Die Amerikaner sagte, wenn er vom Feind sprach. Seine wahren Feinde waren Die Braunen. Es war Hitler, der den Krieg angefangen und die Vergeltung herausgefordert hatte. Wer Wind sät, wird Sturm ernten.

„Ich hasse weder die Engländer noch die Amerikaner oder gar die Russen", fuhr er fort, „aber ich liebe sie auch nicht sonderlich. Auf jeden Fall werde ich den weißen Lappen hinaushängen, wenn sie kommen. Sicher werden sie sofort die aus politischen Gründen einsitzenden Gefangenen befreien. Dann kommt Mutter nach Hause."

Die Nacht verlief ohne Alarm. Ich konnte lange Zeit keinen Schlaf finden. Ich dachte an Mutter, die auf einer Drahtpritsche lag, unter einer Decke, die nach Chlor roch.

Am Nachmittag des 24. Dezember machte ich mich auf den Weg zum Gefängnis. Es war der Nachmittag vor dem Heiligen Abend.

Ich wollte das Gebäude sehen, in dem Mutter jetzt in einer Zelle hin und her gehen und den Rosenkranz beten würde. Ich kannte das Gefängnis, aber ich hatte mir nie Gedanken über seine Funktion gemacht, wie ein Kind ja auch die Kirche, den Hauptbahnhof und ein Warenhaus hinnimmt. Und noch viel weniger hatte ich jemals einen Menschen gekannt, der dort eingesessen hatte oder beschäftigt gewesen war. Das Gefängnis gehörte zur Stadt, wie ja auch das Rathaus und das Finanzamt und die zahlreichen Gastwirtschaften dazugehörten, in denen man Dünnbier trinken und Salzgurken essen konnte.

„Ich stelle mich inzwischen mit der Kanne vor dem Milchladen an", sagte Vater, „heute gibt es pro Kopf einen halben Liter Magermilch."

Da ich am Stock gehen musste, blieb es mir erspart, Vorgesetzte mit dem ausgestreckten Arm grüßen zu müssen, dem Hitlergruß. Man musste jedoch seinen Blick auf den Vorgesetzten richten und durch stramme Haltung eine Art Demutsgeste andeuten. Ich hatte den Eindruck, dass es den Vorgesetzten, die mir begegneten, gleichgültig war, ob sie gegrüßt oder nicht gegrüßt wurden. Der Schneid war schon seit Langem raus.

Sie hasteten vorbei mit ihren Waffen und Wäschebeuteln. Auf irgendeine Weise war es ihnen geglückt, Urlaub zu bekommen. Entweder war der Grund ein Todesfall, der Totalschaden oder der Befehl, sich bei einer neuen Einheit zu melden. Keiner hatte Christbaumglanz in den Augen oder eine Weihnachtsmelodie auf den Lippen.

Die Zivilisten waren weder mit Paketen noch mit Fichtenbäumchen beladen, wie es doch in Friedenszeiten vor Heiligabend üblich war. Heute war alles grau und schmucklos. Die Schaufenster lockten nicht mit Geschenkartikeln, weil es keine Geschenkartikel gab. Vor den Bäckereien standen alte Männer und Frauen Schlange um Brot.

Kein Klingelingeling war zu vernehmen und nicht der Windhauch eines Kinderchors. Kein Austausch von Glückwünschen für die Feiertage fand statt und keine Einladung zum Gänsebraten oder zum Glühwein.

Jeder schien sich der Drohung bewusst zu sein, dass in der kommenden Sekunde die Sirene losheulen konnte und dass er in den nächsten Luftschutzkeller stürzen musste; starke Feindverbände im Anflug auf Osnabrück.

Die Zellenfenster waren nicht größer als ein Handtuch, aber es waren Fenster ohne Blenden. Die Gefangenen konnten durch die Gitterstäbe hindurch den Himmel sehen, über den wabernde Schneewolken zogen. Ich wünschte mir, der Weihnachtsmann oder das Christkind oder ein Bote der himmlischen Heerscharen bescherten mir eine Gelegenheit, meine Mutter zu erkennen.

Ihre Hand an den verrosteten Gitterstäben, ihr Gesicht im Viereck des Fensters, ans Eisen gebunden ihren grauen Schal, den sie aus aufgeribbelten Wehrmachtssocken gestrickt hatte, aus diesen Socken mit den weißen Ringen.

Ich sah nichts. Keine Hand. Kein Gesicht. Keinen Schal, der winke, winke machte. Ich war ein Narr. Ich rechnete zu denen, die auf Kinderchöre und Orgelklang versessen sind. Auch mir klangen die Glocken nie süßer als am Heiligen Abend. Und jetzt wollte ich meine Mutter sehen. Ich hatte ein Recht darauf, sie anzuschauen. Was war das für eine Regierung, die Menschen ihrer Freiheit beraubte, weil sie Gutes getan hatten? Die Zellenfenster blieben dunkel. Wir lebten im Krieg, im Luftkrieg, und kein Lichtlein funzelte hinter den trüben Scheiben.

Ich horchte. Zu hören war nichts, nicht die Seufzer der Gefangenen und nicht das Scheppern der blechernen Schüsseln, in die vom Kalfaktor dünne Suppe gegossen wurde. Das Geräusch, das entsteht, wenn die schweren mit Riegeln und Schlössern gesicherten Zellentüren aufgeschlossen und zugeschlagen werden, hatte ich im Ohr. Ich kannte es aus amerikanischen Filmen, als es die noch gab im Kino.

Inzwischen war es dunkel geworden. Heiligabend war angebrochen. Es war eine nasse, bedrückende, feindliche Dunkelheit, die sich mir aufs Gemüt legte. Ich hatte ein Gemüt, verdammt nochmal, und ich wollte es auch behalten. Ich würde meinem Gemüt ein Lichtlein aufstecken, dem Krieg zum Trotz.

Warum stehst du hier? Um auf den Engel mit dem Flammenschwert zu warten? Du kannst nichts für deine Mutter tun, sagte ich mir. Da sitzt sie nun hinter einem dieser vergitterten Fenster. Sitzt auf einem Schemel, auf dem Einbrecher, Messerstecher, Kinderschänder, Falschmünzer, Bankräuber und Mörder gesessen haben. Sie hat das Gesetz übertreten, und wer das Gesetz übertritt, geht ins Gefängnis ein und nicht in den Himmel. Und zu löffeln gibt es Steckrübensuppe, dünn und trüb wie Spülwasser.

Ich schaute auf die Uhr, sie zeigte fünf Minuten nach sechs. Um diese Stunde hatten früher die Glocken aller Kirchen in dieser Stadt geläutet. Die Glocken schwiegen, und dabei erwartete man doch, dass sie heute Abend ihre Botschaft besonders laut und eindringlich verkünden würden, die Botschaft von der Ankunft des Erlösers.

Ich lauschte nach oben in den dunklen Himmel, über den die Scheinwerfer der Flak-Batterien lautlos huschten, riesige Finger, die sich kreuzten und gabelten und Gewölk zerteilten. Aber kein

Wohlklang fiel herab, kein Chor der Engel, kein Wort des Trostes. In der feuchten Luft hing der Geruch von verkohlter Teerpappe und von Mauerkalk, der sich mit Phosphor vermischt hatte.

„Die Glocken", hatte Vater gesagt, „die Glocken wurden eingeschmolzen. Sie machen Geschützrohre aus dem Metall, das von Christen gespendet und vom Bischof gesegnet wurde."

„Wir haben Strom", sagte Vater, „das Radio hat uns wieder eingeholt."

Ich kurbelte auf der Skala des Volksempfängers die Sender ab in der Hoffnung, dass der Papst in Rom, sein Kardinal in Münster oder wenigstens doch der Dechant von St. Johann ein paar Worte zum Weihnachtsfest 1944 sagen würden.

Bei meiner Suche nach seelischer Erbauung kam nichts heraus als Nachrichten über den siegreichen Rückzug deutscher Truppen an allen Fronten, und wie glücklich wir alle sein durften, dass die Vorsehung entschlossen war, den Obersten Kriegsherrn vor Attentaten und vor jeglichem Ungemach zu schützen.

Die VORSEHUNG, das hatten wir in der Schule gelernt, war unser aller Vater im Himmel. Unser aller Vater im Himmel war allwissend, allgütig und allgegenwärtig.

Amen.

Statt des Bielefelder Kinderchors und der Regensburger Domspatzen, deren Konzerten ich in der Weihnachtszeit hingerissen gelauscht hatte, erdröhnten jetzt Marschlieder. Ein Soldatenchor sang „Die blauen Dragoner, sie reiten" und „Heute wollen wir marschieren" und „In einem Polenstädtchen, da lebte einst ein Mädchen, das war so schön ..."

Das dröhnte und rasselte und jubelte aus der Röhre. Wir konnten die Muskeln der Sänger knacken und ihre genagelten Stiefel auf dem Straßenpflaster klirren hören. Rumms, rumms, rumms.

„Stell das ab", sagte Vater.

Ich war versucht zu sagen „Das ist zum Kotzen", aber das wusste er schon.

In die Stille hinein sagte er: „Unsere Aussichten sind gar nicht so schlecht. Die Amerikaner stehen nicht in Amerika. Sie stehen in den Ardennen. Bald werden sie den Rhein erreicht haben."

Wir genehmigten uns einen Eierbecher voll Rum und wühlten weiter in Defätismus, was Miesmacherei oder auch Schwarzseherei heißt, und beides war verboten. Ich hatte das Lied von Maruschka noch im Ohr, dem allerschönsten Kind, das man in Polen findet, und ich ertappte mich dabei, dass ich die Melodie vor mich hin summte und den Refrain sprach: „Aber nein, aber nein, sprach sie, ich küsse nie."

Es war kein Weihnachtslied, kein Ersatz für Stille-Nacht-Heilige-Nacht, kein Text, der dem hochheiligen Paar gefallen würde, aber ich mochte das Lied. In der Rekrutenzeit und auch im Einsatz hatten wir dieses Lied oft gesungen. Wir liebten dieses Polenmädchen, das Maruschka hieß und nicht küssen wollte. Maruschka war unsere Galionsfigur. Sie war eine Schwester von Lili Marleen, die unter der Laterne stand und wartete.

Und plötzlich kam mir der Gedanke, warum zum Teufel lassen sie hier in unserer Stadt Maruschka ohne Schuhe durch den Schnee laufen? Wie behandeln sie dieses Polenmädchen, das wir eigentlich doch verehrt haben?

Vater beschäftigte sich damit, für das Abendbrot eine Kleinigkeit aufzubringen, wie er sagte.

Es sollte scherzhaft klingen, aber ich sah ihm an, dass er sich schwertat mit dem Festessen. Früher hatten wir Heiligabend eine Gans im Bräter gehabt, und die Gans war mit Rosinen, Mandeln und Edelkastanien gefüllt gewesen. Jetzt löste er einen Erbsbrühwürfel in heißem Wasser auf und schnitt eine Zwiebel hinein. Dazu sollte es Brot und einen Apfel geben.

„Ich spendiere Ölsardinen", sagte ich, „die hat mir die Oberschwester zugesteckt."

Nach dem Essen erlaubten wir uns den dritten Eierbecher mit Rum. Rum war gut gegen den Krieg, gut gegen die Angst und gut gegen die Schmerzen im Bein. Und besonders wohltuend wirkte Rum gegen das Elend am Heiligen Abend. Den Rum verdankten wir unserem Familienmitglied Peter, der auf einem Unterseeboot fuhr und von Zeit zu Zeit in einer Luftblase vom Meeresboden emporstieg und von norwegischen, portugiesischen oder griechischen Fischern an Bord genommen wurde.

Der Kommandierende Admiral der Nordseestreitkräfte hatte Peter im Lazarett besucht und ihm das Eiserne Kreuz Zweiter Klasse auf den blau karierten Bettbezug gelegt und den Dank des Vaterlandes zum Ausdruck gebracht. Gottlob wusste der Kommandierende nichts von Eigentumsverschiebungen im Bereich der Seestreitkräfte, wobei es in der Hauptsache um Rum und Tabak ging.

„Rum muss fließen für den Sieg", pflegte Peter zu behaupten, und in die Kehlen der Maschinisten floss er reichlich.

„Was den Sieg angeht", sagte Vater, „ich habe eben gehört, dass die Amerikaner die Ardennen durchstoßen haben. Sie schauen vom Hohen Venn auf den Rhein hinab."

Vater kannte auf der Skala des Volksempfängers genau die Welle, auf der BBC London auf ihn wartete und Bumm-bumm-bumm-bumm machte. Sefton Delmer teilte soeben mit, dass gestern, also am 23. Dezember, vom RAF Bomber Command auf Koblenz 917 Tonnen und auf Trier 698 Tonnen abgeworfen wurden.

„Wenn ich von Tonnen spreche", versicherte Sefton Delmer, der dabei seine britische Art von Humor benutzte, „dann meine ich keine Weihnachtsgeschenke, sondern Spreng- und Brandbomben. In 6.000 Einsätzen gegen das Gebiet der Ardennen-Offensive wurden von der alliierten Luftflotte 1.088 deutsche Flugzeuge vernichtet. Hitler hat keine Luftwaffe mehr."

„Warum gibt er nicht auf?", fragte ich meinen Vater, „jeder weiß doch, dass der Krieg verloren ist."

„Frag' mich was Leichteres", antwortete Vater, der mit seinem Bauchschuss aus dem Ersten Weltkrieg am Tisch saß und Fontanes Buch über den Kriegswinter 1812 auf 13 auswendig lernte.

Vater las natürlich überhaupt nicht, er wollte nur sicher sein, dass Fontane immer in seiner Nähe war. Er blätterte in dem Buch, das in einer altmodischen Schrift gesetzt war, und lächelte hie und da über Figuren wie Hoppenmarieken, Tante Amelie und Schulze Kniehase.

„Das waren noch Zeiten", sagte er.

Plötzlich hatte er einen Einfall. Er stand auf und kam aus dem Schlafzimmer mit einem Schuhkarton zurück. In diesem Karton, der noch die Aufschrift Schwarz Boxcalf Gr. 42/43 trug, bewahrte Mutter alle Briefe und Fotografien auf, die Verwandte in Amerika im Lauf der Jahrzehnte geschickt hatten.

Auf Mutters Seite waren seit etwa 1850 die überzähligen Söhne nach Amerika ausgewandert. Es waren die Söhne von Bauern und Handwerkern, deren Heimat das Artland war. Gelegentlich war einer von ihnen zurückgekehrt und hatte das Haus in Bersenbrück, Ankum oder Badbergen besucht, in dem er geboren und aufgewachsen war.

Die Verbindung zur alten Heimat hatten sie niemals abreißen lassen. Sie schickten ihre Söhne nach Deutschland zum Studium, nach Heidelberg und Freiburg, und ab und zu kam einer dieser Studenten zu Besuch. Sie fotografierten den alten Kotten, die Werkstatt, den Schweinkoben, die schwarz-weiße Kuh auf der Weide und selbstverständlich auch die Verwandtschaft.

Und immer fragten sie, wann wir denn nun endlich „rüberkommen" würden.

„Es gibt Krieg", sagten sie.

Heute, am Heiligen Abend des Kriegsjahres 1944, den weder Glocken einläuteten noch Kinderchöre bejubelten, legte Vater die Fotografien der Verwandten aus St. Louis, Cincinnati, Detroit und Dallas wie Spielkarten auf den Tisch. Im Schein der Kerze betrachteten wir die Gesichter dieser Menschen, in denen ein Tropfen auch von unserem Blut floss.

Es waren Männer, Frauen und Kinder. Babys im Kinderwagen und Knaben mit Tennisschlägern. Da war Tante Elisabeth im Damensitz auf einem Mustang und Onkel Bill mit Jagdgewehr im Anschlag auf Enten. Onkel Viktor stand vor seiner Kirche; er war Katholik und Pfarrer. Onkel Karl prahlte am Steuerknüppel eines Sportflugzeugs mit seinem Wohlstand. Onkel Claude hatte sich mit einem Indianerhäuptling fotografieren lassen, der Federschmuck trug. Auf einem großformatigen

Bild war eine Gesellschaft beim Picknick zu sehen, im Hintergrund der Szene standen schwarze Diener mit Körben und Kannen.

„Bis zum Ausbruch des Krieges", erzählte Vater, „haben sie alle noch geschrieben, jedenfalls zum Weihnachtsfest. Das vergaßen sie nie. Ihre Grüße zeugten von Wohlstand und Sippentreue."

Er zeigte mir eine Glückwunschkarte, die Onkel Bill geschickt hatte, zum Weihnachtsfest 1939. Es war die letzte Post, die aus Amerika gekommen war. Auf der Karte stand: With Best Wishes for Christmas and the New Year.

Vater schwieg. Ich wusste, was ihn bewegte. Es war die Frage: Wie viele von diesen Männern und wie viele ihrer Söhne sind Soldat und kämpfen gegen uns? Wie stehen sie dazu, dass sie auf diese Weise in das Land ihrer Väter zurückkehren? Sie kommen, um zu töten. Töten ist ihre Aufgabe, wie es ja auch die Aufgabe unserer Soldaten ist, den Feind umzubringen.

„Und weißt du auch, aus welchem Grund die Ersten von ihnen nach Amerika ausgewandert sind? Sie waren manchmal monatelang unterwegs, im Zwischendeck auf diesen verdammten Segelschiffen, die man Seelenverkäufer nannte. Es war nicht die Armut, die sie dazu trieb. Sie wollten der Rekrutierung entgehen. Damals sind die Häscher auf die Felder gegangen und haben die jungen Männer eingefangen für den Kriegsdienst. So wie die Nazis die Polinnen von den Feldern geholt haben, um sie in die Rüstung zu stecken."

Vater verbarg den Schuhkarton sorgfältig in einer Nische hinter der Wäschekommode, als enthielte der Karton gefährliche Dokumente, nach denen die Geheime Staatspolizei suchen könnte. Und gefährlich waren die Fotografien und Briefe zweifellos. Sie lieferten den Beweis, dass wir mit Amerikanern verwandt waren. Wir unterhielten Beziehungen zum Feind.

Der Feind hieß Amerika.

Der Volksempfänger gab nichts her außer Wagnermusik. Es war die Musik, die der Führer liebte. Dann hörten wir Soldatenlieder, Marschmusik, Durchhalteparolen, getürkte Nachrichten und ein Hörspiel eines Blut- und Boden-Dichters, durch das immerhin Schnee rieselte und auf einem Bauernhof in den Alpen Zither gespielt wurde.

Ich kippte einen Eierbecher mit Rum auf meine Seele. „Schau dir das Ding an", sagte ich, „Eierbecher sind die einzigen Gegenstände, die übrig bleiben. Sie überstehen jedes Bombardement. Es muss an der Form liegen."

Ich hob das porzellanene Ding hoch, das so vortrefflich geeignet war, der allgemeinen Zerscherbelung zu entkommen, und sagte: „Frohe Weihnacht, Vater."

„Frohe Weihnacht, mein Sohn", erwiderte er und genoss ebenfalls seinen Rest von dem Jamaika Rum, den der U-Boot-Peter dem Kommandierenden Admiral der Nordseestreitkräfte vom gewaltigen Vorrat abgezweigt hatte.

„Komisch, im Lazarett trinken wir auch aus Eierbechern. Die Ärzte leihen sich unsere Eierbecher aus, wenn sie mit den Schwestern einen heben wollen. Ihre Reagenzgläser zerspringen, sobald es knallt. Den Eierbechern macht der Krieg nichts aus."

„Auch die Ameisen werden überleben", sagte Vater, der Erfahrungen mit Ameisen hatte. In einem Haus, in dem er früher eine Zeit lang gewohnt hatte, waren die Wände voller Ameisen gewesen.

„Na schön, da sind wir uns ja einig", erwiderte ich, „die Ameisen werden nach dem Endsieg weitermachen. Friede auf Erden den Ameisen, die guten Willens sind."

Die Uhr zeigte acht. Bis auf diesen Punkt hatten wir es am Heiligen Abend gebracht. Vater mit seinem Vitzewitz und dem Pfeifenkopf voll Zigarettentabak und ich mit meinen Eierbechern und den Schnürstiefeln unter dem Tisch, auf die ich einen Fuß gesetzt hatte, um ihre Anwesenheit zu spüren.

Ich kam von der Vorstellung nicht los, wo überall diese Stiefel gestanden hatten und gelaufen waren. Marschiert durch die Steppen im Osten? Auf Posten gestanden in den Straßen Warschaus?

Nach Westen gelaufen vor den anrückenden Russen? Wie auch immer, die Jungs, die diese Stiefel getragen hatten, waren tot.

In einer Pause, die der Rundfunk uns ließ, hörten wir es klopfen. Das Klopfen klang zaghaft, und mein erster Gedanke war, dass es eine Nachbarin sein würde, irgendeine dieser Witwen, die um einen Fingerhut voll Tee bitten und nicht zugeben wollen, dass sie Angst haben.

Das morgendliche Problem. „Wie komme ich in die nassen Stiefel rein?"

Vater stand auf und entriegelte die Tür. Draußen stand eine Gestalt in einem Uniformmantel, aber mit einem bunt karierten Tuch um den Kopf.

„Ich bin Frau Wulfetange. Darf ich eintreten?"

„Bitte, Frau Wulfetange." Vater lud sie mit einer Handbewegung ein, näher zu treten. Weiter sagte er nichts. Der Uniformmantel mahnte zur Vorsicht. Man konnte nicht wissen, was hinter solch einem Mantel steckte. Wenn jemand auf dem Feld der Ehre gefallen war, wie sie das nannten, dann schickte das Parteibüro einen Angestellten vorbei, der den Hinterbliebenen den Sachverhalt mitteilte und Beileid hinterließ. Und immer sagten sie, dass man stolz sein dürfe auf den Helden, der für den Führer sein Leben geopfert habe. Handelte es sich um Peter? Legten sie uns jetzt Peters Leiche unter den Christbaum?

Frau Wulfetange warf ihren Mantel über die Deckelhaube der Nähmaschine. Der Mantel war grün und tailliert, wie eben ein Militärmantel geschnitten ist. Dann wickelte sie das bunt karierte Tuch vom Kopf, wobei braun gelocktes Haar zum Vorschein kam. Sie war groß und schlank und etwa fünfundzwanzig oder dreißig Jahre alt.

„Ich heiße Maria Wulfetange", wiederholte sie, „und arbeite im Untersuchungsgefängnis als Aufseherin. Ich habe Ihre Frau kennengelernt, Herr Heithaus. Ich soll Sie grüßen. Sie beide."

Sie schaute zuerst meinen Vater an und dann mich, den Sohn, der auf Weihnachtsurlaub gekommen war.

„Als Aufseherin?", fragte Vater mit einer Stimme, die Verblüffung ausdrückte. Er hatte sich eine Aufseherin anders vorgestellt, vielleicht grobknochiger oder strenger. Und diese junge Frau sah aus wie eine Lehrerin oder eine Ärztin im Krankenhaus. Er war einige Male im Krankenhaus gewesen und hatte Ärztinnen kennengelernt. Sie sahen so adrett aus in ihren weißen Kitteln.

„Wir arbeiten zusammen", sagte Frau Wulfetange, „ich führe auch in der Küche das Kommando, und dort wird Ihre Frau beschäftigt, jedenfalls für die Zeit, in der ihr Fall untersucht wird."

„Bitte, setzen Sie sich", bat Vater, „darf ich Ihnen etwas anbieten? Einen Tee mit Rum?"

Er wedelte mit der Flasche hin und her und hätte sie beinahe fallen lassen, diese Flasche mit dem Jamaika Rum-Verschnitt, die er eigentlich hatte verstecken wollen.

„Ja, gerne", sagte Frau Wulfetange und nahm Platz am Tisch. „Sie haben es recht gemütlich hier – den Umständen entsprechend. Haben Sie einen Schrecken bekommen, als ich klopfte? Es ist eigentlich schon zu spät für Besuche. Ich glaube jedoch, dass der Anlass mein Benehmen rechtfertigt. Ich werde Ihnen alles erklären."

„Der Schrecken fährt einem jedes Mal in die Glieder, wenn es klopft", gab Vater zu, „wissen Sie, der Milchmann und die Eierfrau klopfen schon lange nicht mehr. Aber ich rede und rede und habe nicht einmal gefragt, wie es meiner Frau geht."

„Es geht ihr gut", antwortete Frau Wulfetange, „wenn man davon absieht, dass sie ... nun ja, in Untersuchungshaft sitzt. Die alte Dame strahlt vor Glück. Sie hat eine Heldentat vollbracht, ein Werk christlicher Nächstenliebe – jedenfalls sieht sie es so. Den Polinnen Lebensmittel und Schuhe zu übergeben, hat niemand in dieser Stadt gewagt. Dass die Polizei sie dabei erwischt und in Haft genommen hat, betrachtet Ihre Frau als Auszeichnung."

„Ihre religiöse Einstellung hat sie dazu getrieben", warf Vater ein, „ich habe meine Frau immer gewarnt, aber sie ließ sich nicht von dem Grundsatz abbringen, dass man diesen armen Geschöpfen helfen müsse."

Frau Wulfetange lächelte. „Wissen Sie übrigens", sagte sie, „dass Ihre Frau sich verteidigt hat – wie eine gereizte Löwin. Sie hat einen Beamten gegen das Schienbein getreten und dem anderen Beamten mit dem Gebetbuch eine blutige Nase geschlagen. Wissen Sie auch, wie man das nennt?"

„Nein", sagte Vater.

„Das nennt man Widerstand gegen die Staatsgewalt in Tateinheit mit Körperverletzung."

„Und an diesem Paragrafen werden sie ihren Prozess aufhängen?"

„Das weiß ich nicht. Ich bin keine juristische Person. Die Anklage erhebt der Staatsanwalt."

Wir wussten nichts über die Begleitumstände, die zu Mutters Verhaftung geführt hatten. Mutter verließ gegen 6 Uhr die Wohnung, um in die Kirche zu gehen und die Messe zu hören. In dieser Zeit bereitete Vater das Frühstück vor. Er schnitt Brot und stellte Wasser auf für den Tee und hob die Zeitung von der Matte auf. Das war ein seit Jahrzehnten eingeübter Vorgang.

Vater sagte: „Ich kann mir vorstellen, wie meine Frau mit der einzigen Waffe, die sie besitzt, auf diese Kerle losgegangen ist, nämlich mit dem Gebetbuch. Gelegentlich hat auch das Wort Gottes Gewicht."

„Der geschäftsführende Direktor des Untersuchungsgefängnisses hat Ihre Frau bis auf Weiteres in die Küche geschickt", teilte Frau Wulfetange mit, „hier hat sie Arbeit, die ihr vertraut ist. Für die Küche sucht der Chef die sogenannten ‚leichten Fälle' aus. Ihre Frau ist ein ‚leichter Fall'. Das lässt uns auf ein gutes Ende hoffen."

„Sie führen dort die Aufsicht?", fragte Vater.

„So ist es", antwortete Frau Wulfetange.

„Sind Sie Beamtin?"

„Jawohl. Im Dienstrang einer Wachtmeisterin."

„Sie arbeitet also in der Küche. Wird sie für die Nacht in eine Zelle eingeschlossen?"

„Eigentlich muss sie in die Zelle. Aber so viele Zellen, wie es Gefangene gibt, stehen nicht zur Verfügung, deshalb hat der Chef für das Personal der Küche eine Ausnahme erlaubt. Den weiblichen Gefangenen ist ein Raum zugewiesen worden, in dem Betten und Spinde stehen. Dort fühlen sie sich den Umständen entsprechend, das muss ich betonen, verhältnismäßig wohl."

Frau Wulfetange lächelte, fast ein bisschen spitzbübisch, wenn ‚spitzbübisch' das ist, was eine intelligente Beobachterin kennzeichnet, und nippte an ihrem Eierbecher mit Jamaika Rum-Verschnitt. Dass wir den Rum aus Eierbechern schleckten, schien ihr nicht das Geringste auszumachen. Es bestätigte meine Erfahrung, dass es dem RAF Bomber Command gelungen war, unsere Trinkgewohnheiten zu ändern.

„Ihre Frau lehnte es ab, bevorzugt behandelt zu werden. Sie bestand darauf, in eine Zelle gelegt zu werden. In eine Zelle mit ‚Gittern', das verlangte sie ausdrücklich. Ich glaube, Herr Heithaus, dass Ihre Frau die Inhaftierung ... genießt. Sie will wohl auf keinen Fall das Gefühl haben, dass man ihren Widerstand nicht ernst nimmt." Wieder lächelte sie auf diese spitzbübische Art, die ihr so gut zu Gesicht stand.

„Aber das musste doch nicht ausgerechnet jetzt geschehen", wandte Vater ein, „wo unser Sohn aus dem Lazarett nach Hause gekommen ist, um mit uns Weihnachten zu feiern. Er hat in Russland einen Fuß verloren."

„Das Wort ‚feiern' passt wohl nicht so recht in die Situation, in der wir uns befinden", sagte ich, „wer ‚feiert' schon, wenn die Gefahr besteht, dass einem dabei eine Bombe auf den Kopf fällt."

Frau Wulfetange wandte mir ihr Gesicht zu und erwiderte meinen Blick. Sie nahm Notiz von mir. Sie nahm mich in ihr Bewusstsein auf. Aha, sagten ihre Augen, Sie sind der Sohn mit der Fußamputation. Tut mir leid, mein Junge, aber hätte es nicht auch schlimmer kommen können?

Na klar, dachte ich, genauso gut könnte ich tot sein und in einem dieser Dörfer, die Kaminka oder Alexandrowka oder Schirokowka heißen, unter einem Birkenkreuz liegen.

Der Rum hatte ihre Wangen sanft gerötet. Im Schein der Christbaumkerze nahm ihr Gesicht, wenn sie sich über den Tisch beugte, etwas mädchenhaft Liebenswürdiges an, das zu einer Person ihres Ranges nicht zu passen schien. Aufseherin mit den Befugnissen und der Verantwortung eines Wachtmeisters? Da kam ich mir als Obergefreiter ein wenig geschrumpft vor. Allerdings roch der Uniformmantel der Dame, den sie auf den gebuckelten Kasten der Nähmaschine geworfen hatte, nach Desinfektionsmitteln statt nach Maiglöckchen.

„Ich muss jetzt gehen", sagte sie, „ich habe Sie lange genug davon abgehalten, dieses dicke Buch zu lesen." Sie zeigte auf den Vitzewitz.

„Bleiben Sie doch", erwiderte Vater, „wir freuen uns über Ihren Besuch. Aber wie steht es mit Ihrer Zeit? Die ist doch wohl kostbarer als unsere. Und heute ist Heiligabend."

„Ich lebe allein. Mein Mann ist als ‚vermisst' gemeldet. Er war in Stalingrad. Wir waren nur acht Tage miteinander verheiratet. Niemand wartet auf mich. Mein Dienst war um acht Uhr beendet. Da war es mir nur recht, dass ich den Gang zu Ihnen machen konnte."

„Es waren gute Nachrichten, die Sie uns gebracht haben", sagte Vater, „immerhin wissen wir, dass meine Frau nicht unglücklich ist."

„Unglücklich? Nein. Eher im Gegenteil. Sie ist stolz darauf, dass sie den Nazis getrotzt hat. In dieser Haltung steckt eine Neigung zum Märtyrertum. Hab' ich recht?"

„Märtyrer, die hat es immer gegeben", sagte Vater, „aber ich frage mich, ob sie jemals etwas erreicht haben?"

Er nahm eine neue Christbaumkerze aus der Schachtel, die er für Gott weiß welchen Preis erstanden hatte, und setzte sie in den Stumpf der alten Kerze, und dabei wurde es einen Herzschlag lang dunkel. Wir sahen einander nicht, bis Vater ein Streichholz entzündet hatte. In diesen Sekunden zogen alle Weihnachtsabende an mir vorüber, die ich im Krieg erlebt hatte.

Ich sah mich auf Posten stehen, hinter einem Erdwall und vor mir ein weißes Feld, das von den Einschlägen der Granaten schwarz gesprenkelt war. Oder ich lag in einer Panjehütte auf dem Fußboden, den Brotbeutel unter dem Kopf und das Gewehr zwischen den Knien. Und einmal lief ich auf eine Kolchose zu, die lichterloh brannte. Ich bin sicher, ich habe überhaupt nicht gewusst, dass Heiligabend war.

Seltsamerweise versetzten mich diese Bilder in einen Zustand von Glück. Ich stand nicht mehr auf Posten. Ich lag nicht in einer Panjehütte. Ich nahm nicht an einem Nachtgefecht teil. Ich war daheim. Ich saß neben meinem Vater, an einem Tisch, an dem ich als Kind gespielt hatte. Ich hatte es warm, und ich war aus allem raus.

Ich konnte es mir leisten, hier zu sitzen und aus dem Volksempfänger jenes Bumm-bumm-bumm-bumm zu hören, das uns weiterhalf in Fragen, auf die das Regime keine Antwort gab. Sefton Delmer erklärte uns, wo's langging. Seiner Ansicht nach ging es ins Verderben.

Wir warteten auf Onkel Bill, der mit der Maschinenpistole im Anschlag in den Ardennen vorrückte. Bill, der William F. Heithaus hieß, hatte uns zuletzt im April 1939 besucht. Wir hatten ihm den Dom, das Rathaus und die Vitischanze gezeigt. Und William F. Heithaus hatte gesagt: „Hitler will den Krieg, aber er wird ihn verlieren."

Ich erinnerte mich an seinen letzten Brief, in dem er sich für den schönen Tag in Osnabrück bedankte und für Sauerbraten und Bier. Bill war über zwei Meter groß. Von dieser Zeit an waren alle Amerikaner für mich über zwei Meter groß.

Aber William F. Heithaus war nicht der amerikanische Prophet, auf den es ankam. Er war Professor für klassische Archäologie und hielt Vorlesungen über den Untergang großer Reiche im Altertum. Manche Reiche hatten ein Jahrtausend bestanden. Das Dritte Reich sollte nur zwölf Jahre dauern.

Was einem so alles durch den Kopf geht, dachte ich gerade, als Frau Wulfetange sagte: „Ein hübsches Motiv." Sie deutete auf die Glückwunschkarte, die Schwester Etelka mir geschenkt hatte.

„Als ich zur Schule ging, haben wir solche Karten ausgetauscht und in unsere Alben geklebt. Damals glaubten wir an den Weihnachtsmann und an die Hirsche vor dem Schlitten."

Wir schauten die Karte an, dieses Idyll aus einer Welt, die hinter uns lag und nie zurückkehren würde. Voller Dankbarkeit dachte ich an Schwester Etelka, die mir von ihrer Verpflegung eine Dose Ölsardinen und eine Zervelatwurst zugesteckt hatte. Sie war eine Samariterin, wie auch Mutter eine Samariterin war.

Ich legte die Zervelatwurst auf den Tisch. Jetzt war die Gelegenheit gekommen, die Wurst anzuschneiden.

So kamen wir an diesem Weihnachtsabend des Jahres 1944, an dem ein Tiefflieger gegen 21 Uhr Alarm auslöste, jeder zu einem Festmahl. Es bestand aus Zervelatwurst, Brot, Tee, Rum und Äpfeln. Um unsere Nasen schwelten der Duft von Rum, der sich im heißen Tee auflöste, und der Duft des Tabaks aus Vaters Pfeife.

„Prost", sagte Frau Wulfetange, „ich erhebe diesen Eierbecher auf Ihre Frau, auf die Löwin von St. Johann. Sie hat einer gewissen Person mit dem Gebetbuch eins auf die Nase gegeben ..., dass sie blut', wie es in dem Volksliedchen heißt."

„Schließen wir auch die Polenmädchen mit ein", sagte Vater und machte mit seinem Becher eine kreiselnde Bewegung, „hoffentlich spendet heute Abend auch ihnen jemand ein wenig Trost. Der Krieg wird bald zu Ende sein, wenn wir Sefton Delmer glauben dürfen. Dann werden die Mädchen in ihre Dörfer zurückkehren."

„Vorausgesetzt, dass es noch einen Schienenstrang nach Osten gibt", sagte ich, „und eine Lokomotive, die dampft."

„Vorausgesetzt, da hast du recht. Aber einige von ihnen besitzen ja wenigstens Schuhe. Und das Heimweh wird ihnen Kraft geben."

„Wie sieht Polen eigentlich aus?", fragte Frau Wulfetange, „ist es ein schönes Land?"

„Polen ist schön, besonders im Winter", antwortete Vater. „Auf dem Lande wohnen die Leute in kleinen Häusern aus roh behauenen Balken, und die Dächer sind pelzig mit Stroh gedeckt. Wenn im Winter durch die Sprossenfenster der warme, goldgelbe Schein der Petroleumlampe auf den

Schnee fällt und Rauch aus dem Schornstein kräuselt, sieht ein polnisches Dorf aus wie das Bühnenbild zu einem Weihnachtsmärchen."

Vater war als Soldat in Polen gewesen, in der Ukraine und in Galizien. Er musste wissen, wie es dort aussah, und sicher hatte auch er das Lied von dem Polenmädchen gesungen.

Ich hatte die Melodie im Ohr und fing an zu summen. „In einem Polenstädtchen, da lebte einst ein Mädchen, das war so schön. Es war das allerschönste Kind, das man in Polen find't. Aber nein, aber nein, sprach sie, ich küsse nie."

„Mein Mann hat dieses Lied auch gern gesungen", sagte die Kriegerwitwe, „ich war sogar eifersüchtig auf Maruschka. Du mit deiner Maruschka, hab' ich gesagt."

Sie schwieg und wischte sich verstohlen eine Träne aus dem Augenwinkel. Diese Aufseherin im Gefängnis, diese Frau mit dem Dienstgrad Wachtmeister, zeigte ihr weiches Herz. Sie trug Schlüssel, mit denen sie Zellentüren auf- und zusperren konnte, und sie konnte mit einer Pistole umgehen. Wie reimte sich das?

Gemeinsam summten wir die zweite und die dritte Strophe, und dann ging uns der Text aus, wie es einem beim Singen so geht.

Frau Wulfetange sagte: „Es kommt aber auch eine Zeile vor, die heißt: ‚Vergiss Maruschka nicht, das Polenkind'. Und das ist doch wohl die eigentliche Pointe – oder wie sehe ich das?"

„Ja", erwiderte Vater, „und genau das haben wir getan. Wir haben sie vergessen. Wir haben sie verraten und missbraucht."

Vater sagte: „Der Name Wulfetange kommt mir bekannt vor. Hatte Ihr Mann einen Bruder, der bei Broschek gearbeitet hat? Broschek und Söhne, Eisenwarenhandel."

„Das war Heinrich Wulfetange. Er wurde eingezogen und ist vor Monte Cassino gefallen."

Wie wir uns auch mühten, ein Gespräch zu führen, das imstande gewesen wäre, uns den Heiligen Abend mit dem Glanz von Engelshaar zu vergolden, es war vergeblich. Wir kamen immer wieder auf den Krieg zurück. Der Krieg verfolgte uns, er holte uns ein beim Apfelschälen und beim Nüsseknacken, beim Singen und beim Naseputzen. Sein Vokabular war uns geläufiger als die Lauretanische Litanei. Ausgebombt, abgebrannt, verwaist, verwitwet, vermisst, verwundet, gefallen, verhungert, erfroren, an die Wand gestellt, in Gefangenschaft geraten, an Kummer gestorben, verhaftet, verurteilt, eingesperrt.

Eines dieser Übel traf immer zu.

Da saßen wir, drei so unterschiedliche Menschen, an einem Tisch mit einer Christbaumkerze und einem Tannenreislein. Mein Vater, den ein Bauchschuss zum Krüppel gemacht hatte. Ich selbst, der einen Fuß verloren hatte und Hinkemann geworden war. Und diese Wachtmeisterin mit ihrem Acht-Tage-Ehemann, der nicht zurückkehren würde. Saßen da und schauten einander an.

War diese Frau, die Maria Wulfetange hieß, ein als Wachtmeister verkleideter Cherubim, der herübergekommen war mit dem Auftrag, schützend die Hand über meine Mutter zu halten? Konnte der Himmel es zulassen, dass jemand bestraft wurde, der Nächstenliebe geübt hatte?

Einer plötzlichen Eingebung meines Herzens folgend, legte ich meine rechte Hand auf die Hand von Frau Wulfetange, und mit der linken Hand bedeckte ich die Hand meines Vaters, und so spürten wir gegenseitig den Schlag unserer Herzen.

Wir waren wie Schafe, die sich in einem Eisregen, der den Tod bringt, aneinander drängen.

„Schön, dass Sie bei uns waren", sagte Vater.

Auch ich hatte das Gefühl, dass es ein Abend gewesen war, an den ich zurückdenken würde. Kein Alarm, keine Feuerwehr in den Straßen, keine Polizeisirene. Wir hatten gegessen und getrunken, und wir hatten leise das Lied gesungen: Vom Himmel hoch, da komm ich her, ich bring' euch gute neue Mär.

Vielleicht war dies die innigste Weihnacht, die wir je erlebt hatten.

„Haben Sie keine Angst, allein nach Hause zu gehen? Ich werde Sie begleiten."

Vater stand auf und griff nach seinem Lodenmantel, der an einem Haken an der Tür hing, immer bereit für den hastigen Lauf zum Bunker.

Nein, nein, sie hatte keine Angst. Ich, eine Wachtmeisterin? „Gegen die Angst trage ich eine Pistole im Mantel, und außerdem habe ich keinen weiten Weg. Ich wohne in der Pfaffenstraße, gleich hinter St. Johann. Ich komme morgen gegen elf Uhr bei Ihnen vorbei. Ihre Frau braucht einige Wäschestücke. Hier ist eine Liste. Und dann möchte sie gerne das Buch haben, in dem sie immer liest. Ich habe den Titel nicht so recht begriffen."

Vater nickte. Er wusste, in welchem Buch sie immer las. Er selbst hatte ja seinen Vitzewitz, an den er sich klammerte wie an einen Rettungsring. Mutters Buch trug den Titel „Louise Lateau, die Stigmatisierte von Bois d'Haine, nebst einer kurzen Geschichte der Stigmatisierten älterer und neuerer Zeit".

Das Buch war 1878 in New York erschienen. Ein Vetter, der Heithaus hieß und Jesuit war, hatte es meiner Mutter geschickt. Mutter und der Jesuit glaubten fest daran, dass Gott von Zeit zu Zeit fromme und heiligmäßig lebende Personen auswählt, um an ihrem Körper sichtbar die Merkmale der Wunden Christi anzubringen.

„Im Knast darf man nicht lesen, was man will", erklärte die Wachtmeisterin, „alles Geschriebene und Gedruckte unterliegt der Zensur. Hoffentlich hält der Inspektor, dem diese Aufgabe anvertraut ist, stigmatisierte Frauen nicht für Kommunistinnen und das Buch aus Amerika für eine chiffrierte Anleitung zum Mord an Justizbeamten."

„Wie man zu dieser Erscheinung auch stehen mag", sagte Vater, „zu Frauen mit Dornenkronen auf dem blutenden Haupt und Wundmalen an Händen und Füßen, da berufe ich mich auf Shakespeare: ‚Es gibt mehr Dinge zwischen Himmel und Erde, als unsere Schulweisheit uns träumen läßt.'"

Frau Wulfetange, die schon draußen stand in der frostigen und violett gefärbten Winternacht und sich den bunt karierten Schal um den Kopf band, drehte sich noch einmal zu uns um und sagte: „Das Gebetbuch, das Ihre Frau dem Polizeibeamten auf die Nase gesetzt hat, ist als Beweisstück Nr. I konfisziert worden. Wenn Ihre Frau verurteilt wird, kommt das Gebetbuch in die Asservatenkammer des Gerichts, Abteilung Waffen. Es wird dann so aussehen, als hätte jemand versucht, einen Polizeibeamten mit dem Gebetbuch zu erschlagen. Eine ebenso einmalige wie lächerliche Behauptung. Gute Nacht."

Es hatte angefangen zu frieren. Am Himmel glitzerten Sterne. Der Schnee knirschte unter den Sohlen der Frau Wachtmeisterin.

Am ersten Weihnachtstag blieb das RAF Bomber Command in der Kantine sitzen und feierte Christmas Day. Briten und Amerikaner und Kanadier und Neuseeländer und wer noch zu diesem Bomber Command rechnete, sie alle waren Christen. Hatten sie verabredet, am Fest der Geburt Christi nicht zu töten?

Getötet wurden nicht die Generäle, die Gauleiter und die Kommandanten der Vernichtungslager, sondern Mütter, Kinder und Kriegsgefangene. Sie erstickten in Bunkern, wurden von herabstürzenden Trümmern erschlagen und verbrannten auf der Straße in den Flammen der Phosphorbomben.

Sefton Delmer hielt uns auf dem Laufenden. Die Amerikaner waren in den Ardennen durchgebrochen und näherten sich dem Rhein, dem deutschen Strom. Die russische Walze kam Tag um Tag der ostdeutschen Grenze näher. Warum gibt der GRÖSSTE FELDHERR ALLER ZEITEN nicht auf?, fragte Sefton Delmer. Warum werden immer noch Menschen getötet und ihre Städte zerstört?

„Es ist der Totale Krieg", antwortete Vater, „den Totalen Krieg hat es in der Geschichte kriegführender Staaten bisher nicht gegeben. Den hat Goebbels erfunden."

Kurz vor elf kam Frau Wulfetange, um Wäsche und Buch abzuholen. Die Wachtmeisterin sah frisch und entspannt aus wie jemand, der gut geschlafen hat und sich darauf freut, eine Aufgabe zu erfüllen, die er für nützlich hält. Ihre Aufgabe war es, die Aufsicht über einsitzende weibliche Angeklagte zu führen. Sie hatte sie aus der Zelle zu holen und zum Verhör, zur Verhandlung oder zur Urteilsverkündung zu begleiten.

Irgendjemand musste es tun, das sah ich ein, und wenn es eine Person tat, die unparteiisch war und versuchte, ein gutes Wort zwischen die rasselnden Schlüssel und klirrenden Gittertore zu schieben, dann war diese Haltung nicht nur nützlich, sondern barmherzig. Ein gutes Wort auf dem Weg zum Richter war besser als angebrüllt, getreten oder geschlagen zu werden.

„Man hat ja so einiges gehört“, sagte Vater.

Frau Wulfetange brachte ein Gesteck mit, eine Kleinigkeit zum Weihnachtsfest, wie sie sagte. Es war eine rote Kerze auf einem Tannenreis. Dem Reislein aufgesteckt waren drei Fliegenpilze aus Gips und ein Kiefernzapfen.

Nichtigkeiten, die weihnachtliche Stimmung herbeizaubern sollten, und doch versetzten sie Vater und mich in einen Zustand von Dankbarkeit und Glück. Wie kam diese Frau dazu, uns zu beschenken? Wir hatten uns doch erst gestern kennengelernt.

Sollte ich versuchen, den Ärmel ihres Uniformmantels zu berühren, um herauszufinden, ob dieser Ärmel aus Tuch bestand oder vielleicht doch der gefiederte Flügel eines Schutzengels war?

Es war, als hätte sie meine Gedanken erraten. „Es gehört nicht viel dazu, den Gefangenen Mut zu machen“, sagte sie. „Ich habe es nur mit weiblichen Inhaftierten zu tun, und die verhalten sich ruhig, wenn sie wie Menschen behandelt werden, die unschuldig sind.“

„Nun ja“, meinte Vater, „meine Vorstellung von Aufsehern in Lagern und Gefängnissen ist geprägt von dem Bild, das uns Literatur und Film vermittelt haben. Es muss ja nicht stimmen.“

Wir wünschten uns weiterhin Frohe Weihnachten und Ruhe vor den Bomben, und Vater fragte: „Wann sehen wir Sie wieder, Frau Wulfetange? Wir haben uns an Sie gewöhnt“, fügte er verlegen hinzu, als hätte er sich bei einer voreiligen Liebeserklärung ertappt.

„Wenn es Ihnen recht ist, gegen acht Uhr. Ich bringe etwas für das Abendbrot mit. Ich darf mich doch wohl revanchieren? Bei Alarm komme ich nach der Entwarnung.“

Es gab Alarm. Er dauerte bis nach Mitternacht, und Frau Wulfetange kam nicht. Die alliierten Luftflotten flogen Einsätze gegen das Gebiet der Offensive in den Ardennen.

Weihnachten war vorbei. Der Schnee verwandelte sich in Matsch. Die Mütter hockten mit ihren Kindern in den Luftschutzkellern und Bunkern. Über der grauen, wabernden Wolkendecke zogen die Bomber mit dröhnenden Motoren nach Hannover, nach Berlin, ins Ruhrgebiet.

Die Russen standen an der Oder, und die amerikanische Artillerie übte sich auf den Beschuss der Rheinübergänge ein, auf die Brücken bei Remagen, Koblenz, Bonn und Köln.

Frau Wulfetange hielt Wort, sie kümmerte sich um uns. „Ihre einsitzende Frau Mutter lässt grüßen“, sagte die Wachtmeisterin. Am Tag nach Neujahr kehrte ich ins Lazarett zurück mit der Erinnerung an eine Weihnachtsfeier im Keller, an meine Mutter, die im Gefängnis Kartoffeln schälte, und an eine Frau mit dem Dienstgrad Wachtmeister, die mir den Glauben an die Menschheit zurückgegeben hatte. Frau Maria Wulfetange. Diesen Namen würde ich nie vergessen.

Ich erzählte dem Stabsgefreiten Schmitz, dass die Kettenhunde – so nannten wir die Feldgendarmen – mich nicht erwischt hätten. Aber meine Mutter wäre verhaftet worden, eben der Schuhe wegen, die sie polnischen Zwangsarbeiterinnen zugesteckt hätte.

„Diese Schweine“, sagte der Stabsgefreite. Er hatte ein Paar gefütterte Stiefel organisiert, die sie einem Jagdflieger von den kalten Füßen gezogen hatten, und er hatte sogar Aussicht, an Stiefel heranzukommen, die unter dem Bett eines Fallschirmspringers ruhten. Er sagte tatsächlich ‚ruhen‘.

„Mann“, sagte er, „da musste wat ausspucken.“ Er meinte Eckstein Grün.

„Haste schon gehört?“, fragte er, indem er sich im Bett aufrichtete und so tat, als sei es an der Zeit, sich für die Siegesparade den Stahlhelm aufzusetzen: „Das Jahr der Befreiung ist angebrochen. 1945 ist das Jahr der Befreiung.“

Er sprach begeistert über die Vorbereitungen, die in Köln getroffen wurden, um die Amerikaner zu empfangen. Weiße Bettlaken waren eine begehrte Ware auf dem Schwarzen Markt.

„Ob du dat nun glauben tust oder nit, da jibt et Leute, die sin so ausgebombt, dat se nit enmol en wies Fähnchen han."

Der Oberstabsarzt hatte es prophezeit. Mein Bein machte mir Kummer. Die Wunde hatte angefangen zu eitern. Ich konnte vor Schmerzen nicht schlafen. Ich humpelte nachts auf dem kalten gefliesten Gang umher und versuchte, meinem Bein gut zuzureden.

Ich summte ein Liedchen vor mich hin, das ich in Russland gehört hatte. Eine junge Frau hatte es an der Wiege ihres Säuglings gesungen. Die Wiege hing an Stricken von der Decke herab. Das Liedchen fing an mit „Madka, Madka, dralla", aber was es heißen sollte, wusste ich nicht.

Einmal, als Schwester Etelka Nachtdienst hatte und hinter ihren Tabletten und Reagenzgläsern saß, besuchte ich sie im Verbandsraum.

„Was heißt Madka, Madka, dralla?", fragte ich.

„Das treibt Sie nachts aus dem Bett? Madka, Madka, dralla – so fängt ein Wiegenlied an. Madka ist ein Wort für Mutter und dralla ist wohl so etwas wie tanzen."

„Aha", sagte ich, „dann passt das ja gut zu mir. Ich tanze hier umher vor Schmerzen."

Sie gab mir eine Tablette und ein Glas Wasser, und das war der Dank, den sie mir immer schon gereicht hatten. Ich wusste, dass mir eine weitere Operation bevorstand. Und wie viele noch, bevor mein Bein aufhören würde zu faulen? Ich tröstete mich mit dem Gedanken, dass ich hier nicht der Einzige war, der im Zorn auf 50 Grad unter null zurückblickte.

Madka, Madka, dralla.

Ich hatte nicht in einer Wiege gelegen, die von der Decke herabhing, aber auch ich war ein Säugling gewesen, für den eine Mutter gesungen und den Himmel angefleht hatte, er möge verhüten, dass ihrem Sohn jemals ein Einberufungsbefehl zugestellt würde.

Den Einberufungsbefehl erhielt ich am 28. August 1939. Anzutreten hatte ich in Bergen-Belsen, ein Ort, der damals noch nicht berühmt war.

Kompaniechef war ein Oberleutnant, der aus dem Ersten Weltkrieg übriggeblieben war. Er beklopfte mit einer Reitgerte, klitsch-klatsch, die juchtenen Wangen seiner Reitstiefel und sagte: „Na Jungs, freut ihr euch?"

O ja, wir freuten uns.

„Na, wie war's denn, Hinkemann?", fragte Schwester Etelka, „ich bin ganz Ohr."

Ich berichtete, auf welche Weise der Urlaub verlaufen und was meiner Mutter widerfahren war. „Sie hat polnischen Zwangsarbeiterinnen Schuhe zugesteckt, und in die Schuhe hat sie Brot und Äpfel gestopft, und jetzt sitzt sie im Untersuchungsgefängnis. Es ist verboten, mit Kriegsgefangenen und Fremdarbeitern Kontakt aufzunehmen."

„Und jetzt wertet Ihre Mutter die Verhaftung als Erfolgserlebnis – ist das so? Wer war sie denn bisher? Die Frau eines Büroangestellten, der nach Tarif bezahlt wird. Sie musste waschen, bügeln, staubwischen und Schlange stehen, und wenn es hochkam, dann hat sie abends in der Zeitung die Todesanzeigen gelesen – stimmt's? Jetzt spielt sie endlich eine Rolle. Jetzt ist sie wer. Sie hat sich aufgelehnt. Sie hat Widerstand geleistet. Sie hat das Regime angegriffen. Und das Regime ist empfindlich."

„So kann man's vielleicht auch sehen", sagte ich. „Ich glaube, dass sie es aus religiösen Gründen getan hat. Sie ist fromm und geht jeden Morgen zur Messe. Ihr fiel auf, dass die Polinnen ihre Füße mit Lumpen umwickelt hatten."

„Keine Schuhe?"

„Nein, keine Schuhe."

„Sie hat gegen ein Gesetz verstoßen", ergänzte ich, „und was steht darauf? Die können einen Menschen doch nicht einfach ..."

„Doch, Hinkemann. Das können sie, und sie tun es auch. Die haben schon wegen geringerer Vergehen die Todesstrafe verhängt."

„O Gott …"

„Auf Gott können Sie sich nicht verlassen. Der schweigt. Sie können nur hoffen, dass Ihre Mutter einen Richter findet, der irgendwann in seinem Leben auch eine Messe besucht hat. Es muss jemand aus der Runde dieser alten Herren sein, die Skat spielen und Rotwein trinken. Dem Knaben muss das Motorengedröhn der alliierten Bomber ins Gebein fahren, bevor er seine Robe für den Urteilsspruch anlegt."

„Im Namen des Volkes", fügte ich hinzu.

„Ja, im Namen des Volkes. Nur leider gibt es das Volk nicht mehr. Das Sagen hat die Partei. Es müsste also heißen ‚Im Namen der Partei', das wäre dann zutreffender. Mögen Sie Schokolade? Greifen Sie zu. Es ist Beutegut aus Holland. Droste. Schaun Sie mal. Auf der Dose ist eine Krankenschwester abgebildet, die den Patienten ‚Cacao' ans Bett bringt."

„Eine hübsche Krankenschwester. So liebenswürdig, so adrett, so appetitlich."

„Ja, so holländisch", lachte Etelka, „aber bevor Sie mich jetzt mit dieser holländischen Schokoladenmaid auf einen Nenner bringen, möchte ich Ihnen etwas erzählen, was auch wie Schokolade schmeckt. Sie kennen doch den großen Feldmarschall Meier. Dieser Meier hat keine Flugzeuge mehr. Den Luftraum über Großdeutschland beherrschen die Alliierten."

Ich sah ihrer Miene an, dass sie am liebsten Gott sei Dank gesagt hätte. Sie mochte den Mann nicht, der Meier heißen wollte, wenn es einem feindlichen Flugzeug gelingen würde, in den deutschen Luftraum einzudringen. Und jetzt wimmelte es am Himmel von feindlichen Flugzeugen.

„Die Tiefflieger greifen sogar schon Radfahrer an", sagte Etelka, „ich frage mich, warum geht dieser Radfahrer nicht zur nächsten Telefonzelle und ruft Winston Churchill an und sagt: We have enough! We are giving up!"

„Und was heißt das?", fragte ich.

„Es heißt: Wir haben die Schnauze voll! Wir geben auf!"

Bevor Etelka nach Bad Pyrmont versetzt wurde, hatte sie auf einem Hauptverbandsplatz im Mittelabschnitt der Ostfront als Operationsschwester gearbeitet. Sie hatte das Elend gesehen, und zwar auf beiden Seiten. Ihren Worten haftete immer noch der Geruch von Chloroform und der Gestank der Petroleumlampen an, in deren Schein die Ärzte operiert hatten.

„Diese Bilder rauben mir heute noch den Schlaf", sagte sie, „deshalb bin ich froh, wenn ich Nachtdienst habe. Hier geht es doch verhältnismäßig gemütlich zu."

„Sagten Sie .... gemütlich?"

„Ich empfinde es so. Aber lassen wir das. Erzählen Sie mir etwas über Ihren Vater. Wie heißt das Buch, das er immer unter dem Arm trägt? Ich werde es mir nach dem Krieg besorgen, wenn es wieder Bücher zu kaufen gibt."

„Es heißt ‚Vor dem Sturm'. Theodor Fontane hat es geschrieben. Er beschreibt den Winter 1812 auf 13. Damals kämpften die verbündeten Preußen und Russen gegen Napoleon. Nach ihrer Niederlage zog sich die Grande Armee aus Russland zurück."

Wir mochten einander, die Krankenschwester und der Hinkemann. Unsere Einstellung zur Partei, zur Regierung und zum Krieg hatte uns zusammengeführt. Wir unterhielten uns im Flüsterton, überdeckt vom leisen Gebrodel einer Maschine, die Operationsbestecke sterilisierte, und begleitet von der Durchhaltemusik des Volksempfängers, der sich von Zeit zu Zeit unterbrach, um Meldungen durchzugeben: Starke feindliche Verbände im Anflug auf den Raum Hannover.

Auf den Dächern von Schulen und Rathäusern heulten die Sirenen los, indes Sefton Delmer seinen Bleistift spitzte, um die Einsätze, die Menge der Bomben und die Opfer zu notieren, immer untermalt von Beethovens schicksalhaftem Bumm-bumm-bumm-bumm.

In meines Vaters Kellerwohnung gab es kein Telefon. Ich konnte meinen Vater nicht anrufen, um ihn zu fragen, wie ihm zumute sei und was er von der einsitzenden Frau Mutter höre.

Im Lazarett einen Soldaten ans Telefon holen zu lassen, hatte sich als schwierig erwiesen. Es gab keine Zelle für Privatgespräche. Wir waren auf die Post angewiesen, notfalls auf Telegramme, aber auch dieser Weg kostete Geduld, da Zugverbindungen und Telefonleitungen durch ‚Feindeinwirkung', wie es hieß, immer wieder unterbrochen wurden.

Und dass Etelkas Radfahrer Winston Churchill an den Hörer kriegen würde, war mehr als zweifelhaft. Mister Churchill würde nie erfahren, dass Deutschlands Radfahrer die Schnauze voll hatten.

Mein Vater war kein Freund weitschweifender Reden. Seine Mitteilungen beschränkten sich auf das Notwendigste.

„Ich habe Mutter besucht", schrieb er in seiner fein gestochenen Buchführerhandschrift, die er vor dem Ersten Weltkrieg erlernt hatte, als es noch keine Schreibmaschinen gab. „Mutter ist den Umständen entsprechend zufrieden. Sie sagt, dass es ihr Freude macht, zu arbeiten. In eigener Sache hat sie nichts gehört. Peters Boot ist bombardiert worden, er konnte sich retten und liegt in einem Lazarett in Norwegen, anbei die Feldpostnummer. Ich soll dich von Frau W. grüßen, sie wünscht dir gute Besserung. Das wünsche ich dir auch. Herzlichst Vater.

PS.: Ich gehe jetzt morgens in die Messe und lege die Schuhe an die vereinbarte Stelle. Nach der Messe sind sie verschwunden."

Das war nicht eben das, was man üppigen Redefluss oder hemmungslosen Mitteilungsdrang nennt. Wenn Vater behauptete, dass Mutter zufrieden sei, dann war sie zufrieden. Großes W Punkt war Frau Wulfetange. Hier war er vorsichtig, denn den Namen der Wachtmeisterin auszuschreiben, wäre riskant gewesen. Man wusste ja, wohin Vertraulichkeiten führen konnten. Vor den Schreibtischen der Gestapo, im grellen Licht der auf die Augen gerichteten Lampen, hatte sich schon mancher wegen angeblich defätistischer Äußerungen oder verdächtiger Kontaktaufnahme rechtfertigen müssen.

Defätismus war das Wort für Miesmacherei. Und war es nicht schon Miesmacherei, zu behaupten, ein deutsches Unterseeboot sei bombardiert worden und abgesoffen, wo doch jeder wusste, dass die Weltmeere von Großadmiral Karl Dönitz beherrscht wurden?

Die Tage gingen dahin. Der Januar mit seinem Schnee musste ertragen werden, der nieselnde Regen und der bittere Frost. Unerträglich waren die Nachtstunden im Luftschutzkeller des weitläufigen Lazarettgebäudes mit seinem Geruch nach Kohle, Gas und Wäsche. Niemand sprach. Jedermann starrte vor sich hin. Starrte auf seine Knie, auf den Fußboden, auf die umgitterten Glühbirnen an der Decke.

Über uns röhrten die Motoren der alliierten Luftflotten. Hundert Bomber, zweihundert Bomber, dreihundert Bomber, besetzt mit Freiwilligen aus Amerika, Kanada, Australien und Neuseeland, die wild entschlossen waren, die Nazis zu besiegen. Auf dem Rücken der schwarzen Lederjacken teilten sie ihren Auftrag mit: Wir sind die MURDER GANG. Die Zeitung hatte ein Foto veröffentlicht von einem australischen Piloten, der abgestürzt und in Gefangenschaft geraten war.

Der Oberstabsarzt sagte: „Das ist der Totale Krieg, den sie im Berliner Sportpalast herbeigejubelt haben. Haltet euch fest, Jungs."

Festhalten – an was? An den Röhren der Heizung im Keller? An der Türklinke des Vaterhauses, das in Trümmern lag? An den verlogenen Siegesmeldungen aus dem Führerhauptquartier? An den Worten der Bergpredigt?

Weihnachten war vergessen. Das Glanzbild mit dem Gabenspender im Purpurmantel und dem von Hirschen gezogenen Schlitten hatte ich neben meinem Bett an die Wand geheftet. Fröhliche Weihnachten. Etelka hatte mir das Bildchen geschenkt, als ich in den Urlaub fuhr. Etelka war die gute Seele, die mir gelegentlich ein hart gekochtes Ei oder einen Riegel Schokolade unters Kopfkissen schob.

„Nichts zu danken, Hinkemann", sagte sie, als seien Eier und Schokolade für sie das reine Nichts.

„Wir müssen operieren", hatte der Arzt gesagt.

Man hatte meinen Stumpf beschnitten. Der Stumpf war meine persönliche Erinnerung an den Krieg in Russland, ein Andenken an nächtelanges Wacheschieben bei vierzig und manchmal fünfzig Grad unter null. Man hatte Äther auf meine Nase losgelassen, Tupfer ausgegeben, mit Skalpell und Schere hantiert, ins Fleisch geschnippelt, am Knochen gesägt, Morphium in die Vene genadelt.

Ich wusste nicht, was sie alles gemacht hatten. Ein Schleier lag über meiner Netzhaut. Ich stocherte mit den Nerven, die wie Drähte waren, durch wattigen Nebel. Griff mit den Händen umher. Packte nichts, außer Bildern. Ich sah eine Russin, die sich über einen Käfig mit Hühnern warf und die Hühner zu schützen versuchte.

In meinen Ohren schrammte, schrie und schrillte es. Jemand sprach mit mir. War es der Oberstabsarzt? War es Gott – oder war es vielleicht Sefton Delmer, der an meinen Schädel klopfte: Bumm-bumm-bumm-bumm.

BBC London war im Lazarett verboten. Sefton Delmer existierte nicht. Die Schwestern sagten: „Über den Krieg wird hier nicht diskutiert, verstanden?"

Und der Oberstabsarzt sagte: „Gespräche über den Krieg regen die Leute nur auf. Die Männer sollen gesund werden, und zwar schnell, damit sie eingesetzt werden können, bevor es zu spät ist."

Der Oberstabsarzt war berühmt für seinen Humor.

Bettruhe war verordnet. Aus irgendeinem Grund sollte ich versuchen, heiter gestimmt zu sein. Das Morphium tat gut, es brachte mich dazu, vor mich hinzuträllern und dem Stabsgefreiten Schmitz Severin ein Liedchen zum Besten zu geben. Ich sang: „Vergiss Maruschka nicht, das Polenkind."

Maruschka hatte sich in meinem Kopf festgesetzt. Sie hatte sich dort eingenistet oder was. Sie verfolgte mich, lief hinter mir her und holte mich ein: Da bin ich. Ich bin Maruschka, das Polenkind. Du kennst mich doch. Niemand konnte so betörend lächeln wie Maruschka.

Ja, ja, ich kannte sie seit meiner Rekrutenzeit, die ich in Neumünster erlitten hatte. Neumünster liegt in Schleswig-Holstein, und das Beste an dieser Stadt war, dass es dort Bucher Grütze gab. Nach der Erbsensuppe in der Kaserne gingen wir abends in das Speiselokal der Lina Korneisen, um Bucher Grütze mit Sahne zu essen.

Wenn die Kompanie mit abgeschlagenem Gewehr über den Großen Kuhflecken marschierte, sangen wir: „In einem Polenstädtchen, da lebte einst ein Mädchen, das war so schön." Und die Einwohner dieser Stadt der Bucher Grütze öffneten die Fenster und lächelten auf uns herab.

Das Liedchen erinnerte mich daran, dass meine Mutter im Gefängnis saß. Maruschka und Mutter hatten miteinander zu tun, nicht wahr? Mutter hatte sich um Maruschka gekümmert, weil sie im Winter mit Lumpen an den Füßen statt mit festem Schuhzeug durch den Schneematsch marschieren musste. Das hatte in Mutter Empörung wachgerufen. Sie sah, was da vor sich ging. Sie nannte es Barbarei und Versklavung.

Das Polenkind musste Uniformen nähen und Granaten mit Pulver füllen. Das Polenkind musste spelziges Brot und schimmlige Rüben essen. Das Polenkind durfte bei Alarm nicht in den Luftschutzkeller.

Wenn die Bomben fielen, hockte Maruschka im offenen Splittergraben und betete zur Schwarzen Madonna von Tschenstochau um Rettung.

Ich wünschte mir, Frau Wulfetange möge mich besuchen und ihre Hand auf meine Hand legen, wie wir es am Heiligabend getan hatten. Ich hatte den Herzschlag dieser Frau gespürt und ihre Bereitschaft, Menschen zu helfen, die in Not waren. War die Wachtmeisterin nicht vielleicht doch ein Engel, der herabgekommen war, uns zu beschützen? Gab es ein Geheimabkommen zwischen Himmel und Erde, von dem wir nichts wussten?

Mein Stumpf wurde täglich behandelt. Die Wunde wurde gesäubert, betupft, gesalbt und verbunden. Meterweise ging Verbandsmull drauf. Aber die Wunde heilte gut. Der Oberstabsarzt sagte: „Sie haben eine gesunde Natur, Obergefreiter. Stammen von Bauern ab, was?"

„Jawohl, Herr Oberstabsarzt", sagte ich.

Der Mann gab sich Mühe, aus mir einen einbeinigen Kämpfer zu machen, der bei der Lazarettverwaltung an einem Schreibtisch eingesetzt werden konnte oder bei einer Meldestelle für Urlauber.

„Dort gibt's Zulage", sagte er, „Alkohol und Rauchwaren. Das wäre doch zu überlegen."

Das Angebot hatte mit einer Aktion zu tun, die in Gang gesetzt worden war mit dem Ziel, eine Million Kammerbullen, Zahlmeister, Stabsschreiber, Ordonanzen, Küchenhelfer, Pferdepfleger, Offiziersburschen, Leichenwäscher und Notenbewahrer für Regimentskapellen an die Front zu werfen, die ihrer dringend bedurfte. Auf Herzbeschwerden, Magenschleimhautentzündung, Hohlkreuz, Hämorrhagie, saures Aufstoßen, Blasenschwäche und Neigung zu hartem Stuhlgang sollte ab sofort keine Rücksicht mehr genommen werden. Es wurden Magen-, Herz- und Rheuma-Bataillone aufgestellt, ausgestattet mit Fachärzten und Diätküchen. Willkommen waren Brillenträger und Besitzer von Bruchbändern. Die ruhige Kugel, die diese Leute bisher geschoben hatten, rollte in den Abgrund. „Holzauge, sei wachsam" hieß die Parole.

Durch die Stuben der Kommandierten, durch Lazarette und Genesungseinheiten, durch die Quartiere der Landesschützen, durch Verpflegungsämter und Rechnungshöfe, durch die Omnibusse der Fronttheatertruppe und durch die warmen Herbergen aller Betreuer, die bisher unabkömmlich waren, fegten die Generale z. b. V. Unruh und Wirbelwind und setzten unter jeden Befund den Stempel „KV", und das hieß: Kriegsverwendungsfähig. Ab zur Front mit dir.

Derartige Neuigkeiten wusste unser britischer Gewährsmann der deutschen Krankenschwester Etelka mitzuteilen, die in ihrem Kämmerchen unter dem Dach heimlich an einem kleinen schwarzen Rädchen kurbelte, das ihr Unglaubliches enthüllte, zum Beispiel dies, dass Hitler jetzt seine letzten Opfer in die Schlacht schickte.

Etelka, Dame aus adligem Geschlecht und Operationsschwester mit Osterfahrung, war meine Vertraute. Mit Etelka konnte ich reden. Wir hatten dieselbe Blutgruppe. Im Revier, auf dem Flur und im Luftschutzkeller tauschten wir Blicke miteinander. Wir wussten, dass wir uns aufeinander verlassen konnten. Dieser Krieg war nicht unser Krieg, er war der Krieg der Braunen.

Im Bund derer, die auf der Skala mit BBC London verabredet waren, verriet keiner den anderen. Hier zählte nicht das hart gekochte Ei, sondern der gesunde Menschenverstand, und den hatten wir gepachtet. Wir forderten Waffenstillstand, Kapitulation und Neubeginn.

Auch als Hinkemann wollte ich bereit sein, zur Neuordnung beizutragen, aber ich war nicht darauf versessen, von Männern gejagt zu werden, die auf dem Rücken ihrer Lederjacken ihre Absicht plakatierten: MURDER GANG.

Eines Nachmittags hielt der Gefreite Trautmann, der über Malaria, Tularämie und Flecktyphus mitreden konnte, einen Vortrag über das Thema, wie jeder beliebige Dummkopf aus Keksen, Schokolade und Schmalz eine Torte herstellen kann, die Kaltepracht heißt. Leider besaß der Gefreite weder Kekse noch Schmalz oder gar Schokolade, und es bedurfte keiner Prophetengabe, um vorauszusehen, dass wir auf Trautmanns Kaltepracht würden verzichten müssen.

„Hau ab!", schrie der Stabsgefreite Schmitz.

Schmitz hatte vor einer halben Stunde die Fallschirmspringerstiefel an Land gezogen. Die waren schon auf Kreta gewesen, hatten die Welt gesehen, waren geschaffen worden, um aus dreitausend Metern Höhe sanft und federnd zwischen Weintrauben und Melonen zu landen.

Ich lachte noch über den Feinkosthändler Trautmann, der uns Kaltepracht verkaufen wollte, als Etelka die Türe aufriss und rief: „Hinkemann, ans Telefon!"

Hinkemann, das war ich. Hinkemann war Etelkas Kosename für einen Beingeschädigten aus dem Mittelabschnitt der Ostfront. Ich fühlte mich nicht beleidigt. Vermutlich hatte meine Art, auf den gefliesten grauen Gängen umherzuhüpfen, etwas umwerfend Komisches an sich, das an einen Marabu erinnerte. Ich war mit zwei Beinen zur Welt gekommen, und jetzt musste ich mich damit abfinden, dass ich nur auf einem Bein stehen sollte.

„Ihr Vater hat angerufen", teilte mir die Schwester mit, „Ihre Mutter ist entlassen worden. Es geht ihr gut. Sie möchte, dass Sie Urlaub nehmen und nach Hause kommen. Ich habe mit dem Oberstabsarzt gesprochen. Er hat schon unterschrieben. Ihr Zug geht um elf Uhr dreißig. Los, versuchen Sie's!"

So war Etelka. Eine Mutter der Verstümmelten. Eine Trösterin der Betrübten. Ein elfenbeinerner Turm der Menschlichkeit. Etelka war unsere Hoffnung schlechthin. Sie lauschte nach allen Seiten. Sicherte die Stellung der Beingeschädigten und der Hirnverletzten und der Jünglinge ohne Hände. Gab Feuerschutz den Bedrängten. Stellte Urlaubsscheine aus. Zauberte Zervelatwurst und Ölsardinen in Wäschebeutel. Stahl Frühstückseier aus der Küche. Hatte den Fahrplan der Eisenbahn im Kopf. Wusste, auf welchem Bahnhof man umsteigen musste.

Der Himmel war blau wie Stahl, blau wie Winter, blau wie Polarluft. Es war der 23. Januar 1945. In den Häfen der Danziger Bucht wurden an diesem Tag Schiffe beladen mit Flüchtlingen, Verwundeten und Kranken. Ostpreußen wurde geräumt. Zwei Millionen Menschen traten die Flucht nach Westen an.

Die Erde war steinhart gefroren. Über Wiesen, Äckern und Wäldern lag silbriger Reif. Neben dem Schienenstrang lagen hie und da die Gerippe ausgebrannter Güterwagen. Der Anblick erinnerte mich an eine Aufnahme in der Zeitung, die Skelette von Kamelen im Wüstensand zeigte. Auf dem Rücken der Kamele hatten die Engländer Munition transportiert, und Feldmarschall Rommel hatte die Kamele samt Munition in die Luft gesprengt. Oh ja, wir waren auf allen Kriegsschauplätzen erfolgreich.

Vor Bückeburg griffen Tiefflieger den Zug an, der stehen geblieben war; er hatte Rot. Die Frauen sprangen vom Zug herunter und krochen unter den Wagen, in dem sie Kartoffeln und Steckrüben und Eier zurückgelassen hatten. Sie lagen auf dem vereisten Schotter, schlossen die Augen und beteten. Vater unser, der du bist im Himmel.

Mit ohrenbetäubendem Donner stürzte die Murder Gang herab. Ihre Kondensstreifen zerfetzten den Himmel, in dem Gottvater thronte und alles beobachtete.

Ich klopfte an die Tür, die in den Keller führte. Hier war mein Zuhause. Kollegienwall 24. „Mein Junge", sagte Vater, „da bist du ja. Wie war die Reise?"

„Die Tiefflieger haben uns beharkt", antwortete ich, „aber sie haben nur Schrecken verbreitet. Die Menschen fürchten die Tiefflieger jetzt mehr als die Bomber."

„Ja, was wollen sie denn eigentlich noch kaputt machen? Sechzig Prozent der baulichen Substanz der Stadt sollen zerstört sein."

Er hatte tiefe Schatten unter den Augen, und seine Hände zitterten, als er mir einen Stuhl an den Tisch schob.

„Mutter ist entlassen worden. Vorgestern gegen Mittag stand sie plötzlich da und warf ihren Hut aufs Sofa, das tut sie ja immer. Es war, als sei sie überhaupt nicht weg gewesen, anderswo, zum Beispiel im Gefängnis. Und sie nahm auch sofort ihre alten Gewohnheiten wieder auf. Dazu gehören der Kirchgang und die Bettelei um Schuhe. Was machen meine polnischen Mädchen, sagte sie, hast du dich um sie gekümmert? Ich habe hier die Stellung gehütet, sagte ich. Und was sagte Mutter? Sie sagte: Du hättest Gott um Beistand bitten sollen."

Draußen krachte mit Getöse ein Stück Mauer in die Ruine, in der wir wohnten. Staub rieselte von der Decke herab auf den Tisch, den Vater für das Abendbrot gedeckt hatte. Es gab Pellkartoffeln und Rote Beete. Das Eingemachte ging allmählich zur Neige.

„Der Frost macht das Mauerwerk mürbe", sagte Vater, „so ein Rest bekommt dann das Übergewicht und stürzt herab. Daran gewöhnt man sich."

Er schaute auf die Schwarzwalduhr, die acht rostige Kuckucksrufe aus sich herausholte. „Die Abendandacht ist zu Ende. Mutter wird gleich hier sein."

Die Geistlichen von St. Johann hielten abends, so schlecht und recht es wegen des Alarms gehen mochte, eine Andacht ab. Ein geistlicher Herr und ein Dutzend Frauen und Nonnen beteten gemeinsam für die Opfer, die der Krieg gekostet hatte und die er in Zukunft noch kosten würde. Sie beteten um Beendigung des Krieges und um Frieden.

An diesem Abend wusste Prälat Kruse noch nicht, dass russische Unterseeboote die Schiffe in der Danziger Bucht torpediert hatten und dass 14.000 Flüchtlinge und Soldaten ertrunken waren.

„Herr, erbarme Dich unser", betete Prälat Kruse.

„Christus, erbarme Dich unser", wiederholten die Frauen.

„Sein Licht leuchte uns."

„In Ewigkeit. Amen."

Aber der Herr, den sie anriefen, wusste wohl nicht so recht, zu welcher Nation er halten sollte. Er erinnerte sich, dass vor gar nicht langer Zeit Polen, Dänen, Norweger, Holländer, Belgier, Franzosen und die Einwohner von Coventry um Erbarmen gefleht hatten – und wer hatte noch gefleht?

Und da der Herr sich nicht entscheiden konnte, wen er aus dem elektrisch geladenen Stacheldraht befreien oder aus dem flammenden Gebälk erretten oder aus dem kalten Wasser ziehen sollte, unternahm er überhaupt nichts.

Er sagte AMEN, das ist hebräisch und heißt Es geschehe, und es geschah auch.

Mutter fiel mir um den Hals. Ihre Umarmung war so stürmisch, dass mir der Stock aus den Händen glitt. Beinahe wäre ich hingefallen. Wir weinten beide vor Freude, und Vater schnäuzte sich umständlich.

„Kind, Kind", sagte sie ein um das andere Mal, „du hast sicher Hunger, ich mache dir Bratkartoffeln. Siehst du, mein Gebet hat geholfen. Gott lässt uns nicht im Stich. Wo sind die Kartoffeln?"

Ihre Frage war an Vater gerichtet, der sich beeilte, aus irgendeinem Versteck Kartoffeln zu holen. Es waren immer die allerletzten Kartoffeln. Das kannte ich schon.

Mutter war eine große und immer noch stattliche Frau, die Tochter zahlreicher Generationen von Bauern im Artland. Diese Bauern hatten gegen dänische Freibeuter, gegen schwedische Landsknechte und gegen napoleonische Marodeure gekämpft. Sie hatten den Milzbrand, die Beulenpest und den Steuereinnehmer überstanden. Im Nachhall dieser Gefahren hielt Mutter sich für unbesiegbar, selbst im Gefecht mit den Braunen.

Und nun saßen wir um den Tisch, auf dem eine Leinendecke lag, die eine Urahne gewebt hatte. Die Decke war gelb vor Alter, aber sie wurde immer noch in Ehren gehalten. Rundum war die Decke mit grünen Tannenreislein bestickt, deren Aufgabe es war, das Weihnachtsfest anzusagen. Und eine rote Kerze hatte Mutter auch gefunden. Der kleinen Wunder waren viele an diesem Abend.

Jetzt warteten wir darauf, dass Mutter anfangen würde zu berichten. Berichten über ihre Tage im Gefängnis und über die Verhandlung vor Gericht. Lasst sie nur erst in Fahrt kommen. Lasst ihr Zeit, das Klirren der Zellentüren, das Scheppern der Blechnäpfe und den Gestank der Kübel aus sich herauszuholen. Hindert sie nicht daran, die Unschuld und den Zorn der Angeklagten zu beteuern.

Vater wurde angewiesen, Torf nachzulegen im Herd und Wasser aufzusetzen für den Hagebuttentee. Hagebuttentee war gut gegen schwache Nerven, gegen Schlafstörungen und überhaupt.

Also, Mutter wird verhaftet und im Gefängnis abgeliefert. Man zeigt ihr ein Papier, auf dem irgendjemand, den sie nicht kennt, den Befehl zur Verhaftung unterschrieben hat. Sie wird weder getreten noch roh angefasst, und sie vernimmt auch kein rüdes Wort. Die Polizisten tun ihre Pflicht, nicht wahr, sie werden dafür bezahlt, dass sie Leute verhaften und abführen. Mit dem Verbrechen, das da verübt oder nicht verübt worden ist, damit haben sie nichts zu tun.

„Es war wie ein Gang zum Zahnarzt", sagt Mutter, „man fürchtet sich ein bisschen."

Aber man ist höflich zu ihr, man behandelt sie wie eine Person, deren Schuld vorerst noch nicht bewiesen ist. Sie hat graues Haar und Fältchen um die Augen, und die Befragung zur Person ergibt, dass sie zwei Söhne hat, die im Felde stehen. Zurzeit liegen beide im Lazarett. Der eine hat in Russland einen Fuß verloren, und der andere tauchte in einer Luftblase aus dem Großen Ozean empor.

„Ich werde Sie in die Diätküche stecken", schlägt der Direktor vor, „da vergeht Ihnen die Zeit schneller. Sind Sie einverstanden?"

„Jawohl", sagt Mutter, die inzwischen gelernt hat, dass im Gefängnis mit Jawohl geantwortet wird.

Und ihre Tage gehen dahin.

Eines Morgens ist sie gerade dabei, Haferschleim anzurühren für einen Gefangenen, der an Magengeschwüren leidet, da wird sie von der Wachtmeisterin angesprochen, die Wulfetange heißt.

„Die kennt ihr ja", sagt Mutter.

Ja, die kennen wir.

„Lassen Sie das Süppchen stehen", sagt die Wulfetange, „Sie haben um elf Uhr dreißig Termin. Sie werden dem Schnellrichter vorgeführt. Man macht jetzt kurzen Prozess mit den Bagatelldelikten."

„Bagatelldelikt?", frage ich, „was heißt das?"

„Kleines Vergehen", antwortet die Wachtmeisterin und fügt hinzu: „Hoffentlich."

Ich hole den Mantel aus dem Spind und knote mir das Tuch um den Kopf. Und dann gehen wir los, die Wachtmeisterin und ich. Wir gehen ins Gerichtsgebäude. Wir haben noch fünf Minuten Zeit. Die Verhandlung findet in einem einfachen Büro statt, ohne Polizisten und Zuhörer. Kein Kruzifix an der Wand, nicht einmal eine Fotografie des braunen Mannes, der mir dies eingebrockt hat ...

Ihr wisst ja, wen ich meine. Wir nicken. Oh ja, wir sind im Bilde. Eine Viertelstunde dauert es, dann erscheint der Richter und nimmt an einem langen Tisch Platz. Neben den Richter setzt sich ein Mann, der unentwegt Bleistifte anspitzt und sich für nichts anderes zu interessieren scheint als eben für Bleistifte.

Frau Wulfetange hat ihren Platz an der Tür, sie steht hinter einem Stuhl und tut, als sei dies alles Routine, jeden Tag hundertmal erlebt, und doch spüre ich ihre Anteilnahme bis zu mir vordringen. Ich bin nicht allein in diesem Raum. Nicht alle guten Geister haben mich verlassen. Die Barmherzigkeit ist nicht erloschen.

Ich schaue den Richter an. Er sieht aus, als sei er vor langer Zeit in Pension gegangen. Ein alter Mann, und ganz in Grau gehüllt. Beim Sprechen nuschelt er, als hätte er aus den dreißig oder fünfunddreißig Jahren bei der Justiz den Staub aller Akten in der Nase, die er bearbeitet hat. Sie haben ihn zurückgeholt, denke ich, um Bagatelldelikte zu bearbeiten.

Ich bin ein Bagatelldelikt.

Zur Person befragt, bestätige ich, dass ich Heithaus Caroline heiße.

Caroline mit K oder mit C?, fragt der Richter.

Mit C, antworte ich.

Verheiratet, verwitwet oder geschieden?

Verheiratet.

Geboren?

1887.

1887, das war doch das Jahr, in dem Eiffel anfing, in Paris seinen Turm zu bauen – er hatte die Eisenkonstruktion als neues Gestaltungselement erfunden. Waren Sie mal in Paris, Frau Heithaus? Nein, was hatte Mutter in Paris verloren. Sie kannte den Turm aus Beschreibungen, die von Zeitungen veröffentlicht wurden, aber sie wusste nicht, dass der Erbauer Eiffel hieß. Also, während der Richter in meiner Akte blättert, denkt er an den Eiffelturm. Vielleicht hat er eine Hochzeitsreise nach Paris gemacht. Vielleicht hat er als Junge davon geträumt, Ingenieur werden. Vielleicht hat sein Sohn am Frankreichfeldzug teilgenommen und der Familie daheim eine Ansichtskarte vom Eiffelturm geschickt.

Ort der Geburt?

Bersenbrück, sage ich.

Wenn er jetzt erzählt, dass er am Amtsgericht in Bersenbrück als Referendar tätig war, dann hat er das Holz für meinen Scheiterhaufen noch nicht herbeikarren lassen. Ich spüre den Flügelschlag meines Schutzengels wie ein Frühlingslüftchen, das meine Stirn berührt.

Staatszugehörigkeit?

Deutsch.

Religion?

Römisch-katholisch.

Aha, sagt er und macht eine Pause, die der Oberbleistiftspitzer vom Dienst wahrnimmt, um sein Schreibgerät zu ordnen. Die Wulfetange hüstelt ins Taschentuch.

Dann geht die Verhandlung weiter.

Sind Sie vorbestraft?, fragt der Richter.

Eigentlich nicht, antworte ich.

Was heißt ‚eigentlich'?

Ich habe mit der Polizei nie etwas zu tun gehabt.

Schreiben Sie ‚Nicht vorbestraft', sagt der Richter und wendet sich an den staatlich geprüften und vereidigten Oberbleistiftspitzer an seiner Seite ...

„Mach du man Witze", sagte Vater.

Nun ja, zum Lachen war mir nicht zumute, aber ich hatte auch keine Angst. Ich vertraute auf den Rat von Frau Wulfetange und antwortete mit Ja oder Nein. Nur kein Geschwafel, hatte die Wachtmeisterin empfohlen, das mögen sie nicht.

Vor Gericht kommt es auf Fakten und nicht auf Gefühle an.

Die Anklage wirft Ihnen vor, fährt der Richter fort, dass Sie zu Fremdarbeiterinnen Kontakt aufgenommen haben. Sie haben Polinnen und Ukrainerinnen, die zur Arbeit geführt wurden, im Vorbeigehen Schuhe und Lebensmittel zugesteckt. Geben Sie den Sachverhalt zu?

Jawohl, antworte ich, wie ich es im Gefängnis gelernt habe. Jawohl, Hohes Gericht.

Wie oft haben Sie mit den Damen Kontakt aufgenommen?

Vielleicht fünfmal – oder achtmal.

Waren es neue Schuhe oder gebrauchte Schuhe?

Gebrauchte Schuhe.

Na also, murmelt der Richter vor sich hin und lässt sich einen frisch angespitzten Bleistift reichen.

Pause.

Die Damen ... ich meine die Polinnen. Marschierten sie barfuß zur Arbeitsstätte?

Nicht gerade barfuß, antworte ich, aber sie trugen Lumpen um die Füße, Säcke und so was.

Säcke und so was, wiederholt der Richter meine Worte, als hätte ich ihm ein Stichwort zugespielt. Was hat Sie zu diesem Schritt veranlasst? Die Bergpredigt? Selig sind die Barmherzigen, denn sie werden Erbarmung finden?

Jawohl, Matthäus Kapitel fünf Vers sieben.

Ihr Gebetbuch kennen Sie, Frau Heithaus, aber Sie kennen nicht das Strafgesetzbuch. Sie haben gegen ein Gesetz verstoßen. Alles zur größeren Ehre Gottes und zum Heil Ihrer Seele, was? Bei Ihrer Verhaftung haben Sie Widerstand geleistet. Sie haben einem Beamten gegen das Schienbein getreten, das behauptet er jedenfalls, und dem anderen Herrn haben Sie mit diesem Gegenstand – er zeigt mir mein Gebetbuch, das neben der Akte liegt – eine blutige Nase geschlagen. Es war doch wohl die Nase, sagt er und blättert in der Akte, bis er die Stelle gefunden hat.

Blutige Nase, hier steht es. Wissen Sie, was da auf Sie zukommt, Frau Heithaus?

Nein, antworte ich, und woher soll ich es wissen?

Man nennt es Widerstand gegen die Staatsgewalt in Tateinheit mit Körperverletzung.

Er blickt nicht auf von dem Aktenstück. Er blättert und liest und schreibt. Hier streicht er etwas durch und setzt dort an den Rand ein Fragezeichen oder was. Widerstand gegen die Staatsgewalt ist ihm alltäglicher Kram.

Sie haben ihn aus dem Ruhestand zurückgeholt, denke ich, und eingegliedert in den Ablauf fragwürdiger Verhaftungen, Verhöre und Urteile. Was sie von ihm erwarten, sind Einweisungen in Haftanstalten, Arbeitshäuser und Konzentrationslager. Ein Richter, der bereits die Füße auf den Schreibtisch gelegt hat und sich mit einer Katze und mit Goethe beschäftigt.

Kann ich noch einen Hagebuttentee haben? Vater stand auf, holte die Kanne vom Herd und goss nach. Es duftete nach Spätsommer, nach einer Weide mit Kühen und nach Kartoffelfeuer.

Die Verhandlung schleppt sich hin, schließlich kann man von einem Siebzigjährigen keine Eilzuggeschwindigkeit erwarten. Was der Richter dem Bleistiftspitzer ins Protokoll diktiert, mögen Ziffern von Verordnungen, Verfügungen und Kriegsnotstandsgesetzen sein. Ich verstehe nichts, doch schließlich ist es mir auch egal, gegen welches Gesetz ich verstoßen habe. Ich habe als Christin gehandelt, und dazu stehe ich. Die Nackten bekleiden, das war meine Aufgabe. Das haben wir auch in der Schule gelernt – oder?

Eine Weile geht das so hin und her zwischen dem Richter und dem Protokollführer. Bücher werden gewälzt und Akten aufgeschlagen. Einmal lässt sich der Richter vom Bleistiftspitzer ein Glas Wasser holen. Er trinkt und steckt eine Tablette in den Mund. Dies alles erweckt den Eindruck von penibler Beflissenheit. Was die beiden Herren leisten, scheint bedeutend zu sein.

Die Wulfetange steht immer noch hinter dem Stuhl, als lohne es nicht, für eine so kurze und unwichtige Verhandlung Platz zu nehmen. Gelegentlich hüstelt sie in ihr Taschentuch, und ich bin sicher, dass sie mir ein Signal geben will: Ich stehe hinter Ihnen.

Dann schaut der Richter mich an und fragt: Bereuen Sie die Tat, zu der Sie sich haben hinreißen lassen?

Jawohl, Herr Richter.

Ich spüre, dass die Wulfetange lächelt. Ich habe meinen Text gut gelernt.

Mutter nahm einen Schluck von dem Hagebuttentee, der gut gegen schwache Nerven ist, und Vater stopfte seine Pfeife mit der letzten Eckstein.

Und jetzt kommt das Beste, setzte Mutter ihren Bericht fort, ihr werdet es nicht fassen.

Der Richter reckt den Hals und schaut sich in dem kleinen Raum nach allen Seiten um: Wie ich sehe, sind die beiden Herren von der Geheimen Staatspolizei nicht erschienen. Sie waren zum heutigen Termin als Zeugen geladen. Dann dürfen wir annehmen, dass es bei ihrer Einberufung zum Militärdienst geblieben ist. Zwei so tüchtige Polizisten, die werden dann wohl das Vaterland retten.

Der Richter und der Protokollführer erheben sich von ihren Stühlen. Die Wulfetange steht neben mir und flüstert: Aufstehen.

Im Namen des Volkes verurteile ich die hier anwesende Heithaus Caroline zu vier Wochen Freiheitsentzug, verkündet der Richter. Die Strafe gilt durch die Haftzeit als verbüßt.

Dann zählt er meine Vergehen auf und die Paragrafen, gegen die ich verstoßen habe, und dass mir mildernde Umstände zugutekommen. Meine religiöse Überzeugung zum Beispiel, und zwei Söhne, die im Felde stehen. Außerdem habe ich mich im Gefängnis sehr gut geführt und meine Arbeit in der Diätküche zum Wohle der Volksgemeinschaft vorbildlich verrichtet. Und so weiter und so fort.

Ob ich Einspruch gegen das Urteil erhebe?

Nein, ist meine Antwort.

Die Sitzung ist beendet, sagt der Richter.

Die Wulfetange packt mich am Ärmel und zischt: Raus hier! Und eine halbe Stunde später stehe ich mit meinen Siebensachen auf der Straße, aus der Haft entlassen.

Das war's, Kinder.

„Und jetzt möchte ich einen Grog haben", sagte Mutter, „ich habe das Gefühl, dass ich noch einmal davongekommen bin."

„Das bist du auch", sagte Vater, „aber der Rum ist leider alle. Er hat uns geholfen, das Weihnachtsfest zu überstehen. Du hast uns gefehlt."

„Ein schöner Empfang", sagte sie, „kein Rum und nichts."

Wir wussten nicht, Vater und ich, ob wir weinen oder lachen sollten. Mutters Erzählung ließ ahnen, dass der Richter eben jener alte Herr war, den wir uns für die Verhandlung gewünscht hatten. Ein Mann, der gerne Rotwein trinkt, Zigarren raucht und Skat spielt. Aus dem Bericht ging hervor, dass er den Fall der Heithaus Caroline auch nicht eine Sekunde lang ernst genommen hatte.

„Ich hätte ihn am liebsten geküsst", sagte Mutter.

„Und warum hast du's nicht getan?"

„Küss du mal einen Richter", erwiderte sie.

Wir schlürften den Hagebuttentee, der immerhin nach Sommer, Kuh und Kartoffelfeuer schmeckte, und Mutter erzählte die ganze Geschichte noch einmal, diesmal mit allen Einzelheiten.

„In der Tat", sagte Mutter, „als ich im Griff der Wachtmeisterin den Sitzungsraum verließ, hatte ich das Bedürfnis, mich beim Richter zu bedanken. Ich schaute den alten Herrn an, und ich bin sicher, dass er mir zugeplinkt hat, so als wollte er sagen: Na, wie haben wir das gemacht? Das mit dem ... ich kann das Wort nicht behalten."

„Bagatelldelikt", ergänzte Vater.

In der Nacht, die auf Mutters Entlassung aus dem Gefängnis folgte, wurde die Fabrik, in der die Polenmädchen gezwungen wurden, Uniformen für ihre Peiniger zu schneidern, bei einem Luftangriff zerstört. Das Tuchlager brannte ab, und die Maschinen waren vorerst nicht mehr einsetzbar.

Die Mädchen wurden verlegt und in einer unterirdischen Munitionsfabrik im Teutoburger Wald ans Laufband gestellt, so hieß es.

Mutter konnte für Maruschka nichts mehr tun. Da war kein Schuh, kein Apfel, kein Stück Brot mehr anzubringen.

„Aber beten kann ich noch", sagte sie, „Herr erbarme dich unser."

Sie schaute mich an, wie sie es als Mutter in den alten Tagen getan hatte, und ich erwiderte: „Christus erbarme dich unser." Und inzwischen lief der Krieg sich tot.

Hier müssen jetzt die Glocken läuten, die Glocken der Freiheit. Aber die Glocken läuteten nicht, sie waren aus den Kirchtürmen herausgeholt und in Geschützrohre umgegossen worden. Anstelle der Glocken setzten wir weiße Bettlaken ein. We're giving up.

Am Morgen des 4. April besetzten britische Truppen das Rathaus von Osnabrück. Über den Ruinen schwelte noch der Rauch der Brände vom Palmsonntag. Panzer rasselten durch die Straßen. Bulldozer räumten Schutt beiseite. Soldaten in Khaki marschierten in Schützenkette, die Gewehre im Anschlag. Am Himmel hinterließen Hunderte von Bombern ihre weißen Fahnen, die nach einer Weile quirlig zerflossen. Die Schlacht um Berlin hatte begonnen.

Für die besetzte Stadt war der Krieg vorbei. Wir versicherten einander, dass wir jetzt vor Bomben keine Angst mehr zu haben brauchten. Der Luftschutzbunker hatte uns zum letzten Mal gesehen. Mutter leerte das Köfferchen, das im Hausflur immer bereitgestanden hatte. Es war ihr Sturmgepäck für die Nächte in Kellern und Bunkern und Splittergräben gewesen. Das Köfferchen enthielt Dokumente, Briefe, Verbandszeug und die Fotografien unserer amerikanischen Verwandten, auf deren Erscheinen wir hofften.

Aber noch war der Jeep nicht eingetroffen, der uns den Vetter aus Amerika bringen sollte. Der Vetter kam im Mai. In den Gärten fing der Flieder an zu blühen. Der Vetter hieß William F. Heithaus und war Offizier. Er brachte Kaffee, Tee, Zigaretten und Butter mit, und der schwarze Fahrer legte Schokolade und Fruchtstangen drauf. Und alle Heithaus in Amerika ließen herzlich grüßen.

Zeitungen gab es noch nicht. Ein Sender der Besatzungsmacht unterrichtete über die laufenden Ereignisse. An der Elbe hatten sich Amerikaner und Sowjets die Hand gereicht.

„Briderchen", sagte Iwan.

Und die Amis dankten mit Kaugum-mi.

Frau Wulfetange war nicht mehr Wachtmeisterin im Gefängnis, sie hatte die Nase voll, wie sie sagte. Aber das Schicksal hatte ihr einen Engländer in die Arme getrieben.

Der Engländer hieß Bruce Mandeville und war Lehrer für Deutsch und Geschichte. Ihm war der Auftrag erteilt geworden, die Einwohner der eroberten Stadt zur Demokratie zu erziehen.

Bruce versorgte Frau Wulfetange mit Kaffee, Tee und Zigaretten. Die Wulfetange, wie Mutter immer noch sagte, war hübsch geworden. Das Verliebtsein stand ihr gut zu Gesicht. „Wenn sie die Eheschließung zwischen Engländern und Deutschen erlauben, wollen wir heiraten", verkündete die Witwe, „dann heiße ich Missis Mandeville und wohne in Schottland."

Überhaupt der Kommiss! Er ist in so viel „lieben" Erinnerungen für mich verbunden, dass ich an meinem Hochzeitstage mit dieser neuartigen Kombination zum Standesamt pilgern werde.

Auch Etelka, die eine Geborene von Nesselrode war, lernte einen britischen Offizier kennen. Mister Lawson hatte bei einer Minenexplosion einen Arm verloren. Im Lazarett, das die Sieger übernommen hatten, musste sich Mister Lawson ausgerechnet in Etelka verlieben. Er versprach ihr, sie zu heiraten und mit nach England zu nehmen. Ende gut, alles gut, dachte ich, aber ich gab es ihr nicht schriftlich.

Was meine Mutter betrifft, die ja die Heldin dieser Geschichte ist, sei erzählt, dass sie immer wieder beteuert hat, der Heilige Abend 1944 sei das schönste Weihnachtsfest ihres Lebens gewesen.

„Ich war stolz darauf, Gutes getan zu haben", sagte sie, „ich habe für Maruschka Stiefel gesammelt."

Mein Vater, unterm Arm immer noch den Vitzewitz, hatte mehr durch Zufall als durch Unterrichtung herausbekommen, dass seine Frau bei einem Meister des Schuhmacherhandwerks, mit dem sie zur Schule gegangen war, zweiunddreißig Paar Männerstiefel hatte besohlen lassen. Für das Leder hatte sie ihren Schmuck, unter anderem eine goldene Muff-Kette, verkauft.

In einem Blatt, das die Militärregierung herausgab, erschien im April 1946 ein Aufruf, jene deutsche Frau, die im Winter 1944 polnischen Mädchen Schuhe und Lebensmittel zugesteckt habe, möge sich melden.

„Was ich getan habe, war meine Christenpflicht", wehrte Mutter den Dank ab, „leb wohl, Maruschka."

Nach Auschwitz ins Wochenende

Den Verwundeten hatten sie einen Laufzettel an den Mantel geheftet; es war eine Art Paketkarte wie für x-beliebiges Transportgut. Auf dem Schild stand vermerkt, wie der Betreffende hieß und welchen Dienstrang er bekleidete, welchem Truppenteil er angehörte und welcher Verwundung oder Krankheit wegen er dem Transport zugeteilt war.

Auf dem Bahnhof in Briansk stand der Zug schon unter Dampf, als Jürgen Kohlbrecher am Bahnhof ankam. Er war mit sieben anderen Soldaten in einem Sanitätsfahrzeug an die Verladerampe gebracht worden. Ein Feldwebel kam auf sie zu und befahl: „Mitkommen!“

Sie humpelten hinter dem Feldwebel am Zug entlang. Der Schnee war von den vielen Stiefeln glattgebohnert. Es war eine richtige Eisbahn entstanden, und sie mussten aufpassen, dass ihnen zu dem versengten Fleisch nicht auch noch die Knochen brachen.

„Wo haben Sie Ihr Gewehr?“, fragte der Feldwebel den Soldaten Jürgen Kohlbrecher.

„In Tartarinez liegen geblieben, Herr Feldwebel“, antwortete Kohlbrecher.

„Was heißt ‚liegen geblieben‘? Laut Armeebefehl müssen alle Verwundeten, die mit diesem Lazarettzug befördert werden, bewaffnet sein. Wie stellen Sie sich das vor, wenn die Partisanen den Zug angreifen? Mann, Sie müssen sich doch verteidigen können!“

„Bitte Herrn Feldwebel darauf aufmerksam machen zu dürfen, dass ich am rechten Oberarm verwundet bin und keine Waffe bedienen kann.“

„Ein deutscher Soldat kann alles, verstanden?“

„Jawohl, Herr Feldwebel.“

„Es werden nachher Waffen verteilt. Sehen Sie zu, dass Sie einen Schießprügel abkriegen. Das geht alle an. Bin ich verstanden worden?“

Im Chor: „Jawohl, Herr Feldwebel.“

„Einsteigen!“ Der Feldwebel riss eine Tür auf. „Dieses Abteil wird mit acht Mann belegt. Leute mit gesunden Armen besetzen die Fensterplätze. Bei Partisanengefahr heißt es: Scheibe runter, Gewehr raus und Feuer! Ist das klar?“

„Jawohl, Herr Feldwebel.“

„Wer ist der Älteste hier?“

Niemand meldete sich.

Der Feldwebel deutete auf einen Mann mit Unteroffizierstressen am Kragen. „Sie übernehmen das Kommando in diesem Abteil!“

Der Unteroffizier hatte ein geschientes Bein, aber er versuchte strammzustehen und sagte: „Kommando übernehmen. Jawohl, Herr Feldwebel.“

Dann schrieb der Feldwebel mit Kreide „Belegt“ auf die Tür und warf sie zu. „Rumms“, sagte die Tür. Es war das schönste „Rumms“, das sie je in ihrem Leben gehört hatten. Wenn es etwas gab, das sie sich seit Monaten gewünscht hatten, dann war es dies, dass die Abteiltür eines Lazarettzugs hinter ihnen zugeschmettert wurde.

Sie hockten brav auf ihren Plätzen, vier Mann hier, vier Mann dort, und vorerst wagten sie nicht, sich geborgen zu fühlen oder die Mäntel abzulegen oder irgendetwas zu tun, womit sie das Schicksal herausfordern könnten. Als alte Soldaten wussten sie, dass vom Teufel immer ein Haar in der Suppe ist. Sie hatten oft erzählen hören, dass sie diesen oder jenen von seinem warm ersessenen

Platz im Lazarettzug wieder heruntergeworfen hatten, weil noch ein Leutnant oder ein Zahlmeister mitsollte. Die Ärzte konnten in dieser Beziehung auf die unglaublichsten Einfälle kommen.

Der Zug war geheizt. Die Wärme kroch ihnen wohlig unter die Haut. Im Abteil krustete jener eigenartige Geruch, den sie von Eisenbahnfahrten her kannten. Er erinnerte sie sofort an Reisen, die sie in ihrer Jugend unternommen hatten, um irgendwelche Verwandte in fremden Dörfern oder Städten zu besuchen.

Es war ein Geruch, in dem vor allem Kohlenruß vorherrschte. Dann roch es ein wenig nach Petroleum, nach Pfeifensabbel und Klosett. Aber es war ein verdammt guter Geruch, alles was recht ist, und er schmeckte nach Zivilleben. Ein Personenwagen der Holzklasse war der reine Luxus. Der Unteroffizier sagte, dass er damit gerechnet hatte, in einem zugigen und nach Pferdepisse stinkenden Güterwagen befördert zu werden.

„Was ist schon ein Steckschuss?", fragte er.

„Nichts", sagte jemand.

Mit der Wärme stellte sich ein Gefühl von Dankbarkeit ein. Sie waren am Leben geblieben. Sie waren mit einer Wunde oder mit einer Leberschwellung davongekommen. Manche hatten die Gelbsucht und einige das Fleckfieber. Aber man war kriegsuntauglich geworden, jedenfalls für drei bis vier Monate, und Zeit gewinnen bedeutete Leben gewinnen.

Dass sie hier saßen, mit einem ordentlichen und von einem Oberstabsarzt unterzeichneten Ausweis auf der Brust, hieß nichts Geringeres, als dass sie Russland den Rücken kehren durften. Sie wurden in ein Lazarett gebracht, um ihre Verwundungen auszukurieren.

Der Unteroffizier, dem das Kommando übertragen war, legte mit beiden Händen umständlich sein Gipsbein zurecht und fragte: „Wer besitzt denn überhaupt eine Waffe? Mal durchzählen!"

Niemand besaß eine Waffe. Sie besaßen nicht einmal mehr Gasmaske und Stahlhelm. Alle diese Dinge waren auf den Schlachtfeldern und Verbandsplätzen zurückgeblieben. Als sie verwundet wurden und die Panzer sich an sie heranmachten, um sie plattzuwalzen, hatten sie andere Sorgen gehabt als die, ihre Ausrüstung zu retten. Die meisten von ihnen hatten bereits Wochen und Monate auf Verbandsplätzen hinter der Front zugebracht und waren glücklich gewesen, überhaupt als transportfähig befunden zu werden.

„Ich habe eine Pistole", meldete sich Kohlbrecher.

„Der mit seinen Partisanen", sagte der Unteroffizier verächtlich. Aber er sagte auch, dass er sich nachher um Waffen kümmern wolle. Die Partisanen sollten ihn jedenfalls nicht daran hindern heimzufahren. „Kommste über den Hund, kommste auch über den Schwanz", sagte er. Er knöpfte sich als Erster den Mantel auf, und sie sahen, dass er eine Menge Auszeichnungen trug. Ein Teufelskerl, dieser Unteroffizier. Sein Kopf war kahl geschoren wie bei einem Russen, und seine Haut war gelb wie Quittenschale.

Auch die anderen knöpften jetzt die Mäntel auf und fingen an, Brotbeutel und Feldflasche im Gepäcknetz zu verstauen. Draußen ging von Zeit zu Zeit der Feldwebel vorbei, riss die Türen auf und gab Befehle durch; es darf kein Licht gemacht werden. Es darf nicht geraucht werden. Niemand darf das Abteil ohne Erlaubnis verlassen. Die Gewehre sind zu laden und zu sichern. Mit einem Partisanenangriff muss gerechnet werden.

„Ist das klar?"

„Jawohl, Herr Feldwebel."

„Sind Waffen vorhanden?"
„Jawohl, eine Pistole."
„Gut. Soll am Fenster sitzen, der Mann."
Kohlbrecher wechselte mit einem Obergefreiten den Platz.
So.
Dann warfen Sanitäter für je acht Mann zwei Brote und eine Pfundbüchse Leberwurst ins Abteil.
Dann klirrte eine Bomberstaffel über den Himmel.
Dann schrie jemand nach einem Maschinengewehr, das repariert werden müsste.
Dann hörten sie aus der Ferne das dumpfe Gebrüll von Artillerieeinschlägen.
Dann wurde vor der Lokomotive ein Maschinengewehr eingeschossen; Trrrr, trrrr, trrrr ...
Dann warf der Wind Schnee an die Scheiben.
Dann schrie draußen jemand: „Idiooot!"
Dann wurde es still.
Dann kam die Dunkelheit.
Der Lazarettzug stand immer noch an der Rampe.

Es war schon völlig dunkel, als der Zug anruckte. Durch die Wagenkette lief ein Klirren wie von vereistem Metall. Bedächtig schob sich der Zug an Telegrafenstangen und verschneiten Baracken vorbei. Nacht lag über der weißen, blauen Erde, auf der nicht der Schimmer eines Lichtstrahls zu entdecken war.

Die Landser mit ihren eingegipsten Armen und Beinen, mit ihren Verbänden auf Rücken, Brust und Oberschenkel versanken nacheinander in röchelnden Schlaf. Manchmal schrie einer auf, weil ihn ein Traum ängstigte oder weil der Schmerz durch seine Wunde zuckte.

Der Unteroffizier fing an, sich seiner Läuse unter dem Gips zu erwehren; er hatte sich für diesen Zweck eigens ein Stöckchen mitgebracht.

Bisweilen blieb der Zug stehen. Dann hörten sie Türen schlagen und einen Mann durch den Schnee stapfen. Aber es geschah weiter nichts. Die Männer am Fenster berichteten, dass draußen nichts zu sehen sei. Schnee und Gehölz am Bahndamm und in der Ferne Wald. Kein Kirchturm, kein Bahnhof, kein Haus. Sie hielten mitten in einer unermesslichen und lichtlosen Einsamkeit, in einem Land, darin der Schnee und die Kälte tödlich waren.

Kohlbrecher ließ das Fenster herab. Sofort tanzte ihnen eisige Kälte ins Gesicht und überspülte sie mit dem Grauen der Erinnerung. Sie wussten noch, wie es war, dieser Kälte ausgesetzt zu sein; auf dem Marsch, im Gefecht, auf Posten an der Front, wo jetzt die Bomber am nächtlichen Himmel klirrten und die Geschosse der Artillerie in die Stellungen möbelten. Dort töteten sie in dieser Stunde einander, und es lag dort der gleiche weiße, blaue Schnee, der die russische Erde deckte, soweit sie blicken konnten.

Der Unteroffizier fragte: „Stammt jemand aus Hannover?"

Da zeigte es sich, dass sie wach waren und dass sie dem Schlaf misstrauten. Sie hatten die Frage verstanden, ja, ja. Aber niemand von ihnen stammte aus Hannover.

„Warum soll hier jemand aus Hannover stammen?", wurde der Unteroffizier gefragt.

„Weil ich mich dann bei ihm erkundigt hätte, ob er die Podbielskistraße kennt."

„Gibt es dort etwas Besonderes zu sehen?"

„Nein", sagte der Unteroffizier zögernd, „nichts von Bedeutung. Ich suche eine Familie, die Berelsmann heißt. In der Podbielskistraße soll eine Frau wohnen mit drei kleinen Jungens. Kennt jemand zufällig diese Jungens?"

Als er keine Antwort erhielt, sagte er: „Na ja, es hätte sein können. Manchmal wundert man sich, wie klein die Welt ist."

„Ich habe in Kotobitschi einen Bruder getroffen", erzählte der Obergefreite, „er gehörte zu einer Gruppe von Pionieren, die ein Minenfeld abräumen sollten. Plötzlich lag er neben mir. Wir sprachen miteinander. Ich hatte immer geglaubt, er sei in Afrika oder wo."

Schweigen.

„Er ist in derselben Nacht gefallen, in der ich verwundet wurde", setzte der Mann hinzu, „ich wollte damit nur sagen, dass die Welt klein ist. Plötzlich liegt dein Bruder neben dir."

„Das ist nämlich so", fuhr der Unteroffizier fort, „der Mann jener Frau mit den drei kleinen Jungens war mein Kamerad. Während des Frankreichfeldzugs waren wir unzertrennlich. Wir bildeten uns ein, dass wir uns gegenseitig das Leben gerettet hätten. Eines Tages wurden wir verladen und in Marsch gesetzt. Es war Anfang November, und über Russland war die erste Kälte hereingebrochen. Wir lagen in einem Viehwaggon auf Stroh. In der Mitte des Wagens glühte ein Kanonenofen. Berelsmann, der immer so mutig gewesen war, bekam es mit der Angst zu tun. Er erzählte von seinen drei kleinen Jungens und dass sie bald keinen Vater mehr hätten. Er nahm mir das Versprechen ab, für seine Familie zu sorgen, wenn er gefallen sei."

„Ist er gefallen?"

„Ja. Er war der erste Tote in unserer Kompanie. Die Partisanen schossen unterwegs auf den Zug, und als Berelsmann aufstand, um sein Kochgeschirr vom Ofen zu holen, traf ihn eine Kugel in den Kopf. Es war ein Phosphorgeschoss."

„Haben Herr Unteroffizier selbst auch Kinder?", fragten sie.

Er sagte: „Vier eigene Kinder habe ich. Drei fremde dazu, das sind zusammen sieben."

„,Was machen Sie mit der Frau?", fragte einer.

„Keine Ahnung", seufzte der Unteroffizier.

So verging die Nacht. In der Morgendämmerung hielten sie auf einem Bahnhof, Gefangene waren damit beschäftigt, Holzschwellen zu verlegen. Sie wurden von Soldaten bewacht, die mit Gewehren und Stahlhelmen aus der Zeit des Ersten Weltkriegs ausgerüstet waren. Sie sahen aus wie Männer, die mit Vornamen Wilhelm oder Fritz heißen.

Die Gefangenen waren abgehärmte, bärtige Asiaten. Sie stürzten sich mit tierischen Grunzlauten auf die Brotreste, die ihnen von den Verwundeten zugeworfen wurden. Die Posten rührten sich nicht.

Sanitäter sammelten die Feldflaschen ein und brachten sie mit heißem Kaffee gefüllt zurück. Es wurde Brot und Schmelzkäse ausgegeben. In Schmelzkäse war die Armee groß.

„Hängt einem zum Halse 'raus", schimpfte der Unteroffizier.

Auch die anderen sagten, dass sich die Sanitäter den Schmelzkäse in die Haare schmieren sollten. Sie waren jetzt so weit von der Front entfernt, dass sie anfingen, Kritik zu üben. Das Sitzen wurde beschwerlich, weiß der Himmel, die Verbände bluteten durch, das eingegipste Fleisch juckte entsetzlich, und im Abteil lagerte dick der Geruch von eiternden runden, schmutzigen Hemden und vermotteten Uniformen.

Aber sie waren jetzt im Bereich der Partisanen angekommen. Zu beiden Seiten der Gleisanlage war der Wald etwa einhundert Meter tief abgeholzt worden.

In bestimmten Abständen waren am Bahndamm Stellungen aus Baumstämmen errichtet worden, in denen Flak-Soldaten hinter Maschinengewehren und Geschützen Wache hielten.

Rechts und links lagen Hunderte ausgebrannte Waggons und Dutzende Lokomotiven, die von gewaltigen Sprengladungen zerstört worden waren. Die ganze Unerbittlichkeit und Hartnäckigkeit, mit der hier die Partisanen ihren Krieg machten, war an den zahlreichen Holzkreuzen abzulesen, die bisweilen regelrechte Friedhöfe bildeten. Der Weg in die Heimat war für die Lazarett- und Urlauberzüge mit Tellerminen gepflastert.

„Dieser Baum muss auch genügen." Das war jedes Mal der Schluss meiner holzhackerischen Bemühungen.

Sie spürten indes weder Furcht noch Unbehagen. Welche Verdienste konnte es den Partisanen einbringen, wenn sie Hunderte von Verwundeten und kranken Soldaten töteten? Sie verließen sich da auf ihr gutes Glück, und schließlich kannten sie ja seit Jahren nichts Schlimmeres, als bei einem Feuerüberfall in Deckung zu gehen und sich zu wehren. Außerdem waren sie ganz und gar von dem Bewusstsein erfüllt, dass sie der Heimat entgegenfuhren und dass sie mit jedem Kilometer aus dem Hinterhalt hinausrückten.

Es war März. Sie wussten von den Russen, mit denen sie hie und da zusammen gewesen waren, dass die Kälte bald nachlassen und statt des Schnees der Schlamm die Stiefel und die Räder der Truppen behindern würde. Es hieß, dass in Russland der Frühling über Nacht eintreten könne, jäh und verwirrend.

Noch war es bitterkalt draußen. Und doch lag über dem Schnee schon ein milchiger Dunst, der aus tauenden Äckern und sich reckenden Wäldern aufzusteigen schien. Birken, wohin sie blickten, am Bahndamm, am Horizont, an den Feldern entlang. Niemals in ihrem Leben würden sie vergessen können, dass die Kreuze über flüchtig geschaufelten Soldatengräbern aus Birkenholz angefertigt waren. Die MG-Nester der Wachmannschaften waren Birke, die Telegraphenstangen, der Knüppeldamm.

Russland – das würden Zeit ihres Lebens Birken sein, Filzstiefel, Schnee, Panjehütten, nasses Brot und grüner Tee.

Und durch dieses Russland, das sie hassten und liebten, durch seine verschneiten Wälder und moorigen Einöden, dampfte der Lazarettzug hindurch. In der Ferne sahen sie Rauch aus den Hütten steigen, und dann und wann konnte drüben ein Schlitten vorbeihuschen. Ein struppiges braunes Pferdchen mit einem Holzbügel über dem Rist. Der Kutscher schwang seinen Stock, und klingelingeling verschwand das Gefährt im Wald.

Jeden Morgen wurde geschlossen nach frischer Luft geschnappt.

Dieses Pferdchen und dieser Bauer waren Leben, gutes, einfaches tröstliches Leben. Da war ein Mensch, der irgendeinen friedfertigen Auftrag ausführte, der zum Arzt fuhr oder Ferkel zum Markt brachte oder eine Frau besuchen ging.

Wolken von Nebelkrähen wirbelten aus den Wäldern empor und ruderten krächzend dahin ... Die Verwundeten verfolgten alle diese Dinge mit großer Aufmerksamkeit. Sie hatten den Schnee von den Scheiben geschabt und hielten das Glas so klar, dass ihnen nichts Bedeutendes entgehen konnte. Einer sagte, dass dies die schönste Eisenbahnfahrt seines Lebens sei, er hatte das Räderrollen und das Rattern und das Gepfeife der Lokomotive, ja sogar die zahlreichen Pausen nie so bewusst genossen wie gerade jetzt.

„Ist doch klar", erklärte der Unteroffizier, „diese Reise ist die größte Chance unseres Lebens. Genauso gut könnten wir nämlich unter einem Holzkreuz begraben liegen, in irgendeinem Nest, das Alexandrowka oder Seminitschaskoje heißt."

„Tartarinez", sagte Kohlbrecher. Er hatte am Weihnachtsabend in Tartarinez im Gefecht gestanden. Er sagte, dass sie dort achtzehn Mann verloren hatten.

„Wir mussten das Dorf aufgeben, denn die Russen überschwemmten uns von allen Seiten. Die Toten betteten wir in einer Panjehütte auf Stroh, gossen Benzin darüber aus und steckten das Ganze in Brand. Mir ist nie in meinem Leben so erbärmlich zumute gewesen. Es waren die ordentlichsten Burschen, die je ein Gewehr bedient haben."

Mittags wurden sie auf einem Bahnhof mit Erbsensuppe verpflegt. Sie halfen einander, so gut es ging. Diejenigen, die ihre Glieder unbehindert gebrauchen konnten, sammelten die Kochgeschirre ein und holten das Essen aus dem Wartesaal.

Bei dieser Gelegenheit traf Kohlbrecher einen deutschen Eisenbahner, der die blaue Uniform trug. Er starrte den Mann an, als sei er wie ein Seraph soeben vom Himmel herabgestiegen. Dieser Mann in Blau war der erste Gruß der Heimat, deren Grenzen er so sehnsüchtig erwartete.

„Wie sieht's aus daheim?", fragte er.

„Nichts zu fressen und Nacht für Nacht im Luftschutzkeller", antwortete der Eisenbahner.

„Heimatschuss?"

„Steckschuss im rechten Oberarm".

„Sag, wer mag das Männlein sein, das da steht im Wald allein?" Es war der Küchenbulle mit seinem Schlitten, auf den alles mit heißem Verlangen wartete.

„Da bist du gut bedient worden. Mit so was kann kein Mensch arbeiten. Sieh zu, dass sie dir eine anständige Rente geben." Der Eisenbahner tippte an seinen Mützenschirm: „Mach's gut, Junge."

Kohlbrecher schaute ihm verblüfft nach. Was hatte der Mann gesagt? Nichts zu fressen und Nacht für Nacht im Luftschutzkeller? Der Krieg wurde also auch in der Heimat geführt? Dann war wohl alles umsonst gewesen, was sie in diesem Winter an der Front im Osten erlitten hatten? Die Kälte, der Hunger, der Schnee, die Gefechte, die schlaflosen Nächte, die Verwundung, der Tod, das erfrorene Fleisch, das verseuchte Blut, die Läuse, der Durchfall, die vertane Jugend, das Opfer an Zeit, an Ausbildung, an Verdienst, an Liebe, an Daseinslust?

Umsonst, weil die feindlichen Bomber daheim die Wohnungen und die Ernte und die Arbeitsplätze zerstörten?

Er hatte ein schweres Herz, aber er hatte gelernt, es zu verbergen. Er sprach nicht über seine Begegnung mit dem Eisenbahner. Er sagte: „Sie bringen uns nach Warschau." Das hatte er an der Feldküche gehört, und es roch wie alles, was er dort aufgeschnappt hatte, nach Erbsensuppe.

Der Unteroffizier nickte: „Hab' ich mir gedacht. Wir werden bald die polnische Grenze erreichen. Wir sind hier am Dnepr. Kenn' ich, diese Scheißgegend."

Es bestand jetzt keine Gefahr mehr, dass die Partisanen den Zug angreifen würden. Die Strecke wurde nicht mehr bewacht. Auch lagen keine ausgebrannten Wagen und zerstörten Lokomotiven mehr am Bahndamm. Schutz boten nur die Maschinengewehrposten auf einzelnen Wagen des Zuges. Die Lokomotive schob der Minen wegen zwei Rungenwagen vor sich her, und den Schluss machte ein Geschütz, das ebenfalls auf einem Rungenwagen festgekeilt war.

Der Wald trat zurück, das Land belebte sich mit Bahnhöfen, Zwiebeltürmen und Häusergruppen. Sobald sie irgendwo haltmachten, kamen Kinder an den Zug und bettelten. Sie boten Sonnenblumenkerne an für Brot, Eier für Zigaretten. Es waren verwahrloste, in Lumpen gekleidete Kinder, wie sie überall in Russland umherstrolchten.

Auf eine merkwürdige Art begann das Land mit seinen Menschen, Tieren und Siedlungen hervorzutreten und näher zu kommen. Überall sahen sie Kriegsgefangene arbeiten. Feldgraue Soldaten marschierten und sie sangen sogar. Auf den Bahnhöfen warteten geschniegelte Verwaltungsbeamte und piekfeine Feldgendarmen mit Haufen von Gepäck auf den Urlauberzug.

„Schaut euch diese Burschen an", sagte der Unteroffizier, „die sind gut durch den Winter gekommen. Jetzt fahren sie in Urlaub. Ich wette, dass es hier in jedem Wartesaal mehr gesunde Soldaten gibt als vorne auf dem Gefechtsstreifen eines Bataillons."

Die Scheiben wurden heruntergedreht, und die Front fiel über die Etappe her: „Vorne sind noch gut bezahlte Posten frei", schrien sie, und „Spähtruppenführer gesucht" und „Minenfeld an tüchtigen Feldwebel sofort abzugeben" und „Gefrierfleisch gefällig?" und andere boshafte Bemerkungen mehr.

Die Angepöbelten erwiderten nichts. Sie hätten sich gern abgewandt, aber dann hätten sie ihr Gepäck aufheben müssen, und das war ihnen peinlich. So warteten sie beschämt, bis sich der Zug wieder in Bewegung setzte. Auf dem Bahnsteig blieb spürbar etwas Feindseliges zurück, das Zorn und schlechte Laune auslöste.

Ach, die Verwundeten besaßen außer Feldflasche und Kochgeschirr nur den Gips um ihre Knochen und den Mull auf ihren Wunden, ganz zu schweigen von einem der härtesten Winter, den je eine Armee eingesteckt hatte.

Es war Nacht, als sie die polnische Grenze passierten. Der Zug wurde auf ein Abstellgleis geschoben. Die Lokomotive koppelte ab und dampfte davon. Da saßen sie nun. Dösen, fressen, meutern, seufzen, kratzen. Die Läuse waren schlimmer als der Schmerz in den Wunden oder irgendetwas sonst.

Auf der Hauptstrecke rollten Transportzüge nach Russland hinein: Material für die Frühjahrsoffensive. Es waren Güterwagen, aus deren Dächern Blechrohre ragten. Gelblicher Rauch und glühende Funken schlugen in den schmutzigen Schnee nieder. Kein Zuruf tönte herüber, kein Lied, kein Harmonieklang. Es war nicht mehr so, wie es anfangs gewesen war. Gespenstisch dampften die Züge dahin, als rechneten sie damit, in die Luft gesprengt zu werden.

Gegen Morgen erst, als ihnen die Kälte schon arg zu schaffen machte, hörten sie die Lokomotive kommen und sich ankoppeln. Dampf schoss in die Heizungsrohre, metallisches Klirren durchrieselte die Wagen, und endlich ruckelte der Zug weiter.

Wenn ein Landser 25 x hintereinander das Lied „Nach der Heimat möcht' ich wieder ..." spielt und jedem eine Ohrfeige gibt, der ihn auffordert, ein anderes Lied zu spielen. Auch das gehört zum Bunkerkoller.

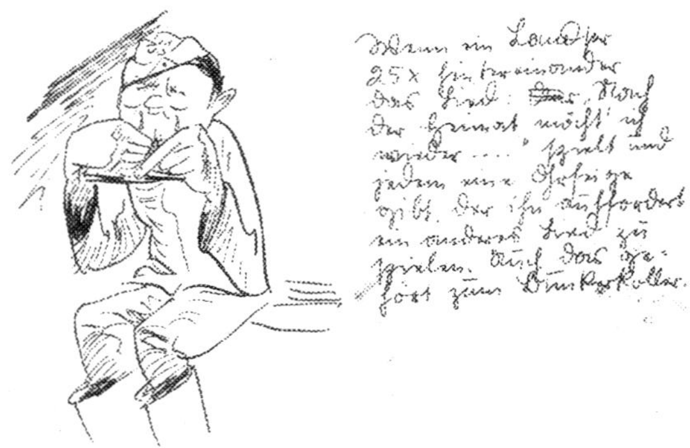

Die Glieder schmerzten vom Sitzen auf den harten Bänken. Sie legten einer dem anderen den Kopf auf die Schulter. Sie waren so unsagbar müde und ausgelaugt, so benommen vom Fahren die Tage und Nächte hindurch, so taumelig von den Bildern und Ängsten und Hoffnungen der Reise, dass sie kaum das Signal zur Abfahrt des Zuges wahrnahmen.

Der Unteroffizier brabbelte im Schlaf vor sich hin, er suchte immer noch die Frau mit den drei kleinen Jungens, deren Nährvater er geworden war. Er sagte ein paar Mal: „Pod-bi-els-ki", als dürfe er auf keinen Fall den Namen der Straße vergessen. Auch die anderen hörten es, und auch in ihr Unbewusstsein drang das Wort „Podbielski" ein. Eine Kriegerwitwe lebte dort mit drei unmündigen Knaben, und dieser Unteroffizier hier hatte die Verantwortung dafür übernommen.

Podbielski ... Podbielski ... Podbielski ... Das tönte nun im Rhythmus der Räder mit. Niemand konnte den Unteroffizier von seinem Versprechen befreien.

Und immer noch lag Schnee auf der Erde. Als es draußen hell wurde, sahen sie freundliche Landarbeiterhäuser. Frauen mit bunten Tüchern um den Kopf räderten Wasser aus dem Brunnen. Auf der Landstraße fuhren Lastwagen mit Milchkannen, und hie und da mühte sich ein Fahrrad durch den Schnee.

Auf einem ländlichen Bahnhof wurden sie von Rotkreuz-Schwestern mit Kaffee und Brot versorgt. Diesmal gab es Marmelade, löffelweise aus dem Eimer. Das brachte sie in Stimmung. Es bestand jetzt kein Zweifel mehr, dass sie Russland den Rücken gekehrt hatten. Die Schwestern bestätigten ihnen, dass sie in Polen angekommen seien und dass sie gegen Abend in Warschau ausgeladen würden. Von dort sollten sie auf Lazarette in der Heimat verteilt werden. „Auf Wiedersehn", riefen die Schwestern, und „auf gute Gesundheit!"

Es waren adrette junge Damen, in schwarzes Loden gekleidet und mit weißen Häubchen im Haar. Die meisten Verwundeten hatten seit Monaten keine weiblichen Wesen gesehen, die Deutsch sprachen und leichtfertig hingehauchte Kusshändchen erwiderten.

Diese Szene hier vermittelte ihnen einen Vorgeschmack der Betreuung, die sie demnächst erfahren würden. Lazarette mit regelmäßigen Mahlzeiten, mit frisch bezogenen Betten und mit Schwestern, die einem den Puls abhörten und Tabletten reichten und die Post ans Bett brachten und Gutenacht sagten, das sah ganz und gar nach Schlaraffenland aus.

Glaube nur keiner ich würde mich in mein altes Bett legen. Einen Knüppeldamm werde ich mir bauen. Modell „Wolchow"

Sie sprachen über die adretten jungen Damen, und sie sagten, es sei schade, dass so was in Polen auf einem Bahnhof Marmelade verteilen musste. Am liebsten hätten sie die Mädchen ins Abteil gezogen und mitgenommen. Für je acht Verwundete hätten sie gut eine Krankenschwester zum Pulsmessen und zum Erneuern der durchgeeiterten Verbände gebrauchen können. Sie träumten jetzt alle miteinander von Mädchen mit gestärkten Häubchen im Haar. Die Begegnung mit ihnen hatte ihre Lebensgeister wachgerufen.

Der Küchenunteroffizier war der Einzige, dem wir ein zaghaftes Lächeln entgegenbrachten, wenn er uns mittags die Suppe einlöffelte.

Ein schönes Bild: Mädchen, die miteinander kichern und Kusshändchen verteilen. Sie waren so herrlich gesund.

Langsam rollte der Lazarettzug aus dem Bahnhof hinaus. Die Station hatte einen unaussprechlichen Namen. Sie konnten ihn nicht einmal lesen.

Aber gleich hinter diesem Bahnhof hatten sie eine zweite Begegnung mit Mädchen.

Es waren Mädchen, die mit nackten Füßen auf den Güterwagen eines Kohlenzugs standen. Sie rutschten mit blau gefrorenen Füßen auf dem schwarzen Gestein hin und her und mussten mit riesigen Schaufeln Kohle abladen.

Manche von ihnen hatten nur hauchdünne, kunstseidene Fähnchen an, durch die man ihre skelettierten Umrisse erkennen konnte. Andere trugen modisch geschneiderte Tuchmäntel und sogar Pelzwerk. Aber keine war mit Schuhen oder Strümpfen gekleidet.

„Was ... soll denn das?", stammelte der Unteroffizier.

Alle drängten an die Seite, wo der Kohlenzug stand. Niemand von ihnen hatte in seinem ganzen bisherigen Leben Frauen gesehen, die mitten im Winter, es war zwölf Grad unter null, mit nackten Füßen Kohlen abladen mussten.

Mit einem Schlage war die gute Stimmung verschwunden. Plötzlich wussten sie, dass sie eben noch gesungen hatten, irgendetwas mit Haselnuss und schwarzbraunem Mädel und geradeso wie du, und die Wunden hatten nicht mehr geschmerzt und ihr Kopf war ganz leicht und froh gewesen. Aber nun war alles vorbei. Niemand scherzte mehr. Niemand brummelte was von Haselnuss. Eine fürchterliche Ahnung lähmte ihre Zungen, die doch sonst so dreist und schlagfertig waren.

Der Lazarettzug rollte allmählich aus, die Lokomotive ließ Dampf ab, und jetzt standen sie dicht am Kohlenzug, sodass sie das Scharren der Kohlen und das Geräusch des schaufelnden Metalls deutlich vernehmen konnten. Es war mit einem Mal so still geworden, dass sie sogar den röchelnden Atem und die in der Kehle erstickten Schluchzer der Maschinen hören konnten.

Es war von Anfang an eine gefährliche Stille.

Auf jedem Wagen stand zur Bewachung der Mädchen ein Posten mit der Maschinenpistole im Anschlag.

„Wenn ich mich nicht irre", sprach der Unteroffizier betont langsam, „dann ist das ein Gefreiter der Waffen-SS, und die Weiber sind Jüdinnen. So machen sie das also mit ihnen. Hab' ich schon mal was von gehört."

In allen Abteilen wurden die Scheiben heruntergedreht, und die Landser steckten die Köpfe heraus. Die Mädchen arbeiteten weiter, sie schenkten den Soldaten keinen Blick.

Nicht eine Einzige machte die Gebärde des Bettelns, obwohl man ihnen ansah, dass sie halb verhungert waren und nach Erbarmern lechzten.

Auf der anderen Seite des Kohlenzugs standen ebenfalls bewaffnete Posten.

Kein Wort wurde laut. Die Verwundeten waren wie erstarrt. Eintausend Männer, die bei fünfzig Grad unter null im Schnee gelegen und mit Panzern gekämpft hatten, eintausend Männer, die einen Winter lang Kohldampf und Ruhr und Läuse und Stalinorgeln und Fliegerbomben und Ratschbumm und Malaria und Skorbut und wolhynisches Fieber erlitten hatten, eintausend Männer, die für ihr Vaterland Nacht um Nacht in Erdbunkern und Schneelöchern gehockt hatten – eintausend Männer schauten entsetzt auf diese nackten Füße.

Im Bunker später, wurde es dann anders.

Jüdinnen, hatte der Unteroffizier gesagt.

Dann wanderten ihre Augen zu den Soldaten hin. Die trugen Reitstiefel nach Maß und knielange Mäntel und schafswollene Kopfschützer und gefütterte Handschuhe, und in ihren Bäuchen hatten sie polnische Gänse und dänische Rotwurst und norwegischen Salm und französischen Rotwein und holländischen Kaffee, und die Panzer von Typ T 54 kannten sie nur aus Berichten in den Frontzeitungen, und eine Stalinorgel hatten sie nie gehört.

Stattdessen richteten sie ihre Maschinenpistolen auf jüdische Mädchen. Stattdessen zogen sie jüdischen Mädchen die Schuhe aus. Stattdessen ließen sie diese jüdischen Mädchen Kohlen schaufeln und sahen ihnen beim Sterben zu.

Im Lazarettzug staute sich etwas auf. In den Hirnen dieser eintausend Männer fing es zu zucken an. Ihr Blut begann zu kochen. Ihre Zungen wurden warm. Es war jetzt gar nicht mehr kalt draußen. Sie waren gar nicht mehr krank und müde und fertig.

Die Türen wurden geöffnet, und einige Männer postierten sich mit ihren Gipsbeinen auf den Trittbrettern längs des Zuges, sodass sie alle an der Szene teilhatten und Zeugen waren.

„He!", schrie der Unteroffizier, „hör' zu, du verdammter Armleuchter! Kannst du uns erklären, warum diese Weiber keine Schuhe bei der Arbeit tragen?"

Der Mann rührte sich nicht. Aber sie schrien jetzt aus allen Wagen auf die Posten ein.

„He, ich habe dich was gefragt!", wiederholte der Unteroffizier.

Keine Antwort.

„Willst du uns wenigstens sagen, warum es für Kerle, wie du einer bist, keine bessere Aufgabe gibt, als Weiber bewachen? Wo wir herkommen, da können sie dich gut gebrauchen. Verstehst du, was ich meine? Hier", brüllte der Unteroffizier und riss seinen Mantel auf, „schau dir das an, habe sieben Panzer gesprengt und an einundzwanzig Nahkämpfen teilgenommen. Das Bein hier werden sie mir übermorgen abnehmen. Ich frage mich gerade, ob ich dafür Verständnis habe, dass ihr hier Weiber umbringt."

Jetzt tat der Posten endlich den Mund auf. Er sagte: „Ich habe Befehl dazu. Im Übrigen geht es Sie einen Dreck an. Wenden Sie sich doch an meinen Kompaniechef!"

„Habt ihr das gehört? Der hat sogar einen Kompaniechef. Den möchte ich kennenlernen. Der verdient sich hier seine Orden durch Genickschüsse, was?"

Jetzt richtete der Posten tatsächlich seine Maschinenpistole auf den Unteroffizier. Die Mädchen flüchteten in eine Ecke des Waggons. Sie spürten, dass sich dieser Streit um sie drehte und sie warfen den Verwundeten neugierige Blicke zu.

„Heh, Sie da", wandte sich ein Unteroffizier, der einen Kopfverband mit Blutspuren trug, an einen Mann in schwarzer Uniform, „darf man fragen, wohin diese Frauen reisen? Wie heißt der Ort?"

Der Mann sagte: „Fängt an mit A."

„Und was bedeutet A?"

„Arschlochhausen. Nie gehört?"

„Doch. Im Osten heißen alle Dörfer Arschlochhausen. Überall Läuse, Flöhe, Wanzen. Kein Abtritt. Und das ist noch längst nicht alles."

Der Mann lachte. „Hier sind Sie in Polen. Immer noch Osten, aber nicht mehr ganz so schlimm. Wohin wir die Frauen bringen? Unser Ziel heißt Oswiecim. Daraus haben die Deutschen Auschwitz gemacht. Dort gibt es ein Lager."

„Und was sollen die Frauen in diesem Lager in ... was sagten Sie? Auschwitz?"

„Sie sollten dort singen. Es findet eine Art Sängerwettstreit statt. Am Wochenende gibt es hier immer mal eine Gaudi. Zufrieden?"

Der Unteroffizier schüttelte den Kopf, den eine Kugel oder ein Granatsplitter verletzt hatte. „Ich glaube Ihnen kein Wort. Das sieht mir hier eher nach Mord aus. Die Front", er zeigte mit der Hand nach Osten, in Richtung Moskau, „die Front liegt dort. Sieht nicht gut aus. Sie sollten sich beeilen."

Am Zug entlang mischte sich Gelächter mit Gebrüll. Die Sanitätssoldaten, die den Transport begleiteten, riefen: „Türen schließen! Zug fährt ab!"

Aber der Zug fuhr nicht ab. Der Zug fuhr noch lange nicht ab. Die Verwundeten warfen Brot und Wurstreste zu den Mädchen hinüber. Hier war noch eine Menge zu sagen, zu schreien, zu brüllen, zu tun, bevor der Zug sich in Bewegung setzen durfte. Niemals hatte Kohlbrecher Soldaten erlebt, die leidenschaftlicher erregt waren als auf dem Bahnhof dieser kleinen Station in Polen, deren Namen niemand im Gedächtnis behalten hat, der dabei war ...

Sie brüllten sich alles vom Herzen herunter, was sie gegen Männer einzuwenden hatten, die ihren Krieg statt mit sowjetischen Panzern mit jüdischen Mädchen führten.

Plötzlich stand ein Leutnant auf den Kohlen. Es war der Kompaniechef. „Wer hat hier behauptet, dass ich meine Orden mit Genickschüssen verdiene?"

„Hier", meldete sich der Unteroffizier, „ich heiße Krechting."

„Geben Sie mir Ihr Soldbuch."

„Das müssen Sie sich holen. Mit meinem Gipsbein komme ich da oben nicht rauf."

„Unverschämtheit! Ich werde Sie melden. Keine Disziplin, dieser Mensch. Wo wollen Sie überhaupt hin? Ins Lazarett drücken, was?"

Das gemeinste Gesindel in den P. O. W.-camps waren die Deutschen Dienstgrade, die als „Lagerpolizisten" ihre Mitgefangenen bespitzelten. (POW = Prisoner of war)

Das war zu viel für den Unteroffizier. Über ihm, auf den Kohlen, stand der Leutnant der Waffen-SS und richtete die Pistole auf ihn. Der Unteroffizier vergaß sein Bein. Er sprang vom Trittbrett herab und stürzte mit dem Gesicht in Kohle, Schnee und Schotter. Er zitterte vor Wut. Mühsam versuchte er, sich aufzurichten.

Aber in diesem Augenblick riss dem Leutnant ein Schuss die Waffe aus der Hand. Jemand aus dem Abteil des Unteroffiziers hatte geschossen. Kohlbrecher. Sie sahen noch, dass er mit einem kräftigen Schwung die Pistole aus dem gegenüberliegenden Fenster in den Schnee schleuderte.

Im Wagen des Begleitpersonals fand unter Leitung eines Oberstabsarztes eine Verhandlung statt. Unteroffizier Krechting und Schütze Kohlbrecher wurden verhört und ihre Aussagen zu Protokoll genommen.

Dann verhörte man die Zeugen.

Der Leutnant, dessen Hand nur leicht verletzt worden war, forderte die sofortige Bestrafung der beiden Soldaten durch ein Kriegsgericht.

Der Oberstabsarzt entgegnete, dass beide Männer verwundet seien und bis zu ihrer vollständigen Genesung nicht verurteilt werden dürften. Er war juristisch nicht geschult, er hatte nie einen ähnlichen Fall erlebt, aber er sagte geradeheraus, dass er den Lazarettzug weiterleiten würde und dass er die beiden angeklagten Soldaten mitnähme.

„Seien Sie versichert, Herr Leutnant", betonte der Oberstabsarzt, „dass ich den Vorfall bedauere. Ich werde in Warschau die Feldpolizei sofort unterrichten, und dann nimmt das Verfahren seinen vorgeschriebenen Weg. Haben Sie Schmerzen?"

Er fragte das sehr liebenswürdig. „Danke", zischte der Leutnant.

Er warf dem Oberstabsarzt einen wütenden Blick zu, aber er begann einzusehen, dass er selbst in diesem Zusammenprall zwischen Front und Etappe nicht gerade eine rühmliche Rolle gespielt hatte als Weiberhirte. Außerdem hatte der Oberstabsarzt nicht versäumt zu betonen, dass sich Krechting und Kohlbrecher vor dem Feinde bewährt hätten und Auszeichnungen vorweisen könnten.

Das war für den Leutnant, der das Kriegsverdienstkreuz trug, eine bittere Pille. Dennoch blieben der Schuss und die Pöbelei eine harte und unangenehme Sache, die für beide Soldaten leicht mit einer hohen Festungsstrafe und für Kohlbrecher sogar mit dem Todesurteil enden konnte.

„Wie konnte Ihnen das nur passieren?", wandte sich der Oberstabsarzt an Kohlbrecher, als der Leutnant sich verabschiedet hatte, „Ihnen geht einfach die Pistole in der Tasche los, was? Stellen Sie sich vor, der Schuss sei Ihnen in den Bauch gegangen. Dann wären Sie jetzt eine Leiche. Sie wollten doch nicht im Ernst auf den Leutnant schießen!"

„Nein, Herr Oberstabsarzt."

„Ich kann verstehen, dass Sie erregt waren. Scheußliche Sache, diese nackten Füße ... Ach, hauen Sie ab. Sie haben mir da was Schönes eingebrockt."

Die beiden versuchten Haltung zu zeigen, aber mit dem Gipsbein gelang es dem Unteroffizier nicht sehr, und dem Schützen war der Steckschuss im Wege. Krechting musste sich von Sanitätern stützen lassen. Sein Gesicht war blutig,

Mit sechs Stunden Verspätung kam der Lazarettzug in Warschau an. Der Morgen dämmerte schon, und der Schnee in den Straßen war grau wie Asche.

Es gab einen Mann, dem es lieber gewesen wäre, unversehrt in einem Graben an der Front zu stehen als verwundet in dem Duschraum einer Entlausungsanstalt.

Die „Wolchow-Eintropfen-Brause 1942/43"

Sie lagen in einer Schule auf Stroh. Ihre Verbände waren erneuert worden. Sie hatten warmes Essen und Rauchwaren empfangen, und jetzt lagen sie da und warteten, dass sie aufgerufen und weiterbefördert würden.

Sanitäter gingen umher und boten den Fieberkranken Hilfe an. Tabletten, Umschläge, Getränke. Einige, deren Zustand sich während des Transports verschlechtert hatte, wurden in ein Warschauer Lazarett gelegt. Zu diesen gehörte auch Unteroffizier Krechting, dem der Sturz vom Trittbrett herab Komplikationen seiner Beinverwundung verursacht hatte.

„Tut mir leid", sagte er, als er sich von seinem Transportgefährten Kohlbrecher verabschiedete, „dass ich dich mit hineingerissen habe. Es ist schon besser, wenn man die Schnauze hält. Damit gibt es keinen Ärger. Na, vor dem Kriegsgericht sehen wir uns wieder. Alles Gute bis dahin!"

„Alles Gute!", stammelte Kohlbrecher.

Sie hoben den Unteroffizier auf eine Bahre und trugen ihn weg. „Jetzt wird gesägt", lachte er und klopfte mit seinem Stöckchen auf den Gips. Er hatte das Stöckchen immer noch, mit dem er die Läuse scheuchte.

Kohlbrecher war allein. Von diesem Augenblick an fürchtete er sich. Er wusste, dass jetzt die Meldung über den Vorfall am Bahnhof in X. abgefasst und dem Dienstweg übergeben war, und er wusste auch, dass Meldungen, die einmal geschrieben worden sind, nicht verloren gehen.

Sie wandern von einer Dienststelle zur anderen, von Schreibtisch zu Schreibtisch. In immer fetter werdenden Kopien lagern sie in Büroschränken und Aktenordnern. Da bröckelt kein Komma und keine Unterschrift ab. Je höher sie gelangen und je zuständiger die Dienststelle wird, desto wichtiger und umfangreicher werden die Schriftstücke. Ganze Stäbe leben davon, sie zu bearbeiten und weiterzuleiten.

Liebe Tusnelda! ... und einen Bart habe ich mir stehen lassen, wenn Du den sehen könntest ...
So mag mancher aus seinem Bunker seiner Geliebten berichtet haben.

Er, der bis dahin ganz und. gar unbedeutende Schütze Kohlbrecher, wurde zum Objekt für Schreibstubenbullen, zur Dienstsache für Kuriere, zum Arbeitsprogramm für einen Kriegsgerichtsrat.

Sein Name, sein Geburtsdatum, sein Dienstrang, sein Fronttruppenteil, sein Ersatzhaufen und eine genaue protokollarische Darstellung seiner Tat schlängelten sich vom Standortältesten der Stadt Warschau bis zur Armee hinauf, von der Armee zum Oberbefehlshaber des Heeres in Berlin und von dort zum Stellvertretenden Generalkommando in der Heimat, und jedes Mal verzweigte sich laut Verteiler die Meldung auf zahlreiche mitwissende Dienststellen.

Seine Tat war ein „Vorgang" geworden, den zahlreiche Etappenhengste wiehernd umkreisten.

Ihm wurde übel vor Angst. Sein Schuss auf den Leutnant wurde auf dem Dienstwege immer schrecklicher, immer unabweisbarer, immer rachsüchtiger. Es war nichts Geringes, die Pistole auf einen Vorgesetzten anzulegen und zu schießen. Gut, es war nur zu einer Fleischwunde gekommen, und es war ihm eingefallen zu sagen, dass die Pistole in der Tasche losgegangen sei. Kann passieren.

Aber in welch einer Situation? Würde ihm das Kriegsgericht glauben? Würde ihm das Gericht die Erregung anrechnen, in der sie alle sich befunden hatten? Hatten sie nicht um der nackten Füße dieser Frauen und Mädchen wegen mit den Wachsoldaten Streit angefangen? Aber diese Soldaten führten eben auch nur Befehle aus, die ihnen „von oben" diktiert wurden.

Dieses „Oben", sagte sich Kohlbrecher, ist so gut der oberste Kriegsherr des Leutnants wie der meinige. Was wir beide gemeinsam haben, ist unser oberster Kriegsherr, und der will es so. Er verurteilt jüdische Frauen und Mädchen dazu, mit nackten Füßen Kohlen zu schaufeln, im Schnee, bei zwölf Grad unter null, vor den gut geölten Läufen automatischer Schnellfeuerwaffen.

Wessen Vaterland ist dieses Vaterland eigentlich?, fragte er sich.

Kohlbrecher war verzweifelt. Er sah keinen Ausweg mehr. Er war verloren. Das Gericht würde ihn schuldig sprechen und verurteilen. Das Vaterland würde seine Tat nicht billigen. Für einen Soldaten, der mit Juden Mitleid gezeigt hatte, war fortan kein Platz mehr.

Er war einundzwanzig Jahre alt, und er besaß nur eine landläufige Kenntnis jener Maschinerie, die Justiz heißt und die den Verbrecher seiner Tat wegen auf die Anklagebank fordert. Ja, er wusste nicht einmal, ob sie ihm überhaupt das Recht der Verteidigung einräumen würden. Es gab hier nichts zu verteidigen. Es handelte sich ja nicht allein darum, dass er empört gewesen war, sondern dass er auf einen indirekten Vorgesetzten geschossen hatte.

Sie würden ihn an die Wand stellen. Sie würden es Meuterei nennen. Das war ihre Art, Mitleid zu betrachten. Er sah sich vor einer Ziegelsteinmauer stehen, eine schwarze Binde vor den Augen, die Hände auf dem Rücken gefesselt, und zwölf Gewehrlaufe richteten sich auf seine Brust ...

Zum Tode verurteilt, weil er die Waffe gegen einen Offizier erhoben hat.

Er fieberte. Es freute ihn nicht mehr, dass er Russland verlassen hatte und dass er auf dem Weg zur Heimat war. Er wäre jetzt lieber gesund gewesen, und er wünschte sich, bei seiner Kompanie zu sein, in Schirokowka oder irgendwo, in einem Erdbunker zwischen Stacheldrahtgeröll, Minenfeldern und ausgebrannten Panzern.

Er beschloss, zu hungern. Er schüttete die Erbsensuppe in den Ausguss, und sein Brot verschenkte er an die Gefräßigen. Er sprach mit niemandem ein Wort. Lange starrte er aus dem Fenster auf die gegenüberliegenden Häuser, die alt und finster waren und in denen sich kein Leben rührte. Vielleicht hatten sie die Häuser geräumt und die Straße gesperrt für die Zivilbevölkerung. Kann sein, dass in den Häusern drüben jene Mädchen und Frauen gewohnt hatten, die er gestern auf dem Kohlenzug gesehen hatte. Er wusste plötzlich, dass er hier in einer Schule lag, in der jüdische Kinder unterrichtet worden waren.

Nie würde er vergessen können, wie sich bei ihrem Wortwechsel mit dem baumlangen Posten die Mädchen in eine Ecke des Waggons verkrochen und die Stiele ihrer viel zu großen Schaufeln an die Brust gedrückt hatten, als sei dies der einzige Halt, den sie noch in der Welt besaßen.

Es waren hübsche Mädchen darunter gewesen, mit gut geschnittenen Gesichtern und dunklen, geheimnisvollen Augen, aus denen Schmerz und Zorn flammte. Aber auch der Stolz war in ihnen lebendig gewesen.

Was hatten sie denn getan, diese armseligen Geschöpfe? Welchen Verbrechens waren sie angeklagt? Gab es überhaupt eine Rechtfertigung dafür, dass man bei solcher Kälte Frauen mit nackten Füßen arbeiten ließ?

Er warf sich aufs Stroh und versuchte zu schlafen. Der Raum war erfüllt vom Schnarchton und vom Schweißgeruch seiner Kameraden. Sie alle fielen in den Schlaf, sobald sie sich ausstreckten und die Augen schlossen. Hinter ihren Köpfen hatten sie Brot und Wurst und Tabak und Seife und Rasierzeug liegen, und mit dem feldgrauen Mantel, an dessen oberstem Knopf immer noch der Transportzettel hing (Kopfschuss, Granatsplitter, Ruhr, Malaria, Fleckfieber) deckten sie sich zu.

Und wenn der Landser seine Bettpfosten in Konservendosen steckt, dann darf man getrost annehmen, dass er sich damit der Wanzen erwehren will.

Niemand von ihnen, Kohlbrecher ausgenommen, machte sich Gedanken über gewisse schriftliche Dinge, die ihren Weg des Verderbens erbarmungslos angetreten hatten. Ein Schuss aus einer Pistole hatte eine Lawine von Formulierungen und Aussagen ins Gleiten gebracht. Es gab keine Chance mehr, dieser Lawine zu entgehen. Sie kam hinter ihm hergebraust, ja, sie rollte ihm voran und walzte alle mildernden Umstände nieder.

Seine Mutter hatte ihn gelehrt, dass Frauen etwas Besonderes seien und dass ein Mann Frauen gegenüber ritterlich zu sein habe. Als Mann wäre er der Beschützer jeder Frau, die in Not oder auch nur in Unbequemlichkeit geraten sei.

Er erinnerte sich genau, dass von dieser Regel jüdische oder auf irgendeine Weise andersgeartete Frauen nicht ausgenommen waren. Hatte der Krieg diese Regel verworfen? Waren die Männer nicht mehr die Beschützer des anderen, des schwachen Geschlechts?

Nun, er musste es auf sich zukommen lassen. Seine Mutter würde ihm recht geben, das war sicher, und auch Susanne würde ihn verstehen.

Susanne war ein Mädchen in einem Dorf im Emsland. Er hatte ihr geschrieben, dass er heimkommen werde, er sei verwundet worden am rechten Oberarm, und ein paar Monate werde er im Lazarett aushalten müssen, bevor er auf Urlaub käme.

Mit Susanne war er verlobt. Sie hatten vereinbart, dass sie heiraten wollten, wenn der Krieg ausgestanden sei und Jürgen bei seiner Firma wieder anfangen könne.

Jürgen Kohlbrecher war Schlosser. Sein Spezialgebiet waren landwirtschaftliche Maschinen. Sie hatten gelegentlich sogar davon gesprochen, dass er auf dem Hof, den Susannes Vater bewirtschaftete, eine Reparaturwerkstatt aufmachen sollte.

Zukunftsmusik. Und nun war alles vorbei. Alle möglichen Aussichten besaß er, nur nicht die der Eröffnung einer Reparaturwerkstatt für landwirtschaftliche Maschinen. Gegen den Schützen Kohlbrecher, Jürgen, Jahrgang 21, Gren.Ers.Bbl.548, lag Tatbericht vor. Der Richter, der ihn verurteilen würde, stand schon bereit. Er wartete nur darauf, dass der Arzt den Angeklagten verhandlungsfähig schreiben würde.

Kohlbrecher tappte auf den Gang hinaus zur Toilette. Die Fenster waren nicht verdunkelt, aber es durfte auch kein Licht angezündet werden. Der Strom war ohnehin abgestellt, und Taschenlampen und Kerzen waren verboten.

Auf der Toilette stieg ihm der Geruch von Lysol betäubend in die Nase. Es war jener Gestank, der die Latrinen aller Kasernen und Lazarette erfüllt und an den sich jeder Soldat erinnert, wenn das Wort „Kommiss" fällt.

Überhaupt war es mit dem Heldentum im Anfang nicht sehr weit her. Selbst hier wurde der Stahlhelm aufgesetzt

Er öffnete das Fenster und schaute in die Straße hinab, die in ihrem schmutzigen Schnee so lautlos dalag, als wäre sie gar keine Straße und als lebten alle Einwohner der Millionenstadt Warschau in unterirdischen Gewölben, wo die Furcht sie wie Ratten zusammentrieb.

Am Himmel segelten Wolken vor dem Mond. Die Luft roch nach Schnee oder nach Regen, aber sie roch, und es war nicht mehr die Luft, die er in Russland geatmet hatte.

Er nahm sich vor, an Susanne einen Brief zu schreiben und ihr zu erklären, dass sie mit nichts mehr rechnen dürfte. Aus sei der Traum von den Mähbindern und Kartoffelrodern, die repariert werden müssten. Längst vorbei sei das Leben eines gewissen jungen Schlossers, der auf dem Lande Geld verdienen und Kinder zeugen und Bäume pflanzen wollte.

Ach, mit jeder Stunde, die er seiner Wunde am Oberarm zum Heilen und Vernarben gönnte, rückte er dem Termin der Gerichtsverhandlung näher. Noch einmal würden die nackten, mit Kohlenstaub bedeckten und von Frostbeulen verunstalteten Füße jener armen Mädchen und Frauen zur Sprache kommen, die ihn bewogen hatten, dem Leutnant die Pistole aus der Hand zu schießen.

Er hatte gut geschossen. Er hatte mit Überlegung gezielt. Mit einem Schrei hatte der Leutnant die Waffe fallen lassen und das blutende Fleisch in ein Taschentuch gestopft.

Die Verwundeten, die mit ihren Gipsbeinen auf dem Trittbrett standen, hatten „Treffer!" geschrien und „Alle Neune!" und „Legt ihn um, den Scheißkerl!".

Aber geschossen hatte er, Kohlbrecher, der Schütze Arsch im dritten Glied, der Panzerknacker und Russentöter, der Mann, der Tellerminen riechen und Granateinschläge ahnen konnte. Er war der Dumme. Er würde den Kopf hinhalten müssen für diesen Aufruhr der gerecht denkenden Frontschweine.

In seinem Hirn rollte gnadenlos das Drama seiner Erschießung ab. Ein Film, der nicht reißt. Ein Buch, das nicht schließt. Ein Stück, das niemals endet.

Diese nackten Füße, dachte er. Ich hätte den Kerl töten sollen. Wir hätten alle diese Burschen töten und die Mädchen befreien sollen.

Wir haben es nicht getan.

Ein Sanitätsgefreiter kam in den Raum und rief: „Alle mal herhören! Folgende Männer sofort marschfertig machen!"

Die Landser, die lustlos dahingedöst hatten, erhoben sich brummelnd aus dem Stroh.

Einer fragte: „Wo geht's hin, Alter?"

„Richtung Heimat", antwortete der Sanitäter.

Es dauerte Stunden, bevor sie auf Fahrzeuge verladen und zum Bahnhof gebracht wurden. Die Fahrzeuge waren mit Zeltplanen bedeckt, sodass sie von der Stadt nichts wahrnehmen konnten. Jemand sagte, dass er eine Frau mit Kinderwagen und einen alten Mann auf einem Fahrrad gesehen habe.

Es war jetzt so, dass sie glaubten, in den Dörfern an der Front sei die Atmosphäre freundlicher gewesen als in den Straßen dieser Stadt tief in der Etappe. Der Fahrzeugkolonne voraus fuhr ein Kübelwagen, in dem zwei Soldaten mit Stahlhelm ein Maschinengewehr feuerbereit hielten. Die Luft war geladen mit einer gespenstischen Feindseligkeit.

Auch Jürgen Kohlbrecher war aufgerufen worden. Sein Name war in der Transportliste vermerkt, und er tönte so blechern und unpersönlich in den Raum wie jeder andere Name auch. Niemand horchte auf. Er rechnete mit Hunderten von Verwundeten zu der gleichen, unbedeutenden, nichtssagenden Kategorie. Noch hatte sich an seinen Namen das Schicksal nicht angehängt. Noch verband sich den Buchstaben in der Liste, von einer Maschine getippt, nicht die Ahnung künftigen Verhängnisses.

Anscheinend war er dazu ausersehen, in ein Heimatlazarett geschafft und gesund gepflegt zu werden. Sie gaben ihm wie jedem anderen zweihundert Gramm Brot und fünfzig Gramm Wurst, fünf Zigaretten und eine Feldflasche voll Kaffee. Im Lazarettzug erhielt er einen Fensterplatz. Der Transportschein wies ihn als einen Verwundeten der Ostfront aus. „Steckschuss im Oberarm", stand da.

Diesmal waren sie alphabetisch eingeordnet worden. Fremde Gesichter bedrängten ihn, Gesichter, die mit einem „K" anfingen. Er hatte sie nie gesehen, aber sie waren in ihren feldgrauen Uniformen, dem gestutzten Haar und der ungesunden Farbe ihrer Haut einander zum Verwechseln ähnlich. Alle trugen Spuren von Erfrierungen im Gesicht, und die Waffenröcke waren fleckig von Blut, Gewehröl und Pulverruß.

Sie sprachen auch sofort über den Vorfall von vorgestern, obwohl er, an den Ereignissen der Front gemessen, so unbedeutend erscheinen durfte wie irgendeine Schlägerei mit siebzehn Tropfen Blut.

Aber es waren in diesem Falle Weiber dabei gewesen, das war es wohl. In der Hauptsache sogar junge Weiber, denen sie trotz des elenden Aufzugs eine gewisse noble Haltung und Reste von Eleganz nicht absprechen konnten. Kein unangenehmer Dienst, solche Mädchen zu bewachen, dachten sie.

Aber warum, um des Himmels und des Vaterlandes willen, waren sie bestraft worden, barfuß zu arbeiten?

Das wusste niemand.

Einer sagte, er hätte gehört, dass die Juden alle miteinander umgebracht werden sollten.

Achselzucken und Schweigen.

Dann: „Eins steht fest, ich möchte nicht derjenige sein, der auf den Leutnant geschossen hat. Bei dem geht die Rübe runter."

Kohlbrecher schloss die Augen. Ihm wurde übel vor Angst. So dachten sie also? Brechreiz kitzelte seine Zunge. Ihr redet da über mich, dachte er. Die Rübe, die runter muss, gehört mir.

Er stellte sich krank. Er lehnte sich in seine Ecke zurück und hielt die Augen geschlossen. Nach einer Weile wechselten sie das Thema. Sie fingen an, Zigaretten zu drehen und Schokolade gegen Tabak zu tauschen.

Bald kamen Bahnhöfe mit deutschen Namen: Neusalz, Freystadt, Sagan, Weißwasser. Es war Nacht, aber bisweilen gaben die Wolken den Mond frei, und dann konnte er die Namen lesen. Er hatte sie nie gehört.

Er schlief nicht wie die anderen, deren „Rüben" vorläufig noch so fest saßen, dass sie daran keine Ängste zu verschwenden brauchten. Sie benutzten den Kopf nur, um herauszukriegen, ob es zu Mittag Bohnen- oder Erbsensuppe geben würde und wie viele Tage Genesungsurlaub zu erwarten wären.

Der Lazarettzug fraß sich mit Schnellzugtempo nach Deutschland hinein. Es war, als ob es plötzlich besonders eilig sei, die Verwundeten zu Bett zu bringen.

Unterwegs gab es Linsensuppe statt des üblichen Erbsenschlags. Darauf war niemand gekommen. Linsen waren fast schon eine Delikatesse. Gott segne den Meister, der für seinen Dienst am Vaterland mit solchen Einfällen ausgerüstet war.

Sie waren daheim. Daheim in Deutschland. Ein Böhnchen Blei, ein Splitterchen Eisen, eine Mücke, ein Dutzend Läuse, eine Heerschar von Amöben, der Biss einer Maus in eine Kartoffel, ein paar Grad Kälte zu viel, ein Seitengewehr zwischen den Rippen – irgendetwas in dieser Art hatte ihnen unter Tausenden, Zehntausenden, Hunderttausenden von Todeskandidaten die Chance eingeräumt, für eine Weile daheim zu sein.

Vier weiß bezogene Betten in einer mit Blümchen bepinselten Stube. Vier Spinde, vier Stühle und ein Tisch. Gardinen vor dem Fenster, das Führerbild an der Wand und ein Senfglas mit Schneeglöckchen. Die Stationsschwester gehörte dem Orden der Armen Dienstmägde Christi an und hieß Schwester Theodora.

Glaube nur keiner ich würde mich in mein altes Bett legen. Einen Knüppeldamm werde ich mir bauen. Modell „Wolchow"

Vor dem Fenster floss der Rhein, der jetzt im April mit Nebel bedeckt war. In der Ferne marschierten Pappeln in langer Reihe. Kleine Dörfer lagen da mit schieferbeschlagenen Kirchtürmen und silbergrauen Weinbergen.

Jeden Morgen um sechs Uhr betrat Schwester Theodora den Krankenraum, riss den Vorhang zurück, nahm die Verdunklungsblende ab, öffnete das Fenster und reichte jedem der vier Patienten den Fiebermesser. Sie sagte: „Gelobt sei Jesus Christus", und ihre Stimme war zart und demütig.

Nach fünf Minuten erschien sie wieder, geräuschlos wie sie gegangen war, trug die Temperaturen ein und begann, Pulsschläge zu zählen. Die vier Soldaten gehorchten ihr aufs Wort. Keiner hatte gewagt, einen Scherz zu machen oder über ihre verschämt-demütigen Hantierungen zu lachen. Wenn Schwester Theodora sagte: „Sie dürfe heut' nit aufstehe, das Befinde is nit recht", dann blieb der Betreffende liegen. Was die Schwester anordnete, war richtig.

Die vier Patienten hatten mit vielerlei Menschen zu tun gehabt, du lieber Himmel, mit Sündern mehr als mit Heiligen, aber einer Armen Dienstmagd Christi waren sie bisher nicht begegnet. Unter der Obhut dieser still huschenden und geduldig sorgenden Nonne verbrachten sie die vierundzwanzig Stunden eines Lazarettages in eintöniger Frömmigkeit.

Sie durften, soweit es die Behandlung ihrer Wunden und Erkrankungen zuließ, aufstehen und kleine Spaziergänge durch den Park und das Städtchen unternehmen. Sie gingen immer zu vieren aus, als seien sie durch die Einweisung in Stube neun nicht nur zufällig, sondern auch schicksalhaft zusammengefügt worden. Die Stube war belegt mit einem Feldwebel, zwei Obergefreiten und einem Schützen.

Der Schütze hieß Kohlbrecher.

Anfangs hatten sie kein Wort aus ihm herausbekommen können. Er lag da und tat, als hätte er Schmerzen oder hege einen Widerwillen gegen die Gemeinschaft, in die man ihn eingeordnet hatte. Sie dachten, dass er verschüttet gewesen wäre oder sonst durch ein schlimmes Ereignis seelisch aus der Bahn geraten sei. Jene drei Stubengenossen waren alt genug, um zu wissen, dass der Krieg einen Menschen in Kohlbrechers Alter nicht allein durch Granatsplitter verletzen kann.

Deshalb drangen sie nicht mit Fragen in ihn ein. Sie wussten, dass er eines Tages sprechen würde.

Er sprach. Und er heulte es aus sich heraus, dass er im Streit mit Männern der Waffen-SS einen Leutnant angeschossen habe, und dass der Streit entstanden sei, weil diese Männer jüdische Mädchen mit nackten Füßen auf einem Kohlenzug arbeiten ließen, im Schnee, bedenkt das doch: im Schnee, und dass diese nackten Füße ihn jetzt bei Nacht und Tag bedrängten und nicht zur Ruhe kommen ließen.

„Der Tatbericht ist unterwegs", sagte er, „und jetzt können sie mich jeden Tag rufen und vor Gericht stellen."

Das rührte die Stubenkameraden. Sie sprachen ihm Recht zu, aber sie sagten auch, dass er nicht hätte schießen dürfen, was auch immer geschehen sei. Und nun sei nichts anderes zu tun, als auf eine günstige Wendung der Dinge zu hoffen.

„Der Leutnant hat den Unteroffizier mit der Pistole bedroht", verteidigte sich Kohlbrecher, „ich wollte dem Unteroffizier helfen und schoss zuerst. Der Unteroffizier hat sieben Kinder zu versorgen. Außerdem verursachte der Schuss nur eine Fleischwunde. Werden sie mich deshalb an die Wand stellen?"

„Ob Fleischwunde oder nicht", sagte Feldwebel Ahrens, „das spielt keine Rolle. Du hast geschossen, und das Ganze sieht einer Meuterei verdammt ähnlich. Vor versammelter Mannschaft, musst du wissen. So werden sie es drehen. Ich kenne diese Brüder. Recht? Das gibt es heutzutage nicht mehr. Wer die Macht hat, hat das Recht. Da hast du dir was Schönes eingebrockt, mein Junge."

„Hab' ich schon mal gehört", sagte Kohlbrecher.

Jetzt wussten sie es, und von Stund an erbarmten sie sich des unglücklichen Revolverhelden.

Die Tage flossen für Kohlbrecher in einem öden Rhythmus dahin. Aufstehen, waschen, frühstücken, zur Behandlung gehen, Essen empfangen, im Bett ruhen, Mühle spielen, Zeitung lesen, essen, Zähne bürsten, Füße waschen, schlafen. Und während all dieser Verrichtungen wusste er, dass die Meldung ihn erreicht hatte. Er rechnete damit, dass das Schreiben bereits in der Schublade des Standortältesten auf Erledigung wartete.

Er hatte an Susanne geschrieben, aber er hatte ihr nicht die Wahrheit gestanden. Sein Brief war kalt und unpersönlich ausgefallen, und er sagte sich, dass er besser überhaupt nicht geschrieben hätte. Vielleicht würden sie dann denken, dass er gefallen sei oder vermisst oder in Gefangenschaft geraten sei.

Der Schuss hatte weder den Leutnant zur Vernunft gebracht noch den Judenmädchen auch nur den Hauch einer Hilfe zugetragen, eher sogar eine Verschlechterung ihrer Lage. Ausgeblasen hatte der Schuss seine Liebe, seine Zukunft, sein eigenes Leben und das Leben seiner ungeborenen Kinder, alles, alles. Er war, wie er da in seinem blau-weiß gestreiften Lazarettanzug im Bett lag, tot.

Für die Blumen im Senfglas sorgten sie selbst. Wenn sie in den Park gingen oder im Wald außerhalb der kleinen Stadt, die in jeder ihrer Gassen nach Wein roch, umherschlenderten, dann sammelte einer von ihnen Blumen. Oft waren es Schlüsselblumen. Bisweilen fanden sie auch Maiglöckchen oder Veilchen. Es war rührend, dass sie daran dachten, und es geschah nur, weil sie vor Schwester Theodora, der Armen Dienstmagd Christi, nicht wie Männer dastehen wollten, die nur Maschinengewehre und Karabiner kennen.

Dann wurde ich einen riesigen Blumenstrauß erstehen.

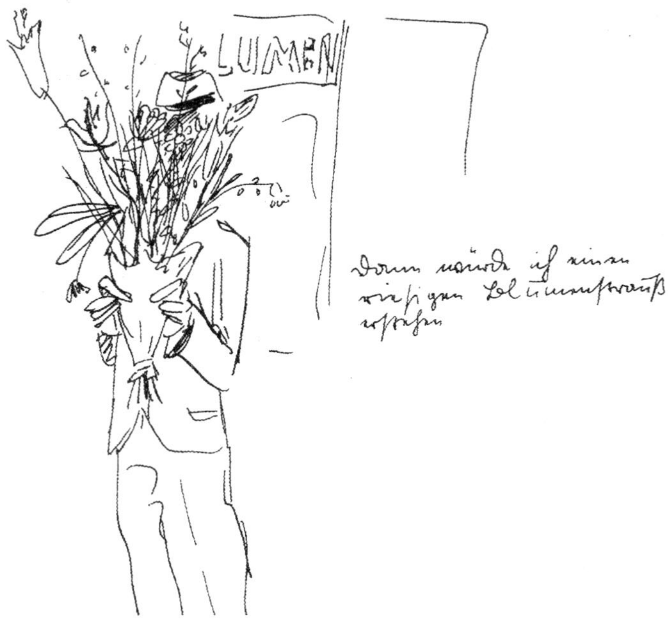

Mit der Zeit machte es ihnen sogar Spaß, brav zu sein und derartige Kindereien zu betreiben wie Blumen pflücken, Mühle spielen, Rätsel lösen und Romane lesen.

Über den Krieg sprachen sie nicht. Die Front war weit genug entfernt. Solange sie in dieser Stube hier auf dem Bett liegen oder am Tisch sitzen oder vor dem Fenster stehen durften, fühlten sie sich aus ihrem mörderischen Beruf entlassen. Drüben auf dem Strom sahen sie die Schlepper mit ihren Lastkähnen gemächlich dahingleiten.

Sie fingen an zu überlegen, wie sie den Zustand ihrer Verwundung oder Krankheit ohne Schädigung ihres Ansehens als Helden in die Länge ziehen könnten ...

Eines Morgens, als sie gerade gefrühstückt hatten, fünfzig Gramm Kunsthonig gab es für den Mann, bemühte sich der Lazarettschreiber in ihre Stube. Er trat ohne zu klopfen ein, öffnete aber noch einmal die Tür, um sich zu vergewissern, dass es wirklich die Stube neun war, und sagte: „Kohlbrecher?“

„Hier“, meldete sich der Gesuchte und stand auf.

Der Schreiber schaute auf seinen Zettel und wiederholte: „Kohlbrecher, Jürgen, Jahrgang 21 – sind Sie das?“

„Jawohl“, antwortete Kohlbrecher. Er wusste, dass es jetzt so weit war. Auf diese Stunde hatte er fünf Wochen lang gewartet. Er sagte sich, dass der Schreiber nicht gekommen sei, um ihm mitzuteilen, dass es bald regnen würde oder dass ein Paket für ihn angekommen sei.

Es ging um den Leutnant da in Polen, um die nackten Füße, um die Meuterei auf jenem Bahnhof, dessen Namen er nicht hatte lesen können.

„Zum Chef kommen“, sagte der Schreiber, „n’ bisschen fix.“

Der Chef war der Oberarzt.

Seine Stubenkameraden standen vor ihren Betten und starrten ihn an. Der Schreiber hatte die Tür offen gelassen, und Kohlbrecher folgte ihm den langen weißen Flur hinab zum Verbandszimmer. Der Schreiber meldete ihn an. Er hörte, wie der Oberarzt sagte: „Soll warten.“

Der Oberarzt telefonierte im Nebenzimmer. Seine Lache klang ein wenig wie Gemecker. Als er den Hörer auflegte, schwirrten Worte wie „Liebling“ und „Küsschen“ und „Tschüss“ durch den Raum.

Unter dem Leuchtkasten lag ein Mann und hustete.

Der Oberarzt rief: „Reinkommen!“

Kohlbrecher trat ein und grüßte: „Schütze Kohlbrecher wie befohlen zur Stelle!“

„Rühren!“

Der Oberarzt stand von seinem Stuhl am Schreibtisch auf und fragte: „Na, wie fühlen Sie sich, Kohlbrecher? Haben Sie Schmerzen?“

„Nein, Herr Oberarzt."
„Machen Sie den Oberkörper frei."
Der Oberarzt tastete die Wunde ab: „Tadellos vernarbt. Stuhlgang?"
„Jawohl, Herr Oberarzt."
„Ich meine – normal?"
„Jawohl, Herr Oberarzt."
„Zeigen Sie mal die Zunge!"
Kohlbrecher zeigte die Zunge.

Der Oberarzt kehrte an den Schreibtisch zurück und hob eine Röntgenaufnahme ins Licht. „Dann ist ja alles in Ordnung. Glück jehabt, Kohlbrecher. Gesunde Natur, was? Krankheit gehabt in der Familie?"

„Nein, Herr Oberarzt."
„Einer verrückt geworden?"
„Nein, Herr Oberarzt."
„Selbstmord vorgekommen?"
„Nein, Herr Oberarzt."

„Na, dann sind Sie wieder kriegsverwendungsfähig. So was hört man jern am frühen Morjen, wie?"

„Jawohl, Herr Oberarzt."

Wenn man morgens aufstand, hatte man die Knüppel im Rücken eingezeichnet, auf denen man des nachts geruht hatte.

Der Oberarzt machte eine Pause und klopfte sich auf dem Glas seiner Armbanduhr eine Zigarette fest. Grüne Schachtel. Eckstein.

„Sie werden heute Vormittag zu Ihrem Ersatztruppenteil in Marsch jesetzt. Papiere liegen auf der Schreibstube, können Sie jleich abholen. Jenesungsurlaub kann ich Ihnen leider nicht jeben. Sie haben was ausjefressen. Tolles Ding. Können jehn."

„Jawohl, Herr Oberarzt." Kehrtwendung und ab.

Der Schreiber grinste. „Jut jezielt, wie?" Er äffte den Oberarzt nach. Dann machte er vor, wie jemand eine Pistole aus der Tasche zieht und schießt. „Peng!"

Kohlbrecher erwiderte nichts. Er nahm seine Marschpapiere in Empfang und kehrte zur Stube zurück. Er kleidete sich an. Dann gab er den Essnapf, das Besteck und den gestreiften Anzug ab. Er war bereit. „Auf Wiedersehn."

„Schreib' mal", sagten die Kameraden. Sie durften ihn nicht zum Bahnhof begleiten, weil es die Stunde der Arztvisite war.

In den Gärten am Rhein blühte der Goldregen. Bald würden die Apfelbäume ihren rosafarbenen Blütenschaum ausbreiten. Der Strom zog gewaltig dahin, aber an seinen Ufern war von Übermut und Weinseligkeit nichts zu spüren. Die Menschen gingen mürrisch ihrer Arbeit nach.

Der Zug war in der Hauptsache besetzt mit Urlaubern, die zu ihren Garnisonen oder zu ihrem Heimatort unterwegs waren. Die Gepäcknetze waren belegt mit Wäschebeuteln, Pappschachteln, Gasmasken und Stahlhelmen. Gewehre und Koppelzeug baumelten an den Garderobenhaken. Dies alles gab der Fahrt, die doch den Rhein entlang ging, an sonnenbeschienenen Weinbergen und viel besungenen Burgen vorbei, den widerwärtigen Anstrich eines militärischen Transports.

Kohlbrecher stand im Gang und schaute in die Landschaft hinaus. Er mochte sich nicht setzen. Er fühlte sich verfolgt, beobachtet, gehetzt. Zugkontrolle kam und forderte ihm die Marschpapiere ab. Es waren zwei Unteroffiziere der Feldgendarmerie, mit Stahlhelmen auf dem Kopf und dem verhassten Ringkragen um den Hals. Sie ließen sich das Soldbuch geben und schlugen nach, ob seine Auszeichnungen ordnungsgemäß eingetragen waren. Sie musterten ihn mit finsteren Blicken, aber sie entdeckten nichts, das zu beanstanden gewesen wäre. Wie zwei menschliche Lokomotiven schoben sie sich durch den Zug, robust und stur, und hinter ihnen brach Feindseligkeit aus wie gefährlicher Sog.

Auf einem Bahnsteig sah Kohlbrecher, wie ein Feldgendarm einen Soldaten mit Handfesseln abführte. Der Soldat trug weder Koppel noch Dienstrangabzeichen. Er wurde in ein reserviertes Abteil gebracht.

Ein Gefangener. Ein Sträfling. Ein Übeltäter in Feldgrau.

Der Gefangene sah aus, als hätte er seit Langem nichts Ordentliches zu essen gehabt. Seine Wangen waren hohl und seine Hände weiß und mager. Vielleicht brachte man ihn zum Verhör oder ins Gefängnis oder zur Richtstätte. Kann sein, dass auch er die Hand erhoben hatte gegen einen Vorgesetzten. Ein Mann mit Handfesseln.

Als Kohlbrecher das metallene Ding sah, beschloss er auszusteigen.

Nicht mehr mitmachen. Feierabend.

Er hatte nicht mehr vor, sich bei seinem Ersatztruppenteil zu melden. In Hameln würden sie morgen Vormittag vergebens auf ihn warten, um ihn vor Gericht zu stellen und zu erschießen.

Aus, dachte er. So oder so kaputt.

Susanne, schrie er innerlich, ich komme. Ich erzähle dir alles. Ich werde dir alles gestehen. Ich krieche in einen hohlen Baum. Ich werde in einer Kartoffelmiete wohnen. Ich werde mich unsichtbar machen, auflösen, verflüchtigen ...

Ich brauche nicht viel zum Leben. Ein Brot in der Woche, eine Flasche Wasser. Vielleicht hast du Mohrrüben da oder Äpfel. Ich komme, Susanne. Der Krieg wird nicht mehr lange dauern. Wenn die Amerikaner in Europa landen, und das tun sie ganz sicher, dann bin ich frei.

So lange muss ich mich versteckt halten, Susanne. Du hilfst mir, ja? Ich rechne auf dich. Aber niemand darf wissen, wo ich bin, weder deine noch meine Eltern. Auch Tante Anna nicht. Die Feldgendarmen werden kommen und fragen, ob ich da gewesen bin. Ich bin nicht dagewesen, verstehst du?

Niemand weiß etwas von mir. Ich bin ein Vermisster, der lebt. Ich bin ein Toter, der hofft. Ich bin ein Verurteilter, der sich dem Richter nie gestellt hat.

Susanne.

In Köln stieg er um in den Zug nach Münster. Bis Münster waren seine Marschpapiere in Ordnung. Aber hier kam jetzt seine Wendemarke. Jetzt musste er zu dem Wort stehen, das er sich selbst gegeben hatte, vor ihm lag der Weg ins Emsland. Der Weg zu Susanne, der Weg zu einem einsamen Hof am Rande des Moores.

Bis zur Abfahrt des Personenzugs musste er noch eine Stunde warten. Er blieb auf dem Bahnsteig stehen, in der Düsternis eines Bahnhofs, der alle Gefahren und alle Drohungen des Krieges zu umschließen schien. Das Abenteuer hatte begonnen. Schon war er in den Bereich der Fahnenflucht und der Auflehnung gegen einen militärischen Befehl gerückt.

Jeder Schritt, der sich ihm in der Dunkelheit näherte und nach Kommissstiefel klang, erschreckte ihn. Er lehnte sich an eine Säule und hielt den Atem an. Er machte sich ganz schmal und unwesentlich …

Die Schritte klirrten vorbei. Es war ein Soldat, der wie er selbst auf den Zug wartete.

Endlich saß er im Abteil, umgeben von Nacht und Angst. Er war allein. Um diese Stunde waren nur wenige Reisende unterwegs. Dem Schaffner zeigte er eine Fahrkarte, die er am Schalter zum vollen Preis gekauft hatte. Seine Papiere galten nicht mehr, er reiste jetzt auf eigene Kosten. So kühn war er.

Bei jedem Aufenthalt spähte er nach Feldgendarmen. Aber ein Personenzug ins Emsland schien für Kontrollen unergiebig zu sein. Er blieb unbehelligt und erreichte gegen zehn Uhr die Station, an der er den Zug verlassen wollte.

Es war ein unbedeutender Bahnhof ohne Kartenkontrolle. Alte Leute und Schulkinder stiegen ein. Milchkannen wurden verladen und ein Spankorb mit Hühnern abgestellt. Es war alles so, wie er es kannte. So war es immer gewesen, wenn er hier angekommen war. Nichts hatte sich geändert. Der Bahnhof war zu klein, als dass der Krieg seine Merkmale sichtbar hätte eingraben können.

Um die geduckten Backsteinhäuser grünten schon die Eichen. Fliederduft und Stallgeruch lagen in der Luft. Die Straße war mit Kopfsteinen gepflastert. Zur Seite lief der Sommerweg. Torfstücke.

Kohlbrecher bog von der Landstraße ab in einen Kiefernwald. Er wollte niemandem begegnen, obwohl er in dieser Gegend nicht allzu viele Leute kannte. Die Sonne stand hoch am blauen Frühlingshimmel. Zitronenfalter gaukelten umher. Auf der Weide dahinten grasten schwarz-weiße Kühe. In der Ferne erhob sich ein Kirchturm über die Wälder. Der Kuckuck rief, der Specht hämmerte an den borkigen Rinden der Kiefern, und eine Holztaube gurrte im Nest.

Er war in jedem Augenblick gewärtig, angerufen zu werden. Er wusste, dass in der Nähe ein Gefangenenlager war. Manchmal rückte einer dieser armen Teufel aus, und dann suchten die Wachmannschaften die Umgebung des Lagers ab. Susanne hatte ihm geschrieben, dass sie auf ihren Wegen oft von entflohenen Kriegsgefangenen erschreckt worden sei. Einmal sei in der Nähe des Hofes ein Franzose zusammengebrochen, den die Posten angeschossen hatten.

Weit dehnte sich das Land, bis ans Meer weit, und ein salziger Wind zog durch die Baumwipfel. Verstreut lagen die Höfe zwischen Wiesen und Äckern. Geruch von gedüngter Erde kam auf.

Kohlbrecher überlegte, dass es gut sei, bis zum Abend versteckt zu bleiben und sich in der Dämmerung erst dem Hof zu nähern. Er musste eine Gelegenheit ausfindig machen, Susanne allein zu sprechen.

Er verbrachte seine Stunden im Wald, an den Stamm einer Kiefer gelehnt, und sein Blick tastete über frühlingsgrüne Kuhweiden und schwellende Kornfelder. Er war müde. Er schloss die Augen und schlief ein. Die Erregung der Fahrt fiel von ihm ab. Er hatte nicht vor, seinen Entschluss umzustoßen. Er war gewitzt genug, um zu verstehen, dass sie ihn bestrafen mussten.

Als er wach wurde, lag Dämmerung über dem Land. Von der Weide her hörte er eine Stimme die Kühe heimtreiben. Die Erde, auf der er lag, roch würzig nach Pilzen und Moder.

Er stand auf und reckte sich. Ihm fiel ein, dass den Platz in seiner Krankenstube jetzt ein anderer belegt hatte, einer, der glücklich war, in der Obhut der Armen Dienstmagd Theodora geborgen zu sein.

Temperatur messen, Pulsschläge zählen, waschen, frühstücken, Stube fegen, auf den Arzt warten. Nein, Herr Oberstabsarzt. Jawohl, Herr Oberstabsarzt. Heil Hitler, Herr Oberstabsarzt. Stundenlang standen sie da vor ihren Betten, in gestreiften Anzügen …

Das war vorbei. Seit gestern Abend rechnete er nicht mehr zur Millionenschar der ergebenen Jawohlsager. Er war ausgeschert. Er hatte sich frei gemacht von der Last des Dienens, von der Mühsal des Zorns, von der Verantwortung des Tötens. Seine Papiere waren keinen Pfennig mehr wert. Jeder Landjäger war befugt, ihn zu verhaften und dem Richter vorzuführen.

Er duckte sich und schlich zwischen den Stämmen hindurch auf den Hof zu. Im Walde regte sich nichts. Sanfte, duftschwere, wohltuende Stille breitete sich aus. Manchmal knackte ein Zweig unter seinem Fuß oder ein Karnickel huschte dahin.

Er sah Susannes Elternhaus daliegen. Es war ein lang gestrecktes Ziegelsteingebäude, breit und geräumig. Ein Haus, das aus der Ferne wie ein Hügel wirkte: grün. Unter seinem Dach lebten Menschen und Tiere beisammen. Abseits vom Wohnhaus lagen die Scheune und der Schuppen für die Geräte und Fahrzeuge.

Drüben hinter den Feldern begann das Moor, das von den Gefangenen urbar gemacht werden sollte. Kohlbrecher hatte die Vorstellung, dass das Moor in seinem Rücken gut sei. Das Moor ist gut. Ja, er kannte die Wege dorthin. Er wusste, wie man hindurchkommen und sich in Torfgruben und Birkengestrüpp verbergen konnte.

Im Mittelalter – wie lange war das her? – kamen aus den Ländern ringsum die Verbrecher und die Verfolgten in dieses Moor geflüchtet. Sie hatten sich auf kleinen Inseln dort angesiedelt und waren auf Raub ausgezogen, um Brot und Holz und Tuch und Weiber in ihre Einsiedelei zu schleppen. Aber inzwischen war das Moor eingeschrumpft, und im Großen und Ganzen taugte es wohl kaum noch dazu, jemanden unterzubringen.

Er legte sich in der Nähe des Hofes auf die Lauer nach Susanne. Axtschläge tönten herüber und das Geläut von Milchkannen. Es waren die vertrauten Geräusche eines Bauernhofes, der sich auf die Nacht vorbereitet. Eine Tür wurde geschlossen und ein Fensterladen zugeschlagen.

Seitdem er den Zug verlassen hatte, war ihm kein Mensch zu Gesicht gekommen. Die Einsamkeit hier war groß, und außer befreundeten Bauern, Hausierern und Postboten erhielt der Hof keinen Besuch. Die Söhne waren eingezogen und standen im Feld.

Aus Susannes letztem Brief hatte er erfahren, dass sie auf dem Hof nicht einmal mehr einen Knecht hatten.

„Vielleicht bekommen wir bald einen Kriegsgefangenen", hatte Susanne geschrieben. Einen Kriegsgefangenen, so, so, da würde er demnächst wohl mit einem Iwan Freundschaft schließen.

Woina nix gut.

Er sah einen Mann über den Hof schreiten, langsam, gebückt, und an der Hand trug er einen Eimer. Es war Susannes Vater. Alt geworden, dachte Kohlbrecher. Eine Kette klirrte, und plötzlich fiel ihm ein, dass er sich vor dem Hund in Acht nehmen musste. Der Hund würde ihn verbellen, sobald er dem Hof zu nahe käme.

Er verharrte im Gebüsch und wartete. Er hatte es sich leichter vorgestellt, Susanne zu treffen. Konnte er einfach ins Haus gehen und sagen: Da bin ich, versteckt mich, ich werde gesucht … ?

Nein, die alten Möhlenkamps waren zu redlich, um bei einem Verhör standhaft zu bleiben. Nie in ihrem Leben hatten sie mit dem Gericht oder der Polizei zu tun gehabt. Außer Susanne, die ihn lieb hatte, durfte er niemanden zum Mitwisser haben. Er schalt sich, dass er den Hund übersehen hatte. Der Hund hatte in seinen Überlegungen keine Rolle gespielt.

Dann ging die Sonne unter. Dunkelheit breitete sich aus. Der Hund lief an seiner Kette über den Hof und jaulte, eine Amsel flötete vom Scheunendach. Apfelsinenfarbener Mond und perlmutterne Sterne. Maiglöckchenduft und Schollengeruch.

Kohlbrecher zog sich in den Wald zurück. Er kam sich vor wie jemand, der einen Einbruch plant. So war es also, wenn man sich vom Gesetz gelöst hatte? Wenn man nicht mehr mit den Wölfen heulte? Wenn man ausgestoßen war? Er wusste nun wirklich nicht mehr, wie er in dieser Sache vorankommen sollte.

Er setzte sich auf die Erde, schlug den Mantelkragen hoch und zog die Beine an den Leib. Er hatte jetzt eine Nacht hindurch Muße, an eine gewisse Begebenheit zu denken, die sich in Polen ereignet hatte. Jene nackten Füße bedrängten ihn. Jene armen, nackten, schwarzen frostzerfressenen Füße. Ihretwegen saß er hier. Ihretwegen war dies alles passiert. Der Streit. Der Schuss. Die Meldung. Was hatte ihn bewogen zu glauben, er könne gegen die Anordnungen des Staates ungestraft rebellieren? Was ging es ihn an, dass sie die Frauen mit nackten Füßen arbeiten ließen im Schnee?

Ach, es war zu spät, um irgendetwas zu bereuen. Es war zu spät, um umzukehren und sich „wie befohlen" zu melden. Er hatte dem Marschbefehl zuwider gehandelt. Er war vom Wege, der nach Hameln führte, abgeirrt. Niemand hatte ihm erlaubt, hier eine Nacht zu sitzen, in diesem Wald, unter diesem Baum, in dieser Einsamkeit.

Ihm war, als hörte er in der Ferne Luftschutzsirenen heulen. Ihn überlief es eiskalt. Es war die Stimme des Krieges, die da über die Wälder und Äcker hinröhrte und die Menschen in ihren Schlafkammern erschreckte.

Er tat etwas Komisches. Er zog das Seitengewehr aus der Scheide und legte es über die Knie. Ihn packte die Angst, und er fing an zu lauschen. Er hätte gern ein Gewehr gehabt oder eine Pistole. Er stand auf Posten. Aber er stand allein, für sich selbst, für seinen eigenen Krieg.

Niemand würde zur Ablösung kommen. Kein Gleichgesinnter stand an seiner Seite. Seinem Krieg fehlte die Front, die Macht, das Rückgrat. Er besaß nicht einmal eine Parole, die er seinem Gehirn einbläuen konnte. Rettet die Juden? Ach, das war nichts. Es gab außer ihm nur den Unteroffizier Krechting, der etwas Derartiges wollte.

Er, der Schlosserlehrling Jürgen Kohlbrecher, hatte sich nie um Politik gekümmert. Er war nie zur Wahlurne geschritten. Er hatte weder Ja noch Nein gesagt, und niemals war er um seine Meinung befragt worden. Was ihn auf jenem polnischen Bahnhof veranlasst hatte zu schießen, das war heißer Zorn gewesen. Die Szene, die da abrollte, hatte sein Gefühl für Menschlichkeit erweckt, ohne dass er sich bewusst wurde, woher ihm dieses Gefühl stammte.

Er war ein sauberer Bursche. Der Sohn eines Handwerkers, der nie gefehlt hatte. Das Kind von Eltern, denen die Not einen krummen Rücken gemacht hatte. Juden? Er kannte Viehhändler, die Juden waren, Samson Meyer zum Beispiel und den dicken David Grünstein, der nach Knoblauch roch. Aber er hatte nie etwas Hässliches über sie gehört. Sein Vater hatte mit ihnen verkehrt, wie er auch mit anderen Männern, die keine Juden waren, an der Theke gestanden und Korn getrunken und über das Wetter gesprochen hatte.

Hol's der Teufel. Er nahm das Seitengewehr fest in den Griff der rechten Hand. Er roch daran, Öl. Verstreichfett, Stahl. Er bildete sich ein, dass es ein guter Geruch sei. Mit Fett und Öl und Stahl hatte er ja auch in seinem Beruf zu tun gehabt. Reparaturwerkstatt für landwirtschaftliche Maschinen. Der Geruch weckte in ihm Erinnerungen an seine Lehrzeit. Die Frau Meisterin war ihm gut gewesen.

Jedenfalls war er nicht völlig machtlos, solange er das Seitengewehr besaß.

Los, komm doch ...

Von Westen her schluppte aus den Wolken Motorengeräusch herab, das sich bald in das rhythmisch wogende Gedröhn von Propellern verwandelte. Der Feind war auf dem Marsch. Achttausend Meter hoch. Flak hämmerte in den käsig verwelkten Himmel. Scheinwerfer fingerten hilflos umher.

Dann herrschte Stille. Regentropfen betrommelten das junge Grün der Bäume, und Maikäfer surrten an seinem Kopf vorbei.

Er saß da bis Sonnenaufgang. Dann ging er an den Feldweg und wartete.

Gegen sechs Uhr trieb Susannes Vater das Vieh zur Weide. Es waren sieben schwarz-weiße Rinder. Früher hatte der Bauer achtzehn Kühe gehabt. Der alte Mann riss einen Haselnussstecken ab und klopfte damit seinen Stiefelschaft als wollte er sagen: Nun mal hopp ...

Dann fiel die Landschaft in ihre Eintönigkeit und Langeweile zurück. Amselruf und Finkenschlag, weiter nichts. Kaum zu glauben, dass anderswo detonierende Granaten die Trommelfelle platzen und die Mauern bersten machten. Die Stille tat ihm wohl, und er fühlte sich nicht ganz und gar unglücklich.

Um elf Uhr kam Susanne mit einem Handwagen aus dem Hoftor. Der Wagen war mit Milchkannen beladen, die beim Fahren über den holprigen Feldweg gegeneinander schepperten. Er zog sich zurück, bis Susanne die Weide erreicht hatte. Dann trat er aus dem Gebüsch und sagte: „Guten Tag!"

Er stand da und grüßte. Vor einem Jahr hatten sie sich miteinander verlobt und Pläne geschmiedet bezüglich der Einrichtung einer Reparaturwerkstatt für landwirtschaftliche Maschinen.

Susanne sagte: „Jürgen, du? Mein Gott, bin ich erschrocken." Sie ließ das rote Tuch, das sie sich um den Kopf binden wollte, zur Erde fallen.

„Ja", lächelte er hilflos, „ich wollte mal vorbeikommen."

„Du siehst nicht gut aus."

„Ich war verwundet, hier oben." Er zeigte auf seine rechte Schulter. „Sie haben mir einen Granatsplitter herausgenommen."

„Tut es weh?"

„Ja, ein wenig. Es war nicht so schlimm, wie ich gedacht hatte."

„Was ist los, Jürgen?" Susanne hatte die bedächtige Art der Menschen in dieser Landschaft, ihre Fragen waren immer geradezu und eindringlich.

„Ich erkläre es dir. Du musst mir helfen."

„So? Warum hast du nicht geschrieben, als du im Lazarett lagst? Meine Briefe wurden von der Kompanie zurückgeschickt."

„Susanne", sagte er, „niemand darf mich hier sehen. Komm, wir setzen uns in den Wald. Ich erzähle dir alles."

Sie setzten sich auf die Erde, und Jürgen Kohlbrecher berichtete über den Vorfall auf dem polnischen Bahnhof, dessen Namen er nicht aussprechen konnte. Da waren die jüdischen Mädchen und ihre nackten Füße, und da war der Unteroffizier, der sich auf den Leutnant stürzen wollte, und da waren Geschrei und Gebrüll und Meuterei den Zug entlang, und mit einem Male ging eine Pistole los ...

„Deine Pistole?"

„Ja, Susanne. Ich dachte, dass es gut sei, eine Waffe in der Tasche zu haben."

„Ist der Leutnant tot?"

„Nein. Die Hand blutete ein wenig. Aber die Hand gehörte einem Offizier."

„Können sie dir deshalb etwas antun?"

„Ja, sie können mich erschießen. Vielleicht war es Meuterei vor versammelter Mannschaft. Ich wollte den Mädchen helfen."

„Hast du ihnen geholfen damit?"

„Nein. Ich habe alles nur noch schlimmer gemacht."

Susanne schwieg. Sie konnte sich Frauen, die im Schnee mit nackten Füßen auf einem Kohlenzug arbeiten müssen und von bewaffneten Männern bewacht werden, nicht vorstellen.

„Jetzt willst du dich verstecken?", fragte sie.

„Ja. Ich habe nicht vor, mich an die Wand stellen zu lassen. Einmal geht der Spuk zu Ende. Bis dahin muss ich untertauchen."

„Was heißt: bis dahin?"

„Bis die Amerikaner kommen. Sie werden in Europa landen und den Krieg beenden."

„Daran glaubst du?"

„So wahr ich hier vor dir sitze." Er hockte sich in die Knie und schaute Susanne an. Er konnte wahrhaftig lächeln, und es gelang ihm zu fragen: „Liebst du mich noch?"

Susanne antwortete nicht sofort. Aber sie lächelte ein wenig, und dann nickte sie: „Ich nehme nichts zurück, ich habe dich immer noch lieb."

Tränen.

Kohlbrecher nahm ihre Hand und streichelte sie. „Es wird alles gut werden. Pass auf, eines Tages kommen die Amerikaner. Wir müssen Geduld haben."

Susanne nahm ihr rotes Tuch vom Boden auf und trocknete ihre Wangen. Sie sagte: „Aber sie werden dich finden bei uns."

„Nicht, wenn ich mich im Heu verkrieche. Ich dachte, dass ich im Taubenschlag unterkommen könnte. Ihr habt doch jetzt keine Tauben mehr. Der Schlag ist geräumig genug, ich habe ihn damals mit Heino zusammen gebaut. Man kann fast darin stehen, übrigens, wie geht es deinem Bruder?"

„Er ist in Afrika. Er schreibt, dass er einen Panzer fährt und er wünscht, dass die Amerikaner den Krieg gewinnen."

„Da hast du's. Heino weiß Bescheid. Er ist nicht gerade der Dümmste. Mit Heino habe ich mich immer gut verstanden, und jetzt werde ich also in seinem Taubenschlag wohnen. Oder soll ich ins Moor gehen?"

„Im Moor werden sie dich erst recht kriegen. Da hetzen sie mit Bluthunden die entsprungenen Sträflinge und die Kriegsgefangenen."

„Ich habe die Nacht im Kiefernwald zugebracht. Ich hatte Angst wegen des Hundes."

„Hat er dich verbellt?"

„Nein, so weit habe ich es nicht kommen lassen. Ich glaube aber, er hat mich gewittert. Er jaulte so merkwürdig."

„Du, das hat Vater gemerkt. Er sprach davon, dass wieder ein Sträfling entlaufen sei. Er ist in der Nacht ein paar Mal um das Haus gegangen. Die Sträflinge brechen in die entlegenen Bauernhöfe ein, um Kleidung und Lebensmittel zu stehlen."

„Es wird Zeit, dass ich verschwinde."

„Ich helfe dir, Jürgen. Du kannst dich auf mich verlassen. Auf unserem Hof haben schon viele Hilfe gefunden, die in Not waren."

Sie verabredeten, dass Jürgen sich in der Dunkelheit, gegen zehn Uhr etwa, hinter der Scheune einfinden solle. Susanne wollte den Hund in der Diele festmachen, wie sie es auch im Winter zu tun pflegte. Die Eltern würden um diese Zeit in der Küche Rundfunknachrichten hören.

Susanne ging auf die Weide hinaus und molk die Kühe. Es war, als sei nichts vorgefallen. Sie war neunzehn Jahre alt, aber sie besaß die Haltung von Frauen, die jahrhundertelang am Rande des Moores gelebt haben. Susanne war anders als die Mädchen, die Jürgen Kohlbrecher in den Städten kennengelernt hatte. In Susannes Adern floss das Blut von Männern, die mit verbotener Ware und mit armen Seelen geschmuggelt hatten.

Er sah vom Walde aus den Hantierungen des Mädchens zu, und er war stolz, dass sie nicht zurückschaute. Sie war nicht diejenige, die ihn verraten würde. Ihr rotes Kopftuch war in der grünen Wiese und im Kranz blau schimmernder Wälder ein weithin leuchtender Punkt der Zuverlässigkeit.

Sie wird mir helfen, dachte er. Alles geht gut.

Kurz vor zehn Uhr kroch er aus seinem Versteck heraus. In der Ferne hörte er ein Auto brummen. Der Himmel war mit Wolken bedeckt. Susanne stand schon da. Sie nahm ihn an der Hand und führte ihn in die Scheune, obwohl sie wissen musste, dass er den Weg gut genug kannte.

Das Tor stand ein wenig auf. „Ich habe alles vorbereitet", flüsterte Susanne.

So war sie also. Sie hatte den Nachmittag damit zugebracht, sich den Taubenschlag anzusehen und ihn als Kerker für ihren Verlobten herzurichten.

Sie kletterten in der Finsternis eine steile Leiter empor. Dann tasteten sie sich über federnde Lagen von Stroh bis zum Giebel der Scheune vor. Ein Huhn flog auf und zerriss die Stille mit Geschrei. Das Scheunendach wölbte sich über ihnen wie ein riesiger Felsen. Geruch von Heu und Stroh und Hühnermist lagerte dick unter dem Gebälk. Es war ein guter Geruch, voller Nahrhaftigkeit und Wärme.

Das Haus, das Heino den Tauben errichtet hatte, lag tief unter dem Stroh. Susanne hatte an der Scheunenwand eine Art Schlupfhöhle gewühlt, durch die sie in den Verschlag hinabgleiten konnten.

Da hockte er jetzt, und er dachte, dass ein Taubenschlag immer noch erträglicher sei als eine Gefängniszelle. Er war dankbar, dass ihn das Schicksal so mütterlich hierher geleitet hatte. Er spürte auch sofort den Geruch in der Nase, den Tauben haben. Er hörte sie gurren ruckediguck, ruckediguck – es klang wie Musik.

Er erinnerte sich, wie sie damals im Hof gestanden und den Flügen der Tauben zugeschaut hatten. Haha, eine scheckige Taube war dabei gewesen, die Heino „Tante Anna" genannt hatte. Sie war so dick auf der Brust.

„Ich danke dir", sagte Jürgen, „du bist das allerbeste und allerliebste und allertüchtigste Mädchen der Welt." Er konnte wahrhaftig Scherze machen, denn es war gar nicht so ungemütlich hier.

Er hatte sich, als er an der Front lag, gelegentlich wünschen können, eine Art Einsiedler zu sein in einer Höhle unter der Erde oder in den Wolken irgendwo oder auf einer Insel im weiten Ozean. Er wollte unerreichbar sein, unantastbar, unverletzbar, indes an der Front die Dinge weitergingen und der Krieg sich austobte.

Das hatte er jetzt. Er bettete sich auf dem Stroh zurecht. Susanne hatte Decken mitgebracht, die sie in dieser Gegend „Woilach" nannten. Sie wurden benutzt, um im Winter die Pferde gegen Erkältungen zu schützen. Sie hatte vom Sofa in der guten Stube sogar ein Kissen gestohlen, das er sich unter den Kopf legen sollte, ein Daunenkissen mit gestickten Rosen auf Stramin oder was.

„Der reine Luxus", sagte er.

„Hier liegt Brot und Wurst und eine Flasche Apfelsaft", flüsterte Susanne, „ich muss jetzt gehen, sonst sucht mich der Vater. Ich komme morgen wieder. Schlaf dich aus. Gute Nacht, Jürgen."

„Nacht, Susanne."

Er hörte das Stroh rascheln. Ihre Hände grapschten sich am Holz der Leiter hinab. Dann fiel an der Scheunentür der Riegel zu. Er war allein. Er dachte: Ich habe sie nicht einmal geküsst.

Ihre Liebe war sachlich geworden, hart, erwachsen. Obwohl sie beide fast noch Kinder waren, hatten sie nur daran gedacht, dass der Tod hinter ihnen stand. In der Nähe des Herrn Gevatters liebelt es sich nicht gut.

Durch die Bretterritzen sickerte der Mond. Ein Astloch erlaubte ihm, das Haus zu sehen. Das Haus, in dem Susanne schlief. Er hatte sie plötzlich sehr lieb, aber er wusste in dieser Angelegenheit nicht weiter. Durfte er so tun, als sei er nur ihretwegen gekommen?

Nein, der Rächer saß ihm im Genick. Ein Tatbericht verfolgte ihn. Ein Erschießungskommando wartete auf ihn, bestenfalls der Wärter in der Festung oder der Spieß einer Strafkompanie.

Müdigkeit übermannte ihn.

Als er wach wurde, war es hell im Taubenschlag. Der Hund lief an seiner Kette her und hin und wuffte. Wuffwuff, sagte der Hund.

Sieh da, der Landjäger. So früh am Morgen war er schon unterwegs, um die Bauern zu fragen, ob sie die Spur von einem entlaufenen Sträfling gesehen hatten.

Der alte Möhlenkamp schüttelte den Kopf: Nein, nein, ich habe nichts gesehen.

Der Landjäger grüßte, schwang sich auf sein Rad und verschwand.

Susanne kam um die Mittagszeit und brachte ihm gestrichene Brote und Kaffee. „Du musst dich rasieren", sagte sie, als er sie küssen wollte.

„Ja, ja", antwortete er, „ich baue sofort ein Badezimmer an. Grüne Kacheln oder schwarze – was meinst du?"

Hm, mit der Zeit würde er hier oben immer schmutziger und bärtiger werden, das war sicher. Es war das Schicksal aller Höhlenmenschen, bärtig zu werden.

„Ich bin ein Höhlenmensch", scherzte er.

Er versuchte, Susanne an sich zu ziehen, aber es misslang scheußlich. Es sah nicht danach aus, als hätte sie Lust, sich küssen zu lassen.

Was sollen nur die deutschen Mädchen? Ich bringe mir mein Weib aus der Sowjetunion mit.

Aber sie erschien morgens und abends, darin war sie die Treue in Person. Er sah sie immer schon, wenn sie mit ihrer Schürze voll Nahrung aus der Diele in den Hof heraustrat. Der Hund sprang sie an und rasselte an seiner Kette hinterher. Er war gespannt, wie lange sie es vor den Weibern würde geheim halten können. Sie war so tapfer, diese Susanne mit ihren neunzehn Jahren. Sie hielt einen Mann versteckt, so jung sie auch war, und sie log und stahl für ihn.

Manchmal brachte sie illustrierte Blätter und Fünfgroschenromane mit. Den „Landwirtschaftlichen Ratgeber für das Jahr 1945" hatte er sozusagen als eiserne Ration daliegen.

Er fing an, mit dem Seitengewehr das Astloch zu vergrößern. Er wollte seinen Gesichtskreis erweitern. Das Holz war auf der Seite, die der Regen winterlang gefeuchtet hatte, grau wie altes Silber. Er nahm Mehl davon zwischen die Zähne und kostete es. Es schmeckte nach Zeit – nach Frühling, Sommer, Herbst und Winter, nach Regen, Schnee und Sonne, nach Sturm und Vogelruf, nach Heu. Am geringsten schmeckte es wohl nach Wald. Totes Holz, morsches Holz, verwesendes Holz. Aber das Holz im Walde war lebendig.

Eigentlich Blödsinn, so dicke Bäume umzuschlagen.

Die Tage flossen dahin. Susanne kam und ging. Längst wussten die Eltern, dass sich im Taubenschlag jemand versteckt hielt, mit dem ihre Tochter verlobt war. Sie schauten weg. Es ging sie nichts an. Menschen, die am Moor wohnen, stoßen niemanden ins Verderben.

Der Landjäger stellte Verhöre an. „Eure Tochter will den Burschen heiraten", sagte er, „da muss sie doch wissen, wo er steckt. Raus mit der Wahrheit!"

Der alte Möhlenkamp schaute durchs Fenster in den Garten hinaus, wo sich schon die Beeren röteten. „Ich weiß nichts. Durchsuchen Sie das Haus, wenn das Ihre Pflicht ist. Ich hindere Sie nicht daran."

„Ach wo", sagte der Landjäger ärgerlich, „Euer Wort genügt mir."

„Welches Wort?" Der Bauer drehte sich jäh um.

„Nun, dass sich Kohlbrecher in Ihrem Hause nicht aufhält."

„Habe ich das behauptet? Ihr müsst suchen, Landjäger."

Der Bauer öffnete ihm die Tür zur Küche: „Bitte."

Aber der Landjäger verzichtete auf die Hausdurchsuchung und radelte davon. Er berichtete seiner vorgesetzten Behörde, dass ein fahnenflüchtiger Soldat namens Kohlbrecher Komma Jürgen sich auf Möhlenkamps Hof nicht aufhalte und dort nicht gesehen worden sei. Punkt und Siegel. Unterschrift.

Eine Woche später nahm sich die Feldgendarmerie der Akte Kohlbrecher an.

Die Uniform hatte er abgelegt und unter dem Stroh vergraben; er benötigte sie nicht mehr. Susanne brachte ihm abgelegte Kleidungsstücke ihrer Brüder. Gelegentlich, wenn es ihr die Arbeit auf dem Hof erlaubte, schleppte sie Wasser in die Scheune und ermahnte ihn, sich zu waschen und zu rasieren.

„Schlimm siehst du aus", sagte sie.

Seine Haut war grau und schlaff geworden, und die Glieder schmerzten ihn vom Liegen. Er war gesund und sehnte sich nach Arbeit.

Auf dem Feld musste sich der Bauer ohne seine Söhne und Knechte plagen. Ein französischer Kriegsgefangener, der ihm zugeteilt worden war, ein Weinbauer von Beruf, hatte die Gelegenheit genutzt, um zu fliehen. Es gab eine Menge Scherereien mit diesem Mann. Ein Russe, Wladimir mit Namen, war nur auf den Hof gekommen, um zu sterben.

Durch das Guckloch in der Scheunenwand nahm Kohlbrecher alle Arbeitsvorgänge wahr. Er sah den Bauer das Pferd anschirren. Die Bäuerin bereitete das Futter für die Schweine und sorgte sich um das Federvieh. Susanne waren die Kühe und Kälber anvertraut.

Es ging, wie es ging. Viel Arbeit blieb liegen. Im Gemüsegarten geilte das Unkraut. Der Hof wurde nicht mehr gefegt, wie es sonnabends üblich gewesen war. Von Türen und Fensterrahmen blätterte die Farbe.

Und er, ein Mann in der Blüte seiner Jahre, der gewohnt war, schwere Arbeit zu verrichten, er lag hier untätig auf dem Stroh und las „Liebe und Leid einer Prinzessin im achtzehnten Jahrhundert", dreihundertachtzig Seiten stark. Oder er lernte Tabellen auswendig, die von Kunstdünger und Kälberzucht handelten.

Er wurde leichtsinnig und schlüpfte aus seinem Taubenschlag heraus, hangelte im Gebälk, ließ sich ins Stroh fallen, wie er es als Junge getan hatte, und kugelte umher, er jagte er der Katze nach und scheuchte die dicken, braun-roten Hühner auf, die ihre Eier im Stroh ausbrüteten.

Er war nahe daran, die Scheune zu verlassen und sich an irgendeiner Arbeit auszulassen. Er könnte zum Beispiel Holz spalten oder den Kuhstall ausmisten oder das Unkraut jäten. Aber nein, Susanne verbot es ihm. Er war zur Untätigkeit verdammt, zur Faulenzerei verurteilt, zum Muskelschwund begnadigt. Er war, geradeheraus gesagt, ein toter Mann.

Eines Tages kam er auf den Einfall, seinen und Susannes Namen mit dem Seitengewehr in die Bretter zu ritzen. Dann machte er ein großes Herz mit einem Pfeil, der mitten hindurchging. Er stellte richtige Blutstropfen her, indem er seinen Finger verletzte und das Blut in die kleinen Mulden im Holz presste.

Er hatte großartige Ideen, zum Beispiel die, aus Strohhalmen und Eierschalen Schmuck anzufertigen. Es wurde eine Art Girlande, die er über dem Herzen mit den Blutstropfen aufhängte. Übrigens wurde das Blut mit der Zeit schwarz und bröckelte ab, sodass er es erneuern musste.

Gewitter orgelten durch die Sommernächte. Regen betrommelte das Scheunendach und sprühte ihm durch die Bretterritzen ins Gesicht. Dann kamen Tage mit gleißender Sonne, und er glaubte, in dem Winkel, der ja für Tauben geschaffen war, für jene süßen gurrenden Geschöpfe, ersticken zu müssen.

Es konnte geschehen, dass er sich fürchtete und dass er sich wünschte, vor Gericht zu stehen und verurteilt zu werden. Aber jetzt war zu der Anklage auf Meuterei und Zersetzung der Wehrkraft auch der Tatbestand der Fahnenflucht hinzugetreten. Er besaß keine Chance mehr, mit dem Leben davonzukommen.

Von den Amerikanern hörte er nichts; sie hatten sich wohl noch nicht entschließen können zu landen.

Vorerst kamen sie nachts mit ihren Flugzeugen aus England herüber. Sirenen heulten im Umkreis. Flak und Scheinwerfer fingerten nach den einzigen metallischen Todbringern. Manchmal dröhnte der Boden weithin vom Einschlag einer Bombe. Heusamen rieselte ihm ins Gesicht, und er schmeckte auf den Lippen den jahrhundertealten Staub der Scheune.

Auf dem Hof ließ sich kein Fremder sehen. Es gab keine jüdischen Viehhändler und keine Kraftfutter-Vertreter mehr. Die Hausierer mit ihren Bauchläden voller Haarschleifen, Gummiband und Patenthosenknöpfe – sie klopften nicht mehr an. Der Postbote brachte Zeitungen und Feldpostbriefe und zog die Rundfunkgebühren ein. Das war alles.

Eines Tages, es war Anfang August und das Korn sollte geschnitten werden, sagte Susanne, dass die Selbstbindermaschine kaputt sei. Der Vater wolle gegen Mittag die Maschine in die Scheune fahren und den Kasten mit dem Handwerkszeug dazustellen.

„Soll ich sie instandsetzen?", fragte Kohlbrecher.

Susanne nickte. „Das hat niemand behauptet. Der Vater spricht nicht von dir. Aber er sagt, dass er die Maschine morgen braucht."

Weiter sagte sie nichts.

Da hatte er also endlich eine Aufgabe. Er konnte sich nützlich machen, hurra. Er durfte zeigen, dass er jemand war, auf dessen Fachkenntnisse man sich verlassen konnte.

Es war irgendetwas mit der Zapfwelle. Er musste das Getriebe auseinandernehmen und einen Bolzen erneuern. Die Ersatzteile reichten nicht aus, um die Reparatur durchzuführen. Er musste sich einen Bolzen feilen, und dazu brauchte er Stunden. Aber es bereitete ihm Spaß, und er schlug sich auf die Schenkel vor Genugtuung, als die Maschine endlich lief.

Gesicht und Hände waren mit Öl gründlich verschmiert. Er musste sich waschen. Vorsichtig öffnete er das Scheunentor. Ach, er spürte Lust, einfach ins Haus zu gehen und ein freier Mensch zu sein.

Der Hund stand auf, als er sich dem Haus näherte, aber er schlug nicht an. Der Hund wedelte mit der Rute und sprang an ihm hoch und wollte sein Gesicht lecken.

Gemächlich schlenderte er über die Diele auf die Küche zu. Er hatte das Gefühl, eine Kleinigkeit geleistet zu haben. Es machte ihn stolz. Niemand da? Hallo, Susanne. Das Haus war leer. Der Bauer war auf dem Feld draußen, und die Bäuerin war ins Dorf gegangen, um Bezugscheine abzuholen. Aber wo war Susanne? Sie hatte versichert, dass sie das Scheunentor nicht aus den Augen lassen werde.

Er ging durch die Vorküche zur Wohnküche und durch die Milchkammer in den Hausflur. Dann trat er in den Ziergarten hinaus, ein freier Mann, ein Schlosser, der soeben einen Selbstbinder wieder flott gemacht hatte.

Da war Susanne, am Gartentor, und auf der Straße standen zwei Feldgendarmen mit ihren Adlern auf der Brust.

„Hallo", rief einer von ihnen, „da haben wir den Vogel ja. Kommen Sie mal her!"

Der zweite Gendarm brachte sofort den Karabiner in Anschlag. Hart klackte der Sicherungsflügel.

„Sie heißen Kohlbrecher?"

„Ja."

„Es heißt jawohl, Herr Feldwebel, verstanden?"
„Jawohl, Herr Feldwebel."
„Sie sind fahnenflüchtig seit dem elften Mai dieses Jahres. Geben Sie das zu?"
„Jawohl, Herr Feldwebel."
„Kennen Sie dieses Ding hier?"
„Jawohl, Herr Feldwebel."
„Na, dann geben Sie mal Ihre Flossen her."
Der Feldwebel legte ihm Handfesseln an.
„Mit ihnen rechnen wir später ab. Fräulein ... wie war doch der werte Name?"
„Susanne Möhlenkamp."
„Richtig. Wiedersehn, schönes Fräulein."
Sie nahmen ihn mit, und er warf nicht einen einzigen Blick zurück auf Susanne und auf den Hof, in dem er sich ein Vierteljahr lang verborgen gehalten hatte.

Er sang so gern Mamatschi

Er sagte, dass er vorgehabt hätte, Sänger zu werden. Als es Schwierigkeiten gab, hatte er sich mit den Eltern dahin geeinigt, bei einem Friseur in die Lehre zu gehen und einen Damensalon aufzumachen. Aber singen wollte er immer noch. Er nahm Unterricht, und er wurde einmal sogar aufgefordert, auf einem Betriebsfest zu singen, und die Zeitung erwähnte das in ihrem Bericht.

Es war im Krieg, im Frühjahr '44, wenn sich jemand daran erinnert, wann das gewesen ist. Der Friseur und ich standen am linken Flügel einer Genesungskompanie, stillgestanden, ausrichten, Brust raus, Kopf hoch, rührt euch und herhören, Leute.

Eine Genesungskompanie, auch das muss erklärt werden, war eine Art Sammelbecken für Soldaten, die aus dem Lazarett entlassen und für arbeitsverwendungsfähig befunden worden waren. Nach dem Antreten morgens wurden diese Soldaten mit ihren kaum vernarbten Wunden und ihrer von der Gelbsucht beschädigten Leber, um nur eine Kleinigkeit zu nennen von allem, was hier an Plage zusammenkam, zur Arbeit kommandiert.

Dem Friseur und mir wurde befohlen, einen Friedhof in Ordnung zu bringen. Wir zogen mit Harke und Spaten los und machten uns daran, den Rasen zwischen den Grabsteinen zu säubern. Der Friedhof war in den letzten Jahren vernachlässigt worden. Niemand hatte sich um Wege, Grabsteine und Bäume gekümmert. Der Sturm hatte Geäst von den alten Ulmen herabgerissen, die Pfade waren überwachsen und der Rasen mit Unkraut überwuchert.

„In spätestens vier Wochen", sagte der Spieß, „ist das hier eine erstklassige Parkanlage, verstanden! Zur Eröffnung laden wir den Bürgermeister ein, und dann gibt es Freibier."

Manchmal erschien der Spieß nachmittags zur Besichtigung der Arbeit, die der Friseur und ich geleistet hatten, und er stellte sogar einen Maurer ab, der sich von einem Lungensteckschuss erholen sollte, um einige Grabsteine, die gestürzt waren, wieder aufzurichten.

Gelegentlich machten wir Pause und dann fragte der Friseur, ob wir Lust hätten, seine Stimme zu hören, und auch der Maurer erfuhr, dass die Zeitung ihn in einem Bericht erwähnt hatte, als Künstler gewissermaßen. Er stützte sich mit den Händen auf den Spatengriff, räusperte seine Kehle, balla-balla, mimimi und schmetterte in der lauen, von Vogelstimmen erfüllten Frühlingsluft über die Gräber ein Liedchen hin.

Sein Lieblingslied hieß „Mamatschi" und das brachte uns fast zum Weinen. Ein kleiner Junge wünscht sich ein Pferd zum Spielen, und was kommt zum Schluss dabei heraus? Das Pferdchen zieht einen Leichenwagen. Ich höre den Text heute noch: „Mamatschi, schenk mir ein Pferdchen, ein Pferdchen wär mein Paradies ..." Und Mamatschi schenkte ihm eins für den Weg zum Friedhof.

Eines Tages, als wir mit dem Rasen und den Pfaden und den Bäumen fertig waren, fingen wir an, Moos und Schmutz und Flechte und irgendeine Sorte von brauner Farbe von den Grabsteinen abzuwaschen, und da sahen wir, dass es ein jüdischer Friedhof war, den wir auf Hochglanz gebracht hatten. Die Toten, um die wir uns gekümmert hatten, hießen Rosenbaum, Levi, Samson und Grünstein, nur um einige zu nennen, und sie hatten in Ehre gelebt und waren in Ehren bestattet worden. Die Namen waren in lateinischen Buchstaben in den Stein gemeißelt und das Übrige, meinte der Spieß, sei Hebräisch oder was die Juden so unter sich redeten.

Wir, der Friseur, der Maurer und ich, der ich eine Zeit lang in einem Büro den Locher bedient und die Portokasse geführt hatte, ohne jemals auf den Gedanken zu kommen, Hebräisch zu lernen, wir trafen diese Feststellung so arglos, wie wir den Unterschied zwischen einem Haferfeld und einem Roggenacker erkannt hätten.

Uns war der eine Friedhof so recht wie der andere, der Aaron Mendel so willkommen wie der Willi Schulze, die Sarah Stern so lieb wie die Inge Müller und der Kompanie, die uns beordert hatte, ging es nur darum, unsere erwachsene Kraft nutzbringend einzusetzen.

Den jüdischen Friedhof dieser verträumten Garnisonsstadt in einen würdigen Zustand zu versetzen, hielt der Kompaniechef für richtig, und er ließ es sich auch von niemandem ausreden.

Nach dem Krieg, als die Wahrheit offenbar wurde, erinnerte ich mich daran, wie sehr dieser Auftrag, jüdische Grabsteine aufzurichten, im Widerspruch gestanden hatte zu dem Mord, der zur selben Zeit an Stätten geschah, deren Namen nicht im Heeresbericht genannt wurden.

Der Friseur, um auch das zu sagen, starb in russischer Gefangenschaft. Seine Frau schrieb mir einen Brief, und darin stand, dass jene Arbeit im Frühjahr '44 auf dem alten jüdischen Friedhof in H. seine letzte gute Erinnerung gewesen sei. „Er sang so gerne", schrieb die Kameradenfrau. „Und Mamatschi war sein Lieblingslied – erinnern Sie sich?"

Ja, ich erinnere mich.

Als ich Gefreiter wurde, ließ ich mich immer mit dem linken Arm nach vorne fotografieren.

Nach dem Krieg

Bleistiftumriss eines Auferstandenen[1]

Und er sprach: „Jüngling, ich sage dir, steh auf." Da richtete sich der Tote auf und fing an zu reden.
Lukas 7, 11-16

Ich bin, wenn ich das sagen darf, aus dem Massengrab auferstanden. Ich bin krank. Ich bin vermutlich eine Zeit lang zu schlecht ernährt worden. Was an mir gesund war, haben die Läuse gefressen. Das Fleckfieber war nicht das Einzige. Auch das wolhynische Fieber befiel mich. Das tat mir in den Schienbeinen am meisten weh. Dann kam Malaria hinzu, in Schirokowka, glaube ich wohl. Die Leber war geschwollen und die Milz einmal vergrößert. Die Erreger hochzeiteten in meinem Blut. Oh, als ich krank war, lernte ich Blutbilder betrachten und Fieberkurven lesen. Ich unterhielt mich vortrefflich dabei.

Ich sagte eben, die Läuse fraßen an mir. Das ist ein Ausdruck, den ich eigentlich nicht verwenden dürfte. Ich bin längst nicht mehr so vornehm, wie ich früher war. Ich sage heute geradeheraus „fressen". Die Läuse haben mich aufgefressen, nitschewo[2]. Wissen Sie übrigens, was aus meinen erfrorenen Zehen geworden ist? Die sind im Gemüsegarten hinter der Baracke sieben des Seuchenlazaretts in Shisdra beerdigt worden. Ich hoffe, dass sie dort einigermaßen selig ruhen.

Sehen Sie, die ganze Sache wäre ohne Bedeutung, wenn ich tot wäre. Aber ich bin nicht tot. Ich bin halb tot. Ich habe Glück gehabt, dass ich mit dem halben Tode davongekommen bin. Wahr ist, dass ich für ein Massengrab in Suchinitschi projektiert war. Nicht als Einzelner projektiert, sondern als Masse. Die Masse liegt zwei Kilometer westlich vom Bahnhof Suchinitschi, da, wo die Schlucht ist.

Ich als Einzelner bin der Schlucht entronnen. Ich habe also einen Betrug begangen. Ich habe den Armeeführer um 4,3 Gramm Leichtmetall beschummelt. Das war meine einzige Korruption im Kriege, ich gestehe das ein.

4,3 Gramm – so viel wiegt nämlich die Hälfte einer Erkennungsmarke, dieser Eintrittskarte in „Walhall". Die Hälfte wollte der Armeeführer haben, damit er meiner Mutter in Osnabrück melden konnte: „Gefallen auf dem Felde der Ehre."

Das war faustdick gelogen. In Suchinitschi sind sie nicht gefallen, sondern von sibirischen Scharfschützen mit Gewehrkolben erschlagen worden. Und außerdem nicht auf dem Felde der Ehre, sondern bei 56 Grad Kälte zwischen Lokomotiven und Panjehütten. Wolken von Krähen ließen sich auf ihrem Fleisch nieder wie auf Holz.

Das war vielleicht ein Achtel Tod, den ich damals erlitt. Eine MG-Garbe zwitscherte durch meine Schenkel und versengte die weiße Haut. Das hat mich veranlasst wegzulaufen. Hinter mir brannte der Bahnhof lichterloh. In Popkowo wollten mir die Partisanen die Ohren abschneiden. Sie benutzten kleine Schälmesserchen dazu. Aber in Popkowo hatte ich einmal einer Madka Schokolade aus einem Frontpäckchen geschenkt für ihre Kinder (ich versuchte, den Krieg wiedergutzumachen, indem ich mein Brot russischen Kindern gab). Die Madka küsste meine erfrorenen Hände und sagte: „Dobre pan"[3], und die Partisanen ließen mich in den Schnee hinausgehen. Dann schossen sie nach mir wie nach einem Fuchs.

Das war wieder ein Achtel Tod. So kam ein Achtel zum anderen, und bisweilen waren es auch bloß Sechzehntel und Vierundzwanzigstel.

---

[1] Mit dieser Überschrift versah B. Schulz den folgenden Text. Er bezieht sich auf den Kampf um die zentralrussische Stadt Suchinitschi, die Anfang Oktober 1941 von der Wehrmacht besetzt und knapp drei Monate später von der Roten Armee zurückerobert wurde.

[2] nitschewo! russ.: macht nichts!

[3] Dobre pan, russ.: Guter Mann

Jetzt, nach meiner Entlassung, mitten in der Arbeit oder sonntags in der Kirche oder abends auf dem Feuerwehrball oder wenn gesungen wird kommen sie an, die Achtel und Sechzehntel Tode, diese Bruchstücke des Krepierens einer Menschenhülle, heulende Granaten und knisternde Grade Frost, Läuse, Mücken, Wanzen, Marschbefehle, Angriffsziele, Feuerpläne, und die Schälmesserchen der Partisanen …

Wer dies liest, hat den Vorteil, dass er meine Auferstehungsrede angewidert aus der Hand legen kann. Es braucht ihn nicht zu interessieren, warum der eine ganz tot und der andere halb tot ist. Der ganz Tote hat alles erledigt. Ich, der ich halb tot bin, bin nicht mehr imstande, etwas zu erledigen. Ich schreite nicht mehr. Ich taumele. Ich bin immer ernst. Ich stehe da und schaue auf meine Füße oder auf einen Hausgiebel und weiß der Himmel, was in mir vorgeht. Ich beteilige mich an nichts mehr. Wer mich mitnimmt auf einen Sängerball, muss sehen, wie er mit mir zurechtkommt. Wahrscheinlich gehe ich weg. Kann sein, dass ich dann auf der Landstraße, an einen Baum gelehnt, stehen bleibe.

Was ich sehe, sind weite öde Flächen Schnee und aufzuckendes Feuer von Geschützen. Was ich fürchte, sind die mahlenden Raupen der Panzer und die schwellenden Bäuche der Panjepferdchen im Morast der Schneeschmelze. Was ich betrachte, sind die kahl geschorenen Köpfe erhängter Mongolen und roter Mull von einem eisverkrusteten Wasserloch. Was ich anstiere, sind weiße schwebende Pünktchen über dem glitzernden Schnee, die einen Granatwerfer aufbauen und mich mit Feuer überschütten. Was ich begreife, sind die Rohre der Ratschbumm, die sich auf den Fleck zwischen meinen Augen einschießen. Was ich haben will, sind Brot und Schmalz und Tabak und Schnaps und einen Brief von daheim. Was ich besitze, sind faulige Kartoffeln, Losanthintabletten, Patronen und Klopse aus gefrorenem Pferdefleisch. Was ich kenne, sind Leichen, Krähen, Kapusta, Läuse und Läuseeier. Was ich nicht kenne, sind Ausruhen und Schlaf und Vormichhinlächeln …

Ich sagte schon, wenn ich tot wäre, brauchten wir nicht darüber zu reden. Aber ich bin nicht tot. Jedenfalls nicht ganz. Ich lebe. Das Leben besteht für mich aus Bruchteilen, wie auch der Tod für mich nur Bruchwerk ist: Ein Achtel Granatsplitter im Kreuz, ein Achtel erfrorenes Zehenfleisch, ein Achtel vergiftetes Blut, ein Achtel angeknackte Lunge, ein Achtel verseuchte Milz, ein Achtel …

Ich glaube, ich muss in Vierundzwanzigsteln rechnen. Der Tod geht nicht auf. Das ist das Schreckliche an mir.

bezet Bernhard Schulz, Osnabrück 1946

Im Bunker später wurde das dann anders.

Straßenszene: Dieses Foto entstand während der Zeit in Russland – das dort erlebte Grauen hat Schulz wesentlich geprägt. Der Autor verarbeitete seine Erlebnisse in dem unveröffentlichten „Bleistiftumriss eines Auferstandenen" von 1946, aber auch in seinem Erzählband „Die Krähen von Maklaki" (1967). Das Werk wurde ins Russische übersetzt und in der Sowjetunion positiv aufgenommen.

Des Vaters Hände

Diese Stunde brennt über meinem Leben wie ein Stern: Es war Krieg, wir wollten den Vater heimholen, er hatte geschrieben, dass er in Urlaub kommen würde. In der Nacht brachen wir auf, meine Mutter, ein Knecht und ich. Es regnete, der Sturm pfiff uns scharf um die Ohren, und das Pferd dampfte Wärme in unsere Gesichter. Der Vater – wer war das? Ich kannte ihn nicht, aber es war erregend abenteuerlich, ihn abholen zu dürfen. Auf der Fahrt zur Bahnstation dachte ich nur daran, ob ich ihn lieb haben könnte. Ja, gewiss, ich hatte ihn schrecklich lieb, das sagte ich auch.

Von all dem, was dann geschah, weiß ich nur, dass ein Mädchen in einer burgmauertiefen Fensternische stand und bügelte, und vielleicht summte sie ein Lied dazu. Eine Karbidlampe glomm an der Decke, und von draußen drangen die Geräusche rangierender Züge in meinen fiebrigen Schlaf. Als ich erwachte, war es hell. Wir saßen wieder in unserem Planwagen und es regnete. Und jetzt, dies ist mir deutlich gegenwärtig, spürte ich mich von zwei warmen Händen umfasst, die sich auf meiner Brust falteten. Ich sah nur diese Hände, weiter nichts. Ich wusste, das ist der Vater, das sind seine Hände. Ich wagte nicht, mich zu rühren, ich stellte mich schlafend, und die breiten Hände umfingen mich mit einer Wohligkeit und Wärme, die ich bis dahin nie gekostet hatte. Ich öffnete die Augen nur einen winzigen Spalt breit. Kannte ich diese Hände? Liebte ich sie? Waren sie etwas, das ich anrühren und liebkosen durfte wie die Hand der Mutter? Oder würden sie mich strafen, wenn ich mich darauf niederbeugen würde? Ich wagte immer noch nicht aufzuwachen. Ich beschaute diese Hände, die meine Brust umspannten, die Landschaft dieser Hände, ihre Furchen, Hügel und Schwielen, die verwachsenen Nägel und die blauen Adern auf der braunledernen Haut. Diese Hände waren nicht schön, nicht so weiß und fein wie die Hände der Mutter, aber sie strömten Kraft aus, eine alles behütende und läuternde Kraft. Ich konnte nun doch nicht mehr länger lügen, mein Herz klopfte wild, ich war dem Weinen nahe. Wie konnte ich dem Vater begegnen? Wie hinterhältig ich war! Ich beugte mich schluchzend nieder und liebkoste des Vaters Hände. Dabei rief ich ein um das andere Mal: „Vater, mein Vater …" Was sich dann begab, weiß ich nicht mehr. Ich ruhte an der Brust des Vaters, er lachte wohl, und auch die Mutter lächelte in meinen Schmerz hinein: „Dummer kleiner Junge."

Eines Nachts wurde der Vater von einem Kameraden abgeholt. Die Mutter weinte. Draußen orgelte der Sturm um das Haus. Der Vater ging, und was von ihm übrig blieb in meinem Herzen, das war die Erinnerung an zwei blutwarme, breite, hornige Fäuste, die ich auf meiner Brust ruhen spürte. Bisweilen überfiel mich diese heiße Liebe zu ihm, die ich damals auf der Heimfahrt erlitten hatte, abends, wenn ich schlafen ging, oder beim Erwachen morgens. Dann ging ich in dieser Wohlgeborgenheit ganz auf, ich neigte meinen Mund auf diese Hände und mit den Fingern tastete ich spielend das Gewirr der vielen blauen Äderchen ab, die des Vaters Hände bedeckten.

Später kam dann ein Tag, da hieß es, der Krieg sei aus, der Vater liege im Lazarett und würde bald heimkehren für immer. Die Mutter bereitete alles vor, um ihn zu empfangen, und wir Kinder liefen ein paar Tage lang in unseren besten Kleidern umher. Aber es dauerte noch eine Weile, bis der Krieg auch unseren Vater heimkehren ließ, und als er kam, war alles anders, als ich es mir gedacht hatte.

Ich begegnete auf der Straße einem Soldaten, der sich zu mir niederkniete und meinen Kopf an seine Brust presste. „Bist du mein Junge?", fragte er. Ich sagte nichts, ich wusste nicht, wer ich war, ich hatte mit den Knaben des Dorfes ein Spiel begonnen, ich musste mich verstecken, das erforderte die Spielregel, und nun war da plötzlich ein Soldat.

Der Vater, durchfuhr es mich, der Vater ist da … Ja, ja, aber was nun? Ich musste mich doch verstecken!

Ich war wie benommen. Was sollte ich tun? Der Vater – war er mir fremd geworden seitdem? In meiner Brust wogte es. Ungläubig starrte ich den Soldaten an. Das war der Vater nicht, nein, mein

Gott, der Vater war anders als dieser Mann da, anders ... Ich begriff diese Wandlung nicht. „Junge“, sagte der Mann eindringlich, „kennst du denn deinen Vater nicht?“ Ich erwiderte nichts, ich stemmte mich, glaube ich, sogar ein wenig zurück.

Ich musste den Soldaten begleiten, das Spiel war aus, die anderen Knaben standen da und schauten uns nach. Wir gingen richtig den Weg durch das Dorf auf unser Haus zu, und da war die Mutter und warf dem Heimkehrenden beide Arme um den Hals.

Erst als der Vater in der Stube seinen Mantel auszog, bemerkte ich, dass er einen Ärmel leer in die Tasche seines Waffenrocks gestopft hatte. War das der Vater? Ich hatte doch immer von zwei breiten, warmen Händen auf meiner Brust geträumt? Als nun die Mutter, die in ihrer Liebe und Aufregung nicht beachtet haben mochte, dass ich es gewesen war, der den Vater heimgebracht hatte, mich aufforderte, dem Vater Guten Tag zu sagen, da sprang mich ein unfassbares Weh an. Ich schrie auf und stürzte aus der Stube. Der Vater eilte mir nach, und als er mich eingeholt hatte, umklammerte ich schluchzend vor Glück und Verzweiflung den leeren Ärmel, während der Vater mit seiner gesunden Hand lächelnd meinen Kopf streichelte.

Seine ganzen Reize zeigte uns der russische Winter zum ersten Male als wir in die Stellungen zogen.

Besetzung einer Stadt durch englische Truppen. Historischer Exkurs 4. April 1945: Briten als Besatzungsmacht und Geburtshelfer der Osnabrücker Demokratie

von Heiko Schulze

Am 4. April 1945 bewegen sich britische Soldaten mit schussbereiten Waffen durch das zerstörte Osnabrück. Für die Stadt an der Hase ist der mörderische Krieg beendet. Für gut 10.000 Menschen in etwa 100 Kriegsgefangenen- und Zwangsarbeitslagern sind die Briten mit ihren Baretts oder platt wirkenden Stahlhelmen die lang herbeigesehnten Befreier. Ebenfalls befreit dürfen sich Osnabrückerinnen und Osnabrücker fühlen, die den Schrecken der Nazi-Diktatur in Konzentrationslagern, Gefängnissen, im offenen, konspirativen oder auch stillen Widerstand überlebt haben und jetzt auf ein neues, demokratisches, antifaschistisches, friedliches und sozialistisches Deutschland hoffen.

Genugtuung über das Kriegsende paart sich mit tiefer Trauer. Exakt 1.341 Tote hat das Bombeninferno der alliierten Flugverbände gekostet. Unzählige Menschen sind obdachlos. Tausende von eingezogenen Soldaten der Wehrmacht und knapp 400 Zwangsarbeitende leben nicht mehr. Deutlich mehr als 300, heute auf Stolpersteinen nachzulesende, Namen zeugen von Osnabrücker Opfern des Nazi-Terrors. Jüdinnen und Juden, Sinti und Sinteza, aufgrund körperlicher Gebrechen oder aufgrund ihrer religiösen, kulturellen oder politischen Gesinnung sind jene Menschen allesamt während ihrer Haft im KZ, in sogenannten „Heilanstalten" oder infolge brutaler Verhöre ums Leben gekommen. Bis zu ihrer Ermordung durch die braunen Machthaber waren sie allesamt Nachbarinnen und Nachbarn gewesen.

Osnabrück ist zerstört, aber alles atmet auf: Es ist vorbei mit Fliegeralarm, Bombendetonationen und dem rhythmischen Hämmern der Flakgeschütze.

Die Stadt liegt in Trümmern. Beinahe zwei Drittel aller Gebäude, rund 85 % der Altstadt-Häuser, sind zerstört. Heimkehrer finden im Schutt der Straßen nur mühsam den Weg zu ehemaligen Wohnstätten. Provisorisch auf Trümmerwände fixierte Papierfetzen informieren über Aufenthalte ehemaliger Bewohnerinnen und Bewohner. Zur Versorgung tragen bald „Schwarzmärkte" bei, auf denen die letzten Habseligkeiten getauscht werden, um zu überleben. „Hamsterfahrten" zu Landwirten des Umlands, bei denen man Habseligkeiten oder gebasteltes Spielzeug eintauscht, sorgen zusätzlich für ein Minimum an Brot, Butter, Fleisch oder Wurst.

Nur rund 50.000 Menschen zählen anfangs noch zu den „Alt-Osnabrückern". Bis zu 20.000 weitere werden im Laufe der nächsten Monate hinzukommen. Rund 10.000 „Displaced Persons" warten als ehemalige Kriegsgefangene, Zwangsarbeiterinnen oder Zwangsarbeiter auf die Rückkehr in ihr Heimatland. Alle prägen inmitten der Trümmer ein Straßenbild, das von einer eigenartigen, den Umständen geschuldeten, äußerst konfliktreichen „Multikulturalität" geprägt ist. Zu den Alteingesessenen, vormaligen Kriegsgefangene und Zwangsarbeitende, gesellen sich binnen weniger Monate rund 3.000 deutsche Flüchtlinge aus den jetzt polnischen oder tschechoslowakischen Gebieten. Alle, die über keine nutzbaren Wohnstätten mehr verfügen, hausen in Kellerräumen, provisorisch bewohnbar gemachten Ruinen, in feuchten und stickigen Bunkern, Flakbaracken oder Schrebergartenlauben, zuweilen auch in demolierten Eisenbahn-Waggons oder unter Planen.

Die Ordnung halten vor allem einige Tausend britischer Soldaten aufrecht, die zwischen den Schuttbergen patrouillieren und mit gezücktem MP für Ordnung sorgen. Osnabrücker, die den von Nazis entfachten Weltenbrand als Frontsoldaten überlebt haben und sich in ferner Kriegsgefangenschaft befinden, kehren erst allmählich wieder in ihre Heimatstadt zurück.

Irgendwann benötigen die neuen Stadtregenten ein Domizil für ihre Militärverwaltung. Das im Inneren restlos zerstörte Rathaus des Friedensschlusses von 1648 ist nicht mehr nutzbar. Angeführt vom neuen Stadtkommandanten Major Geoffrey H. Day begeben sich die Stadtbesatzer deshalb gezielt in das verlassene Hauptquartier des NS-Terrors: Das Braune Haus, Alt-Osnabrückern noch bekannt als Villa Schlikker, heute Villa im Museumsquartier, wird ab 1946 zum „Hampton-House". Benannt wird es nach einem engagierten Parlamentarier der britischen Geschichte.

Eine der Hauptaufgaben der britischen Stadtregierung besteht darin, unter den verbliebenen Osnabrückerinnen und Osnabrückern jene Menschen zu suchen, die als überzeugte Nazi-Gegner gelten. Zugleich müssen akribisch alle NS-Parteigänger in Justiz, Verwaltungen und Betrieben ausfindig gemacht werden, um sie schnell aus ihren Verantwortungsbereichen zu entfernen. Major Day, dem NS-Kriegsverbrechen näher bekannt sind als manchen Alteingesessenen, stellt ein deutlich sichtbares Schild auf seinen Schreibtisch. Besuchenden soll es künftig ins Auge springen, sobald sie vor Days Schreibtisch Platz nehmen. „Ich hasse alle Deutschen" steht darauf. Im Laufe der Zeit verschwindet jenes Schild – ebenso wie das Misstrauen, mit dem Day anfangs noch jedermann beäugt hat. Es mehren sich unbescholtene Antifaschisten, denen er vertrauen kann.

Am 1. Oktober 1945 veröffentlicht der amtierende, von den Briten ernannte Oberbürgermeister Dr. Johannes Petermann ein „Amtliches Bekanntmachungsblatt". Direkt unter dem Titel wird darauf hingewiesen, dass jenes Blatt, das die Einheimischen mangels Zeitungslesestoff begierig studieren, mit „Genehmigung der Militärregierung herausgegeben" worden ist. Abgedruckt sind auf insgesamt 10 Seiten zahlreiche Artikel, die das neue öffentliche Leben regeln sollen. Gleich in Artikel I, Absatz 1 heißt es unter Punkt g:

„Nichts darf gesprochen oder geschrieben werden, das Krieg, Militarismus, Nationalsozialismus, Faschismus oder eine ähnliche Regierungsform oder führende Mitglieder der nationalsozialistischen oder faschistischen Regime verherrlicht oder unterstützt oder benachteiligende Unterschiede gegen eine Person oder eine Gruppe von Personen auf Grund der Rasse, Farbe, Staatsangehörigkeit oder des Glaubensbekenntnisses befürwortet (...)."

Sorgsam beäugt von der britischen Verwaltung entstehen erste Strukturen von Justiz und Verwaltung. Alle neu Verantwortlichen gelten für die Briten als unbescholtene Personen. Ab Juni 1946 wird eine Entnazifizierungskommission ihre Arbeit aufnehmen, um Funktionen aufgrund der Angaben auf ausgefüllten Papierbögen begründet zu besetzen. Bis 1952 werden über 40.000 Personen überprüft sein. In der Anfangszeit, insbesondere auch dank der Briten, dominieren bei den neu zu besetzenden Funktionen noch stadtbekannte Antifaschisten. Am Ende, nicht zuletzt nach Ausbruch des Kalten Krieges und der Restauration durch die Adenauer-Regierung ab 1949, werden deutschlandweit zahllose überzeugte Nationalsozialisten wieder altbekannte Machtpositionen erlangen – im Fall des vormaligen Nazis Oberländer bis hin ins Kanzleramt hinein. Auch die Osna-brücker Verwaltungen werden wieder allzu gern „Alt-PGs" aufnehmen.

Zumindest in den ersten Monaten des Osnabrücker Neuaufbaus gelingt es den Briten noch erfolgreich, ehemalige Nationalsozialisten aus allen Verantwortungsbereichen fernzuhalten. Am 7. August 1945 berufen die Besatzer einen zehnköpfigen „Bürgerausschuss", der sich aus Angehörigen neu zusammengefundener demokratischer Parteien – von KPD, SPD, Zentrum bis zur bald neu gegründeten CDU – zusammensetzt. Am 11. Februar 1946 bilden 34 ebenfalls von den Briten ernannte Männer und Frauen aus jenen Parteien so etwas wie die erste deutsche Stadtvertretung. Nach einer gut vorbereiteten ersten Kommunalwahl am 13. Oktober 1946 kann der erste Stadtrat, nun auch demokratisch legitimiert, seine Arbeit aufnehmen.

Am Ende sind die Briten auch die entscheidenden Geburtshelfer, um vor Ort endlich wieder eine Zeitung an die Leserinnen und Leser zu bringen. Zuvor aus Oldenburg oder Bielefeld transportierte Blätter konnten an der Hasestadt mit ihrer reichen eigenen Pressetradition nicht überzeugen. Als Name des neuen, von der Militärbehörde herausgegebenen Blattes wird der historisch unbelastete Titel „Osnabrücker Rundschau" gewählt.

Diese Suche nach Redakteuren, die mit der örtlichen Situation vertraut sind, gestaltet sich zwar mühsam, ist am Ende aber erfolgreich. Das Blatt kann starten, kann aber aufgrund der Mangellage noch lange keine optimale Informationsquelle präsentieren. Papier ist mehr als knapp, was zu geringen Seitenzahlen und nur wenigen Erscheinungstagen führt.

Dennoch: Am 1. März 1946 erblickt die „Osnabrücker Rundschau“ das Licht der Welt. Zu haben ist sie jeweils am Dienstag und am Freitag und kostet 20 Pfennige. 120.000 abnehmende Haushalte in Stadt und Umland bilden für die folgenden drei Regionalausgaben ein beachtliches Leserpotenzial. Denn das Blatt soll nicht nur in der Hasestadt samt Umland, sondern auch in der Grafschaft Bentheim, in Meppen, Lingen, Aschendorf-Hümmling, Melle, Wittlage, Bersenbrück und auch Tecklenburg erhältlich sein. Gedruckt werden die Ausgaben in der provisorisch wieder hergerichteten Druckerei der Firma Meinders & Elstermann in der Möserstraße 6 – allerdings ohne Einfluss der vorgenannten Zeitungsmacher, denen die Briten aufgrund deren Wirkens in der NS-Zeit, wie im Übrigen auch gegenüber dem früheren Zeitungsverleger Fromm, erhebliches Misstrauen entgegenbrachten.

Als erfahrenen, nicht durch NS-Vorgeschichte belasteten Verlagsleiter verpflichteten die Briten Archilles Markowsky, der lange Jahre beim Berliner Ullstein-Verlag verbracht hatte und für dieses Haus zuletzt in Hamburg tätig gewesen war. Die Journalisten-Runde, die Markowsky um sich herum versammelte, ist politisch bunt und vielfältig: Am Redaktionstisch versammeln sich der Konservative Karl Kühling neben dem damaligen Kommunisten Josef Burgdorf (später ging er zurück in seine vormalige Partei SPD) bis hin zum Sozialdemokraten Hans Wunderlich. Zu ihnen stößt Bernhard Schulz.

Alle legen am 1. März 1946 einträchtig los und präsentieren in naher Zukunft Weltnachrichten, Feuilleton, Kommentare und „Buntes“, Lokalberichte, Sport, eine gesonderte Seite „Welt der Frau“ sowie die in damaligen Notzeiten besonders viel gelesenen Anzeigen. Das Blatt wird sich etwa ein halbes Jahr halten. Bernhard Schulz wird sich danach dem Neuen Tageblatt anschließen, das 1950 in Neue Tagespost umbenannt wird und 1967 mit dem Osnabrücker Tageblatt zur Neuen Osnabrücker Zeitung fusioniert.

Und die Briten? Sie ziehen sich in den Folgejahren in das zweite Glied zurück. Schrittweise übernehmen sie die von der Wehrmacht übernommenen Kasernen. Bis zum Frühjahr 2009 werden sie, mit rund 15.000 Soldaten und Familienangehörigen, einen wichtigen Teil der Stadtgesellschaft bilden. Dem heutigen Osnabrück werden sie danach Konversationsflächen für Wohnen, Sport, Freizeit, Lehre und Wirtschaft hinterlassen. Nur wenigen ist heute noch bewusst, dass es vor allem Briten waren, die seit dem 4. April 1945 den Kreißsaal der Osnabrücker Nachkriegsdemokratie besetzten.

Schicksal in großen Buchstaben

Wie war das vor zwanzig Jahren? Wie war das an jenem Tag, als ich aus der amerikanischen Kriegsgefangenschaft in meine Vaterstadt heimkehrte? Wir waren in Front zu drei Gliedern angetreten, an die hundert Mann, ein Haufen zerlumpter Gefangener. Unsere Wachmannschaften hatten sich entfernt. Die Lastwagen hatten kehrtgemacht. Die Gefangenschaft war zu Ende. Die Stadt hatte einige ihrer Söhne wieder. Kameraden, was nun?

Großartige Söhne waren wir, und es sah nicht danach aus, als hätte jemand damit gerechnet, uns lebendig wiederzusehen: feldgraues Gewimmel, Flieger in Blau und Panzerfahrer in Schwarz, blutjunge Arbeitsdienstler dazwischen.

Ein Mann trat aus einer Baracke und las Namen aus einer Liste vor. Die Aufgerufenen traten einen Schritt vor. Der Mann setzte ein Häkchen hinter den Namen. Der Mann war die Vaterstadt und das Heimatland. Er war Oberbürgermeister, Regierungspräsident, Landesvater und Ehrenjungfrau. Er war Fahnenabordnung, Sprecher der Parteien, Haupt der Wohlfahrtsbeamten und Haupt der Wiedergutmachungskommission. Er war alle Personen in einer Person, alle Ämter in einem Amt, alle Würden in einer Würde. Ein dürres Männchen mit geflickter Hose und Krankenkassenbrille auf der Nase. Das Männchen war nicht einmal darauf gekommen, sich zur Begrüßung der verlorenen Söhne eine Blume ins Knopfloch zu stecken.

Das Männchen gab mir den Entlassungsschein. Er trug meinen Daumenabdruck und den ärztlichen Vermerk UNFIT. Ich konnte gehen. Aber wohin gehen? He, Alter, wer lebt denn noch von den Menschen, die ich verlassen habe, als ich auszog, um zu siegen? Lebt meine Frau noch? Lebt meine Mutter noch, mein Vater, meine Schwester, mein Bruder? Lebt die Tante noch, der Onkel, der Nachbar? Auf meinem Entlassungsschein stand MARRIED, das war nicht gelogen. In NUMBER OF CHILDREN hatte ich KEINE eintragen lassen, aber das war vielleicht doch gelogen. Ich hatte seit einem Jahr keine Nachricht mehr erhalten.

Entlassen. Ich war entlassen. Kein Stacheldraht hinderte mich mehr. Kein Maschinengewehr war auf meinen Kopf gerichtet. Kein Posten drohte mit dem Knüppel. Der Sieger ließ mich laufen. LET'S GO, DAMNED BLOODY NAZIBOY, auch das in großen Buchstaben, in BLOCK LATIN CAPITALS, wie es die Vorschrift zur Ausfüllung des Formulars befahl, und mitgegeben hatten sie mir ein Paar Socken und acht Stück Seife der Marke LUX, von der Gloria Swanson begeistert war. LET'S GO.

Ich bin nie in meinem Leben und bei keiner noch so verdammten Gelegenheit langsamer gegangen als an diesem Tag. Ich zog in eine zerbombte, durchlöcherte, verbrannte, verratene, entvölkerte, verarmte Stadt. Auf meinem Rücken stand in weißen Buchstaben PoW, das hieß PRISONER OF WAR, Kriegsgefangener, ich war gezeichnet, und ich kannte niemanden, der reich genug war, mir einen Anzug zu schenken. Meine Beute aus sechs Jahren Waffendienst, mein Anteil am Feldzug durch Polen, Frankreich und Russland, meine Beute, mein Verdienst, mein Lohn, mein Volksvermögen, mein Kapitalzuwachs, meine Ersparnisse waren ein Paar olivfarbene Socken und acht Stück Seife mit dem Porträt von Gloria Swanson. LET'S GO.

Ich erinnere mich, dass es anfing zu regnen und grau zu werden. Ich ging immer noch langsam. Ich hatte Angst. Es war nicht deshalb, weil ich Tote gesehen hatte, viele Tote, mit denen ich weder verwandt noch verschwägert war. Aber wer zählte in meiner Familie zu den Toten?

Ich blieb stehen und entfaltete den Entlassungsschein. CERTIFICATE OF DISCHARGE stand da, und ein gewisser Harry La Bow Capt. C. M. hatte unterschrieben. Thank you, Captain. Die AMT[1] ha-

---

[1] AMT, American Military Troops

ben meinen Ehering und die Armbanduhr genommen, ich will's vergessen, aber sie haben mir die Socken und acht Stück Seife gelassen, um darauf das neue Leben aufzubauen. LET'S GO.

Das neue Leben bestand zunächst aus einer Ruine. Hier hatten die Eltern gewohnt. Auf Pappe stand in der Küche meiner Mutter zu lesen, dass die Eltern in einem Ort namens Hunteburg wohnten. So war das heute. So benachrichtigte man einander, auf Pappe und auf Stein, hinter verbrannten Türen. Tante Mentrup ist tot, stand da.

Ich taumelte weiter. Ich spürte Hunger. Aber ich besaß weder Geld noch Lebensmittelmarken. Ich hatte nicht die leiseste Ahnung, wie das hier weitergehen würde. Meine Frau hatte ich zuletzt in Berlin gesehen. Wir hatten dort eine Wohnung gehabt. Wohin sollte ich fahren? In jenen Ort namens Hunteburg? Nach Berlin? Fuhren schon Züge? Durfte ich die Stadt, die mich aufgenommen hatte, überhaupt verlassen?

Da erbarmte sich meiner der Engel der entlassenen Kriegsgefangenen und schickte mir die Tante Anna über den Weg, und die Tante Anna sagte, dass meine Frau aus der sowjetisch besetzten Zone geflohen und in der vergangenen Nacht wohlbehalten bei den Eltern angekommen sei. „Mit Sabinchen“, fügte Tante Anna hinzu.

„Wer ist das?“, fragte ich.

„Wer Sabinchen ist? Das weißt du nicht? Ach, du lieber Himmel ... das ist deine Tochter!“

Ich war langsam gegangen, weil ich Angst gehabt hatte. Auch war ich der Freiheit entwöhnt. Stacheldraht und Wachtposten hatten mich zur Vorsicht erzogen. Aber jetzt fing ich an, schnell zu gehen. Ich lief. Ich kannte ja das Ziel. Ich wusste, dass ich angekommen war. Dass ich zu Hause war. Dass es weitergehen würde. Irgendwo. Irgendwie. In dieser Stadt.

Gegen Frost und Wind, Schnee und Regen schützten sich die Männer notdürftig, indem sie sich Erdlöcher buddelten Aufnahme: U.S. Army Archives

Die Rheinwiesen, Amerikanisches Kriegsgefangenenlager Rheinberg bei Duisburg, in dem Schulz sechs Monate unter einer Zeltplane verbringen mußte.

Kapitulation Wilhelm Keitel Berlin Karlshorst 09.05.1945

Der Tote aus Murdasowo

Jemand erzählte eine Geschichte. Er habe sie selbst nicht erfunden, sagte er, sie sei ihm gleichsam wie ein Geschenk zugeflogen. Als er sie erzählte, ging draußen Wind, die Bäume ächzten unter den pfeifenden Stößen, welke Blätter taumelten in die Wasserlachen auf der Straße, und alles in allem war es kalt und ungemütlich. Aber es war ein Sonntag, die Dorfbewohner ruhten von ihrer Arbeit aus, sie steckten in ihren besten Kleidern und schritten mit strengen Mienen einher. Totensonntag, sagten die Leute, wir wollen ein wenig schneller gehen, damit wir heimkommen. Sie hockten auf der Bank am Ofen und dachten an ihre Toten draußen in der frostigen Novemberluft, in der Reihe der tausend und abertausend anderen Toten, die dort zur ewigen Ruhe gebettet lagen. Vielleicht war es dies, dass sie sich besannen, auch ihnen sei eines Tages dort eine Grube zugewiesen, in derselben nassen Erde, in derselben frostigen Winterluft – sie baten den Erzählenden, er möge ihnen noch mehr sagen, es sei ihnen recht zu Herzen gegangen, und sie fänden Trost darin. Was er erzählte, war dies:

„Ich kannte einmal eine junge Frau, die hatte amtliche Nachricht bekommen, dass ihr Mann erfroren sei, in einem Dorf namens Murdasowo in dem großen Russland. Sie hatte ihren Mann sehr lieb gehabt und sie fand fortan keine Ruhe mehr in dem Gedanken, ihr Mann sei nicht tot und sei mit erfrorenen Füßen beerdigt worden, und die Gefangenen schrieben, dass sie heimkehren würden. Der jungen Frau wäre es tröstlich gewesen, wenn sie auf dem Friedhof, der die Toten ihres Dorfes barg, ein Fleckchen gehabt hätte, darin ihr das Liebste ruhte und dem Wiedersehen entgegenharrte. Sie kam auch alsbald auf den Gedanken, hinter der starren Reihe der eingefriedeten Grabmäler der Reichen und der vom Regen verwaschenen Holzkreuze der Armen, an der Hecke, dort, wo niemand mehr Anspruch erhob, begraben zu werden, ein Fleckchen Erde, groß wie ein Handtuch, als ihr Eigen zu betrachten. Sie bedeckte es mit Kieselsteinen, bepflanzte es ringsum mit Buchsbaum und Stiefmütterchen, und an den Sonntagen, bevor sie zur Kirche ging, bestellte sie es mit frischen Blumen. Zu Allerseelen brachte sie ein Licht, wie es auch die anderen hielten, und für den Weihnachtsabend putzte sie ein Tännlein mit Engelhaar und vergoldeten Nüssen, und der Tote dort unten hatte es jetzt so gut wie daheim.

Die Menschen wunderten sich ob ihres seltsamen Gebarens, und der Friedhofswärter schalt sie närrisch. Aber er ließ sie gewähren, wenn er sie beim Wind und Wetter an der Hecke knien und weinen sah.

Die Jahre gingen ins Land, die junge Frau ließ nicht nach zu weinen und zu beten und das Grab so liebevoll zu hegen, dass es jetzt schon so selbstverständlich und vor aller Augen dalag wie die anderen Gräber. „Hier ist Murdasowo“ sagte sie. Sie vermochte das fremde Wort kaum auszusprechen, denn es war schwer wie regennasse Erde, die an den Füßen klumpt. Die junge Frau wurde darin immer seliger zu glauben, dass hier Murdasowo sei und dass an dieser Stelle ihr toter Mann am Jüngsten Tage, da alles Fleisch aufersteht, sich mit ihr erneut vereine und nicht den langen Weg von Murdasowo weit in Russland bis in ihr Heimatdorf zurückzulegen brauche, mit seinen erfrorenen Füßen, sagte sie dann jedes Mal.“

Die Zuhörer schwiegen nachdenklich. „Mit seinen erfrorenen Füßen, ja, ja.“ Draußen heulte der Sturm über die Dächer, und Dunkelheit kroch durchs Fenster. „Der Glaube dieser Frau“, sagte einer, „beweist, wie sehr der Wunsch nach Auferstehung und Wiedervereinigung in uns mächtig ist. Dieses Grab an der Hecke ist ein Symbol …“ „Ein Symbol?“ lächelte der Erzähler. „Wollen Sie die Geschichte zu Ende hören? Oh, sie hat ein Ende, Sie brauchen nicht auf den Jüngsten Tag zu warten. Der Mann der Frau kehrte zurück aus dem Schnee in Murdasowo, gestern oder vorgestern, die Leute erzählen es überall. Seine Füße sind ab. Er geht an Krücken.

Überhaupt war es mit dem Heldentum im Anfang nicht sehr weit her. Selbst hier wurde der Stahlhelm aufgesetzt.

Feld Qu Einzelgrab 398

Es war November, als ich aus der Kriegsgefangenschaft entlassen wurde und in die Stadt zurückkehrte, in der ich gelebt hatte. Ich hatte mir vorgenommen, das Grab meines Vaters zu suchen. Ich wusste, dass er tot war. Ein Angestellter des Städtischen Friedhofsamtes blätterte in den Listen und schrieb mir die Nummer des Grabes auf einen Zettel: Feld Qu Einzelgrab 398.

„Sie werden es schon finden", sagte der Mann, der hinter seinem Schreibtisch einen Mantel und eine Wollmütze trug, weil der Ofen nicht geheizt werden konnte, und dann fügte er hinzu: „Übrigens – mein Beileid."

„Danke", erwiderte ich.

Sie hatten den Friedhof in Felder eingeteilt. Jedes Feld war mit einem Buchstaben gekennzeichnet, um das Auffinden der Gräber zu erleichtern. Überall dort, wo sich die Wege kreuzten, steckten kleine Holztafeln im Rasen, auf denen weiß auf schwarz der Buchstabe zu lesen war, Qu zum Beispiel. In den ersten Jahren nach dem Krieg kamen viele Menschen auf den Friedhof, und sie alle hatten einen Zettel in der Tasche, auf dem das Grab vermerkt war. Das ganze Alphabet war eingesetzt worden, so viele Tote hatte es gegeben.

Ich will hier nicht behaupten, dass ich Friedhöfe mag. Jedenfalls fürchtete ich mich nicht vor dem Anblick ausgehobener Gruben und vor dem Geruch des Buchsbaums, der ja ein Leichengeruch ist. Ich hatte begriffen, dass ich sterben musste. Mit meinen neunzehn Jahren hatte ich das begriffen. Aber jetzt im Spätherbst sahen die Gräber freundlich aus, sie waren mit Astern geschmückt, und auf einigen brannten kleine Laternen. Die Flämmchen wuschelten umher in dem roten Glas, und das brachte wahrhaftig sogar Leben in die Sache. Den Kindern gefiel es, sie standen da und träumten.

Feld Qu Einzelgrab 398 – hier ruhte mein Vater. Er war zweiundsechzig Jahre alt, als er starb. Er war von der Friedhofsverwaltung unter der Nummer 398 in die Liste der Verstorbenen eingetragen worden. Schulz, Emil, geb. 1883, röm. kath., Rentner, verwitwet, Wohnsitz unbekannt.

Ach ja, Schulz Emil hatte zuletzt in seiner Gartenlaube gewohnt.

Jedes Feld zählte tausend Gräber, tausend Nummern, tausend Herzen. Herzen, die eine Weile geschlagen hatten.

Im Film hatte ich einmal in Großaufnahme gesehen, wie ein menschliches Herz schlägt und pumpt und sich anstrengt. Das menschliche Herz auf der Leinwand machte blupp-blupp-blupp und immer blupp-blupp-blupp, ganz dumpf.

Ich fing an, ein Gebet zu sprechen. Ich sagte etwas Lateinisches auf, das ich einmal gelernt hatte, „Dona ei requiem aeternam", gib ihm die ewige Ruhe, Herr, und ich machte mir Vorwürfe, dass ich kein rotes Laternchen gekauft hatte.

Mein Vater war am 7. März 1945 getötet worden. Er wurde in seinem Schrebergarten vor der Stadt von einem Tiefflieger umgebracht, der gedacht haben muss, dieser Mann da unten ist derjenige, der den Krieg angefangen hat. Der 7. März war der Tag, an dem amerikanische Panzer bei Remagen über den Rhein gingen. Hitler ließ den Offizier erschießen, der sich geweigert hatte, die Brücke zu sprengen.

Ich betete: Herr, lass ihn ruhen in Frieden, und das ewige Licht leuchte ihm. Und mitten im Gebet erinnerte ich mich an meinen Vater, wie er beschaffen gewesen war und welche Art von Freundschaft wir miteinander gehabt hatten. Ich erinnerte mich an die Abende vor Weihnachten, als die Familie und das Haus und das Leben noch in Ordnung gewesen waren. Wir hatten die Abende damit verbracht, Rätsel zu lösen. Wir waren immer auf der Suche nach Preisausschreiben, und wenn wir das Rätsel gelöst hatten, lief ich zum Briefkasten, um die Lösung einzustecken.

Wir kauften Stapel von Zeitschriften. Wir beteiligten uns an allen Preisausschreiben, die aufzutreiben waren. Wir lebten ständig in der Hoffnung, dass wir endlich den großen Gewinn machen würden. Und wahr ist, dass wir eine Menge dabei lernten, zum Beispiel, wer Tizian gewesen war und welche Sinfonien Beethoven geschrieben hatte und dass die Araber nach dem Koran leben.

Wir sandten im Laufe der Jahre Hunderte von Lösungen ein, eine Lösung nach der anderen, aber wir waren nie bei den Gewinnern. Wir zählten nicht zu denjenigen, die fähig waren, eine Nähmaschine oder die Gesamtausgabe von Brehms Tierleben oder eine Reise nach Wien für zwei Personen zu gewinnen. Einmal war der Hauptgewinn ein Fahrrad, ich hätte damit zur Schule fahren können, die sechs Kilometer entfernt war, aber die Fahrradfabrik muss unsere Lösung einfach in den Papierkorb geschleudert haben.

Als ich aus dem Krieg zurückkehrte und das Elternhaus zerstört fand und der Vater tot war, berichteten die Nachbarn, dass die Flieger damals fast in Baumhöhe über die Stadt und die Gärten hinweggeflogen waren und ihre Waffen auf alles abgefeuert hatten, was sich bewegte.

Unter den Tausenden, Zehntausenden, Hunderttausenden von Geschossen, die in die Mauern und in die Erde spritzten, traf ein Geschoss meinen Vater. Aber unter den vielen Preisausschreiben, deren richtige Lösungen wir eingesandt hatten, war nicht einmal ein Pröbchen Zahnpasta für ihn dabei.

Haben wir das vergessen?

Haben wir vergessen, dass wir in Russland gewesen sind? Russland, das ist für uns immer noch der Krieg. Wenn wir Russland hören, hören wir das Feuer. Wenn wir Russland sehen – in den Zeitungen und auf Bildern ist Russland zu sehen – dann sehen wir Schnee.

Aber der Schnee ist nicht alles. Der Schnee war nicht allein Russland. Da waren rote Spuren im Schnee, die sich schwammig ausdehnten, wie auf Löschpapier. Da waren jene schwarzen Flecken, die von den Einschlägen der Artillerie herrührten und von Bomben. Brandmale der Schlacht. Der Krieg schrieb seine Sprache in den Schnee.

Es ist nicht so, dass wir etwas gegen Russland gehabt hätten. Wir hätten den Schnee lieb gewinnen können. Auch die Menschen hätten wir lieb gewinnen können und das Petroleumlicht in den Hütten und die Lehmöfen mit ihrer guten Wärme. Vielleicht hätten uns sogar die Birken zugesagt mit der Zeit. Aber sie nahmen ja das Birkenholz, um Kreuze daraus zu machen für die Toten.

Am Heiligen Abend erreichten wir einen Ort, der Kotobitschi hieß. Ich habe nie begriffen, wer das war, der immer gleich den richtigen Namen wusste. Man vergisst nicht, wo man sich am Heiligen Abend aufgehalten hat. Damals waren wir also in Kotobitschi. Es war ein dick verschneites Nest mit dreiundzwanzig Hütten und einer Kirche in der Mitte, aus der sie eine Traktorenwerkstatt gemacht hatten. Der Kompaniechef schenkte jedem von uns fünfzig Schuss Gewehrmunition. Nichts Grünes dran, bewahre. Auf dem Kalender stand „Weihnachten".

Wir waren abgelöst worden. Die Front wummerte jetzt in unserem Rücken. Leuchtkugeln flirrten durch den schneegrauen Himmel. Aus den Hütten säuselte gelblicher Rauch: verbranntes Holz aus den tiefen russischen Wäldern, durch die der Wolf strich.

Und es roch auch nach Holz. Bei großer Kälte gibt es nichts Tröstlicheres als den Geruch von verbranntem Holz.

Die Tür öffnete sich. Unsere Augen waren noch blind von der Dunkelheit draußen. Dastehen und glotzen, das Gewehr im Anschlag. Woina[1]nix gutt, dachten sie jetzt da drinnen an ihrem Lehmofen und den Ikonen in der Ecke und den gackernden Hühnern im Korb.

Seht die Madka mit dem Tuch um den Kopf und den bärtigen Muschick[2]!.Die Kinder lagen auf dem Ofen und fürchteten sich. Im Kalender stand „Weihnachten". Das hatten sie stehen lassen, kein General wusste warum. Es hätte besser nicht dagestanden; denn an diesem Abend waren wir nicht tapfer genug, um einen Krieg zu gewinnen.

Die Russen wussten nicht, dass Heiliger Abend war. Für die Leute von Kotobitschi kam Weihnachten erst im Januar. Aber der bärtige Mann setzte den Samowar in Gang, und die Frau reichte den fremden Soldaten Brot und Salz und heiße Kartoffeln. Im Ikonenwinkel glühte das Lämpchen. Woina nix gutt, sagte sie.

Der Korporal rückte eine Bank vor das Ofenloch, und da hockten wir nun und starrten in das flackernde Feuer, und länger als eine halbe Stunde würden sie uns hier nicht sitzen lassen, das wussten wir. Das Eis taute aus Nase und Augenbrauen. Die Lippen brannten in der Wärme. Die Füße schmerzten vom Frost. Im Schein des Petroleum-Lichts hatte der Russe einen Kopf wie ein Apostel. Er lächelte, als er uns den Tee in den Becher goss. Serafim, sagte er, ich heiße Serafim.

Es ist nicht wahr, dass wir dann „Stille Nacht" gesungen haben. Niemand hat davon geredet, dass er daheim sein möchte und dass ihn dieser verdammte Krieg nichts angeht. Es stimmt nicht, dass irgendjemand gerührt war und dass der Korporal dem Muschick Familienfotos gezeigt hat.

---

[1] Woina steht für „Krieg" (Russisch: Война)

[2] Muschik, ein einfacher russischer Bauer im zaristischen Russland (Russisch: *мужик*)

Wir saßen da und atmeten Wärme und schlürften Tee und hörten den Samowar singen und das Holz knistern. Wir dachten an nichts. Eine halbe Stunde lang dachten wir an nichts. Weil Heiliger Abend war, hatten wir die Helme abgesetzt und die Gewehre gesichert.

Tapfer waren wir nicht, das ist wahr. Niemand hätte mit uns eine Schlacht gewinnen können. Nicht in dieser Nacht.

„Mein lieber Schulz ...“

Ich habe einen Brief bekommen. Den Brief hat mein Vorgesetzter geschrieben von damals, als ich Soldat war und mit meinem von Anophelesmücken angezapften Blut und meinem vom Militarismus zertretenen Herzen auf einer Schreibstube im Heimatfrontgebiet Verfügungen ausdenken musste. Der Brief ist mit der Hand geschrieben, er trägt am Kopf die Anschrift, das Datum, die Brieftagebuchnummer 526 und sogar ein Aktenzeichen, nämlich: P. K. Ich vermute, das soll Privat-Korrespondenz heißen.

Herr Major machte sich die Mühe, mir zu schreiben. „Mein lieber Schulz“

Ich war bloß Obergefreiter, und ich werde ganz rot vor Freude, dass Herr Major mir geschrieben haben, und beinahe hätte ich den Brief fallen lassen, weil meine Hände nach der Hosennaht zucken. „Mein lieber Schulz ...“ Tscha, und so weiter.

Beim Lesen stelle ich mir den Brief in ein Magnetophon gesprochen vor. In meinem Lautsprecher würde er dann etwa so klingen: „Mein lieber Schulz, äh, will Ihnen einmal schreiben. Habe Namen in Zeitung gelesen, tüchtig, tüchtig, gar nicht vermutet in Ihnen. Krieg leider total verloren. Kolossal unangenehme Geschichte. Äh ... bedauere sehr Verlust der Lebensaufgabe. Besitze noch Reithose, Kaiserbild und Ordensschnalle. Bin auf russischer Seite völlig enteignet. Hausen jetzt Schweinekerle auf eigenem Hof, ordinär, ordinär. Vorläufig nicht zu ändern, äußerst schwierig Besatzungsmacht muss ertragen werden. Wohnen selbst in Hinterhaus, drei Treppen hoch, regnet durch. Erbitten Bericht, ob dort Lebensmöglichkeit. Direktorposten in Industrieunternehmen oder seriösem Zeitungsverlag. Haha, werden uns schon durchrackern. Können sich Bild machen, was?“

Können sich Bild machen, ja, Verzeihung, „jawohl, Herr Major“. Meine Hände zucken wieder an die Hosennaht, verdammte Angewohnheit. Herr Major waren damals Abteilungsleiter in einem Generalkommando, Chef römisch zwo arabisch b. Herr Major befahlen bis zur letzten Stunde Bataillone und Regimenter in den Tod. Herr Major erdachten bis zur letzten Minute Verfügungen, um kranke Soldaten und Soldaten, deren Wunden beim Exerzieren aufbrachen, kriegsverwendungsfähig zu machen. Herr Major schickten bedenkenlos Tausende und Abertausende in ein sinnloses Verderben. Herr Major ließen sich zur Sicherung des eigenen kostbaren Lebens einen Bunker bauen, der mit Stahl und Zement dreimal so dick gepolstert war wie der sicherste Bunker der Parteispitzen in jener Großstadt. Und da saßen nun Herr Major und unterzeichneten Befehle, die es den anderen, den Kv.-Geschriebenen ermöglichten, den Heldentod zu sterben.

Herr Major aßen gespickten Rehrücken und tranken roten Sekt dazu, wenn die anderen Kohlsuppe fressen mussten. Herr Major fuhren sonntags zur Jagd, wenn die anderen mit der Panzerfaust im Arm exerzieren gingen. Herr Major waren Großgrundbesitzer und Schnapsfabrikant, Aufsichtsratsvorsitzender in Getreide und Zucker, ehemaliger Stahlhelmführer, Feudalherr und gehasster Brotherr für alle, die ihm dienten. Herrn Major ging es gut, kolossal gut, Herrn Major ging es ganz prächtig gut. Können sich Bild machen, was?!

Aber Herr Major sind nicht mehr Herr Major. Es gibt kein Generalkommando und keinen roten Sekt mehr, kein Bratlingspulver für Mannschaften und Kv.-Befunde für Kriegsversehrte. Herr Major sitzen da im Hinterhaus, drei Treppen hoch, gefärbte Reithose und Panzerhemd, ganz gelb vor Kummer und schrecklich ausgehöhlt. Kerle machen nichts als Schwierigkeiten. Keiner putzt Stiefel. Essen ungenießbar. Mannschaften grüßen nicht. Schweinerei. Müssen uns halt bequemen. An alte Kameraden appellieren. Brieftagebuch anlegen, schreiben, schreiben ... ohne Tritt, marsch! Aktenzeichen: P. K.

Herr Major erbitten also Bericht über Lebensmöglichkeit ... hm.

Mein lieber Schulz. Das macht mich noch verrückt vor Stolz. Früher hieß ich „He!“ und „Sie da!“ und „Hören Sie mal!“ und „Herkommen!“. Heute bin ich Schulz, Schulz schlechthin, und nicht nur das, sondern sogar mein lieber Schulz. Ich berste vor Glück. Ich stehe kopf über die Vertraulichkeit, die mir zuteilwird. Haha, wir müssen viel besser zusammenhalten, was? Schulz, alter Junge! Äh, werden uns schon durchrackern, Besatzungsmacht muss erst abgerückt sein. Werde dann auch für Sie sorgen, Stellung in Wehrmacht oder Ähnlichem. Besitze noch Reithose, Kaiserbild und Ordensschnalle. Bei Bericht über Lebensmöglichkeit bitte Termin beachten. Am besten geheim halten. Dringend. Schellhase, Major.

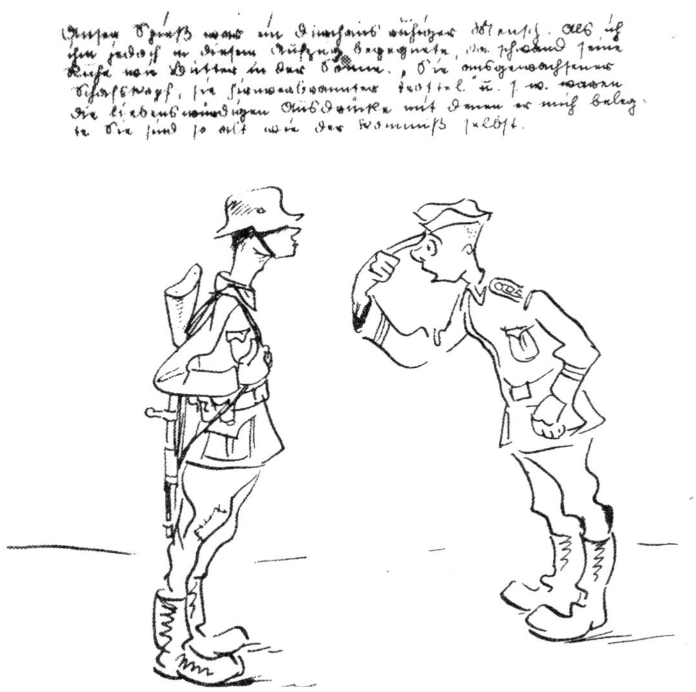

Unser Spieß war ein durchaus ruhiger Mensch. Als ich ihm jedoch in diesem Aufzug begegnete, da schwand seine Ruhe wie Butter in der Sonne. „Sie ausgewachsener Schafskopf, Sie hirnverbrannter Trottel u. s. w. waren die liebenswürdigen Ausdrücke, mit denen er mich belegte. Sie sind so alt wie der Kommiss selbst.

Luft der Freiheit

Das Ende kommt nicht mit Trompetenschall und Trommelwirbel. Der Krieg ist aus. Einfach so, als sei ein Zug entgleist mit Toten und Verletzten.

Keine Bomben mehr. Keine Nächte im Luftschutzkeller. Keine Festnahmen wegen Defätismus. Keine Sondermeldungen. Keine zuhauf unterschriebenen Briefe vom Kompaniechef: Gefallen für Führer und Vaterland, Ihr Sohn ist ein Held.

Zum Teufel mit den Strategen, die das Wort Napoleon nur als Marke für Cognac kennen und nicht als Denkmal für den blamabelsten Feldzug aller Zeiten. Die Berichte über die Flucht der napoleonischen Armeen füllen Archive groß wie Fußballfelder. In Russland siegen nicht die Kanonen, in Russland siegen die Läuse.

Der Krieg ist aus. Welch eine Veränderung. Welch eine Auferstehung. Welch eine Hoffnung. Wir, die am Leben geblieben sind, entdecken plötzlich die Natur. Wir bewundern ihre Geheimnisse. Wir ertasten ihre Hinweise auf den Ursprung. Wir erforschen die Umwelt. Wir kümmern uns um die kleinen Dinge. Die großen Dinge waren uns zu groß. Das Insekt bedeutet uns mehr als vordem die Meldung über die Verleihung von Eichenlaub an den Träger eines Ritterkreuzes.

Jeder versucht auf seine Art, den Krieg zu vergessen und zur Geborgenheit zurückzukehren.

Wir sind dem Untergang entkommen. Eine Welle von Dankbarkeit und Entschlossenheit treibt uns voran. Es ist fast wie Glück. Wir räumen die Trümmer auf. Wir schaufeln die Straßen frei. Wir setzen den Ruinen Fenster und Türen ein. Wir flicken das Dach mit Pappe. Wir bürsten den Brandgeruch aus den Kleidern. Wir helfen einander. Die neuen Wörter heißen Wohngemeinschaft, Brotmarke, Kohlenklau. Das Wort Kostennutzenrechnung haben wir noch nicht gespeichert. Tarifkonflikt, Wachstumsprognose, Preiskampf per Mausklick – was ist das? Wir verzichten auf Beifall, Eichenlaub und Schmiergeld.

Wir basteln Kochherde und Betten. Wir leimen Tische und Stühle zusammen. Im Winter kuscheln wir in Decken, die wir uns gestohlen haben und die nach Kaserne riechen. Im Radio werden die Nachrichten ohne Marschmusik angesagt.

Unsere Sehnsucht nach Geborgenheit stillt das Häuschen im Schrebergarten. Wir bringen unseren Kindern Erdbeeren, Tomaten und Radieschen mit.

Luft der Freiheit

Die Menschen stiegen aus Luftschutzbunkern, Stacheldrahtgehegen und Gefängnissen nach oben. Sie warfen feldgraue, olivfarbene und braune Uniformen ab und atmeten die Luft der Freiheit, die nach Brot schmeckte, das frisch aus dem Ofen gezogen wird. In ihrem Innern hatte sich Dampf angesammelt und dieser Dampf wollte raus. Der Dampf zischte, aber er zischte nicht wie Dampf zischt in einem Stahlwerk oder in einer Schnapsbrennerei. Das Zischen hörte sich eher an wie eine Kette von Explosionen in Jupheidi und Trallala und jedes Trallala bedeutete: Ich lebe noch.

Barackenmensch

Der Barackenmensch ist der Mensch unserer Tage. Er ist hervorgegangen aus einem Bombardement. Er ist das Geschöpf einer Pressluftmine. Er ist das Opfer eines Flächenwurfs auf seine Kochstelle. Als er zu seiner neuen Daseinsform erwachte, war er arm und unbekleidet wie Adam. Die Haut auf der Brust war angeritzt von Granatsplittern, die Augenbrauen waren versengt von Brandbomben und in der Hand hielt er ein Kochgeschirr. Das Kochgeschirr erleichterte ihm den Beginn einer neuen Lebensepoche. Diese Epoche kennt weder fließendes Wasser in der Küche noch eine Glühbirne an der Decke. Aber sie kennt den Schlaf auf dem Fußboden und das entzündete Fleisch, das vom Biss der Wanze herrührt. Die Wanzen sind im Verein mit Ratten und Läusen die wahren Sieger.

Übersicht
Trotz der Überflutung mit Ekrasit und Phosphor ist einiges erhalten geblieben. Der Dom, das Rathaus, die Marienkirche, das Heger Tor, der Bocksturm, der Pernickelturm, die Vitischanze, ein Dutzend barocker Giebel und vertrautes Fachwerk. Nichts ist spurlos verschwunden. Von allem ist noch ein Zeichen da, ein Umriss, eine Ahnung. Den Heiligen in den Außennischen der Kirchen haben Bombensplitter das Gesicht halbiert, als solle ihnen das Weinen erspart bleiben. Anderswo lächeln Engel über den Untergang der Welt. Heilige blicken zum Himmel empor. In Kaiserbärten nisten Sperlinge. Ein Wasserspeier bleckt sein Drachenmaul. Sogar der Kopf des Löwenpudels fand sich im Geröll wieder.

Tauschzentrale
In der Tauschzentrale wird gesucht und angeboten. In der Hauptsache geht es um Schuhe und Kleidung. Auch Löffel sind gefragt, denn zur Suppe gehört ein Löffel. Die sozialen Schichten, denen die Kundschaft entstammt, sind an den zum Tausch bereitgelegten Kleidern abzulesen. Da hängt der altersgraue Hut neben der hahnigen Reithose, das Hochzeitskleid neben dem Schlosserkittel, der Trachtenanzug neben der Hose aus englischer Gefangenschaft, auf der noch PoW steht. Vor alten Kleidern wird man ehrfürchtig. Wer weiß, welch erlauchter Geist in ihnen beheimatet war. Der Geruch der aus Kellern und Bunkern zusammengetragenen Lumpen schafft eine Atmosphäre eindringlicher Zeit- und Menschennähe.

Schrott
Bei Klöckner werden die in Wäldern, an Straßenrändern und in Jauchegruben abgelegten Waffen gesammelt. Alles wird von Schneidbrennern zerkleinert. Man macht Geschnetzeltes für den Hochofen. Haushoch türmt sich das Arsenal des Schreckens. Es schaudert einen beim bloßen Anblick. Wer an der Front sein Gewehr hinwarf, wurde erschossen. Aus. Hier sammeln sich zuhauf Geschütze und Granatwerfer, Bestandteile von Panzern und Trümmer von Flugzeugen, Stahlhelme und militärischer Kleinkram von der Gasmaskenbüchse bis zur Munitionskiste. Ein lenkbarer Kran schaufelt sein Maul voll mit rostigem Eisen. Was einmal der Stolz einer Armee war, was unter Trommelwirbel und Trompetenklang zur Vereidigung antrat, was von geistlichen Herren für den Einsatz im Krieg gesegnet wurde, Waffen, Waffen, Waffen, das wird hier zu Schrott erniedrigt. Der Weihrauch hat sich verzogen, haften geblieben ist der Geruch von Verwesung.

Trümmerbahn Osnabrück 1945

*Meine Bekannten werden in der ersten Zeit erstaunt sein,
wenn ich mich als ihr Gast auf den Ofen anstatt auf Stühle setze.*

Bernhard Schulz – Journalist, Feuilletonist und vielgeschätzter Buchautor

von Heiko Schulze

Redakteur Bernhard Schulz mit der OR-Erstausgabe, 1. März 1946

Journalist, Feuilletonist und vielgeschätzter Buchautor

Die Osnabrücker Rundschau, wir notierten es bereits in unseren bisherigen Beiträgen zur OR-Geschichte, existierte keine sieben Monate. Doch in ihrer kurzen Wirkungszeit vom 1. März bis zum 13. September 1946 hatte sie es geschafft, vor allem mit herausragenden Redakteuren von sich reden zu machen. Auf ganz unterschiedliche Weise hinterließen diese OR-Pioniere Spuren, die sich bis in die heutige Zeit hinein bemerkbar machen und an die wir allzu gern erinnern.

Mit dreien haben wir uns bereits befasst: Josef Burgdorf gilt bis in die Gegenwart hinein als der wohl unbeugsamste Journalist der Osnabrücker Stadtgeschichte, der dafür durch die NS-Machthaber mit Gewalt und KZ-Haft bestraft wurde. Karl Kühling schrieb sich die Finger wund und hinterließ bis heute etliche, immer wieder nachgefragte Bücher und Abhandlungen zur Stadtgeschichte. OR-Redakteur Hans Wunderlich reihte sich 1949 als Mitglied des Parlamentarischen Rates in jene Männer und Frauen ein, die das Grundgesetz beschlossen.

Einen vierten gab es, der ebenfalls in herausragender Art und Weise auf sich aufmerksam machte – und heute Suchenden recht schnell nahekommt: Bernhard Schulz (1913– 2003). An ihn erinnert dieser Beitrag unserer Serie.

Geburtshelfer des Spiegel – und Ideen vom Dümmer

Was hat die Geschichte des Hamburger Polit-Magazins „Der Spiegel" mit Osnabrück zu tun? Und in welcher Beziehung steht dazu der frühere OR-Redakteur Bernhard Schulz? Die aktuelle „Osnabrücker Rundschau" lüftet heute ein ganzes Bündel von Geheimnissen!

Das rot umrandete Wochenmagazin kennen wir, viel zitiert und prominent besetzt, aus täglichen Medienerlebnissen. „Der Spiegel" kommt heutzutage immerhin noch über eine Auflage von gut 650.000 verkauften Exemplaren, ganz zu schweigen von einem millionenhaft nachgesuchten Internet-Auftritt. Aber wer weiß schon, dass das legendäre Blatt in Wahrheit auf dem plätschernden Gewässer des Dümmers entstand? Richtig gelesen! Das „Meer der Osnabrücker" diente damals einem britischen Major namens John Chaloner als beliebtes Gewässer für seine Ruder- und Segeltouren, auf welchen er seine Ideen zu produzieren pflegte.

Chaloner war Spross einer Verlegerfamilie und mit gerade einmal 22 Lenzen jüngster Offizier der Rhine Army. Letztere verfügte in Osnabrück, dies wissen wir aus unserer jüngsten Vergangenheit, einen Ansiedlungsschwerpunkt mit zeitweise mehr als 25.000 Soldaten.

Major John Chaloner war offiziell „Medien-Verbindungsoffizier" und stand verantwortlich vor der großen Aufgabe, antifaschistische wie demokratische Medien auf den Markt zu bringen und für den erfolgreichen Aufbau von Presse und Rundfunk in „Lower Saxony" zu sorgen. Hier wiederum kam bereits früh der in Osnabrück ansässig gewordene Journalist und Buchautor Bernhard Schulz ins Spiel, der engen Kontakt zum Briten pflegte.

„Er ging in unserer Familie in Osnabrück damals ein und aus. Ein ausgesprochenes Faible für hübsche Mädchen wurde ihm nachgesagt. Das wissen wir von meiner Mutter", stellte Schulz-Sohn Ansgar Schulz-Mittenzwei rückblickend und mit einem leichten Schmunzeln auf OR-Anfrage fest. Der Kontakt zu Bernhard Schulz erfolgte beim Aufbau einer demokratischen Nachkriegspresse nicht ohne Grund. Denn Letzterer war bereits vor 1946 ausgewiesener Journalist und Autor, dem nach ausgiebigen Überprüfungen ausdrücklich keine NS-Vergangenheit nachzuweisen war. Mutmaßlich bis zu deren letzter Ausgabe im September 1946 hatte Schulz sich erfolgreich bei der Osnabrücker Rundschau bewährt und vor allem deren Feuilleton-Beiträge gestaltet.

Der bis dahin zurückgelegte Weg des Chaloner-Partners sei hier kurz und knapp wiedergegeben. Geboren in Lindlar im Bergischen Land, absolvierte Schulz sein Volontariat und erste Berufspraxis vor dem Krieg bei der Rheinisch-Bergischen Zeitung in Bergisch Gladbach. Nach dem 1936 begonnenen Wehrdienst war er als Redakteur in einem Verlag in Hannover tätig gewesen, wo er bis Kriegsausbruch geblieben war. Anlässlich seiner Kriegseinsätze hatte er unfreiwillig eine große Spannbreite an heftigem Frontgeschehen durchgemacht. Zu seinen Einsatzorten zählten die Niederlande, Belgien, Frankreich und die Kanalinsel Alderney, zum Schluss der Feldzug in der Sowjetunion. Gegen Kriegsende war er in eine sechsmonatige US-amerikanische Gefangenschaft im Lager Rheinberg bei Duisburg geraten, danach in die eigentliche Heimat der Familie, nach Osnabrück, heimgekehrt. Spätere Dokumente seines literarischen Schaffens belegten immer wieder, dass ihn die Fronterlebnisse zu einem vehementen Kritiker des Militarismus gemacht hatten. „Mein vom Militarismus zertretenes Herz ..." hat er später seinen Gemütszustand nach dem Weltkriegsinferno beschrieben.

Welch unbändigen Aufbruchwillen Bernhard Schulz in Gestalt seines journalistischen Schaffens nach dem Weltkrieg zugrunde legte, dokumentiert der Originalton eines Textauszugs aus dem unten erwähnten Werk „Den Löwenzahn zermalmt die Kesselpauke":

„Wir sind dem Untergang entkommen. Eine Welle von Dankbarkeit und Entschlossenheit treibt uns voran. Es ist fast wie Glück. Wir räumen die Trümmer auf. Wir schaufeln die Straßen frei. Wir setzen den Ruinen Fenster und Türen ein. Wir flicken das Dach mit Pappe. Wir bürsten den Brandgeruch aus den Kleidern. Wir helfen einander. In jeder Stube haust ein Paar mit Kind, Katze und Vogelbauer. Die neuen Wörter heißen Wohngemeinschaft, Brotmarke, Kohlenklau."

Zurück nun zur Geschichte des Spiegel: Das spätere Politmagazin sollte einem ganz besonderen Geistesblitz des Majors Chaloner entspringen. Noch ungewöhnlicher war der Ort des Geistesblitzes: Plattform seiner Idee bildete nämlich das oben erwähnte Ruderboot, das er für sich auf dem Dümmer requiriert hatte. Es muss prima Paddelwetter gewesen sein, als er auf dem Flachgewässer auf Kurs ging. Sinnierend zwischen Backbord und Steuerbord, entwickelte der junge Brite die Vision, ein deutsches Magazin zu erschaffen, dessen Vorbild vor allem das US-amerikanische Time Magazin oder der britische Mirror sein sollte. „Dies war der eigentliche Stapellauf des Magazins", berichtet Ansgar Schulz-Mittenzwei.

Dümmer-Ruder-Tour mit Magazin-Idee. Selbst gezeichnet von Major John Chaloner. http://www.bernhardschulz.de

Schnell gewann Major Chaloner den ehemaligen deutschen Kriegsgegner Bernhard Schulz als Partner, um weitere Planungen konkreter werden zu lassen. Eine Tatsache mussten beide bereits früh feststellen: Das zu zwei Dritteln zerstörte Osnabrück war offenkundig nicht geeignet, um die große Idee des Briten umzusetzen.

„Osnabrück schien zu klein und man ging nach Hannover, mein Vater ging mit", weiß Schulz-junior zu berichten. Dafür stand der Name des neuen Blattes fest: Er lautete vorerst allerdings noch nicht „Der Spiegel", sondern „Diese Woche". Das Magazin erschien erstmals am 16. November 1946 – all dies unter aktiver Mithilfe des vormaligen OR-Redakteurs Bernhard Schulz – in der frisch gekürten niedersächsischen Landeshauptstadt Hannover. Dort stieß der besonders tatkräftige Rudolf Augstein zur Redaktion.

Der damals noch eher unbekannte Journalist Rudolf Augstein setzte recht schnell eine Umbenennung des Magazins durch. Es sollte fortan „Der Spiegel" heißen. Augstein wurde Chefredakteur und Herausgeber. Die Magazinmacher hatten darüber hinaus haargenau erkannt, dass in Hamburg bereits in der frühen Nachkriegszeit ein westdeutsches Medienzentrum entstand, dessen Teil man unbedingt werden wollte. Vor allem Augstein war es, der den Umzug in die Stadt an der Elbe schließlich durchsetzte.

Schulz kehrt Augstein den Rücken

In Osnabrück war die Osnabrücker Rundschau als Blatt der britischen Militärverwaltung mittlerweile durch das mit deutscher Lizenz ausgestattete „Neue Tageblatt" ersetzt worden. Dessen erste Nummer war am 17. September 1946 erschienen und hatte die OR in der örtlichen Zeitungslandschaft ersetzt.

Schon früh knüpften die Lizenzträger des Blattes den Kontakt zu Bernhard Schulz, dessen Qualitäten bereits in der OR dokumentiert gewesen waren. „Mein Vater erhielt den Ruf zurück nach Osnabrück", erläutert Schulz- Mittenzwei die Entscheidung von Schulz, fortan statt beim Spiegel beim Neuen Tageblatt mitzumachen und den Wohnsitz der Familie nach Osnabrück zu verlegen.

Die neuen konservativen Lizenznehmer wiesen den Weg: Das Neue Tageblatt wurde zunehmend katholisch- konfessionell und CDU-nah geprägt. Gut drei Jahre lang blieb das Blatt die einzige rein Osnabrücker Tageszeitung. Die Aufhebung des Lizenzzwangs ermöglichte bald aber auch anderen Zeitungen ein Anknüpfen an altbekannte Traditionen.

Eine Alternative für die sozialdemokratisch ausgerichtete Leserschaft bot früh die Nordwestdeutsche Rundschau, in deren Redaktionsstube federführend der ehemalige OR-Redakteur Hans Wunderlich saß, dessen neu gewählte Rundschau einen beachtlichen Osnabrücker Lokalteil aufwies. Lang ersehnt hatten auch Osnabrücks Altverleger Meinders und Elstermann jenen Tag, an dem sie wieder ihre Traditionszeitung „Osnabrücker Tageblatt" produzieren durften. Schließlich hatte dieses Blatt schon seit dem 1. Oktober 1884 bestanden und sich, naturgemäß mit Ausnahme der Gleichschaltung in der Nazi-Zeit, stets darum bemüht, als parteiunabhängiges Blatt zu fungieren. Am 1. November 1949 startete die Osnabrücker Traditionszeitung tatsächlich wieder mit ihrem altbekannten Namen. Schnell stellte sich der gewohnte Zuspruch aus der Leserschaft wieder ein.

Die Verkaufsstellen in Stadt und Umland boten fortan das „neue alte" Osnabrücker Tageblatt ebenso wie das „Neue Tageblatt" an, was die Leserschaft häufig verwirrte. 1950 erfolgte das Unvermeidbare: Zwischen beiden Verlagen mit ähnlich klingenden Blättern kam es zu einem Lizenzstreit. Am 22. Dezember 1950 fand die Verwirrung um zwei „Tageblätter" schließlich ein Ende. Das jetzt bei Fromm gedruckte Blatt gab sich den Namen „Neue Tagespost". Bernhard Schulz blieb, wie auch Zeichner Fritz Wolf, in der Redaktion des umbenannten Blattes. Als verantwortlicher Redakteur für „Unterhaltung und Film", ab 1953 dann als Feuilletonchef, wirkte er für die „Neue Tagespost", bis diese 1967 mit dem „Osnabrücker Tageblatt" zur „Neuen Osnabrücker Zeitung" fusionierte.

Wenn eingangs darüber gesprochen wurde, dass Bernhard Schulz bis heute Spuren hinterlassen hat, dann gilt dies insbesondere für einen Menschen, der nur in Papierform quicklebendig ist und den Alltag seiner Mitmenschen bis heute aufmerksam begleitet: Die Figur des „Till" ist Lesenden der Osnabrücker Lokalzeitung allgegenwärtig. Jener Till ist nicht zufällig namensverwandt mit dem legendären, zeitkritischen wie klugen Hofnarren Till Eulenspiegel. Tatsächlich war Till eine lupenreine Erfindung von Bernhard Schulz. Unzählige Male verbarg sich in den Alltagskommentaren des Till die Feder des damaligen Feuilletonisten. Till wurde auch deshalb zur beliebten zeitlosen Person.

Kaum noch bekannt ist heutigen Beobachtern, dass Schulz ein überaus enges, aber streng arbeitsteiliges Gespann mit dem bekanntesten Osnabrücker Zeichner aller Zeiten, nämlich Fritz Wolf (1918-2001), bildete. Klar, dass dieser den zeichnerisch bis heute existierenden Till mit seiner Tuschefeder zu Papier brachte. Wolf, jener in seinem künstlerischen Duktus unvergleichbare Beobachter des zwischenmenschlichen Alltags, dürfte auch weitere seiner karikaturistischen Ideen seinem guten Freund und Redaktionskollegen Bernhard Schulz zu verdanken haben.

Die beiden bildeten stets so etwas, das man im modernen Deutsch als „Kreativteam" bezeichnen würde. Die Arbeitsprodukte der beiden erfreute sich großer Beliebtheit und bildeten den klassischen Synergieeffekt als Win-Win-Spektakel. Denn viele der zahllosen feuilletonistischen Kurzgeschichten von Bernhard Schulz wurden mit brillanten Strichen seines Freundes Fritz Wolf illustriert.

Auch geistig pflegten beide eine große Nähe. Wolf wie Schulz zeigten sich, ganz im Gegensatz zu den allermeisten Redaktionskollegen, eher laizistisch ausgerichtet. Während Schulz sich allerdings parteipolitisch nicht zu erkennen gab, war Wolf ein überzeugter Linker und trat später auch in die SPD ein. Was aber beide bei ihrer Arbeit verband, war der Antimilitarismus und der Antiklerikalismus.

Neues Tageblatt

Drei Zonen wählten die Gemeindevertretungen

Keinerlei Zwischenfälle – zumeist rege Beteiligung

Lizenzübergabe an das „Neue Tageblatt“

Keine Änderung in Amerikas Außenpolitik

Truman zieht Zustimmung zur Wallace-Rede zurück

Nach der Wahl

Erstausgabe Neues Tageblatt vom 17.09.1946

Freunde: Bernd Schulz und Fritz Wolf (1950)

Wolf-Zeichnung anlässlich des 60. Geburtstag von B. Schulz

Bernhard Schulz und Sohn Ansgar

Ausgewählte Schulz-Bücher auf einen Blick

Welch kritischer Geist Schulz jenseits der Tagespolitik, ganz allgemein, speziell in seinem ureigenen feuilletonistischen Metier war, dokumentiert eindrucksvoll Sohn Ansgar, der die Geisteshaltung seines Vaters auf Nachfrage wie folgt skizziert:

„Ein Feuilletonist muss sich ja nicht zwingend politisch outen. Ich nehme aber an, die Kriegserfahrungen haben ihn sein restliches Leben zum Zyniker gegenüber der Nachkriegspo itik – Stichworte Adenauer und Wiederbewaffnung – gemacht.

Er war schon für Osnabrücker Verhältnisse ein sehr kritischer Geist, verbunden mit viel Ironie und Sarkasmus in Bezug auf Kultur, Literatur, Kino und Theater, bewahre kein Provinzler. Das brachte ihm allerdings regelmäßig Ärger ein. Nicht umsonst haben manche Schauspieler ihre Rolle meiner Mutter in der Küche nachgespielt, wenn wieder einmal eine miese Kritik bei den Schauspielern für Verdruss gesorgt hatte."

Bernhard Schulz war bereits vor seiner journalistischen Zeit ein akribischer und lustvoller Schreiber. Sohn Ansgar berichtet der OR über exakt 154, allesamt erhaltene Feldpostbriefe an die Familie. Geschrieben sind sie in gestochen scharfem Sütterlin, die er meistens aus seinem zeitweiligen Stationierungsstandort, unter anderem von der britischen Kanalinsel Alderney, geschickt hatte. Das Bemerkenswerte: Keiner dieser 154, häufig sehr kriegskritischen Zeitdokumente, so weiß es Schulz junior, „wurde von den Zensoren korrigiert." Alle Briefe wurden vom Deutschen Tagebucharchiv in Emmendingen schon vor Jahren von älteren Damen kostenlos transkribiert und befinden sich heute in moderner Druckschrift auf der unten genannten Website.

Originalkommentar zum oben abgebildeten Foto:
„Schütze 1 Uffz. Hans Leskowski schießt, der Schütze 2 das bin ich (...)., Schütze 3, Gefr. Hoffmann, er ist Berufsphotograph und hat sich erboten, uns diese Aufnahmen zu machen. Dabei wird er durch einen Kopfschuß getötet. Uffz. Leskowski steht auf, um ihm zu helfen und erhält drei Schüsse in den Unterleib. Er liegt ein Jahr in einem Lazarett für Schwerverwundete. Das rechte Bein wird ihm amputiert und eine künstliche Harnröhre angelegt, die in einem Plastikbeutel endet."

Aber auch journalistisch hat der Soldat Schulz während des Krieges durchaus häufig zur Feder gegriffen. Er füllte damit Spalten der „Pariser Zeitung", die vor allem von deutschen Besatzern gelesen wurden. NS-Zensoren sorgten nach Aussagen Sohn Ansgar allerdings dafür, dass nicht alles Geschriebene die Leserschaft erreichte. Auch Bücher folgten, deren Texte ebenfalls strengen Zensurkriterien unterlagen. Entstanden ist 1941 der Schulz- Band „Im Westen" über den Frankreich Feldzug. Folgt man einer nicht ganz ernstgemeinten Karikatur seines

Freundes Fritz Wolf, hat Schulz jenes Werk angeblich auf dem Stahlhelm geschrieben. Ebenfalls in Kriegszeiten entstand das Buch „Straße der Väter", das 1944 zur Endphase des Krieges erschien und ebenfalls den Frankreich-Feldzug behandelt.

Besonderen Ärger mit NS-Zensoren, so Ansgar Schulz-Mittenzwei, verursachte das bereits genannte Buch „Im Westen". Dieses war wohlweislich unter seinem Pseudonym Bernd Hardeweg veröffentlicht. Schulz selbst schrieb später: „Das Buch wurde von der Zensurstelle des Propagandaministeriums ‚redigiert', also verstümmelt, verballhornt, ihrer Pointen beraubt und seltsam verbogen."

Auch der Text des Anti-Kriegs-Romans „Hunde wollt ihr ewig leben" stammt nach Auskunft seines Sohnes von Schulz. Nur die Autorenschaft nachzuweisen sei bisher sehr verworren. Schulz-Mittenzwei: „Zwei Germanistikprofessoren mühen sich seit einer Weile mit der langen und komplizierten Geschichte des Textes ab. Mein Vater wurde sogar gerufen – als Berater bei den Filmaufnahmen in Göttingen."

Eine Hauptphase des schriftstellerischen Schaffens von Schulz setzte naturgemäß in einer Nachkriegszeit ein, in der er ungezwungen all das, was ihn bewegte, als Buch, Textsammlung, Bericht oder Kurzgeschichte auf Papier bannte. Die Bilanz des literarischen Schaffens des früheren OR-Redakteurs dürfte im Raum Osnabrück seinesgleichen suchen. 24 Bücher und fast 2.400 (!) Kurzgeschichten sind seit 1934 erschienen. Letztere erschienen in Zeitungsausgaben, Anthologien und Sammelbänden und sogar einem Hörbuch.

„Die Krähen von Maklaki" (1967), Erzählungen aus dem Winterfeldzug in Russland, wurden Jahrzehnte später sogar ins Russische übersetzt. Lesende der Ära Gorbatschow lobten an diesem Buch die „humane Haltung des Autors" und seinen „Protest gegen den Krieg".

Einige Bücher, dies als Hinweis für Neugierige, sind bis heute als Print- oder auch als E-Books über die unten genannte Website zu erwerben. Das aktuellstes und zugleich viele Schriften vereinigende Werk ist das 2018 unter Mitwirkung seines Sohnes herausgegebene Schulz-Buch „Den Löwenzahn zermalmt nicht die Kesselpauke oder Hinwendung zur Geborgenheit." 538 Seiten beinhalten 200 kurze, sorgsam ausgewählte Geschichten der Jahre 1945–1965. Viel Zuwendung verdient – neben einem umfangreichen Wikipedia-Beitrag – auch die von Schulz-Mittenzwei liebevoll ins Netz gestellte, zahllose Text- und Bildquellen aufweisende Website www.BernhardSchulz.de.

My Dear Old Uncle Bill

Unsere Verwandten in Amerika, genauer gesagt: die Pakete, die sie schicken, sind heute ein beliebtes Gesprächsthema. Beliebter noch als die vielen Geschichten über die Bauern oder über die Wohnungsnot. Jene Mitbürger, die freudestrahlend mit einem Care-Paket heimwärts wandern, werden von allen beneidet. Nicht jedermann besitzt einen Onkel in Amerika. Dennoch würden die Fäden, die von hier nach drüben führen, zusammengerafft ein erstaunlich dickes Bündel ausmachen. Das beweist schon die Zahl der Geschenkpakete, die von den deutschen Zollbehörden und Postämtern ausgeliefert werden. Wenn zum Beispiel in einer Stadt wie Osnabrück die Zahl dieser Pakete monatlich zwischen 6.000 und 7.000 schwankt, dann ist das ein beachtlich dicker Tropfen auf den heißen Stein unserer Not.

Aus den ländlichen Bezirken unserer Heimat sind zu Anfang und um die Mitte des vorigen Jahrhunderts viele fleißige und strebsame junge Leute nach drüben ausgewandert. Diese Menschen haben, als sie sesshaft geworden waren, durch Generationen hindurch bis auf den heutigen Tag immer neue Menschen aus der alten Heimat nachgezogen. Diese Leute, die den Mut gefunden hatten, hier ein Haus abzubrechen, um jenseits des Großen Wassers einer völlig fremden Welt entgegenzutreten, haben es, an unserer Armut gemessen, durchaus zu Wohlstand gebracht. Zwar sind manche untergegangen und einige zurückgekehrt, aber die gute Substanz hat sich durchgesetzt. Es gedeihen in Amerika deutsche Familiennamen, die in den Adressbüchern unserer Tage längst gelöscht sind. Nach einer statistischen Angabe aus dem Kriege betrug die Zahl der Deutschstämmigen in den USA etwa 12 Millionen. Bisweilen geschieht es, dass aus der US-Zone unseres Vaterlandes ein amerikanischer Soldat mit einem Jeep voll Verpflegung auf so einem Bauerndorf in Niedersachsen landet, aussteigt und anklopft: „Ich sein Verwandter ... Ich Kind von Onkel Bill ... Ich euch gefunden durch altes Brief ..." Viele Deutschamerikaner ließen ihre Söhne in der alten Heimat erziehen oder schickten sie auf unsere Universitäten. Mancher Bürger drüben, der aus einem Bauernhaus im Emsland, aus einer Hütte am Hunteburger Moor oder aus einer Tischlerwerkstatt in Bersenbrück stammt, rühmt sich erlesener Söhne, die Ärzte, Professoren, Flugzeugingenieure und Molkereibesitzer geworden sind.

Und was halten die Herrn Molkereibesitzer von uns, die sich plötzlich dieser Blutsverwandtschaft entsinnen? (In den meisten Fällen waren die Beziehungen drüben nämlich lauwarm entschlafen). Tscha, plötzlich sind die Anzeigenspalten der in deutscher Sprache in USA erscheinenden Zeitungen gefüllt mit „Gesucht"- Inseraten. "Gesucht wird Karl Jürgensmann, um 1896 eingewandert, zuletzt wohnhaft in Milwaukee oder- deren Verwandte. Nachricht erbeten an..."

Seien wir ehrlich: Es handelt sich um Kaffee. Es handelt sich um Tee, Kakao, Eipulver, Trockenmilch, Rosinen, Seife, Zigaretten, Büchsenschinken, Aprikosen, Unterwäsche, Schuhe, Anzüge, Wintermäntel, Hüte, Handtaschen, Pelze, Armbanduhren, Brautkleider, Tennisbälle und so weiter. „Wir besitzen ja doch rein gar nichts mehr, lieber Onkel Charlie, wir sind ganz schrecklich arm geworden, der Krieg, die Bomben, die russische Zone, du weißt ... Und für Dich sind das doch alles Kleinigkeiten, lieber Onkel, liebes, gutes Onkelchen. Ich weiß auch noch, wie du ganz klein warst, damals habe ich immer mit dir gespielt ..."

Beschämende Schiffsladungen solcher Briefe mögen drüben angekommen sein. Sie haben uns in Amerika den Spottnamen „Gimmies" eingebracht. Das Wort bedeutet eine Verballhornisierung des englischen „Give me!" Die Gimmies behaupten nicht, daß Geben seliger denn Nehmen sei. Im Gegenteil, damit wollen sie nichts zu tun haben. Sie schreiben Briefe, in Deutsch, Englisch und Esperanto, damit es nur ja entziffert werden kann, und zählen auf, was ihnen fehlt und was sie gerne haben möchten. Eine amerikanische Zeitung hat sich vor kurzem den Spaß erlaubt, einige dieser „Gimmie"-Briefe im Original zu veröffentlichen. Da liest man denn, dass ein Mädchen ein Klavier geschickt haben will, weil sie doch so musikalisch sei. Ein Gärtner möchte eine Schreibmaschine haben, damit er seinen Dank besser ausdrücken kann. Ein Liebespaar will heiraten und wünscht Brautkleid und Smoking nach Maß. Ein Geschäftsmann fragt an, ob ihm ein Soldat nicht ein Fahrrad mitbringen könne. Bedarf besteht ferner an Nähmaschinen, Klubsesseln, Radiogeräten und Spielsachen.

Dass die Onkels verärgert sind, ist klar. Dass dies die Not der Deutschen in Deutschland, die – nach einem amerikanischen Ausspruch – „sich selbst diese Regierung um den Hals gehängt haben", nicht wahrhaftiger erscheinen lässt, ist ebenso klar. „Ein Mann, der hungert, braucht was zu essen und keinen Tischtennisschläger", schreibt die Zeitung: „wie gut muss es diesem Schmachtlappen im Klubsessel gehen!" Im Übrigen tun unsere Verwandten drüben, was sie können, um uns unsere Lage zu erleichtern. Sie gründen caritative Vereine, veranstalten Wohltätigkeitsfeste, Basare und Lotterien, richten Versandhäuser ein, bieten genormte Lebensmittel- und Kleiderpakete zum Kauf an, drucken Plakate mit der Aufschrift: „Helft euren Landsleuten in der alten Heimat" und bekämpfen den Deutschenhass der anderen. Aber das alles reicht nicht. Die Gimmies sind stärker, sie pflanzen ihr Unwesen fort, sie danken nicht, sie betteln ...

Und erst kürzlich hat sich ein Deutschamerikaner, dessen Großvater aus der Wittlager Gegend eingewandert war, die Mühe gemacht, via Air Mail im nobelsten Slang zu antworten: „Du gehst mich einen Dreck an, old boy!" Das war grob. Wenn es sich dabei um die Zusendung von Traktoren und einem neuen Dach für die Scheune gehandelt hat, kann man es verstehen.

Der Weg zu Elske

Alle Männer hatten ein Mädchen am Arm. Alle Männer hatten eine Frau daheim. Alle Männer hatten ein Kind. Aber einer war unter ihnen, der stand abseits.

Er hatte zwar einmal ein Mädchen gekannt, aber das war schon lange her, und er wusste eigentlich kaum noch, wie sie beschaffen gewesen war. Jung, brav, ein gesundes Dorfkind mit blanken Augen? Ihr Vater hatte nicht dulden wollen, dass sie schon einen Liebhaber hatte. Einmal begleitete er sie nach Hause. Da standen sie dann und fürchteten sich. Heiraten, dachte er, ich habe nichts als eine Harmonika in der Tasche.

Seitdem war nie wieder sein Herz von diesem süßen Weh befallen worden. Aber je mehr Jahre ins Land gingen, desto sehnsüchtiger gedachte er jener Liebe, und er bereute immer aufrichtiger, dass er nicht wenigstens von Zeit zu Zeit geschrieben hatte. Er war damals einfach weggegangen, hatte sich aufgemacht in den Krieg, ohne ein Versprechen ... „Auf Wiedersehn", weiter nichts.

Das also hatte es ihm eingebracht: Einsamkeit, ein Leben ohne Glück und Ziel. Er beschloss, einen Brief zu schreiben. Er wolle sich hiermit erkundigen, ob sie noch am Leben sei. Sicher erinnere sie sich noch an ihn, der damals so treulos gegangen sei. Inzwischen habe er mancherlei erlebt, Krieg und Gefangenschaft, und er sitze jetzt im Büro, dem hohen Chef gegenüber. Er wünsche sehr, dass er eine gewisse Elske wiedersehen dürfe, an den Weihnachtstagen, und wenn sie es einrichten könne, dann möge sie ihm einen Brief schreiben. Ja?

Er schrieb auch diesmal nichts von Liebe. „Sehr geehrtes Fräulein", setzte er vorsichtig genug über den Brief. Er wartete voller Herzklopfen. Er rechnete genau aus, wann Antwort kommen müsste, wenn ihr auch nur das Geringste daran gelegen wäre, ihn wiederzusehen.

Die Tage gingen mühsam dahin; sie brachten ihm nicht den ersehnten Brief, aber in Gedanken hatte er schon tausendmal seine Zeilen gelesen, sie sei verheiratet, hieß es darin. Im Übrigen wundere sie sich, dass jemand, der so wenig Treue habe, sie an solche Tändelei zu erinnern geruhe. Ob ihn Langeweile plage da im Büro, dem hohen Chef gegenüber?

Oh, er mochte nicht weiterlesen. Ein paar Sätze nur, aber sie rissen nieder, was er in seinem Herzen aufgebaut hatte. Er redete sich ein, dass seine Liebe nicht aufrichtig sei und dass es auf die Dauer nicht genügen würde, verheiratet zu sein, bloß um der Einsamkeit zu entfliehen.

Endlich kam der Brief. Ja, sie lebe noch, und sie habe nichts einzuwenden, wenn er Weihnachten kommen wolle. Herzlichen Gruß, Elske Beut. Es war ihr Mädchenname.

Am Tage vor Weihnachten fuhr er zu ihr. Es war eine lange Reise. Unterwegs glühte es ihn durch und durch, dass er nun bald in ihrer Nähe sein würde und für sein Herz geradezustehen hätte. Als er auf dem kleinen Bahnhof ankam, wartete sie an der Sperre.

„Ich freue mich sehr, dass du gekommen bist", sagte sie, „du kannst bei uns wohnen, wenn du willst. Wir sind alte Freunde, ja?" „Man hat mir einen Arm abgeschossen", sagte er. Elske nickte. Sie führte ihn den alten Weg über den Fluss und durch den verschneiten Wald. Es war alles wie früher. Der Fluss rauschte, der Wald knackte mit seinen Ästen, und der Schnee rieselte dahin. Der Mann sah, dass Elske erwachsen war, ein großes gescheites Mädchen; fast fürchtete er sich vor ihr. Er war so demütig jetzt. Er wusste nicht, wie er es anfangen sollte, aber er wollte auch nicht länger in Ungewissheit leben und so tun wie alle, die ein Mädchen gewinnen wollen: sich wichtigmachen und prahlen ...

Er sagte einfach: „Ich habe immer an dich gedacht, Elske. Damals waren wir beide jung, und es hatte wohl noch keinen Sinn zu fragen. Heute habe ich eine gute Stellung. Der Krieg ist vorbei ..." Er hielt inne und sah sie an. Sie hatte ganz dasselbe Lächeln wie früher, als er von ihr gegangen war, stolz, fast ein wenig spöttisch, das konnte sie nicht ableugnen. Aber sie war alles in allem doch größer, entschlossener, selbstbewusster.

Sie blieb nicht stehen. Sie schritt durch den Schnee weiter, als sei nichts geschehen. Als er sie um diese paar Schritte eingeholt hatte und seine Hand auf ihre Schultern legte, wandte sie sich ihm zu und sagte: „Ja."

Sie haben den Jungen einiges voraus

Sie trägt Blond mit einem Farbton, der kaum merklich ins Graue hinüberspielt. Wenn man ihr sagt, dass sie jung sei und dass ihr die Hoffnung wohl anstehe, nicht immer hinter der Schreibmaschine sitzen zu müssen, lächelt sie müde. Sie nimmt das Kompliment dankbar an, aber sie weiß, dass sie nicht mehr jung ist.

Sie lächelt anders als jene Mädchen, die überzeugt sind, dass sie durch ihre Jugend wirken. Auch spielen Lippenstift und Puderdose längst nicht mehr die Rolle purer Affektation. Sie kann hinwerfen: „Ich bin doch kein Badefisch mehr."

Das soll heißen: Von Backfischen verlangt man nicht, dass sie nach Diktat in die Maschine schreiben. Backfische brauchen nicht zu wissen, wie „Wechseldiskont" geschrieben wird und wie man ihn berechnet. Backfische sind da, um Lehre anzunehmen, das Büro zu verschönern und für den Chef Blumen einzukaufen, wenn er einen Besuch macht. Das ältere Fräulein setzt die Lehrlinge ein wenig hintenan. „Ihr habt noch Zeit", denkt Fräulein Prittwitz. Das haben sie auch.

Sie macht keine Tippfehler mehr, sie kann ihr Stenogramm lesen, als gäbe es nichts Geringfügigeres als stenographisches Gekritzel. Das ist ihr Beruf. Aber hinter den Beruf ist die Ehe gesetzt, der eigene Herd und die Paradekissen im Schlafzimmer. Daran denkt sie, dass sie gern heiraten möchte.

Sie beschäftigt sich damit zu überlegen, wer infrage käme. Hm ... Die infrage gekommen wären, sind aus dem Krieg nicht heimgekehrt. Sie liegen in Dörfern begraben, die Alezandrowka oder Belintschlskaja heißen. Namen, die ihr geläufig sind und die sie den Backfischen voraushat.

Weiter hat sie den Backfischen voraus, dass sie sich an den Ton der Warnsirenen erinnern kann, an das Stampfen teppichweise fallender Bomben, an Brandgeruch, Tote, Uniformen, Abschiedsszenen, Transportzüge, Einquartierung, Soldatenlieder, Vierfruchtmarmelade, Wistra und Luftschutzunterricht.

Fräulein Prittwitz hat ihre Jugend den Stunden und Nächten des Fliegeralarms geopfert. Meist saß sie im Bunker, aber oft musste sie auch im Keller bleiben, weil die Flieger schon da waren. Sie hatte schreckliche Angst. Statt zu tanzen, hockte sie sonntags am Rundfunkgerät und wartete auf Alarm. Statt ins Grüne zu radeln, musste sie Gepäckstücke und Volksgasmasken an sich raffen und unter dem Schwellton besessener Sirenen zum Bunker stürzen.

Sie kennt keine richtigen Liebesbriefe mit dem Lavendelduft dickbauchiger Aussteuerkisten. Sie kennt Feldpostkarten mit nüchternen Angaben: „Deinen Brief gestern bekommen. Lagen drei Tage in Ruhe. Heute soll es wieder nach vorne gehen. Der Schlamm ist das Schlimmste. Ist Mutter wieder besser? Wie geht es Vater? Grüße alle recht herzlich von mir."

Viele solche Karten hat Fräulein Prittwitz in einer Pappschachtel liegen. Dazu ein Ordensbändchen, eine zerbeulte Uhr, einen Verlobungsring und ein Schreiben von irgendeinem Leutnant und Kompanieführer, der aufrichtig bedauert, mitteilen zu müssen ... der Tapfersten einer ... Vaterland ... nie vergessen ... Kameraden.

Mit solchen Worten ist Fräulein Prittwitz vollgestopft. Mit solchen Worten und mit Kenntnissen in Rechtschreibung, amerikanischer Buchführung, Einheitskurzschrift, Warenkunde, Bankverkehr, Postgebühren, Aktenablage, Angestelltenversicherung, Lohnbuchhaltung, Krankenkasse, Einkommensteuer, Strumpfpreisen, Adressen von billigen Schneiderinnen, Backrezepten und Romanlektüre ist Fräulein Prittwitz geradezu genudelt.

Aus den Paradekissen wird nichts. Fräulein Prittwitz spielt nicht in der Lotterie. Sie tippt nicht. Sie löst keine Preisrätsel. Sie entdeckt keine Schönheitsperlen. Sie entwirft keine Baupläne.

Sie sitzt hinter ihrer Schreibmaschine und tippt: „Bezugnehmend auf Ihr geehrtes Schreiben vom Datum teilen wir Ihnen mit Komma dass wir Ihr Angebot betreffend Preisliste Nummer dreizehn Strich achtundzwanzig elf großes B Komma ..."

STÖRE ICH?

Schiffe versenken

Unsere Kinder haben ein altes Gesellschaftsspiel neu entdeckt. Es heißt „Schiffe versenken“ und sieht folgendermaßen aus: Jedes Kind braucht ein Blatt Papier mit Rechenmuster und einen Kugelschreiber. Dann werden zwei Felder mit je zehn mal zehn Kästchen angelegt. Die Felder sind waagrecht mit Buchstaben und senkrecht mit Ziffern markiert.

Ins Feld eins werden Schlachtschiffe, Kreuzer, Unterseeboote und Rettungsboote versteckt, und der Gegner im Spiel muss durch Zuruf etwa „4D“ oder „7F“ erraten, in welchem Kästchen sich ein Schiff versteckt hält. Feld eins ist die See, gewissermaßen das Schlachtfeld. In Feld zwei werden Treffer und Fehlschüsse eingetragen. Feld zwei ist die Kommandobrücke.

Hat der Gegner das Versteck erraten, gilt das Schiff als versenkt. Gewonnen hat selbstverständlich jenes Kind, das im Feld seines Spielgefährten alle Schiffe auf den Meeresboden geschickt hat. Die Artillerie des modernen Krieges, die ja das Planquadrat kennt, verniedlichte sich hier im Rechenheft des Tertianers zu einem Duell mit Kreuzchen aus Tinte.

Natürlich wissen die Kinder, was sie tun. Sie waren das ewige „Mensch-ärgere-dich-nicht“ leid. Sie wollten etwas Neues, Aufregendes, Zeitgemäßes haben. Aber wer, frage ich, hat ihnen dieses Spiel „Schiffe versenken“ angeboten? War es ein Matrose? Ein Waffenfabrikant? Ein Herr aus dem Verteidigungsministerium?

Munter sitzen unsere Kinder da und versenken Schiffe. Gottlob ist es ihnen gleichgültig, welcher Nationalität die Schiffe angehören, die sie mit ihrem Kugelschreiber torpedieren. Wahllos gehen auf dem Rechenpapier, das doch dem erstrebenswerten Ziel mathematischer Gewitztheit dienen soll, Schlachtschiffe, Kreuzer, Unterseeboote und Rettungsboote „in den Keller“.

Aus dem Jargon jener Männer, die den Krieg überdauerten, haben sie Ausdrücke wie „müder Dampfer“, „dicker Brocken“, „Sondermeldung“ und „Treffer“ übernommen. Auch im Munde unserer Kinder sind Schiffe nicht einfach Schiffe, sondern „Pötte“. Und „Pötte“ sind dazu da, versenkt zu werden. Es steckt so viel Tradition dahinter.

Hans-Ulrich, der das Spiel gewonnen hat, hat nicht einmal die Ahnung, wie ein Schlachtschiff beschaffen ist und was es gekostet hat. Es hat vor allem Menschenleben gekostet.

Ach, ich kenne Mütter, deren Söhne nicht zurückgekehrt sind – sie lebten auf einem Schlachtschiff.

Ich kenne Frauen, deren Männer als vermisst gemeldet wurden – sie taten Dienst auf einem Kreuzer.

Ich kenne Mädchen, deren Freunde keine Antwort geben – sie schlafen in einem Unterseeboot.

Ich kenne Kinder, deren Väter sich um gar nichts kümmern – sie wurden in einem Rettungsboot ermordet.

Und das spielen wir jetzt.

MONDO CANNIBALE, PIPI LANGSTRUMPF, DIE FLAMBIERTE FRAU, FLIEGENDE KILLER UND GOOD BYE EMMANUELLE!

Das gute Leben

Er sah aus wie einer von diesen Pensionären, die morgens im Milchladen den Nachbarn erzählen, dass sie an Rheuma leiden und dass sie beim Skatspielen gewonnen haben. Ich beneide diese Männer um ihre Ruhe und um den stillen Glanz in ihren Augen. Ich weiß, dass sie auf dem Lande leben, am Rande der Stadt. Sie wohnen in einem Häuschen, das von Apfelbäumen und Stachelbeersträuchern umgeben ist. Aus dem Fenster im Dachgeschoss können sie den Wald sehen. Im Wald gehen sie nachmittags spazieren. „Hallo Fräulein", rief er, „ich möchte zahlen." Auf dem Notizblock des Fräuleins standen zwei Tassen Kaffee, ein Weinbrand, ein Brot mit Käse und eine Zigarre. „Das ist für Sie, Fräulein", sagte er, indem er dem Servierfräulein das Wechselgeld zurückgab. Er konnte es sich leisten, großzügig zu sein, denn er hatte beim Skatspielen gewonnen.

Er stand auf und verließ seinen Tisch, um zur Garderobe zu gehen. Dann fiel ihm ein, dass er seine Tasche vergessen hatte. Die Tasche stand neben dem Stuhl, auf dem er gesessen hatte. Er kehrte zurück und machte laut eine Bemerkung über den Umstand, dass der Mensch im Alter vergesslich wird. Ich saß am Nebentisch.

„Sie übertreiben", sprach ich ihn an. „Sie sind nicht alt. Sie sehen noch recht rüstig aus." Und damit hatte ich nun eine Schleuse geöffnet. „Achtzig", sagte er, „im August bin ich achtzig Jahre alt geworden. Da lässt man gerne den Regenschirm oder die Tasche stehen." Er hob die Tasche auf und schaute nach, ob der Inhalt noch vorhanden war. „Bücher", sagte er, „für meine Enkelkinder. Meine Tochter lebt hier in der Stadt, sie hat drei Kinder. Der Schwiegersohn ist Kraftfahrer. Es sind strebsame Leute. Darf ich mich zu Ihnen setzen? Danke. Ich habe Zeit. Ich lebe auf dem Lande. Ich weiß nicht, ob Sie Lüstringen kennen. Zu meiner Frau habe ich gesagt ... Wissen Sie, was ich zu meiner Frau gesagt habe? ‚Die Großstadt', habe ich gesagt, ‚ist schön und gut. Aber unsere Ruhe finden wir nur auf dem Lande.'„ Er ließ sich umständlich nieder, saß an meinem Tisch, und das Servierfräulein brachte noch einmal Kaffee und Weinbrand. Er trug einen Pfeffer-und-Salz-Anzug wie alle diese Pensionäre. Die Krawatte war altmodisch gebunden. Zwei Ringe am Finger zeigten an, dass er Witwer war. Du fährst also in die Stadt, dachte ich, um deine Einsamkeit loszuwerden, und du bringst den Enkelkindern Bücher mit.

Ich erfuhr, dass der Schwiegersohn einen Fernlastzug steuert. Täglich Berlin oder Stuttgart oder Rotterdam oder Göteborg. Manchmal wechselte der Chef die Tour. Er selbst, der Achtzigjährige, war Eisenbahner gewesen, Vorsteher einer kleinen ländlichen Eisenbahnstation. Schlimm war der Krieg. Im Krieg hatte er es auf dem Bahnhof mit Räubern, Pennern und Tieffliegern zu tun gehabt. Aber sonst war Bahnhofsvorsteher nicht schlecht.

Zum Thema Krieg hatte er noch eine Menge zu erzählen. „Die jungen Leute", sagte er, „wollen keinen Krieg. Mit denen können sie das nicht machen, was sie mit uns gemacht haben. Mein Vater war im Ersten Weltkrieg an der Ostfront. Dort sind ihm auf Posten die Füße erfroren. Im Lazarett haben sie ihm beide Füße amputiert, erst bis zum Knie, dann über dem Knie, dann immer höher, und zuletzt lag er in einem Karren, den sie extra für ihn konstruiert hatten. Er war ein Krüppel, den man überall hinschieben musste."

„Das ist ja schrecklich", sagte ich. Ich fror bei dem Gedanken an die Kälte in Russland.

„Aber ich frage Sie jetzt – hatte mein Vater den Krieg angefangen? War er derjenige, dem das gute Leben in der Heimat bis obenhin stand? Hatte seine Familie ihm zugeredet, mit dem Gewehr auf die Russen loszugehen? Meine Jugend habe ich damit verbracht, den Vater in jenem Karren, den das Versorgungsamt ihm geliefert hatte, vor mir herzuschieben. Er wollte immer gerne in den Wald, und der Wald war auch nicht weit entfernt von unserer Wohnung. Im Wald konnte er es stundenlang aushalten, um die Vögel zu beobachten und auf den Wind zu lauschen und die Bäume zu betrachten. Ihm machte auch der Regen nichts aus. Und er sagte immer: ‚Heinz', sagte er, ‚du bist mein

Sohn, und der liebe Gott wird es dir hoch anrechnen, dass du bei deinem Vater bleibst und ihn vor dir herschiebst, statt mit den Mädchen zu gehen oder Fußball zu spielen.‘„

„Und“, fragte ich, „hat Gott es Ihnen angerechnet – was denken Sie?“

„Ja, das hat er“, antwortete er, ohne zu zögern, „ich bin gesund und zufrieden. An mir verdienen die Ärzte und die Apotheker nichts, und solange ich in den Wald gehen kann, fehlt mir nichts. Ich fürchte mich nicht vor dem Sterben, wenn es das ist, was Sie meinen.“

Da erzählt mir ein fremder Mann sein Leben. Ein Mann, den ich vorher nie gesehen habe und den ich auch niemals wiedersehen werde. Er hat Gutes getan, Opfer gebracht und Verzicht auf sich genommen. Und jetzt will er mir klarmachen, dass es ein glückliches Leben war, und das war es ja wohl auch.

Dann waren wir auch eines Nachts „vorne“. Hinter den Bäumen wussten wir den Russen. Und die Bunker waren unsere Wohnungen.

Das Maskottchen

Immer wieder hört man, dass jemand zurückgekehrt ist, auf dessen Erscheinen niemand mehr gewartet hat. Er war verschollen, vermisst, gestrichen in der Liste der Lebendigen. Sein Tod kam auf das Konto des Krieges, der ja unser aller Schicksal ist.

Nach zwanzig Jahren Abwesenheit kennen Mütter ihre Töchter nicht mehr. Väter reden ihre Söhne mit barschen Worten an: Wer sind Sie? Geschwister gehen fremd aneinander vorbei. Verwandte sind sich gleichgültig geworden.

Umso erstaunlicher ist es, dass sich hie und da doch die Pfade der Vermissten kreuzen. Es sind jene, die damals Kinder waren. Sie hatten ihren Hausnamen und ihre Herkunft kaum begriffen. Sie blieben auf der Flucht irgendwo zurück in einem Wartesaal, in einem Bauernkarren, in einer Wohnung, im Eisenbahnabteil oder zwischen Obstbäumen am Rande einer Heerstraße.

So fand ein amerikanischer Offizier beim Vormarsch durch eine mitteldeutsche Landschaft einen etwa zwei Jahre alten Knaben, der halb verhungert und notdürftig bekleidet in einer Sportkarre saß. In der Nähe lagen mehrere Granattrichter, sodass der Offizier annehmen musste, die Angehörigen des Kindes seien umgekommen. Er machte sich Notizen über den Ort, über den Zustand des Knaben und über ein besonderes Merkmal. Das Kind besaß am rechten Fuß nur vier Zehen. Es handelte sich offenbar um einen Geburtsfehler.

Aber wohin mit dem Knaben? Der Hauptmann ließ ihn in ein Lazarett bringen und auf körperliche Schäden untersuchen. Der Junge war gesund. Dann übergab er ihn einem Ordonnanzsoldaten zur Pflege. Fortan lebte das Kind in dem jeweiligen Quartier des Küchenpersonals, das außer dem Knaben zwei Hunde, einen Angora-Kater und ein Äffchen beherbergte. Charly, so nannten sie den Jungen, trug eine nach Zwergenmaß geschneiderte Uniform und entwickelte sich zu einer Art Maskottchen dieser Truppe. Der Umstand, dass Charly am rechten Fuß nur vier Zehen hatte, erhob ihn in den Augen der einfachen Soldaten in den Rang eines Glücksbringers.

Als der Krieg zu Ende war, ließ sich der Hauptmann seine Anstrengungen, die Eltern des ihm lieb gewordenen Knaben zu ermitteln, von der deutschen Behörde bescheinigen. Er stellte einen Antrag auf Adoption, dem vom Amtsgericht jener Kleinstadt, in deren Umgebung Charly aufgefunden worden war, entsprochen wurde. „Zum Besten des Kindes."

Hauptmann McLean, inzwischen Oberst geworden, nahm Charly mit nach Kalifornien. Er trug den Namen seines Adoptivvaters, ging zur Schule, besuchte das College und war seinen Eltern „die Mühsal eines Feldzuges wert". Sie waren stolz auf Charly und liebten ihn umso mehr, als ihre eigene Ehe kinderlos geblieben war. Ohne Wissen Charlys betrieben sie jedoch über das Rote Kreuz und sonstige Suchaktionen ihre Bemühungen weiter, Angehörige zu finden, leider ohne Erfolg.

Eines Tages brachte Charly ein paar Jungen und Mädchen aus dem College mit nach Hause. Die jungen Leute wollten ein Wochenende auf dem Lande verleben. Unter den Mädchen befand sich eine Deutsche, die ihrer guten Leistungen wegen im Rahmen des Schüleraustausches des American Field Service eingeladen worden war. Dem Oberst fiel sofort eine merkwürdige Ähnlichkeit mit Charly auf, die nicht allein in dem Umstand begründet sein konnte, dass beide Kinder deutscher Abstammung waren. „Bleib auf dem Teppich", schalt sich der Oberst, „diese Lösung wäre zu einfach!"

Er beobachtete die beiden Menschen. Waren sie Bruder und Schwester? Er hatte Angst, das Maskottchen zu verlieren, das Waisenkind, den Adoptivsohn. War dieses Mädchen da gekommen, um das Glück seiner kleinen Familie zu stören? Er war nicht feige, denn schließlich hatte er es bis zum Oberst gebracht. Ein Mann wie er rechnete jederzeit mit Genickschlägen. Er stellte Fragen, und sie wurden ihm beantwortet, wie er erwartet hatte. Alle Angaben stimmten mit seinen Notizen überein. Das Mädchen konnte sich aus Berichten erinnern, dass die Mutter auf der Flucht von Granatsplittern verwundet worden war und ein Kind verloren hatte, etwa zwei Jahre alt, in einer Sportkarre zusammen mit Wäsche und Lebensmitteln. Das Mädchen selbst war in der Obhut einer Schwester ihrer Mutter dem Feuerüberfall entgangen.

„Hat Ihre Mutter erzählt", fragte der Oberst, „dass der Knabe ein besonderes Kennzeichen besaß?"

Prompt antwortete das Mädchen, und es lachte sogar dabei: „Ja. Er soll am rechten Fuß nur vier ..., aber jetzt weiß ich nicht, wie das englische Wort für ‚Zeh' heißt."

„Es heißt ‚toe'„, sagte der Oberst.

„Schauen Sie her!" Das Mädchen streifte den Schuh ab, rollte den Seidenstrumpf herunter und zeigte dem Oberst einen Fuß mit nur vier Zehen.

Das Tacktacktack

In der Zeitung wurde gestern über die Untat eines achtjährigen Knaben berichtet. Die Untat des jungen Menschen bestand darin, dass er mit einer Maschinenpistole im Park spazieren gegangen war und auf eine alte Frau angelegt hatte.

Die Frau saß in der Mittagssonne auf der Bank und dachte an ihre Familie, die auf dem Friedhof in Stallupönen begraben liegt. Als nun der Knabe die Maschinenpistole auf ihre Brust richtete und „Tacktacktack" schrie, setzte ihr einfältiges Herz aus. Sie war auf der Stelle tot, erschossen durch Kinderhand, ermordet durch Spielzeug.

Der Richter gab sich Mühe, an die Eltern des Knaben einige Fragen zu stellen. So erkundigte er sich, auf welche Weise der Junge an die Maschinenpistole gelangt sei. „Wir haben sie ihm zum Geburtstag geschenkt", sagte die junge Mutter, „Erich-Otto schießt so gern."

„Und wo haben Sie das Spielzeug gekauft?" Die Mutter nannte den Namen des Geschäfts.

Nun ist das eine erstklassige Firma in unserer Stadt. Auf dem Spielwarensektor bietet sie immer das Beste und Neueste an. Wer Kindern etwas schenken will, wird hier vortrefflich beraten. Die Dame, die das Geschäft führt, ist sehr tüchtig. Aber sie hat ja auch Zeit, sich der Tätigkeit des Einkaufens und Verkaufens zu widmen.

Die Dame, so erfuhr der Richter, kümmert sich nur ums Verdienen. Das Haus wird von Angestellten in Ordnung gehalten. Den Wagen steuert ein Berufsfahrer. Die gnädige Frau braucht sich nicht einmal um den Mann zu sorgen, denn der Ehegatte wurde bei einem Fliegerangriff getötet. Zwei Söhne fielen an der Front, und die Tochter starb im Kriegslazarett an einer Sepsis.

Nach dem Krieg ging die gnädige Frau tatkräftig an den Wiederaufbau ihres Hauses. Sie baute vier Stockwerke hoch und in der Spielwarenabteilung, die das Reich der lieben Kleinen ist, gibt es immer etwas Besonderes, zum Beispiel Maschinenpistolen aus Kunststoff.

Diese Maschinenpistolen aus Kunststoff sind so originalgetreu gearbeitet, dass man sie von jenen Maschinenpistolen, die bei dem Kampf um Stallupönen Verwendung fanden, nicht unterscheiden kann. Nur muss man die Kinder vor einfältigen alten Personen warnen, die im Park herumsitzen und auf dem Gebiet der Spielwarenerzeugung nicht mehr so recht Bescheid wissen.

Der kleine Mann

Er ging am Stock. Ich habe ihn nie ohne diesen Stock das Haus verlassen gesehen. Er ging oft aus dem Hause. Ich glaube, dass er zum Skatspielen ging oder in seinen Briefmarkensammelverein oder einfach nur raus, um an der Theke zu stehen und mit dem Wirt ein Gespräch über Gartenschädlinge zu führen und über das Thema, ob man den Maulwurf fangen und das bisschen Fell gerben lassen soll. Er wollte sich einen Mantel innen mit Maulwurfsfell füttern lassen.

„Wie 'n Baron, was?"

„Kennst du einen?"

„Nein", sagte der Wirt.

Er ist nie dazu gekommen, sich diesen Mantel bauen zu lassen. Er trug, wenn er überhaupt einen Mantel benötigte, einen grauen Paletot mit einem Kragen aus Plüsch. Und beim Gehen setzte er die Stockspitze klirrend aufs Pflaster, sodass sie ihn in der Kneipe schon von Weitem hören konnten.

Er war ein kleiner Mann. Kein Gardemaß. Ganz und gar kein Baron, und er hatte auch nicht die geringste Chance, jemals einer zu werden. Angestellter, weiter nichts. Er trug Zahlen ein und addierte kleine Summen. Er las Bücher, und einmal hatte er sogar ein Theater besucht, um sich eine Operette anzusehen. Er kannte drei Melodien, die er an jenem Abend gehört hatte. Es war auf einer Verbandstagung der Sparkassenangestellten gewesen. Nach der Vorstellung hatte er in einem Hotel geschlafen, zum ersten Mal in seinem Leben, auf Spesen, und er hatte sich vom Hausdiener die Stiefel putzen lassen.

Er wohnte mit seiner Frau zur Miete. Zur Wohnung rechnete ein Garten mit drei Apfelbäumen und einem Kirschbaum. Ihm selbst gehörte nichts. Er war nie so weit gekommen, sich etwas anschaffen zu können. Als er achtzehn wurde, hatten sie ihn gemustert und eingezogen. Für Gott, Kaiser und Vaterland. Er hatte es im Laufe der Kriegsjahre in der Bedienungsmannschaft eines Maschinengewehrs vom Schützen Drei, der die Munition schleppen musste, bis zum Schützen Eins gebracht, der den Feind ins Visier nahm.

Sie gaben ihm einen Orden dafür, den er in einer Zigarrenkiste aufbewahrte, zusammen mit einer Tabakspfeife aus Meerschaum, die ihm ein Vetter geschickt hatte, der nach Brasilien ausgewandert war. Die Pfeife war zerbrochen angekommen und er hatte nie versucht, sie reparieren zu lassen. Kein Haus, kein Geschäft, kein Grundstück, kein Vermögen, keine Aktie, kein Wertpapier, kein Ölgemälde, keine Jagd, keinen Fischgrund, kein Pferd, keine Kuh, kein Auto. Er besaß nichts, außer diesem Orden und der zerbrochenen Meerschaumpfeife.

Er sehnte sich nach Freunden. Er stand in den Wirtshäusern herum und sagte, dass er bei Verdun gelegen habe und irgendwo in Galizien. Er stand vor den Theken und redete von einem großartigen Wintermantel, der innen mit Maulwurfsfell gefüttert sein sollte.

„Wie 'n Baron?"

„Wie 'n Baron", wiederholte er arglos.

Einmal lachten sie über ihn, und vielleicht lachten sie deshalb, weil ein Baron ja niemals ein kleiner Mann ist. Aber jemand sagte jetzt: „Er hat einem Menschen das Leben gerettet."

„Na und?", fragten sie, „kommt es darauf an? Kommt es auf einen einzigen Menschen an?"

„Er ist aus dem Graben gestiegen", erzählte der Mann unbeirrt weiter, „und hat seinen Kompaniechef geholt. Er hat einen Schwerverwundeten aus dem Feuer getragen. Huckepack. Dabei hat er den linken Fuß verloren."

„Deshalb der Stock?"

„Deshalb der Stock", antwortete der Mann, „er braucht eine Stütze beim Gehen."

„Und was ist aus dem Kompaniechef geworden? Lebt er noch?"

„Na klar", sagte der Mann, „ohne ihn wäre ich verblutet."

Unter'm Tisch habe ich da gelegen,
um ganz sicher zu gehen. Das ging
so mehrere Tage und am Ende stellte
es sich heraus, daß es die eigenen
Kanonen waren, die mit ihren Abschüssen
einen solchen Heidenlärm veranstalteten.

Unterm Tisch habe ich da gelegen, um ganz sicher zu gehen.
Das ging so mehrere Tage und am Ende stellte es sich heraus, dass es
die eigenen Kanonen waren, die mit ihren Abschüssen einen solchen Heidenlärm veranstalteten.

Und dann war ich allein

„Das Schlimmste", sagte sie, „waren die Abende, wenn ich allein in der Küche saß und auf meine Söhne wartete. Immer fürchtete ich, dass etwas Böses geschehen würde. Die Jungen waren ja erwachsen, und sie waren ohne Vater groß geworden. Irgendwann hört bei einer Frau die Kraft auf zu regieren. Die Fähigkeit, alles zu durchschauen und zum Guten zu lenken. Wenn meine Söhne bis Mitternacht nicht im Bett lagen, fing ich an zu zittern vor Angst. Alkohol, Mädchen, Autos, Geldverlegenheit, Freunde. Ach, sie waren eben noch von zahlreichen Gefahren bedroht." Erika Rogges Mann war mein Kriegskamerad gewesen. Wir hatten den Krieg in Russland mitgemacht und waren gemeinsam in Gefangenschaft geraten. Willi Rogge war nach seiner Entlassung nie wieder arbeitsfähig geworden, er musste mit seiner Familie von der Rente leben, und eines Tages legte er sich hin und starb.

„Er hinterließ nichts als Armut", sagte seine Frau, „ich besitze nicht einmal einen Brief oder einen Satz oder ein Wort, an das ich mich erinnern mag. Krieg, das ist alles."

Erika Rogge nahm eine Stellung an, als Plätterin in einer Reinigungsanstalt, acht Stunden am Tag, auch des Sonnabends, und den Haushalt besorgte sie nach Feierabend.

„Das Wort ‚Krieg' habe ich aus meinem Gedächtnis getilgt", sagte Frau Rogge. „Ich rannte, stolperte, floh atemlos nach vorne. Ich wollte nie wieder etwas hören von Bombennächten, von Fronturlaub und Abschied frühmorgens auf dunklen Bahnhöfen."

Die Söhne gingen zur höheren Schule, sie waren begabt, es gab keine Schwierigkeiten, jedenfalls nicht, solange sie daheimblieben und Freude daran hatten, der Mutter beim Kochen und Backen und Bügeln zuzuschauen. Als sie größer wurden, fingen sie an, Mädchen kennenzulernen und in Tanzlokale zu gehen. Es gab Schlägereien und Verhöre bei der Polizei und Fragen, auf die es keine Antworten gab.

Manchmal blieb ein Bett leer, und der Bruder wusste nicht, wo der Bruder war, und er wollte auch nicht raus und suchen. Das waren die Nächte, in denen Erika Rogge mit gefalteten Händen am Tisch saß und auf ein Buch starrte, das sie niemals aufschlug. Sie horchte auf jedes Geräusch von draußen. Sie stand auf und spähte in die Dunkelheit hinaus, die von den Scheinwerfern der Autos zersägt wurde.

In einem Auto brachten sie eines Nachts Georg nach Hause. Er war betrunken und hatte einen Unfall verursacht, und es gab eine Vorladung zur Polizei und eine Gerichtsverhandlung. Seit jener Nacht gärte ihr die Angst im Blut. Sie hatte einen Beruf, sie hatte einen Haushalt, aber sie war einfach nicht fähig, ihre Söhne auf andere Weise zu erziehen als durch die stündlich wiederholte Bitte, sie sollten artig sein.

Artig? Sie wusste, dass die Jungen über dieses Wort lachten. „Artig" war altmodisch. Ein Wort für Mädchen. Ein Wort, das nicht stark genug war, sich durchzusetzen.

Sie machten alle drei ihre Dummheiten. Entweder war es Aufsässigkeit, Lüge oder Jähzorn – Fehler, die sie in Schwierigkeiten brachten. Mädchen klopften an und heulten. Lehrer beschwerten sich, und Karl griff beim Militär einen Vorgesetzten an, der ihn ungerecht behandelt hatte, und musste eine Freiheitsstrafe absitzen.

Der Vater war tot, und er blieb auch tot, und niemand kümmerte sich um die Witwe mit ihren Kindern. Brot? O ja, das verdiente sie. Aber es war nicht das Brot allein. Vielleicht war es dies, dass sie nicht damit gerechnet hatte, allein zu sein und allein mit allem fertig werden zu müssen. Die meisten Abende in ihrem Leben hatten damit geendet, dass sie an ihrem Küchentisch saß und darauf wartete, dass ein Unglück geschehen würde.

„Und heute", fragte ich, „wie ist es heute?"

„Heute“, antwortete sie, „ist alles gut. Meine Söhne sind verheiratet und haben tüchtige Frauen. Ich spüre keine Angst mehr, keine Sorge, keine Verzweiflung. Aber ich bin Abend für Abend allein. Ich sitze da an meinem Tisch, sehne mich nach meinen Jungen. Ich horche immer noch. Ich halte sogar das Essen warm in der Backröhre. Ja, ja, ich erinnere mich an jeden dieser Abende, an denen sie heimgekehrt sind, wie es auch immer gewesen sein mag. Heute ist alles vergessen“, lächelte Erika Rogge, „aber heute kehrt niemand mehr zurück.“

Mit der Zeit legten wir uns dann das „Einheitsgesicht 40“ zu.

Die Kapelle im Berg

Allein des Friedens wegen, der dort herrschte, verlebte ich mehrere Jahre hindurch, mal im Sommer, mal im Winter, ein paar Urlaubstage auf einem kleinen Kärtner Hof. Der Bauer besaß weder elektrisches Licht noch Telefon oder gar Fernsehen, und als Großstädter bildete ich mir ein, mindestens drei Lichtjahre von allem, was in der Welt geschah, entfernt zu sein. Die Mahlzeiten waren einfach, der Wein sauer, aber die Leute rührten mich durch ihre Einfalt und Güte. Ich fühlte mich trotz des Mangels an neuzeitlicher Unterhaltung unbeschreiblich wohl in dem hoch gelegenen Haus.

Auf meinen Wanderungen hatte ich im Berg, wie man dort sagt, an einer Tanne einen Richtungsweiser mit folgender Angabe entdeckt: „Jausenstation Almrausch 2 Std." Es war ein schmaler Pfad, der dort von der Straße abzweigte und ziemlich steil ins Gebirge hinaufführte. Nun pflegte ich meine Wirtsleute nach den Zielen zu fragen, die ich anstrebte, denn das Gebirge war für einen unerfahrenen Großstädter nicht ungefährlich. Steinschlag und Wetterausbrüche hatten schon manchem Gast den Aufenthalt verdorben.

„Almrausch", antwortete die Bäuerin, „gehen Sie um Gottes willen nicht dort hinauf, jedenfalls nicht in die Stuben. Es sind keine guten Menschen." Dabei schlug sie voller Entsetzen das Kreuzzeichen. „Jesus, Maria und Josef", murmelte sie und weiterhin eine Menge Zeugs, davon ich nicht eine Silbe verstand.

Aber nun war ich neugierig geworden. Ich war einem Geheimnis auf der Spur, dessen Aufdeckung mich reizte. Auch im Tal erhielt ich auf die Frage, ob es sich lohne, zur Jausenstation Almrausch hinaufzusteigen, nur ausweichende Antworten. „Tun Sie das lieber nicht", sagte die junge Frau hinter dem Postschalter, mit der ich eines Telegramms wegen zu tun hatte.

Niemand rückte mit der Wahrheit heraus. Ein Verbrechen krimineller Art war es nicht, dies jedenfalls gaben sie zu.

Es musste sich um ein Vergehen handeln, das nicht strafbar war und das sich vielleicht sogar der Sühne entzog. Die Menschen dort oben lebten in einem gewissen Verruf, den Abgeschiedenheit und Rückständigkeit verschuldet haben mochten.

Ich wollte den Grund erfahren. Eines Morgens begann ich, ohne den Wirtsleuten meinen Plan mitzuteilen, den Aufstieg. Es war ein sehr schöner, abwechslungsreicher und später auch bequemer Weg durch Latschenwald und Almwiesen mit erregendem Blick in tiefe Täler und auf schneebedeckte Berge. Ich begegnete, und es war das erste Mal in meinem Leben, einem Fuchs. Ein Mensch war nirgendwo zu erblicken, nicht einmal seine Spuren im Schnee.

Ich brauchte fast drei Stunden, um den Hof zu erreichen. Müde ließ ich mich auf der Ofenbank nieder, den Rücken an warme Kacheln gelehnt, und bestellte heiße Milch mit Honig.

„Wollen Sie mit uns essen?", fragte die Bäuerin, eine etwa sechzigjährige, gesund und tatkräftig aussehende Frau. Am Fenster saß im Licht der Mittagssonne die Großmutter mit einem Strickstrumpf, eine Tochter war mit Kochen beschäftigt, und überall wuschelten Dackel und Katzen umher. Es war ein Idyll, das mir von Stahlstichen in altväterlichen Familienzeitschriften vertraut war. Die Frauen hatten ihre Haare zu einer Krone um den Kopf geschlungen. Es roch gut nach Tannäpfeln und Geräuchertem.

Nach dem Essen sagte die Frau, sie müsse jetzt in den Wald gehen, um ihrem Mann die Jause zu bringen, ob ich mitkommen wolle. Ich weiß heute, dass sie mich mit Überlegung dazu aufgefordert hat, denn unterwegs erzählte sie die Geschichte ihres Mannes wie jemand, der froh ist, endlich nicht nur den Anfang, sondern auch das Ende einer schwer drückenden Sorge loszuwerden.

„Als damals die Nachricht kam", sagte die Frau, „dass unser ältester Sohn in Russland gefallen sei, hat mein Mann nach dem Herrgott geschossen. Er ist mit dem Jagdgewehr in die Kapelle eingedrungen und hat das Kruzifix zerstört. Oben im Berg ist eine Wallfahrtskapelle aus Pestzeiten her, die zum Hof gehört und von den Almrauschbauern instand gehalten werden muss, ein alter Schwur", fügte sie hinzu.

Das war es also. Der Bauer hatte auf den Herrgott geschossen. Zorn? Verzweiflung? Trotz? Umnachtung? Er hatte das Kruzifix zerstört, und deshalb waren ihm die Nachbarn gram.

Als wir nach beschwerlicher Kletterei an der Kapelle ankamen, sah ich, dass ein Mann dabei war, den Dachstuhl des kleinen Kirchleins zu erneuern. Er hatte rings umher Bauholz und Schindeln liegen, die Wände waren gekalkt, die Bänke gestrichen und das Kruzifix erneuert worden.

Wir setzten uns zu dritt auf die Bank. Der Bauer aß, die Frau streichelte ihrem Mann verstohlen die Hand, und gesprochen haben wir miteinander nur über die Sonne, die durch die bunten, bleigefassten Scheiben auf den Fußboden tropfte.

Ein Fremder am Tisch

Er saß in einer jener kleinen Weinstuben, in denen man sich ausruht, wenn die Arbeit getan oder der Weg beendet ist. Er hatte einen Roten vor sich stehen, dessen Bouquet er mit Kennermiene prüfte.

„Setzen Sie sich", sagte er, „und nehmen Sie diesen. Es ist ein Zweiundsechziger, der gar nicht besser sein könnte."

Ich setzte mich an seinen Tisch, weil ich gelernt hatte, dass sich Menschen hier nicht auseinander, sondern zueinander setzen.

Durch das offene Fenster sahen wir auf dem Hang drüben die Weinbauern bei der Arbeit; sie setzten neue Stöcke, an denen sich die Reben hochranken würden, und sammelten das alte Holz ein, und sie zeigten dabei keine Spur von Hast. Kleine Feuerchen glühten und weißer Rauch ringelte sich in den blauen Frühlingshimmel, den im Westen die Sonne apfelrot zu färben begann.

Er wartete, bis die Wirtin auch mir den Wein gebracht hatte, und dann hob er das Glas und sagte: „Nun denn, wohl bekomm's!" Wir kosteten und schauten einander an, als seien wir alte Bekannte, die sich zu einem Schwatz getroffen haben.

Der Fremde hatte auf den ersten Blick eine Ruhe erkennen lassen, die ihn anziehend machte. Es gibt Männer, die einfach dasitzen und die Ereignisse an sich herankommen und vorbeiziehen lassen, was das auch immer sein mag. Sie sind entschlossen, den Augenblick zu genießen.

Nach einer Weile, in der wir die Wirtin in der Küche singen gehört hatten, dachte ich, dass etwas gesagt werden sollte, und ich fragte: „Wohnen Sie hier?"

„Nicht ganz und gar", antwortete er zögernd, als gäbe er ein Geheimnis preis, „ich lebe in der Großstadt, und wenn ich einen freien Tag habe, fahre ich heraus. Es gefällt mir hier. Bett und Mahlzeiten sind preiswert, und die Ruhe ist unbezahlbar. Dieser Ort ist tausend Jahre älter als die Stadt mit ihren Fabriken. Ich arbeite in einem Chemiewerk."

Im Dorf fingen jetzt die Glocken zu läuten an, und eine Taube setzte sich auf die Fensterbank und trippelte gurrend her und hin.

Der Mann stand auf, um aus der Küche Brot zu holen. „Der Wein ist dann bekömmlicher", sagte er. Als er durch den Raum schritt, sah ich, dass er ein Bein nachzog, und im Ganzen betrachtet war er ein kleiner, etwas zu viereckig geratener Mann. Ich schätzte sein Alter auf vierzig Jahre.

„Krieg?", fragte ich.

„Fliegerbombe. Ich war verschüttet, aber sie gruben mich nach drei Tagen aus. Wie Sie sehen, bin ich am Leben geblieben, wenn auch mit einem steifen Bein."

So geht das also, dachte ich. Du setzt dich zu einem Fremden an den Tisch, und gleich ist ein Schicksal im Gespräch. Sirenengeheul. Flucht in den Keller. Worte aus dem Lautsprecher: Im Anflug auf. Dieses Brummen am Himmel. Dieses Stampfen der Bomben. Dieses Heben der Erde. Und dann das Haus, das einstürzt. Und: Rettet mich, holt mich raus, kommt doch endlich.

Der kleine viereckige Mann lächelte. Er hatte jetzt den Wein und das Brot dastehen, und es ging ihm gut. Draußen am Berg setzten sie neue Rebstöcke. Im Haus nebenan zog der Bäcker frisches Brot aus dem Ofen. Es war Bauernland, Weinland, Urlaubsland. Es war ein Dorf mit alten Fachwerkhäusern und einer Kirche aus buntem Sandstein, dick wie eine Festung, und mit Ochsengespannen, die abends am Brunnen getränkt wurden.

„Sehen Sie", sagte der Mann, „dort liegt der Friedhof. Hier werden die Toten noch richtig beerdigt, und man weiß, wo sie liegen. Sie bekommen einen Stein, auf dem geschrieben steht, wie alt sie geworden sind und dass sie an Gott geglaubt haben."

„Denken Sie jetzt an das Haus, das über ihnen zusammengestürzt ist?", fragte ich.

Er antwortete nicht sofort. Er schaute durchs Fenster auf den Weinberg drüben. Die Bauern hatten den Berg verlassen, den Berg mit seinen Rebstöcken und Treppchen und den kleinen glimmenden Feuerchen, die wie Augen waren.

„Es war ein großes Haus", sagte er, „es wurde von zwölf Familien bewohnt, und sie hatten eine Menge Kinder, Knaben und Mädchen, und ich kannte sie alle."

„Und?", sagte ich.

„Sie wurden unter den Trümmern begraben. Ich war der Einzige, den sie lebend herausholen konnten. Aber warum erzählt man das immer wieder? Entschuldigen Sie. Wir brauchen ein anderes Thema. Haben Sie bemerkt, dass die Hecken über Nacht grün geworden sind? Es ist jedes Mal ein Wunder, nicht wahr?"

Ein vergnügter Gast

Die Kapelle bestand aus drei Herren und einer Dame. Man spielte Hammond-Orgel, Saxophon, Vibraphon, Schlagzeug und Gitarre. Hinter dem Podest, auf dem die drei in Silberlamé gekleideten Musiker und die Sängerin im weißseidenen Abendkleid tätig waren, stand in breiter Schrift zu lesen: „Niggernan's Great Combo". Es handelte sich um keine gewöhnliche Kapelle, sondern um eine Mannschaft mit Ehrgeiz, worauf auch der Haarschnitt der Künstler hindeutete; er war amerikanisch. Die Combo war von dem Direktor des Warenhauses für die Erfrischungsabteilung engagiert worden. Wenn die Kunden sich in den vier geräumigen Stockwerken genügend umgetan hatten, sollten sie bei Walzerklang und Kaffeeduft Gelegenheit haben, sich von ihren Einkäufen zu erholen.

Das Warenhauskonzert erfreute sich regen Zulaufs. Hier war es, wie die Besucher sich eingestanden, „herrlich ungezwungen", und es war immer dankbares Publikum da – in der Hauptsache Witwen, deren Zeit nicht mehr allzu kostbar war, und Hausfrauen, die sich davongestohlen hatten, um sich „etwas vom Leben zu gönnen". Hie und da saßen auch Schülerinnen der oberen Klassen, die ihre Erziehung besprachen.

Männer waren rar. Vielleicht ist dies der Grund, warum es einmal einem Mann gelang, nicht geradezu unliebsam aufzufallen, aber doch zu stören. Er kam an zwei Stöcken ins Café gehumpelt, ein Gebirge von Mann, etwa um die sechzig, in derber, ländlicher Kleidung. Die Kapelle spielte gerade „Mondnacht auf der Alster", was den Riesen, der vermutlich etwas ganz anderes gesucht hatte, veranlasste, einen seiner Stöcke zu heben und nach Tambourart zu dirigieren, und das mit Wucht. Sofort war die Aufmerksamkeit der Damen auf ihn gerichtet. Man war empört und schaute sich nach dem Geschäftsführer um, der mit federnder Entschlossenheit nahte ...

Ein Trunkenbold?

Aber der Mann war nur vergnügt. Er ließ seinen Stock sinken und lächelte den Geschäftsführer treuherzig an. Der hatte noch nie einen Menschen von derart hünenhafter Beschaffenheit so fidel gesehen. Sicher hatte dieser Gast seit Jahrzehnten kein Kaffeehaus mehr betreten und eine Kapelle Walzer spielen gehört. Und jetzt sprach der Mann ringsum die erstbesten Damen an. Er sprach, aber sie konnten ihn nicht verstehen und hielten es für Ostpreußisch oder etwas Ähnliches.

Der Mann schlurrte mit seinen Stöcken auf einen Platz zu, der dicht vor der Kapelle unbesetzt geblieben war. Dort legte er die beiden Stöcke und den Hut auf den Tisch und ließ sich ächzend nieder. Gleich darauf lachte er wieder und brabbelte in seinem Ostpreußisch – oder was es war – unbekümmert vor sich hin. Es war ihm einerlei, ob man ihn verstand oder nicht. Er bestellte Kartoffelsalat, Bockwurst und Bier, und die Kellnerin trug den Hut zur Garderobe.

Sie sahen jetzt seine unförmigen, orthopädischen Stiefel, und sie erkannten, dass seine Knie steif waren. Vielleicht besaß er gar keine eigenen Knie mehr, sondern Prothesen bis oben hin. Die Damen mit grauem Haar erinnerten sich an den Krieg. An der Front gab es Minensperren, in die man geraten konnte, nicht wahr? Es gab Artilleriebeschuss und Maschinengewehrfeuer und Flammenwerfer. Es gab die große Kälte.

Sicher hatten sie es hier mit einem Mann zu tun, der Soldat gewesen war. Dabei hatte er seine Beine verloren. Mehr noch: Er war aus seiner Heimat vertrieben worden, hatte Haus und Beruf zurückgelassen, stand allein da, war arm und unglücklich, lebte auf dem Lande irgendwo ...

Und weiß der Himmel, plötzlich saß er in der Stadt unter lauter vornehmen Damen und hörte Musik, die ihm aus längst vergangenen Tagen wieder einfiel. „Mannchen, Mannchen", sagte er, „heerste die Musike!" Und er blickte sich um und lachte und wedelte mit seinen großen Händen und grüßte hierhin und dorthin, obwohl er niemanden kannte und in leere Gesichter sah. War er überrascht, dass es überhaupt noch Musik gab auf der Welt?

Nach dem Walzer verkündete die Sängerin, dass sie ein Lied singen werde, und zwar „Jonny, wenn du Geburtstag hast". Dabei schaute sie den Riesen an. Der klopfte auf der Tischplatte mit den Fingern den Rhythmus mit, und während der ganzen Zeit lachte er die Sängerin an.

Die Künstlerin lächelte zurück. Auch die Musiker und der Geschäftsführer und das Publikum lächelten, und alle miteinander freuten sich über den Mann, der aussah, als wäre er nie in seinem Leben so vergnügt gewesen wie heute.

Sieger mit 345 Holz

Am Gasthaus hängt der Briefkasten des Ortes, gelb und fortschrittlich, wie überall im Vaterland. Aber wo gewöhnlich unter „Leerung“ eine Skala von Uhrzeiten vermerkt ist, heißt es hier „Dienstag und Freitag“. An diesen beiden Tagen wird der Briefkasten geleert. Hurra, der Anschluss an die Welt geht nicht verloren. Außerdem kommt zweimal am Tage aus der Kreisstadt, die achtzehn Kilometer entfernt liegt, ein Omnibus. Er hält genau vor der Tür der Gastwirtschaft. Der Fahrer ist mit dem Inhaber befreundet. Er muss irgendwo im Haus ein Sofa kennen, auf dem er sich ausruht, denn wenn er kurz vor Abfahrt zum Kassieren einsteigt, ist er merkwürdig aufgeräumt und tatenfroh.

Manchmal bringt der Omnibus einen Fremden mit, den der Fahrer geschickt an die Theke lotst. Die Gastwirtschaft ist das einzige Haus am Platze, wo ein Fremder trinken, essen und übernachten kann. Der Wirt bedient selbst. Durch ein Schiebefenster werden ihm die Speisen aus der Küche zugereicht. Jedes Mal, wenn der Schieber hoch geht, wirft die Köchin einen unglaublich erstaunten Blick auf den Gast.

Über dem Büffet, das in den Achtzigerjahren des vorigen Jahrhunderts geschreinert wurde, hängt ein Bild des Feldmarschalls von Hindenburg. Wenn das Haus nicht abbrennt, toi, toi, toi, wird das Bild in fünfzig Jahren noch an der gleichen Stelle zu sehen sein, obwohl dann niemand mehr weiß, welche Schlachten der alte Herr gewonnen und verloren hat.

Auf einer Schiefertafel, die sich an eine Doppelkornflasche lehnt, macht der Wirt den Gästen Mitteilungen. Heute ist Folgendes zu lesen: „Für den hiesigen Kegelklub werden noch einige Herren gesucht.“ Offenbar mangelt es dem Ort an Herren. Darauf bezieht sich auch die Nachricht vom gestrigen Tag, „dass der diesjährige Ball des Theatervereins aus zwingenden Gründen ausfallen muss“. Da werden die Mädchen aber traurig sein! Nun, vielleicht dürfen sie stattdessen beim Preisskat zuschauen, denn der Skatklub hat „jeden Donnerstag Treffen“ – das steht sogar auf einem Emaille-Täfelchen. Das gesellschaftliche Leben des Ortes spielt sich im Gasthof ab. Die Kegelbrüder treffen sich auf der Kegelbahn. Die Theaterfreunde vermotten gelegentlich ihren Kostümfundus. Die Skatdrescher veranstalten einen Preisskat. Die Freiwillige Feuerwehr, deren Fahne in einer Vitrine ausgestellt ist, lädt monatlich zu einer Mitgliederbesprechung ein mit anschließendem gemütlichem Beisammensein, wozu auch Damen erscheinen dürfen.

Und sollte dies gerade nicht stattfinden, dann halten Viehhändler und Kraftfuttervertreter vor der Theke eine Versammlung ab. Die Versammlung beginnt morgens gegen elf und dauert bis in die Abendstunden. Wenn das Wetter genügend besprochen ist, fängt der Gastwirt an, mit bedächtiger Stimme aus dem Kreisblatt vorzulesen. Es ist die Art von Unterhaltung, die am wenigsten langweilt. Die Gäste hören zu und wundern sich ob des schlimmen Treibens in der Welt draußen.

An das Kreisblatt haben sich die Gäste gewöhnt, aber auf neumodische Musikautomaten und Fernsehprogramme legen sie keinen Wert, behauptet der Wirt. Die Zeit ist in dem kleinen Ort stehengeblieben oder auf schafwollenen Socken vorübergeschlichen. Den Krieg hat man hingenommen, wie man auch den Rotlauf und die Rindertuberkulose hinnimmt. Dass der Mensch sterben muss, wundert niemanden. Es ist gut so. Von den großen und schrecklichen Ereignissen des Jahrhunderts ist kaum etwas haften geblieben. An der Wand hängt kein Schild, auf dem daran erinnert wird, dass in der Gemeinde mehr als tausend Vertriebene leben. Oder dass der Sohn des hiesigen Bäckermeisters in Popkowo von Partisanen gekreuzigt wurde. Oder dass im Mai 1945 sieben Höfe in Flammen aufgingen und sämtliche Bewohner ermordet wurden.

Ach, es zählt nicht mehr. In den Chroniken, die von Dorfältesten, Pfarrherren und schreibenden Käuzen seit je geführt worden sind, stehen genauso scheußliche Dinge verzeichnet, und wer spricht heute noch davon? Der Ort ist alt, älter, als es ein Atommeiler je werden kann. Der Pulsschlag des gesunden Lebens übertönt den schrillen Ruf der Sterbenden.

Wenn es etwas gibt, das sie hier für wichtig genug halten, in eine silberne Platte eingraviert zu werden, dann vielleicht dies: „Am 9.11.1947 war Kegelbruder Werner Alldicks Sieger mit 345 Holz." Ich weiß nicht, ob das ein großartiger Sieg ist und ob dem Sieger das irgendwo angerechnet wird. Aber ich fange an zu lernen, dass der Mensch nur auf simple Weise davonkommt …

Die Erfindungen preußischer Unteroffiziere, ihre Untergebenen zu „bewegen", sind genial und können dem ahnungslosen Rekruten nicht weniger als imponieren.

Wo die Lerche singt

Heute steht in der Zeitung, dass die Stare angekommen sind. Wenn die Stare da sind, kommen auch die Weidenkätzchen und die Schneeglöckchen und die Krokusse. Gemeldet wird auch der erste Schmetterling des Jahres. Es ist ein Zitronenfalter und gehört zur Gattung der Weißlinge. Ein Rentner hat ihn in einer Streichholzschachtel zur Redaktion gebracht, und der Redakteur hat sofort einen Artikel über den Schmetterling geschrieben. Wir Leser des Lokalblattes fangen um diese Zeit an, über Ereignisse zu reden, die mit dem Frühling zu tun haben.

Heute zum Beispiel ist ein sehr milder Tag. Ich bin nach dem Mittagessen in meinen Schrebergarten gegangen, der am Bahndamm liegt. Ich habe meiner Frau abends davon erzählt, wie sehr ich es genossen habe, mit dem Spaten ein paar Stiche in die Erde zu tun. Dann habe ich auf der Bank in der Sonne gesessen und eine Flasche Bier getrunken, und die Reisenden im Intercity haben gedacht, da sitzt einer in der Sonne und trinkt sein Bier.

Im Bürgerpark rücken die jungen Mütter die Kinderwagen in die Sonne, und es ist fast überhaupt kein Wind zu spüren, sondern nur die seidenweiche Luft des Frühlings. Eine alte Dame hat ihren Vogelkäfig mit in den Park gebracht. Der Vogel ist ein Wellensittich und heißt Hansi.

Mein Nachbar ist ein Buchhändler, ein freundlicher Mann, der seinen Kunden gelegentlich preiswerte Angebote macht. Heute handelt es sich um ein Werk über den Zweiten Weltkrieg. Es enthält zahlreiche Illustrationen, Kartenskizzen und Panorama-Farbtafeln der bedeutendsten Schlachtfelder. Das Werk hat bisher achtundvierzig Mark gekostet und ist jetzt vom Verlag auf neunzehn Mark achtzig herabgesetzt worden. Der Buchhändler sagt, dass sich niemand mehr für den Zweiten Weltkrieg interessiert.

Der Buchhändler und ich, wir haben beide den Zweiten Weltkrieg mitgemacht, deshalb duzen wir uns. Wir sind alte Kameraden. „In Russland", sagte der Buchhändler, „kommt der Frühling über Nacht. Über Nacht beginnt die Schneeschmelze. Wir lagen im Mittelabschnitt vor einem Dorf, das Kaminka hieß. Von beiden Seiten schoss die Artillerie in den Ort. Es war ein Tag, an dem, ähnlich wie heute, die Luft seidenweich dahinfloss und die Erde nach Frühling roch. Verstehst du, was ich meine?"

„Aber ja doch", erwiderte ich, „ich weiß, wie Erde schmeckt." Der Buchhändler sah mich prüfend an, als wolle er sich überzeugen, dass ich der Wiedergabe seiner Erinnerungen würdig sei.

„Das Erregendste an diesem Tag vor Kaminka", fuhr der Buchhändler fort, „das war nicht die Schneeschmelze, sondern dieser weite russische Himmel, der voller Lerchen hing. Es müssen Tausende gewesen sein. Nicht beeindruckt von Detonationen, Feuersäulen und Rauchwolken stiegen die Lerchen zum Himmel empor. Sie ließen sich nicht von ihrer Aufgabe abbringen, den Schöpfer zu loben. Den Schöpfer des Himmels und der Erden, wie es in der Bibel heißt. Während der kleinen Pausen, die zwischen Abschuss und Einschlag entstanden, lauschten wir dem Lied der Lerchen." Er schluckte ein wenig, und dann sagte er: „Soll ich dir mal was sagen?"

Ich nickte, einverstanden, und der Buchhändler sagte: „Zu keiner anderen Zeit im Krieg habe ich so schlimm unter Heimweh gelitten. Ich sehnte mich nach dem Dorf zurück, in dem ich aufgewachsen bin, zurück nach den Feldern, über denen im März ja auch die Lerchen sangen. Die Lerchen bestärkten mich in der Hoffnung, dass der Krieg nicht ewig dauern würde und dass ich eines Tages heimkehren dürfte."

„Und das Buch über den Krieg", ich deutete auf das Sonderangebot im Schaufenster, „werden die Lerchen in dem Buch erwähnt?"

„Mann, wo denkst du hin", antwortete der Buchhändler, „Lerchen sind doch ganz unwichtig."

Eigentlich wäre das alles, was ich zu berichten wüsste.

Anhang

Bernhard Metternich Schulz über sich

Also, ich kam am 22. April 1913 in Lindlar im Bergischen Land bei Köln zur Welt. Es war ein Ostersonntag, ein Morgen voller Glockengeläut, Amselruf und Narzissen Duft. Ich hatte mir die Nabelschnur dreimal um den Hals geschlungen. Ich wollte nicht raus, ich wollte die Zukunft erst gar nicht anfangen, ich wollte zurück ins Nichts. Aber die Hebamme prügelte mich mit fester Hand ins Dasein. Und da lag ich nun im Geläut der Osterglocken, siebeneinhalb Pfund schwer und quittegelb, ausgesetzt den Strapazen gymnasialer Bildung, militärischer Erziehung und trickreichen Broterwerbs. In den Gardinen hing Pulvergeruch und am Himmel von der Wahner Heide her der Donner Kruppscher Kanonen. Der Weltkrieg mit der Nummer Eins kündigte sich an.

Nach acht Jahren Volksschule bemühte ich mich in Engels-kirchen und später in Wipperfürth um Kenntnisse in Deutsch, Latein und Griechisch. Als Berufsziel gab ich „Journalist" an. Die Rheinisch-Bergische Zeitung in Bergisch Gladbach nahm mich als Volontär und Mitarbeiter an. Eine Zeit, die 1936 durch meine Einberufung zum Militärdienst unterbrochen wurde. Ich diente in Neumünster bei der Infanterie.

Aus dem Waffenrock entlassen, erhielt ich eine Anstellung als Redakteur in einem Verlag in Hannover, aber in der Gardine hing schon wieder Pulvergeruch und am Himmel der Donner Kruppscher Kanonen. Diesmal standen die Kanonen auf dem Truppenübungsplatz Bergen-Belsen.

Am 1. August 1939 berief mich der „Größte Feldherr aller Zeiten" zu den Waffen. Den Winter über lag ich in eine Zeltbahn gehüllt auf der Erde in der Eifel. Dann wurden mir Holland, Belgien, Frankreich und die Kanalinsel Alderney angeboten, und als Abenteuer besonderer Siegeszuversicht der Feldzug in Russland. Vor Berlin geriet ich 1945 in amerikanische Gefangenschaft. In Rheinberg bei Duisburg am Rhein lag ich, diesmal in eine Ami-Zeltbahn eingewickelt, sechs Monate ohne Dach auf einem Acker: Rache für Auschwitz. Nach der Entlassung fand ich in Osnabrück bei der „Neuen Tagespost" eine Anstellung als Redakteur bis zum Eintritt ins Rentenalter. Ich bin verheiratet und habe drei Kinder, und in den Gardinen ..., aber lassen wir das.

Bernhard Schulz und der Karikaturist Fritz Wolf waren seit 1949 über 50 Jahre lang enge und vertraute Freunde

Fritz Wolf, der Männekes-Maler, wie er sich selbstironisch nannte, war bis zu seinem Tod am 23. Dezember 2001 **der** Karikaturist der Neuen Osnabrücker Zeitung (NOZ) und ihrer Vorläufer schlechthin, eine Institution, und weit über die Landesgrenzen bis ins Ausland bekannt. Geboren am 7. Mai 1918 als ältestes von sieben Kindern in Mülheim an der Ruhr, kam er dem Ruf seines alten Leutnants Achilles Markowsky folgend nach Osnabrück.

Mit leichtem Strich und einem unvergleichlichen Wortwitz begleitete Fritz Wolf als kritischer Beobachter die politischen Größen seiner Zeit. Vor allem die Charak-terköpfe Adenauer und Strauß waren seine Lieblinge.

Seine Karikaturen wurden in zahlreichen Zeitungen wie „Rheinische Post", „Bild" oder „Welt" abgedruckt. Neben Büchern erfreute der Wahl-Osnabrücker in Zeitschriften wie „Brigitte" und „Schöner Wohnen" mit seiner Kreativität eine große Leserschaft. Mit Augenzwinkern nahm er mit seinen „Bildern aus der Provinz" im Magazin „Stern" das Arbeits- und Freizeitverhalten seiner Mitmenschen aufs Korn – auch heute noch so aktuell wie damals – und ließ Wolfs Stern deutschlandweit aufleuchten.

Wenn der Künstler bis heute als Karikaturist nicht in Vergessenheit geraten ist, hat es natürlich mit seinem facettenreichen Schaffen zu tun. Politgrößen stellen eine beliebte Spielwiese für Karikaturisten dar, aber politische Karikaturen verlieren schnell an Wert, wenn die Protagonisten aus dem Rampenlicht verschwinden. Umso erstaunlicher ist es festzustellen, wie einfach in den Karikaturen von Fritz Wolf die Köpfe der Eliten austauschbar sind.

Etwa 15.000 Karikaturen entstanden allein für die NOZ, ein Schatz, dem sich heute die Fritz-Wolf-Stiftung und die rührige Fritz-Wolf-Gesellschaft mit ihrem Vorsitzenden Marcus Wolf, dem Neffen des verstorbenen Künstlers, verpflichtet fühlt.

Marcus Wolf

Fritz Wolf – Arbeitsdienst und Krieg

Um die Jahreswende 1942/43 wurde Fritz Wolf an die Front nach Russland geschickt. Fast zwei Jahre lang lag er am Ladoga-See als Funker im Sumpf, was durchaus mehrdeutig zu verstehen ist. Das Gebiet um Wolchow war durch und durch morastig. Wolf führte Tagebuch über diese Zeit, oft mit nur kleinen, vermeintlich unwesentlichen Anmerkungen, doch sie geben wieder, was den jungen Soldaten – er war damals 24 Jahre alt – bewegt hat.

Die erste Eintragung ist vom 16. Januar 1943 datiert. Er hatte mit der Post ein Skizzenbuch bekommen: „Jetzt fehlt nur noch Tusche und es kann losgehen", schrieb Fritz Wolf, um einen Tag später, vom Bunkerkoller deprimiert, auf die Frage „Kann man an der Front Beethoven hören" die Antwort zu geben: „Ich kann es." Sehnsüchte und Träume nach dem Zuhause werden wach, wenn er am 19. Januar die damals an der Front beliebten Liedertitel „In mir klingt ein Lied", „Heimat, Deine Sterne" oder „Alle Tage ist kein Sonntag" zitiert.

Am 22. Januar 1943 traf endlich das Zeichenmaterial ein, gleich zwei Päckchen auf einmal: „Das verpflichtet", und weiter notierte Wolf in seinem Tagebuch: „10 Seiten Brief an Edith".

In den beiden Tagen darauf findet man lediglich den Satz „... dann habe ich wieder gezeichnet". Sechs Skizzenblöcke seiner Freundin und späteren Frau Edith trafen ein. Fritz Wolf war „gerührt". Von nun an schrieb er Edith fast täglich. Am 30. Januar findet man in seinen Aufzeichnungen die Sätze: „Ich zeichne, dass sich die Balken biegen. Johannes (Wolfs Bruder) wird vermisst. Es ist zum Kotzen."

Während es am 2. Februar mit dem Zeichnen einfach nicht klappen wollte („Habe viermal angesetzt und immer wieder Kappes"), hat er am 3. Februar „bis 12 Uhr noch zehn ganz passable Zeichnungen gemacht", sodass er am Ende zu dem Resultat kam: „Ich bin bei mancher Skizze fast ein wenig zufrieden". Und am 4. Februar ging es noch besser: „Heute waren es sieben Zeichnungen. Dafür saßen sie aber auch".

Vom Krieg ist in Fritz Wolfs Tagebuch in den ersten sechs Wochen, seit er begonnen hat, die Ereignisse niederzuschreiben, nur am Rande die Rede. Erst am 10. Februar stellte er die Frage „Was will der Russe?" Zwei Tage später merkte er an: „Irgendwo ist der Russe durchgebrochen". Aber sein Humor blieb unerschütterlich, denn gleich darauf findet man die lapidare Eintragung: „Da können wir aber noch vorher ein Mittagsschläfchen halten".

Die Russen verstärkten in diesen Februartagen ihre Luftangriffe. „Man sieht nur rote Sterne am Himmel", stellte Fritz Wolf fest, und am 20.Februar meldete er sarkastisch: „Die Stalinorgel spielt uns auf. Wir sind dran ..."

Der Abmarsch erfolgte mit einem Autobus. Ende Februar überschlugen sich die Ereignisse. Fritz Wolf fand offenbar immer weniger Zeit, sein Tagebuch zu führen. Die Kämpfe wurden härter, zwei seiner Kameraden waren bereits bei Angriffen getötet worden.

Erst Anfang März schien sich die Lage an der Front etwas zu beruhigen: Die „Verlobung (mit Edith) ist genehmigt und zwar von allen Seiten". Inzwischen hatten sich auch Ediths und Fritz Wolfs Eltern zum ersten Mal getroffen.

In den folgenden Tagen zitierte Fritz Wolf aus dem Gedächtnis heraus immer wieder Gedichte, Liedtexte bekannter Autoren.

Dann am 5. April 1943 nur ein einziges Wort als Tageseintrag: „Bomben".

Im Frühling und Sommer fast keine Einträge, ein, zwei Stichworte, allenfalls Halbsätze, knappe Zustandsbeschreibungen.

Am 21. Juli 1943 wurde „der Funktrupp Wolf der 13. Kompanie" einverleibt, und genau eine Woche später vermeldete Fritz Wolf offenbar erschöpft und müde von den Ereignissen der vergangenen Monate: „Schlafen, schlafen, nochmals schlafen ..." Erstmals ging er am 1. August näher auf das schreckliche Erleben der letzten Monate ein: „Das ist der Krieg. Wo ist der Hochwald geblieben? Schlachtfeld wie 17/18. Trommeln und Angriff auf Angriff und in den Nächten die Bomben."

Wie glücklich war er, als er Mitte August für ein paar Tage Urlaub machen konnte. Er nutzte den Heimaturlaub und heiratete am 25. August seine Freundin Edith in Celle. Erleichtert stellte er fest: „Man wird wieder zum Menschen."

Zurück an der Front notierte er am 16. September: „Als Bataillons-Zeichner habe ich viel Arbeit", um sich acht Tage später die bange Frage zu stellen: „Werden wir den Krieg gewinnen?".

Den Jahreswechsel 1943/44 erlebte Fritz Wolf „ohne einen Tropfen Alkohol" an der Front. Am 12. Januar 1944 „geht die Zeichnerei wieder los". Unter dem gleichen Datum findet sich aber auch die Eintragung: „Volltreffer im Reservebunker, 2 tot, 7 verwundet."

Erstmals tauchte am 18. Januar 1944 in Wolfs Tagebuch der Name Markowsky auf. Achilles Markowsky war als Leutnant zur 13. Kompanie gestoßen. Er war sein Vorgesetzter und wurde später sein Mentor, enger Freund und Vertrauter. Beide müssen einander auf den ersten Blick sympathisch gewesen sein. Doch schon bald verloren sich Markowsky und Wolf aus den Augen. Der Leutnant wurde verwundet und kam ins Lazarett. „Ich wünsche schon, dass die ganze Sauerei ein schnelles Ende nimmt", zog Wolf sein persönliches Kriegs-Fazit, um tags darauf anzufügen: „Man verliert jedes Zeitgefühl. Ich weiß nicht, welcher Tag heute ist."

Am 27. Februar 1944 schrieb Fritz Wolf: „Man ist nicht so abgestumpft wie man glaubt. Hat man überhaupt ein Recht dazu? Ich jedenfalls will mir den Sinn für das Schöne bewahren."

Wochenlang keine weitere Eintragung. Dann ein schmerzhafter und doch glücklicher Zufall: In leicht angetrunkenem Zustand stürzte Fritz Wolf am 12. Juni 1944 vom Pferd und zog sich einen doppelten Schlüsselbeinbruch zu. Am 1. Juli durfte er zurück in die Heimat. Damit war der Einsatz an der Front für ihn vorerst zu Ende. Wolf kam ins Lazarett nach Deutschland. Nach seiner Genesung versetzte man ihn nach Elsaß-Lothringen. Dort geriet er 1945 für ein halbes Jahr in britische Gefangenschaft. Erst dann hatte der Spuk endgültig ein Ende, das „normale" Leben konnte beginnen.

41/42

Der Krieg in Rußland
Taschen-Kalender-Eintragungen 1941/42

19.12.41	Verladen in Carentan/ Normandie
29.12.41	Ausgeladen in Ssuchinitschi Südbahnhof
	Kipot, Choten, Tartarinez
	Silvester: Nachtgefecht in Murdasowo
1.1.42	Rückzug nach Ssuchinitschi
	Heeresbericht meldet: Alcazar Ost
	Kampfgruppe Gilsa
29.1.42	Abmarsch zum Bahnhof Süd ("Todesschlucht")
	Nachtgefecht in Woroneti
31.1.42	Rückzug über Nicolajewo nach Popkowo
	Seitensicherung in Petschinkino
	Gefallen: Möller, Minnecker, Winkler, Hüper, Schade
1.2.42	Partisanengefecht auf dem Marsch nach Brynj
2.2.42	Simnizy
3.2.42	Maklaki
4.2.42	Quartier brenntab
5.2.42	Stellungswechsel
	ata unsa tu in himinan
7.3.42.	Beginn der russischen Offensive
	Angriff mit Panzern 32 to
31.3.42	Rückzug nach Schirokowka
9.4.42	Nachts nach Kotobitschi
20.4.42	Erdbunker bezogen
26.4.42	Ablösung Quartier in Slawinka
1.5.42	Krank gemeldet in Slawinka
2.5.42	Ab nach Jasenok
3.5.42	Lazarett in Jasenok
4.5.42	Transport nach Shisdra
9.5.42	Nach Bri ansk
27.5.42	Krankensammelstelle
14.6.42	Mit "Julchen" nach Warschau
18.6.42	Verladen in Lazarettzug
20.6.42	Ankunft in Baumholder
20.10.42	Genesungsurlaub
12.11.42	Urlaub zu Ende
15.11.42	"Arbeitsverwendungsfähig" in Hameln
17.12.42	Versetzt nach Hildesheim zum Landesschützen Ers. Batl.11 in Hildesheim

Kriegszeittabelle Bernhard Metternich Schulz

1913:	Am 22. April Bernhard Metternich Schulz in Lindlar geboren.
1914-1918:	Erster Weltkrieg
1936:	Schulz wird zum Militärdienst einberufen. Anschließend Redakteurstätigkeit.
1938:	In Osnabrück wird in der November-Pogromnacht die Synagoge abgebrannt und danach niedergerissen.
1939:	Am 1. August tritt Schulz als Gewehrschütze in die Wehrmacht ein. Am 1. September deutscher Überfall Polens. Schulz zunächst in Frankreich, der Normandie, Belgien, und der Kanalinsel Alderney.
1941:	Am 22. Juni überfällt die deutsche Wehrmacht die Sowjetunion. Schulz wird am 19. Dezember von der Normandie aus mit seiner Kompagnie nach Suchinitschi verladen, sein Zug passiert dabei die Stadt Osnabrück. Am 31. Dezember nimmt er am Nachtgefecht in Murdasowo teil. Anderntags geht es nach Suchinitschi zurück.
1942:	Schulz gerät am 1. Februar in ein Partisanengefecht auf dem Marsch nach Brynj, ist danach in Simnizy und am 3. Februar in Maklaki. Er erlebt den Beginn der russischen Offensive. Am 31. März zieht sein Trupp sich nach Schirokowka zurück. Schulz erkrankt Anfang Mai in Slawinka, ist zunächst im Lazarett in Jasenok und kommt dann nach Briansk. Mitte Juni wird er mit „Julchen" nach Warschau transportiert und kommt am 20. Juni in Baumholder an. Genesungsurlaub bis zum 12. November. Kurz darauf kommt er als „arbeitsverwendungsfähig" nach Hameln. Im Dezember wird er versetzt zum Landesschützen Ers. Btl.11 in Hildesheim. Am 22. Dezember heiratet er Gertrud Böking (Gerda).
1941, 1942 und 1943	erfolgen in Osnabrück drei Deportationen von Juden
1942:	Ab 23. August wird Stalingrad durch die Wehrmacht angegriffen.
1943:	Anfang Februar ergeben sich die eingekesselten deutschen Soldaten der 6. Armee und gehen in russische Kriegsgefangenschaft.
1944:	Am 18. Februar Geburt des Sohnes Reinhard, der bald darauf verstirbt. Insgesamt 79 Luftangriffe britischer Bomberverbände zerstören während des Zweiten Weltkriegs große Teile von Osnabrück. Das Elternhaus des Autors wird bei einem der Angriffe zerstört.
1945:	Am 3. April Geburt der Tochter Sabine. Am 4. April besetzen britische und kanadische Truppen Osnabrück. Am 8. Mai bedingungslose Kapitulation der Wehrmacht. Schulz verbringt sechs Monate im amerikanischen Kriegsgefangenenlager Rheinberg bei Wesel. Nach der Entlassung ist er als Redakteur der Neuen Tagespost in Osnabrück tätig. Am 2. Oktober führen die Atombombenabwürfe der USA auf Nagasaki und Hiroshima zur Kapitulation Japans.
1948:	Am 17. März Geburt des Sohnes Reinhard Ansgar.
1956:	Am 11. April Geburt von Tochter Martina.
1959:	Film „Hunde wollt ihr ewig leben", dessen Buchvorlage aus der Feder von Bernhard M. Schulz stammt.
1966:	Die Kriegserzählung „Die Krähen von Maklaki" erscheint im Claudius Verlag.
2001:	Der Erzählband „Nach Auschwitz ins Wochenende" erscheint.
2003:	Am 24. März verstirbt Bernhard M. Schulz in Osnabrück

Ausgewählte Feldpostbriefe

Dokumentenbeschreibung

Das Deutsche Tagebucharchiv e. V, Marktplatz 1 in D-79312 Emmendingen, T. 07641-574659, F. 07641-931928 10-12h
E. dta@Tagebucharchiv.de www.Tagebucharchiv.de Herr Seitz GF
hat im Jahre 2010 die in Sütterlin verfassten noch erhaltenen Feldpostbriefe von Bernhard Schulz an seine Frau mit der Schreibmaschine transkribiert. Sie befinden sich jetzt im Eigentum des DTA. Im Anschluss können Sie Auszüge der transkribierten Briefe und ebenfalls zwei Originaldo-kumente einsehen bzw. lesen.

Für diese Veröffentlichung wurden die Briefe noch einmal in besser lesbarer Form abgeschrieben. Vorhandene Rechtschreibung (einschließlich der Fehler) wurden beibehalten.

Bernhard Schulz (Dokument 2033)

„Aus den Jahren 1941 bis 1945 sind 154 Briefe des Autors (geb. 1913) an Gerda, seine zukünftige Ehefrau, erhalten. Er schreibt sie aus Frankreich, Russland und Deutschland während seines Kriegseinsatzes. Am Anfang während der relativ guten Monate in Frankreich ist darin überwiegend von Liebe die Rede, von der Beziehung zu Gerda, von der Sehnsucht und den Wünschen nach Nähe. Später in Russland beschreibt er auch die harten Lebensbedingungen der Soldaten, der Kämpfe, den Hunger und die Todesnähe. In den letzten Monaten während des Schreibstubendienstes in Deutschland wird die ganze Sinnlosigkeit des Krieges deutlich."

21/3.41

Liebe Gerda!

Heute feierst Du Deinen Geburtstag, und heute wollte ich einen Brief von Dir bekommen. Der Melder ist aber schon zurück, es war nichts dabei für mich. So geht es einem hier draußen, man lebt von der Hoffnung auf die Post, die abends kommt, und wenn man bei der Verteilung leer ausgeht, ist man traurig. Mir bleibt nichts übrig, als Deinen ersten Brief noch einmal zu lesen, den kann ich nun bald auswendig. Dabei habe ich das Gefühl, als wäre das Schreiben nicht halb so schön wie das Sprechen miteinander, auf einer Bank abends, oder in einer kleinen Bar, nicht wahr? Jetzt kann ich Dich nicht sehen, der Alltag hier am Meer und in den elenden Baracken reißt einem alles aus den Händen. Die Erinnerung kommt zuerst dran. Da steht man mit ausgelaugtem Gehirn und stumpfen Herzen, und nur ein bißchen Sehnsucht flackert da irgendwo. Wie mag es werden? heißt das; denn man darf sich nicht zu sehr von den Gedanken um daheim einspinnen lassen, dann hält man es plötzlich garnicht mehr aus. Wir wollen aber beide fest daran glauben, daß der Krieg bald zu Ende geht, im Herbst vielleicht, und daß ich dann unter den Gesunden bin! Du, es kann sein, daß für uns Postsperre eintritt, wenn dann lange kein Lebenszeichen von mir kommt, mußt Du wissen, daß es ja an mir nicht liegt. Ich kann Dir im übrigen auch niemals schreiben, wo ich bin und was um mich geschieht, das verstehst Du! Solange es geht, werde ich schreiben, so wie es mir im Sinn liegt, ja? Briefe bringen viele Mißverständnisse mit, und ich habe seit je besonderes Pech in dieser Beziehung. Nimm Du alles in allem: Ich habe Dich lieb, und ich hoffe auf Dich! Du darfst aber auch keinem meine Briefe zeigen! Die kleinen Mädchen tun das ja so gerne, ich weiß das von meinen Schwestern. Die laufen dann gleich zur Mutter damit. Wir beide haben mit uns ganz allein zu tun, die anderen stehen weit hinten ...

Heute ging mir ein seltsames Wort durch den Kopf, das habe ich ich früher mal in einem guten Buch gelesen: „Die Liebe ist nicht schön - es ist nur der Traum der Liebe, der entzückt.“ Was glaubst Du?

Es grüßt Dich herzlich
Dein Berndt

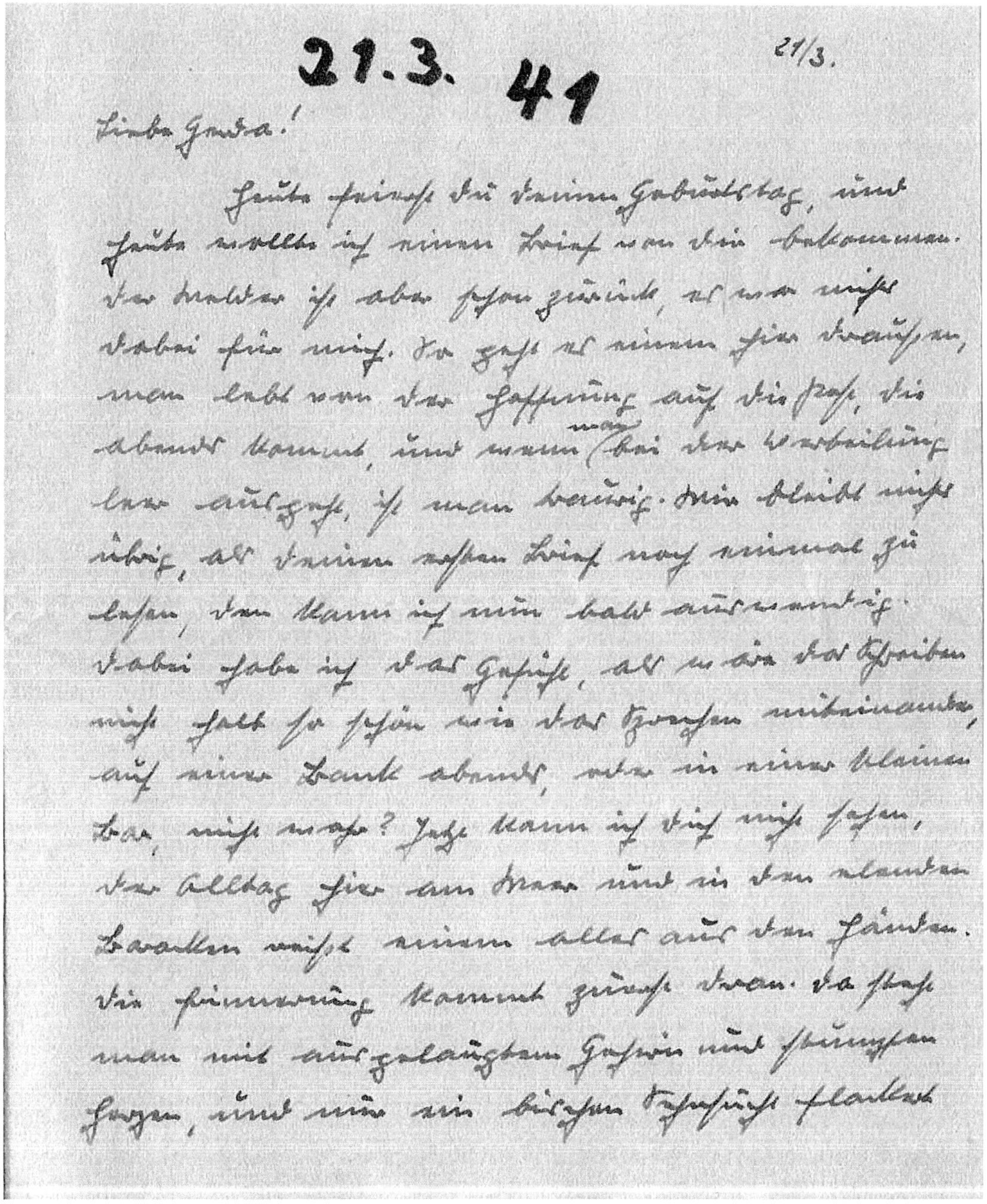

21.3. 41

21/3.

Liebe Gerda!

Heute feierst du deinen Geburtstag, und heute wollte ich einen Brief von dir bekommen. Der Walter ist aber schon zurück, es war nichts dabei für mich. Da geht es einem hier draußen, man lebt von der Hoffnung auf die Post, die abends kommt, und wenn man bei der Verteilung leer ausgeht, ist man traurig. Mir bleibt nichts übrig, als deinen letzten Brief noch einmal zu lesen, den kann ich nun bald auswendig. Dabei habe ich das Gefühl, als wäre das Schreiben nicht halb so schön wie das Sprechen miteinander, auf einer Bank abends, oder in einer kleinen Bar, nicht wahr? Jetzt kann ich dich nicht sehen, der Alltag hier am Meer und in den elenden Baracken nimmt einem alles aus den Händen. Die Erinnerung kommt zuerst dran. Da steht man mit ausgelaugtem Gehirn und stumpfem Herzen, und nur ein bisschen Sehnsucht flackert

da irgendwo. Wie mag es werden? heißt
das; denn man darf sich nicht zu sehr von
den Gedanken um daheim einspinnen lassen,
dann hält man es plötzlich garnicht mehr
aus. Wir wollen aber beide fest daran
glauben, daß der Krieg bald zu Ende geht,
im Herbst vielleicht, und daß ich dann
unter den Gesunden bin! Du, es kann sein,
daß für uns Postsperre eintritt, wenn dann
lange kein Lebenszeichen von mir kommt,
mußt du wissen, daß es ja an mir nicht
liegt. Ich kann dir im übrigen auch niemals
schreiben, wo ich bin und was um mich
geschieht, das verstehst du! Solange es geht,
werde ich schreiben, so wie es mir im
Sinn liegt, ja? Briefe bringen viele Miß-
verständnisse mit, und ich habe seit je
besonders Pech in dieser Beziehung. Nimm
du alles in allem: Ich habe dich lieb,
und ich hoffe auf dich!

Du darfst aber auch keinem meine Briefe
zeigen! Die kleinen Mädchen tun das ja
so gern, ich weiß das von meinen Schwestern.
Die laufen dann gleich zur Mutter damit.
Wir beide haben mit uns ganz allein zu
tun, die anderen stehen weit hinten...

Heute ging mir ein seltsames Wort durch
den Kopf, das habe ich ich früher mal
in einem guten Buch gelesen: „Die Liebe
ist nicht schön – es ist nur der Traum
der Liebe, der entzückt.“ Was glaubst du?

Es grüßt dich herzlich

dein Berndt

29/3.41

Liebe Gerda!

Heute kam Dein vierter Brief an, herzlichen Dank! Ich will Dir auch gleich wiederschreiben; es macht Freude, einen Brief zu empfangen, und wenn es auch nur ein paar Zeilen sind. Du darfst mich auch nicht so lange warten lassen, hörst Du! – Bei dem Preis handelt es sich um den Divisionswettbewerb, der einheitlich in der gesamten Wehrmacht im besetzten Gebiet durchgeführt wurde, in allen „Künsten": Schreiben, Malen, Komponieren, Erfinden, Photographieren usw. Ich habe den Preis für den besten Erlebnisbericht bekommen in Gestalt von
150.- Rm, die wir andern Tags in unserer Kantine in roten Sekt umgesetzt haben. Mehr war der Preis auch nicht wert. – Gestern war ein Filmwagen bei uns. „Nanette". Kennst Du den? Ich bin nicht hingegangen, ich muß ja nun Geld verdienen für die Spielsachen. Aber das ist nur eine Ausrede, in Wirklichkeit habe ich der Nanette nicht getraut. Die Kameraden waren aber begeistert. Bauen, nicht bauen, doch bauen Das ist die Frage. Ich glaube, dazu gehört ein sechster Sinn. Ich zähle meine mal nach ... Moment mal!

Herzlichen Gruß!
Dein Berndt.

30/3.41

Liebe Gerda!

Es ist Sonntagnachmittag. Wir merken es immer am Wunschkonzert. Bis eben habe ich fleißig an meinem Buch geschrieben, und jetzt will ich Dir einen Brief schreiben, das ist immer eine Stunde, auf die ich mich den Tag über freue. Beim Aufstehen morgens fange ich an zu rätseln: Ob sie heute wohl schreibt?!? Oder qeschrieben hat? Ja, heute ist ein Brief gekommen, ein ganz dicker: Ob mit der Maschine getippt oder nicht, das macht mir nichts aus. Wenn Du nur schreibst! Beim Lesen sehe ich Dich, Deine Hände, den Mund, das bißchen Ohr, das ich immer hervorgekramt habe, weißt Du noch? Aber eins: Du schreibst immer „lb.". Soll das „lieb" heißen, ich vermute fast. Du, wenn Deine Liebe so kurz geschrieben wird und wenn da immer jene Buchstaben, auf die es doch recht eigentlich ankommt, fehlen, was soll da aus uns werden? Das „ie" hält doch die Liebe erst zusammen! Auf dem „ie" ruht doch das Wort wie auf einem Pfeiler! Und Du baust es ab, Du hast keinen Platz dafür ... O weh! So sind die Mädchen, ich wußte es wohl: Sie nutzen die Liebe ab wie einen Radiergummi. Sie haben das feien Gefühl verloren für den Zusammenhang der Buchstaben, für das Gefüge eines Wortes, das in Wirklichkeit ja nichts Geringeres ist als das Ding selbst, das dahinter steht! Und wenn es eines Tages nicht mehr da ist, weil eine Sorglose es ausradierte, weil sie sich die Zeit nicht ließ, das Wort auszuschreiben und „Deine Gerda" etwa wie „0. G." dasteht und, viel, viel schlimmer, „Liebe" wie „Lb." - dann, ja, was dann? Liebe Gerda, ich will in Zukunft von Dir keinen „lb. Brief" mehr, und keinen „lb. Kuß" (wie lieblos!), sondern nur noch liebe Briefe und liebe Küsse, und zwar recht viel und oft ... Ich meine, Liebe könnte man garnicht groß. genug schreiben, und so ein Mädchen macht das mit Ib. ab! Wenn ich Dich jetzt hätte, Du solltest mir alle fünf Buchstaben zusammensuchen von Liebe 12345. Warte man, das hebe ich mir auf für später! Dann kommen auf jeden Kuß fünfe! - Diese kleine Predigt verzeihst Du mir, ja?

Auf das Bildchen freue ich mich. Die Frisur ist wichtig, wenn man ein Mädchen ist. Es braucht auch nicht gerade ein Knoten zu sein, die Haare müssen nur irgendwie so einfach und doch so kleidsam wie möglich „geordnet" sein. Das erst, was die Masse nicht trägt, die ja immer das Übertriebene sucht, hebt ab, Wer sich abhebt, ist eben vornehm. Und vornehm heißt, vorne sein, vor den anderen, ihnen etwas voraus haben. Ist es so?

Du, den Sandkuchen hättest Du ruhig schicken sollen! Der hält sich, wetten? Ein Kuchen von Gerda geht mir natürlich über den französischen, und außerdem gibt es den auch garnicht mehr. Im übrigen soll ich mich ja auch an Deine Küche gewöhnen. Wir können ja schon bei Kleinem anfangen!

Einen ganz lieben Kuß!
von Deinem Berndt

7/4.41
(Alderney)

Liebe Gerda!

So, wir sind wieder im Gleichschritt. Wir führen eine Art Leuchtturmwärterleben auf einer kleinen britischen Insel im Atlantik. Eine ganze Stadt gehört uns. Wir haben uns ein schönes Haus gesucht und an Möbeln herbeigeschleppt, was uns gefiel. Jeder hat sein eigenes Zimmer mit allem Komfort. Das Kochen müssen wir selbst besorgen, wir haben aber einen Smutje, der es beruflich erlernt hat. Bei dem salzigen Meerwind, der uns um die Nase weht, schmeckt es uns doppelt so gut. Wir haben Hunger wie ausgewachsene Wölfe. Unser Smutje hat uns sogar schon Torten gebacken. Zu unserem Haushalt gehören noch eine Ziege und acht Hühner. Die Hühner legen fleißig, und die Ziege gibt Milch, das heißt, der Kamerad,
der das Melken übernommen hat, bekommt meistens Streit mit dem störrischen Biest (kein Wunder, sie ist ja englisch) und dann knallt er ihr die Schüssel samt der Milch auf die Hörner. Geschmeckt haben wir jedenfalls noch keine. Außerdem haben wir noch eine Katze, die bald Junge kriegen wird. Wir haben jetzt schon Sorge, wie viele es wohl sein werden und ob wir sie großziehen müssen. Von den Flöhen will ich erst garnicht reden, ich sehe aber so bunt und gebuckelt aus, wie diese Satanasse nur lustig sind. Und lustig sind die! Sie springen einem in die Augen! Aber bei Kleinen gewöhnt man sich an diese verdammten Bettpferdchen. Ich denke mir, daß sie eines Tages satt sind und mich dann in Ruhe lassen. Sonst ist es aber wunderschön auf Bali - so haben wir das Inselchen getauft. Wir sehen nämlich den Tag schon kommen, an dem wir Baumstämme aus-höhlen und wie die Wilden trommeln und Hua Hua singen. Du mußt mir jedenfalls versprechen, mir zu schreiben, wenn der Krieg vorbei ist, damit wir dann mit Lotosblumen im Haar und Palm-faserschürzen heimkehren können. Wann das wohl sein wird? Wir haben zwar Radio, aber noch mit Fußbetrieb, ziemlich altmodisch, und meist will keiner treten. Zu tun habe ich nichts; ab und zu muß ich Kartoffeln schälen. Für elf Mann mit einem Mordskohldampf. Dann setze ich mich in ein Riesenmöbel von Klubsessel und schäle langsam von dannen ... Nachmittags lege ich Feuer an im Kamin, wälze mich in einen dicken Sessel mit Ohrenklappen und dann geht's los. Arbeiten. Lesen, schrei-ben, erzählen. So habe ich mir den Krieg gedacht! Für abends,
wenn die elf Mann beisammen sind, haben wir ein großes Zimmer mit lauter Spielwiesen, dazu Tangobeleuchtung. Dann ziehen wir bis Mitternacht die Welt durch die Zähne. Na. Ich bin gespannt, wann die erste Bombe in unser Idyll hineinplatzt, oder wie es nun weiter-geht. Alle zehn Tage legt ein Schiff an, dann kommt Post und Brot, das heißt, man hat es uns versprochen. Aber wie das beim Kommiß so ist! Ostern werde ich jedenfalls ohne Grüße von daheim sein, das wissen wir schon.
Erzähle mir mal, was Du Ostern gemacht hast, ich schreibe dann

auch einen Brief, ja?
Besuch meine Mutter mal und erzähle ihr, was ich geschrieben habe,
dann brauche ich das nicht zweimal zu tun.

Herzliche Ostergrüße (nachträglich)
Dein Berndt

13/4.41

Liebe Gerda!

Heute ist Ostern. Es ist, trotzdem auf unserer Insel schon Palmen wachsen und gedeihen, eine Bärenkälte draußen. Im Kamin flackert Feuer, und langsam wird es nun warm in unserem „Bali-House“. Unser Smutje, der im Berufsleben Konditor ist, hat uns drei fabelhafte Butterkreme-Torten gebacken, aber echte, an Butter und Eiern war kein Mangel. Darf ich Dich einladen? Es gibt auch echten Bohnenkaffee mit Sahne. Und anschließend Champagner, 20 Flaschen stehen kalt. Abends gibt es Hummer, oder Krebse, nach Belieben. So leben wir! - Gestern hat ein Vorpostenboot Post gebracht, es waren von Dir drei Briefe dabei, vom 31.3. und 1. u. 2.4. Am 8.4. habe ich einen Brief geschrieben, den hat ein Flieger mit nach Paris genommen, hast Du ihn zu Ostern noch bekommen? Jetzt werden wir wohl lange warten müssen, ehe Post kommt. Die Briefe, die Du von mir bekommst, haben unterwegs allerlei erlebt, aber sie wissen es ja nicht, schade. Jedenfalls kommen sie übers Wasser, deshalb sind sie auch so schön seegrün. - Gerade kommen die Sondermeldungen durchs Radio. Na, gottseidank, daß es auf dem Balkan und in Afrika so gut vorangeht! Hoffentlich bringen diese Siege nun auch wirklich den Frieden und nicht einen neuen Winter der Vorbereitung. Ob dann allerdings für uns die Parole „Heimat“ ausgegeben wird? Na, Urlaub gibt es dann aber jedenfalls, im Herbst, oder Weihnachten. Was hältst Du davon? Bis dahin bist Du mir davongelaufen, was? Ich warne Dich, Du weißt ja, was dann los ist!

14/4.

Gestern wurde ich gestört, ich sollte mir den roten Tod der Hummer ansehen. Sie werden in siedend-heißes Wasser geworfen, darin kämpfen sie dann um ihr Leben, und wenn das dunkle Grün ihrer Panzerung mählich purpurrot geworden ist, sind sie tot und werden aufgebrochen. Eine scheußliche Angelegenheit, ich habe auch nichts davon essen können. Den Krebsen erging es nicht besser, sie sausten in dem brodelnden Wasser hin und her, konnten aber an den blanken Wänden des Topfes keinen Halt fassen und ergaben sich schließlich. Sie waren „krebsrot“. - Ich habe mich gewehrt, mitzugehen zum Fischen; die Kameraden sind bis spät abends draußen und beobachten ihre Netze und Aalkörbe, sie haben sogar ein Segelboot flott gemacht, nun wird es wohl bald soweit sein ...

- Gestern habe ich oft an Dich gedacht, es war ja schließlich auch Ostern. Was hätten wir beide gemacht, wenn ich in Osnabrück gewesen wäre? Brav spazieren gehen? Allein? Mit Familie? Bier trinken? Tanzen? Ach, ganz egal, was wir unternommen hätten. Wenn wir nur beieinander sind, nicht wahr? Dann ist alles

schön. Am liebsten wäre ich ja gewandert, mit derben Schuhen über Land. Erde riechen und junge Äcker sehen, die Tiere lieben, die Vögel, die jetzt zurückkommen, und die Fischreiher am Bach. Im vorigen Jahre war ich Ostern in Duisburg, da sind wir an beiden Tagen nach Essen gefahren, zur Gruga, die gerade wieder eröffnet war. Da wurde schon im Freien getanzt. Damals war ein Kamerad mit, der jetzt an der Lys begraben liegt. Und der dritte, der schwer verwundet
wurde, liegt stocksteif im Lazarett in Brüssel. Wann es mich wohl trifft? Damals haben wir immer von „später" gesprochen, daß wir auch im Zivilleben Freunde bleiben wollten, daß wir einander helfen und uns nie aus den Augen lassen wollten. Und heute sind längst andere Kameraden da, andere Pläne, andere Ziele - so sehr veränderlich ist der Mensch, und das Schicksal wirbelt ihn umher. Wir vergessen einander nicht, aber wir lächeln doch darüber, daß wir so jungenhaft optimistisch sein konnten. Wir sind mit dem Serum des Mißtrauens geimpft, des Mißtrauens gegen Gott und Welt, und gegen uns selbst. Ist das die vielgepriesene Reife,
die einem der Krieg bringt, daß wir so alt werden, so müde? Vielleicht verwandeln wir uns, wenn alles mal vorbei ist, wieder dahin, daß wir von vorne anfangen und wieder erstaunt sein dürfen. Oder sind wir tatsächlich verhärtet? Ich glaube und ich weiß, daß es dagegen nur ein Mittel gibt: Die Hände einer Frau.

Gruß und Kuß
Dein Berndt

1/6/41

Liebe Gerda!

Heute morgen hätten wir auf einem Vorpostenboot mit nach Cherbourg fahren können, wir waren aber zu faul, aufzustehen, und als wir im Hafen ankamen, war das Boot weg. Wir sind aber nicht böse darum, die Sache scheint ganz abenteuerlich zu werden. - Das Wetter ist ganz fabelhaft, richtiges blaues Pfingstwetter, schöner können wir es uns garnicht wünschen. Gestern abend waren wir nach dem Dinner in einem englischen Kientopp, es gab gleich zwei Wildwestfilme auf einmal. Das Theater war fantastisch feudal, mit dicken Teppichen und einer grandiosen Beleuchtung, dazu wogte und donnerte und säuselte die Kinoorgel. So etwas gibt es in Deutschland nicht, das kommt anscheinend aus Amerika. Die Leute essen und rauchen im Kino, die Leinwand steht vollständig im Nebel.

Heute morgen haben wir schon einen Spaziergang am Meer entlang gemacht, unter richtigen Palmen und dicken Eichen. Gleich um eins geht es zum Lunch im Royal-Hotel, da essen wir. Zum Lunch gibt es fünf Gänge, zwei Kellner im weißen Frack bedienen einen. Weißer Damast, Silbergeschirr, Tulpen, das ist ein höchst festlicher Rahmen für Pfingsten. So allmählich haben wir uns an den Luxus gewöhnt, und wir wissen scbon halbwegs Bescheid mit dem halben Dutzend Bestecke, das vor uns liegt. Die Kellner sind furchtbar steif und hochnäsig, und wenn man etwas verkehrt macht, rümpfen sie sozusagen die Nase. Für das Trinkgeld sind sie aber sehr dankbar, dann grüßen sie einen sogar. Das Essen ist sehr wohlschmeckend und raffiniert zubereitet. Es gibt fast immer geröstete junge Kartof-feln und zarte, gedämpfte Gemüse, Fisch, einen extra Gang Fleisch mit Hefebrot, Suppe, Früchte und Creme. Dazu trinkt man - Vollmilch! Abends, zum Dinner, ist es noch reichhaltiger. So leben wir, ein paar Tage, morgen müssen wir vielleicht wieder Kohldampf schieben!
-

Gruß und Kuß! Dein Bernd

21/6.41

Liebe Gerda!

Jeden Tag habe ich schreiben wollen, aber es ist so heiß, daß ich einfach keinen Gedanken fassen kann. Wie lange haben wir am Meer gelegen? Den ganzen Winter über. Jetzt, wo wir das Wasser suchen und keinen Tropfen finden können, leben wir in stillen, windlosen Tälern, in denen die Hitze brütet. An die fünfzig Landser unseres Regiments liegen im Lazarett. Hitzschlag! Einer ist gestern abend schon beerdigt worden. Bei 43 Grad im Schatten machen die große Übungen mit und lange Märsche und Exerzieren. Da sagen sie „hart machen" zu. Was sind wir bloß für Knechte?!

Was soll ich Dir schreiben? Dein Brief - Du hast ihn am vorigen Sonntag geschrieben, als es bei euch kühl und regnerisch war - ist so unendlich lieb und gut. So kann ich nicht schreiben. Der Kommiß hat mich viel zu sehr in seinen Klauen. Wenn es noch vernünftig herginge und ohne ... Nein, ich will Dir davon nichts schreiben. Du siehst, es läßt mich nicht los. Es ist immer wieder der Kommiß, der tötet. Daran ist nichts Gutes. -

Im Winter, als wir in einsamen Baracken an der Küste lagen und keine Menschenseele zu sehen kriegten, war es uns nicht recht. Jetzt liegen wir in einer wohlhabenden Landschaft in einem reizenden Städtchen. Ich war eben in einer Konditorei und habe Erdbeeren mit Schlagsahne bekommen. In einer Viertelstunde habe ich so viele junge, elegante Mädchen gesehen, daß ich mir tatsächlich wieder die Dünen herbeigewünscht habe, wo es kein Leben gibt. Ich bin in meinen klobigen Stiefeln und meinen dicken grauen Fetzen schweißnaß ins Quartier zurückgeschli-chen, wie einer, den sie furchtbar geschlagen haben. Die Französinnen trugen blumige Sommerkleider und große Strohüte. An uns Soldaten gehen sie vorbei wie an einer Mauer. Und trotzdem haben wir, nicht so sehr an diese Französinnen als an unsere Mädchen überhaupt, unser Herz verloren. Hätte es anders einen Sinn, zu leben? - Ich weiß nicht, wie Du dies aufnehmen wirst. Vielleicht darf ich Dir das nicht schreiben. Ich bin aber im Augenblick ganz krank davon. Es ist zu demütigend, ein Knecht zu sein und andere frei zu sehen. - Ich darf Dir das nicht schreiben. Du, ist es nicht ein wenig egoistisch, immer nur das Gute, das Hoffnungsvolle hören zu wollen und am Leid des anderen nicht teilnehmen zu wollen? Eine Frau muß doch wissen, daß es hilft, ja, daß es schon Heilung ist, sich auszusprechen. So stelle ich mir jedenfalls eine Frau vor: daß sie es glücklich macht, wenn ein Mann ihre Hände sucht.

Ihre Hände, sonst nichts. Kennst du die Kraft deiner Hände überhaupt?
Beschau deine Hände , und dann schreibst du mir, ja?

Dein Bernd

6/7.41

Liebe Gerda!

Du schreibst in Deinem letzten Brief, wir müßten dafür sorgen, daß wir uns nicht fremd würden. Ja, wir haben uns nur so kurze Zeit gekannt, es ist schwer, für Dich. Ich habe ja nichts als meine Sehnsucht nach Dir, keine Versuchungen, keine anderen Wünsche. Aber ich weiß ja, daß Du an mich denkst und auf mich wartest. Vielleicht müssen wir dann ganz von vorn anfangen, uns kennen zu lernen. Manchmal muß ich lange suchen, bis ich Dein Gesicht gefunden habe, in Deinen Briefen finde ich Dich nicht immer. Aber bisweilen habe ich Dich ganz deutlich bei mir, dann bin ich sehr glücklich, dann ist alles hell und gut.

Jetzt, wo es in Rußland so schnell vorangeht, haben wir alle ein wenig Hoffnung, daß der Krieg im Herbst zu Ende gehen möge. Wenn wir dann auch nicht sofort entlassen werden, dann gibt es aber erst mal Urlaub, und der Krieg ist eben aus. Ach, so ein Sol- datenherz lebt nur von Träumen! Wie oft fällt es in Traurigkeit, und wie oft richtet es sich auf, so oftmal, wie das Jahr Tage hat! Du hast doch auch einen Bruder im Felde, wie schreibt er denn? Hat er Hoffnung? Ist er traurig?

Gerade kam Nachricht, daß ich in einer Stunde mit meiner Wache abbauen soll. Es geht in der Nacht noch heraus zu einer Regimentsübung, die einige Tage dauern wird. -

Du, schreibe mir mal wieder, daß Du mich lieb hast, ich will es immer wieder lesen. Ja?

Dein Berndt

27/7.41

Liebe Gerda!

Heute ist Sonntag, nach langer Zeit haben wir endlich mal wieder einen Sonntag für uns, das heißt, nicht ganz; denn morgens ist noch Feldgottesdienst. Da wird uns so ein dicker, glatzköpfiger Pfarrer was vom Heldentod erzählen, und wie schön es ist, als Soldat zu sterben. Ich bin nicht derselben Ansicht, ich hoffe immer noch, daß wir die Freiheit eines Tages wiedergewinnen, und daß wir dann leben dürfen. Zu denken, daß ich nur als Kanonenfutter umherlaufe und zufällig noch nicht erschossen bin, das wird mir schwer. Das Leben muß doch einen anderen Sinn haben als den, zu sterben. Was glaubst Du? - Gestern war eine Variété-Gruppe hier, die Leutchen hatten eine Panne gehabt, suchten Quartier und gerieten so in unsere Fänge. Sie mußten dann in einem alten Theaterchen eine Vorstellung geben. Es ging wie es ging, in Frankreich ist alles primitiv, die Bühnen nicht zuletzt, aber wir haben uns doch sehr gefreut, die Vorstellung war über alles Erwarten gut und großstädtisch. Es war mal eine runde, solide Abwechslung.- Du, der Urlaub ist wieder in Gang qekommen bei uns. Vorläufiq ist es zwar noch dünn, 7 Mann pro Woche, aber mit der Zeit kommt dann doch jeder an die Reihe. Erst sind natürlich die Verheirateten dran, die Junggesellen haben überall den Schaden. Die werden richtig bestraft dafür, daß sie so lange eigensinnig gewesen sind. An sich ist es ja ein Glück, daß ich nicht verheiratet war, sonst hätte ich mich ja wohl wieder (!) scheiden lassen müssen einer gewissen Gerda wegen. Kennst Du die? - Verwahre aber ja Deinen Urlaub, wenn ich da bin, will ich keine Minute ohne Dich sein. Hast Du schon mal ausgerechnet, wie viel wir nachzuholen haben? Den Vorschuß, den Du mir damals gewährt hast, habe ich jetzt langsasm verbraucht, Du, ich möchte jetzt nur Deinen Mund sehen, das würde mich schon glücklich machen.

Gib mir einen Kuß, ja?

Dein Berndt

28/7.41

Liebe Gerda!

Ich will heute mal versuchen, lateinisch zu schreiben, das sieht sich ganz wunderlich an; wenn man diese Schriftart nie geübt hat, ist es schwer, sie zu schreiben. Deutsch liegt mir besser, es geht schneller, ich will deshalb lieber wieder in die alte Gangart zurückfahren. Heute morgen hat der Herr Regimentskommandeur uns besichtigt. Ich, der ich sonst so stramm bin, mußte natürlich sofort auffallen, weil ich - stell' Dir das vor - einen Knopf auf der Brust aufstehen hatte. Dafür wäre ich in Friedenszeiten natürlich erschossen worden. Diesmal ging es noch gnädig ab, mit einer langen Rede und diversen entrüsteten Blicken. Na, die können mir mal
am Abend begegnen! - Ich schreibe während des Dienstes, im Unterricht, denn heute abend findet in einem Nachbardorf irgendsoein Blödsinn statt, den der Divisionsbühnentrupp, es handelt sich um Tierstimmen-Imitatoren und andere groteske Scherze, veranstaltet. Deshalb habe ich heute abend keine Zeit zum Schreiben, Du mußt Dich also mit diesem bißchen zufrieden geben. Morgen abend habe ich Wache. Vielleicht finde ich dann mehr Zeit zum Schreiben. - Es geht mir garnicht gut. Mit meinen Zähnen ist was im Gange. Ich habe mich krank gemeldet. Da aber die gesamte Kompanie fast ohne Ausnahme zahnkrank ist, muß ich noch lange warten, ehe ich an der Reihe bin. Das Bataillon hat jede Woche einmal einen Arzt da, und der muß dann von morgens bis abends an die hundert Soldaten behandeln. Er tut natürlich weiter nichts als - ausziehen! Sobald
einer Schmerzen hat ... Zange her und raus damit! Ersatz gibt es nicht. Es ist ein schreckliches Schlachten dort. Ich kann aber abends vor Schmerzen nicht mehr in den Schlaf kommen, ich muß hin. Dann gnade mir Gott!

Herzlichen Gruß und Kuß, liebe, liebe Gerda

von Deinem Berndt

28/11.41

Liebe Gerda!

Ich will heute mal versuchen, lateinisch zu schreiben, das sieht sich ganz wunderlich an; wenn man diese Schriftart nie geübt hat, ist es schwer, sie zu schreiben. Deutsch liegt mir besser, es geht schneller, ich will deshalb lieber wieder in die alte Gangart zurückfahren. Heute morgen hat der Herr Regimentskommandeur uns besichtigt. Ich, der ich sonst so stramm bin, mußte natürlich sofort auffallen, weil ich - stell' Dir das vor - einen Knopf auf der Brust aufstehen hatte. Dafür wäre ich in Friedenszeiten natürlich erschossen worden. Diesmal ging es noch gnädig ab, mit einer langen Rede und diversen entrüsteten Blicken. Na, die können mir mal
am Abend begegnen! - Ich schreibe während des Dienstes, im Unterricht, denn heute abend findet in einem Nachbardorf irgendsoein Blödsinn statt, den der Divisionsbühnentrupp, es handelt sich um Tierstimmen-Imitatoren und andere groteske Scherze, veranstaltet. Deshalb habe ich heute abend keine Zeit zum Schreiben, Du mußt Dich also mit diesem bißchen zufrieden geben. Morgen abend habe ich Wache. Vielleicht finde ich dann mehr Zeit zum Schreiben. - Es geht mir garnicht gut. Mit meinen Zähnen ist was im Gange. Ich habe mich krank gemeldet. Da aber die gesamte Kompanie fast ohne Ausnahme zahnkrank ist, muß ich noch lange warten, ehe ich an der Reihe bin. Das Bataillon hat jede Woche einmal einen Arzt da, und der muß dann von morgens bis abends an die hundert Soldaten behandeln. Er tut natürlich weiter nichts als - ausziehen! Sobald
einer Schmerzen hat ... Zange her und raus damit! Ersatz gibt es nicht. Es ist ein schreckliches Schlachten dort. Ich kann aber abends vor Schmerzen nicht mehr in den Schlaf kommen, ich muß hin. Dann gnade mir Gott!

Herzlichen Gruß und Kuß, liebe, liebe Gerda

von Deinem Berndt

7/12.41

Mein liebes Mädchen!
Gestern bin ich in der Hauptstadt der Normandie gelandet, in Caen. Das kannst Du auf der Karte ja mal suchen. Eine alte Stadt mit 1000 jährigen Kirchen und Mauern. Da gibt es allerlei zu sehen. Wir wohnen in einem nach franz. Begriffen fabelhaften Hotel, Catégorie B, das ist das zweitbeste. A gibt es wahrscheinlich nur in Paris. Endlich mal wieder Licht, und ein Bett mit sauberen Bezügen, und gutes Essen, und guten Cognac, und aufmerksame Bedienung! Jede Mahlzeit, pardon: diner, ist hier ein Fest, und was für eins. Es gibt hier sogar ein Concert-Café, ganz groß! Nach den Tagen in Raids, wo einem die Stiefel im Schlamm stecken blieben, ist das ein unbeschreibbares kulturelles Ereignis! Kino, Theater, Konzert! Zu kaufen gibt es leider nichts mehr, ich habe keine Punkte mehr! Es sieht in dieser Beziehung in Frankreich genau so aus wie in Deutschland! Nur daß es hier mehr zu essen gibt, das heißt, Licets muß man auch haben! Die Franzosen haben Fleisch und Fett, aber kein Brot! - Ach, Gerda, ich freue mich so auf den Urlaub! Wenn ich Dich nur wiedersehen darf! Holst Du mich ab? Ich wollte Dich überraschen, aber erwartet zu werden, ist, glaube ich, doch viel schöner, ja?

Gruß und Kuß!

Dein Berndt.

16/12.41

Meine liebe, liebe Gerda!

Ich habe gerade noch zehn Minuten Zeit, Dir einen Gruß zu schicken. Dann muß ich den Brief abgeben und für einige Zeit werden wir dann nichts mehr voneinander hören. Heute abend ist für mich schon keine Post mehr gekommen, leider. Deinen Kuchen, und einen lieben Brief natürlich, hätte ich gerne noch gehabt, vor allem meine Strümpfe von Mutter, hoffentlich gehen sie nicht verloren, dann bin ich aufgeschmissen! Sei aber nicht besorgt, in vierzehn Tagen werde ich vielleicht wieder schreiben können! Den Heiligen Abend verbringe ich im Güterwagen, darin ist es dunkel und kalt, aber ich werde daran denken, wie schön es bei Dir gewesen wäre. Das tröstet mich dann ... Schreibe Du ruhig weiter, jeden Tag ein paar Zeilen, und nach einer Woche etwa gibst Du diesen dicken Brief der Post! Dann habe ich was zu lesen. Bestelle meiner Mutter nochmal viele Grüße. ich habe leider soviel Zeit nicht mehr, ihr zu schreiben. Die Postsperre kam ganz plötzlich. - Dir, liebe Gerda, Deinen Eltern und Deinem Bruder, wenn er noch daheim ist, wünsche ich ein frohes Weihnachtsfest!

-

Schreibe mir genau, welche Päckchen angekommen sind, ja? Im Ganzen sind an Dich 3 Kilo Butter unterwegs, an Mutter auch.

-

Liebe, liebe Gerda, mach Dir keine Gedanken, es geht alles seinen Weg. Mir selbst ist es recht so. Lernen wir halt mal Rußland kennen!

Viele herzliche Grüße und Küsse!

von Deinem Berndt

Am Abend des 19. Dez.1941

Mein liebes, liebes Mädchen!

Der letzte Abend, den wir in Frankreich verleben. Wir haben unsre Koppel fertig am Bett hängen, den Stahlhelm, das Sturmgepäck und das alte Gewehr. Nach Mitternacht geht es los, erst müssen wir fünfzehn Kilometer laufen, dann wird verladen, und im Morgen- grauen dampft der Zug ab. Die Fahrt soll zwölf Tage dauern. Zwölf Tage in einem engen, dunklen, kalten Viehwagen, und das über Weihnachten! Wie sehr hatte ich mir diese Tage anders vorgestellt! Ich war in Gedanken schon in Osnabrück und bei Dir! Aber beim Kommiß darf man nie fest mit etwas rechnen. Es kommt immer anders als man denkt ... nirgends so totsicher wie bei den Preußen. Hast Du umsonst beim Bahnhof gestanden und gewartet, oder hattest Du meinen Brief schon? Ich hoffe sehr, daß Dir diese Enttäuschung, vergebens an einer Bahnhofssperre zu warten, erspart geblieben ist. Es war für mich auch ein böser Abend, dieser 17. Dezember. Ich habe immer daran gedacht, daß ich jetzt in Osnabrück ankommen würde, und dann wäre ich bei Dir gewesen, vierzehn Tage lang ... Ich spürte, daß Du Dich sehr darüber freutest, und es war mir bitterleid, daß ich immer noch in dieser trostlosen Baracke saß und weder zürnen noch weinen durfte. Es ist mir auch garnicht mal so sehr schwer geworden; es war wie eine naturstarke, ausweglose Betäubung, ein Hammerschlag, eine Holzhammer-Narkose. Erst der Arbeitsurlaub abgelehnt, und dann auch noch der Erholungsurlaub futsch, das war so unmenschlich, so über alles Begreifen blödsinnig und unerwartet, daß ich mich einfach mit nichts dagegen erheben konnte. Wir haben alle zusammen furchtbar viel Sekt und Cognac getrunken, gegröhlt, gebrüllt, Tische und Stühle zerschlagen.
Öfen umgeworfen, Fußböden eingetreten, Lampen zerstört, Teller und Tassen geschmettert, gesungen und getrunken und alles wieder ausgekotzt ... und dann war es vorbei. Und am Morgen war es so gut wie ein alter Divisionsbefehl von jener Art, die einem Landser immer geläufig ist: Auf nach Rußland! Wir sind ja auch wohl am dransten. Ich glaube, daß unsere Division die älteste in dem - „Paradies" Frankreich war; denn daß die Normandie, an Rußland gemessen, das Paradies war, ist ja wohl klar. Was haben wir hier bloß für Reichtümer gehabt: die Landschaft, das Klima, die zauberischen Farben, das Meer, die Butter, der Wein, der Cognac, eine unendliche und sich immer aufs Neue wieder darbietende Kette von guten Dingen. Was wird uns Rußland geben? Läuse, Fleckfieber, Trostlosigkeit, Weite, Schlamm, Kälte, Gewehrfeuer. Nichts Gutes. Vielleicht aber etwas zum Schreiben. Diesem Frankreich war ich nicht gewachsen, es ist zu groß, zu erhaben, zu farbenfroh. Die Schönheit macht mich stumm. Das weniger Paradisische, das „dramatische" Elend liegt mir eher. Diese eine Hoffnung habe ich also. Wenn es dann im Unterstand und in den russischen Holzhäusern anfängt langweilig zu werden, schreibt der Schulz wieder Geschichten. Übrigens ist mein Bändchen Kurzgeschichten jetzt erschienen. Die äußere Form gefällt mir gut, es ist so geworden, wie ich es mir vorgestellt habe. Das Papier ist auch noch einigermaßen weiß, der Druck sauber. Nur der Inhalt mißfällt mir. Daran haben der Reihe nach so-

viele Dienststellen und Propagandasteilen herumgestrichen und verbessert, umgedreht, und wieder zurechtgebogen, daß es mir vor Augen schwindelt und ich meine eigenen Kinder nicht wiedererkenne. Meine Pointen sind getötet, die Feinheiten vergröbert, es wimmelt auf jeder Seite von Allgemeinplätzen. Vokabeln wie Kampf, Pflicht, Treue, Ehre, Unsterblichkeit, Ruhm usw. gibt es bei mir nicht, „Walhall" schon garnicht, aber in meinem Büchlein steht alles einträchtig beieinander und just da, wo ich es am wenigsten stehen haben wollte. So wird einem auch das Schreiben mächtig verleidet. Ich bin bloß froh, daß ich für dieses Bändchen einen Decknamen gewählt habe. Mein guter, ehrlicher Name Schulz war mir wahrhaftig zu schade dazu. Ich habe eine Anzahl „Autorenexemplare" an meine Mutter schicken lassen, sie wird Dir dann eins geben. Der Roman bei Scherl ist jetzt auch in Vorbereitung, im Frühjahr wird er wohl soweit sein. Was die Herren Zensoren daraus wohl gemacht haben?! Ich sehe schwarz ... Na, immerhin ist es doch ein Geschäft und bringt Geld ein, das ist vorläufig die Hauptsache. Ich muß doch sorgen, daß wir uns nach dem Kriege unser Heim so einrichten können, wie es uns gefällt, nicht wahr? Wäre es doch erst so weit! Ich möchte so gerne arbeiten, schaffen, etwas zuwege bringen, und wenn es auch bloß Bücher sind, stattdessen marschiert dieser Krieg immer noch und wird es auch noch unabsehbar lange tun, und ich bin mit dabei, unter Millionen einer. Aber wieviel Hoffnung verzehrt sich in diesem einzigen Menschen, wieviel Kraft verströmt, wie viel Feuer verlodert, wieviel Sehnsucht macht sich tot, und dies soviel millionenmal, wie es Soldaten gibt, und es ist keiner, der es ändert. -

Wie wirst Du Weihnachten feiern? Hoffentlich ohne Alarm! Oder kommen die Tommys nicht mehr so oft? Besuche meine Mutter Weihnachten mal! Sechs Kinder, und dann doch allein! Das Mädchen tut mir leid. Diesmal wollte ich ihr eine gute Weihnacht bringen, und nun ist es doch anders gekommen. „Das alles danken wir dem Führer" sagen die Landser hier. -

So, gleich geht der Treck los! Mal sehen, wo ich diesen Brief loswerde!?

Liebe Gerda, viele, viele herzliche Grüße und Küsse

von Deinem Berndt

Ohne Datum

Liebe, liebe Gerda!

Ja, nun sind alle meine Weihnachtspläne ins Wasser gefallen; statt auf Urlaub zu fahren und einmal Weihnachten bei meinem lieben Mädchen feiern zu dürfen, muß ich nun auf irgendeine Reise. Wir werden verladen, die Vorbereitungen kennen wir. Wohin es geht, das erfahren wir erst unterwegs, wir peilen dann mit dem Kompaß die Richtung an ... Wenn's ostwärts geht, na, dann gnade uns Gott. Aber für den Fall habe ich eine Pulle Cognac in Reserve! - Ausgerechnet vor Weihnachten, fünf Minuten vor dem Urlaub. Die alten Leute, die schon zweimal im Felde Weihnachten „feiern" mußten, sollten diesmal am Hl. Abend zuhause sein. Das ist der Krieg! Ein Trost bleibt uns noch: es kann harmloser sein, als es in der ersten Bestürzung aussieht, und es braucht ja auch nicht gleich nach Rußland zu gehen, obgleich wir ja nun eigentlich schwer an der Reihe
sind. Ich hatte einen schönen Vorrat an altem, guten ehrlichen Cognac und an Sekt, und an Likör. Diesmal wollte ich was Edles, Gutes zum Feiern mitbringen ... schade, schade, ich hatte mir alles so schön zurechtgedacht. Na, den Sekt (die Sorte kostet in Deutschland 36.-RM) haben wir heute abend ausgetrunken, der Cognac kommt morgen an die Reihe. Auf dem Tisch brannte Deine Weihnachtskerze! Nun bin ich auf Wache und muß die lange Nacht durch auf meine Wachsoldaten aufpassen, und habe Zeit, Briefe zu schreiben. Ich muß mich für etwa 20 Weihnachtspäckchen bedanken, die ich aber zum größten Teil im Stich lassen muß! Gegen soviel Süßigkeiten, Keks und Pfefferkuchen kann kein Mensch anfressen! Die Menschen meinen
es so gut mit mir: 10 Spiegel, dreizehn Kämme, 20 Schachteln Eckstein, die ich nicht rauche, 9 unlesbare Bücher, Zahnpasta, total versteint, getrocknete Apfelschreiben, Pfefferminz, Rheila-Perlen, Wybert-Tabletten, Verbandszeug, kleine Pullen mit Eau de Cologne, das es nirgendwo in der Welt so reichlich und hochprozentig gibt wie in Frankreich, Kalender, Notizbücher, Schreibhefte, miserables Briefpapier, kurz und gut, alles was in Deutschland das Anschauen nicht mehr wert ist, das kommt hier angerollt, angeächzt, belastet die Feldpost, belastet den Melder, der stundenweit vom Bataillon
die Post holen muß. Und trotzdem geschieht dies alles nur aus Liebe, aus Sorge, aus Wohltätigkeitssinn. Was ich von dem ganzen Segen wirklich gebrauchen kann, sind erstens Dein Brief, den ich mir bis auf den Hl. Abend aufhebe, und ein Paar Strümpfe von Frau Wörner. Mädchen, mein Gepäck ist so karg bemessen, ich habe nur den einen einzigen Tornister, und darin hat außer Hemden und Strümpfen nichts Platz. Alles andere muß ich jetzt wegschicken ... Das Eßbare kann ich noch vertilgen, sonst kann ich aber wirklich nichts gebrauchen. Liebe, liebe Gerda, ich habe Dich oft genug gewarnt ... Bücher, Kuchen und Traubenzucker, das war auch genau das Einzige, was Du mir schicken durftest. Ich danke Dir von Herzen für Deine Geschenke, ich weiß, daß Du mich lieb halst, und das ist schon ein so unbegreiflich großes Wunder für mich, daß ich damit über Gebühr beschenkt bin. Du hast mir ein paarmal so lieb geschrieben, das werde ich nie vergessen. In

Briefen kann man leider nicht alles so erspüren und erkennen, wie es dem anderen in tiefster Seele zumute ist. Wir haben uns schon mal so halb und halb mißverstanden, und es sah oftmals etwas nach Ernst aus, was in Wirklichkeit nur scherzhaft und ein bißchen so mit dem erhobenen Zeigefinger gemeint war, nicht wahr? Du mußt mir als Soldaten auch etwas zugute halten, ja, Gerda? Wir leben so roh und freiweg dahin, da kann einem mal ein hartes Wort davonlaufen. Du wirst mir nie wieder weglaufen, Gerda, so wie damals? Die Angst sitzt mir immer noch in den Knochen! Sieh mal, so ein Obergefreiter kann doch mit einem so zarten Geschöpf, wie es ein Mädchen namens Gerda ist, garnicht mehr zurechtkommen. Da muß er sich doch erst besinnen und umhertasten, wo er anfassen darf! Den „Choral" vergißt Du auch! Ich habe Dich doch so lieb, da ist das doch alles gleichgültig, ob wir mit oder ohne Musik, im Frack oder in Golfhosen getraut werden, nicht wahr? Hauptsache glücklich! Na, nun geht es erst mal wieder auf die Reise, bin mal gespannt, wo wir landen ...

So, ich habe eben meine Streife gemacht. Es ist entsetzlich dunkel draußen, kein Mond, keine Sterne. Aber das Land liegt so friedlich da wie in jedem Winter daheim. Nur die Bäume rauschen zuweilen und in der Kirche ist immer ein wenig Licht ...

Daß Du das Buch „Daphnis u. Chloe" erwischt hast, ist großartig. Dies Buch werde ich als einziges mitnehmen auf die Reise, es ist ja auch bescheiden im Format. Im übrigen schicke ich alle Bücher, die ich gelesen, nach Hause. Bei meiner Mutter kannst Du sie also alle wiederfinden und entleihen. Paß ein bißchen mit auf, daß meine Mutter auch gut acht gibt auf die Bücher, sie läßt sich gern welche klauen. Dann: ich schicke ihr eine kleine Flasche echten Cognac, den soll sie aber alleine trinken, zur Stärkung! Sowas Gutes bekommt sie so schnell nicht wieder. Ach ja, ich wollte Euch alle beglücken mit einem guten Tropfen, schade, schade, die Flaschen sind zu schwer, die Flaschen sind zu schwer, die Feldpost nimmt sie nicht an, und verwahren kann ich sie nicht. - Ich wäre im Urlaub gerne mit Dir nach Hannover gefahren, ich wäre nämlich mit meinen liebsten Kameraden, vor allem mit Karl Bodenstedt, dort zusammengetroffen, und dann hätten wir „einen drauf getan", ja? Allerdings hätte ich vorher einen Eid abgelegt, sehr brav zu sein! Wir hatten uns diesen Urlaub zu sehr gewünscht und für uns in Weihnachtsfreuden aufgeteilt, in lauter Freuden, und nun ist es - was denn bloß? Beinahe wäre ich bei Dir gewesen, Gerda, wenn Du diesen Brief liest, dann schon .. und jetzt steht statt dessen, statt des Arbeits-urlaubes, das groß Unbekannte vor mir. Wir haben anderthalb Jah Ruhe gehabt und für den Ernstfall gerüstet, und nun geht
es wohl los. Morgen weiß ich vielleicht mehr. -

Herzlichen Gruß und Kuß!

Dein Berndt

5/1.42

Liebe, liebe Gerda

Es ist drei Uhr nachts, die Front ist ruhig, ich will mal ver- suchen, etwas zu schreiben. Es ist das erste Mal nach vielen auf- geregten Tagen. Ob dieser Brief ankommt, und wann, das ist auch noch fraglich, denn die Feldpostverbindung besteht noch nicht.
Wir sind also mitten in Rußland drin. Aus den OKW-Berichten werdet Ihr wohl wissen, daß es im Osten nicht gut stand, die Kälte setzt unseren Truppen zu sehr zu, und die Russen waren durchgebrochen.
Jetzt hat man uns nach zehn Tagen Fahrt (es ging in einem wahnsin- nigen Tempo vorwärts; einen Brief zu schreiben und abzugeben, dazu reichte es nicht) an die Front geworfen. Wir verteidigen hier einen wichtigen Eisenbahnstützpunkt, den die Russen gerne zurückerobern möchten. Sie greifen Nacht um Nacht an, haben dabei immer hohe blutige Verluste. Na, etwas ist ihre Angriffslust schon gestoppt, hoffentlich haben sie bald ganz die Nase voll; denn gegen unsere Waffen und Ausbildung kommen sie doch nicht an. Wenn wir einen Verwundeten haben, dann kommen auf die Russen mindestens dreißig Tote.
Es ist entsetzlich, wie dieser Stalin sein ganzes Volk zur Schlachtbank führt. leider habe ich in einem Nachtgefecht in der Sylvesternacht meinen besten Kameraden in der Kompanie verloren, Uffz. Glath, er bekam einen schweren Oberschenkelschuß. Das war ein schlechter Anfang. Am schlimmsten ist wohl die Kälte, wir sind nicht so gut bekleidet wie die Russen, die ihren Winter ja kennen. Vielen Kameraden sind schon die Füße erfroren, oder sie haben sonst schwere Frostschäden. Na, davon will ich Dir aber nichts erzählen. Du mußt jetzt eine Zeitlang geduldig sein und nicht zu sehr auf Post warten. Wir haben nach hinten keine Verbindung, und wie dieser Brief wegkommt, wieß ich nicht. Die Kompanie sammelt aber vorläufig alle Briefe; einmal wird es doch wohl funktionieren. Wann ich wohl Post bekomme? Ach, das kann lange dauern! Man darf hier an nichts anderes denken als daran, sich seiner Haut zu wehren, und das will ich tun. Wenn es mal wieder ruhiger ist, dann trudelt auch wieder die Feldpost ein, aber fünf Wochen dauert dann so ein Weg auch.
Schreibe also nicht zu oft, die Briefe gehen bloß verloren, vielleicht einmal die Woche, Du kannst ja jeden Tag etwas schreiben und es dann zusammenlegen, ja? Keine Päckchen schicken, ich kann hier nichts gebrauchen.

Liebe, liebe Gerda, habe bitte keine Sorge, es geht schon gut, ich passe scharf auf, däß ich durchkomme, für Dich. Ich habe Dich sehr lieb, aber ich darf jetzt nicht zu oft an Dich und an Zuhause denken, sonst ist es zu schwer. -

Für heute viele liebe Grüße, euch an meine Eltern und an Deine, und für Dich einen ganz lieben Kuß

von Deinem Berndt

12/1.42

Meine liebe, liebe Gerda!

Heute lassen uns die Russen mal ein wenig in Frieden, gestern hat unsere Luftwaffe ihnen die Jacke vollgehauen. Es ist eigentlich ein verwegenes Unternehmen, einen Brief schreiben zu wollen; denn wir warten jeden Augenblick darauf, daß wir an die Luft gesetzt werden. Zweimal ist uns die Bude schon überm Kopf zusammen- gestürzt, Volltreffer. Es ging in beiden Fällen aber ohne Verluste ab. Ob Du diesen Brief vor Ostern bekommst, ist zudem auch fraglich, denn die Russen haben uns rings eingeschlossen, und nach hinten besteht keine Verbindung mehr. Munition und Verpflegung wird uns von unseren Flugzeugen abgeworfen. Schlaf ist Luxus, wir kriegen die Stiefel nicht mehr von den Füßen1 die Taschen sind dick von Eierhandgranaten und Munition. Die Russen greifen mitunter mehrere Male hintereinander an, trotzdem sie vor einer halben Stunde noch Schläge bekamen. Die Burschen haben eine verteufelte Art von schweren Granatwerfern, die uns sehr zu schaffen macht. Die „Stalin-Orgel", eine 42 schüssige Kanone, haben wir auch schon kennen gelernt; ein richtiges „Mordsding". Unsere Lage ist nicht sehr hoffnungsvoll, deshalb - das kannst Du Dir ja wohl denken - habe ich keine rechte Stimmung zum Briefeschreiben. Vielleicht sind die Bahnlinien, die die Russen in unserem Rücken besetzt haben, doch noch vor der sehn- süchtig erwarteten Frühjahrsoffensive frei, und dann bekommst Du meine Briefe alle auf einmal. Daß es so einmal kommen würde, habe ich nie gedacht: aus dem dicksten Frieden mitten in den Hexensabbat. Und ich war gerade dabei, mein Bündel für den Arbeitsurlaub zu schnüren! Ja, das alles danken wir dem Führer! Ich habe nicht einmal Phantasie genug, mir vorzustellen, wie das in Rußland einmal enden soll. Die „Sowjetzkis", wie die Leute hier sagen, kämpfen mit einer verbissenen Energie, mit einer großartigen Tapferkeit für ihr System. Der Winter wird schwer werden für uns. Die Russen kennen ihren Winter, sie schützen sich entsprechend, wir müssen aber jedes Übel erst erlernen. Die meisten Kameraden haben schon angefrorene Füße, scheußliche Wunden, und können kaum auf den Beinen stehen, müssen aber trotzdem Tag und Nacht draußen auf Posten stehen. Die Erde ist so hart gefroren, daß wir keine Stellungen ausheben können, und so sind wir auf gut Glück dem Feuer ausgesetzt.

Wer Pech hat, fällt. Wer Glück hat, schiebt weiter seine Wache. Die Verwundeten können nicht fortgeschafft werden, sie liegen in den Häusern, und dort quälen sie die Wanzen und Läuse. Ich segne jeden Tag, der vorbei ist und der uns dem Frühling näher bringt. Heute schreiben wir den 12. Januar. Wir wünschen, wir hätten jetzt schon den Tag, an dem diese Post in der Heimat eintrudelt, dann ist es bestimmt sechs bis acht Wochen später. Du darfst nicht traurig

sein, Gerda! Es läßt sich nichts ändern, auch dies muß ausgestanden werden! Wie vielen Soldaten ergeht es so? Und wie manche Braut und Mutter wird in diesem Winter auf Post aus Rußland warten? - Wo ist Dein Bruder hingekommen? Hoffentlich muß er nicht auch nach Rußland! Zur Zeit heben sie dort großen Verschleiß an Truppen.
Wo mag bloß meine Weihnachtspost stecken? Ich hatte mich so gefreut auf Deinen Kuchen. Hier bekommen wir täglich zu vier Mann ein russisches Brot, das steinhart gefroren und erst aufgetaut werden muß, und dabei bricht es dann auseinander. Es ist eine Art Roggenbrot, mit Kleie-Zusatz, dunkel in der Farbe, bitter im Geschmack. Jetzt ein Stück Kuchen, das wäre ein Fest! Butter gibt es nicht mehr, nur Margarine und Schmalz, und alles andere in Büchsen. Käse, Leberwurst, Ölsardinen, das wechselt miteinander, es läuft einem nach. Ich habe bislang noch guten Appetit, das ist nämlich die Hauptsache. Wer hier nicht frißt bei der Kälte, der geht ein! Die Russen essen morgens, mittags und abends Pellkartoffeln mit Salz, Brot dazu, und ein Glas Wasser. Ein bescheidenes Leben, was? Ich lerne jetzt, wie unermeßlich reich einer ist, der in Deutschland an seinem Tisch daheim sitzt und Frieden hat! In Deutschland ist der Lebenslauf eines Ritzenschiebers schon beneidenswert gegen das Los eines Bürgers der Sowjetrepublik. Der Anblick einer Straßenbahn würde jetzt in meiner Brust Jubelströme entfesseln. Ein Schaufenster! Ein Kino! Eine Parkanlage! Die kleine, an sich schon erbärmliche Wohnküche meiner Mutter - welch ein Reichtum, welch eine Fülle an Sauberkeit, Ordnung, Kultur, Wohlergehen! Wir glauben jetzt alle zusammen, daß wir nie in unserem Leben wieder unzufrieden sein können, wenn wir mal wieder in der Heimat sind! Ich bin dankbar, daß ich bisher so viele schöne Jahre gehabt habe, es war ein herrliches Leben. Was sagt meine Mutter? Ich denke oft an sie. Im Geiste sehe ich sie jeden Morgen zur Kirche traben und für mich beten. Es ist hier so schönes Winterwetter, blauer Himmel, goldener Schnee. Ich möchte jetzt mit Euch beiden im Weichbilde Osnabrücks spazieren gehen, immer so, daß wir die Stadt mit ihren vielen Türmen im Schnee liegen sehen, und dann irgendwo im Warmen sitzen und Kaffee trinken, und mich von Rußland erzählen lassen, und Eure liebe spüren, und keine Granaten und Schnellfeuergewehre mehr hören, nichts als Winterstille und Frieden ringsum ... ob wir das wohl mal erleben werden?! Ich hoffe es sehr; weil ich hoffe, deshalb lebe ich. Dieser unselige Krieg! Wer dafür bloß die Verantwortung auf sich nehmen mag?! Ich begreife nicht, daß die Völker sich so von einigen wenigen Männern in den Tod treiben lassen, und daß alle diese Probleme nicht diplomatisch zu lösen sind. Der Weltkrieg ist noch nicht halb vernarbt, da geht es schon wieder los! Warum bloß? leider ist es dem einzelnen auf keine Weise möglich, sich drauszuhalten. Er muß mit, gegen Vernunft und Willen. Gestern haben sie hier einen Landser erschossen, der gemuckt hatte. Kriegsgericht, Todesurteil, aus. -

So, meine liebe, liebe Gerda, möge Dich dieser Brief recht bald erreichen, und wenn Du ihn liest, sei nicht traurig, eines Tages bin ich wieder da, und dann ist alles gut, ja?

Tausend Grüße und Küsse

Dein Berndt

23/1.42

Meine liebe, liebe Gerda!

Gestern erlebten wir einmal etwas Gutes. Die alte Frau Ju, die uns fast täglich Munition bringt, brachte Post mit. Ich bekam drei Briefe von Dir, vom 17., 18. und 19. Dezember. Über fünf Wochen hatte ich nichts mehr von Dir gehört. Da kannst Du Dir ausmalen, welche Freude es für mich war, so unverhofft drei Briefe zu bekommen! Die sind jetzt meine tägliche Lektüre! Gut, daß auch ein Brieflein von meiner Mutter mit dabei war! Es ist mir beim Lesen noch einmal ordentlich schwer gefallen, daß ich auf das Weihnachtsfest in der Heimat habe verzichten müssen. Gerade dann, wenn man sich am meisten freut und am sichersten damit rechnet, daß es klappt, geht es schief, beim Kommiß besonders. Wann werde ich jetzt wohl mal wieder nach Hause kommen? Wenn überhaupt mit heilen Knochen? Karl Bodenstedt, der damals nur für zwei Tage nach Deutschland beurlaubt wurde, um die Weihnachtsgeschenke und die übrigen Hamstereien seines Herrn und Brötchengebers in Sicherheit zu bringen, besucht mich oft; er liegt ganz in der Nähe. Sein Major ist von einer Granate zerrissen worden. Nun liegt er mit den anderen Landsern in einem Massengrab, vom Schnee zugedeckt. Es werden immer zwölf Mann zusammen eingekuhlt, nachts, in der Stille. Die Russen schießen, sobald sie nur die geringste Bewegung sehen. Heute schreiben wir den 23., ich lebe immer noch, es ist wie ein Wunder. Vorgestern haben Panzer, die zu unserer Entlastung auf dem Marsch sind, eine ganze russische Division zerschlagen, in einem zweistündigen Gefecht. Die Russen haben Tausende von Toten gehabt. Es heißt, daß die Panzer morgen abend hier sein sollen. Damit wäre dann die Einkesselung gesprengt, und es geht weiter. Wir haben dann gottseidank den Rücken frei und können wenigstens unsere Verwundeten wegschaffen, die hier in Quartieren auf dem Fußboden liegen und sich elend quälen müssen. Was ich in diesen drei Wochen an menschlichem Jammer, an Kälte, Hunger und häßlichsten Bildern erlebt habe, das ist unbeschreibbar. Es verschließt einem das Herz. Eigentlich dürfte ich Dir ja nichts davon berichten, aber ... darüber schweigen, wäre das gut? Ich habe ebensowenig Chancen, am Leben zu bleiben wie die anderen, und auch ebensoviele, gesund davonzukommen. Es kann mich zu jeder Stunde treffen, es hat keinen Zweck, diesem Schicksal entrinnen zu wollen; wir haben dies angefangen und müssen es auch zu Ende bringen. Wenn wir bloß
erst den Winter überstanden haben, dann sind wir halb gerettet. Die Russen wissen, daß wir dieser entsetzlichen Kälte nicht gewachsen sind, und deshalb greifen sie an, der Winter ist ihre Chance. Leider haben sie anfangs auch Erfolge gehabt. Die Burschen sind so angezogen, daß sie stundenlang im Schnee liegen können, während wir nichts haben als unseren Mantel. Manch einem, der den Feldzug gut überstanden hat, frieren

jetzt die Füße ab. Wer diesen Winter hier im Osten übersteht, der hat eigentlich für sein Leben lang genug ausgehalten. Der sollte sich nur noch sonnen dürfen und nie wieder, auch nur eine Minute, für solchen Rummel, wie
er in Deutschland vordem veranstaltet worden ist, verlieren dürfen. Mädchen, wenn ich erst mal wieder zu Hause bin, ich breche jedem das Genick, der mir mit einem Partei-Ansinnen auf die Bude rückt ... Na, wenn Dich dieser Brief erreicht, dann sind wir vielleicht schon fünf Wochen weiter. Ende März ist die grausamste Kälte gebrochen, und im April soll mit raschem Übergang der Frühling kommen, die Schneeschmelze, der Dreck, die Offensive. Hoffentlich kriegen die Russen dann den Rest, damit wir den nächsten Winter wenigstens friedensmäßig hier verbringen können. Bis dahin sind dann auch wohl meine "Eskimo-Unterhosen", wie Mutter sagt, an Land
gekommen! - Ach, ich habe einen unheimlichen Heißhunger auf Marmelade, auf etwas Süßes, diese ewige Büchsenleberwurst und -Rotwurst tropft einem schon aus den Zehen, ein fürchterlicher Fraß. Mittags gibt es nur Erbsen mit erfrorenen Kartoffeln, das einzige, was sich in den Kolchos-Kellern erbeuten läßt. Gottlob habe ich Deinen Zucker noch. Nur komme ich nicht umhin, jedesmal mit den Kameraden zu teilen, die ja auch nichts haben. Wo mag bloß Dein Kuchen abgeblieben sein, und die Plätzchen, und das Päckchen mit den Zigaretten? Jetzt eine Zigarette! Das wäre ein Fest! Die Kameraden rauchen Tee, schwarzen russischen Tee, davon gibt es genug. Wenn ich
Dir etwas schicken könnte, was? Den trinkst Du ja so gerne! Leider müssen wir ihn ungesüßt trinken, so schmeckt er nicht. Ich habe in den ersten Tagen sogar einfaches heißes Wasser getrunken und war dankbar dafür! Das Wasser zapften wir von der Lokomotive ab ...

Wie geht es nun Deiner Schwester? Warst Du Weihnachten in Fürstenwalde? Wie viel schöner hatten wir beide uns dieses Fest vorgestellt?! Aber wir holen alles nach, nicht wahr, Gerda? Später soll uns dann die Freiheit und das Wohnen in unserem Heim doppelt teuer sein. Wenn man doch die Zeit wie auf einem Uhrzeigerblatt so auch in Wirklichkeit voranwirbeln könnte, dann würde ich jetzt solange drehen, bis Frieden wäre und ich mit meinem Wehrpaß unter dem Arm in Osnabrück auf dem Bahnhof ankäme; Entlassen! Ob ich das wohl mal erleben werde?! Das wird dann bestimmt der schönste Tag in meinem Leben. Als ich damals nach meiner aktiven Zeit entlassen wurde, habe ich mich auch zum Narren gefreut. Wieder atmen dürfen, frei umhergehen, ein wenig bummeln, keinen Dienstplan mehr, keine dummen Vorgesetzten, ach, war das schön! Und jetzt? Mal keine Granaten mehr hören und keine Toten sehen, diese gelben, kleinen Gesichter - was bedeutete das erst?! Du sollst mich
später immer daran erinnern, daß ich das einmal geschrieben habe; denn wie ich mich kenne, wird auch die Freiheit eines Tages wieder Alltag sein, und dann wünscht man sich ... viel-

leicht einen Feldzug? So sonderbar können die Menschen sein, so unvermögend, sich an etwas zu erinnern und einem Vorsatz treu zu bleiben. Aber, laß man, dann werde ich ja auch "betagt" sein, alt, über die dreißig, und dann hat sich das mit den Launen. Ich dachte nur einen Augen- blick an Männer wie meinen Vater, der den Krieg auch erlebte, das Feuer, die Not, die Entbehrung, und dessen Herz nach der Gefahr keineswegs demütig ward, sondern von Jahr zu Jahr eigensüchtiger und unbescheidener. Die meisten nehmen aus solchem Brand, auch wenn sie an ihrem Fleische unverletzt blieben, eine Narbe mit heim, eine nie heilende Wunde. Die einen macht es fromm, daß sie verwundet sind, die anderen böse. Wie es mir wohl ergehen wird? Ich denke oft daran.

Hat mein Rudibruder sich nun zu Weihnachten verlobt? Ich warte sehr auf einen Brief von meiner Mutter. Jetzt wird es aber wohl wieder ein paar Wochen dauern, bis Post kommt.Geduld, Geduld, das lernt man in Rußland. "Nitschewo"! Die Russen selbst sind so geduldig und stur wie Tiere, wie die Panje-Pferdchen, die sie vor ihre Schlitten spannen. -

So, liebes Mädchen, sei guten Muts und gräme Dich nicht! Aber sei tausendmal lieb gegrüßt und geküßt

von Deinem Berndt

Herzliche Grüße an Deine und meine Eltern und an Hildburg.

3/2/42

Meine liebe, liebe Gerda!

Diesen Brief wirst Du nun wohl hoffentlich bekommen, die anderen Briefe haben die Russen gelesen, das heißt, der Wind hat sie verweht und der Schnee durchfeuchtet. Wir waren eingekesselt, jetzt sind wir aber Gottlob aus dem roten Ring heraus, und usner Rücken ist, soweit das in diesem Winter überhaupt möglich ist, wieder frei. Es heißt jedenfalls, daß die Post befördert würde. Nun, ich will der Parole mal trauen und ein paar Zeilen schreiben, damit Du weißt. daß ich am dritten Februar noch am Leben war. Wir haben wahnsinnige Strapazen hinter uns, über die Hälfte der Kompanie ist dabei draufgegangen, tot, verwundet, erfroren. Der Rest hat nur das nackte Leben und die Waffen gerettet. Unser General hat dafür, daß er uns aus dem Kessel herausgeführt hat, das Eichenlaub bekommen. Jetzt liegen wir in einem Nest, die Russen kaum hundert Meter vor der Mündung. die Straße bedeckt mit Leichen. Es ist ein gemeiner, idiotischer Menschenverschleiß hier im Gange. Die Russen greifen immer wieder mit derselben blöden Sturheit an. Immerhin kommen bei diesen Abwehrkämpfen auf einen Landser fast fünfzig Russen, das ist schon ein Trost. Wenn wir nur den Winter über- stehen, im Frühjahr geht es wieder wie von selbst! Die Kälte hält an, meistens sind es so an dreißig Grad. Meine Zehen und Fingerspitzen sind auch schon erfroren, es schmerzt ganz außerordentlich. - Heute haben wir einen guten Tag. Wir haben die Stiefel mal aus- ziehen und trocknen lassen können. Die armen Füße! Dazu gab es Verpflegung: Brot, Schmalz, Leberwurst, Zigaretten. Zigarren, Schokolade, jeder eine Tafel, und Marmelade! Jetzt haben wie uns erst mal die Wampe gründlich vollgeschlagen, ein unbeschreibliches Gefühl des Friedens nach diesen Tagen des Rückzuges! Wenn es nun bald auch noch Post gibt, die Weihnachtspost, die wir bisher nicht bekommen haben, dann werden wir tatsächlich wieder etwas aufgemuntert sein, trotz dieser entsetzlichen Bilder, die uns unausgesetzt verfolgen. Ich glaube, daß sich in Deutschland niemand eine Vorstellung davon machen kann, welche Leistungen die Soldaten im Osten vollbringen. Dar Feldzug im Westen war dagegen eine KdF- Fahrt. Die Kälte ist an allem schuld. Die Russen kennen ihren Win- ter, er 1st ihre letzte Chance. Aber die sommerseligen Deutschen! Stell Dir vor, ich habe nicht einmal mehr Handschuhe. Statt dessen trage ich zwei Paar Strümpfe an den Händen. Wenn ich nun schießen muß, weg mit den Strümpfen und die nackten Hände ans kalte Eisen. Das brennt, als setzte man sein Fleisch an eine glühende Herdplatte! - Na, davon will ich Dir nichts erzählen. Aber, Gerda, Du mußt es wissen. Du sollst nicht glauben, ich sei im Paradiese, und eines Tages ist es dann so weit ... Der Krieg ist hart, und deshalb müssen wir auch hart denken. Es hilft alles nichts. Wir müssen. Noch lebe ich ja, und ich hoffe sehr, daß ich mich durchschlagen werde bis zum Frühjahr. Was dann kommt wird wohl so schlimm nicht mehr sein. Die deutschen Waffen sind ganz unzweifelhaft den russischen überlegen, und wenn der Russe erst mal Druck spürt, dann türmt er, und wie! Das haben wir schon ein paarmal erlebt. Das Unglück ist eben, daß man hier keine Front halten kann. In die Erde graben, geht nicht. Wir sind an die warmen Holzhäuser gebunden, die Dörfer liegen weit auseinander, und dazwischen schleichen sich die Russen hinter unsere Front und bringen alles in Verwirrung, schneiden den Nachschub ab, töten die Verwundetentransporte, stören die ganze notwendige Etappe. Und so ist dann eines Tages das Unglück da. - Ach, ich komme nicht davon los! Es lastet einem aber auch zu sehr auf der Seele!

Jetzt hast Du den ersten großen Schmerz über den Tod Deiner lieben Schwester schon ein wenig hinter Dir, ja? Es ist nicht mehr so schlimm? - Besuchst du deine Mutter oft? Wie gerne möchte ich bei Euch sein und mit Euch plaudern! Jetzt an so einem goldenen Wintersonnentag! Der Winter an sich, was Farbe und Stimmung anbelangt, ist großartig schön hier im Osten. Wenn nur die Kanonen nicht rings- um stünden! -

Mein liebes Mädchen, meine liebe Gerda, sei recht herzlich gegrüßt und geküßt

von Deinem Berndt

Viele herzliche Grüße auch an Deine Eltern und an meine liebe Mutti!!

7/2.42

Liebe Gerda!

Noch immer habe ich keine Nachricht von Dir, es wird wohl auch noch einige Wochen dauern, ehe wir Post bekommen. Ob Du meine Briefe bekommst? Viele werden sicherlich verloren gehen. Unterwegs, auf unserer Rückzugsstraße lag die Post haufenweise umher. Die erreichen alle ihr Ziel nicht, diese Briefe, in Hast und Not hinge- kritzelt. Vorgestern haben uns die Russen mit Leuchtspur das Haus in Brand geschossen. Beinahe wären wir mit verschmort, wir haben eben noch die Waffen retten können, sonst ist alles verbrannt, ich habe keinen Becher mehr zum Trinken und keinen Löffel zum Essen. So bei kleinem muß ich mir das alles zusammenstehlen. Meinen Wäschebeutel mit Strümpfen und Wäsche und Briefpapier hebe ich retten können, gottlob. Die Kälte hält an, meine Füße zeigen jetzt das rote Fleisch, die Haut ist weg - das Laufen ist qualvoll. Wir liegen aber zur Zeit in Stellung, sodaß ich mein Pedale pflegen kann. Schlimm ist, daß wir so recht nichts zu futtern kriegen, Brot fast garnicht. Wir leben von Kartoffeln, davon gibt es in Rußland genug. Der Nachschub bleibt aus. Die Russen (Partisanen) zerstören überall in unserem Rücken die Bahnverbindungen, deshalb kommt der Kram nicht ran. Solange aber die Munition nicht ausgeht, kann uns nichts passieren. Ist das ein Krieg! Wenn wir nur den Winter erst mal geschafft haben! Noch anderthalben Monat! Anfang April tritt schon die Schneeschmelze ein, und im Mai ist Sommer. Dann kriegen
die Russen den Rest! - Wo steckt Dein Bruder? Die beiden Wallas? An den übrigen Abschnitten der Front (wir liegen im mittleren) soll es ja ruhig sein. Bei uns geht es jedenfalls „rund", wie die Landser sagen. - Was soll ich Dir zu Trost sagen, Gerda? Ich denke nur an Schlafen und Essen. Jede freie ruhige Minute wird benutzt, um etwas Eßbares zu besorgen, und dann in irgendeine Ecke gehauen und gepennt! Wer weiß, was die nächste Stunde bringt? Vielleicht gibt es dann mal wieder drei Tage nichts zu essen und einen Schlaf. Wer an daheim denkt, der ist verloren. Der muß aphatisch werden.Und gleichgültig werden gegen die Kälte, gegen den Hunger, gegen das Feuer, gegen sich selbst, das ist das Ende. Ich muß alle meine Energien anspannen, um von einer Stunde zur anderen zu kommen, von einem Tag zum anderen. Heute ist der siebte Februar, die Zeit läuft schnell, das ist die Hauptsache. Wenn erst mal die Sonne kommt, dann sind wir schon halb gerettet. Man kann es jetzt höchstens eine Stunde im Freien aushalten, und das dick vermummt in Mäntel und Pelze! Ein Glück, daß die Häuser so schön warm sind und leicht geheizt werden können. Die Öfen sind so, daß sie durch Stunden hin die Wärme aufspeichern. Und im übrigen bieten die dicken Holzwände guten Splitterschutz. Nur brennen, das tun sie leicht, Die Strohdächer sind auch unter dem Schnee trocken wie Zunder. So ein Haus brennt in einer

halben bis auf den Gartenzaun ab, Ein Streichholz genügt. Wir haben auf unserem Rückzuge die Dörfer in Brand gesteckt, das war ein unvergeßliches Bild, so ein glühendes Dorf in dieser unendlichen Schneewüste, vor diesem irrsinnig blauen, harten Himmel. Mir tun nur die Menschen leid, die jetzt kein Dorf mehr haben. Und in jedem Haus wimmelt es von Kindern. Die Russen sind unglaublich gesund und fruchtbar. Zähne haben die! Fabelhaft! Natürlich sind sie für deutsche Augen unvorstellbar primitiv, ja geradezu tierisch. Ich zweifele aber keinen Moment daran, daß sie glücklich sind, so wie sie leben, sogar unter dem Sowjetstern. Für diese Menschen war jenes System nicht schlecht. Wir werden die Russen mit Zahnbürsten und Autobuslinien und Kinovorstellungen bestimmt nicht glücklicher machen können. Die Russen sind eben so. Sie müssen Läuse haben, und ein Tuch um den Kopf, und diesen großen Lehmofen mitten im Haus, auf dem sie schlafen, mit all ihren Kleidern am Körper. Und unter dem Ofen, halb in der Erde, auf den Kartoffeln, wohnt das Schaf mit seinen Lämmern, oder das Schwein. Der Mief in solch einer Bude, in der Menschen (und wieviele!), Hühner, Schafe und Schweine hausen, ist natürlich ..., na, wir loben ihn, denn er ist warm. Wer will dieses Volk ändern, das seit Jahrtausenden so lebt? Und warum beschimpft man es? Nur hätte man ihnen die Religion nicht nehmen dürfen, das hat sie noch tiefer sinken lassen. Das heißt, vergessen haben sie nichts. Heute brennen in jeder Hausecke die Öllämpchen vor den „Ikonas", den Heiligenbildern, und die Menschen schlagen das Kreuz zu jeder Zeit. Die Kirchen sind wohl noch zu finden, bestehen aber nur noch aus Ruinen. „Stalin ist der Teufel", sagen sie. -

Liebe Gerda, wenn ich jetzt schreibe, ist es auch für meine Mutter mit, ja? Es wäre ja doch dasselbe, was ich ihr zu erzählen hätte. Die Gelegenheit zu schreiben, einen Brief abzusenden, ist so selten, daß ich dann auch nicht die Zeit habe, an alle zu schreiben. Ich schreibe nur an Dich, und Du berichtest dann meinen und Deinen Eltern von meinem Brief. Ich schreibe, so oft ich kann. Leider habe ich meinen Tintenpott verloren, ich muß mir also einen Bleistift suchen. So allmählich geht alles verschütt... Ach, wenn ich doch mal wieder ein wenig Sauberkeit und Ordnung spüren dürfte, wie bei Euch daheim oder bei meiner lieben Mutter! Ein Hemd zu waschen, ist hier auch ein Kunststück, es gibt nicht einmal einen Topf, außer dem, darin die Kartoffeln gekocht werden. Wie will ich Deutschland loben, wenn ich nur erst wieder dort bin! Wie reich ist dort jeder! Wie ganz unermeßlich wohlhabend! In Frankreich glaubten wir es schon schlecht zu haben, aber in Rußland erst! -

Liebe, liebe Gerda. hoffentlich erhältst Du meinen Brief bald! Sei guten Muts, der Winter ist bald vorbei, und nach dem Feldzug gibts Urlaub. Grüße meine Mutti, meinen Vater, Deine Eltern, und sei Du selbst recht herzlich und vieltausendmal gegrüßt und geküßt von Deinem

Berndt

13/02.42

Meine liebe, liebe Gerda!

Gestern bekam ich zwei Briefe von Dir, vom 4. und 5. Januar,
und einen Brief von meiner Mutter. Das war ein großes Fest! Endlich mal wieder Post aus der Heimat! Ihr schreibt mir beide, daß ihr Päckchen an mich abgeschickt habt. Die kommen leider nie an. Wenn ihr sie nicht zurückbekommen habt, dann werden sie wohl irgendwo hinter der Front geöffnet worden sein. Wir hier vorne sind froh, wenn mal ein Sack Briefe durchkommt, so wie gestern. Der Schnee ist tief, und der Raum so unendlich groß. daß die Transportmöglichkeiten tatsächlich auf das geringste beschränkt sind. Das Päckchen mit Deinem Königskuchen, auf den ich mich so sehr gefreut hatte, ist auch nicht angekommen. Es geht im Kriege viel verschütt, in Frankreich schon, im Osten also erst recht. Schickt mir also nichts mehr! Es hat doch keinen Zweck! Vielleicht ist im Frühjahr und im Sommer die Gelegenheit günstiger, vielleicht. Zur Zeit haben wir etwas Ruhe, das heißt, der Feind liegt uns
keine 500 m vor der Nase und beaast uns fleißig mit Artilleriefeuer; gottlob sind die meisten Geschosse Blindgänger, das ist unser Glück. Wir haben aber wenigstens ein warmes Loch, und Kartoffeln, und können auch nachts mal eine Mütze voll Schlaf nehmen. Wenn sie uns bloß mal eine Zeitlang in Ruhe lassen wollten! Seltsamerweise geht es aber dauernd hin und her, als ob das so sein müßte. Wir haben in einem Dorf schon dreimal die Stellung gewechselt. - So, und jetzt Schluß mit diesem „verschissenen Rußland", wie mein Kamerad Hugo zu sagen pflegt. Im übrigen darf ich auch nicht zuviel schreiben. Die Kompanieführer sind neuerdings befugt, unsere Briefe zu öffnen, und unser Heini, ein grüner, un- reifer Bengel, den weiter nichts zum Offizier befähigt als seine Affektiertheit, macht sich bestimmt einen Spaß daraus, in unseren Briefen herumzuschnüffeln. Ja, und was bleibt zum Erzählen und zum Träumen übrig? Die Heimat mit allem, was sie für uns umschließt. Aber dürfen wir Hoffnung haben, jemals wieder in dies andere Leben einzutreten. Die Ernte eines Tages hier im Osten sind immer bloß Tote. Unser Haufen wird immer kleiner. Wer verwundet wird, hat Glück. Den trifft es vielleicht nicht mehr. Ach, wie habe ich immer den Waffendrill gehaßt, und wie habe ich den Hochmut verflucht, mit dem jene den Krieg herausgefordert haben! Den Krieg zu beginnen ist nicht schwer, ihn aber zu verhindern, das erst wäre eine
Leistung gewesen, derentwegen man einen Menschen hochheben dürfte. Aber was nützt das jetzt alles, - und Nicht-schaffenkönnen und lauthals schreien? Wir müssen zusehen, von einem Tag zum anderen zu kommen. Heute ist der 13., und morgen der 14., und so geht es weiter, bis eines Tages dann vielleicht doch das Ende da ist und wir heimkehren dürfen. Und wie stehen

usnere Mädchen das durch? Sicher ist es für Dich auch schwer, ich weiß: aber wie soll ich Dich trösten? Du schreibst mir so lieb, daß Du mich in Deinen Armen ausruhen lassen willst. Das war ein gutes Wort, es wird mich durch den Krieg begleiten, ich habe es immer zur Hand, wenn es einmal schwer ist, und wenn ich mich irgendwo anklammern muß. Es ist viel zu schön, sich das vorzustellen, und es macht den, der nichts als kalten Schnee für seine Nächte hat, unendlich traurig. -

Mein Rudibruder ist Weihnachten also auch nicht zuhause gewesen? Er wollte sich doch verloben? So macht uns allen der Krieg einen Strich durch unsere Pläne. Ratsch, und aus ist es ... Mein Buch hast Du also kaufen können? Es war mir zu schlecht, zu belanglos, um meinen richtigen Namen dafür herzugeben. Es sind ja bloß Späne, die beim Hobeln abgefallen sind, Anfänge ... deshalb! Ein Nebensächliches. Was mein Buch bei Scherl macht, weiß ich nicht. -

Sei nun vieltausendmal herzlichst gegrüßt und geküßt

von Deinem Berndt

Gruß an Deine Eltern und an meine Mutti!

15/2.42

Meine liebe, liebe Gerda!

Heute kann Post abgegeben werden, da will ich schnell nochmal einen Gruß abschicken. Heute ist der 15te; in einigen Tagen der 18te, der Aschermittwoch. Dann fängt die Fastenzeit an. Sechs Wochen, und dann ist Ostern. Der härteste Winter ist gebrochen; an einem Tage taute es hier schon, es tropfte von jedem Balken. Gestern Haben wir Winterzeug empfangen, dicke Pelzmäntel für die Posten, Ohrenschützer, Brustwärmer usw. In dieser Angelegenheit geht es uns jetzt also besser. An Brot mangelt es sehr. Wir helfen uns mit Kartoffeln durch. Aber die Dinger wird man auch mal satt, vor allem wenn sie so trocken sind; das bißchen Fett reicht nicht. Im Westen hat es uns immer zu gut gegangen. Da floß uns die Butter über, da hatten wir von allem genug, ja zuviel. Und heute, wo wir dieses gute brauchen könnten, ist nichts da. Nicht einmal die Päckchen aus der Heimat kommen an. Wenn ich an Deinen Königskuchen denke, möcht ich weinen. Wer den bloß gefuttert hat? Vielleicht schreibt er Dir mal? Es besteht nämlich ein Befehl, daß jeder, der an einen fremden Soldaten gerichtetes Päckchen öffnet, dem Absender danken soll. Na, hoffentlich bekomme ich dann wenigstens auch mal so einen Querschläger von Päckchen! Heute soll es Post geben, hoffentlich ist es wahr! Es hat schon so oft „sollen", es war dann aber jedesmal eine Pleite. Eben habe ich auf den Kalender gesehen, heute ist ja Sonntag! Dessen wird man sich im Felde kaum noch bewußt. Sonntag - was ist das? Ein wenig ist es uns trotzdem aufgefallen: Wochenlang war der Himmel von Schnee wie zugestopft, aber heute brach endlich mal wieder die Sonne durch, der Himmel war gläsern blau und der Schnee glitzerte wie Kristall, daß man kaum die Augen offen halten konnte. Der Feind ließ uns tagüber ungeschoren, ein paar Vögel habe ich singen hören, - und so war es doch ein Sonntag. Was Du wohl unternommen hast? Du warst mit dem Peterle spazieren, ja? Der ist jetzt mein Stellvertreter. Ob er das auch zu würdigen weiß? Ich hoffe ja. Vor allem, daß er gut auf Dich aufpaßt. Vielleicht ist es glatt draußen, nicht wahr, da fällt man leicht. Früher war Karneval um diese Zeit. Das war eine lustige Zeit in Köln, die habe ich mir nie entgehen lassen. So ein paar Tage ausgelassene Fröhlichkeit mit lieben Freunden, tanzen, Unsinn treiben, Sekt trinken, sich ein wenig verlieben, das habe ich mitgemacht. Vor dem Kriege habe ich auf diesen Sonntag in Wuppertal zum letzten Mal Karneval gefeiert, ich bekam von Hannover aus Urlaub für vier Tage. Und heute abend heißt zufällig das Kennwort „Wuppertal". Na, da habe ich mich in Gedanken denn ein weniq an die alte Herrlichkeit verloren. Wie unbekümmert waren wir da, wie unbeschwert von Kriegsnot und von jenem Todesgrauen, das uns jetzt tausendfältig bedroht und nie gnaz von uns weicht! Aber es ist schon gut, daß wir nie wissen, was uns bevorsteht.

Leben, von einer Stunde zur anderen! Man hat nie Zeit genug, nie Langeweile, jede Minute des Friedens ist an sich schon ein Geschenk, eine Gnade. Ich habe es auch früher shcon gewußt und mich nicht gelangweilt. Aber so inbrünstig wie ich es heute weiß doch nicht. Stille, Freiheit, Wärme, und die Freude an den kleinen Dingen des Alltags, das sind die Gnaden unseres Lebens, das, was hinter dem Arbeiten steht. Ich bin dankbar für viele Jahre, die ich so verbringen durfte, ohne Schulzwang, ohne Vorgesetzte, ganz mir selbst gehörend. Nach dem Kriege will ich mein Leben so weiterbauen. Wenn es nur erst so weit wäre! Ob man uns entläßt, wenn der Krieg gewonnen ist? Oder ob wir noch jahrelang Besatzung spielen müssen? Wie es wohl kommen mag mit uns? Darüber verlautet nichts. Vom „Jahr der Entscheidung" redet auch niemand mehr. Ja, die Parolen schaffen noch nichts. Erst die Taten. Ich brenne auf den Frühling. Die Straßen sollen hart werden. –
„Sonntag". Hast Du meine Mutter besucht? Ich möchte in ihre kleinen Küche ein Weilchen sitzen und zuschauen, wie sie irgendetwas schafft, ein Stück Zeug näht, oder einen Brief schreibt, und dann müßte es schellen und mein Mädchen mich abholen kommen, und dann wüßte ich, daß ich nur auf Dich gewartet habe, währenddessen, ich ein Soldat fern in Osten, Dein Berndt.

Die junge Frau nebenan ist nun gestorben. Sie hatte nicht zwei, sondern drei kleine Kinderchen. Es hat sich gottlob eine Genossin gefunden, die für die Würmer aufkommt. Dieser Sorge sind wir also ledig. Was hätten wir bloß mit den Kindern gemacht? – Eben erzählte man mir, daß wir sogar im Wehrmachtsbericht erwähnt worden sind: Eine kleine Kampfgruppe, die sich gegen eine Übermacht und gegen schwere Panzer zäh und erfolgreich verteidigt hat. Nun regnets wieder Orden! – Eine Auswahl PK-Berichte sind auch über uns im Handel. Vielleicht hast Du schon einen gelesen, ohne es zu wissen. „Drei Wochen von den Bolschewisten eingeschlossen" usw. usw. –

Du hast doch mal einen Hosenträger für mich erbeutet? Schick' mir den doch! Es tut schwer not. Meiner ist hin. Ich „gürte" mich zur Zeit mit einem sowjetischen Koppel. –
–
Deinen Eltern, Deinem Bruder Arnold und Hildburg herzlichen Dank für ihre lieben Zeilen und viele Grüße! –

20/2.42

Mein liebes, liebes Mädchen!

Gut, daß die Tage so schnell vergehen. Der Februar ist bald geschafft. Im März ist es wenigstens nicht mehr so kalt wie sonst. Das spüren wir heute schon. Über Tage ist die Sonne schon warm, es taut, ein paar Vögel singen schon, das macht Hoffnung. Hoffnung auf den Frühling, Hoffnung auf harte Straßen und marschierende Truppen, Hoffnung auf den Sieg hier in Rußland. Wenn wir wüßten, daß wir dann Ruhe bekämen, vielleicht sogar langsam der Entlassung entgegengingen, dann könnte man sich direkt darauf freuen, wenn ...Im Sommer haben wir dann drei Jahre Krieg beisammen. Drei der schönsten Jahre unseres Lebens geopfert ... Ob das vierte auch noch hinzukommt? Ich mag garnicht daran denken. Wir glauben alle zuversichtlich, daß wir zur nächsten Weihnacht, ich meine 42, schon daheim sind. Ach, wär das schön!

Du, ich habe kein Briefpapier mehr. Meine Vorräte sind damals mitverbrannt, und Neues gibt es hier nicht. In den Russenbuden ist auch nicht ein Umschlag zu finden, die Leute können meist weder lesen noch schreiben. Läden gibt es natürlich nicht. Am besten ist es - meine Mutter macht es bereits so - in jeden Brief auch einen leeren Brief miteinzulegen. Dann kann ich „postwendend" wieder schreiben. Funktioniert die Post jetzt? Hast Du schon Briefe bekommen? Ich glaube, daß hier alle fünf oder sechs Tage Post abgeht, wenn Verpflegung empfangen wird nämlich. Die Briefe machen dann erst 60 km auf dem Schlitten! Dann auf Lastwagen, und dann kommt erst die Eisenbahn. Wer von hier auf Urlaub fahren sollte, ich glaube, der kommt nie an! Es lohnte auch garnicht, Von hier aus in Urlaub zu fahren. Diese fürchterliche Reise! Na, danke! - Meine Wache ist herum! Jetzt wird geschlafen! Morgen mehr. -

Liebe Gerda! Heute vormittag war es schon so warm, daß ich zwei Stunden in der Sonne gesessen habe. Der Russe verhielt sich brav, er ließ sich anscheinend auch „beleuchten", und so durfte ich mir das Vergnügen leisten. Sogar ohne Kopfschützer und Handschuhe, mit bloßem Kopf und offener Brust. Überall regte es sich. Die Landser wagten sich alle ins Freie, die Pferde schnupperten und warfen sich wiehernd gegen die dicken Holzbohlen in ihren Verschlägen. Die Strohdächer sind auf der südlichen, der Sonnenseite, schon ganz blank, das Tauwasser tropft. Es herrschte mit einem Male eine Stimmung, als wollte es Frieden werden. Die verwahrlosten Sowjetkinder spielten im Schnee Fußball mit einem abgenagten Schafskopf, und die Mädchen, die schon ein bischen größer sind, gingen singend mit richtigen, lebendigen Kindern draußen spazieren, die sie vorne in ihren dicken, zerlumpten Mantel einknöpften. In ihren Kopftüchern sahen sie aus wie urweltlich gnomenhafte, alte Weiblein. Und sind doch gesunde, pausbäckige Mädchen mit leuchtend perlweißen Zähnen, trotzdem sie sie nie geputzt haben. Eine richtige alte Madka, das heißt „Mutter", bedeutete mir, daß in drei Wochen der Schnee geschmolzen sei. Erst gebe es dann Schlamm, aber dann könnten die Soldaten endlich losschlagen. Das heißt, so geläufig verstehe ich das natürlich nicht. Es hat seine Schwierigkeiten. Das Losschlagen zum Beispiel heißt so: „Germanski bum, bum - Ruski kaput!" „Acha!" sagen sie dann weissagend: „Da, da, da!" das heißt: „Ja, ja, ja", wie wir es auch sagen. „Sowjetzki slecht, ni dobre!" „Stalin - acha". Dabei machen sie die Gebärde des Halsabschneidens, Mütter und Kinder und kleine Jungens. „Stalin kaput!" - Das war unsere Frühlingsunterhaltung. Taut es daheim auch? Jetzt auf dem Wall spazieren gehen und das Keimen und Sichregen der Kastanien spüren! In der russischen Landschaft gibt es keine Bäume, in den Dörfern schon garnicht. Am Horizont zieht sich ein Streifen Gehölz hin, Birkengebüsch, das ist alles. Unendliche weiße Flächen, Hügel und Erdwogen, aber keine Bäume. Hier treiben höchstens die Dächer Saft. Früher haben wir um diese Zeit doch Weidenkätzchen und Schneeglöckchen gepflückt? Hier gibt es das alles nicht. Die russische Landschaft hat nichts Anmutiges, nichts Kleines, Idyllisches, nur die Großartigkeit des Raumes, darin die Sonne auf- und untergeht, ihre Farben und ihre Stimmungen, dies ganz allein. Und das macht so hoffnungslos, so traurig. Das Herz findet nichts, woran es sich klammern kann. Vielleicht sind daher die Russen so stur, so unbegabt, so kleinmütig? -

Ich habe Hunger, richtigen gemeinen, erbärmlichen Kohldampf. Das Brot reicht gerade zum Frühstück, so ein hartes, verfroren gewesenes, aufgetautes, schimmelndes Viertel Komißbrot. Für die Kartoffeln fehlt das Fett! Also Pellkartoffeln! Sie verursachen auf die Dauer ein scheußliches Sodbrennen. Wer hungert, dem fällt ein, was er früher gerne gegessen hat. Ach, waren das Zeiten! Nicht daran denken! Es macht noch hungriger. Als Aufstrich gibt es seit drei Wochen nur noch' Leberwurst, nichts als Leberwurst. Die läuft einem nach, die kotzt einen an, die verfolgt einen. Was gäbe ich für ein Glas Marmelade! -

Liebe, liebe Gerda, sei nun herzlich gegrüßt und gegrüßt von Deinem Berndt. Gut, daß ich Deine Briefe habe. Sie trösten mich...

23/2.42

Meine liebe, liebe Gerda!

So, jetzt wird es wohl langsam Zeit, daß ich Dir zum Geburtstag Glück wünsche? Das heißt, wenn unsere Post so lange läuft wie die Post von der Heimat zur Front, dann mag es allerdings Pfingsten werden, ehe Du meinen Brief bekommst. Wir warten jeden Tag sehnsüchtig auf neue Post, leider immer vergebens. Nachts, wenn ich wachen muß, lese ich die alten Briefe immer noch mal. Dann geht die Zeit schnell hin und ich bin im Geiste ganz bei Dir und unseren Zukunftsplänen. Hoffentlich kommen wir im neuen Jahre der Verwirklichung näher. Ich habe bald die Nase voll vom Krieg. Zwei und ein
halbes Jahr mache ich das nun schon. Im April werde ich 29, 0 weih! Und immer noch nicht verheiratet! Was soll bloß aus mir werden? Weißt Du das? Ich glaube: ja, aber erst muß der Berndt gesund wieder da sein, nicht wahr? Wann das wohl sein wird? Manchmal könnte ich vor Ungeduld zerspringen. Dieses schreckliche Rußland! In diesen verwanzten Buden hocken und warten, warten, warten...
Die Sonne wird jetzt jeden Tag mit heißem Jubel begrüßt von uns. Um die Mittagssstunde schmilzt der Schnee von den Dächern, und die Ebenen von Schnee leuchten in der Sonne wie mit Zucker übergossen. Wir haben schon Befehl bekommen, die Kadaver, die in unserem Bereich liegen, wegzuschleppen. Jetzt gehen die Landser nachts dabei und schlitten an Ketten die toten Pferde weg. Ein lebendes Pferd zieht ein totes. So ein totes Pferd rührt sich nicht, es ist zu Stein erstarrt im Frost. Alle vier Beine bleiben so steifgereckt stehen, wie sie vom Frost betroffen wurden, und wie der Balg mit diesen starren Stelzen die Straßen entlangschleift, klingt es so eigentümlich hölzern. Aber es hat schon mit dem Frühling zu tun, mit der Sonne, mit dem Tauen und Sichauflösen. Kühe, Kälber, Fohlen, Hunde und Katzen trudeln hinterdrein. Ein Glück nur, daß wir hier so viel tote Russen nicht liegen haben! In den Nächten aber spielt uns der Frühling einen bösen Streich. Gegen Morgen tritt meist Bodennebel auf, man kann zehn Schritt weit sehen, eine Luft wie in einer Waschküche. Dann müssen die Posten verdoppelt werden und man schläft nur noch mit der Flinte im Arm.
-

Wie alt wird das Mädchen denn nun eigentlich? „22"? Ich habe ein schlechtes Gedächtnis für Zahlen. Bei mir selbst muß ich auch; immer erst im Soldbuch nachschauen. 1913 - damals gingen vier Jahre Krieg über mein kleines Leben hin. Ich erinnere mich heute oft an die Rückkehr meines' Vaters. Das heißt, es war natürlich zunächst nicht der Vater, sondern ein Soldat in einem viel zu langen Mantel, der dem kleinen Mann bis auf die Erde hing, ein speckiges Krätzchen, ein Paar knorzige Stiefel, das war alles. Aber verlaust war der Mann, und die Kleidungs-

stücke wurdne kurzerhand verbrannt, damit die Läuse tot wären. Aber sie waren nicht tot. Überhaupt nichts war tot, der Mantel nicht und die Stiefel nicht, weder die Läuse noch das Feldgrau, es kam alles auf mich zurück. Fraglich bleibt nur die Rückkehr. - Heute hatten wir wieder so einen Tag.
Wir sprachen von daheim, von dem großen, guten Frieden, hatten einen weißen Kragen um dne Hals, hatten Zigaretten in der Tasche, ließen uns bringen, was in einem Café meinetwegen das Büffet zu bieten hat, im Frieden: Kaffee, ein Stück Nußtorte, zwei Stück Nußtorte, ein Schwarzwälder Kirsch hinterher, Musik ... Mensch! Auf; nach Deutschland! -

Tja, leider muß ich hier bleiben, und zu Deinem Geburtstagskuchen kann ich mich auch nicht einladen lassen. Das tut weh; denn ich weiß ja jetzt, wie gut Dein Königskuchen schmeckt! Das heißt, um den Kuchen geht es eigentlich nur nebenbeei, Hauptsache, daß ich Dich anschauen darf und daß ich im Frieden bei Dir bin!

Gruß und Kuß!
Dein Berndt

26/2.42

Mein liebes, liebes Mädchen!

Gestern habe ich Post bekommen, vier Briefe von Dir! War das eine Freude! In zwei Briefen waren Zigaretten, die sind gut übergekommen. Mir scheint, die Nummerierung Deiner Briefe führst Du auch nur dann durch, wenn Du Lust dazu hast, was? Es fehlen einige in der Reihe, vielleicht kommen sie aber noch. So langsam trudeln nämlich auch die alten Sachen an. Ich bekam noch Briefe von Anfang Dezember. Hast Du nun inzwischen von mir auch Post bekommen? Die Briefe, die ich im Januar schrieb, dürften wohl alle verloren gegangen sein. Aber jetzt müßte es eigentlich klappen mit der Post. - Weißt Du, was die Soldaten hier im Osten sagen, wenn sie gefragt werden, wie es ihnen geht? „Beschissen ist geprahlt", das sagen sie. Es haut hin; so erbärmlich haben wir es uns noch nicht einmal vorgestellt, geschweige denn an diese Wirklichkeit geglaubt. Meine Zehen und Fingerspitzen, die erfroren waren, eitern jetzt, ich kann nichts anfassen, und das Gehen schmerzt. Der Sanitäter hat mir die ganze Haut heruntergesäbelt, nun ist alles ein blutiger, roter Klumpen. Das gibt es hier in Rußland alles gratis dazu. Es ist fast keiner unter uns, der nicht irgendein Leiden hat. Läuse haben wir alle, aber Durchfall, Frostbeulen und Geschwüre sind auf die einzelnen verteilt, je nach Veranlagung. Der Kohldampf ist noch das Geringste. Kalle sorgt gut für mich, gestern hat er mir ein ganzes Brot, ein Kochgeschirr voll Frikadellen, eine Büchse Leberwurst, eine Dose Fisch, Zwiebeln und Zigaretten gebracht. Ich teile natürlich mit meinen Kameraden, aber immerhin, wir sind wieder mal satt geworden. Übrigens soll ich Dir einen Gruß von Kalle bestellen! Du wirst ihn später schon mal kennenlernen. So eine wahrhaft uneigennützige, treue Seele findet man selten. Nur hat er leider keine Manieren. Er zerbricht Gläser, haut Spiegel kaputt, schlägt dreckigen Kerlen eines in die Fresse, versetzt Mädchen, gibt jedem Vorgesetzten dusselige Antworten, stiehlt Leuten, die zuviel davon haben, Handschuhe und Strümpfe, und so weiter. Ein toller Kerl, groß, schlank, blond, „verwegen", gewaltige Fäuste, schnelle Füße, raucht nicht, trinkt nicht, beruflos, frißt alles, liebt gute Bücher und freut sich an Landschaften, schwärmt für Schweden und gute Skier, besitzt ein Motorrad, dss er „Hirsch" nennt, hat niemals Geld, natürlich nicht, sammelt weder Briefmarken noch getrocknete Pflanzen, verachtet alles, was unedel oder schlecht ist, verschenkt, was er nur erwerben kann, putzt leidenschaftlich seine tadlelosen Zähne, riecht immer ein wenig nach Wald, bewundert jeden, der „gesund" ist wie er es versteht, verlacht den, der sein Herz an Diplome, Zeugnisse, Orden und Dienstgrade hängt - den möchtest Du doch auch wohl

kennenlernen, ja? Er wird uns später besucgen, der Kalle. -

Tausend herzliche Grüße und Küsse

Dein Berndt

8/3.42

Meine liebe Gerda!

Am vorigen Sonntagmorgne habe ich den letzten Brief geschrieben an Dich. Seitdem bin ich nicht mehr zur Ruhe gekommen. Die Russen haben uns schwer mit Artillerie beaast und dann Nacht für Nacht angegriffen. Sie haben dabei allerdings federn lassen müssen.
Hoffentlich haben sie jetzt die Nase voll und lassen uns in Ruhe, damit wir uns endlich mal wieder ausschlafen können, und waschen, und rasieren. Ich sehe toll aus, ich kenne mich im Spiegel kaum noch. In der letzten Nacht haben sie dreimal auf unsere Stellung einen Angriff gestartet, sind aber gewaltig abgeschmiert worden. Das weiße Schneefeld ist mit Toten besät. Durchs Glas kann ich beobachten, wie die Verwundeten zurückkriechen. Ein schrecklicher Krieg ist das. Die Leute werden von Kommissaren in Schneehemden und auf Schiern vorangetrieben. Dann traben sie stumpfsinnig auf die feindliche Stellung los, während die Kom. sich in Sicherheit bringen. Und dann gehts los. Einem ist es gelungen, überzulaufen. Der hatte über 48 Std. im Schnee gelegen, ohne einen einzigen Bissen, der klapperte vielleicht! War vollkommen blau. Er hätte keine Lust mehr, die Kameraden auch nicht. Sie wollten alle überlaufen, müssen aber angreifen, und dann gehts natürlich rund; denn beschießen lassen wir uns nicht. Erstaunlich ist immer wieder die schier uner- schöpfliche Fülle an Menschen und Waffen, besonders an Artillerie, die die Russen aufmarschieren lassen. Es ist oft das reinste Trommelfeuer. Wir haben uns in unserem Häuschen in die Erde eingegraben, das Loch mit dickem Holz ausgekleidet, da sitzen wir halbwegs geborgen, wenn es zu toll ballert. - Die Kameraden schlafen, ich halte Wache am Fernsprecher. Draußen scheint warm die Sonne, der Himmel ist glasklar, aber auf der Erde, da kracht und schlurft es, gurgelt, pfeift, torkelt, bummst und rummst, daß einem keine Sonntagsgedanken kommen können; ein Höllenkonzert. -
Beim letzten Postempfang habe ich von Dir und auch von Mutter nichts bekommen. Und ich hatte mich so gefreut, als es hieß: „Post empfangen!" - „Schulz, nee!" - „Nichts." - „Garnichts." - Es blieb dabei, so ein Pech! Jetzt wird es wohl lange dauern, ehe es wieder Post gibt; denn die Russen sitzen dicht an der Rollbahn, und der Schlittenverkehr ist wieder mal sehr fraglich. Na, die Entbehrungen sind nicht das Schlimmste. Wenn ich bloß gesund bleibe! Das walte Gott! Ein Wunder wäre es allerdings. -

Es grüßt und küßt Dich herzlich

Dein Berndt

Herzlichen Gruß an Deine Eltern!
Und an meine Mutti!!

14/3.42

Liebe Gerda!

Einen Brief bekam ich von Dir, vom 13. Ein Zigarettenbrief vom 19. kam schon acht Tage vorher - so geht das hier in Rußland, kreuz und quer. Dann trudeln meine Briefe jetzt also endlich ein? Sind es welche vom Januar? Das hättest Du mir mal schreiben sollen, ich dachte nämlich; die wären alle verloren gegangen ... Ich kann Dir heute nur kurz ein Lebenszeichen geben. Wir haben schwer zu tun. Die Russen sind mit Panzern, 32 to, in unser Dorf eingebrochen und haben wüst gehaust unter uns. Die russ. Infanterie haben wir zwar neidergemacht, gegen diese schweren Tanks war uns aber kein Kraut gewachsen. Die Kompanie hat Verluste, der Chef ist auch tot. Alles in allem sind wir jetzt noch 50 Mann stark. Als wir aus Frankreich wegzogen, zählten wir 180. So geht das hier! Die meisten Häuser sind kaputt, viele sind abgebrannt, jetzt hausen wir bei großer Kälte und Schneetreiben in primitiven Kellern, die wir uns gegen Artillerie-Beschuß in den Häusern gebuddelt haben. An Ablösung ist nicht zu denken. Wer hat diesen Krieg bloß angefangen? Ich kann es manchmal kaum begreifen, daß die Menschen es selbst gewesen sind. Vor unseren Stellungen liegen Hunderte von toten Russen, jungen, kaum ausgebildeten, sibirischen Bauernburschen, die aufrecht und weinend ins Feuer gingen, von hinten angetrieben. Um den Hals tragen sie kleine Kreuzehen, die ihnen ihre Mütter mitgegeben haben. Nun helfen die ihnen auch nicht mehr. Gestern nacht kamen acht Mann angestampft. Sieben waren gleich tot, den achten, der nur verwundet war, holten wir ins Haus und verbanden ihn. Er wurde von einem Dolmetscher verhört. Was wollte sie? Sich wärmen! Sie lägen schon vier Tage im Schnee. Sich wärmen, bei uns, beim Feinde? Traben da einfach los und denken, wir laufen weg. Ein blödsinniges Volk. - Im Hause nebenan stirbt gerade eine junge Mutter, 21 Jahre alt, zwei kleine Kinder. Sie hatte für einen Soldaten ein Hemd gewaschen, und als sie das Wasser draußen ausschütten wollte, bekam sie einen Granatsplitter in die Hüfte und einen in den Oberarm. Wir brachten sie zu unserem Arzt, der hatte aber keine Zeit für Zivilisten. Was bedeutet schon ein Russe? Anern Tags mußten wir sie wieder abholen, der Arzt hatte nicht einmal den Verband erneuert. Wir sind auch keine Ärzte. Das Mädchen röchelte uns was vor, das jüngste Kind, drei Monate alt, schreit und schreit. Sollen wir ihm Kommißbrot geben? Es ist zum Wahnsinnigwerden. Nun stirbt die Madka und wir sitzen mit den Kindern da. Hoffentlich erbarmt sich eine andere Seele. - Sowas erlebt man hier alle Tage. Man muß sich ein Herz zulegen aus Granit, sonst ist man selbst der Dumme.

So, Gerda, sei nicht böse, daß ich nichts Rosigeres schreiben kann, der Tod sitzt mir im Genick, ich muß gewaltig aufpassen ...

Gruß und Kuß!

Dein Berndt

24/3,42

Meine liebe Gerda!

Mit der „FehltTPost“ gestern bekam ich drei Briefe von Dir, einen dicken von Anfang März, und zwei alte, die sich scheinbar in dieser eintönig weiß verschneiten Landschaft verirrt hatten. Jedenfalls, die Post kommt an, egal wann. Dein weihnachtliches Zigarettenpäckchen trudelte auch ein, meinen herzlichsten Dank! Einen Brief von Irmgard erhielt ich, der hatte die Tour in sage und schreibe elf Tagen gemacht, das ist doch ein Rekord, nicht wahr? So schnell schafft es nicht oft ein Brief. Ein Urlauber, der gestern zu uns zurückgefunden hat (der Maler, mit dem ich auf Alderney zusammenhauste, ich erzählte Dir von ihm), brauchte fast ein Vierteljahr, um uns zu finden. Der hat vielleicht Augen gemacht, als er unser so kläglich zusammengeschrumpftes Häuflein sah. Lauter bärtige, verquollene Gesichter, dreckig, verlaust, unheimlich stumpf. So Tag und Nacht im Feuer liegen und stets von Scharfschützengewehren bedroht, mit dem einen Ohr auf Abschuß und Rauschen der Granaten horchend, mit dem anderen Ohr nach verdächtigen Motorengeräuschen lauernd, tagelang ohne .Schlaf, tagelang ohne warmes Essen, das tötet, wenn man es lange genug betreibt.
Wir liegen jetzt ein viertel Jahr lang am Feinde. Es wird bald Zeit, daß wir abgelöst werden. In der Heimat gibt es genug Soldaten, die sich danach sehnen, den Bolschewismus zu bekämpfen. Ich wüßte schon, wen man da einziehen müßte ... Im Augenblick stehen wir wieder vor einer wichtigen Aktion. Wir müssen nämlich unser Dorf räumen. Kennst Du die Mehrzahl von „Turm“? Hoffentlich merken die Russen nichts, sonst bleibt noch mancheiner liegen. Wenn wir erst mal aus dem Bereich der Geschütze heraus sind, dann ist es gut. Aber, aber ... Na, wenn Du diesen Brief bekommst, werde ich vielleicht auch das überstanden haben. Heute morgen haben uns die Russen ein paar dicke Brocken vor die Nase gesetzt, daß uns die Haare durch den Stahlhelm gegangen sind. - Gerade erzählt man mir, daß wir keine Post mehr abgeben dürfen. Das bedeutet, daß das Feldpostamt verlegt wird und die Division folglich marschiert. Also Ablösung? Ich wage es kaum zu glauben. Hoffen wir das Beste, liebe Leserin! Es wird jetzt vielleicht wieder eine Zeitlang dauern, ehe Du einen Brief bekommst. Diesmal bedeutet es dann etwas Gutes, toi, toi toi!!! Ach, mal wieder ausschlafen, rundherum ausschlafen, Waschen, rasieren, Zähne putzen, Füße Baden, wunderbar!

-

Es schneit draußen, der Winter will kein Ende nehmen. Seit Tagen ist der Himmel bleischwer und grau, von der Sonne ist kein

Scheinchen mehr zu sehen. Seit Ende September liegt nun diese meterdicke Schneekruste auf der russischen Erde. Und bald ist schon Ostern. Welch ein Land! Welch ein Winter! Ein Gutes hat der Schnee, er deckt die Toten zu. Die sieht man nun nicht immerzu ...

-

Tja, das ist alles~ Nun will ich ans Entlausen. Die Tierchen laufen mir rund um den Hals. Das kommt alles noch dazu. Zu der Kälte, zu den Granaten, zu den Ratschbumm, zu der Müdigkeit, zu dem Kohldampf, zu dieser unsagbaren seelischen Not, zum Tode verurteilt zu sein, um Gottes willen, wofür bloß?

-

Herzlichen Gruß und Kuß!
Dein Berndt

5/4.1942

Liebe, liebe Gerda!

So, heute ist Ostern. Über Nacht hat es gefroren, die Regenwolken sind von einem harten Ostwind weggewischt, und über der weiten russischen Erde liegt helle Sonne, blauer Himmel. Ach, jetzt zuhause sein! Ich möchte gerne ein paar Blumen sehen, oder ohne Kopfschützer einen Spaziergang machen und sich den lauen Frühlingswind um die Nase wehen lassen. Diesen verdammten Schnee bin ich so leid, er liegt einem meterdick auf der Seele. Unvorstellbar, daß es knospende Bäume und grüne Wiesen gibt! Und Waldschluchten, und Talgründe, und silberne Bäche! Dieses Rußland besitzt nichts als Schnee, sieben Monate lang Schnee, der Rest wird Schlamm und Wasser sein, und eine kurze, trockene, staubverhüllte, braune Sommerzeit. Hier lernt man bitter, was der Westen ist. Wir sprechen von Frankreich jetzt wie vom Paradiese. Leider wissen wir das jetzt erst; denn als wir dort waren, haben wir auch gemeutert. Aber so geht es den Menschen: Das Gute sehen sie nicht, aber das Schlechte wollen sie ge-gen etwas Gutes eintauschen. So bleibt das Gute schlecht, und das Schlechte kann nie gut werden. -

Mir ist trotz allem österlich zumute. Das liegt wohl an der Sonne, an dem bißchen Wärme, das wir so lange haben entbehren müssen. Außerdem werden wir heute eine gute Stunde haben: zu Mittag gibt es Bratklops, Salzkartoffeln und Rotkohl, dazu Schokolade, Zigaretten und Schnaps, abends Milchreis. Das ist schon etwas, wenn man bedenkt, was man uns sonst so anbietet. Nachmittags wird der Oberst einen Appell abhalten und der Kompanie erzählen, was sie geleistet hat. Aber das ist schon wieder eine grausame Störung des Osterfestes. Und nachts wird Schnee geschaufelt, dabei gibts kalte Füße. - Wenn Du diesen Brief bekommst, ist der Mai schon nahe. Dann gehts bald los. Und im Herbst kehren wir heim?

Es grüßt Dich herzlich

Dein Berndt

11/5.42

Meine liebe Gerda!

Vorgestern bin ich in Briansk gelandet, vorläufig zur weiteren Beobachtung. l la s weiter aus mir .wird, ist schleierhaft. Es kommt dabei ganz auf den Arzt an. Ist er brutal, dann macht er eine Pferdekur mit einem und schickt ihn zurück. Hat er Einsicht mit dem Kranken, dann wird er ihm die Behandlugn und Erholung zukommen lassen, deren er bedarf. Ich habe. hohes Fieber und bin ein richgiges Nachtschattengewächs geworden, bleich und hohlwangig. Nur was mir fehlt, das kriegen sie nicht richtig raus. Sie nehmen Malaria an. Na, ich werde es abwarten müssen. An sich geht es mir gut im Lazarett. Die Verpflegung ist sehr ordentlich. Jeden Tag gibt es 2 bis 3 Apfelsinen, eine Tafel Schokolade, morgens Kakao mit Weißbrot, guter Butter und Honig. Viele Milchspeisen, sogar Eier usw. Zwei Mann auf einer Bude - das ist alles ungewohnt friedlich und reich für so einen verlausten und verwandten Frontsoldaten. Ich schlafe in einer Tour, kann garnicht genug davon kriegen. So ein weiß bezogenes richtiges Bett lockt aber auch zu sehr. Die russischen Fußböden waren ein bißchen arg hart.

Hierhin schreiben geht nicht, weil ich inzwischen womöglich wieder verlegt werden kann. Ich muß nun halt eine Weile auf Deine lieben Briefe verzichten. Von der Kompanie kann mir auch nichts nachgeschickt werden.

Ich bitte Dich, meine Mutter auch zu unterrichten, was mit mir ist, dann brauche ich nicht so viel zu schreiben, es strengt nämlich sehr an bei 39° Fieber.

Mit den herzlichsten Grüßen, auch an Deine und meine Eltern,

Dein Berndt

3/8.42

Liebe Gerda!

Du fragst, wie lange wir noch in Frankreich bleiben, und wann ich auf Urlaub käme. Vorläufig sieht es aus, als sollten wir hier noch sehr lange liegen. Der Dienst, der anfangs überhöhte Anforderungen stllte, hat sehr nachgelassen. Daran ist wahrscheinlich die Entspannung im Osten schuld, und daß die Tommys den Anschluß wieder einmal verpaßt haben. Du weißt, daß ich das Maul halten muß, deshalb mußt Du Dich mit diesen kurzen Andeutungen begnügen. Als Einsatzgebiet kommt für uns nur noch die Insel selbst in Frage, und wann das sein wird, das ist unwahrscheinlich. - Urlaub? Ich rechne Mitte oder Ende September. Der Liste nach wäre ich dann an der Reihe (wenn keine Sperre kommt). Es gibt diesmal nur vierzehn Tage. Früher waren es immer drei Wochen. Mit den Reisetagen war man dann fast einen Monat von der Truppe fort. Ach, ich darf mir das garnicht vorstellen: heimfahren, Dich wiedersehen, mit Dir zusammensein! Das macht einem manchmal den Dienst nur noch schwerer. Dann möchte man am liebsten alles hinschmeißen und weglaufen ... Aber damit wäre ja auch nichts gewonnen. Und gewinnen wollen wir beide den Krieg doch, ja? Also: schön gleichmäßig stur weiter! Ferntrauen, nein, das ist nicht mein Fall, dabeisein will ich unbedingt. Ich muß doch sehen, wie hübsch Du bist! Verlockend war nur, daß einem das Offizielle einer solchen Feier erspart bleibt, und daß man keinen Frack anzuziehen braucht. Ich weiß leider, daß wir beide hier entgegengesetzter Meinung sind. Das ist schade. Ob wir uns einigen werden, ist zweifelhaft. Du bist eigensinnig genug, mit der Kutsche fahren zu wollen. Jedenfalls sind weder der Frack noch der Schleier noch die Zeremonie wert, daß deswegen auch nur der leiseste Schatten von Unzufriedenheit aufkäme. Wir beide sind alles, die ganze übrige Welt ist nichts. Mädchen, laß Dir Flügel wachsen, die Erde ist vielzuschwer! - Du, ich wollte Dich schon immer fragen: Was machst Du mit meinen Briefen? Ich habe Dich schwer in Verdacht, daß Du sie bündelweise verwahrst. Da liegen sie denn und sind wach, mit all dem Guten und Schlechten, das in ihnen ist, und wenn man in Versuchung kommt, sie zu lesen, dann ermüden sie einen schrecklich, und zurückbleibt ein schales Gefühl von Schwäche und Unvollkommenheit. Briefe sind immer von der Stunde heraus geschrieben, in der man damals froh oder traurig, mißmutig oder sterbensmüde war, hoffnungsvoll oder apathisch. Was bleibt davon? Nichts als Papier. Du, vernichte meine Briefe!
Den letzten immer, wenn der neue ankommt. So mache ich es auch. Bei dieser Methode vergißt man am leichtesten, und über dem Bündel Papier steht allein das Herz des anderen, groß und gut und von allem Erdenschmutz befreit. Versprich es mir, Gerda!

Darf ich Dich küssen?

Berndt

Originalbrief vom 3/8.1942

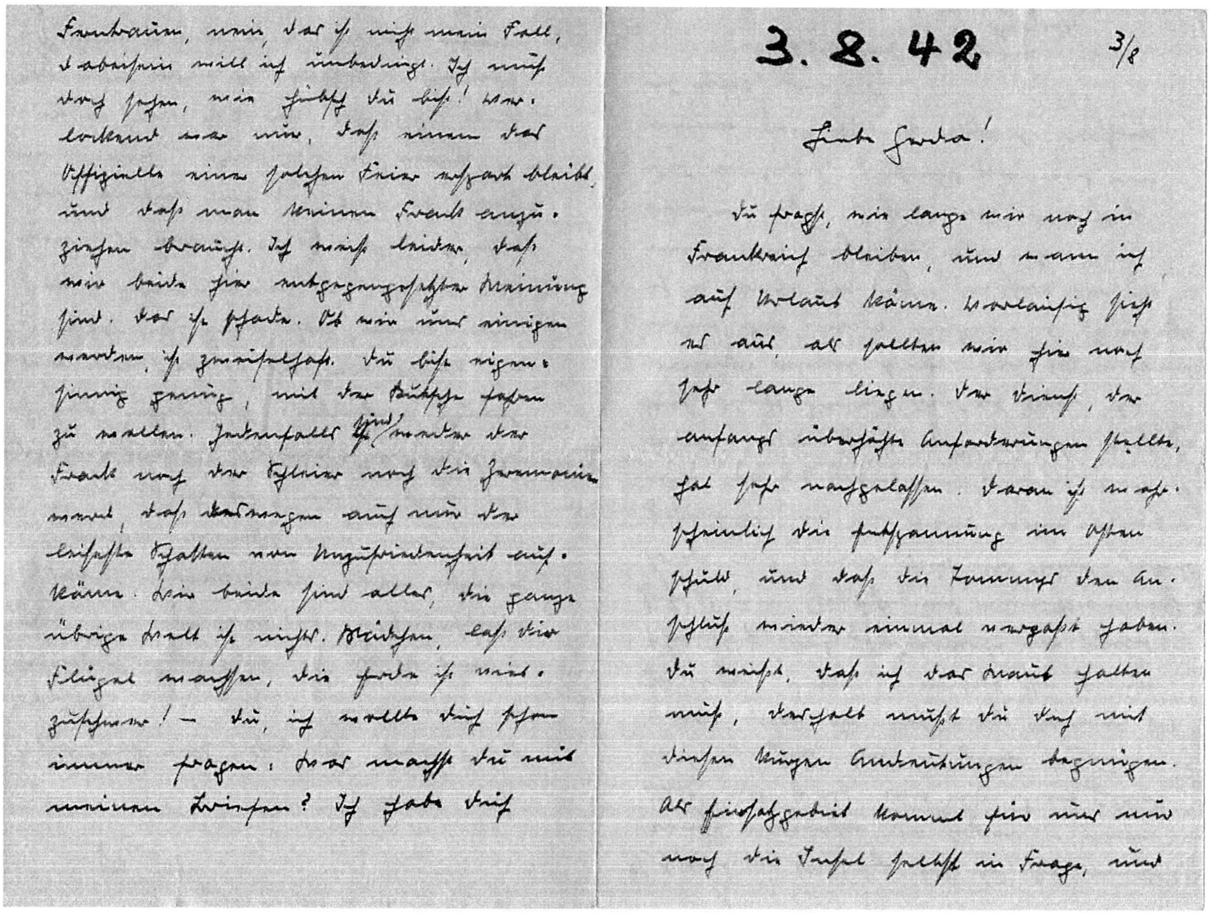

3. 8. 42 3/8

Liebe Gerda!

Du fragst, wie lange wir noch in Frankreich bleiben, und wann ich auf Urlaub käme. Vorläufig sieht es aus, als sollten wir hier noch sehr lange liegen. Der Dienst, der anfangs übergroße Anforderungen stellte, hat sehr nachgelassen. Daran ist wahrscheinlich die Entspannung im Osten schuld, und daß die Tommys den Anschluß wieder einmal verpaßt haben. Du weißt, daß ich den Mund halten muß, deshalb mußt du dich mit diesen kurzen Andeutungen begnügen. Als Einsatzgebiet kommt hier nur noch die Insel selbst in Frage, und

Landurlaub, wenn, das ist nicht mein Fall, dabeisein will ich unbedingt. Ich muß doch sehen, wie hübsch du bist! Verlockend war mir, daß einem der Offizielle einer solchen Feier erspart bleibt und daß man keinen Frack anzuziehen braucht. Ich weiß leider, daß wir beide hier entgegengesetzter Meinung sind. Das ist schade. Ob wir uns einigen werden, ist zweifelhaft. Du bist eigensinnig genug, mit der Kutsche fahren zu wollen. Jedenfalls ~~ist~~ sind würden der Frack und der Schleier und dies Zeremoniell, daß [illegible] auch nur der leiseste Schatten von Ungezwungenheit aufkäme. Wir beide sind alles, die ganze übrige Welt ist nichts. Mädchen, laß die Flügel wachsen, die habe ich mit [illegible]! — Du, ich wollte dich schon immer fragen: Was machst du mit meinen Briefen? Ich habe dich wann das sein wird, das ist unwahrscheinlich. – Urlaub? Ich rechne Mitte oder Ende September. Der Liste nach wäre ich dann an der Reihe (wenn keine Sperre kommt). Es gibt diesmal nur vierzehn Tage. Früher waren es immer drei Wochen. Mit den Reisetagen war man dann fast einen Monat von der Truppe weg. Ach, ich darf mir das garnicht vorstellen: Heimfahren, dich wiedersehen, mit dir zusammensein! Das macht einem manchmal den Dienst nur noch schwerer. Dann möchte man am liebsten alles hinschmeißen und weglaufen… Aber damit wäre ja auch nichts gewonnen. Und gemeinsam wollen wir beide den Krieg durch, ja? Also: schön gleichmäßig stur weiter!

4/ schön im Wortlaut, daß du sie bündel-
weise verwahrst. Da liegen sie dann
und sind welk, mit all dem Guten
und Schlechten, das in ihnen ist, und
wenn man in Versuchung kommt, sie
zu lesen, dann wundern sie einen
schrecklich, und zurückbleibt ein schales
Gefühl von Schwäche und Unvollkommenheit.
Briefe sind immer aus der Stunde heraus
geschrieben, in der man damals froh
oder traurig, mißmutig oder sterbens-
müde war, hoffnungsvoll oder apathisch.
Was bleibt davon? Nichts als Papier. Du,
verbrenne meine Briefe! Den letzten immer,
wenn der neue ankommt. So mache
ich es auch. Bei diesen Gedanken vergißt
man am leichtesten, und über dem
Bündel Papier steht allein das Herz
des anderen, groß und gut, und von
allem Erdenschmutz befreit. Versprich
es mir, Gerda!

Darf ich dich küssen?

Bernd

Originalbrief vom 5/8.1942

5. 8. 42 5/8.

Meine liebe Gerda! 42

Nun haben wir doch diesen alten Ekel von Arzt bekommen, von dem ich dir schon erzählte. Wir nennen ihn allgemein den „Karnevalskopp", denn er hat so eine richtige blaurot funkelnde Weinnase. Er macht das ganze Haus leer. Ein unfreundlicher, brutaler Mensch. Ich kann damit rechnen, daß ich bald entlassen werde. Da kann man halt nichts machen. Zwei Wochen wird es aber vielleicht immerhin doch noch dauern. Hoffentlich ist dann wenigstens meine Mutti aus Neuhausen zurück, sonst wird das ja sehr langweilig für mich. Du bis sieben Uhr im Büro, und ich den ganzen Tag allein in der kleinen Küche auf dem [illegible]! Schöner Urlaub! Schließlich kaufe ich mir dann auch ein Dutzend Fliegenfänger und fange die Fliegen von den Händen weg! Du weißt warum das noch! – Daß ich traurig bin, brauche ich dir ja wohl nicht zu schreiben. Ich kehre in Gedanken immer wieder zum goldenen Hügel zurück und suche dich dort. Die acht Tage waren ganz unbeschreiblich schön, die haben wir gewonnen mitten im Kriege, die nimmt uns keiner mehr weg. – Deine Karte aus Siegen kam gestern an. Hoffentlich bist du gut daheim angekommen. Die schweren Flaschen! Du armes Mädchen! Sechs Pullen habe ich jetzt noch hier stehen. Wenn ich dich erst mal gut in Osnabrück hätte! Für den Urlaub, nicht wahr? Für uns beide ganz allein! –

Herzlichen Gruß und Kuß, mein liebes, liebes Mädchen!

Dein Bernd

Originalbrief vom 10/8.1941

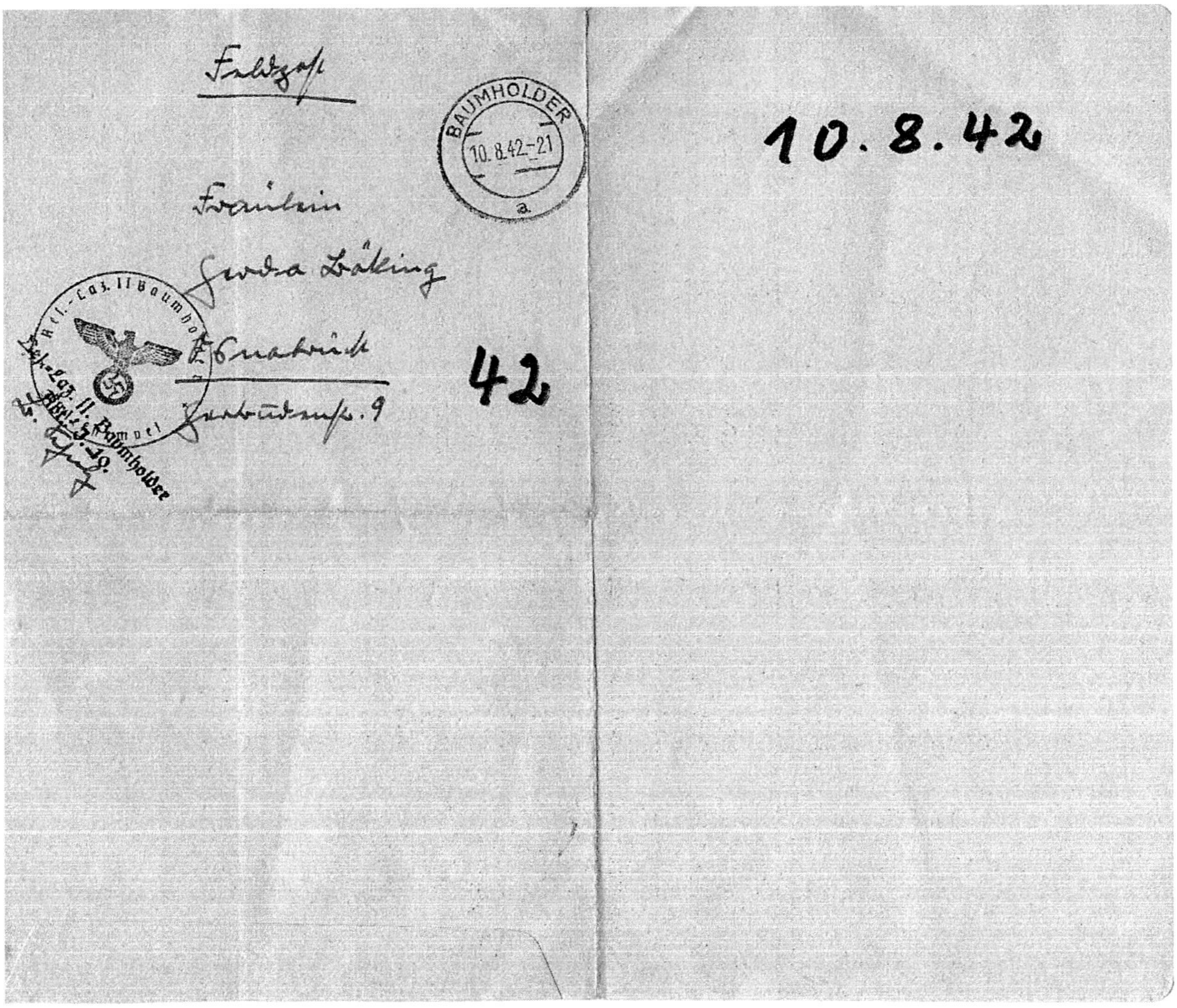

10. 8. 42 10/8.

Meine liebe Gerda!

Heute morgen ist das Expreß-Paket abgegangen. Es war garnicht so einfach. Es durfte nämlich nur "Expreßgut, Lebensmittel" angenommen werden, und ich hatte "Schreibmaschine" auf die Kiste geschrieben. Ich habe das Paket mit 200.- versichert. Wie bekommst du jetzt das Paket nach Hause? Es ist unheimlich schwer. Hast du keinen halbwegs erwachsenen Jungen da, der einen Handwagen ziehen kann? Was? Du mußt dich aber sofort danach erkundigen, ja? Hoffentlich kommt das Ding gut an und nicht dein Wagen später von der NSV ein Rad-[illegible] Wir danken für die "Tell-Grüße"! Das gibt es nämlich! – Von meiner Entlassung ist keine Rede mehr. Anscheinend will er mich doch noch ein paar Tage schonen. Na, wenn er schon

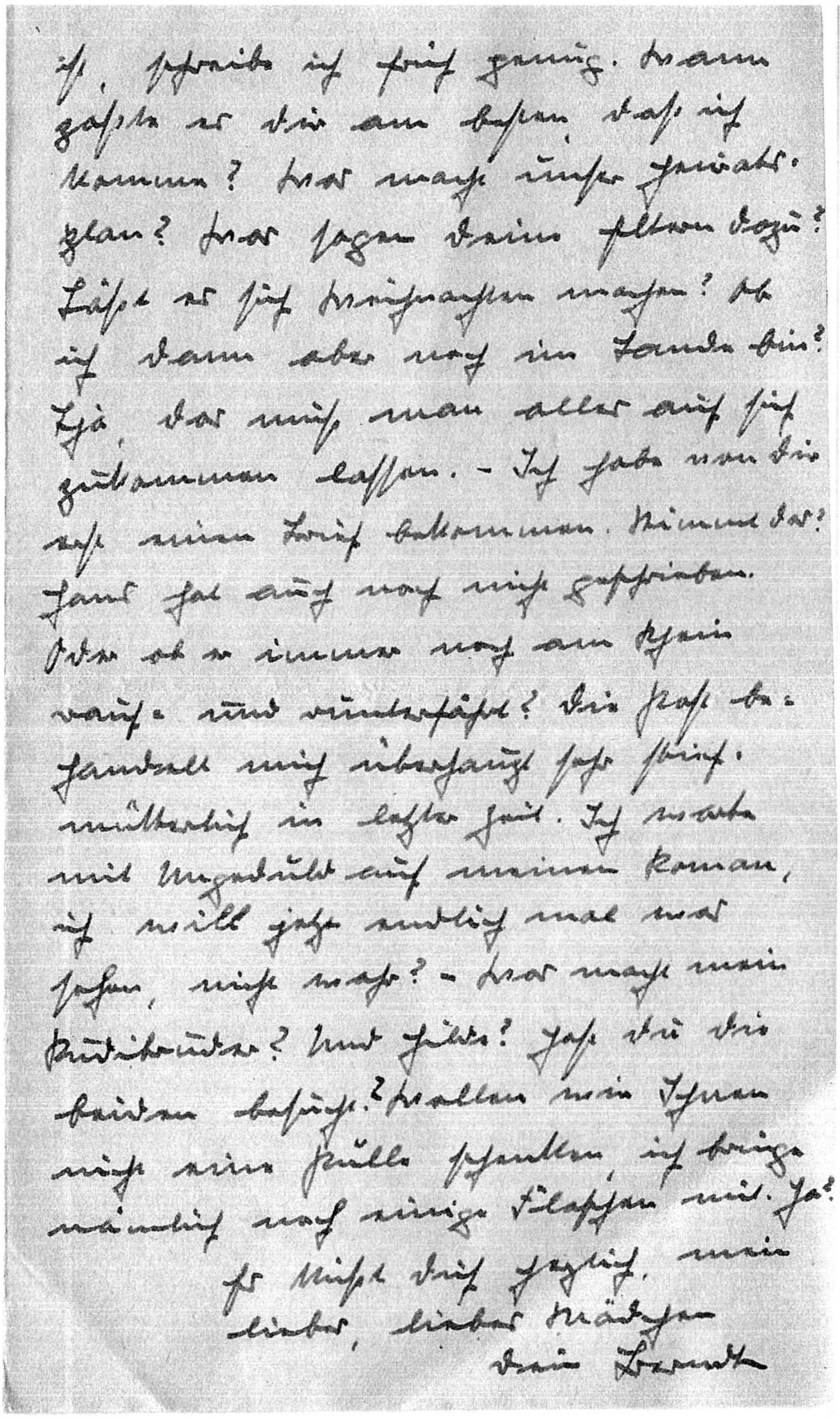
ich, schreibe ich nicht genug. Wann
paßte es dir am besten, daß ich
komme? Was macht unser Heirats-
plan? Was sagen Deine Eltern dazu?
Läßt es sich Weihnachten machen? Ob
ich dann aber noch im Lande bin?
Ja, das muß man alles auf sich
zukommen lassen. – Ich habe von Dir
noch einen Brief bekommen. Wieso das?
Hans hat auch noch nicht geschrieben.
Oder ob er immer noch am Rhein
Wache und Dienste schiebt? Die Post be-
handelt mich überhaupt sehr stief-
mütterlich in letzter Zeit. Ich warte
mit Ungeduld auf meinen Roman,
ich will jetzt endlich mal was
sehen, nicht wahr? – Was macht mein
Studienrat? Und Hilde? Hast Du die
beiden besucht? Wollen mir Ihre
nicht eine Stulle schenken, ich bringe
nämlich noch einige Flaschen mit. Ja?
Es küßt dich herzlich, mein
liebes, liebes Mädchen
Dein Bernd

16/8.42

Mein liebes, liebes Mädchen!

Wenn Du doch heute bei mir sein könntest! Es ist so still im Lazarett. Sonntags fliegen sie immer alle aus. Heute morgen haben sie uns ein Konzert geboten, irgendeine Standortkapelle. „Konzert mit Einlagen". Die Einlagen waren erotische Entgleisungen übelster Art, ich hätte am liebsten mit einem MG. dazwischen gehalten. Daß es doch soviele Idioten gibt. Ich habe früher oft gesagt, „unter hundert Menschen ist einer nicht verrückt." Ich glaube aber langsam, daß der Prozentsatz noch viel geringer ist. Bei Balzac kommen auf 4 Millionen Menschen 10 normale. Anfangs hielt ich Balzac für einen allzu großen Pessimisten, er hat wahrscheinlich aber Recht. -
Gestern abend bin ich unseren Weg gegangen, weißt Du, durch das Wiesental. Der Weg wird, je länger man läuft, umso schöner. Er endet schließlich in einem dunklen Tannenwald und mündet auf die Straße nach Kusel. Auf dieser Straße sind wir beide auch schon ein Stück gelaufen(wo die Bank ist, erinnerst Du Dich?) Ich habe immer nur an Dich gedacht. Ich hab Dich doch so lieb. Bisweilen habe ich mich in die Abendsonne gesetzt, an einen Feldrain, und diese drei Bildchen studiert. Aber lieber wäre mir schon gewesen, hätte ich Dich bei mir gehabt! Ob Du wohl nochmal nach Baumholder kommst, so zum Wochenende, wie das erste Mal? Ja, das wäre schön, Aber, aber ...

Meine Arbeit macht gute Fortschritte. Die Hälfte habe ich bald geschafft. Sonntags arbeite ich natürlich nicht. Gen Abend werde ich wohl wieder den alten, lieben Spaziergang machen. Kommst Du mit

Einen ganz lieben Kuß!
Dein Berndt

15/3.1945

Mein liebes Mädchen!

Gestern bekam ich zwei Briefe von Dir, einen in Bothfeld und einen in Kleefeld, heißen Dank! Das ist immer ein Fest, wenn ich von Dir Post bekomme. Den Schlüssel, den ich Dir seinerzeit schickte, entnahm ich auch dem Haustürschlüssel-bund. Nun schicke ich den anderen mit, hoffentlich ist das der richtige! Nun ja, wenn etwas verkehrt zumachen geht, dann tut man das natürlich zuerst, ist ja ganz klar. Die Zusatzmarken habe ich abgeschickt, wieder per Einschreiben an Franz. Ich werde Dich jetzt also abmelden beim Ernährungsamt. - Gestern nachmittag hatten wir einen schwerden Luftangriff auf Hannover. Es ist mal wieder alles im Eimer, kein Licht, kein Wasser. Däs Gas kommt sowieso nie wieder. Die Luft ist voller Qualm, die Menschen traben wieder zu Fuß, die Gefangenen grinsen höhnisch, die Lebensmittelversorgung stolpert so dahin, kurz das gewohnte Bild, das Du ja auch kennst. Nach dem schweren Nachmittagsangriff kam dann abends wieder Alarm, Handsirene auf Fahrrad, verstehste. In den Bunker bin ich aber, trotzdem ich gleich losgesockt bin, nicht mehr hereingekommen, so voll war das Biest, einfach unbeschreiblich. Hunderte von Menschen standen noch vor den Schleusen und oben brummten die Flieger. Es ist aber gottseidank nichts passiert, sie haben wohl wieder Berlin gemeint. Nun wollen sie alle Bänke herausnehmen und verbieten, daß Stühlchen mitgebracht werden. Dann soll die Wehrmacht nicht mehr zugelassen werden, auf diese Weise verspricht man sich einige hundert Plätze mehr für Frauen und Kinder. Die Soldaten dürfen also ruhig zermantscht werden, heil! Im Bunker sind die Frauen haufenweise ohnmächtig geworden vor Hitze und Sauerstoffmangel. - Mit Frau Reinkober ist wieder großes Hallo im Gange, sie hat dem „Oberst" vorgeworfen, er könnte nur Gutes von ihr annehmen aber für sie täte er nichts. Da hat er
die Alte fertig gemacht in unser aller Beisein, daß mir himmelangst wurde. Und da wir nun schon mal im Gange waren, wurde dann auch alles andere serviert. Die Alte wankte bloß noch, ogottogottogott ... flötete sie egalweg. Nun muß ich mit dem Angebot doch noch ein paar Tage warten, weich ist sie ja nun. - Doch, von Frau Wiener soll ich Dich schön grüßen, auch von allen im Hause, Frau Harges, Frau Zschoche oder wie das Weib heißt, Herrn und Frau Stölter, Frau Brockmann usw. usw. Sie fragen alle jeden Tag, ob Klein-Fieti schon da sei. Nun, hoffentlich hast Du es bald hinter Dir, ich bin schon aufgeregt genug, aber es sind ja so viele erfahrene Menschen um Dich, da kann ja eigentlich nichts schief gehen. Ich denke immer, wenn ich an Dich schreibe, das Kindchen ist vielleicht schon da, wenn der Brief ankommt ... ? Heute ist ja schon Mitte März, da sollte es doch schon soweit sein, nicht wahr? Wie Luft draußen ist herrlich, sie schmeckt nach Frühling, mein Weg morgens

durch die Eilenriede ist zwar erfüllt von neuen Bombentrichtern, aber die Amseln flöten trotzdem und die Finken schlagen und die Spechte klopfen und die Erde riecht nach Ostern. Wenn ich doch zu Ostern Dich besuchen dürfte! Streng Dich mal ein bißchen an! Das wäre doch zu schön. - Eben ruft mich Inge Von dran an. Ihr Bruder ist zurückgekommen, er heiratet am Sonnabend, und da will sie mich zum Nachmittags-kaffee einladen. Ich habe nein gesagt, ich gehöre nicht dazu, aber Inge besteht darauf, nun ja, aber ich habe nicht einmal Zivil hier. Daran habe ich auch nicht gedacht, daß ich auch unter anderen Umständen vielleicht einmal notwendig Zivilkla-motten brauche. Oder ist da noch was im Keller? Ich muß heute abend doch mal nachgucken, auch der Schuhe wegen. - Mein liebes Taübchen, sei tausendmal recht lieb geküßt von Deinem

Berndt

(Ich nehme abends im Geiste an Euren Rosenkranzfeiern teil. Das schadet Dir übrigens garnichts!)

18/3.45

Mein liebes Mädchen,

wir sitzen wieder mal im Keller, ein starker Bomberverband ist unterwegs, Spitze am Steinhudermeer mit Kurs Ost. Gestern mittag hatten wir wieder einen schweren Angriff, Linden hat den Hauptteil abbekommen. Dieser Angriff hat uns bei den Hochzeitsfeierlichkeiten empfindlich gestört. Aber davon später. Vorerst mal, mein liebes Taübchen, meinen herzlichsten Glückwunsch zu Deinem Geburtstag! Ein Jammer, daß wir den nicht gemeinsam feiern dürfen! Aber an Urlaub ist nicht zu denken. Wenn ich auch frei bekäme, es ist allein technisch gesehen nicht mehr möglich. Die Strecke nach Stendal ist z.Zt. unterbrochen. Aber vielleicht feiert Klein-Fieti schon mit? Nun muß es doch bald soweit sein, nicht wahr? Heute kam Dein Brief vom 14. Du machst mir darin Vorwürfe wegen der Tasche. 80 Eier habe ich im Topf, dazu 5 Pfd. Mehl und 2 Pfund Speck und sonst so allerlei, das ist bestimmt ganz günstig. Wenn Du noch einmal solch einen frechen Ton anschlägst, schreibe ich nie wieder, Du altes Nilpferd!!! Was soll ich denn mit der Tasche? Die Eier brauche ich aber, ich lasse mir ab und zu eins in die Milchsuppe schlagen. Das Essen ist hier jetzt so erbärmlich, daß man es einfach nicht mehr anrühren mag. - Nun habe ich kein Papier mit in den Keller genommen und besitze nur diesen Zettel, und das soll ein Geburtstagsbrief sein? Da gibt es ja im nächsten Brief aus Seehausen wieder ein Donnerwetter! Na, egal, ich trotze dem Feinde und schicke den Brief ab! Basta! Soll das Taübchen ruhig mit den Flügeln schlagen und schimpfen! Das alte Taübchen! Da!!! Übrigens, die Schuhe habe ich bis jetzt noch nicht gefunden! Wo mögen die dann sein? Ich habe alle Kartons geöffnet. Deine Buchführung ist unordentlich. Du mußt doch über die Anzahl der abgesandten und eingetroffenen Pakete Bescheid wissen!

So, mein liebes Mädchen, nun hat sich jemand meiner erbarmt und mir einen besseren Bogen geschenkt. - Vorsichtshalber will ich noch einmal zu Deinem Geburtstag gratulieren, falls Du den Kalenderzettel nicht lesen kannst. Also, ich wünsche Dir Gesundheit, langes Leben, einen feudalen Geburtstags-nachmittagskaffeetisch und viel Freude! Und daß Du an dem Tage Klein-Reinhard oder Sabinchen im Arm hast! Das wäre ja doch die schönste Geburtstagsfreude! Ich warte nun jeden Tag auf Nachricht. Heute haben wir schon den 18. März. Wenn dieser Brief ankommt, ist dann der 21.? Ist dann unser Kindchen da? Ich hoffe es sehr. - Und nun zur Hochzeit! Leider haben die beiden dicken Regen, viel Alarm und sogar einen zünftigen Angriff erlebt. Im allgemeinen war es aber eine ordentliche Feier und es gab viele gute Sachen zum Essen. Willst Du wissen was? Ha, nun halt mich fest! Zum Frühstück Schinkenbrötchen und Brötchen mit Sardellen. Um elf Uhr Mittagessen: eine Kräftige Hühnersuppe, ein Hahn mit Spargelgel, Erbsen, Karotten und Selleriesalat, hinterher Griespudding mit Kirschen. Dazu Rot- und Weißwein! Nach dem Essen kurzes Mittags-schläfchen, brutal unterbrochen durch Alarm und hindonnernde Bombenteppiche! Als wir uns dann erholt hatten, haben wir Eierlikör getrunken. Anschließend Bohnenkaffee mit Stachel-beer- und Kirschtorte und fabelhaftem Streußelkuchen. Dann begann der feierliche Teil mit rotem und weißem Sekt, griechischen Zigaretten, haarscharfen Tanzplatten und Burgunder. Zum Abendbrot Kartoffelsalat, vorzüglich, Schin-ken, Mettwurst, Käse usw. Ganz groß. Wir waren mit dem Essen kaum zu Ende, da ertönte wieder des Knaben Wunderhorn und die Hochzeiter mußten in den Keller flüchten. Damit war der Traum aus. Ich bin dann, als es einmal ruhig war, heimgefahren. Entwarnung kam erst um 4 Uhr morgens, die ganze Nacht durch waren die Biester über uns und brummten. Ich habe angezogen auf der Chaise gelegen, bin jedoch kaum zum Schlafen gekommen. - Am Nachmittag hat es in Linden viele Tote gegeben! die haben ihre Bomben durch eine dichte Wolkendecke in die Wohnviertel geworfen, und das Sonntagnachmittags! Die Leute gingen auf den Straßen spazieren. Augenblicklich: ist Hannover wieder schwer dran. Es ist doch ein Glück, daß wir den Bunker haben. Übrigens war gestern abend so gegen 8 Uhr Hermann Bodenstedt da, es lagen Zettel auf meinem Tisch. Er sei 45 km mit dem Rad gefahren, um uns zu besuchen, und jetzt sei sein Besuch vergeblich gewesen. Tut mir ja furchtbar leid, aber dann hätte er doch schreiben sollen. Kann ich mir vorstellen, daß der hungrig und müde war! Wenn er doch bloß gewartet hätte. Eine Stunde später war ich zuhause! Er läßt Dich schön grüßen! Kalle ist anscheinend noch in Berlin, ich soll ihn da wegholen, das geht aber nicht, leider! Frau Harges wird sich über Deinen Brief bestimmt freuen. Ich hätte nie geglaubt, daß die einmal so für mich sorgen würde! Sie tut wirklich alles, was in ihrer Macht steht. Wenn ich aufstehe; steht immer schon ein Eimer Wasser da, eine Tasse heißes Wasser, und der Kaffee „duftet“ mir auch schon entgegen. Wenn nicht immer dieser dusselige Alarm wäre, dann Könnte sie das auch prima schaf-fen. Aber manchmal tut se mir leid bei der Hetzerei! Der Bunker macht sie gnaz fertig! Nun, die Leute sind alle am Ende mit ihrer Kraft ... Nun feiere recht schön Geölurtstag! Tausend liebe Grüße und Küsse!

Dein Berndt

Viele herzliche Grüße an Mutter, Magdalene, Franz u. die Kinder!

23/3.45

Mein liebes Mädchen"

ich habe mal wieder einen Schreiber vom Dienst hinter mir und bin fix und fertig mit die Nerven. Alarm war bis etwa null Uhr. Hinterher hielten dann die Fernnachtjäger unsere Aufmerksamkeit wach. So alle zehn Minuten bimmelte dieses verfluchte Telefon. Von Schlafen keine Rede. Na, dafür gehe ich heute nachmittag pünktlich nach Hause, vorausgesetzt natürlich, daß zu der Stunde nicht wieder Alarm ist. Heute nachmittag wollen Inge und Erich mich besuchen. Wir wollen einen Gang durch die Eilenriede machen, weißt Du, unseren alten Weg, an dem Graben entlang. Frau Harges will mir eine Buchte backen, dann habe ich also auch etwas anzubieten. Schade, daß Du nicht bei uns sein kannst, bzw. wir bei Dir.
Ich habe gewaltige Sehnsucht nach meinem Täubchen. Wir sind nun doch schon zu lange voneinander getrennt. Früher habe ich das doch öfter geschafft, Dich zu besuchen. Aber heute ist das technisch nicht mehr möglich, auch wenn ich zum Wochenende frei bekäme. Gestern abend hat mir erst ein Soldat erzählt, wieviel Stunde er gebraucht hat, um von Stendal nach Hannover zu kommen, und wieviele Schwierigkeiten unterwegs aufgetaucht sind, vom Tieffliegerbeschuß ganz zu schweigen. Diese verdammten Wespen sind jetzt auch im norddeutschen Raum ununterbrochen unterwegs, um die Reichsbahn zu bekämpfen. Gestern hat Hildesheim endlich den Angriff bekommen, auf den diese armen Menschen schon jahrelang gewartet haben. Die schöne alte Stadt soll ein gewaltiger Trümmerhaufen sein, alle die herrlichen alten Häuser zerstört, das Knochenhaueramtshaus usw. usw. Es ist doch eine richtige Kulturschande. Dabei ist in Hildesheim selbst nicht ein einziges wichtiges Kriegsziel, vom Bahnhof abgesehen. Warum müssen die nun die schönen alten Häuser kaputt schmeißen? Und ... die Stadt hat keine Bunker. Wir konnten hier von Bothfeld aus einen gewaltigen Rauchpilz aufstehen sehen. Der Himmel war dort hinten verdunkelt von Qualm. Zudem sollen sie in der Nähe eine Munitionsanstalt in die Luft gejagt haben. Bin ich froh, daß Du in Sicherheit bist! Hier wäre das kein Leben mehr für Dich. (Da, die Sirene, wieder mal Alarm, es ist kaum neun Uhr!) So geht das nun den ganzen Tag. Und die Sonne scheint schon so warm! Das Leben in der Natur geht weiter, die Vögel singen, daß einem das Herz aufgeht und alle die guten alten Erinnerungen wach werden. Ich muß jetzt immer an mein Heimatdorf Lindlar denken. Da sind die Amerikaner nun bald, das wird bestimmt keine Woche mehr dauern. Wenn das Dorf nun auch in Schutt verwandelt würde? Unvorstellbar! Das sagt Mutter doch auch wohl jeden Tag, was? - Und unser Kindchen? Ich bin so voller Erwartung, ich springe schon hoch, wenn einer an meine Kürklinke faßt. Ich denke immer, da kommt einer und bringt Dir eine Telegramm oder sonst eine Nachricht. Eigentlich ist die Zeit doch da?

Vielleicht hast Du das süße Würmchen längst im Arm und Dein Berndt weiß es immer noch nicht. Die Zeit hast Du Dir jedenfalls richtig ausgesucht. Jetzt im Frühjahr ist es doch am leichtesten, solch ein winziges Menschlein erst einmal aus dem Gröbsten heraus zu bringen, nicht wahr? Im Winter ist das doch viel schwieriger. Und der Frühling paßt überhaupt viel besser zum Geborenwerden, finde ich. Da wird man mit den Blumen groß. Wie es Deinen Eltern wohl geht? Ich habe so Not um Deinen Vater. Wenn der bloß nicht zu Schaden kommt! So ein Prachtexemplar kriegen wir nie wieder. Aber meistens ist es ja so, daß die besten dran glauben müssen, und das Kroppzeug lebt weiter. Und Theo? Und mein Rudibruder? Irmgard schrieb übrigens in einem ihrer Briefe, daß Rudolf geschrieben habe, er käme jetzt nach Plön zurück. Hoffentlich ist er da inzwischen gelandet. Und solch einen gesunden Brocken wie den werden sie ja doch bestimmt einsetzen, wenn Not am Mann ist. Dann ist deren Meinung nach die Panzerfaust wichtiger als der Federhalter. Deren Meinung, ja. Aber darauf kommt es in Wirklichkeit schon seit langem nicht mehr an. Wir haben eben eine anderen Meinung, nicht wahr?

Bist Du mit solche eine Schreibebrief zufrieden? Ich finde, das Schreiben geht zigmal flotter als mit dem Füller. Du bekommst auf diese Weise mehr Stoff zum Lesen. Aber viel gibt es nicht zu erzählen. Es ist immer dasselbe, der Jammer über den Krieg, die tausend vielen kleinen und großen Nöte am Tage, das Essen, alles andere wird davon überschattet und erstickt. Wenn ich mich gerade einmal so von Herzen freue, daß Frühling ist und daß wir bald ein Kindchen haben und daß es mir gut geht, dann kommt bestimmt im nächsten Moment etwas Unangenehmes, und wenn es dieser Idiot von Kolb ist, der mir vor die Augen kommt. Ich glaube, dieser Mann hat eine verzweifelte Angst im Herzen, er fürchtet sich vor dem Strafgericht, das für ihn und seinesgleichen kommt, und deshalb ist er so launisch und so voller Unruhe. Der kann nicht mehr still sitzen und will mit Gewalt den Krieg gewinnen, aber auf eine Art, die nichts dazu beiträgt, tatsächlich siegreich zu sein. Ich dagegen bin völlig ruhig, ich habe keine Angst, ich erwarte zwar nichts Gutes, aber immerhin ... etwas werden wir los, was uns dann wahrscheinlich nie wieder befallen und versklaven wird, den Militarismus. Arbeiten müssen wir hie und da. Und das ist ja auch unser Lebenszweck und garnicht mal das Übelste. Aber ich will wenigstens wissen, daß ich für den Frieden arbeite und nicht für die Zerstörung. - Heute nachmittag hole ich nun erst einmal meine 50 Bücher ab. Die gucken micht nämlich auch so listig an, diese ... Fehlgeburten, so möchte ich beinahe sagen. Ich habe doch keine richtige Fruede an dem Buch, es kommt entweder zu spät oder zu früh, jedenfalls liegt es in dieser Zeit verkehrt. Aber ist ja auch egal, es ist nun einmal da. Ich muß in den Keller ... Deckungsalarm!

Mal wieder Glück gehabt, uns galt der Segen nicht, die Verbände kreisen woanders. Eben habe ich ein Päckchen Tabak gegen eine Zweipfundbüchse Wurst eingetauscht. Die stelle ich mit in Frau Harges Schrank als Eiserne Ration. Ich will sehen, daß ich Rauchwaren für Deinen Handel bekomme, am 1. April gibt es ja neue Marken, augenblicklich habe ich nichts mehr. - Verzeihst Du die vielen Tippfehler? Du wirst schon durch-finden. Heute habe ich wieder keinen Brief bekommen. Das ist schade. Ich hatte mich so darauf gefreut. Nun freue ich mich auf morgen. Mein liebes Täubchen, bleib schön gesund, gehe viel spazieren in der schönen Frühlingsluft, halt Dein Näschen in die Sonne, das tut dem Näschen gut, bete fleißig, fasten ist nicht notwendig, laß das Schielen nach fremden Männern, die gehören Dir nicht, und schreibe eifrig, Dein Berndt braucht das. Viele Tausend Tonnen Grüße und Küße

von Deinem Dich liebenden

Berndt

(Wie hab ich das gemacht?)
Altes Nilpferd!

27/3.45

Mein liebes Täubchen!

So, nun kann ich endlich aufatmen, das waren schwere Tage. Kolb ist weg, auf Nimmerwiedersehen und H. Vondran ist sein Nachfolger. Habe ich das gut gemacht? Hat auch viel Mühe gekostet. Muß Dir das demnächst alles mal erzählen, im Brief geht das nicht, das verstehst Du ja. Nun habe ich also freie Bahn ... Heute schreiben wir den 27. März, was macht unser Kindchen, Liebling? Ich warte voller Ungeduld auf ein Telegramm, einen Anruf oder sonstwas. Wenn doch bloß alles gut geht! Ich werde egalweg gefragt: „Na, Schulz ..." Aber ich muß immer verneinen: „Die kleine Sabine ist noch nicht da." Denn ein Mädchen wird es ja doch totsicher, nicht wahr? Die lassen sich immer 'ne Menge Zeit. Ach, wie freue ich mich. Soll ich nun sofort kommen? Oder soll ich nicht doch lieber warten, biS Du aufstehen kannst? Wir können dann zusammen in den schönen Frühlingswald gehen. Das Wetter ist ja einfach herrlich.
Ich fahre nachts mit dem Personenzug, das ist am sichersten. Ausschlafen kann ich mich ja in Seehausen Ich freue mich sehr auf ein paar Tage Ferien in den Kiefernwäldern der Altmark. Wäre ja schön, wenn ich Ostern hätte bei Dir sein können. Aber das wird wohl noch nicht hinhauen. Oder Du müßtest Dich vorher noch gewaltig anstrengen ... Vielleicht ist es jetzt in dieser Stunde schon da, unser Kindchen. Ja? Du weißt es ja. Bloß der dumme Vati, der sitzt da in Hannover und ahnt nichts. Die Sachen bringe ich Dir dann im Rucksack mit. Hast Du sonst noch Wünsche? Dann schreibe mir das schnell. Hast „Du Nachricht von Deinen Eltern bekommen? Hoffentlich ist denen nichts geschehen, und hoffentlich ist Euer Garten nicht mit Bombentrichtern angefüllt. Den brauchen wir nämlich, den Garten. Ich nehme an, daß das Theater für uns bald vorbei ist, lange kann es jedenfalls nicht mehr .dauern. Vielleicht kommen wir hier in Norddeutschland ziemlich unblutig davon, es sieht so aus. Aber wissen kann man es natürlich nicht. Was sagt Franz denn jetzt? Oder ahnt er noch immer nichts? Na ja, laßt ihn bei seinem Glauben, dem gehen die Augen von selbst auf. - Das Wäschepaket ist angekommen, oder habe ich das schon erzählt? Heißen Dank, auch meiner Mutti für die Mühe beim Waschen. - Inge ist selig, daß ich ihren Erich so gut untergebracht habe. Den hat sie nun jeden Abend bei sich. Wenn wir auch bloß wieder beisammen sein dürften! Ich habe doch arge Sehnsucht nach meinem alten Nilpferd! Und das Töchterchen möchte ich auch recht bald im Arm haben! Wenn doch bloß der Krieg zu Ende wäre! Und das Leben könnte von unten herauf wieder weiterfließen. Wir werden uns schon durchschlagen, was? Aber in Osnabrück. In Hannover möchte ich nicht bleiben, da

verhungern wir. Mit mehreren ist man doch immer stärker als alleine. Der Garten ist wichtig. Den bewache ich mit der Pistole! -
10 000 Tonnen Grüße und Küße!
Dein Berndt
(Frau Wiener ist weg, sie hat mich aber nicht besucht.
Frau Gonnermann sah ich auf der Straße, es geht ihr demnach gut.)

29.3.1945

Mein liebes Mädchen!

Noch immer keine Nachricht. Ich bin sehr unqeduldiq. Was macht unser Kindchen? Geht es Dir qut? Hast Du es überstanden? Das sind die Gedanken, die mich jetzt nicht mehr loslassen. Immer wenn jemand in mein Büro kommt, erwarte ich ein Telegramm oder einen Zuruf: „Gratuliere, ein Töchterchen". Aber es ist wohl noch nicht so weit. Vielleicht kommt das kleine Täubchen nun doch zu Ostern. Heute ist Gründonnerstag, ein erbärmlich grauer Tag, voller Regen und Trübsal. Tja, meine liebe Gattin, altes Nilpferd, süßes Täubchen, gestern hat es uns in Kleefeld erwischt. Hannover soll anscheinend vom Erdboden verschwinden. Die Häuser gegenüber sind ein einziger Schutthaufen. Frau Harges hat alles verloren. Die Bombe ist bis in den Keller geschlagen. Unser Haus sieht wüst aus, ich kannte unsere beiden schönen Zimmer garnicht wieder. Kein Fenster mehr, die Türen herausgerissen, die Bilder runtergefallen, alles voll Dreck, Glassplitter und Scherben. Die Wände haben Risse, o es ist nicht zu beschreiben. Freue Dich, daß Du das nicht mit zu erleben brauchtest. Augenblicklich liegen noch drei Langzeitzünder vor unserer Haustüre, die Häuser dürfen nicht betreten werden, als Soldat haben sie mich aber in meine Wohnung gelassen. Nachts habe ich bei Vondrans geschlafen bzw. bei Schönfeldts. Da sah es aber auch böse aus, denen ist auch eine schwere Sprengbombe vors Haus gefallen und hat die Möbel mal anders rumgestellt. Aber da lag wenigstens kein Zeitzünder vor der Türe. Heute morgen sollen nun die Zeitzünder entschärft werden. Dann könnte ich vielleicht heute nachmittag anfangen mit Saubermachen. Ich habe Frau Harges vorläufig unser Schlafzimmer zur Verfügung gestellt, denn sie weiß ja nicht, wo sie hinsoll. Die Frau war vollkommen fertig. Unter diesen Umständen geht es ja wohl nicht, daß ich für mich alleine 3 Schlafgelegenheiten beanspruche und andere hausen im Keller auf dem Strohsack. Wir sollen nun endlich einen Kohlenofen bekommen, der wird dann in der Küche aufgestellt, sodaß wir wenigstens was zu essen bekommen, denn das war doch viel wert, daß Frau Harges für mich kochen konnte. Das will sie auch weitertun, wenn der Ofen erst mal in Gang ist. In den letzten 8 Tagen hat es in Hannover wieder 50 000 Obdachlose gegeben. Ich frage mich bloß, wo bleiben die Leute? Aber die hocken jetzt auch in jedem Hause knubbeldick. Einige Verluste habe ich bei Frau Harges auch gehabt, Strümpfe, Wäsche, Taschentücher, der kleine Fettvorrat, das Säckchen mit Zucker. Das hatte sie in ihrer Wohnung. Daran ist nun nichts mehr zu machen, weg ist weg. Wenn die Bombe in unser Haus gefallen wäre, hätten wir wahrscheinlich überhaupt nichts mehr wiedergefunden. So habe ich immer noch meinen Eiertopf, eine Büchse Wurst und 1 Glas mit Schmalz, das mir Irmgard mal vermacht hatte. Das Essen könnte also weitergehen. Wasser und Strom, das ist nun mal wieder für längere Zeit parti. Gas werden wir wohl nie wiederbekommen. Was sind das für Verhältnisse! Gestern habe ich Dir in einem Brief geschrieben, daß die Kastanien vor unserem Hause Knospen und kleine Blättchen angesetzt haben. Nun müßtest Du diese Bäume mal sehen! Zerfetzt von Bombensplittern, über und über mit Dreck beworfen. So zerfällt das alles, was uns lieb gewesen ist. Hast Du schon Nachricht aus Osnabrück? Hoffentlich ist dort nichts passiert. Das fehlte uns nämlich gerade noch: Post. Kommt anscheinend überhaupt nicht über ... Bekommst Du meine Briefe regelmäßig? Ich warte so sehr auf Nachricht von Dir. Du schreibst ja bestimmt , aber wo bleiben die Briefe nur? - Frau Reinkober habe ich nochmal gefragt, sie will nicht. Anscheiend halten die Verwandten jetzt die Hand auf ihren Klamotten. Nun, dann nicht. Vielleicht habe ich auch kein Talent zum Handeln. Ich kann mit diesem alten Biest, die im übrigen jetzt wieder mit allen Hausbewohnern, besonders mit Frau H1rbes und dem „Oberst", Streit hat, nicht umgehen. Z. Zt. hat Frau Gonnermann sie aufgenommen, viel Vergnügen! -Ach, bin ich froh, daß Du in Seehausen geborgen bist! Da bleibt Dir doch vieles erspart. Die letzten Wochen waren hier fürchterlich, egalweg Alarm und Bomben. Die alte Frau Brockmann stand auch weinend vor dem großen Schutthaufen, Frau Rausch und die anderen alle. Die Praxis von Dr. Michels sieht ebenfalls böse aus. Die Straßenbahnen fahren nun überhaupt nicht mehr, überall stehen ausgebrannte Wagen. Weißbrot bekomme ich nicht mehr, wird in Hannover nicht mehr gebacken. - Meine liebe Gerda, hoffentlich habe ich bald Nachricht von Dir. Laß Dir dies Unglück nicht zu sehr zu Herzen gehen, einmal mußte es ja kommen. Ich habe Dich lieb, das ist für uns die Hauptsache!!! 10 000 Tonnen Grüße und Küsse

Dein Berndt

31.3.45

Mein liebes Mädchen!

Dein letzter Brief ist vom 22. März (Nr. 17). Seitdem habe ich nichts mehr bekommen, und ich warte doch so sehnsüchtig auf ein Lebenszeichen, auf einen Brief, auf ein Telegramm. Ist es denn immer noch nicht da, unser Kindchen? Mit Urlaub sieht es schlecht aus. Wir haben erhöhte Alarmbereitschaft. Gerüchteweise verlautet, daß die feindlichen Panzerspitzen bei Holzminden, ja schon vor Pyrmont stehen. Das ist nun aber ein Gerücht, bei Kassel stehen sie jedenfalls. Nun wird die Weser zur Verteidigung hergerichtet. Wer weiß, was kommt? Wir leben beinahe nur noch im Keller. Das Signal „Entwarnung" ertönt nur noch selten, ewiger Klein-Alarm-Zustand! Meine Wohnung sieht furchtbar aus. Frau Harges hat noch keine Zeit gefunden, sauber zu machen, das arme Weib kommt aus dem Bunker nicht mehr ans Tageslicht. Gestern, am Karfreitag, hatte ich einen Tischler mit, der hat mir erstmal die Fenster und Türen zurecht gemacht und Pappe eingesetzt. Jetzt muß bloß noch richtig sauber gemacht werden. Das ist meine Osterfreude. Waschen kann man sich nicht mehr, kochen geht nicht, seit Tagen habe ich keinen Kaffee mehr gehabt. Und aus Ostern wollte ich eigentlich doch für mich so ein kleines Fest machen. Der böse Feind wollte das aber nicht. Ich bin bloß froh, daß Du davon unberührt bleibst. Ich kann mir nicht einmal ein Osterei kochen. Ist das nicht ein Jammer? Na, ich hoffe, daß dieser Zustand irgendwie bald ein Ende nimmt und eine andere Zeit 'anbricht, die uns wenigstens Ruhe bringt. Ich bin vom ewigen Alarm auch ganz durcheinander, der Schlaf fehlt mir, vom Essen ganz zu schweigen. Ich habe einen garnicht mehr zu stillen den Hunger. Wenn bloß Frau Harges ihren Kohlenherd bald ln Gang kriegt! Das Eintopfessen hier in der Kaserne ist nahezu ungenießbar. Ich verstehe nicht, wie die Landser das immer noch herunterwürgen können. - Habt Ihr aus Osnabrück Nachricht? Das beunruhigt mich auch sehr. Wie mag es dort bloß aussehen? Man hört und sieht nichts mehr, keine Post, keine Zeitung, kein Rundfunk. Die wildesten Gerüchte kreisen unter den Leuten. Einer macht den anderen verrückt. Die Stimmung ist garnicht mal verzweifelt, die Menschen sind indes von einer unbeschreibar stumpfen Apathie befallen, alle warten nur auf das Ende. Das es bevorsteht, wissen sie, aber wann - das ist die Frage, und die bewegt die Gemüter unausgesetzt. Sie sind zufrieden, wenn bloß der Luftterror aufhört. Zu allem anderen sind sie bereit, auch zum Hungern. - Liebling, warum bekomme ich keine Post von Dir? Vielleicht liegt ein Brief zuhause? Du hast ja dorthin auch schon mal geschrieben. Ich hoffe es sehr. - Sei recht lieb und herzlich gegrüßt und geküßt

von Deinem Berndt

Viele herzliche Grüße an Mutter, Magdalene und Franz!